HEYNE<

Zhou Haohui

18/4

DER PFAD DES RÄCHERS

Aus dem Englischen von Julian Haefs

THRILLER

WILHELM HEYNE VERLAG
MÜNCHEN

Die Originalausgabe SI WANG TONG ZHI DAN: SU MING erschien
erstmals 2014 bei Beijing Times Chinese Press, Beijing.

Sollte diese Publikation Links auf Webseiten Dritter enthalten,
so übernehmen wir für deren Inhalte keine Haftung, da wir uns diese nicht zu
eigen machen, sondern lediglich auf deren Stand zum Zeitpunkt der
Erstveröffentlichung verweisen.

Penguin Random House Verlagsgruppe FSC® N001967

Deutsche Erstausgabe 05/2022
Copyright © 2014 by Zhou Haohui
German rights authorized by
China Educational Publications Import & Export Corporation Ltd.
Copyright © 2022 der deutschsprachigen Ausgabe
by Wilhelm Heyne Verlag, München,
in der Penguin Random House Verlagsgruppe GmbH,
Neumarkter Str. 28, 81673 München
Redaktion: Sven-Eric Wehmeyer
Printed in Germany
Umschlaggestaltung: FAVORITBUERO unter Verwendung
von Shutterstock.com / matrioshka
Satz: Vornehm Mediengestaltung GmbH, München
Druck und Bindung: CPI books GmbH, Leck
ISBN: 978-3-453-42552-1

www.heyne.de

ZUSAMMENFASSUNG DES ERSTEN BANDES:

Als Sergeant **Zheng Haoming** tot aufgefunden wird, schlägt der Fall in ganz Chengdu hohe Wellen. Hauptmann **Pei Tao** von der Kriminalpolizei Longzhou scheint auf rätselhafte Weise darin verstrickt. Außerdem wird am Tatort eine sogenannte »Todesanzeige« gefunden.

Pei Tao erfährt, dass der verstorbene Sergeant Mitglied der 1984 aufgelösten Sondereinsatzgruppe 18/4 gewesen war, die man aufgrund einer Mordserie an der Polizeiakademie von Sichuan ins Leben gerufen hatte – zu einer Zeit, als Pei Tao dort studierte. Hauptmann **Han Hao** reformiert das Sonderkommando, und die Untersuchung beginnt von Neuem. Zu Pei Tao stoßen Hans Assistent **Yin Jian**, die Psychologin **Mu Jian** sowie **Zeng Rihua**, der Leiter des digitalen Überwachungssystems von Chengdu. Das letzte Mitglied der Truppe, **Xiong Yuan**, Mitglied der Spezialeinheit der Polizei (SEP) von Chengdu, wird kurz darauf im Laufe der Ermittlungen getötet; seinen Platz nimmt **Liu Song** ein, ebenfalls SEP.

Zu allem Überfluss wird die bekannte Geschäftsfrau **Ye Shaohong** trotz Polizeischutzes in aller Öffentlichkeit ermordet. Die Einsatzgruppe macht Bekanntschaft mit einem selbst ernannten Rächer namens **Eumenides** (benannt nach den drei Rachegöttinnen der griechischen Mythologie), der einer ganzen Reihe korrupter Personen Todesanzeigen zukommen lässt und unaufhaltsam scheint. In der finalen Auseinandersetzung kann weder die Polizei noch der treue Leibwächter **Bruder Hua** den Tod des mächtigen **Deng Hua** verhindern – schlimmer noch, Hauptmann Han hat sich zuvor erpressbar gemacht und wird durch eine List dazu gebracht, den Mord persönlich zu verüben.

Schließlich wird klar, dass Pei Taos alter Kommilitone, Mitbewohner und enger Freund **Yuan Zhibang** – welcher lange Zeit als verstorben galt, aber unter falschem Namen untergetaucht war – Eumenides heimlich ausgebildet hat, um eine dunkle Macht ins Leben zu rufen, die abseits der Gesetze für Gerechtigkeit sorgen soll.

Da Han auf der Flucht ist und Drahtzieher Yuan Zhibang sich selbst gerichtet hat, braucht die Einsatzgruppe schleunigst einen neuen Hauptmann, um Eumenides endlich zu stellen, bevor noch mehr Menschen ums Leben kommen ...

INHALTSVERZEICHNIS

PROLOG		9
KAPITEL EINS	DER NEUE HAUPTMANN	13
KAPITEL ZWEI	UNTERTÖNE	45
KAPITEL DREI	DIE DEMASKIERUNG DES EUMENIDES	76
KAPITEL VIER	JAGD IM UNTERGRUND	104
KAPITEL FÜNF	FALLENSTELLEN	134
KAPITEL SECHS	VON ANGESICHT ZU ANGESICHT	153
KAPITEL SIEBEN	DER TOD DES VATERS	193
KAPITEL ACHT	KÖDER	221
KAPITEL NEUN	WIE DER VATER …	256
KAPITEL ZEHN	DIE VERGANGENHEIT WIEDERERWECKEN	277
KAPITEL ELF	DER TÜTENMANN	299
KAPITEL ZWÖLF	BLUT IM BÜRO	324
KAPITEL DREIZEHN	DER TATORT WIRD UNTERSUCHT	352

KAPITEL VIERZEHN	SEI ÜBERLEBENS-GROSS	377
KAPITEL FÜNFZEHN	TÖDLICHER HINTERGRUND	398
KAPITEL SECHZEHN	DER GEFALLENE KRIEGER	421
KAPITEL SIEBZEHN	EIN PAKT ZWISCHEN WÖLFEN UND TIGERN	437
KAPITEL ACHTZEHN	PORTRÄT EINES VERDÄCHTIGEN	449
KAPITEL NEUNZEHN	DER TOD DES SOHNES	479
KAPITEL ZWANZIG	DING KE	507
KAPITEL EINUNDZWANZIG	DIE LETZTE EHRE	524
KAPITEL ZWEIUNDZWANZIG	SCHICKSAL	546
EPILOG		573

PROLOG

24. OKTOBER 2002, MITTERNACHT
STADTRAND VON CHENGDU

Neben dem verlassenen Außenposten der Stadt spannte sich eine Brücke über einen schwärenden Tümpel voll Brackwasser. Berge von halb verrottetem, monatealtem Müll verströmten einen unerträglichen Gestank. Die emsige Großstadt hatte diesen fernen Ort, den nur die hoffnungslosesten Bettler aufzusuchen wagten, schon vor langer Zeit vergessen.

Und doch standen dort zwei Männer, ein jüngerer und ein älterer, die schon vor über zehn Jahren beschlossen hatten, sich ausschließlich an solcherlei Orten zu treffen. Wofür es nur einen Grund geben konnte: Sie wollten auf keinen Fall gestört werden. Dieses spezielle Treffen fühlte sich allerdings ungewöhnlich an, ganz anders als alle vorherigen.

Die Augen des jungen Mannes funkelten vor Erregung, der ältere hingegen wirkte alles andere als begeistert. »Du solltest dich auf den Weg machen!«, forderte er mit einem harten Krächzen. »Ich habe längst alles Nötige gesagt.«

Das Mondlicht spiegelte sich im fahlen Fluss und erhellte

die Umrisse des Gesichts dessen, der gesprochen hatte. Es war entstellt und voller Narben.

Der junge Mann schwieg. Als er es nicht mehr länger aushielt, fragte er: »Wann treffen wir uns das nächste Mal?«

Der Ältere lachte. Ein knirschendes Geräusch, ebenso schauerlich wie sein zerstörtes Antlitz. »Warum musst du immer so viele unnötige Fragen stellen? Du weißt, dass es kein nächstes Mal gibt.«

Der junge Mann wandte den Blick ab. Obwohl er gewusst hatte, dass dieser Tag kommen würde, waren die Gewissheit darüber und die Unvermeidlichkeit, sich der Tatsache zu stellen, zwei völlig verschiedene Dinge.

»Pei Tao hat längst von meinem Aufenthaltsort Wind bekommen. Ich muss die Sache ein für alle Mal mit ihm klären.« Der vernarbte Mann sah dem Jüngeren fest in die Augen. »Hab keine Angst. Du bist längst stark genug, um diese Verantwortung allein zu tragen.«

»Ich kann kaum erkennen, wohin mein Weg mich führt«, sagte der junge Mann leise.

»Ich weiß, wie du dich fühlst. Trotzdem wirst du diesen Weg beschreiten. Es ist dein Schicksal. Es ist dir seit achtzehn Jahren vorherbestimmt.« Die zerklüfteten Lippen des Älteren teilten sich und gaben den Blick auf ein blütenweißes Gebiss frei.

»Aber ...«

»Ich weiß, was für ein Verlangen dich treibt«, unterbrach ihn der Ältere. »Die Gier danach, all die Aspekte des Lebens kennenzulernen, die ich dir vorenthalten habe. Sobald ich nicht mehr bin, gib dich ganz diesem Verlangen hin. Es kann dir viele Dinge offenbaren, die ich dich niemals hätte lehren können.«

Rasch wandte er sich ab, bevor der junge Mann die Tränen sehen konnte, die in seinen verwachsenen Augen schimmerten. Unter schmerzvollem Stöhnen setzte er sich in Bewegung und humpelte den Pfad am Fluss entlang. Der Blick des Jüngeren klebte an der schrumpfenden Silhouette seines Mentors. Er wollte ihm nachlaufen, wusste aber, dass er nichts sagen konnte, was ihn umgestimmt hätte. So hinkte der Vernarbte davon, während der Junge ihm mit wehmütigem Verlangen hinterherschaute.

Wer ist er? Und wer bin ich?
Warum bin ich hier?

Die letzten achtzehn Jahre hatten ihn der Beantwortung dieser Fragen kein Stück nähergebracht.

Dennoch hatten die letzten Worte seines Mentors einen kleinen Funken Hoffnung entfacht. Vielleicht war es wirklich an der Zeit, auszuziehen und die Antworten zu finden.

KAPITEL EINS

DER NEUE HAUPTMANN

26. OKTOBER, 09:25 UHR
DIE ÜBERRESTE DES JADE-GARTEN

Seit die Explosion das Restaurant zerfetzt hatte, war ein ganzer Tag vergangen. Dennoch hing noch immer eine Aura aus Rauch und Tod über der Ruine. Mehr als zwanzig Feuerwehrleute waren zwischen den Trümmerhaufen aktiv, wuchteten mit schwerem Gerät halbe Ziegelwände und große Betonbrocken beiseite. Zwischen den rot gewandeten Gestalten huschten einige wenige umher, die ganz in Weiß gekleidet waren. Sie arbeiteten paarweise und hatten große schwarze Plastiksäcke dabei. Dann und wann unterbrachen sie die Arbeit der Feuerwehrleute für einen kurzen Moment – die Männer in Weiß traten an die Rettungskräfte heran, sammelten mehrere Objekte aus den Trümmern auf und ließen sie in die Plastiksäcke gleiten. Ihre ernsten, feierlichen Mienen wirkten beinahe maskenhaft.

*

An den Kreuzungen entlang der Xingcheng-Straße ragten die Bürotürme in endlosen Reihen empor. Hoch oben in einem dieser Gebäude befand sich ein junger Mann, der das Szenario rund um die Ruine durch ein Teleskop betrachtete. Er konzentrierte sich auf jedes Detail, das sich vor seinen Augen entfaltete. So sah er auch, dass es sich bei den Objekten, welche die Männer in Weiß – Forensiker der Provinzpolizei – in ihren Plastiksäcken verstauten, um verstreute menschliche Körperteile handelte.

»Mentor«, murmelte er kaum hörbar. Heftige Emotionen zeichneten sich in seinem Gesicht ab. Trauer und Bitterkeit, überlagert von bodenloser Verwirrung.

Sein Mentor hatte ihn verlassen. Trotz all der Versprechungen, die ihm der vernarbte Mann zwei Nächte zuvor mit auf den Weg gegeben hatte, konnte er sich des Eindrucks kaum erwehren, dass sein ganzes Leben ebenso in Trümmern lag wie das Restaurant dort unten. Wer, so dachte er, außer dem Vernarbten, sollte all die Rätsel lösen, die an seinem Verstand nagten?

Du wirst diesen Weg beschreiten. Es ist dein Schicksal, hatte sein Mentor gesagt.

Er wusste, er würde seinen Weg nicht verlassen.

*

28. OKTOBER, 15:17 UHR
HOTEL TAUSEND GIPFEL

Das luxuriöse Hotel lag in einem besonders lebhaften Viertel der Provinzhauptstadt. Als Fünfsternehotel war jeder Winkel der sechsunddreißig Stockwerke der Perfektion so nah wie irgend möglich.

Soeben betrat Wu Yinwu eine der Suiten im obersten Stock. Er war vollkommen überwältigt. Derartigen Luxus hatte er in seinen achtundfünfzig Lebensjahren noch nie erblickt. Als er sich auf dem weichen Sofa aus echtem Leder niederließ, fühlte er sich von der schieren Opulenz des Raums beinahe erschlagen. Er legte die Hände auf die Knie und setzte sich vorsichtig wieder auf, als fürchte er, das prachtvolle Sofa durch Fläzen zu beschädigen.

Zwei junge Männer und eine Frau im Highschoolalter befanden sich mit ihm im Raum. Ein Blick reichte aus, um sie als das zu klassifizieren, was die meisten Eltern wohl »Tunichtgute« genannt hätten. Auch sie begafften die ungewohnte Umgebung, zeigten dabei allerdings keine Spur von Wus Zurückhaltung. Wenn sie nicht gerade kreuz und quer durch die Suite rannten, sprangen sie über Möbelstücke oder spielten an dem gewaltigen Flachbildfernseher herum, der fast eine ganze Wand einnahm.

Einer der jungen Männer trug einen großen goldfarbenen Ohrring. Er schien des Herumtollens bereits etwas überdrüssig und ließ sich auf das Sofa gegenüber der Eingangstür fallen.

»Scheiße, fühlt sich das gut an«, sagte Goldohrring und kicherte boshaft.

»Seid bitte vorsichtig«, bat Wu leise.

Goldohrring nahm keine Notiz von ihm. Er sah den anderen jungen Mann an, der eine sportlich kurze Dauerwelle trug und gerade den kleinen Kühlschrank öffnete, der auf dem Beistelltisch der Sofaecke stand. Goldohrring zog mit einem Ruck die Augenbrauen hoch.

»He!«, bellte er. »Wehe, du hamsterst das ganze Essen!«

Der Lockenkopf zog die Nase aus dem Kühlschrank und präsentierte die beiden Bierflaschen in seiner Hand. Eine warf er Goldohrring zu, die andere öffnete er, setzte sie an die Lippen und nahm zufrieden einen tiefen Schluck.

»Verbraucht hier bitte nichts. Das kostet alles Geld«, sagte Wu. Seine Stimme war dünner als ein Bindfaden.

»Wir müssen das ja nicht blechen. Warum sich also Sorgen machen?«, sagte die junge Frau vom anderen Ende des Zimmers. Sie kam näher. Ihr Gesicht war rund und prall, ihr Haar größtenteils feuerrot gefärbt.

Lockenkopf hielt ihr das Bier hin. »Schlückchen?«

»Ist bestimmt schon zur Hälfte Sabber«, gab Rotschopf zurück und fischte sich stattdessen eine Coladose aus dem Kühlschrank. Mit einem Lächeln machte sie sie auf und sah den älteren Mann an. »Möchten Sie auch eine, Herr Wu?«

Der vollführte eine abwehrende Geste. »Nein, nein, schon gut.«

Goldohrring setzte sich gerade hin, packte mit der einen Hand Wus Schulter und hielt ihm mit der anderen das Bier an die Lippen. »Kommen Sie schon.« Er zwinkerte verschwörerisch. »Gönnen Sie sich einen Schluck.«

Wu schob die Hand des jungen Mannes weg. Ein Anflug von Ärger kroch in seine Stimme. »Schluss damit. Ich habe gesagt, ich möchte nicht.«

»Herr Wu sagt, er möchte nicht. Wir können ihn schlecht

dazu zwingen«, sagte Lockenkopf mit einem breiten Grinsen. Die bösartige Andeutung ließ seine beiden Kumpane in schallendes Gelächter ausbrechen.

Wu rutschte unbehaglich auf dem Sofa herum. *Wo bleibt er nur?* Im Angesicht dieser drei Schüler fühlte er sich reichlich gedemütigt.

Sowie ihr Gelächter verklungen war, schienen sie sich allerdings die gleiche Frage zu stellen.

»Was ist los? Wo ist der Typ, der gesagt hat, er will uns hier treffen?«, fragte Goldohrring. »Der hat Sie doch nicht etwa versetzt, oder?«

Lockenkopf warf seinem Mitschüler einen ätzenden Blick zu. »Glaubst du ernsthaft, der Kerl mietet uns eine Luxussuite, um uns dann sitzen zu lassen? Schalt dein Hirn ein, Mann.« Er nahm einen tiefen Zug aus der Flasche.

»Trotzdem gibt es keinen Grund, warum er so viel Zeit verplempert«, sagte Rotschopf ungehalten. »Ich hab zwei Freunden aus dem Netz versprochen, dass wir später abhängen können. Sag ihm, er soll sich beeilen, ja?«

Nach einer kurzen Denkpause zückte Lockenkopf sein Handy und wählte eine Nummer. Kurz hielt er sich das Gerät ans Ohr. Dann rümpfte er die Nase.

»Was denn?« Die Rothaarige beugte sich über ihn.

Lockenkopf nahm einen Finger vom Flaschenhals und legte ihn an die Lippen. »*Psst.*« Sein Blick glitt zur Eingangstür.

In der folgenden Stille konnten die Leute im Raum das ferne Klimpern einer Melodie ausmachen.

Das Geräusch kam von der angelehnten Tür.

Die Melodie verstummte. Langsam öffnete sich die Tür. Alle sahen gebannt zu, wie ein sonderbarer Mann die Suite betrat.

Er überragte sie alle. Obwohl seine Kleidung durchaus gewöhnlich schien, gab es zwei Details, die ihnen nicht geheuer waren. Er trug schwarze Samthandschuhe und eine Skimaske, die sein ganzes Gesicht bis auf die Augen verdeckte. Und diese Augen glitzerten geradezu.

»Wer ... wer sind Sie?«, fragte Wu, der sich halb erhoben hatte.

»Die Person, die darum gebeten hat, Sie zu treffen.«

Der Mann schloss die Tür. Er sprach leise, artikulierte aber deutlich und scharf.

»Was ist denn mit dir los, Kollege? Kommst du frisch von 'ner Schönheits-OP?« Lockenkopf grinste immer noch breit. Goldohrring und Rotschopf lachten.

Der Mann zeigte keinerlei Reaktion auf den Spott. Er griff sich einen der Holzstühle neben dem Couchtisch, schleifte ihn zur Tür, klemmte ihn unter die Klinke und verbarrikadierte so den Ausgang. Dann ließ er sich auf dem Stuhl nieder. Langsam wanderte sein Blick von einem Teenager zum anderen. Es lag keinerlei Bosheit in seinem Blick, und doch schien eine unbegreifliche Kraft von ihm auszugehen. Die Macht seines Blicks ließ Lockenkopf und die anderen auf der Stelle verstummen.

»Setzen Sie sich bitte«, sagte der Mann.

Wu sank sofort auf das Sofa zurück. Obwohl die drei Teenager weniger unterwürfig wirkten, ließen auch sie Angst und Nervosität erkennen. Keiner von ihnen konnte sich erklären, weshalb die Stimme des Mannes diesen Einfluss auf sie hatte, aber etwas in seinem Tonfall ließ sie gehorchen.

Zögerlich sahen Goldohrring und Rotschopf zu Lockenkopf herüber. Allem Anschein nach war er der Anführer ihrer Gruppe.

Lockenkopf besann sich der Umstände, beschloss anscheinend, sich diese Erniedrigung nicht gefallen zu lassen, und schob den Unterkiefer vor. »Wir sind unter bestimmten Bedingungen hergekommen. Bevor wir irgendetwas anderes besprechen, müssen Sie erst mal liefern.«
Der Mann hob die rechte Hand. Drei scharlachrote Briefumschläge kamen zum Vorschein.
»Bitte sehr.«
Die Direktheit des Mannes ließ Lockenkopf abermals zögern. Dann trat er ein paar Schritte vor und nahm die Umschläge entgegen.
»Der erste ist für Sie. Den zweiten geben Sie dem Mädchen, und der dritte ist für Ihren Gefährten«, sagte der Mann.
Kurz darauf hatten alle Umschläge die Hände der ihnen zugedachten Rezipienten erreicht. Wu hingegen starrte verständnislos hin und her und versuchte sich zusammenzureimen, was vor sich ging. Irgendwie war er zu einem bloßen Beobachter geworden.
Goldohrring öffnete sein Kuvert als Erster. Darin befand sich ein hauchdünnes Blatt Papier – eindeutig nicht das, was er vorzufinden gehofft hatte. Nachdem er gelesen hatte, was dort geschrieben stand, konnte er sich nicht länger beherrschen.
»Was zum Teufel soll das sein?«
Lockenkopf öffnete seinen Umschlag. Auf dem Zettel standen mehrere Zeilen Text in makelloser Kalligrafie.

> **TODESANZEIGE**
>
> DER ANGEKLAGTE: Xie Guanlong
> VERBRECHEN: Demütigung eines Lehrers
> DATUM DER URTEILSVOLLSTRECKUNG: 28. Oktober
> HENKER: Eumenides

»Soll das ein Scheißwitz sein?«

Lockenkopf zerknüllte das Papier und warf es nach dem Mann.

»Das ist kein Spiel«, sagte der Fremde, dessen Stimme mit einem Mal eisig klang. »Ihr alle seid schuldig, verurteilt von euren Mitbürgern. Ich bin Eumenides, euer Henker.«

Lockenkopf schnaubte verächtlich. »Meine Fresse – du glaubst, du kannst dir 'ne Skimaske überziehen und bist direkt ein Superheld, oder was? Verpiss dich aus unserer Suite!«

Wu sprang vom Sofa auf. Irgendetwas stimmte ganz und gar nicht. »Wa ... was geht hier vor?« Er lief zu Rotschopf und überflog den Zettel in ihrer Hand. Die makellosen Schriftzeichen verschwammen vor seinen Augen, so sehr zitterte das Mädchen. Ihr Gesicht war aschfahl geworden.

»Das ist Eumenides! Wisst ihr nicht, was das heißt?«

Goldohrring und Lockenkopf sahen das Mädchen völlig entgeistert an.

Rotschopf packte Goldohrring an der Schulter. »Er ist ein Mörder. Ein echter Mörder. Letzte Woche hat er diese Frau umgebracht, die damals den Obsthändler mit ihrem BMW überfuhr. Das Netz ist voll davon!«

Ihre Panik war ansteckend. Jetzt bekamen es auch ihre beiden Freunde mit der Angst zu tun. Ein Mörder in ihrer

Stadt, der Tod dieser Frau mit dem BMW – davon hatten sie in der Tat gehört. Konnte dieser Killer wirklich der Kerl sein, der da vor ihnen saß?

»Am Elften dieses Monats habt ihr euren Lehrer Wu Yinwu gedemütigt. Nicht nur das, ihr habt seine Demütigung auch noch gefilmt und ins Netz gestellt. Obwohl ihr dafür von allen Seiten verurteilt wurdet, habt ihr nicht die geringsten Anstalten gezeigt, euch dafür zu entschuldigen. Was habt ihr zu eurer Verteidigung zu sagen?«

Seine Stimme war von einem Murmeln zu einem mächtigen Schrei geworden. Goldohrring zitterte nun ebenfalls so stark, dass ihm der Zettel durch die Finger rutschte. Er kroch zu Lockenkopf rüber. »Was machen wir jetzt, zum Teufel?«

»Wir verduften«, sagte Lockenkopf und schnitt eine Grimasse. »Scheiß auf den Kerl, lasst uns abhauen.« Nur musste er sehr bald feststellen, dass sein Plan einen kleinen Haken hatte. Der Mann blieb auf dem Stuhl vor dem einzigen Ausgang der Suite sitzen. Wenn sie hier raus wollten, mussten sie sich um den Fremden kümmern.

»Aus dem Weg, verdammt!«, fauchte Lockenkopf.

»Komm zu mir.« Die ruhige, beinahe sanfte Stimme des Mannes jagte dem Jungen einen Schauer über den Rücken. Sein Mut schwand wie Herbstlaub im Wind.

»Nein«, sagte Wu und baute sich zwischen Lockenkopf und ihrem Gast auf. »Hört nicht auf ihn.« Er vermied es, dem Maskierten in die Augen zu schauen. »Sie haben sich bereits bei mir persönlich entschuldigt. Machen Sie ihnen nicht noch mehr Schwierigkeiten. Ich flehe Sie an.«

Ein emotionsloses Grinsen zeichnete sich unter der Maske ab. »Die haben sich schon entschuldigt, sagen Sie? Ich habe mit angesehen, wie Sie zu viert das Hotel betreten haben und hier heraufgefahren sind. Ich habe beobachtet, wie sie Sie behandeln. Können Sie mir mit Überzeugung versichern, dass diese Entschuldigungen etwas verändert haben?«

Wu verzog das Gesicht. Natürlich hatte der Mann recht. Sie würden ihn als Lehrer niemals respektieren. Das wusste er sehr wohl.

Was er hingegen nicht wusste, war, dass der maskierte Mann noch immer wie betäubt vom kürzlichen Tod seines eigenen Lehrers war.

Ein Blick wie Stahl glitt über die drei Teenager. »Für eure Verbrechen gibt es kein Verzeihen«, presste er zwischen zusammengebissenen Zähnen hervor.

Alle drei schraken vor seinem bohrenden Blick zurück. Auch Wu schien zu schrumpfen, rang seine Angst jedoch nieder und versuchte erneut, in ihrem Namen zu verhandeln.

»Das ist alles längst nicht so ernst, wie Sie offenbar glauben! Das sind doch bloß Kinder! Die haben sich einfach einen Spaß daraus gemacht, das Video aufzunehmen. Bitte, überlegen Sie doch, was Sie hier tun. Ich bin ihr Lehrer – ich bin für sie verantwortlich!«

Der Blick des Mannes wanderte zum ältesten Insassen des Zimmers. Sein Tonfall hatte nichts von seiner Schärfe eingebüßt. »Halten Sie sich im Ernst immer noch für deren Lehrer? Warum haben Sie darüber nicht nachgedacht, als die Ihren Unterricht auseinandergenommen haben? Wissen Sie überhaupt, was es bedeutet, ein Lehrer zu sein?«

Wus Zunge hing nutzlos schlaff in seiner Mundhöhle.

»Ein Lehrer sollte Weisheit weitergeben, Wissen vermitteln und Zweifel beseitigen. Sehen Sie sich Ihre Schüler an.

Was haben Sie für sie getan? Haben Sie ihnen etwas vermittelt? Auch nur das kleinste bisschen ihrer Zweifel beseitigt? Ihre Rolle bei Ihrer eigenen Erniedrigung ist unbestreitbar. Ich habe Sie heute mit eingeladen, damit Sie sehen, was passiert, wenn man die Pflicht den eigenen Schülern gegenüber vernachlässigt.«

Bei jedem Satz zuckte der Lehrer wie unter einem Peitschenhieb. Nachdem der letzte verbale Riemen geknallt hatte, ließ Wu voll Scham den Kopf hängen. Keine Antwort wollte ihm über die Lippen kommen.

Da wurde Lockenkopf plötzlich aktiv. Weniger von Mut als von Verzweiflung getrieben, zog er das kleine Beil aus der versteckten Innentasche seines Mantels. Es war das genaue Ebenbild jener Waffen, die sämtliche Finsterlinge in den bei seiner Generation so beliebten Actionfilmen aus Hongkong schwangen.

»Machst du jetzt Platz oder nicht? Wenn du dich nicht bewegst, solltest du dich besser auf Schmerzen gefasst machen!«

»Worauf wartest du dann?«, gab der Mann mit entsetzlicher Gelassenheit zurück.

Lockenkopf biss sich auf die Zähne und stürmte auf den Eindringling zu. Er hob die rechte Hand hoch über den Kopf und ließ das Beil auf den Hals seines Gegners hinabsausen.

Der Mann streckte eine Hand aus und packte das Handgelenk des Angreifers mitten im Schwung. Eine kurze Drehung, und Lockenkopf krümmte sich vor Schmerz. Das Beil fiel harmlos zu Boden. Der Fremde legte Zeigefinger und Mittelfinger aneinander und fuhr damit sanft über den Hals des Teenagers. Lockenkopf verstummte. Seine Augen weiteten sich, die Lippen zuckten leicht.

Ein langer, tiefer Schnitt verlief quer durch seine Kehle. Blut wallte auf und bespritzte den sündhaft teuren Teppich. Der Mann schien kein Blut auf seine Kleidung bekommen zu wollen, streckte die Linke zur Seite aus und ließ Lockenkopf auf den Boden sinken. Der Teenager zuckte noch ein paarmal, dann lag er reglos da.

Der Schrei des Mädchens war ohrenbetäubend. Dem Mann allerdings schien der Lärm keine Sorgen zu bereiten. Schließlich hatte er diese Suite wegen der dicken, schalldichten Wände gewählt.

Wu war erstarrt. Jetzt schüttelte er sich, als erwachte er aus einem Traum. »Sie haben ihn getötet. Wie können Sie nur? Warum?«

Je länger er jammerte, desto dünner wurde seine Stimme.

Während das Mädchen in die hinterste Ecke des Zimmers zurückgewichen war, sah Goldohrring seine Chance und rannte auf die Tür zu. Auf den Fremden wirkten seine Bewegungen allerdings lächerlich langsam.

Ehe irgendjemand begriff, was geschehen war, hatte der Mann blitzschnell den linken Arm ausgefahren und sich Goldohrring hilflos wie ein Kleinkind eng an die Brust gepresst. Langsam reckte er den rechten Arm.

Wu brach zusammen, fiel auf die Knie und begann einen Kotau nach dem anderen zu vollführen. Wieder und wieder klatschte seine Stirn mit einem widerwärtigen Schmatzen auf den Boden. »Bitte, ich flehe Sie an! Töten Sie nicht noch jemanden!«

Die Rechte des Mannes verharrte mitten in der Luft. »Sie wollen nicht, dass ich ihn bestrafe?«

Wu krabbelte auf Händen und Füßen vorwärts. Seine Stimme war halb erstickt von Tränen. »Bitte, bestrafen Sie meine Schüler nicht! Das ist alles meine Schuld. Ich habe meine Pflichten als Lehrer vernachlässigt.« Tränen liefen ihm die Wangen hinab.

Der Mann schwieg einen Moment lang. »Sind Sie bereit, für Ihre Fehler geradezustehen?«

»Ja, ja! Lassen Sie nur meine Schüler gehen!«

Der Mann wischte mit dem Fuß über den Teppich. Das Beil rutschte über den Boden und blieb keinen halben Meter vor Wus Knien liegen. »Schneiden Sie sich die linke Hand ab«, sagte der Mann ruhig und beinahe gleichgültig.

Wu blickte auf. Die Augen traten ihm fast aus dem Kopf. »Was?«

»Amputieren Sie sich die linke Hand. Wenn Sie das tun, lasse ich sie gehen.«

»Aber ...« Wu stotterte, ein Knie gab nach, er schlug bäuchlings auf den Boden.

Der Mann zeigte mit einem Finger auf ihn. »Es ist Ihre Entscheidung. Ich werde Sie zu nichts zwingen.«

Goldohrring sah die feine Rasierklinge zwischen seinen Fingern aufblitzen. Namenlose Furcht kroch durch seinen Leib. Er wollte sich losreißen, aber sein Körper reagierte nicht. Er warf Wu einen flehenden Blick zu und versuchte, ein Wort am Arm des Mannes vorbeizupressen, der wie ein Schraubstock um seinen Hals lag.

»Bitte ...«

»Geben Sie mir eine Sekunde.« Wu hob die Hand, um seinen Schüler zum Schweigen zu bringen. Er stählte sich mit ein paar abgehackten Atemzügen, dann hob er das Beil auf. Die Schneide wirkte so scharf wie ein Fleischermesser.

Die Augen des Fremden leuchteten vor plötzlicher Erwartung.

Der Lehrer stieß einen wortlosen, bestialischen Schrei aus. Er riss das Beil hoch und drehte die Schneide so, dass sie auf sein linkes Handgelenk wies. Seine Stimme erstarb zu einem gebrochenen Keuchen. Dann schnappte er nach Luft und ließ das Beil wie in Zeitlupe sinken. Sein Handgelenk blieb unversehrt.

Der Fremde schüttelte enttäuscht den Kopf. Seine Rechte glitt über Goldohrrings Hals, dem dadurch das gleiche Schicksal wie Lockenkopf zuteilwurde. Als sein Körper zu Boden sackte, starrte er Wu mit leeren, weit aufgerissenen Augen an. Der ältere Mann fiel rücklings auf den Teppich, als hätte ihm jemand eins über den Schädel gezogen.

Ein paar Sekunden später riss Rotschopfs Schrei ihn abermals aus seiner albtraumhaften Trance. Da sah er, dass der Mann sich langsam dem Mädchen näherte.

Die linke Hand schoss vor. Das Mädchen wurde an ihrer flammenden Haarmähne hochgerissen. Sie brachte kaum noch den Mut auf, sich zu wehren. Ihre Stimme war zwischen den Schluchzern kaum zu verstehen. »Bitte, Herr Wu. Helfen Sie mir.«

Wu stieß einen weiteren wilden Schrei aus. Diesmal klang er allerdings ernstlich verstört. Das Beil flog empor und sauste sofort mit unglaublicher Geschwindigkeit wieder herab. Wus Schlag war wuchtig und präzise; er trennte sich die Hand mit einem sauberen Hieb ab.

Der Mann ließ das Mädchen los und machte einen Schritt zur Seite. Sie stürzte zu ihrem Lehrer. Ihre Tränen waren versiegt – der Schock saß zu tief, als dass sie noch hätte weinen können.

Wu schlang sich den Ärmel eng um den Stumpf und versuchte, die Blutung zu stoppen. Wimmernd kämpfte er gegen die Schmerzen an. Sein Blick wich nicht von dem Fremden. Seltsamerweise lag eiserne Entschlossenheit darin.

»Herr Wu, Herr Wu«, schluchzte das Mädchen nun. Sie hob die abgeschlagene Hand ihres Lehrers auf und drückte sie sich an die Brust.

Wu spürte ein Gefühl in sich aufsteigen, das ihm gänzlich fremd war, das er nie zuvor erlebt hatte. Es musste sich, dachte er, um *Stolz* handeln.

Der Mann schenkte ihm ein anerkennendes Nicken. Dann betrachtete er das Beil und verweilte mit dem Blick auf der blutverschmierten Schneide. Er holte tief Luft und musterte das Mädchen kritisch.

»Ich habe alle Urteile vollstreckt. Obwohl du noch lebst, bist du heute in gewisser Hinsicht gestorben. Von jetzt an solltest du ein gänzlich neues Verständnis davon haben, was es bedeutet, am Leben zu sein.« Er richtete seinen durchdringenden Blick auf Wu. »Und was Sie angeht, haben Sie endlich den Mut und das Pflichtgefühl in sich entdeckt, die einen wahren Lehrer auszeichnen.«

*

19 : 35 UHR
HAUPTBAHNHOF CHENGDU

Die Stimme einer Nachrichtensprecherin schnarrte aus dem Fernseher: »Infolge der anfänglichen Untersuchung der Explosion, die sich vergangenen Freitag in der Xingcheng-Straße ereignete, haben wir bereits eine grundsätzliche Vorstellung davon, was dort vorgefallen ist.

Es handelt sich um einen Terroranschlag. Die Explosion

hat zwei Menschen getötet, jedoch keine weiteren Opfer gefordert. Eine der getöteten Personen war Guo Meiran, die Besitzerin des Restaurants *Jade-Garten*. Bei der anderen Person handelte es sich um Yuan Zhibang, den für die Explosion verantwortlichen Täter. Wie die Polizei bekannt gab, hat Yuan bereits vor achtzehn Jahren eine Explosion in dieser Stadt verursacht, bei der ebenfalls zwei Personen ums Leben kamen. Die Polizei ist der Ansicht, dass es sich bei Yuan um den Serienmörder namens Eumenides handelt, der in jüngster Zeit mehrere Morde in Chengdu begangen hat, darunter den Mord an Ye Shaohong, dessen Tod sowohl im Netz als auch in den Medien für heftige Diskussionen gesorgt hat.«

Pei Tao stieß einen tiefen Seufzer aus. Er schüttelte den Kopf, setzte sich von der Menge ab, die den Bildschirm umringte, und steuerte auf die Fahrkartenkontrolle zu. Gerade als er die Hand auf der Suche nach dem Ticket in die Jacke steckte, hörte er hinter sich eine Frauenstimme.

»Einen Moment bitte, Hauptmann Pei.«

Pei drehte sich um und war überrascht, in das überaus attraktive Gesicht der Psychologin Mu Jianyun zu blicken. Sie war noch ein paar Meter entfernt, näherte sich aber zügig und hatte zwei Polizisten im Schlepptau. Links von ihr lief, mit Brille und sorgfältig zerzausten Haaren, Zeng Rihua, der oberste Computerexperte der Polizei von Chengdu. Yin Jian zu ihrer Rechten war durchschnittlich groß und schleppte die Aura eines Bücherwurms mit sich herum. Bis gestern war er noch der Assistent des Leiters ihrer Abteilung gewesen.

Pei und die drei Neuankömmlinge waren allesamt Mitglieder der Einsatzgruppe 18/4, von der städtischen Polizei mit dem expliziten Ziel neu gegründet, Eumenides das Handwerk zu legen.

»Pei«, sagte Mu jetzt, »Sie können nicht verschwinden.«

»Wieso nicht?«, gab er patzig zurück.

»Wir haben unser Einsatzziel noch nicht erreicht«, sagte Zeng mit einer frostigen Grimasse. »Yuan ist tot, aber sein Schützling rennt da draußen frei herum. Und dieser neue Eumenides wird das Töten nicht einfach sein lassen. Ich bin gespannt, was die Nachrichtensprecher daraus machen wollen, sobald der nächste Mord ans Licht kommt.«

Pei dachte einen Augenblick nach und schüttelte den Kopf. »Das weiß ich alles, aber ich kann hier nicht bleiben. Ich muss zurück nach Longzhou. Ich hatte bloß um eine Woche Auszeit gebeten, bevor ich hergekommen bin, und bei mir stapelt sich die Arbeit.«

Zeng kicherte böse. »Keine Sorge, längst erledigt.«

Yin öffnete seine Kuriertasche und zog ein Blatt Papier hervor, das fein säuberlich doppelt gefaltet war. Mit feierlicher Miene händigte er es Pei aus.

Ganz oben stand ein einziges fettes schwarzes Schriftzeichen: **Versetzungsbescheid**. Pei las weiter.

»Aufgrund eines dringenden Vorschlags der Führung der Kriminalpolizei Chengdu und mit Genehmigung der Provinzabteilung für Öffentliche Sicherheit hat die Polizei von Longzhou eingewilligt, Hauptmann Pei Tao zur Kriminalpolizei von Chengdu zu versetzen, um dort bis auf Weiteres die Stelle als Hauptmann der Kriminalpolizei und hauptamtlicher Leiter der Einsatzgruppe 18/4 zu bekleiden. Die Provinzabteilung für Öffentliche Sicherheit von Sichuan wird einen geeigneten Kandidaten aus der Provinz benen-

nen, der den Posten des oben genannten Beamten vorübergehend besetzen wird.«

Peis Augen waren immer größer geworden. Yin hingegen stand vor ihm und salutierte.
»Hauptmann!«
Nachdem er den Versetzungsbescheid wieder sorgfältig zusammengefaltet hatte, rieb Pei sich nachdenklich das Kinn. »Das ist ... Das kommt schon ein bisschen unerwartet, oder?«
»Dieser Befehl wäre längst nicht so schnell erfolgt, hätte Polizeichef Song sich nicht dahintergeklemmt«, sagte Yin. »Der Chef will Sie so schnell wie möglich sehen. Er will die Ermittlung dringend vorantreiben.«

*

20 : 47 UHR
VERHÖRRAUM, HAUPTQUARTIER DER
KRIMINALPOLIZEI CHENGDU

Sowie Yin das Vernehmungszimmer betrat, wallte Übelkeit in ihm auf. Dies würde zweifellos das schwierigste Verhör seiner Karriere werden.
Der diensthabende Beamte trat auf ihn zu.
»Wurde auch Zeit«, flüsterte der Mann. »Übernehmen Sie bitte für mich. Ich bin für dergleichen nicht gemacht.«
Auch Yin senkte die Stimme. »Wie meinen Sie das?«
»Er weigert sich zu reden, abgesehen davon, dass er angeblich auf Sie wartet.«
Yin nickte. »Verstehe. Betrachten Sie sich als abgelöst.«

Der Beamte atmete erleichtert auf. Sobald er den Raum verlassen hatte, setzte Yin sich auf den Stuhl, den der Mann Sekunden zuvor geräumt hatte.

Sein Gegenüber betrachtete ihn über den Tisch hinweg aus blutunterlaufenen Augen.

»Hauptmann«, sagte Yin und stockte sofort. Wie sollte er die Sache in Angriff nehmen?

Der ehemalige Hauptmann Han Hao grinste verächtlich. »Warum nennen Sie mich immer noch Hauptmann? Haben Sie vergessen, was ich Ihnen beigebracht habe? Wenn Sie ein Verhör führen, tun Sie alles dafür, die zu verhörende Person davon zu überzeugen, dass Sie allein alle Macht und Autorität besitzen. Andernfalls können Sie brauchbare Resultate direkt vergessen!«

»Hauptmann ... Han ...« So sehr er es auch versuchte – Yin konnte sich einfach nicht dazu durchringen, seinen ehemaligen Vorgesetzten irgendwie anders zu nennen. Also ließ er alle vorgespielte Autorität fahren und sagte flehentlich: »Hören Sie doch auf, es uns so schwer zu machen. Sagen Sie uns einfach die Wahrheit über das, was passiert ist!«

Han hatte sich bei der plötzlichen Veränderung in Yins Verhalten versteift. Nach einer kurzen Pause sagte er: »Wieso kommen Sie erst jetzt?«

»Es gab ein paar interne Umstrukturierungen«, sagte Yin. Er überlegte einen Moment, beschloss aber, es könne nicht schaden, die Wahrheit auszusprechen. »Einen Personalwechsel. Pei Tao wird kommissarischer Hauptmann der Kriminalpolizei und Leiter der Einsatzgruppe.«

Hans Herz begann schneller zu schlagen. Noch vor wenigen Tagen war Pei Tao einer seiner Hauptverdächtigen gewesen. Jetzt hatte Pei seinen alten Job bekommen, und er saß hinter Gittern. Falls das kosmische Ironie sein sollte, so fand er sie ganz und gar nicht witzig.

Aber schnell spürte er seine Tatkraft zurückkehren. Er lächelte bitter. »Wann wird das offiziell?«

»Der Versetzungsbescheid ist schon raus. Wahrscheinlich wird er morgen offiziell eingesetzt.«

»Hervorragend.« Han schloss die Augen und seufzte. »Gerade rechtzeitig für ihn, um mich verhören zu können. Und bestimmt wird er seinem Unmut Luft machen, nicht wahr?«

»Zögern Sie das nicht bis zu seiner Ankunft hinaus, Hauptmann. Sagen Sie uns, was wir wissen müssen. Sie sind immer noch Polizist, egal auf welcher Seite des Tischs Sie sitzen. Am Ende wollen wir alle dasselbe.«

Stille senkte sich über den Raum. Schließlich schüttelte Han den Kopf. »Nicht heute. Ich bin zu erschöpft. Ich muss mich ausruhen.«

»Na schön.« Yin sah die beiden Beamten an, die ihn flankierten. »Bringen Sie Hauptmann Han in seine Zelle zurück.«

Während der jüngere der beiden Männer Han die Handschellen anlegte, hielt er plötzlich inne.

»Wir müssen Sie noch, äh, nach persönlichen Gegenständen durchsuchen.«

Han stand auf, hob die Arme und ließ zu, dass ihm die Beamten Schlüssel, Ausweis, Brieftasche, Handy und diverse andere Dinge abnahmen. Als einer die Hand nach seiner Halskette ausstreckte, schüttelte er jedoch den Kopf.

»Mir wäre lieber, Sie würden das nicht an sich nehmen. Darin ist ein Bild von meinem Sohn.«

Der Beamte warf Yin einen fragenden Blick zu.

»Aufmachen«, sagte Yin und betrachtete den kupferfarbenen Anhänger.

Der Beamte tat, wie ihm geheißen. Weder Optik noch Gewicht des Anhängers schienen ungewöhnlich. Aufgeklappt kam ein Foto zum Vorschein, eingerahmt hinter einer dünnen Scheibe aus Plexiglas. Es war das grinsende Gesicht eines kleinen Jungen von vielleicht sieben oder acht Jahren. Yin spürte einen Anfall von Anteilnahme für Han. Es war ein Gesicht, das jeden Vater zum Lächeln bringen würde.

»Er soll es behalten«, sagte Yin.

Han widerstand dem Drang, verschlagen zu grinsen.

*

21 : 03 UHR
RESTAURANT GRÜNER FRÜHLING

Er saß allein da, die Gesichtszüge im Schatten einer tief sitzenden Schirmmütze verborgen.

Jedes Mal, wenn er eine seiner Todesanzeigen vollstreckt hatte, gönnte er sich ein vorzügliches Mahl. Es war eine Tradition, die er erst letzten Monat begonnen hatte, aber definitiv weiterführen wollte. In letzter Zeit war er sehr von der Huaiyang-Küche angetan, die mit ihren diversen östlichen Spezialitäten eine der vier großen Traditionen der chinesischen Küche ausmachte.

Das *Grüner Frühling* hatte die beste Huaiyang-Küche in ganz Chengdu zu bieten. Es war ein gehobenes Restaurant, wo die Speisen so viel kosteten wie die feinen Kunstwerke, die seine Wände bedeckten. Die Gäste gehörten zur Spitze der hiesigen Hautevolee und dinierten mit formvollendet zur Schau gestellter Etikette.

Wann immer er hier aß, setzte er sich stets an den abgelegensten Tisch, den das Restaurant zu bieten hatte. Es verschaffte ihm möglichst freie Sicht auf die Umgebung. Unabhängig davon, wo er sich befand, war seine oberste Priorität schon immer gewesen, die strategisch günstigste Position zu erkennen und einzunehmen.

Ein angenehm indirektes Leuchten umgab die Ecke mit seinem Tisch und betonte die eleganten Bambuszeichnungen auf der Tapete. Er warf einen flüchtigen Blick auf das Besteck und nahm das elegante, formvollendete Design jedes einzelnen Stücks zur Kenntnis. Seine Lippen zuckten und bildeten ein schattenhaftes Lächeln. Hier kam sein Geist zur Ruhe.

Es gab nur einen Aspekt am *Grüner Frühling*, den er noch mehr genoss als die exquisite Küche, und das war die Musik. In der Mitte des Restaurants befand sich ein rundes Wasserbecken von sechs Metern Durchmesser, umgeben von einer zart gezeichneten Landschaftskulisse. In der Mitte des Beckens gab es eine kleine Bühne.

Er plante jeden Besuch in diesem Restaurant so, dass er mit dem Violinkonzert um neun Uhr abends zusammenfiel, und ein schneller Blick auf die Uhr sagte ihm, dass die Zeit gekommen war.

Er sah die junge Violinistin die Bühne betreten. Ihre edlen Gesichtszüge waren aufs Äußerste konzentriert, während sie ihr Instrument bediente. Rabenschwarzes Haar floss in großen Wellen über ihre Schultern. Die weiße Bluse schmiegte sich eng an ihre zierliche Figur, darunter floss der smaragdfarbene Rock bis auf den Boden. Sie wiegte sich auf der Bühne wie eine helle Lotosblüte über einem weiten Teich.

Er wusste nicht genau, weshalb er ihre Musik derart genoss, aber er wusste, was sie in ihm hervorrief. Diese Musik trug ihn weit, weit fort von der Stadt, fort über ein Meer aus betörend unbekannten Gefühlen.

Nachdem das Mädchen ihr erstes Stück beendet hatte, winkte er einen Kellner herbei.

»Schicken Sie dem Mädchen ein Bouquet Ihrer besten Lilien. Sie können sie auf meine Rechnung setzen.«

Der Kellner verbeugte sich vornehm. »Sehr wohl, der Herr. Wünschen Sie noch eine Nachricht hinzuzufügen?«

Er schüttelte den Kopf. »Überreichen Sie ihr die Blumen anonym.«

»Selbstverständlich, der Herr.«

Als die Violinistin das zweite Stück beendet hatte, näherte sich ein Mitarbeiter des Restaurants mit einem Lilienstrauß der Bühne. Die junge Frau erhob sich und nahm die Blumen entgegen, hob sie dicht vor ihr Gesicht, schnupperte und verbeugte sich tief vor dem Publikum.

Bei der Verbeugung schlug sie die Augen auf. Ihre Blicke schienen sich zu treffen, und aller antrainierten Disziplin zum Trotz *wollte* er, dass sie ihn sah. Obwohl er wusste, dass sie ihn nicht entdecken würde. Ihre blinden Augen konnten nicht einmal die Blumen sehen, die sie in der Hand hielt.

*

29. OKTOBER, 08:00 UHR
KONFERENZRAUM, HAUPTQUARTIER DER
KRIMINALPOLIZEI CHENGDU

Einmal mehr hatten sich die Mitglieder der Einsatzgruppe 18/4 im Konferenzraum eingefunden. Ihre kollektive Aufmerksamkeit galt einem Video, das vom Projektor unter der Decke an die Leinwand geworfen wurde.

Das Video schien mit einem kleinen Camcorder gedreht worden zu sein. Das Bild war von dürftiger Qualität und stark verwackelt, außerdem waren die Aufnahmen mit einer Lauflänge von vier Minuten und fünfundfünfzig Sekunden recht kurz.

»Scheiße, Mann, das nenn' ich mal Geografie«, sagte ein Schüler in die Kamera. Eins seiner Ohren zierte ein goldener Ring.

Die Kamera zoomte heraus, und die Mitglieder der Einsatzgruppe fanden sich in einem Klassenzimmer wieder. Ein älterer Lehrer mit weißer Schirmmütze stand an der Stirnseite des Raums auf einer leicht erhöhten Plattform, ganz in den Vortrag vertieft, den er für seine rund zwei Dutzend Schüler hielt. Die allerdings taten alles, außer ihm Aufmerksamkeit zu schenken. Manche schliefen mit dem Kopf auf der Tischplatte, andere unterhielten sich lautstark. Ein paar von ihnen gestikulierten in Richtung Kamera.

Einige Sekunden später stieß ein junger Mann mit platinblonder Dauerwelle einen Freudenschrei aus. »Und nun«, proklamierte er, »begrüßen wir Xie Guanlong auf der Bühne!«

Der Schüler mit dem goldenen Ohrring sprang von seinem Stuhl und rannte auf den Lehrer zu. Mit einer schnellen Bewegung fischte er ihm die Schirmmütze vom Kopf. Wortlos starrte der Lehrer seinen Schüler an, während sich sein Gesicht langsam mit Schamesröte füllte. Der Schüler ließ die Mütze zweimal um den erhobenen Zeigefinger kreisen, ehe er sie zurück auf den Kopf des Lehrers beförderte. Dann kehrte er an seinen Platz zurück, wobei er mit breitem Lächeln in die Kamera winkte.

Der Lehrer stand auf seiner Plattform und schien vor Scham fast zu vergehen. Trotzdem nahm er sehr bald seinen Vortrag wieder auf.

Sofort ging seine Stimme in Beleidigungen und Klamauk unter. Die Kamera folgte dem Jungen mit dem goldenen Ohrring, der kreuz und quer durch den Raum lief. Weitere Jungen und Mädchen erhoben sich von ihren Stühlen und stimmten ins Chaos ein. Binnen Sekunden ergoss sich ein wahrer Sturm von Gelächter und Kraftausdrücken aus den Lautsprechern des Konferenzraums.

Etwa eine Minute später kehrte der Junge mit dem goldenen Ohrring zur Plattform zurück. Er versuchte dem Lehrer mit dem Finger gegen die Wange zu schnipsen, aber diesmal machte der ältere Herr einen Schritt zur Seite.

»Stör bitte deine Mitschüler nicht«, sagte der Lehrer fast leblos.

Die Kamera wurde herumgerissen, der Junge mit dem Lockenkopf füllte das ganze Bild aus. »Der Typ ist echt ein Idiot. Beispiel gefällig?« Er lehnte sich zurück und warf eine halbvolle Wasserflasche nach vorn. Sie segelte auf die Plattform zu, traf den Tisch mit einem lauten Knall und verteilte die Notizblätter des Lehrers auf dem Boden.

»*Benehmt euch doch*«, flehte der Lehrer, doch seine Stimme war kaum mehr als ein furchtsames Quieken.

Wieder fuhr die Kamera herum und zeigte das Gesicht eines untersetzten Mädchens. »Seht ihr das? Das ist *unsere* Klasse. Wir haben hier das Sagen.«

Das Video endete in einer Schwarzblende. Die Mitglieder der Einsatzgruppe schüttelten stumm die Köpfe.

Obwohl Pei das Video zur Vorbereitung dieses Treffens bereits gesehen hatte, kochte er vor Wut. Diese Sorte Schüler kannte er nur zu gut – Jahr für Jahr hatte er neben ihnen sitzen müssen. Und obwohl er wusste, was Eumenides ihnen angetan hatte, machte sich am Rand seines Bewusstseins ein verstörender Gedanke bemerkbar. *Sie haben es nicht anders verdient.*

»Yin, bringen Sie bitte die Gruppe auf den neuesten Stand«, wies er seinen Assistenten an.

Der jüngere Beamte nickte und nahm mehrere säuberlich gestapelte Haufen Papier zur Hand.

»Zunächst ein paar Worte zu den genauen Umständen, unter denen dieses Video entstanden ist. Es wurde am elften September aufgenommen, also vor etwas über einem Monat, und zwar an einer Fachoberschule. Die Schüler sind alle im Abschlussjahr. Das Mädchen, das dieses Video aufgenommen hat – und am Ende auch in die Kamera spricht –, hat es zwei Tage später auf einem ihrer Social-Media-Kanäle hochgeladen. Es ist sehr schnell viral gegangen. Die meisten Zuschauer waren außer sich über das, was sie da gesehen haben; viele haben in den Kommentaren verlangt, dass diese drei Schüler für ihr Verhalten dem Lehrer gegenüber bestraft werden müssen. Es hat nicht lange gedauert, bis diese Geschichte den Weg vom Internet in die wirkliche Welt gefunden hat. Eine ganze Reihe Fernseh- und Radiosender haben darüber berichtet, dass sich tatsächlich neulich eine größere Menschenmenge vor dem Eingang der Schule versammelt hat, um diese Schüler daran zu hindern, das Gebäude zu betreten. Schließlich hat das Trio dem öffentlichen Druck nachgegeben und sich beim Lehrer entschuldigt. Wu wollte keine Anzeige erstatten, sondern bloß dafür sorgen, dass dieser Skandal so schnell wie möglich vergessen wird. Seine Dienstherren sahen das allerdings anders. Zwei Wochen später wurde er nämlich von der Schule gezwungen, seine Stelle zu räumen.«

Am Ende dieses Berichts zog Mu die Augenbrauen hoch. »Sie haben den Lehrer bestraft, statt die eigenen Schüler zu maßregeln?«

Yin zuckte mit den Schultern und schüttelte den Kopf. »Viele Fachschulen sind zuallererst daran interessiert, Geld zu verdienen. Da die Eltern diese Schulen am Laufen halten, können die Schüler oft machen, was sie wollen. Und die Lehrer? Sind austauschbar.«

»Und das nennt sich Bildung?« Mu war stinksauer.

Pei war verblüfft von ihrer Reaktion und fragte sich, weshalb sie die Sache derart persönlich zu nehmen schien. Dann fiel ihm ein, dass sie vor ihrem Eintritt in die Einsatzgruppe 18/4 als Dozentin an der Polizeiakademie von Sichuan gelehrt hatte.

»Wenn die Schule schon keinen Respekt vor den Lehrern hat«, sagte Pei, »warum sollten die Schüler dann welchen aufbringen? Kein Wunder, dass die sich derart aufführen.«

Yin nickte. »Die Allgemeinheit ist genauso aufgebracht wie ihr. Am Tag, nachdem das Video viral gegangen ist, haben sich fast fünfzig Demonstranten vor dem Schuleingang versammelt, um diese drei Schüler am Betreten zu hindern. Die Schüler haben die Demonstranten verspottet und weiter lautstark ihren Lehrer beschimpft. Als Eumenides angefangen hat, im Netz um Namen für seine möglichen Opfer zu bitten, standen die drei relativ weit oben auf der Liste.«

»Wenn die in dem Forum so häufig genannt wurden, warum höre ich dann jetzt erst von ihnen, da zwei der drei schon tot sind?«

Yin schluckte und betrachtete die Tischplatte.

»Wir hatten angefangen, die Antworten auf Eumenides' Manifest zu überwachen, um vielleicht weitere Hinweise zu erhalten. Aber nachdem er Ye Shaohong umgebracht hat, ist die Anzahl der Views und Beiträge durch die Decke gegangen. Unter dem Eintrag gibt es mehr als 40.000 Antworten. Selbst wenn wir sie nach den Namen sortieren würden, die am häufigsten genannt werden, blieben uns Hunderte von Leuten, die wir zu überwachen hätten. Dafür fehlen uns schlicht die Ressourcen«, erklärte Zeng.

Mu drehte sich zu ihm. »Wir wissen alle, wie wichtig Yuan Zhibang für Eumenides war. So kalt und berechnend er auch erscheinen mag, muss der Tod seines Mentors ihn trotzdem sehr getroffen haben. Diese drei Schüler haben sich offenbar als die besten Kandidaten für seine nächsten Todesanzeigen präsentiert.«

Zeng verzog das Gesicht. »Okay, sehe ich ein. Das mag ich übersehen haben. Ich weiß Ihre Detailgenauigkeit zu schätzen.«

Mu nickte und richtete den Blick wieder auf die Leinwand.

»Da ist was dran, Mu«, sagte Pei. »Gut, reden wir über das, was im Hotel passiert ist.«

Yin stand auf und nestelte am Projektor herum. Ein blutrünstiger Anblick erfüllte die Leinwand: Zwei Leichen lagen auf dem Boden der Luxussuite. Der grüne Teppich ringsum war von dunklen, klebrigen Flecken bedeckt, die wie grausige Schatten wirkten.

»Diese Morde haben sich im Hotel *Tausend Gipfel* zugetragen. Die Opfer, Xie Guanlong und Yan Wang, waren ebenjene zwei Schüler, die in dem Video im Vordergrund standen. Todesursache ist identisch mit der von Ye Shaohong, ein feiner Schnitt durch die Kehle. Am Tatort wurden drei Todesanzeigen gefunden. Format und Handschrift entsprechen exakt denen, die Eumenides bisher hinterlassen hat«, ratterte Yin runter.

»Drei Todesanzeigen«, sagte Zeng langsam. »Aber nur zwei Opfer?«

»Die junge Frau hat ebenfalls eine Todesanzeige erhalten, die Begegnung aber überlebt. Der Mörder hat Wu Yinwu dazu gezwungen, sich im Tausch für ihr Leben eine Hand abzutrennen.«

Zeng griff sich in die zerzausten Haare. »Das klingt aber gar nicht nach Eumenides.«

»Exakt. Wir versuchen noch herauszufinden, warum er diese Entscheidung getroffen hat. Leider sind die beiden überlebenden Zeugen momentan nicht in der Verfassung, sich einem polizeilichen Verhör zu unterziehen. Das Mädchen ist psychisch äußerst labil. Nur verständlich nach dem Schock, den sie im Hotel erlitten hat. Und was Wu angeht, der ist letzte Nacht operiert worden, befindet sich aber noch unter ärztlicher Beobachtung.«

»Erzählen Sie dem Team bitte, was wir über Eumenides' Vorgehen bei diesen Morden wissen«, sagte Pei.

Alles lauschte aufmerksam, als Yin fortfuhr.

»Eumenides hat sich als Reporter ausgegeben und die drei Schüler sowie Wu Yinwu unter dem Vorwand kontaktiert, ein gemeinsames Interview mit allen vier Beteiligten führen zu wollen. Als Lockmittel hat er jedem von ihnen eine stolze Summe für ihre Einwilligung versprochen. Darüber hinaus hat er Wu zugesichert, er könne seine Kontakte spielen lassen, um ihm seine alte Stelle als Lehrer wiederzubeschaffen. Dass alle vier zugesagt haben, steht wohl außer Frage.

Nachdem er zweitausend Yuan auf Wus Konto überwiesen hatte, bat Eumenides den Mann, ihnen für den 28. Oktober eine Suite im *Tausend Gipfel* zu buchen. Wu tat wie geheißen und tauchte an diesem Tag mit seinen drei Schülern im Hotel auf. Kurz darauf klopfte Eumenides an.«

»Klingt nach einem wasserdichten Plan«, sagte Zeng mit leichtem Achselzucken. »Das muss man ihm wirklich lassen, er plant immer im Voraus. Hat er irgendwelches Spurenmaterial im Hotel hinterlassen?«

»Nichts«, gab Yin hörbar genervt zurück. »Wir haben den Raum genauestens untersucht, aber weder Fingerabdrücke noch Haare oder sonst irgendwas gefunden. Die Hotelangestellten konnten uns nicht mal beschreiben, wie er ausgesehen hat. Er betrat den Raum in Handschuhen, Schuhüberziehern und Skimaske. Und es ist ihm gelungen, sämtlichen Überwachungskameras des Hotels auszuweichen. Auf dem Bildmaterial ist maximal sein Rücken zu sehen.«

Zeng schlug die Hände über dem Kopf zusammen. »Einfach fabelhaft!«

Mu blickte von einem zum anderen. Sie war überrascht, bei allen Kollegen pessimistische Mienen zu sehen.

»Aber wir haben zwei Augenzeugen, die bei den Morden dabei waren. Sie haben Eumenides direkt angeschaut«, sagte sie mit Nachdruck.

Peis Miene klarte ein wenig auf. »Und genau darauf sollten wir unser Hauptaugenmerk lenken! Mu, dafür sind Sie zuständig.«

»Für das Mädchen, meinen Sie?«

Pei nickte. »Ich möchte ein psychologisches Gutachten. Sollte sie stabil genug sein, fragen Sie sie nach allen Einzelheiten, die sie beobachtet hat. Sie sind die Expertin, also überlasse ich Ihnen die Feinheiten. Ich will bloß Ihren Bericht haben, sowie er fertig ist.«

»Selbstverständlich, Chef«, sagte Mu zuversichtlich.

Pei wandte sich an Yin.

»Was Herrn Wu angeht, setzen Sie sich bitte mit dem Krankenhaus in Verbindung. Sofern seine körperliche Verfassung es zulässt, arrangieren Sie mir so schnell wie möglich ein Treffen mit ihm.«

»Jawohl, Sir!«

Zeng räkelte sich genüsslich. »Und ich bleibe einfach hier und drehe Däumchen, stimmt's?«

»Natürlich nicht. Ich habe auch für Sie eine wichtige Aufgabe. Durchforsten Sie sämtliche verfügbaren Datenbanken nach allen Unterlagen über vermisste, verwaiste oder obdachlose Kinder zwischen sieben und dreizehn Jahren. Engen Sie die Suche auf ein Fenster von 1985 bis 1992 ein. Es ist mir egal, wie Sie sie finden, ich will nur Ihren Bericht lesen. Habe ich mich klar ausgedrückt?«

Zengs Gesichtsausdruck war plötzlich wach und aufmerksam. »Sie wollen, dass ich Eumenides finde.«

»So ist es. Als Yuan Zhibang seinen Nachfolger auserkoren hat, muss er nach einem Kind gesucht haben, das die

Gesellschaft längst vergessen hatte. Das Kind kann nicht allzu alt gewesen sein, sonst wäre es Yuan unmöglich gewesen, dessen gesamte Denkweise zu formen. Es muss aber alt genug gewesen sein, um zu überleben, ohne dass Yuan permanent an seiner Seite war. Also halte ich den Bereich zwischen sieben und dreizehn Jahren für realistisch.

Yuan ist im Januar 1985 aus dem Krankenhaus entlassen worden. Wir müssen davon ausgehen, dass er direkt mit der Suche nach einem Nachfolger begonnen hat. In Anbetracht der Fähigkeiten, die Eumenides bislang an den Tag gelegt hat, muss er mindestens ein Jahrzehnt hart trainiert haben, was bedeutet, dass Yuan seinen Zögling kaum nach 1992 gefunden haben kann.«

Zeng klatschte sachte Beifall. »Bestechende Logik, Hauptmann. Aber es wird ein bisschen dauern, solch eine Zeitspanne abzugrasen. Sie wollen, dass ich mich durch fast ein Jahrzehnt an Daten wühle. Im Ernst, am Ende komme ich glatt ins Schwitzen.«

»Ich will Ergebnisse, Zeng, keine Ausflüchte. So, irgendwer noch Fragen?« Pei ließ seinen Blick durch den Raum schweifen. Als niemand reagierte, stand er auf. »Damit ist die Besprechung beendet. Sie haben Ihre Anweisungen.«

Yin erhob sich ebenfalls. »Hauptmann, was Han angeht...«

»Darüber wollte ich sowieso noch mit Ihnen sprechen«, sagte Pei mit einem Blick auf seine Uhr. »Um Punkt zehn werden wir ihn gemeinsam verhören.«

KAPITEL ZWEI

UNTERTÖNE

29. OKTOBER, 08:30 UHR
LONGYU-KOMPLEX

Im Hauptquartier der Longyu-Gesellschaft fand ein wichtiges Meeting statt. Alle zwölf Teilnehmer trugen Trauertracht, und ihre Mienen waren sogar noch verdrießlicher als ihre Kleidung.

Die Frau mittleren Alters, die den Sitz am Kopfende eingenommen hatte, hielt den Kopf gesenkt und wischte sich die Tränen ab. Ein kleiner Junge hatte sich eng an sie geschmiegt.

Sein Blick war erfüllt von Entsetzen und Verständnislosigkeit.

Deng Hua war tot, aber sein Geist schien übermächtig im Raum zu hängen.

Die ehemaligen Leibwächter des ermordeten Geschäftsmanns standen um die Witwe und ihren Sohn.

Ihr gegenüber saßen zwei Herren mittleren Alters. Der eine war übergewichtig, der andere hager. Der Übergewichtige gab sich Mühe, Dengs Witwe mit freundlichen Worten voller Optimismus zu trösten. Seine Wangen hatten so viel überschüssige Haut zu tragen, dass er aussah wie ein chronisch depressiver Dachshund.

Bald hörte die Frau zu weinen auf und sah den schweren Mann direkt an. »Das reicht, Lin. Ich habe gehört, was Sie zu sagen haben. Was auch passiert, irgendwann wird alles besser. Falls Sie irgendetwas Relevantes mitzuteilen haben, raus damit.«

Der hagere Mann, dessen Stimme so kalt wirkte wie seine Miene, schaltete sich ein. »Wenn Sie erlauben, Herr Lin. Durch den verfrühten Tod von Herrn Deng sind Sie nun im Besitz der Aktienmehrheit der Longyu-Gesellschaft. Wir haben aus einem sehr wichtigen Grund um diese Vorstandssitzung gebeten. Wir müssen über die möglichen Kandidaten für den Konzernvorsitz diskutieren.«

Die Frau schien überrascht. »Aber Herr Meng, geht das nicht ... sehr schnell?«, murmelte sie.

Lin schüttelte seine Hängebacken und seufzte. »Wir haben Herrn Deng noch nicht einmal zu Grabe getragen. Ich gebe zu, es fühlt sich sehr unanständig an, dieses Thema jetzt schon anzuschneiden. Aber leider kann die Longyu-Gesellschaft auf keinen Fall weiterhin operieren, solange niemand den leeren Platz des Vorsitzenden einnimmt. Die Ausschreibung für das Songhua-Grundstück startet noch heute.«

»Wenn nur mein Mann noch hier wäre«, brachte die Witwe zwischen zwei Schluchzern heraus.

»Allerdings«, sagte Lin. »Wenn Herr Deng noch das Sagen hätte, stünde der Sieg unserer Firma von vornherein fest. Eine solche Gelegenheit können wir uns unmöglich entgehen lassen. Aber ich fürchte, sofern nicht eine fähige Person auf der Stelle die Führung übernimmt, sieht es eher schlecht für uns aus.«

»Dann stimmen Sie zu, Herr Lin?« Meng richtete seinen Blick auf die Frau. »Madame Deng, gibt es noch etwas, das Sie in dieser Angelegenheit bemerken möchten?«

»Ich ...« Sie wandte sich Hua zu, dem persönlichen Leibwächter ihres verblichenen Gemahls, und sah ihn flehentlich an. Hua starrte ausdruckslos ins Leere und sagte kein Wort.

Aller Optionen beraubt, rang sich die Frau ein Lächeln ab. »Ich bin keine Geschäftsperson. Ich habe lediglich eine geheiratet. Welche Hilfe könnte ich schon sein?«

»Nun gut.« Endlich gestattete Meng sich ein schmales Lächeln, das die straffe Haut um seine Mundwinkel kräuselte. Er nahm einen Aktenordner zur Hand und legte ihn in die Mitte des Tischs. »Wir haben bereits alle Dokumente vorbereitet, die zur Bestätigung eines neuen Firmenvorsitzenden nötig sind. Sobald alle Anteilseigner unterzeichnet haben, tritt die Änderung automatisch in Kraft.«

Sheng, der Leibwächter zur Linken von Frau Deng, bedachte den Mann mit einem finsteren Blick. »Mir machen Sie nichts vor, Meng. Sie alle haben sich offensichtlich zusammengetan, um dieses Dokument aufzusetzen. Unterzeichnen Sie das nicht, Madame!«

Meng verzog das Gesicht und starrte den Leibwächter an. Sheng leckte sich die Lippen und schien unter seinem Blick zurückzuweichen.

»Vergessen Sie Ihre Stellung in unserer Firma nicht, Sheng«, sagte Hua, der dienstälteste Leibwächter. »Glauben Sie, Sie hätten in der Sache etwas zu sagen?«

Wie ein gescholtener Hund ließ Sheng folgsam den Kopf hängen.

Lin sah Hua an und kicherte. »Nach all den Jahren an

Dengs Seite bedeutet Ihnen die Firma sicherlich viel. Nur zu, machen Sie Ihren Gedanken Luft!«

»Das interessiert mich alles nicht«, sagte Hua leise. »Ich will nur diesen Mann finden.«

Stille.

»Was immer heute passiert«, fuhr er schließlich fort, »ich will nicht mit ansehen, wie sich die Longyu-Gesellschaft selbst zerfleischt. Jetzt ist nicht die Zeit für Ränke und Machtspielchen. Wenn wir in solch einer Situation nicht zusammenhalten können, verspreche ich Ihnen, dass die Firma nächstes Jahr zur selben Zeit nicht mehr existiert.«

Lin und Meng fröstelte unwillkürlich.

*

09 : 30 UHR
HAUPTQUARTIER DER KRIMINALPOLIZEI

Yin stand vor der Tür von Hans Arrestzelle. »Holen Sie ihn raus«, rief er dem diensthabenden Beamten zu.

Der Kollege sperrte die dicke Eisentür auf und ging zu Han Haos Pritsche.

»Han ...«

Aber noch ehe er ein Wort sagen konnte, sprang Han auf und kam mit todernster Miene zu Yin herüber.

Fast schien er Yin zum Verhörraum zu führen, nicht umgekehrt. Immerhin hatte er selbst zahllose Verbrecher auf diesem Weg begleitet. Sobald sie im Bürobereich angekommen waren, blieb er stehen und drehte sich zu Yin um.

»Mein Magen spielt verrückt. Ich muss erst mal kurz ins Bad.«

Yin musterte ihn kritisch. »Warum haben Sie nicht die Toilette in Ihrer Zelle benutzt?«

»Erwarten Sie im Ernst, dass ich mich wie ein gemeiner Verbrecher erleichtere? Ich bin für einen Tag genug gedemütigt worden, Yin.«

Han starrte ihn an, bis der junge Beamte schließlich nachgab.

Flankiert von einem dritten Kollegen begaben sie sich zu den Toiletten im ersten Gang links hinter der Lobby. Nachdem Han eine der Kabinen betreten hatte, löste der Beamte die rechte Handschelle und schloss sie um ein Leitungsrohr unter der Decke. Dann verließ er zusammen mit Yin die Toilette. Sie postierten sich vor der Tür.

Han kannte dieses Gebäude wie seine Westentasche. Natürlich war ihm bewusst, dass es über ihm in der Decke eine Öffnung von etwa achtzig mal achtzig Zentimetern gab, die zur Inspektion der Rohrleitungen in der Zwischendecke diente. Außerdem wusste er, dass man durch diese Öffnung direkt zum Abwasserkanal jenseits der Südwand des Hauptquartiers gelangen konnte.

Er klappte den Anhänger auf und zog hinter dem Foto seines Sohns einen dünnen Eisendraht hervor. Schon nach wenigen Sekunden hatte er sich der Handschelle entledigt.

*

EINIGE MINUTEN SPÄTER

Yin klopfte an die Kabinentür. »Hauptmann? Hauptmann Han?«

Keine Antwort.

Er riss die Augen auf, warf sich auf den Boden und spähte unter der Tür hindurch. Da sah er – nichts, bis auf den Fuß der Toilette.

Er sprang auf und trat die Tür ein. Die Kabine war leer, nur die Handschellen baumelten vom Leitungsrohr und wiegten sich sanft im Luftzug.

Minuten später war auch Pei vor Ort. Er warf einen Blick in die Kabine und fuhr zu Yin herum, ein zorniges Funkeln in den Augen.

»Wie konnte er die Handschellen öffnen?«

»Ich ... Ich weiß es nicht«, stammelte Yin.

»Hatte er irgendwas bei sich? Haben Sie ihn überhaupt durchsucht?«

»Nur eine Kette mit Anhänger«, sagte Yin. Er musste jedes einzelne Wort aus der tiefen Grube locken, zu der sein Magen geworden war. »Mit einem Foto von seinem Sohn.«

Pei schüttelte den Kopf und fluchte kaum hörbar. Er ging in die Hocke und hob unter der Tür der Nebenkabine hindurch etwas auf.

»Diese hier?« Er hielt Yin den Gegenstand vor die Nase. Es war ein kleines Foto von Hans lächelndem Sohn.

Yin erbleichte und nickte.

Statt ihn weiter zurechtzuweisen, fing Pei sofort an, Befehle zu erteilen. »Wir müssen so schnell wie möglich handeln. Alarmieren Sie sämtliche Haltestellen, Bahnhöfe und Häfen in einem Radius von zehn Kilometern und überwachen Sie seine Freunde und Angehörigen. Han hat weder Geld noch Telefon bei sich. Er kann nicht weit gekommen sein!«

Yin starrte ihn wortlos an.

»Yin!«, bellte Pei und schlug ihm auf die Schulter. Der junge Beamte zuckte zusammen. »Ich, Sir?«, fragte er und nahm Haltung an.
»Wer denn sonst?«, fragte Pei ungläubig.
»Jawohl, Sir!«, schrie Yin mit schamrotem Kopf. Er salutierte zackig und marschierte davon.

*

14 : 26 UHR

Als Mu zum Hauptquartier zurückkehrte, ging sie schnurstracks in Peis Büro, um Bericht zu erstatten.
»Der Geisteszustand des Mädchens hat sich bereits merklich stabilisiert«, erzählte sie ihrem Vorgesetzten. »Leider weist ihre Erinnerung an die Morde einige Lücken auf. Was nicht ungewöhnlich ist für jemanden, der ein derart nervenaufreibendes Erlebnis verarbeiten muss.«
Pei glaubte, leises Bedauern in ihrer Stimme zu hören. »Frei heraus, bitte«, sagte er. »Was haben Sie erfahren?«
Die Dozentin grinste humorlos. »Bei unserer Besprechung heute Morgen herrschte ein wenig Verwirrung darüber, dass die junge Frau trotz Todesanzeige überlebt hat. Ich weiß jetzt, warum Eumenides sie verschont hat. Vor Verlassen des Hotels hat er zu ihr gesagt, dass sie in gewisser Hinsicht bereits gestorben sei.«
»Eine Metapher, nehme ich an?«
»Sie müssen sich klarmachen, was sie gerade mit angesehen hatte, Hauptmann. Ihre beiden engsten Freunde wurden vor ihren Augen abgeschlachtet. Ihr Lehrer hat sich selbst die Hand abgehackt, um sie zu retten. Aus Eumeni-

des' Sicht hat sie ihre gerechte Strafe durchaus bekommen. Nur eben auf alternative Weise.«

Pei wägte ihre Schlussfolgerung mit Bedacht ab. »Es klingt trotzdem nicht wirklich nach ihm«, sagte er schließlich.

»Es ist darüber hinaus auch das erste Mal, dass er vollkommen allein gehandelt hat. Wir können also davon ausgehen, dass diese Veränderung seiner Methodik nur ein Beispiel für die Unterschiede zwischen Meister-Eumenides und Lehrling-Eumenides darstellt. Unter entsprechenden Umständen scheint der neue Eumenides zu einer Sache fähig zu sein, die seinem Vorgänger gänzlich abging: Vergebung.«

Pei kratzte sich die kurzen Stoppeln auf der Wange. »Hervorragende Analyse. Nehmen Sie sich eine Auszeit. Das haben Sie sich verdient. Wir treffen uns um fünf wieder; wird Zeit, dass wir Wu Yinwu einen Besuch abstatten.«

»Glauben Sie, er ist schon so weit?«, fragte Mu.

»Die Ärzte sagen, sie haben ihm die Hand erfolgreich wieder annähen können. Und ausgehend von seinem Alter und der Tatsache, dass Eumenides ihn nie direkt mit dem Tod bedroht hat, sollte es um seine geistige Verfassung etwas besser bestellt sein als um die des Mädchens. Mit etwas Glück können wir vielleicht ein oder zwei neue Hinweise ergattern.«

»Sind Sie sicher? Ich würde mir nicht zu viele Hoffnungen machen.«

Pei lupfte eine Braue. »Inwiefern?«

»Erstens sollten wir nicht vergessen, dass der Mann dazu gezwungen wurde, sich die eigene Hand abzuhacken. Zweitens ist Wu nicht gerade ein Ausbund an Tapferkeit. Alle

Kollegen haben ihn als ziemlich furchtsam beschrieben. Sie haben doch gesehen, wie er in dem Video reagiert hat. Wenn ich mir die Mutmaßung erlauben darf, kann seine Rettungsaktion für das Mädchen eigentlich nur zwei mögliche Ergebnisse zeitigen. Entweder hat er eine Art Erweckungsmoment und kann seine Feigheit abschütteln, oder er wird noch tiefer in Vorwürfe und Selbstzweifel abrutschen, weil er nicht in der Lage war, seinen beiden Schülern das Leben zu retten.« Mu hielt inne und schüttelte den Kopf. »Sollte Letzteres zutreffen, werden wir unsere liebe Not mit ihm haben.«

»Dann wollen wir hoffen, dass Ersteres zutrifft.«

»Was ist mit Yin? Ist er nicht dafür verantwortlich, sich mit Wu in Verbindung zu setzen?«

»Haben Sie noch nicht gehört? Han ist geflohen.«

»Was?« Mu erbleichte auf der Stelle.

»Yin ist gerade damit beschäftigt, die Suchaktion zu koordinieren. Ich habe ihm bis jetzt geholfen, so gut es ging.«

»Wir haben ihn noch nicht gefunden?«

Pei massierte sich die Schläfen. Langsam machte sich Erschöpfung bemerkbar. »Wir haben noch keinen Fortschritt erzielt. Und es ist schon zu viel Zeit vergangen. Ich mache mir Sorgen, dass er die Stadt bereits verlassen hat.«

Zu seiner Verblüffung lächelte Mu. »Han wird Chengdu nicht verlassen.«

Abermals zog Pei die Brauen hoch. »Wieso nicht?«

»Weil Eumenides noch hier ist. Han ist nicht der Typ dafür, eine offene Rechnung nicht begleichen zu wollen. Glauben Sie im Ernst, er kann Eumenides einfach so davonkommen lassen, nach allem, was der ihm angetan hat?«

Pei nickte langsam und schalt sich stumm dafür, das nicht selbst erkannt zu haben.

»Ich empfehle dringend, seine Familie nicht aus den Augen zu lassen«, fuhr sie fort. »Unser ehemaliger Hauptmann ist nicht sonderlich gut darin, seine Gefühle im Zaum zu halten, wie Sie wohl aus erster Hand wissen dürften.«

Pei dachte an das Foto, das er in der Toilette gefunden hatte. »Ja, und ich weiß auch, wen er zuerst aufsuchen wird.«

*

16 : 09 UHR
ARCHIVBEARBEITUNGSZENTRUM, BÜRO FÜR
ÖFFENTLICHE SICHERHEIT, CHENGDU

Es war zweifellos das einsamste Büro in der ganzen Stadt. Das Archivbearbeitungszentrum war nicht etwa im eigentlichen Bürogebäude untergebracht, sondern einfach an die nordöstliche Ecke des Stadtarchivs angebaut worden. Die gesamte Belegschaft bestand aus genau einer Person. Und diese einsame Rezeptionistin saß an einem Tisch an der Rückwand des Raums.

Dank einer kürzlichen Budgetkürzung war das Büro für Öffentliche Sicherheit gezwungen gewesen, eine Aushilfskraft als Rezeptionisten einzustellen. Es war Zhu Xiaozis zweite Woche in diesem Job, und gerade lackierte sie sich die Fingernägel, in einem verzweifelten, aber augenscheinlich fruchtlosen Versuch, sich davon abzuhalten, vor Langeweile einzunicken.

Plötzlich fiel ein Schatten über sie. Zhu blickte auf und sah einen Mann, der ihr gegenüber auf der anderen Seite des Tischs stand. Sie keuchte auf.

»Sie haben mich zu Tode erschreckt! Ich habe Sie gar nicht reinkommen hören.«

Die Stirn des Mannes furchte sich, als sei ihm die ganze Sache unangenehm. Er hielt sich ein Taschentuch vor den Mund und hustete zweimal. »Vorn auf dem Schild steht, dass sich Besucher leise zu verhalten haben«, sagte er mit kratziger Stimme.

»Erkältet, was? War ich bis vor ein paar Tagen auch noch.« Sie streckte die Hand aus, und der Mann reichte ihr einen Sicherheitsausweis. Als sie ihn durchs Lesegerät zog, tauchte das Gesicht eines Polizeibeamten auf dem Bildschirm auf, darunter einige Zeilen mit Kurzbiografie. *Xu Zhankun, Zweigstelle Dongcheng.*

Sie blickte auf, um die Gesichtszüge des Mannes mit jenen auf dem Bild abzugleichen, aber er nieste. Trotz des Taschentuchs, das er sich vors Gesicht hielt, spürte Zhu die kleinen Speichelspritzer im Gesicht und fuhr angeekelt zurück.

»Verzeihung!«, platzte er heraus, drehte sich zur Seite weg und nieste abermals schallend.

Zhu schmiss seinen Ausweis auf den Tisch und winkte energisch in Richtung Tür. »Gehen Sie einfach durch«, sagte sie und wischte sich mit dem Ärmel durchs Gesicht. Sie hatte nicht vor, sich die nächste Erkältung einzufangen, vor allem bei dem Wetter in letzter Zeit.

Zehn Minuten später kam der Beamte namens Xu Zhankun mit einem Arm voller Aktenorder aus dem Archivraum zurück.

»Ich wäre Ihnen zutiefst dankbar, wenn Sie mir hiervon Kopien anfertigen könnten«, sagte er. Noch immer hielt er sich das Taschentuch vors Gesicht.

Als Zhu ihm den Stapel abnahm, verspürte sie einen frisch erwachten Hass auf die Richtlinien des Archivs, die das Entfernen jedweden Dokuments aus dem Gebäude untersagten. Der Mann hatte sich bestimmt zwölf Ordner herausgesucht. Sie würde mehrere hundert Seiten kopieren müssen.

Knappe zwanzig Minuten später setzte Zhu den noch warmen Papierstapel auf dem Tisch ab, nebst einer Liste der kopierten Dokumente.

»Macht neunundsiebzig Yuan für die Kopien. Bitte da unten unterschreiben.«

Der Mann händigte ihr mehrere makellose Scheine aus und unterschrieb. Als er fertig war, betrachtete sie neugierig seine Signatur. Hätte sie ihm nicht persönlich dabei zugesehen, hätte sie geschworen, die Schriftzeichen müssten von einer Maschine stammen.

Sie blickte auf, um den Mann noch einmal genauer zu betrachten, aber er entfernte sich bereits durch die Lobby.

*

19 : 02 UHR

Nachdem Pei Tao einen dringenden Bericht aus dem Archivbearbeitungszentrum erhalten hatte, sah er sich gezwungen, den Plan zu verwerfen, mit Mu ins Krankenhaus zu fahren.

Um etwa fünfzehn Uhr war ein Kollege namens Xu Zhankun von der Zweigstelle Dongcheng im Rahmen einer Fahndung in Zivil auf der Straße von einer unbekannten Person überfallen worden. Die folgende Untersuchung hatte ergeben, dass Xu Triazolam injiziert worden war, ein Beruhigungsmittel, das normalerweise bei schwerer Schlaflosigkeit zum Einsatz kam. Xu hatte den Angriff sofort nach Wiedererwachen gemeldet und zuerst geglaubt, er stehe mit einer anderen Untersuchung in Zusammenhang. Als er aber gegen sechs Uhr die Kantine der Polizeiwache aufgesucht hatte, war ihm aufgefallen, dass man ihm den Ausweis entwendet hatte. Da erst begann er, die wahren Motive des Angreifers zu erahnen.

Sofort nach Erhalt dieser Information hatte Zeng den letzten Einsatzort des Ausweises überprüft und festgestellt, dass jemand die Karte noch am Nachmittag benutzt hatte, um sich eine große Menge Ermittlungsunterlagen aus dem Archivbearbeitungszentrum zu erschleichen. Was Zeng aber am meisten schockiert hatte, war die dazugehörige Unterschrift gewesen. Diese perfekt geschwungenen Schriftzeichen ... Genau diese Handschrift hatte er schon auf vielen Todesanzeigen gesehen.

Pei und Zeng eilten auf der Stelle zum Archiv, wo sie Xu Zhankun und Zhu Xiaozi trafen, die Rezeptionistin, die an diesem Nachmittag Dienst geschoben hatte.

Da Kollege Xu in einer abgelegenen Gegend von hinten angegriffen worden war, konnte er ihnen nichts Brauchbares erzählen. Zhu hingegen hatte immerhin zu berichten, dass der Täter relativ hochgewachsen gewesen war. Über sein Gesicht konnte aber auch sie nichts sagen, da er es größtenteils mit einem Taschentuch bedeckt gehalten hatte.

Pei hielt die Akten hoch, die Eumenides sich hatte kopieren lassen, und sah Zeng an.

»Teilen Sie allen Teammitgliedern mit, sich in einer Stunde im Hauptquartier zu versammeln!«

*

20 : 46 UHR
KONFERENZRAUM, HAUPTQUARTIER DER
KRIMINALPOLIZEI CHENGDU

Nacheinander überflogen die Mitglieder der Einsatzgruppe den Aktenstapel, den Hauptmann Pei und Zeng mit zurückgebracht hatten.

Yin tauchte als Letzter auf. Er hatte Ränder unter den Augen und ein nervöses Zucken in den Fingern.

»Wie geht die Suche nach Han voran?«, fragte Pei.

»Heute Mittag gab es einen Straßenraub am Fluss. Ein junges Paar hat ihn gemeldet. Der Beschreibung des Täters nach war es Han.«

»Wie viel Geld hat er erbeuten können?«

»Etwas über sechshundert. Außerdem hat er dem Jungen die Jacke gestohlen, wohl um sein Aussehen zu verändern. Ich habe die Beschreibung der Jacke bereits dem Fahndungsbefehl hinzugefügt.«

»Nehmen Sie die sofort wieder raus«, fuhr Pei dazwischen. »Die geklaute Jacke ist er längst wieder losgeworden.«

Yin legte das Handy ans Ohr und gab hastig die Instruktionen weiter.

»So, legen wir los«, befahl Pei. Das Team widmete sich wieder den Dokumenten.

Eumenides hatte sich insgesamt dreizehn Akten kopieren lassen. Nach zehn Minuten befand Pei, dass genug Zeit vergangen sei. »Einschätzungen, allerseits?«

»Ich sehe da keine Verbindung«, sagte Zeng. »Diese Fälle haben absolut nichts miteinander zu tun.«

Alle Anwesenden signalisierten Zustimmung. Die dreizehn Ermittlungsakten gehörten zu dreizehn unterschiedlichen Fällen. Bei den meisten handelte es sich um Morde, mit Ausnahme einiger Diebstähle. Der älteste Fall lag mehrere Jahrzehnte zurück, der jüngste kaum ein Jahr. Niemand aus dem Team konnte eine Verbindung zwischen den Opfern ausmachen, die an Alter und Geschlecht bunt gemischt waren. Manche der Täter saßen noch im Gefängnis, andere waren bereits hingerichtet worden. Vollkommen unterschiedliche Polizeistellen und Sparten hatten die jeweiligen Ermittlungen durchgeführt.

Die gesamte Einsatzgruppe war ratlos. Liu Song, der neue Hauptmann der Sondereinheit SEP, machte seiner Frustration Luft. »Was sollte das dann? All diese Fälle sind abgeschlossen. Sämtliche Straftäter zur Rechenschaft gezogen. Warum geht er für diese Unterlagen ein solches Risiko ein?«

Niemand antwortete.

»Diese Akten sind auffällig inhomogen«, sagte Zeng schließlich. »Fast so, als hätte er sie willkürlich rausgepickt, oder? Was, wenn es ihm eigentlich nur um eine einzige geht und die anderen zwölf bloß dazu da sind, uns abzulenken?«

Pei nickte anerkennend.

»Aber wie sollen wir rausfinden, welcher der dreizehn sein eigentliches Interesse gilt?«, fragte Liu Song zaghaft.

Pei verschränkte die Hände so, dass sich seine Daumenspitzen berührten. »Meine Herren, wir müssen noch mal ins Archiv.«

*

21 : 40 UHR
ARCHIVBEARBEITUNGSZENTRUM, BÜRO FÜR
ÖFFENTLICHE SICHERHEIT, CHENGDU

Sämtliche Wände waren mit fein säuberlich gestapelten Dokumenten in vorbildlich chronologischer Anordnung bedeckt. Die meisten Ordnerkanten waren von einer dicken Staubschicht überzogen, ein Anzeichen für die vielen Monate oder gar Jahre, die diese Dokumente unberührt zugebracht hatten.

Pei ließ seinen Blick umherschweifen. Ihm fiel auf, dass die leeren Stellen, wo die dreizehn Akten einstmals gestanden hatten, deutlich herausstachen. Er zückte einen Stift und malte mehrere Kreise um die Kanten der Ordner, die jede Leerstelle umgaben.

»Machen Sie das Licht aus«, sagte er zu Zeng.

Zeng drückte auf den Schalter, und nur ein schmaler Kegel schnitt noch durch die Dunkelheit, ausgehend von Peis Taschenlampe. Nacheinander fuhr er die Kreise ab, die er vorher gemalt hatte, und neigte immer wieder den Kopf, um die Markierungen aus unterschiedlichen Blickwinkeln zu begutachten. Nach drei ganzen Minuten stieß er einen langen, erleichterten Seufzer aus.

»Neue Zuversicht, Hauptmann?«, fragte Zeng, den der Stimmungsumschwung ebenfalls erleichterte.

»Sehen Sie sich das mal an«, sagte Pei und beleuchtete einen der tiefer liegenden Kreise mit der Taschenlampe.

Zeng ging in die Hocke und betrachtete die Stelle eingehend. Irgendwie sah sie anders aus als die übrigen, aber er konnte nicht genau sagen, inwiefern.

»Hier ist eine ganze Reihe Ordner ohne Staub. Also ist

sie kürzlich jemand durchgegangen. Stellen Sie es sich vor. Eumenides durchsucht jeden dieser Ordner, einen nach dem anderen, bis er findet, was er sucht. Dann nimmt er nur den einen Ordner aus dem Regal.«

Zeng grunzte zustimmend.

»Und jetzt die anderen Kreise«, fuhr Pei fort und ließ den Kegel der Taschenlampe zum nächsten wandern. »Hier ist der Staub links und rechts der Lücke weitgehend unberührt. Eumenides hat nichts gesucht; er hat einfach wahllos einen Order rausgezogen. Und weil er nicht zu lange im Archiv bleiben konnte, hat er sich beeilt. Das sieht sogar geradezu gehetzt aus.«

Zeng schnippte mit den Fingern. »Also hat er tatsächlich versucht, uns mit den anderen Ordnern abzulenken, wie ich gesagt habe. Und der unten links war sein eigentliches Ziel.«

Pei grinste ihn an. »Dann wollen wir doch mal sehen, wonach Eumenides wirklich gesucht hat.«

Zeng schaltete das Licht wieder ein und durchwühlte den Aktenstapel, den er auf einem Tisch in der Nähe abgelegt hatte. Vorsichtig glich er das jeweilige Datum mit denen der fraglichen Stellen im Regal ab. Bald hatte er den richtigen Ordner gefunden.

Es handelte sich um eine Ermittlungsakte von 1984. Unter der Jahreszahl stand noch eine Zeile: *Geiselnahme 30.1.*

*

22 : 13 UHR
ERSTES VOLKSKRANKENHAUS CHENGDU,
CHIRURGIE

Nach seiner Operation war Wu Yinwu in ein Einzelzimmer auf der Intensivstation verlegt worden. Die Ärzte gingen davon aus, dass er sich vollständig erholen würde. Mithilfe ausgiebiger Physiotherapie sollte er, so sagten sie, durchaus in der Lage sein, die angenähte Hand wieder ohne merkliche Schwierigkeiten benutzen zu können.

Seit dem Morgen hatte sich die Kunde von den Hotelmorden wie ein Lauffeuer verbreitet. Schier endlose Wellen von Reportern überschwemmten das Krankenhaus, Vertreter sowohl lokaler als auch landesweiter Nachrichtensender.

Wer allerdings versuchte, sich Zugang zur Intensivstation zu verschaffen, wurde umgehend abgewiesen. Die Ärzte erklärten jedem aufs Neue, der Patient habe eben erst eine Operation überstanden und dürfe keinesfalls gestört werden.

Nachdem die Oberschwester soeben ein Journalistenpärchen abgewimmelt hatte, kam direkt die nächste Person auf sie zu. Der Mann schien nicht älter als fünfundzwanzig zu sein, aber dank der lässigen Straßenkleidung hob er sich deutlich von den herausgeputzten Medienvertretern ab. Die Jacke war offen und gab den Blick auf ein Baumwollhemd frei, das sich an seine wohldefinierten Brust- und Bauchmuskeln schmiegte. Die Fliegersonnenbrille verstärkte die Aura des Selbstvertrauens, die von ihm auszugehen schien.

»Wo liegt Wu Yinwu?«, fragte er geradeheraus und entspannt.

Die Oberschwester, eine Frau Ende dreißig, bedachte ihn mit eisernem Blick. »Sind Sie ein Angehöriger?«

Er schüttelte den Kopf und streckte eine Dienstmarke vor. »Nein. Polizei.«

Die Schwester sah ihn mit großen Augen an. Alle Feindseligkeit verschwand aus ihren Zügen. »Verzeihung, mein Herr. Das wusste ich nicht.«

»Keine Ursache.« Der Mann schenkte ihr ein fröhliches Lächeln. »Diese Journalisten sind echt eine Plage. Ich dachte, Sie würden zu denen …«

Er brachte sie mit einer wegwerfenden Geste zum Schweigen. »Schon klar. Sie tun nur Ihre Pflicht, und das ehrt Sie ungemein. Ich finde sogar, Sie haben heute weit mehr getan, als nötig gewesen wäre. Ich werde später mit meinem Team sprechen und dafür sorgen, dass wir Ihnen ein paar Beamte zur Unterstützung herschicken.«

Die Oberschwester strahlte. »Wäre es dann gestattet, Wus Zimmer zu betreten?«, fragte der Mann.

»Natürlich.« Sie drehte sich um und deutete den Gang hinunter. »Dritte Tür links, Nummer 707.«

Er bedankte sich mit einem Nicken und setzte sich in Bewegung. Beim Betreten der Intensivstation kroch ein listiges Lächeln über seine Lippen.

So viel Schönheit und so wenig Grips.

*

22 : 40 UHR
BAHAMAS-BAR

Die Kneipe war gerammelt voll. Keine Chance, auch nur einen Meter zu gehen, ohne mindestens drei Leute anzurempeln.

Was exakt der Grund war, weswegen Han sich diesen Laden ausgesucht hatte.

Mittags war er gezwungen gewesen, ein Pärchen zu berauben. Der Gesichtsausdruck der jungen Leute ließ ihn nicht mehr los. Die Szene hing wie festgefroren in seinem Hirn, voller Entsetzen, Furcht und Ekel.

Noch ein Punkt auf der Liste, dachte er bei sich. *Mord, Flucht aus Polizeigewahrsam und jetzt auch noch Gelegenheitsdiebstahl.*

Eine frisch geöffnete Bierflasche wurde vor ihn geschoben. Han blickte auf. Eine Frau mit blondierten Haaren und einem Übermaß an Make-up hatte sich auf dem Hocker neben ihm niedergelassen. Sie beugte sich vor.

»Geht aufs Haus, Herr Han«, flüsterte sie.

Sein gesamter Körper versteifte sich.

Die Frau kicherte, was kleine Risse durch die Make-up-Schicht auf ihrer Haut trieb. »Mit freundlichen Grüßen von dem Kerl da hinten. Ich bin bloß der Bote.«

Sie deutete ans ferne, schlecht ausgeleuchtete Ende der Bar, wo ein Mann allein an einem kleinen Tisch saß. Die Spitze einer entzündeten Zigarette schlug Funken in seinen Augen.

»Von ihm?«

Hans Herzschlag beschleunigte sich. Seine Hände verharrten in der Luft, während er den nächsten Schritt abwägte.

»Ich weiß ja nicht, wie Sie das handhaben«, sagte die Frau, »aber ich stelle normalerweise nicht zu viele Fragen, wenn kostenlose Getränke involviert sind.«

Mit dem Bier in der Hand stand Han auf und schlenderte auf den Mann zu.

*

ETWAS FRÜHER AM GLEICHEN ABEND, 21 : 30 UHR
RESTAURANT GRÜNER FRÜHLING

Er saß in der gleichen Nische wie letztes Mal. Bis vor Kurzem hatte er es stets vermieden, öffentliche Orte mehrmals aufzusuchen. Und doch war er außerstande gewesen, sich von hier fernzuhalten.

Die letzten beiden Tage hatten ihn mehr Kraft gekostet als erwartet. Er brauchte Zeit, um seine Gefühle zu sortieren, und dieses Restaurant war der perfekte Ort, um sich zu entspannen und nachzudenken.

Sein Mentor war, rief er sich in Erinnerung, nicht die erste Vaterfigur gewesen, die er verloren hatte. Sondern bereits die dritte.

Erst hatte er seinen richtigen Vater verloren.

Tatsächlich waren die Jahre, die er mit ihm verbracht hatte, keine glückliche Zeit gewesen. Sein Vater schien mit zu vielen Sorgen beladen gewesen zu sein. Zu viel Schmerz. Bis heute konnte er sich gut an die Zuneigung erinnern, die sein Vater ihm geschenkt hatte, die immer auch mit Traurigkeit vermischt gewesen war.

Das Verlangen, den Schmerz seines Vaters zu lindern, war schon sehr früh in ihm erwacht und mit der Zeit immer stärker geworden, auch wenn es am Ende zu nichts geführt hatte.

Dann war sein Vater ohne Vorwarnung aus seinem Leben verschwunden. Er wusste nicht, wie oder weshalb. Es war sehr lange her.

Am Tag, an dem sein Vater verschwand, trat die zweite Vaterfigur in sein Leben. Daran erinnerte er sich sehr gut – es war an seinem sechsten Geburtstag gewesen.

Dieser zweite Mann hatte ganz einfach ›Onkel‹ geheißen und ungeahnte Freude in sein Leben gebracht.

In seiner Erinnerung war Onkel jung, stattlich und nie ohne ein Lächeln im Gesicht. Seit ihrer ersten Begegnung waren sie wie beste Freunde gewesen.

Ganz früher hatte er es einmal geliebt, sich seinem Vater um den Hals zu werfen. Bei Onkel war das anders. Ihm bloß ins Gesicht zu schauen, erfüllte ihn bereits mit einer tiefen inneren Ruhe, als könnte ihm nie wieder etwas passieren. Noch immer hatte er dieses Gesicht vor Augen, wie ein Foto, das er jederzeit aus dem Gedächtnis zur Hand nehmen konnte.

Onkel wusste genau, was ihn glücklich machte. Eine Süßigkeit hier, ein Witz da, und jede Menge blöde Grimassen. Onkel kümmerte sich auch sehr gut um seine Mutter. Sie war bettlägerig und schärfte ihm immer wieder ein, auf Onkel zu hören. Sooft sie zusammen waren, lächelten sie alle drei.

Wenn Onkel da war, vergaß er auch die schmerzliche Abwesenheit seines Vaters. Es waren die glücklichsten Momente in seinem Leben.

Dann war auch Onkel weg.

Kurz darauf verlor seine Mutter den Kampf gegen ihre Krankheit. Zum ersten Mal im Leben war er ganz allein.

Das Waisenhaus wurde sein neues Zuhause. Er mochte diesen Ort nicht, und die Leute dort mochten ihn ebenso wenig. Seine Erinnerungen an die Zeit, die er dort zugebracht hatte, enthielten nicht einen Funken Freude. Er kapselte sich ab. Keins der anderen Kinder wusste je, was in seinem Kopf vorging, und es interessierte auch niemanden. Oft fühlte er sich wie erstickt.

Er wollte sich wehren, dagegen ankämpfen, aber er fühlte sich so schwach.

So kam er langsam in die Pubertät.

Und dann, eines Tages, tauchte *er* auf. Ein Mann, wie er seltsamer noch keinen gesehen hatte. Hinter den grotesken Gesichtszügen lag eine unwiderstehliche Kraft verborgen, die er nur Magie nennen konnte.

Seine Angst wurde zu Neugier, Neugier zu Schwärmerei. Am Ende war er voller Ehrerbietung. Er wollte dem rätselhaften Mann so nahe wie möglich sein, sog dessen Weisheit und Stärke auf wie eine welke Blume, die gierig Nährstoffe aus frischer Erde zieht. Mit diesem Mann war endlich die Sonne in sein Leben zurückgekehrt.

Er zeigte ihm die Welt, wie sie wirklich war. Er sah, wie viele unschuldige Menschen Tag für Tag litten, wie viele böse Menschen ungeschoren davonkamen und weiter ihren sadistischen Trieben nachgingen. Zum ersten Mal im Leben hatte er eine Bestimmung.

Er wusste, der Weg würde nicht leicht werden, aber nur so konnte er die Welt verändern.

Der Mann zeigte ihm die richtigen Schritte, und er folgte ihm. Jetzt hatte er auch einen Namen für den Mann, der ihn mit noch größerer Ehrfurcht erfüllte. *Mentor.*

Aber gerade, als er sich endlich stark genug wähnte, um

die enorme Schuld seinem Mentor gegenüber allmählich zu begleichen, verließ ihn dieser.

Jetzt gab es niemanden mehr, der um seine Vergangenheit wusste. Er war ganz und gar unsichtbar geworden.

Bis letzte Nacht.

Als seine eigenen Erinnerungen langsam verblassten, kroch zunehmend die Wahrheit ans Licht.

In den Nachrichtensendungen über die Explosion am Vorabend sah er plötzlich altbekannte Fotos. Onkel. Nur nannten die Reporter ihn *Yuan Zhibang*.

Mit einem Schlag waren zahllose Fragen beantwortet. Er wusste, weshalb Onkel so plötzlich verschwunden war. Und er wusste, warum sein Mentor ihn erwählt hatte.

Aber einige Fragen blieben. So viele, dass sich sein Kopf geschwollen anfühlte.

Wohin war sein Vater verschwunden? Unter welchen Umständen war Yuan Zhibang in sein Leben getreten?

Wollte er darauf Antworten finden, würde er die Suche in der Tiefe seiner Erinnerungen beginnen müssen.

Sein Vater hatte ihn verlassen, und Onkel hatte dessen Platz eingenommen. An diesen Tag erinnerte er sich sehr genau. Es war sein Geburtstag gewesen. Der 30. Januar 1984.

Wann immer er versuchte, sich an andere Details aus frühester Kindheit zu erinnern, sah er sich in einem weißen Krankenhauszimmer. Auf dem Bett lag seine Mutter, das Gesicht blass und ausgezehrt. Sie betrachtete ihn mit mattem, flehendem Blick.

Aber an jenem 30. Januar 1984 war er glücklich. Sein Vater hatte versprochen, ihm eine Geburtstagstorte zu kaufen. Er zitterte beinahe vor lauter Vorfreude. Eine goldene Torte mit ganz viel Zuckerguss, so unermesslich köstlich.

Im Krankenhaus wartete er an der Seite seiner Mutter auf die Rückkehr des Vaters. Der aber kam nicht. Erst viel später tauchten drei ihm völlig unbekannte Männer im Zimmer auf. Ihr Anführer schaute derart mürrisch drein, dass alles um ihn zu erstarren schien. Obwohl er nicht wusste, warum die Männer gekommen waren, begann er zu schluchzen.

Aber dann wurde er plötzlich warm und fest umarmt. Er blickte auf und schaute in freundliche, liebevolle Augen. Das war seine erste Erinnerung an Onkel.

Binnen Sekunden hatte Onkel seine Tränen in ein Lachen verwandelt. Das kalte Zimmer erwärmte sich.

Dieser Mann schenkte ihm Dinge, die sich sein Vater nie hätte leisten können. Einen Lutscher. Eine kleine Blechtrommel. Er nahm ihn sogar in einem großen Auto mit.

Er fragte den Mann, wohin sie führen.

Wir wollen deinen Papa suchen, sagte Onkel.

Er wurde noch glücklicher.

Ich habe heute Geburtstag, prahlte er. *Mein Papa kauft mir eine Torte mit ganz ganz viel Zuckerguss.*

Bevor er aus dem Auto stieg, gab ihm der Mann ein Paar Kopfhörer. Die Kassette mit den schönsten Kinderliedern schlug ihn sofort in ihren Bann. Er lauschte wie verzaubert, schleckte den schönen Lutscher ab und sang mit, so gut er konnte.

Wie versprochen nahm der Mann ihn mit, um seinen Vater zu sehen. Vater stand neben einem Fremden, aber er konnte nicht genau erkennen, was sie taten.

Der Mann hielt ihn auf dem Arm. Seine Gedanken kehrten zur Geburtstagstorte zurück. Aber als sie schließlich wegfuhren, hatte sein Vater ihm die versprochene Torte noch immer nicht gegeben.

Er sollte bis zum Abend warten müssen. Da tauchte der lächelnde Onkel mit der Geburtstagstorte auf und sagte, der Vater habe es ihm anvertraut, sie dem Geburtstagskind zu überreichen.

Die Torte schmeckte so großartig, wie sie aussah. In den folgenden Jahren sollte der Abend seines sechsten Geburtstags zu einer seiner liebsten Erinnerungen werden. Auch weil er seinen Vater danach nie mehr wiedersah.

Wohin war er verschwunden? Wer war der lächelnde Mann, wer der Fremde, der bei seinem Vater gestanden hatte? Viele Jahre lang verfolgten ihn diese Fragen. Sosehr er auch versuchte, der Wahrheit auf die Spur zu kommen, nie war er in der Lage, alle Puzzleteile zusammenzusetzen.

Bis die Nachrichtensendung letzte Nacht alles in ein neues Licht gerückt hatte.

Sein Mentor und der Onkel waren ein und dieselbe Person gewesen. Yuan Zhibang. Ein Polizist. Das große Auto, in dem er gesessen hatte – es war ein Streifenwagen gewesen.

Yuan musste einen Grund gehabt haben, in sein Leben zu treten. War sein Vater am Ende – ein Verbrecher gewesen?

Er ging das gewaltige Risiko ein, persönlich das Polizeiarchiv der Stadt aufzusuchen, um endlich das Geheimnis des Schicksals seines Vaters zu lüften.

Die Antworten aus der Ermittlungsakte erfüllten ihn mit Trauer und warfen im Endeffekt nur noch mehr Fragen auf.

Er hatte schon lange vermutet, dass die Wahrheit hinter all den Rätseln neue seelische Wunden reißen würde, die eigentlich längst vernarbt waren. Trotzdem blieb ihm nichts anderes übrig, als die Suche fortzusetzen.

Langsam begriff er auch, was ihn an diesem Restaurant so anzog. Und es war weder die einfache, aber elegante Huaiyang-Küche noch der süße, hausgemachte Wein. Es war das Mädchen. Genau wie er hatte sie ihren Vater verloren.

Er musste über so viele Dinge nachdenken, und die entspannte Atmosphäre im *Grüner Frühling* half ihm dabei. Leider hatte er mehrere andere Gäste in seinem Blickfeld, die den Eindruck abgeklärter Ruhe besudelten.

Direkt neben der Bühne saßen drei Männer an einem Tisch. Er kannte ihre Gesichter.

Der Übergewichtige hieß Lin Henggan, der Hagere Meng Fangliang. Sie saßen beide im Vorstand der Longyu-Gesellschaft. Da Deng Hua so plötzlich verstorben war, waren diese beiden Herren nun die dienstältesten und erfolgreichsten Mitglieder der Führungsetage. Der dritte im Bunde war ein junger Mann namens Sheng, einer von Dengs fähigsten Leibwächtern. Nach mehreren Drinks war sein Stiernacken inzwischen fast dunkelrot.

Meng klopfte Sheng mit der freien Hand auf die Schulter. Sheng hörte den beiden Herren aufmerksam zu und nickte, kippte den Rest seines fünfzigprozentigen Baijiu hinunter und stellte das Glas krachend auf dem Tisch ab.

Lin beugte sich vor und gab Sheng die Hand. Der Blick des älteren Herrn wirkte feierlich und erwartungsvoll. Sheng packte die fleischige Pranke und sah aus, als wollte er platzen vor Stolz.

Lin und Meng erhoben sich und schlenderten gemütlich zum Ausgang. Keiner der beiden bemerkte, dass sie von einem Tisch in der Ecke aus beobachtet wurden.

Der Leibwächter goss sich noch ein Glas Baijiu ein und schien in Gedanken an das zu schwelgen, was Meng ihm soeben verheißen hatte. Deng Hua war nicht mehr. Warum sollte er sich für den Nachlass eines Toten abrackern? Wenn er sich jetzt einem neuen Meister anschloss, würde er Hua, der noch immer widerwärtig loyal zu Dengs Familie stand, schnell überflügeln.

Währenddessen verwehten die letzten Töne einer Bachsonate in der Luft. Das Mädchen auf der Bühne im Wasserbecken stellte die Geige in ihren Ständer zurück. Sheng fuhr herum.

»Was fällt dir ein? Nicht aufhören! Weiterspielen, weiterspielen!«

Sheng mochte ein Banause sein, was die schönen Künste anging, aber dieser Abend war einer der wichtigsten seines Lebens, und er wollte verdammt sein, wenn er das nicht anständig feierte.

Ein Kellner eilte herbei. »Ich bin untröstlich, der Herr, aber die Aufführung ist leider vorbei.«

»Scheiß drauf! Glauben Sie etwa, ich hab nicht genug Geld?« Sheng wedelte mit einer Handvoll Hundert-Yuan-Scheine herum und knallte sie auf den Tisch. »Mehr Musik!«

Die Frau stand noch immer auf der Bühne und blinzelte mit den blinden Augen. Ihre zierliche Figur erinnerte an den Stängel einer schönen Blume.

Eine Kellnerin lief herbei, hakte sich bei der Violinistin unter und führte sie von der Bühne.

»Wollen Sie mich beleidigen? Ich hab überall in der Stadt Beziehungen. Ich sorg dafür, dass Sie gefeuert werden und nie wieder irgendwo 'nen Job finden!« Sheng war aufgesprungen und taumelte hinter der Musikerin her. Bis er die Bühne erreicht hatte, war sie durch eine Hintertür verschwunden.

»Dann verpiss dich halt!«, brüllte er. »Und komm ja nicht wieder, sonst schlag ich dir deinen verfickten Schädel ein! Wisst ihr nicht, wer ich bin?«

Die gesamte Belegschaft des Restaurants starrte ihn fassungslos an. Sheng rannte zum Ausgang und verschwand mit lautem Getöse. Er stolperte über den Parkplatz und lehnte sich an eine Autotür, um nach Luft zu schnappen.

Plötzlich drückte sich ein Taschentuch auf seinen Mund. Im Bruchteil einer Sekunde bemerkte er den beißenden Geruch, den der Stoff verströmte. Ehe er reagieren konnte, verlor er die Kontrolle über seine Gliedmaßen. Ihm schwanden die Sinne.

*

30. OKTOBER, 01:12 UHR

Sheng kam langsam wieder zu sich. Sein Kopf war wie mit flüssigem Zement gefüllt und tat höllisch weh.

Er saß auf dem Fahrersitz seines nagelneuen Wagens. Der Sicherheitsgurt war angelegt, der Wagen stand still, aber der Motor lief. Er blinzelte gegen die grellen Lämpchen des Armaturenbretts an.

Und rümpfte die Nase. Im Wagen stank es nach Alkohol.

»Scheiße«, zischte er. *Muss wohl wieder 'nen Filmriss haben.*

Er versuchte sich zu erinnern. Er wusste noch, wie er im Restaurant im Suff einen Wutanfall bekommen und die Geigerin verfolgt hatte. Danach – nichts. In Anbetracht seiner Umgebung musste er wohl das Restaurant verlassen und während der Fahrt die Besinnung verloren haben.

Immerhin ist die Karre noch ganz. Aber wo bin ich, zum Teufel?

Sheng spähte aus dem Fenster. Die Straßenlaternen

ringsum leuchteten nur schwach, erhellten aber gerade genug von der breiten Straße, dass er die Absperrungen auf beiden Seiten sehen konnte. Nur war das typische Gewimmel fremder Front- und Heckscheinwerfer auffallend abwesend.

Er war sicher, hier noch nie im Leben gewesen zu sein.

Vergiss es. Fahr einfach weiter. Sobald ich jemanden sehe, kann ich immer noch fragen, wo zur Hölle ich stecke.

Sheng legte den Gang ein und drückte aufs Gaspedal. Der Motor brummte, das Fahrzeug setzte sich entlang der breiten Straße in Bewegung.

Plötzlich musste er an die Unterhaltung mit Lin und Meng denken. Er grinste. Er würde es noch zu etwas bringen. Unbewusst drückte er das Gas weiter durch.

Als er die Baustellenschilder sah, die quer über die Straße verliefen, war die Tacho-Nadel schon über die Hundert-Stundenkilometer-Marke gekrochen. Ein großes blinkendes LED-Schild warnte: *Ende der Fahrbahn!*

Der Alkohol hatte seine Reaktionen verlangsamt, trotzdem stand er sofort auf der Bremse.

Mit unverminderter Geschwindigkeit raste er auf das Schild zu.

Sheng trat wiederholt auf die Bremse, aber da war kein Widerstand. Das Auto jagte auf die Warnschilder zu, als hätte es einen eigenen Willen. Langsam machte sich in seinem Kopf eine Erkenntnis breit.

Das wird nicht gut ausgehen.

Die Reihen aus roten X-en kamen näher. Mit mahlenden Kiefern riss er das Lenkrad nach rechts. Der Wagen begann die Richtung zu ändern, aber es war zu spät. Unter ohrenbetäubendem Getöse krachten die Lichter gegen die Windschutzscheibe. Sheng kniff die Augen zu und wartete auf den nächsten Aufprall.

Aber es kam keiner. Dafür breitete sich ein seltsames Gefühl in seinem Bauch aus. Furchtsame Schmetterlinge. Ob er ... schwebte?

Er starrte durch die Windschutzscheibe, sah aber nichts als Dunkelheit. Dann plötzlich ließen die Scheinwerfer etwas in der Ferne glitzern. Es kam sehr schnell näher. Asphalt.

*

Nachdem er zwanzig Meter von der unfertigen Umgehungsstraße in die Tiefe gestürzt war, rammte sich der Wagen mit der Front zuerst in den Boden. Der ganze Rahmen sackte wie ein Akkordeon in sich zusammen.

Der einzige Zeuge von Shengs Tod betrachtete sein Werk durch ein Fernglas. Kurz verharrte sein Blick auf dem vollkommen zerstörten Luxuswagen, der noch von einem wundersam unversehrten Frontscheinwerfer erhellt wurde. Mit einem trockenen Grinsen verschwand der Mann in der Nacht.

KAPITEL DREI

DIE DEMASKIERUNG DES EUMENIDES

30. OKTOBER, 08:00 UHR
BÜRO DES POLIZEICHEFS SONG

Hauptmann Pei reichte dem Polizeichef eine dünne Mappe.

»Gestern Nachmittag hat sich ein nicht identifizierter Mann Zugang zum Ermittlungsarchiv verschafft, indem er sich als Polizeibeamter ausgab. Von dem Dutzend Akten, die er sich kopieren ließ, war diese hier sein eigentliches Ziel. Ausgehend von seinem Verhalten und seiner Unterschrift bin ich mir sicher, dass es sich um Eumenides handelte.«

Bei Erwähnung dieses Namens zog Polizeichef Song die Augenbrauen hoch.

»Meine Einsatzgruppe hat die gesamte letzte Nacht damit verbracht, sich gründlichst durch die Dokumente zu wühlen«, fuhr Pei fort. »Leider haben wir bislang keine direkte Verbindung zwischen dieser Geiselnahme und den 18/4er-Morden gefunden.«

»Verstehe.« Der Polizeichef rieb sich das knochige Kinn. »Dieser Fall war ein paar Jahre vor meiner Zeit. Setzen Sie mich ins Bild.«

»Um es kurz zu machen – es geht um eine schiefgelaufene Geiselnahme. Das Opfer, ein fünfundvierzigjähriger Mann namens Chen Tianqiao, hatte sich von einem zweiunddreißigjährigen Mann namens Wen Hongbing eine Summe von zehntausend Yuan geliehen. Wen hat das Geld mehrfach zurückgefordert, es aber nicht wiederbekommen. Am dreizehnten Januar, drei Tage vor dem Frühjahrsfest, hat Wen an Chens Tür geklopft und abermals sein Geld verlangt. Als Chen auch diesmal nichts davon hören wollte, ließ Wen das nicht länger auf sich sitzen. Er war jünger und stärker als Chen, konnte ihn außer Gefecht setzen und entführen. Dann hat er ihm eine selbst gebastelte Bombe präsentiert, die er sich um die Taille geschnallt hatte.

Er hat gedroht, die Bombe zu zünden und sie beide zu töten, sollte Chen seine Schulden nicht spätestens am selben Abend beglichen haben. Chen willigte endlich ein. Er schrieb seiner Frau, beziehungsweise nunmehr Ex-Frau, eine Nachricht mit Instruktionen, bei allen Freunden um Leihgaben zu bitten, aber als er ihr den Zettel gab, drückte er ihre Hand einen Moment fest. Es war das Zeichen, das die beiden vor langer Zeit für den Fall vereinbart hatten, dass er je unter Zwang mit ihr reden würde. Sie schaltete auf der Stelle die Polizei ein.

Wen nahm Chen mit in seine Wohnung. Dank der Frau war die Polizei sehr schnell vor Ort. Es wurde also zu einer offiziellen Geiselnahme, aber Wen wollte Chen nicht rausrücken. Um ihn daran zu hindern, die Bombe zu zünden und möglicherweise auch andere Bewohner des Hauses zu töten, wurde Wen von einem Scharfschützen der SEP durchs Fenster seiner Wohnung erschossen.«

Polizeichef Song hatte der knappen Zusammenfassung

aufmerksam gelauscht. Nach kurzer Überlegung schüttelte er verwirrt den Kopf. »Warum sollte sich Eumenides für diesen Fall interessieren? Will er Chen zur Rechenschaft ziehen?«

»Können wir natürlich nicht ausschließen. Aber der Fall liegt achtzehn Jahre zurück. Das war in grauer Vorzeit. Was sollte daran für ihn interessant sein?«

Das Schweigen des Polizeichefs machte deutlich, dass er ebenso ratlos war wie Pei.

»Warum auch immer, jedenfalls können wir keinen Hinweis vernachlässigen, wie fruchtlos er auch erscheinen mag. Ich habe meine Leute bereits angewiesen, sich Chen Tianqiao genauer anzusehen«, sagte Pei.

»Haben sie was herausgefunden?«

»1939 geboren. Er ist noch immer hier in der Stadt als Bewohner gemeldet, und soweit wir wissen, hat er nicht einen Tag in seinem Leben anständig gearbeitet. Er steckt bis zum Hals in Schulden, aber keine von der Sorte, die man vor Gericht geltend machen könnte. Wann immer er seine Raten nicht bezahlt, kommen seine Gläubiger zu uns. Aber die Polizei kann diesbezüglich nur selten etwas ausrichten. Da es sich nicht um einen Kriminalfall handelt, bleibt auch uns nichts anderes übrig, als es zivilrechtlich zu verfolgen. Die meisten seiner Gläubiger haben längst aufgegeben, auch wenn sich hier und da Widerstand regt. Wie bei Wen Hongbing.

Aber irgendwann wurde Chen unvorsichtig. 1991 wurde er festgenommen und wanderte für sieben Jahre ins Gefängnis. Was leider keinen bleibenden Eindruck hinterlassen hat, denn danach ging es direkt weiter wie vorher. Soweit wir wissen, hat er die letzten zwei Jahre auf der Flucht vor Gläubigern im Ausland verbracht. Angeblich steckt er entweder in Thailand oder in Vietnam«, schloss Pei.

»Suchen Sie weiter nach ihm. Wir können es uns nicht leisten, dieser Spur nicht nachzugehen.«

»Jawohl, Sir«, sagte Pei. »Aber es gibt auch noch eine zweite Spur, die unsere Aufmerksamkeit wert sein könnte.«

»Und die wäre?«

»In der Akte dieser Geiselnahme taucht der Name Yuan Zhibang auf.«

»Aha?« Der Polizeichef blätterte zur letzten Seite, wo sich eine Liste aller Beamten fand, die an den Ermittlungen teilgenommen hatten. Dort tauchte Yuan in der Tat auf.

»Wie kann das sein?«, sagte Song verdattert. »Yuan war da noch nicht mal im Abschlussjahr auf der Akademie. Er war keinesfalls qualifiziert, an irgendwelchen Ermittlungen teilzunehmen.«

Pei nickte. »Genau deswegen bereitet mir das solches Kopfzerbrechen. Ich will wissen, was Yuan für eine Rolle bei der Nummer gespielt hat. Vielleicht stößt uns das auf eine Verbindung zu den 18/4er-Morden. Aber an der Sache ist noch etwas komisch – die Unterlagen zum eigentlichen Showdown in Wens Wohnblock sind extrem dürftig. Und auch dort steht nicht, was Yuan damit zu tun hatte. Was mich fast zwangsläufig zu der Frage führt, ob die Abteilung nicht gezielt versucht hat, irgendwas unter den Teppich zu kehren.«

Polizeichef Song blätterte in dem Ordner. Der Bericht über die Vorkommnisse im Wohngebäude von Wen Hongbing fiel tatsächlich sehr knapp aus. Genauer gesagt bestand er aus einem einzigen Absatz:

»Die Beamten erreichten das Gebäude und leiteten eine Unterredung mit Wen Hongbing durch dessen Zimmerfenster ein. Wen reagierte zunehmend erregt. Er bestand darauf, dass Chen Tianqiao unverzüglich seine Schulden zu beglei-

chen habe. Als Chen andeutete, nicht über die dazu notwendigen Mittel zu verfügen, drohte Wen damit, die selbst gebaute Bombe zur Detonation zu bringen, die er am Körper trug. Um die Zahl möglicher Opfer so gering wie möglich zu halten, entschloss sich der Chefermittler dazu, Wen unschädlich machen zu lassen. Wen verstarb an einem Kopfschuss eines Scharfschützen der SEP. Der Tod trat auf der Stelle ein. Daraufhin stürmten Beamte die Wohnung des Verstorbenen, entschärften den Sprengsatz und retteten Chen Tianqiao.«

Song schlug mit der Faust auf das Papier. »Wie zum Teufel kommt solch ein Bericht durch die Beurteilung?«

Peis Gesichtsausdruck schien irgendwo auf halbem Wege zwischen Zusammenzucken und Grinsen eingefroren zu sein. »War damals nicht noch Xue Dalin Polizeichef?«

Song versteifte sich. Pei hatte vollkommen recht. Und zur gleichen Zeit hatte sich auch ein weit größerer Kriminalfall angebahnt – die berüchtigte »Rauschgift-Razzia 16/3«.

»Ich vermute stark, dass Xue und der gesamte Rest der Abteilung derartig mit den Vorbereitungen für die Ereignisse am 16.3. beschäftigt waren, dass sich keiner die Mühe gegeben hat, den Bericht aufmerksam gegenzulesen«, sagte Pei.

Polizeichef Song nickte bedächtig und klappte den Ordner zu. »Was haben Sie jetzt vor?«

»Ich frage mich, ob sich hinter dem Fall irgendein Geheimnis verbirgt. Und wenn es einen Menschen gibt, der uns nicht nur das beantworten kann, sondern auch, welche Rolle Yuan bei alldem gespielt hat, dann wohl der Chefermittler von damals. Also die Person, die genau diesen Bericht eigenhändig getippt hat ...«

Pei unterbrach sich. Der Polizeichef glotzte die letzte

Seite des Berichts an. »Sie wollen *Ding Ke* vernehmen? Das soll wohl ein Scherz sein.«

Ding Ke war eine Legende unter Polizisten. Nicht nur in Sichuan, sondern in ganz China.

»Ich weiß, er wird diese Informationen nicht widerstandsfrei preisgeben, aber ich muss es wenigstens versuchen.«

Der Polizeichef zuckte mit den Schultern. »Sie wissen es wohl nicht?«

»Was?«

»Ding wird seit Jahren vermisst. Keiner unserer Versuche, ihn ausfindig zu machen, war von Erfolg gekrönt.«

Pei zog ein langes Gesicht. »Und ich dachte, ich stünde kurz davor, die Wahrheit hinter diesem Fall ans Licht zu bringen.«

»Nur aus reiner Neugier – haben Sie Ding Ke persönlich gekannt?«

»Er hat die eine oder andere Vorlesung an der Akademie gehalten. Und er war damals Leiter der Kriminalpolizei, mit über zwei Jahrzehnten Erfahrung im Dienst. Aber im April 1984 hat er kaum ein paar Wochen vor meiner Abschlussprüfung plötzlich mit dem Unterrichten aufgehört. Später hieß es, er sei wegen Überarbeitung krank geworden. Aber seltsamerweise hat er den Dienst quittiert, noch bevor er genesen konnte.«

Der Polizeichef nickte. »Ding Ke gilt aus einem ganz bestimmten Grund als Legende. Er hat jede einzelne Ermittlung, für die er zuständig war, erfolgreich abgeschlossen. Das ist eine hundertprozentige Erfolgsquote – was kein anderer Beamter je erreicht hat. Ding erkrankte unmittelbar vor den Morden vom achtzehnten April«, schob Song hinterher. »Ich kann mir nicht helfen, aber ich glaube, hätte er nicht seinen Posten geräumt, hätten wir den Fall Eumenides schon vor langer Zeit knacken können.«

»Wo ist Ding hin, nachdem er ausgeschieden ist?«, fragte Pei und beugte sich gespannt vor.

»Sobald er die Krankheit hinter sich hatte, ist er aufs Land gezogen, um sich gründlich zu erholen. Aber obwohl er im Ruhestand war, hat er den Kontakt zu unserer Abteilung nicht abgebrochen. Sobald eine unserer Ermittlungen stecken blieb, hat einer seiner ehemaligen Untergebenen ihn aufgesucht. Ein bisschen drängen mussten wir ihn zwar immer, aber er hat uns in den folgenden Jahren noch bei einer ganzen Reihe schwieriger Fälle sehr geholfen.

Und jedes Mal, wenn wir uns für die Hilfe bedankt haben, hat er gesagt: ›Wenn ihr noch mal herkommt, verschwinde ich irgendwohin, wo mich niemand findet.‹ Was natürlich alle für einen Scherz gehalten haben.« Der Polizeichef seufzte tief. »Das war 1992. Schon über ein Jahrzehnt her, meine Güte. In dem Jahr wurde Chengdu von einem brutalen Verbrechen erschüttert. Sie wissen sicher, wovon ich rede?«

Pei machte große Augen. »Der Tüten– ähm, der 12/1er-Fall, richtig?«

»Sie brauchen sich nicht selbst zu zensieren«, sagte Song. »Benutzen Sie ruhig den Namen, den alle benutzen. Der Tütenmann-Mord.«

Der Hauptmann rang sich ein Nicken ab. Er erinnerte sich noch sehr genau an die Bilder, die in der Provinzabteilung die Runde gemacht hatten, nachdem die ersten Körperteile aufgetaucht waren.

»Die Funde der Ermittler waren derart grauenhaft, dass es einigen Beamten tatsächlich zu viel wurde«, sagte Polizeichef Song mit gesenkter Stimme. »Zwei von ihnen haben offiziell darum ersucht, von dem Fall abgezogen zu werden. Als die 12/1er-Ermittlung anlief, war ich gerade kurz vorher von der Kriminalpolizei Guangyuan hierher versetzt worden. Die gesamte Polizei von Chengdu wurde für den Einsatz mobilisiert. Wir haben die komplette Stadt durchkämmt, konnten aber nicht den Hauch einer Spur des Täters entdecken. Also blieb uns nichts anderes übrig, als Ding zu kontaktieren. Aber diesmal war er nirgends zu finden. Seine Frau und sein Sohn teilten uns mit, er sei verschwunden, sobald die ersten Berichte über den Fall publik wurden. Er wird natürlich damit gerechnet haben, dass wir uns an ihn wenden. Aber nicht einmal seine Familie wusste, wo er sich versteckt hatte.«

»Also hat er sich einfach in Luft aufgelöst? Sie haben ihn auch später nicht mehr gefunden?«

»Es ist zehn Jahre her. Wir haben in der ganzen Stadt unsere Fühler ausgefahren, in diversen Internetforen Nachrichten hinterlassen; wir haben alles versucht. Ohne Erfolg. Entweder ist Ding Ke tot, oder er will wirklich nicht gefunden werden, glauben Sie mir.«

»Aber Sir, warum sollte er so etwas tun? Bloß wegen seiner Krankheit?«

»Seine eigentliche Krankheit war nicht physischer Natur, Pei. Er war einfach ausgebrannt von der Polizeiarbeit. Ermüdet vom nicht enden wollenden Stress, von einem Fall nach dem anderen. Die meisten von uns lernen irgendwie, das zu kompensieren, aber für Ding Ke war es offenbar nicht so einfach. Er stand ja darüber hinaus auch noch unter dem zusätzlichen Druck seines makellosen Rufs. Aber wer kann schon sagen, was passiert ist, außer ihm selbst?«

»Okay, also wird es nicht einfach, ihn aufzuspüren. Aber

es sollte hingegen nicht allzu schwer sein, damit anzufangen, die anderen ausfindig zu machen.« Pei blätterte beim Reden durch den Ordner und verharrte auf der letzten Seite mit der Liste der involvierten Beamten.

Der Polizeichef grunzte. »Ich lasse Ihnen von meinen Leuten mehr Informationen über die fraglichen Kollegen bereitstellen. In den letzten zwei Jahrzehnten sind viele gekommen und gegangen, und eine Menge von denen auf der Liste werden nicht mehr in unserer zentralen Datenbank geführt sein. Ich schicke Ihnen alle verfügbaren Schnipsel, sowie sie vorliegen.«

»Hervorragend. Vielen Dank, Sir.«

Pei erhob sich und salutierte. Der Polizeichef erwiderte die Geste.

Draußen auf dem Gang schritt Pei so beschwingt aus, dass er beinahe mit Zeng zusammenstieß.

»Hauptmann Pei!«

»Wie ist die Lage, Zeng?«

»Ich habe herausgefunden, warum Eumenides so interessiert an diesem Fall ist. Und ich weiß jetzt sogar, wer er ist!«

Pei starrte ihn aufgeregt an. Bevor Zeng noch ein Wort herausbringen konnte, hatte Pei ihn bei den Schultern gepackt. »Rufen Sie den Rest des Teams zusammen. Alle sollen sich auf der Stelle im Konferenzraum versammeln!«

*

Vor ihnen an der Wand glomm ein Schwarz-Weiß-Foto mit niedriger Auflösung. Es war verwaschen, an den Rändern stark vergilbt und zeigte eine Gruppe von Jungen und Mädchen etwa im Alter zwischen vier und dreizehn Jahren.

»Dieses Bild stammt aus einem Waisenhaus hier in Chengdu und ist von 1984«, erklärte Zeng soeben. »Sie fragen sich vielleicht, warum ich Ihnen gerade dieses Bild zeige? Eins dieser Kinder ist im darauffolgenden Jahr verschwunden.« Zeng grinste von einem Ohr zum anderen.

»Kommen Sie zum Punkt«, sagte Mu.

»Dank der von mir angezapften Aufzeichnungen und eines raschen Besuchs im fraglichen Waisenhaus konnte ich die Identität des verschwundenen Kindes einwandfrei bestätigen. Der Junge hieß Wen Chengyu. Und sein Vater war Wen Hongbing, der Mann, der bei der Geiselnahme 30/1 von der Polizei erschossen wurde.

Und hier sitzen wir nun, achtzehn Jahre später, kurz nach dem Tod von Yuan Zhibang, dessen Zögling Eumenides gerade die entsprechende Akte aus dem Archiv geklaut hat. Das ist kein Zufall.«

Die Stille im Raum war so vollkommen, dass alle nichts als ihren eigenen Herzschlag hören konnten. Alle dachten genau das Gleiche. Irgendwo auf diesem Bild befand sich der junge Eumenides.

»Wen Chengyu ...«, sagte Pei andächtig, als müsste er jede Silbe einzeln schmecken. »Welcher von denen?«

Zeng zielte mit dem Laserpointer auf die Wand. Der rote Punkt ruhte auf einem Jungen ganz links in der vordersten Reihe. Er schien eines der jüngeren Kinder auf dem Bild zu sein, nicht älter als acht. Er hatte ein durchaus durchschnittliches Gesicht, doch in seiner Körperhaltung lag etwas Seltsames. Während alle anderen Kinder entweder lächelten oder gähnten, stand er stramm und starrte geradeaus. Für ein Kind in seinem Alter ein allzu ernstes Benehmen.

Mu spürte, wie ihre Ausbildung die Kontrolle übernahm.

Sie stellte sich vor, wie anders die Dinge sich hätten entwickeln können, wäre der Junge unter anderen, besseren Umständen aufgewachsen. Es hätte ein feiner junger Mann aus ihm werden können, vielleicht ein Klassensprecher oder gar ein älterer Bruder, der sich rührend um seine kleinen Geschwister kümmerte.

Alle anderen Mitglieder der Einsatzgruppe pflegten allerdings eine voreingenommene Sicht auf das Kind. Sie hatten das grausame, schonungslose Schicksal des Jungen längst mit eigenen Augen gesehen – er sollte zu einem Mörder heranwachsen, der ihnen die entsetzlichste Herausforderung ihrer Karriere bieten würde.

Immer noch herrschte völlige Stille im Raum. Der Schatten, der sich ihrer aller Herzen bemächtigt hatte, schien zu wachsen.

»Um einen Mörder – oder gar ein Monster, wie manche sagen würden – zu bekämpfen, muss man begreifen, was für ein Mensch er war, bevor er dazu geworden ist«, sagte Mu, um das Schweigen zu brechen. »Und der Werdegang einer Person wird maßgeblich von ihren Erfahrungen beeinflusst. Vielleicht können Sie uns noch mehr darüber erzählen, zu was für einem Menschen Wen Chengyu geworden ist, Hauptmann.«

»Wie meinen Sie das?«

»Sollte Wen Chengyu tatsächlich Eumenides sein, dann war er bloß ein Kind mit einem formbaren Charakter, als er Yuan Zhibang kennengelernt hat. Seine spätere geistige, moralische und soziale Entwicklung muss komplett unter Yuans Kontrolle erfolgt sein. Sie haben Yuan mit Abstand am besten gekannt, also können Sie vielleicht auch eruieren, wie er den Jungen ausgebildet haben mag. Ich habe Ihre

Personalakte gelesen. Sie haben von uns allen die meiste Erfahrung mit Gewaltverbrechern. Ich bin mir sicher, dass Sie uns die beste Beschreibung der Bestie liefern können, die Yuan erschaffen hat.«

Pei kratzte sich gedankenverloren die Wange. »Wahrscheinlich haben Sie recht. An Yuans Stelle hätte ich auch versucht, mir einen Mörder heranzuzüchten. Jemanden, der im Verborgenen agiert, mit einem messerscharfen Verstand, einem kühlen Kopf und dem ewigen Durst nach Verbesserung. Ansporn und Herausforderung müssten ihn erregen. Er müsste stark und standhaft sein. Auch ein strikt eingehaltener Verhaltenskodex wäre essenziell. Vor allem aber der unbedingte Wille, ein einmal ins Auge gefasstes Ziel mit allen Mitteln zu erreichen.«

»Gut«, sagte Mu.

»Hilft uns nur absolut null weiter«, sagte Zeng. »Der ganze Mist ist doch reine Theorie.«

»Durchaus nicht«, sagte Mu gelassen. »Die Beschreibung des Hauptmanns sollte es mir erlauben, quasi von hinten ein vollständiges Persönlichkeitsprofil für Eumenides aufzuziehen. Angefangen bei seinem Sozialleben. Eumenides führt ein Leben als Einzelgänger, was aber nicht bedeutet, dass es ihm an sozialer Kompetenz mangelt. Wenn er auf Fremde zugeht, allen voran auf seine Opfer, muss er ein gewisses Charisma spielen lassen. Er wird einen oder wahrscheinlich mehrere Ausweise und Identitäten haben, um der Aufmerksamkeit der Polizei zu entgehen. Wenn Yuan ihm allerdings einen Verhaltenskodex mitgegeben hat, wie Pei vermutet, dann würde dieser ganz bestimmt solchen Luxus wie Freundschaften oder romantische Verbindungen ausschließen. Gut möglich, dass er, um das zu kompensieren, eine Liebe für Musik, Kunst oder vielleicht gehobene Küche entwickelt hat. Außerdem ist nicht auszuschließen, dass er trotz der Richtlinien seines Mentors für irgendwen Gefühle hegt. Gefühle, die er nicht offen ausdrücken kann.«

Mu sah in skeptische Gesichter. »Fragen?«

»Mehrere«, sagte Liu. »Vor allem, wie wollen Sie all das aus dem herauslesen, was Pei gesagt hat?«

»Der Hauptmann hat Eumenides als jemanden beschrieben, der intelligent, einfühlsam und wissbegierig ist. So ein Mensch entwickelt höchstwahrscheinlich eine große Begeisterung für Perfektion. Vor allem in Bezug auf Schönheit. Aber seine Faszination darf seinen Aktivitäten nicht in die Quere kommen. Weshalb er sich einen privaten Rahmen dafür suchen muss, eine Vorliebe, der er nur hin und wieder frönen kann. Sein Leben ist geprägt von Furcht und Einsamkeit, aber er ist immer noch ein Mensch, der irgendwann mal abschalten muss. Ich glaube, es könnte sich bei dem, womit er sein Verlangen befriedigt, um gutes Essen oder Musik handeln. Ich würde sogar behaupten, dass ich an Yuans Stelle überlegt hätte, in Eumenides ein Interesse für solch ein Gebiet zu entfachen, um den Mörder mit einem Sicherheitsventil für eventuell auftretende persönliche Bedürfnisse auszustatten.«

»Außerdem haben Sie gesagt, dass er vielleicht doch Gefühle für jemanden hegen könnte«, sagte Pei.

»Jeder Mensch hat gewisse emotionale Bedürfnisse. Nicht einmal jemand wie Eumenides kann jede Regung unterdrücken. Im Gegenteil, er wird im Laufe der Zeit sogar versuchen, diese Bedürfnisse umso stärker als Ventil zu nutzen. Man kann sich ja denken, wie eng die Bindung zwischen Eumenides und Yuan über die Jahre geworden sein muss. Yuan hat mehr oder weniger die Vaterrolle eingenommen. Aber jetzt ist er tot, und Eumenides hat niemanden mehr. Das ist sehr neu für ihn und nicht unbedingt ein Umstand, auf den er seelisch vorbereitet ist. Wir können mit ziemlicher Sicherheit davon ausgehen, dass er sich jemand Neues suchen wird, um die Rollen auszufüllen, die er in seinem Leben braucht.«

»Yuan muss ihn aber davor gewarnt haben, sich an irgendwen anders zu binden«, sagte Pei.

Mu sah ihn voller Zuversicht an. »Gefühle verleihen unseren primitivsten Instinkten Ausdruck. Man kann sie nicht einfach dazu zwingen zu verschwinden, bloß weil jemand das befiehlt.«

»Was für eine Person wird er sich dann suchen?«

»Mit ziemlich hoher Wahrscheinlichkeit eine Frau.«

»Wie können Sie sich dessen so sicher sein?«

»Pure Statistik. Erstens sind geschätzte neunzig Prozent der Bevölkerung heterosexuell. Zweitens wird er von einem weiteren unbewussten Drang getrieben – von der Sehnsucht nach einer Mutter. Seine Vaterfigur mag gerade erst gestorben sein, aber eine weibliche Bezugsperson geht ihm seit fast zwanzig Jahren ab. In der spärlichen Akte von Wen Chengyu steht, dass seine Mutter, kaum ein Jahr nachdem sein Vater erschossen wurde, einer tödlichen Krankheit erlag. Es besteht die Möglichkeit, dass Eumenides nach einer Frau sucht, die sich in einem ähnlich fragilen Zustand befindet, angetrieben von der unbewussten Hoffnung, sie irgendwie heilen zu können. Und es gibt noch einen Denkansatz: Vielleicht sucht er sich jemanden, der ebenfalls den Verlust einer geliebten Person zu verkraften hat. Jemanden, mit dem er mitfühlen kann.«

Pei verschränkte die Arme vor der Brust. »Hervorragende Arbeit, Mu.«

Die Psychologin antwortete nur mit einem reservierten Lächeln.

Pei wandte sich an Zeng. »Was haben Sie sonst noch gefunden?«

Zeng zog einen Zettel aus dem Aktenstapel. Zuerst erwähnte er Wen Chengyus Geburtstag: 30. Januar 1978. »Ich habe alles hier, auch seine Krankenakte. Aus der geht hervor, dass der kleine Wen kurz nach dem Tod seiner Mutter im Juni in das Waisenhaus ›Blauer Stern‹ im Bezirk Shuangliu geschickt wurde. Seltsamerweise hat sich Wen Chengyu aber offenbar nie als Waise betrachtet. Es gibt eindeutige Berichte darüber, er habe wiederholt darauf bestanden, sein Vater sei gar nicht tot, sondern bloß verschollen. Es hat tiefe Gräben zwischen ihm und den anderen Waisenkindern gerissen. Am 30. Januar 1987 ist der neunjährige Wen Chengyu während eines Gruppenausflugs verschwunden und nicht wieder aufgetaucht.«

Pei lupfte eine Braue. »Sowohl sein Verschwinden als auch der Tod seines Vaters fanden an seinem Geburtstag statt?«

»Das halte ich auch nicht für Zufall«, sagte Zeng und legte das Papier zurück auf den Stapel. »Wie gesagt, Wen Chengyu wurde 1978 geboren, also ist er heute vierundzwanzig. Sein Vater wurde an seinem sechsten Geburtstag erschossen. Yuan wird ihm kaum erzählt haben, dass er an dem Polizeieinsatz teilgenommen hat, der seinem Vater das Leben kostete. Ein paar Monate später kam Yuan wegen der Wunden, die er bei der Explosion in der Lagerhalle erlitten hatte, ins Krankenhaus. Wie wir wissen, hat er die nächsten drei Jahre damit verbracht, sich auf Kosten dieser Abteilung von seinen Wunden zu erholen. Und am 30. Januar 1987 hat Yuan

Wen Chengyu entführt und damit begonnen, den Jungen zu seinem Nachfolger heranzuzüchten. Er hat dieses Datum eindeutig gewählt, weil es Wen Hongbings Todestag war.«

Zeng machte eine Pause, sah sich im Raum um und freute sich, wie gebannt ihm alle lauschten. »So, nun zu meiner persönlichen Analyse. Erstens: Wen hatte keine Ahnung, dass die Polizei seinen Vater erschossen hat. Stattdessen konnte er sich nur noch daran erinnern, dass sein Vater am 30. Januar verschwunden war. An seinem Geburtstag eben. Zweitens: Ich bin mir ziemlich sicher, dass Yuan seine wahre Identität in all den Jahren nie preisgegeben hat. Und drittens: Wen hat nach Yuans Tod jetzt gerade erst durch die Medien erfahren, wer er wirklich war. Irgendetwas an der Information, dass Yuan früher einmal Polizist war, hat bei Eumenides klick gemacht und ihn an seinen Vater denken lassen. Er hat begriffen, dass der letzte Aufenthaltsort seines Vaters in unserem Archiv zu finden sein muss. Also brauchte er bloß noch nach den Akten zu suchen, die mit ›30. Januar 1984‹ gekennzeichnet sind.«

Wieder senkte sich Stille über den Raum, während alle über seine Worte nachdachten, bis plötzlich Yins Handy klingelte. Er rannte auf den Flur.

Pei redete als Erster. »Also weiß Wen jetzt, dass sein Vater tot ist. Wie wird er darauf reagieren?«

»Trauer«, sagte Mu. »Enttäuschung. Aber trotzdem wird er sicher nach genaueren Einzelheiten zum Tod seines Vaters suchen, über die spärlichen Details im Polizeibericht hinaus. Und sobald er Yuans Namen in dem Bericht entdeckt, muss er sich wohl fragen, welche Rolle sein Mentor bei den Ereignissen gespielt haben mag. Vor allem aber wird er auf Rache sinnen.«

»Rache an wem?«, fragte Pei. »Chen Tianqiao? Ding Ke? Dem Scharfschützen?«

Mu rümpfte die Nase. »Schwer zu sagen. Ich glaube aber, wir sollten sie alle so rasch wie möglich ausfindig machen.«

»Der Chef trägt bereits die Informationen zu allen an der Ermittlung beteiligten Beamten zusammen. Sobald uns die Einzelheiten vorliegen, suchen wir sie auf und versuchen, so viel wie möglich über den Fall in Erfahrung zu bringen. Bis dahin bleibt unser Hauptaugenmerk auf Ding Ke und Chen Tianqiao gerichtet. Wir wissen bei beiden nicht, wo sie im Augenblick stecken, aber ich bin mir sicher, dass irgendwer von den restlichen Kollegen, die damals an den Ermittlungen teilgenommen haben, uns da weiterbringen kann.«

Yin stürmte ins Zimmer zurück. Sein Gesicht war aschfahl. Er starrte den Hauptmann an.

»Wir müssen sofort ins Krankenhaus!«

*

09 : 40 UHR
ERSTES VOLKSKRANKENHAUS CHENGDU

Die Polizei hatte den Bereich um den Haupteingang bereits weiträumig abgesperrt.

Mitten auf dem Platz lag ein Mann im Operationshemd. Sein linker Arm steckte in einem dicken Verband, das Gesicht war in den Boden gerammt. Zwei junge Beamte standen daneben und versuchten, die wachsende Menschenmenge rings um die Absperrung mit finsteren Blicken im Zaum zu halten.

Pei und Yin duckten sich unter dem Absperrband hindurch und gingen auf die Kollegen zu.

»Wu hat es wohl nicht überstanden?«, fragte Pei, obwohl er die Antwort kannte.

»Beim Aufprall verstorben, Sir«, sagte einer der beiden und zuckte mit den Schultern. »Immerhin ein Vorteil daran, zu einem Krankenhaus gerufen zu werden. Jede Menge Ärzte zwecks sofortiger Untersuchung.«

»Er ist aus dem siebten Stock gesprungen«, fügte der andere hinzu. »Die Wiese mag den Aufprall ein bisschen gedämpft haben, aber bei einem gebrechlichen Kerl von fast siebzig ist das etwa so hilfreich, wie sich mit einem Blatt Papier vor einer Granate zu schützen.«

Pei ging neben der Leiche in die Hocke, streifte sich Gummihandschuhe über und hob den Kopf des Verstorbenen sachte an, bis das mit Matsch und Erde verschmierte Gesicht zum Vorschein kam.

Der Sturz hatte sich auf das Aussehen des älteren Herrn nicht gerade positiv ausgewirkt. Scharfe Falten gingen von den geschlossenen Augenwinkeln aus, der Mund war zu einer schmerzerfüllten Grimasse erstarrt. Aus Mundwinkel und Nase rann Blut, das den Matsch der Wiese in ein dunkles Violett getaucht hatte.

Pei wandte den Blick ab und holte tief Luft. »Wissen Sie, was genau vorgefallen ist?«

»Natürlich«, sagte der zweite Beamte und nickte. »Er ist gesprungen. Er ist gestorben.«

Der Hauptmann sah ihn streng an. »Es war Selbstmord? Sind Sie sich ganz sicher?«

»Absolut. Seine Familie hatte ihn vorhin noch besucht und gesagt, er hätte sich ganz komisch benommen und irgendwie depressiv gewirkt. Er wollte kein Wort sagen und hat sich geweigert, sein Frühstück zu essen. Hat einfach ins Leere gestarrt. Um zehn vor neun hat er offenbar gesagt, dass er ein bisschen allein sein möchte, also haben sie das Zimmer verlassen und auf dem Flur gewartet. Zwanzig Minuten später ist er hier aufgeschlagen. Es waren mehrere Leute auf dem Platz, die alles gesehen haben. Er ist einfach aus dem Fenster geklettert und gesprungen.«

»Warum sollte er sich umbringen wollen?«, fragte Pei.

»Tja …« Der junge Beamte stockte, schluckte und setzte neu an. »Laut seiner Familie hat er sich wegen der Polizei umgebracht.«

Pei neigte den Kopf. »Was soll das heißen?«

»Sowohl die Frau als auch der Sohn sagen, sein seltsames Verhalten habe erst angefangen, nachdem gestern Abend ein Polizist in sein Zimmer gestürmt kam und ihn verhört hat. Ich musste mir ganz schön was anhören von denen, als ich vorhin ihre Aussagen aufgenommen habe.«

»War das einer von unseren Leuten?«, fragte Pei und sah Yin an.

»Von uns bestimmt nicht. Sie, ich und Mu sind die Einzigen von der Kriminalpolizei, die bisher hier waren.«

»Kontaktieren Sie sofort alle örtlichen Zweigstellen und finden Sie heraus, ob die jemanden hergeschickt haben«, sagte Pei. Dann wandte er sich wieder an die beiden jungen Kollegen. »Einer von Ihnen bringt mich jetzt bitte zu seiner Familie.«

Wu Yinwus erwachsener Sohn hieß Wu Jiaming. Er saß im Empfangssaal und besprach das schreckliche Ereignis mit den zuständigen Ärzten. Als die Polizisten den Raum betraten, unterbrach er sich und sah finster zu ihnen herüber.

»Hallo, Herr Wu. Ich bin Hauptmann Pei von der Kriminalpolizei.« Pei gab sich Mühe, so viel Mitgefühl wie möglich in seinen Tonfall zu legen.

Wu Jiaming schnaubte und starrte Pei geringschätzig an.

Pei überging den Affront. Er hatte keine Zeit zu verlieren.

»Ich muss Ihnen ein paar Fragen stellen. Erstens: Hat gestern Abend ein Polizist Ihren Vater besucht?«

»Wieso fragen Sie mich das?«, fauchte der Junge. »Haben Sie Ihre Leute nicht im Griff?«

Pei spürte Hitze in seine Wangen steigen.

»Ja, einer Ihrer Kollegen ist hier gewesen«, sagte eine Frau in weißer Uniform. »Ich habe ihn selbst zum Zimmer des Patienten geführt. Ich bin die Oberschwester.«

»Was hat er zu dem Patienten gesagt?«

»Das kann ich Ihnen leider nicht beantworten.«

Ehe Pei der Oberschwester eine weitere Frage stellen konnte, zeigte Wu Jiaming anklagend mit dem Finger auf ihn. »Wie zum Teufel soll sie wissen, was er gesagt hat? Er ist reingerannt, hat gesagt, wir sollen das Zimmer verlassen, und hat die Tür abgeschlossen!«

Pei legte die Stirn in Falten. So würde sich kein Beamter verhalten. Nicht ohne das Risiko, auf der Stelle suspendiert zu werden. Spätestens jetzt begann sich ein unangenehmer Kloß in seinem Hals zu bilden.

»Haben Sie nach seinem Dienstausweis gefragt?«, wandte er sich wieder an die Oberschwester.

»Habe ich. Beziehungsweise hat er ihn mir gezeigt, bevor ich fragen konnte.«

»Wie gründlich haben Sie ihn in Augenschein genommen?«

Ihre Miene verdüsterte sich. »Nicht sonderlich.«

Peis Diensthandy klingelte. Er entschuldigte sich und ging ein paar Schritte zur Seite.

»*Pei, Yin hier.*«

»Was gibt es?«

»*Schlechte Neuigkeiten, was unseren Polizisten angeht.*«

*

10 : 02 UHR
LONGYU-KOMPLEX

Lin Henggan und Meng Fangliang sahen alles andere als erfreut aus.

»Um drei Uhr nachts habe ich einen Anruf erhalten, dass Sheng in einen Autounfall verwickelt war«, sagte Hua und senkte den Kopf, um den Blicken der beiden hohen Herren zu entgehen. »Ich habe mich sofort an meine Kontakte bei der Verkehrspolizei gewendet, um mehr in Erfahrung zu bringen.«

»Was haben die gesagt?«, fragte Lin.

»Angeblich Trunkenheit am Steuer. Sein Wagen ist auf einer halb fertigen Umgehungsstraße über die Kante der Überführung in die Tiefe gestürzt – zwanzig Meter, also gewissermaßen aus dem sechsten Stock. Die Ersthelfer mussten das Autowrack aufschneiden, um an Shengs Überreste zu gelangen.«

Meng verzog das Gesicht ob dieser grausigen Geschichte. »Sheng hatte schon immer einen Hang dazu, schnelle Autos und Alkohol zu mischen, richtig? Ich meine mich zu erinnern, dass Deng ihn für diese Sorte Verhalten schon früher zurechtgewiesen hat. Offenbar hat er dafür jetzt mit dem Leben bezahlt.«

Lin hatte allerdings noch Fragen. »Wo genau steht diese halb fertige Überführung?«

»An der Ausfahrt Douzi Zhuang an der Schnellstraße im Süden. Die Überführung ist Teil der neuen Verbindungen zum Autobahnring außerhalb der Stadt.«

»Hat Sheng nicht im Laifu-Block in der Innenstadt gewohnt? Was wollte er mitten in der Nacht da draußen in einem Vorort?«

Hua nickte. »Der Ort ist nicht das einzige verdächtige Detail an seinem Tod.«

Beide Männer rissen die Augen auf und starrten ihn in beinahe hungriger Erwartung an.

»Der Bluttest hat eine Alkoholkonzentration von über zwei Promille ergeben. In dem Zustand kann er kaum noch fahrtüchtig gewesen sein. Aber selbst wenn wir von mir aus sagen, er war so gut im Training, dass er es geschafft hat, bis zum Stadtrand zu fahren – warum sollte er dann eine ihm unbekannte Straße nehmen, die noch dazu abgesperrt war? Die Erstuntersuchung der Umgebung hat ergeben, dass Shengs Auto zuerst die Barriere an der Auffahrt zur Überführung durchbrochen, dann angehalten und sich später wieder in Bewegung gesetzt hat. Einen Kilometer weiter ist es schließlich über die Kante gefallen.«

Hua hielt inne und dachte an seinen Kollegen.

»So, klingt das für einen von Ihnen nach logischem Verhalten eines berauschten Fahrers?«, hakte er dann nach.

Lin nickte, Meng kratzte sich das fleischige Kinn.

»Die chemische Spurenanalyse hat ergeben, dass Sheng vor Erreichen der Kante nicht gebremst hat«, fuhr Hua fort. »Stattdessen hat er offenbar versucht, zur Seite auszuweichen. Selbst wenn wir alle anderen verdächtigen Einzelheiten außer Acht lassen, warum sollte er versuchen, einer steilen Kante durch Ausweichen zu entgehen, statt einfach auf die Bremse zu steigen?«

»Vielleicht hat die Bremse nicht funktioniert?«, sagte Meng.

»Ganz meine Meinung. Was also, wenn jemand das Auto auf die Überführung geschafft, die Bremskabel durchgeschnitten und sich danach aus dem Staub gemacht hat? Leider können wir nichts davon beweisen, weil sein Auto völlig zerstört ist.«

Lin blinzelte und ließ den Kopf hängen. »Es gibt eine ganze Menge unerklärlicher Einzelheiten bei diesem Unfall«, sagte er leise. »Das gefällt mir überhaupt nicht.«

»Ich glaube, er wurde ermordet«, sagte Hua.

Meng hustete erschrocken. »Aber wer sollte Sheng umbringen wollen?«

Der ehemalige Leibwächter warf einen Gegenstand auf den Tisch. »Das hier wurde in einer seiner Taschen gefunden. Vielleicht das Einzige im ganzen Wagen, was heil geblieben ist.«

Alle starrten das verkratzte Kunststofffeuerzeug an. Fassungslos erkannte Meng das aufgemalte Emblem.

»*Ein Geschenk des* Grünen Frühlings«, las Hua laut vor. »Sheng besaß die schlechte Angewohnheit, überall dort, wo er speiste, ein Gratisfeuerzeug einzusacken. Als ich das hier gesehen habe, war ich doch sehr neugierig, mit wem er letzte Nacht gesoffen hat. Also war ich heute Morgen beim *Grüner Frühling* und habe mir das Material ihrer Überwachungskameras angesehen.«

Statt einer Antwort hob Lin das Feuerzeug auf und ließ es durch seine Finger wandern. Mit einem sanften *Klick* zündete er sich eine Zigarette an. Nach mehreren Zügen sagte er: »Ich habe Sie unterschätzt, Hua. Die Arbeit als Leibwächter ist offenkundig eine Verschwendung Ihrer Fähigkeiten. Sie hätten Polizist werden sollen.«

»Sheng war mir unterstellt. Alles, was sein Leben bedroht, hat direkte Auswirkungen auf die Sicherheit von Dengs Nachlass. Ich erledige nur meine Arbeit.« Huas Stimme war ebenmäßig und kontrolliert, vollkommen frei von Ärger.

»Sheng hat tatsächlich gestern mit uns zu Abend gegessen«, sagte Meng. »Und er machte einen durchaus berauschten Eindruck, als wir uns verabschiedeten. Mit allem, was danach passiert ist, hatten wir selbstverständlich nicht das Geringste zu tun!«

Lin zog energisch an seiner Zigarette und verwandelte einen beachtlichen Abschnitt weißen Papiers in graue Asche. »Wir hätten auch gar nicht die nötigen Fähigkeiten, um durchzuführen, was Sie da andeuten.«

»Keine Sorge, ich glaube Ihnen. Das Material der Überwachungskameras lässt keinen Zweifel am Zweck Ihres Dinners. Und er hat sich vor Ihren Augen betrunken, hatte da also seinen eventuellen vorherigen Widerstand längst aufgegeben. Warum hätten Sie beide ihn also anrühren sollen, wo Sie sich gerade einen Mitarbeiter aus Dengs engstem Kreis einverleibt hatten?«

Lin quittierte seine Worte mit einem burschikosen Grinsen. »Hua, wir sitzen alle im selben Boot. Selbst wenn wir uns bei manchen Dingen nicht immer einig sind, gibt es doch keinen Grund für diese Mantel-und-Degen-Nummer, die Sie uns hier unterstellen. Sie wissen selbst, dass Deng ihn über Jahre in einer weithin sichtbaren Position hat arbeiten lassen, und Sheng hat sich in dieser Zeit mehr als genug Feinde gemacht. Jetzt, da Deng tot ist, werden einige dieser Feinde bestimmt weniger Grund zur Zurückhaltung sehen.« Er tippte mit dem Finger auf die Tischplatte. »Aber vielleicht lesen wir auch alle einfach viel zu viel in die Sache rein. Am Ende war Sheng tatsächlich sturzbetrunken und ist aus eigenem Antrieb von der Brücke geplumpst.«

»Sheng wurde umgebracht, verlassen Sie sich drauf. Und ich weiß sogar, von wem«, sagte Hua mit versteinerter Miene.

»Ach was«, sagte Meng.

»Von dem Mörder, der Deng seine Todesanzeige geschickt hat. Eumenides.« Huas Stimme war voller Hass – aber auch ein eisiger Hauch von Furcht war herauszuhören.

»Sie wollen sagen, er hat auch noch Sheng umgebracht?«, sagte Lin. »Aber wieso?«

Hua bemühte sich, beiden zugleich in die Augen zu schauen. »Die Verbrechen, die auf Dengs Todesanzeige aufgelistet waren, würden auf jeden von uns zutreffen.«

Beide Männer versteiften sich kaum merklich. *Mord mit Vorsatz, organisierte Kriminalität, Drogenhandel, Erpressung.* Der seriösen Fassade der Firma zum Trotz gab es in den oberen Etagen der Longyu-Gesellschaft niemanden, der in diesen Anklagepunkten unschuldig gewesen wäre.

Hua musterte die beiden aufmerksam. Auf Mengs Stirn hatten sich bereits feine Schweißperlen gebildet. Er wusste, dass sie sich alle die gleiche Frage stellten. *Was, wenn Deng allein nicht ausgereicht hat, um Eumenides' Blutdurst zu stillen?*

»Vielleicht sollte ich in nächster Zeit besondere Aufmerksamkeit auf Ihre Sicherheit richten. Am besten legen wir die Frage von Dengs Vermächtnis fürs Erste beiseite, solange uns ein derart Ehrfurcht gebietender Feind im Nacken sitzt. Ich bin mir sicher, Deng würde das genauso sehen, wäre er noch hier.«

»Wir wären Ihnen sehr zu Dank verpflichtet«, sagte Lin

mit einem knappen Nicken. »Sie sind ein unverzichtbarer Eckpfeiler der Sicherheit unserer Firma.«

»Ja, natürlich«, sagte auch Meng.

»Ich erledige bloß meine Arbeit«, sagte Hua.

*

12 : 51 UHR
HAUPTQUARTIER DER KRIMINALPOLIZEI CHENGDU

Nach einem schnellen Mittagessen zog sich Pei in sein Büro zurück, um die Unterlagen zu sichten. Er brauchte Ruhe, wollte er die Vorfälle mit ausreichender Klarheit sortieren.

Um zwanzig nach acht Uhr am Vorabend hatte ein Mann, der sich als Polizist ausgab, das Zimmer auf der Intensivstation betreten, in dem Wu lag. Seine Unterhaltung mit Wu hatte etwa dreißig Minuten gedauert, und während dieses Zeitfensters hatte er explizit darauf bestanden, dass niemand sonst das Zimmer zu betreten habe. Er hatte eine übergroße Sonnenbrille getragen und die Intensivstation gegen neun Uhr wieder verlassen. Auf die Frage nach dem Aussehen des Mannes hatte das Krankenhauspersonal nur vage Angaben machen können.

Die Krankenschwestern hatten zu Protokoll gegeben, Wu sei nach dem Verschwinden des Mannes in eine seltsame Stimmung verfallen. Plötzlich schien er an Depression und ungeheurem Stress zu leiden. Er schlief die Nacht kaum, und am folgenden Morgen war seine Stimmung noch finsterer. Als seine Frau und sein Sohn zu Besuch kamen, wollte er sie gar nicht erst sehen. Zwanzig Minuten nach ihrer Ankunft stürzte er sich aus dem Fenster.

Yins Anrufe bei den anderen Dienststellen bestätigten, dass niemand einen Beamten ins Krankenhaus geschickt hatte. In der ganzen Stadt konnte niemand erklären, was dieser Mann in Wu Yinwus Zimmer gewollt hatte.

Ursprünglich hatte die Einsatzgruppe Eumenides verdächtigt. Yin war davon noch immer überzeugt. Mu hingegen sah das mittlerweile anders.

»Wir können diese Theorie gleich in mehrfacher Hinsicht widerlegen«, hatte sie ihm vor Kurzem auseinandergesetzt. »Soweit wir wissen, hat Eumenides Wu Yinwu keine Todesanzeige ausgestellt. Und falls ihn Eumenides doch noch hätte zur Strecke bringen wollen, hätte er auch das Mädchen erledigt. Außerdem dürfen wir nicht vergessen, dass dieser Besuch das exakte Gegenteil dessen bewirkt hat, was Eumenides persönlich als Ziel für den Lehrer formuliert hat. Er wollte, dass Wu Selbstachtung und Pflichtgefühl wiedererlangt. Wus Entscheidung, sich das Leben zu nehmen, entspricht dem genauen Gegenteil dieser Werte. Also handelt es sich bei dem Gesuchten höchstwahrscheinlich nicht um Eumenides.«

»Und Wu hat im Hotel zwar nicht Eumenides' Gesicht gesehen«, fügte Pei hinzu, »aber sehr wohl seine Stimme gehört. Der Mann, der sein Krankenhauszimmer betreten hat, hat mit ihm gesprochen, während Frau und Sohn noch im Zimmer waren. Beide haben angegeben, dass Wu keineswegs sonderbar auf ihn reagiert hat. Er scheint die Stimme nicht erkannt zu haben, also kann ich mir auch nicht vorstellen, dass es Eumenides war.«

Die Erschöpfung kroch wie aufziehender Nebel heran. Pei versuchte sich auf den Monitor zu konzentrieren und blinzelte, bis die verwaschenen Flecken wieder zu scharf umrissenen Schriftzeichen wurden.

Eine schnelle Folge leiser, aber drängender Klopfzeichen an der Tür riss ihn endgültig aus seiner Trance.

»Herein.«

Yin betrat das Büro. »Es gibt Neuigkeiten! Über Hauptmann ... Über Han.«

»Und welche, bitte?«, fragte Pei ungehalten.

»Wir haben seine Freunde und Angehörigen die letzten Tage rund um die Uhr überwacht. Vor allem seine Frau und seinen Sohn. Heute Morgen hat seine Frau einen Anruf auf dem Handy bekommen, der fast zwanzig Minuten dauerte. Wir haben die Nummer zurückverfolgt, und sie ist heute Morgen erst angemeldet worden. Sofort nach dem Anruf hat seine Frau ihre Arbeitsstelle verlassen und den Sohn von der Schule abgeholt. Danach hat ihr Handy noch mehrere kurze Anrufe von derselben Nummer empfangen.«

»Han hat also vor, sich mit seiner Frau zu treffen. Wann genau?«

»Die Mitglieder des Observierungsteams sind sich mit mir einig, dass er höchstwahrscheinlich versuchen wird, sich im Lauf der nächsten paar Stunden mit ihnen zu treffen. Wir warten nur auf Ihre Befehle.«

»Wo ist seine Frau im Moment?«

»Vor einer Stunde hat sie mit ihrem Sohn einen KFC in der Nähe seiner Schule betreten. Sie sind noch nicht wieder rausgekommen.«

Pei erhob sich sofort. »Dann nichts wie hin. Aber vorher rufen Sie Liu Song an und sagen ihm, er soll zehn Mann von der SEP dorthin schaffen. Und zwar unbedingt neue Rekruten. Es dürfen keine Leute sein, die Han erkennen könnte.«

»Jawohl, Sir!«

KAPITEL VIER

JAGD IM UNTERGRUND

13 : 45 UHR
KFC, EINKAUFSZENTRUM TIANYING

Seit über einer Stunde saß eine Mutter mit ihrem Sohn an einem leeren Tisch. Das Restaurant war bis auf den letzten Platz besetzt. Kunde um Kunde kam mit beladenem Tablett zu ihnen herüber, in der Hoffnung, sie würden Platz machen, nur um irgendwann genervt aufzugeben.

Eine furchtsam dreinblickende Frau Mitte zwanzig kam mit ihrem Mittagessen näher, aber die Mutter nahm kaum Notiz von ihr. Nachdem sie mehrere Sekunden neben dem Tisch gewartet hatte, drehte sie sich um und stieß mit einem anderen Gast zusammen. Der große Becher kippte über den Rand ihres Tabletts.

Mit einem überraschten Schrei wollte sie den Becher fangen, erreichte aber nur, dass auch noch der Deckel aufging. Cola ergoss sich über die leere Tischplatte zwischen Mutter und Sohn.

Während der Junge zum Fenster zurückwich, stand die Mutter auf und suchte hektisch ihre Kleidung nach Flecken ab. Die Frau murmelte eine Entschuldigung, setzte das Tablett ab und winkte dem nächsten Mitarbeiter.

»Ich habe meine Cola verschüttet. Können Sie bitte kommen und das aufwischen?«

Die Mutter sah an sich hinab und stellte mit einem Seufzer der Erleichterung fest, dass ihre Kleidung trocken war. Dann griff sie nach ihrer Handtasche auf dem Tisch und bemerkte, dass diese untenrum von Cola durchnässt war.

»Wenn Sie gestatten.« Die Frau nahm ihr die Handtasche ab und wischte sie gründlich mit einem Stapel Papiertücher sauber. »Es tut mir wirklich furchtbar leid.«

Da die Cola an dem hochwertigen Leder kaum haften blieb, hatte sie die Handtasche schnell gereinigt. »Schon in Ordnung«, sagte die Mutter und nahm die Handtasche wieder an sich.

Jetzt kam auch ein Mitarbeiter in Firmenkleidung herbeigeeilt. Sobald er die Tischplatte gesäubert hatte, nahmen Mutter und Sohn erneut Platz.

Die Frau ging zu einem nahen Tisch im Rücken der Mutter. Nach einigen Bissen von ihrem Sandwich wischte sie sich den Mund ab. Im Schutz der Serviette ließ sie den Daumen unter den Kragen ihrer Bluse gleiten und flüsterte in das dort versteckte Gerät.

»Bravo Eins, bitte kommen, Bravo Eins. Hier Bravo Fünf.«

Die Funkwellen trugen ihre Stimme zu einem jadegrünen Transporter draußen auf dem Parkplatz. Darin saß Hauptmann Pei mit dem Kernteam der Einsatzgruppe.

»Hier Bravo Eins«, sagte Pei ins Mikrofon.

»Paket erfolgreich abgeliefert, Ende.«

»Hervorragend. Weiter observieren. Ende.«

Nach diesem kurzen Austausch ließ Pei das Funkgerät

sinken. Er legte an der Maschine, neben der er saß, einen Schalter um, und sofort drangen gedämpfte Stimmen aus dem Lautsprecher.

»*Setz dich gerade hin. Hast du was auf die Klamotten gekriegt?*«

»*Nein, alles gut. Warum ist Papa noch nicht da?*«

»*Keine Sorge, Dongdong. Papa hat sehr viel zu tun. Wenn du artig bist, kommt er bestimmt bald, okay?*«

»*Okay.*«

Die Stimmen gehörten zu Han Haos Frau Wei und ihrem gemeinsamen Sohn. Die aufgezeichnete Unterhaltung lieferte schon jetzt den Beweis dafür, dass Han Hao tatsächlich vorhatte, sich mit den beiden zu treffen.

Einen solchen Veteranen der Polizei zu fassen, war keine leichte Aufgabe. Das kieselsteingroße Abhörgerät, das Bravo Fünf tief in Weis Handtasche versenkt hatte, würde ihnen ab jetzt dabei helfen. Neben dem Audiorekorder verfügte das Gerät zudem über einen GPS-Peilsender.

Stunden vergingen. Das Restaurant leerte sich langsam, aber Mutter und Sohn machten keinerlei Anstalten, ihrerseits aufzubrechen. Draußen im Transporter lauschten Pei und seine Kollegen erwartungsvoll, aber bis auf die Geräusche aus Dongdongs Handheld-Konsole war nichts zu hören.

Die Mittagszeit war lange vorbei. Die SEP-Beamten im Laden und außerhalb machten bereits Überstunden.

»Was sitzen die denn immer noch da? Wollen die bald ihr Zelt aufschlagen?«, fragte Zeng nach ausgiebigem Gähnen.

Aus dem Lautsprecher klingelte ein Handy. Zeng zuckte zusammen und stieß beinahe gegen den Radioempfänger.

»*Hallo?*«

Pei und seine Kollegen beugten sich vor, um die leisen Töne aus dem Lautsprecher zu verstehen.

»*Alles klar.*« Mit einem lauten Rascheln verstaute Wei ihr Handy wieder in der Handtasche. »*Zeit zu gehen, Dongdong*«, sagte sie.

»*Juhu! Kommt Papa jetzt?*«

»*Komm mit, dann wirst du schon sehen.*«

»Hier Bravo Eins«, sagte Pei. »Sie haben sich in Bewegung gesetzt. Ich brauche eine optische Bestätigung!«

»*Wei und ihr Sohn gehen Richtung Ausgang.*«

»Folgen. Alle ausschwärmen und in der Nähe der Zielpersonen bleiben. Unbedingt Abstand halten. Wiederhole, unbedingt Abstand halten!«

»*Verstanden!*«

Sekunden später folgte der nächste Bericht.

»*Zielpersonen besteigen ein Taxi. Erbitte Anweisungen!*«

Gleichzeitig drang Weis Stimme aus dem Lautsprecher.

»*Bringen Sie uns bitte zur U-Bahn-Station Guangyuan-Tempel!*«

»Sie fahren zur U-Bahn-Station Guangyuan-Tempel!«, rief Pei ins Mikrofon. »Wiederhole: Guangyuan-Tempel! Bravo Zwei, Drei, Vier und Fünf, bleiben Sie hinter dem Taxi. Alle anderen: Positionen in der Nähe der Station einnehmen!«

Der Reihe nach knackten die Bestätigungen der Beamten aus dem Funkgerät. Yin auf dem Fahrersitz wartete nicht erst auf einen gesonderten Befehl. Der Transporter fuhr mit einem Satz an wie ein Pferd, das sich aus seinem Stall befreite.

Pei holte tief Luft und spähte aus dem Fenster. Mit wachsendem Herzklopfen begriff er, warum Han sie so lange hatte warten lassen.

Die Straßen füllten sich in Windeseile mit Autos. Der Stoßverkehr hatte begonnen.

*

17 : 56 UHR
U-BAHN-HALTESTELLE GUANGYUAN-TEMPEL

Obwohl die Intervalle zwischen den langen Zügen erst jüngst auf vier Minuten verkürzt worden waren, war die Station Guangyuan-Tempel während der Stoßzeiten noch immer nicht in der Lage, der erdrückenden Masse Reisender Herr zu werden, die sich durch ihre Gänge schoben. Wei lotste ihren Sohn durch die endlose Flut fremder Gesichter und Rücken, bis sie endlich den Bahnsteig erreichten.

Das Observationsteam der Polizei hatte sich breit verteilt und diverse Stellungen bezogen. An beiden Eingängen zum Bahnsteig standen mehrere SEP-Beamte in Zivil bereit. Die einzige Variable in dieser Rechnung bildete der stete Strom ankommender und abfahrender Bahnen. Gut möglich, dass Han längst in einer dieser Bahnen saß und darauf wartete, dass sich Frau und Sohn zu ihm gesellten. Allerdings wäre das äußerst riskant gewesen – sobald die Polizei zusammen mit Wei eine Bahn betrat, würde Han aussichtslos in der Falle sitzen.

Pei hatte nichts dem Zufall überlassen. Um zu verhindern, dass Wei und Dongdong der Überwachung entgingen, indem sie kurz vor Schließen der Türen noch schnell eine Bahn betraten, hatte er zwei weitere Kollegen in Zivil auf den Bahnsteig beordert, die in die jeweils entgegengesetzte Richtung fahren sollten, unabhängig davon, ob Hans Angehörige eingestiegen waren oder nicht. Falls nicht, sollten sie an der nächsten Haltestelle aussteigen und zum Guangyuan-Tempel zurückkehren. So ergab sich eine effiziente Rotation von Beamten, und keine Bahn blieb unbeaufsichtigt.

Um nicht entdeckt zu werden, betraten weder Pei noch die anderen Mitglieder der Einsatzgruppe den Bahnsteig. Yin stellte den Transporter in der Nähe des oberirdischen Eingangs ab, von wo aus sie den Einsatz leiteten.

*

Mit der einen Hand umklammerte Wei ihr Telefon, mit der anderen die Hand ihres Sohnes. Furcht und Hoffnung tanzten in ihrem Magen durcheinander. Nachdem sie gefühlt weitere Stunden gewartet hatte, ertönte das ersehnte Klingeln.

Im Nu hatte sie das Telefon ans Ohr gelegt. Angespannt lauschte sie der Stimme ihres Mannes.

»*Steigt in den nächsten Zug.*«

»Den nächsten? In welche Richtung?«

»*Egal. Welcher auch immer zuerst kommt. Ruf mich an, sobald die nächste Bahn einfährt.*«

Ein tiefes Grollen erscholl aus dem Tunnel Richtung Norden. Wei ging in die Mitte des Bahnsteigs und hielt mit ihrem Sohn auf die automatische Schiebetür zu. Als der Schimmer der Frontscheinwerfer im Tunnel auszumachen war, zückte sie ihr Telefon und tätigte den versprochenen Anruf.

»Jetzt fährt gleich eine Bahn ein.« Ihre Kehle war wie zugeschnürt, ihre Stimme kaum mehr als ein heiseres Flüstern.

»Steigt ein und bleibt direkt bei der Tür. Und leg nicht auf.«
»Alles klar«, sagte Wei. Sie zog an Dongdongs Hand und führte ihn durch die Menge, bis sie der Schiebetür so nahe wie möglich waren.

*

Die Stimme aus dem Handy war zu leise, als dass Pei sie hätte hören können, aber Weis Teil des Gesprächs hatte ihm alles verraten, was er wissen musste.
»An alle: Konzentration auf die nächste einfahrende Bahn!«
»Jawohl, Sir. Sieht aus, als ob die Zielpersonen einsteigen wollen. Erbitte Anweisung.«
Pei biss sich auf die Lippe und überlegte fieberhaft. »Bravo Zwei, Drei, Vier und Fünf bleiben auf dem Bahnsteig. Alle anderen folgen ihren Zielen.«
Vier Beamte in Zivil blieben bei den Sitzbänken in der Mitte des Bahnsteigs. Alle anderen näherten sich den umliegenden Schiebetüren. Zwei stellten sich dicht hinter Wei und Dongdong in die Schlange.
Die einfahrende Bahn hielt passgenau vor den Schiebetüren. Nach einem Piepen aus den Deckenlautsprechern glitten die Türen beiseite. Wei betrat die Bahn und ließ die meisten anderen Fahrgäste sich vorbeidrängeln, während sie mit ihrem Sohn nahe beim Ausgang blieb. Die Zivilpolizistin, die sich in unmittelbarer Nähe der beiden befand, legte den Kopf zur Seite und begann, leise in ihr verstecktes Mikrofon zu sprechen.

*

»Die Zielpersonen haben die Bahn bestiegen. Sie sind direkt bei der Tür geblieben. Verdächtiger bislang nicht in Sicht. Wei hält das Telefon ans Ohr. Sie muss weiterhin mit ihm in Kontakt stehen.«

Pei verzog das Gesicht und passte seine Strategie an. »Bravo Sechs und Sieben, Bahn an der nächsten Haltestelle verlassen und zur Ausgangsstation zurückkehren. Alle anderen: dranbleiben.

*

Wei schob das Telefon in die Handtasche zurück. Ganz konnte sie ihr Unwohlsein nicht unterdrücken, als sie den Blick durch die Bahn schweifen ließ. Viele Passagiere drückten sich tiefer in die Gänge der nächsten Abteile.

Dumpfe Pieptöne drangen an ihre Ohren. Die Abfahrt stand unmittelbar bevor. Wei packte die Hand ihres Sohnes und rannte gerade noch rechtzeitig durch die Schiebetür nach draußen.

Die Türen schlugen zu.

Zwei verdächtig aussehende Passagiere konnten ihr nur noch verdattert hinterherschauen.

*

»Zielpersonen sind aus der Bahn gerannt! Die Türen haben sich geschlossen, bevor wir ihnen folgen konnten. Erbitte Anweisung!«

Pei holte tief Luft. Mit einem solchen Ablenkungsmanöver hatte er bereit gerechnet und dementsprechend auch Bravo Sechs und Sieben befohlen, die Bahn an dieser Haltestelle zu verlassen. Trotzdem musste er beim Gedanken an Hans möglichen Plan ein Frösteln unterdrücken.

Die kreuz und quer verlaufenden U-Bahn-Tunnel bildeten ein riesenhaftes, labyrinthisches Schachbrett. Zwar fühlte er sich der Herausforderung durchaus gewachsen, dennoch zerrte die Situation an seinen Nerven. Genau wie er die Zivilbeamten als Bauern auf Seiten der Einsatzgruppe verschob, hantierte auch Han mit seiner Frau und seinem Kind.

»An alle Beamten in dieser Bahn, an der nächsten Station aussteigen und zurückkommen«, sagte er mit einem Blick auf den GPS-Monitor. »An alle vor Ort, Zielpersonen unter keinen Umständen aus den Augen lassen.« In einem Meer aus Längen- und Breitengraden blinkte ein roter Punkt.

Wei rief Han an, sowie sie die Bahn verlassen hatte. Das Gespräch dauerte keine zehn Sekunden.

Da die Wanze nur Weis Worte auffing, blieb Pei nichts anderes übrig, als sich einen Reim auf das einseitige Gespräch zu machen.

»*Soll ich wieder wie vorhin aussteigen?*«

Dieser eine Satz genügte, um ihm Schweißperlen auf die Stirn zu zaubern. Han würde den gleichen Trick ein zweites Mal abziehen. Er hatte bereits über die Hälfte von Peis Leuten anderweitig gebunden. Wie sollte der Hauptmann reagieren?

Die Bahn Richtung Süden fuhr bereits ein. Wei und ihr Sohn stiegen zu. Abermals blieben sie dicht bei der Tür.

»*Die Zielpersonen sind eingestiegen. Erbitte Anweisung!*«

Pei hörte die Nervosität in der Stimme von Bravo Drei. Alle Beamten warteten gespannt auf seinen Befehl.

»Bravo Zwei, vor Ort bleiben. Bravo Drei bis Sieben, einsteigen!«

Er hatte keine Zeit, um sich zu entscheiden, ob Wei und Dongdong in dieser Bahn bleiben oder wie zuvor im letzten Moment abspringen wollten. Sollte Letzteres eintreten, waren die Beamten aus den diversen anderen Bahnen bereits wieder auf dem Rückweg und würden in Kürze eintreffen. Nur deshalb hatte er beschlossen, so viele Polizisten wie möglich in die abfahrende Bahn zu schicken.

Diesmal stiegen sie nicht sofort wieder aus. Die Türen schlossen sich. Mit einem Ruck fuhr die Bahn an und nahm die Mutter, ihren Sohn und fünf Zivilbeamte mit sich. Früher oder später würden Wei und Dongdong aussteigen. Die Frage war nur: Wann?

Liu beugte sich zum Mikrofon. »Bravo Drei, Vier, Fünf, Sechs und Sieben, ich will, dass Sie in Ihrer Reihenfolge nacheinander an den nächsten Stationen aussteigen. Der Rest bleibt bei den Zielpersonen.«

Pei war nervös. Sie hatten nur fünf Leute in der Bahn. Der Plan würde also nur für fünf Stationen funktionieren. Sollten Wei und ihr Sohn erst an der letzten Station aussteigen, bliebe ihnen nur ein einziger Beamter, um Han festzunehmen.

Frustriert von dem improvisierten Notfallplan trat Pei gegen die Rücklehne des Fahrersitzes. »Losfahren! Folgen Sie der Bahn oberirdisch!«, brüllte er.

Yin trat das Gaspedal durch. Der Transporter rumpelte die Straße hinab.

Pei holte tief Luft und beugte sich zum Mikrofon. »Alles genau herhören. Die Zielpersonen haben eine Bahn bestiegen und verlassen Guangyuan-Tempel in südlicher Richtung. Alle Beamten, die keinen Sichtkontakt mehr haben, besteigen unverzüglich die nächste Bahn in diese Richtung!«

»*Jawohl, Sir.*«

»*Steige in dieser Sekunde ein, Sir.*«

»*Bestä ...*«

»*Ka ... Habe keinen Empf ...*«

Stille.

»Verdammt noch mal«, murmelte Zeng. »In den Röhren kommen die Funksignale nicht durch.«

Im gleichen Moment verschwand auch der rote Punkt von Peis Monitor.

»Fahr zur Hölle, Han.«

Der Hauptmann sprach seine Anweisungen mehrfach ins Mikrofon. Es dauerte zwei Minuten, bis der rote Punkt wieder auftauchte. Die Bahn mit Wei und ihrem Sohn hatte die nächste Haltestelle erreicht.

Bravo Drei stieg aus und blieb auf dem Bahnsteig stehen. Wei und ihr Sohn blieben in der Bahn. Nun waren nur noch vier Beamte an Bord.

Rasch fuhr die Bahn wieder an. Als die Türen an der nächsten Haltestelle aufglitten, stürmte Wei mit ihrem Sohn hinaus. Wie vereinbart rief sie ihren Mann an.

Sobald die Beamten der SEP ihn davon in Kenntnis setzten, befahl Pei Bravo Vier aus der Bahn. Bravo Fünf, Sechs und Sieben sollten an Bord bleiben für den Fall, dass Wei sich abermals plötzlich umentschied.

Knisternd kamen die Meldungen von drei weiteren Beamten aus dem Funkgerät. Sie befanden sich im nachfolgenden Zug, der soeben die vorige Haltestelle verlassen hatte.

Abermals wartete Wei mit ihrem Sohn, bis der Piepton erscholl, und rannte im letzten Moment wieder in die Bahn. Die Türen schlossen sich.

Bravo Vier blieb allein auf dem Bahnsteig zurück. Seine Kollegen würden erst in zwei Minuten mit der nächsten Bahn eintreffen. Das Observationsteam in der Bahn war auf drei Leute zusammengeschmolzen.

Auch oberirdisch sah es nicht viel besser aus. Sämtliche Hauptverkehrsadern waren in der Rushhour komplett verstopft. Obwohl Yin die Sirene des Polizeitransporters eingeschaltet hatte, krochen sie wie gelähmt dahin. Während Weis Bahn zwei Haltestellen passiert hatte, waren sie kaum dreißig Meter vorangekommen.

Schon näherte sich die Bahn der nächsten Haltestelle. Kurz darauf drang die Stimme von Bravo Fünf aus dem Funkgerät.

»Zielpersonen steigen aus. Erbitte Anweisung!«

»Bravo Fünf, aussteigen und verfolgen. Bravo Sechs und Sieben bleiben in der Bahn.« Pei hatte nicht vor, von dem Plan abzuweichen. Er brauchte mehr Leute in dieser Bahn. Die Chance, dass Wei und Dongdong abermals einsteigen würden, lag höher als die für einen Verbleib auf dem Bahnsteig.

Der rote Punkt auf dem GPS-Monitor bewegte sich nicht.

»Die Bahn ist angefahren, aber die Zielpersonen befinden sich nach wie vor auf dem Bahnsteig. Erbitte Anweisung«, meldete sich Bravo Fünf.

Pei nahm sich einen Moment, um tief durchzuatmen. In Kürze würde Verstärkung eintreffen.

Der rote Punkt bewegte sich.

»Dranbleiben! Verlassen die Zielpersonen die Haltestelle?«

»Nein. Sie begeben sich rasch in Richtung Transittunnel zur Linie drei.«

»Sie wechseln die Linie?« Peis Zuversicht schmolz dahin.

»Guangyuan-Tempel ... Zhenghanstraße ... Shita-Tempel ...« Yin spulte die Haltestellen aus dem Gedächtnis ab. »Sie sind jetzt in der Nähe der Yangkoustraße. Die Linie drei verläuft dort von Ost nach West.«

Das U-Bahn-System der Innenstadt umfasste drei Linien. Linie eins bildete einen geschlossenen Kreis um die Stadt, Linie zwei verlief in Nordsüdrichtung, Linie drei bediente die Ostwestachse. Wei und Dongdong hatten ihre Bahn am Guangyuan-Tempel bestiegen, in der nordwestlichen Ecke der Linie eins. Von dort waren sie nach Südosten gefahren. Sollten sie die Linie drei nach Osten besteigen, hätte der Transporter etwas Zeit gewonnen, um eine Abkürzung zur Linie zwei zu finden. Nur war der Verkehr auch in diese Richtung die reinste Hölle.

*

Bravo Fünf folgte Wei und ihrem Sohn die Treppe hinunter in die Bahn Richtung Osten, die in diesem Moment einfuhr. Die Polizistin wusste, dass die Zielpersonen durchaus auch hier wieder im letzten Moment zurück auf den Bahnsteig hasten konnten, weshalb sie so dicht wie möglich bei Wei blieb. Sie war das einzige Mitglied des Observationsteams, das es bis hierher geschafft hatte, und redete sich gut zu, dass ihr auf keinen Fall ein Patzer unterlaufen würde.

Plötzlich legte Wei auf, ließ das Handy sinken und sah sich entspannt um. Ihr Blick blieb wie zufällig an Bravo Fünf hängen. Sie lächelte.

Bravo Fünf wandte den Blick ab, die Wangen heiß vor Scham. Wie konnte sie aufgeflogen sein?

Peis Stimme drang aus ihrem Kopfhörer.

»*Bravo Fünf. Bravo Fünf, hier Bravo Eins. Bitte kommen.*«

Sie hustete in ihre Faust, drehte sich weg, neigte den Kopf zum versteckten Mikrofon und flüsterte: »Hier Bravo Fünf.«

»*Statusmeldung zu den Zielpersonen.*«

Sie fuhr herum und sah Wei mit ihrem Sohn auf dem Bahnsteig stehen. »Sie sind ausgestiegen.« Ihre Stimme war voller Bitterkeit. »Ich weiß nicht, wie, aber sie hat mich entdeckt. Ich muss an der nächsten Station kehrtmachen.«

*

Pei biss sich auf die Zähne, bis sein ganzer Schädel schmerzte. Der rote Punkt auf dem Monitor bewegte sich westwärts – und war kurz darauf plötzlich verschwunden.

»Sie sind doch in der Bahn!«, rief Pei.

Sekunden später kam eine neue Mitteilung über Funk. Der Rest des Observationsteams hatte die Haltestelle Yangkoustraße erreicht. Pei befahl ihnen, den nächsten Zug gen Osten zu nehmen und die Verfolgung fortzusetzen.

Währenddessen kroch der Transporter weiter die Straße entlang. Pei klopfte gegen Yins Rückenlehne.

»Das ist Zeitverschwendung. Fahren Sie über den Standstreifen oder nehmen Sie den Fahrradweg, ganz egal. Brechen Sie das Gesetz, fahren Sie gegen die Fahrtrichtung, Hauptsache, wir kommen schneller voran!«

»Das bringt uns auch nichts, wenn wir nur von Station zu Station gurken. Sagen Sie mir einfach, wo die Reise endet, dann bringe ich uns hin!«, rief Yin über die Schulter.

Wohin würde Han sie lotsen?

Pei betrachtete den Stadtplan und zog im Geiste Weis bisherige Route nach. Sie schien keiner Logik zu folgen, außer jener, die Polizei abzuschütteln, bevor man sich zum eigentlichen Ziel begab.

»Wo ist die nächste Umsteigemöglichkeit?«

»Hauptbahnhof!«, sagte Yin sofort. »Die verkehrsreichste in der ganzen Stadt, wo sich die meisten Linien treffen.«

»An Hans Stelle würde ich mich genau dort mit Frau und Kind treffen. Auf zum Hauptbahnhof!«

Mit eisernem Griff am Lenkrad manövrierte Yin den Transporter aus der verstopften Fahrspur. Er schaltete die Sirene ein und rauschte den Radweg entlang, wo Radfahrer und Fußgänger gerade noch rechtzeitig beiseite sprangen. Pei stieß einen langen Seufzer aus, weil sie endlich Strecke machten.

Der rote Punkt auf dem Monitor verschwand hin und wieder, tauchte dann wieder auf, aber stets in der gleichen Richtung, was der Zuversicht im Team einen dringend benötigten Schub verlieh. Immer weiter steuerte Yin den großen Wagen mit beeindruckender Fahrkunst und hohem Tempo die schmale Radspur entlang.

Zeng reckte die geballte Faust in die Höhe. »Wir haben sie fast eingeholt!«

Einen Moment lang stand der Signalpunkt still, dann kroch er vor ihnen davon. Pei und seine Kollegen sahen einander an. Wei und ihr Sohn waren zu Fuß auf dem Bahnsteig!

Dann drang die freudig erregte Stimme eines Kindes aus dem Lautsprecher.

»*Papa!*«, rief Dongdong, aber seine Stimme brach plötzlich ab, als halte ihm jemand die Hand vor den Mund. Aus dem Lautsprecher drang nur noch flüsterndes Rauschen. Dann ein Klicken, schließlich Stille.

»Er hat die Wanze gefunden«, sagte Pei.

Die Anspannung im Transporter war beinahe greifbar. Yin lenkte den Wagen zurück auf die Straße. »Wir sind beim Eingang!«

Pei riss die Seitentür auf. Der Rest des Teams sprang hinter ihm her und rannte zum Eingang des Bahnhofs.

Viele Pendler stießen überraschte Rufe aus, als die Polizisten an ihnen vorbeirannten. Aber sie durften jetzt nicht zögern.

*

Laute Schritte hallten durch die Station. Ein Mann in Begleitung von Frau und Sohn blieb wie angewurzelt stehen. Wortlos drehte der Mann sich um und rannte davon.

»Papa!«, schrie Han Dongdong.

Der Junge lief ein paar Schritte hinter seinem Vater her, aber seine Mutter packte ihn und drückte ihn an sich.

Eine Welle uniformierter Polizisten umspülte sie. Der Junge begann zu schluchzen.

Han Hao sammelte all seine Kraft und sprintete zurück in Richtung Bahnsteig. Er rannte durch die Sicherheitsschleuse und sprang über das breite Drehkreuz, ignorierte all die wütenden Schreie in seinem Rücken und spähte über die Brüstung der Rolltreppe. Unten wurde der Tunnel in das Licht der nahenden Scheinwerfer getaucht. Ein Sprung über fünf Meter trennte ihn vom Bahnsteig.

Der Klang von Stiefeln auf Linoleum rückte näher. Er musste sich bewegen.

Han setzte über die Brüstung hinweg und fiel in den Spalt zwischen Rolltreppe und Absperrung. Im Flug drehte sich sein Körper ein wenig. Sein rechter Knöchel prallte mit abstoßendem Knacken auf den Boden.

*

Liu Song erreichte das Drehkreuz als Erster. Er lugte über die Brüstung und sah Han Hao unten davonhumpeln. Als er ihm gerade hinterherspringen wollte, packte jemand sein Handgelenk.

»Wohl vergessen, ein Ticket zu kaufen, was?«

Liu riss den Kopf herum und starrte eine U-Bahn-Angestellte mittleren Alters an. Sie hatte ihn wie ein Schraubstock ergriffen und rührte sich nicht.

»Lassen Sie mich los!«, brüllte er und versuchte, sich ihrem Griff zu entziehen. »Ich bin Polizist!«

Nun kamen auch Pei und Yin angerannt.

»Polizei!«, sagte Pei und streckte seine Dienstmarke vor.

Die Angestellte machte große Augen und ließ los. »Das konnte ich nicht wissen«, murmelte sie und zog sich zurück.

Liu ignorierte sie und deutete zum Bahnsteig. »Han ist schon unten. Wir müssen sofort hinterher!«

Die drei Beamten sprangen über das Tor und rannten die Rolltreppe hinunter. Als sie den Bahnsteig erreichten, sahen sie Han, der gerade links von ihnen in die wartende Bahn humpelte. Sie rannten auf ihn zu – und die Schiebetür schloss sich direkt vor ihnen.

Han stand jenseits der Tür und keuchte. Er lehnte sich an den Handlauf und starrte sie höhnisch an, winselte aber gleichzeitig vor Schmerzen.

Liu stieß einen erstickten Schrei aus, rannte an die Tür und trommelte mit den Fäusten gegen das Glas.

Hilflos sah der neue Leiter der Einsatzgruppe zu, wie sein Vorgänger mit einem erbitterten Grinsen den Kopf schüttelte. Er fragte sich, was Han in diesem Moment durch den Kopf ging. Sorge um seine Familie? Scham den ehemaligen Kollegen gegenüber? Stolz ob seiner geglückten Flucht? Nur eins stand fest – jener Mann dort drüben war nicht mehr der, den er zu Beginn der Ermittlung in der Wohnung des ermordeten Kommissars Zheng kennengelernt hatte.

»Verfolgung abblasen«, sagte Pei, als die Bahn die Station verließ. Er drehte sich um und schritt auf den Ausgang zu. Liu boxte ein letztes Mal verdrossen gegen die Scheibe, dann folgte er Yin und Pei. Am Kopfende der Treppe sahen sie Zeng und Mu neben der Sicherheitsschleuse warten. Bei ihnen standen Hans Frau und Kind, die wie gelähmt wirkten.

Zeng lief dem Hauptmann entgegen. »Was ist passiert?«

»Er ist uns entwischt«, sagte Pei und ließ den Kopf hängen. »Wir waren ein paar Sekunden zu spät.«

»Verflucht«, murmelte Zeng.

Wei, auf deren Wangen Tränen glitzerten, stieß einen tiefen Seufzer der Erleichterung aus. Ihr Sohn hielt ihre Hand umklammert.

»Werden Sie mich jetzt festnehmen, weil ich einen Flüchtigen vor dem Gesetz geschützt habe?«, fragte Wei. Sie betrachtete Pei mit geröteten Augen, aber da war ein spöttischer Unterton in ihrer Stimme, der ihm nicht gefiel.

Er kniete sich vor dem Jungen hin. »Du heißt Han Dongdong, stimmt's?«, fragte er freundlich.

Der Junge sah ihn erstarrt an.

»Ich habe ein Foto von dir.« Pei öffnete die rechte Hand und zeigte ihm das Bild, das er im Polizeihauptquartier auf dem Boden der Toilette gefunden hatte. Überrascht neigte der Junge den Kopf.

»Weißt du, wohin dein Papa will, Dongdong?«

»Na klar. Hat er mir eben gesagt.«

Pei gab sich Mühe, keine Regung zu zeigen. Diesmal mochte Han entwischt sein, aber noch bestand Hoffnung. »Aha?« Pei lächelte ihn fröhlich an. »Und wo wollte er hin?«

»Er will einen Bösewicht schnappen«, sagte der Junge mit stolzgeschwellter Brust. »Einen richtig fiesen Kerl. Und er hat gesagt, ich soll mir in der Schule ganz viel Mühe geben. Wenn ich groß bin, werde ich auch Polizist.« Der Kleine strahlte.

Pei zerzauste ihm die Haare. »Ich bin mir sicher, du wirst mal ein prima Polizist.«

Er hörte ein ersticktes Schluchzen und blickte auf. Frische Tränen liefen Wei die Wangen herab. Pei fühlte durchaus mit ihr, war aber gleichsam erleichtert über ihre Tränen, denn sie mussten bedeuten, dass der Sohn die Wahrheit sagte.

»Bringen Sie die beiden nach Hause«, sagte er zu Yin. »Wir müssen sie keinem großen Verhör unterziehen.«

Yin nickte, ging in die Hocke und nahm Dongdong auf den Arm. Er wusste, wohin er sie zu bringen hatte. Als Hans ehemaliger Assistent kannte er die Familie des abtrünnigen Hauptmanns besser als jeder andere.

Wei starrte Pei böse an, wischte sich mit dem Handrücken die Tränen ab und folgte Yin und ihrem Sohn zum Ausgang.

Die übrigen Teammitglieder schauten den drei Gestalten

hinterher, bis sie draußen in der einsetzenden Dämmerung verschwanden.

»Mir will doch keiner erzählen, dass Han uns die ganze Nummer eingebrockt hat, nur um ein paar Worte mit seinem Sohn zu wechseln?«, sagte Pei in die Stille hinein.

»Wenn Sie Kinder hätten, würden Sie das verstehen«, sagte Mu mit ungewöhnlich feierlicher Stimme.

Zeng schnaubte. »Wir hätten die beiden wenigstens fürs Verhör mitnehmen sollen.« Er sah den Hauptmann an und legte die Stirn in Falten. »Warum haben Sie sie gehen lassen?«

»Aus zwei Gründen. Erstens wissen sie nicht mehr, als sie bereits gesagt haben. Viel wichtiger ist aber, dass Hans Sohn mir alles gesagt hat, was ich wissen muss.«

*

21 : 07 UHR
RESTAURANT GRÜNER FRÜHLING

Die blassen Finger der Frau tanzten über die Saiten ihrer Violine. Sanfte Musik ergoss sich in Bächen aus dem Instrument und umspülte die Gäste, die sich zum Abendessen eingefunden hatten.

Als sie die Geige schließlich sinken ließ, betrat eine makellos gekleidete Kellnerin auf Zehenspitzen die Bühne.

»Von einem unserer Gäste«, sagte sie leise und übergab der Musikerin einen frischen Blumenstrauß. »Ohne Nachricht, ohne Namen.«

»Moment«, sagte die Musikerin und hob einen anderen Strauß auf, der neben ihr lag.

Die Kellnerin hielt inne und sah die Musikerin an.

»Schicken Sie diesen hier bitte als Geschenk zurück, und danken Sie dem Gast für diese großzügige Geste«, flüsterte sie.

»Selbstverständlich«, gab die Kellnerin zurück. Mit schnellen Schritten verließ sie die Bühne und ging zu einem Tisch für zwei Personen in einer der ruhigen Nischen. Als sie sich näherte, blickte der dort sitzende Gast verwundert auf.

»Werter Herr, unsere Violinistin dankt Ihnen für die großzügige Geste«, sagte die Kellnerin und überreichte dem Gast den Strauß mit den Lilien.

Der Mann nahm sie entgegen und entließ die Kellnerin mit einem dezenten Nicken. Sie entfernte sich.

Der Gast starrte die Blumen an, als wollte er sich den Geruch und die Details jedes einzelnen Blütenblatts genau einprägen. Als die ersten Klänge des Themas von Beethovens *Violinromanze in F-Dur* seine Ohren erreichten, blickte er auf und sah das Mädchen auf der Bühne an. Er vermochte den leisen Schimmer des Glücks in seinen Augen nicht zu verbergen.

*

Eine Stunde später stand das Mädchen vor dem Eingang des Restaurants. Die schwarze Binde an ihrem Oberarm stand in deutlichem Kontrast zu ihrer blütenweißen Kleidung. Auf der Binde prangte ein einziges weißes Schriftzeichen: *Xiao*, was als *Kindliche Pietät* einen Grundsatz des Konfuzianismus symbolisierte. Ihr Gewand war ein *xiao gu*, getragen im ehrerbietigen Andenken an einen kürzlich verstorbenen Elternteil.

Der Kollege an ihrer Seite war ein gutes Jahrzehnt älter

als sie. »Bist du sicher, dass ich dich nicht nach Hause bringen soll?«, fragte er ein letztes Mal.

»Ganz sicher«, sagte sie freundlich, aber bestimmt. »Jemand anders holt mich ab. Aber ich weiß deine Anteilnahme zu schätzen.«

Er schüttelte den Kopf. Das Mädchen hatte gerade erst ihren Vater verloren und ihm gegenüber nie andere Verwandte oder Freunde erwähnt. Wer sollte sie bloß abholen kommen?

Die Freundschaft zwischen dem Chefkoch des *Grüner Frühling* und der blinden Violinistin sorgte hin und wieder für hochgezogene Augenbrauen, aber das war ihm egal. Außerdem machten sie meistens gemeinsam Feierabend, und dass er sie mit dem Auto nach Hause brachte, war nicht mehr als eine zuvorkommende Geste.

Ihre plötzliche Ablehnung hinterließ ein flaues Gefühl in seinem Magen.

»Mach dir keine Sorgen«, sagte sie. »Niuniu passt auf mich auf.«

Er warf einen Blick auf die reinrassige Labradordame, die folgsam neben ihr saß. Die Blindenhündin hatte sie von ihrem Vater vor dessen Tod geschenkt bekommen. Sie war professionell ausgebildet, klug und treu. Während ihr Frauchen auf der Bühne spielte, hielt sie meistens ein Nickerchen im hinteren Teil des Restaurants.

»Na gut«, sagte er. Er wollte sie nicht weiter bedrängen. Nachdem er sich verabschiedet hatte, ging er ums Gebäude zum Parkplatz.

Das Mädchen lauschte den Schritten des Chefkochs. Als sie ganz sicher war, dass er sich entfernt hatte, zupfte sie an Niunius Leine. Der Hund sprang auf und begann sie zu führen.

Als sie zur großen Treppe kamen, drehte Niuniu sich um und berührte ihre beiden Schienbeine, um den Weg nach unten anzuzeigen. Sobald ihr Frauchen das Hindernis gemeistert hatte, fiel sie wieder in einen leichten, schnellen Schritt.

Bald hatten die Frau und ihr Hund den Vorplatz des Restaurants hinter sich gelassen und näherten sich einer ruhigen Seitenstraße.

Als sie das Geräusch von Autoreifen auf Asphalt hörte, zuckte ihr rechtes Ohr unmerklich. Sie blieb stehen und wartete. Ein leises Bremsen, dann ein automatisches Fenster, das sich herabsenkte.

»Brauchen Sie Hilfe? Ich kann Sie hinbringen, wo immer Sie möchten.«

Es war die Stimme eines jungen Mannes. Sie drehte sich zu ihm und beugte sich ein wenig vor. Ein schwacher süßlicher Duft stieg ihr in die Nase. Lilien.

»Ich habe Sie erwartet«, sagte sie gelassen. »Sind Sie mir gefolgt?«

Er antwortete nicht. »Setzen Sie sich doch erst mal rein. Es ist kalt draußen.«

Das Mädchen trat einen bedächtigen Schritt zurück und schüttelte den Kopf. »Nein. Ich steige nicht in Ihren Wagen.«

»Schon verstanden. Aber wollen wir uns nicht ein Plätzchen suchen, wo wir uns hinsetzen und ein wenig unterhalten können? Ganz in der Nähe gibt es ein Café.«

Das Mädchen kannte den Laden, von dem er sprach. Trotz ihres anfänglichen Zögerns nickte sie schließlich, stellte allerdings eine Bedingung. »Ich laufe selbst dorthin.«

»In Ordnung. Ich warte drinnen auf Sie.«

*

Instinktiv suchte sich der Mann den abgelegensten Tisch im Café. Dann winkte er einem Kellner.

»Ich warte auf ein Mädchen in einem weißen Kleid. Sie ist blind. Könnten Sie rausgehen und ihr helfen, den Weg zu finden?«

Der Kellner wirkte überrascht, willigte aber ein und begleitete kurz darauf das Mädchen zum Tisch.

»Setzen Sie sich doch«, sagte der Mann sanft, wusste aber nicht so recht, was er sonst sagen sollte. Er hatte dieses Treffen nicht geplant. Tatsächlich wusste er nicht einmal, warum er es überhaupt vorgeschlagen hatte.

Das Mädchen rutschte mit geübter Gewandtheit auf ihren Sitzplatz. Ihr Hund schnüffelte einmal, dann legte er sich zu ihren Füßen nieder, ließ die beiden aber nicht aus den Augen.

»Warum sind Sie mir gefolgt?«, fragte sie unverblümt.

»Ich bin Ihnen nicht gefolgt. Ich habe bloß im Restaurant zu Abend gegessen und Sie draußen gesehen, als ich gerade auf dem Weg nach Hause war, also wollte ich meine Hilfe anbieten«, sagte er, vergaß dabei aber zu erwähnen, dass er nach dem Essen eine Stunde auf dem Parkplatz gewartet hatte.

»Nein, Sie sind mir gefolgt. Versuchen Sie nicht, mich anzulügen. Ja, ich bin blind.« Sie rümpfte die Nase. »Aber manchmal bedeutet das, Dinge sehen zu können, die anderen verborgen bleiben.«

»Stimmt«, sagte der Mann mit einem Lächeln. »Wie bei den Lilien vorhin.«

»Es war auch nicht das erste Mal, dass Sie mir diese Sorte Blumen geschickt haben.«

Der Mann antwortete nicht. Er konnte und wollte es nicht leugnen.

»Sie sind in dieser Woche jeden Tag im Restaurant gewesen. Und jedes Mal geblieben, bis ich gegangen bin. Ich kann solche Dinge immer noch spüren, selbst wenn ich Sie nicht sehen kann. Sie sind mir gefolgt. Also keine Lügen.«

Er zog Luft durch die Zähne. »Na gut. Ich bin Ihnen gefolgt. Aber nicht aus irgendwelchen finsteren Absichten, sondern nur, um sicherzugehen, dass es Ihnen gut geht. Weil ...« Er stockte und konnte kaum fassen, was er da preisgab. »Ich habe kürzlich jemanden verloren, der mir sehr viel bedeutet hat.«

»Was meinen Sie?«, fragte das Mädchen. Ihre Stimme klang ein wenig sanfter.

Er biss sich auf die Unterlippe. Noch nie im Leben hatte er mit jemandem über seine Gefühle gesprochen. Yuan hätte ihn dafür einen Schwächling geheißen, aber es fühlte sich so befreiend an.

»Ich weiß, dass Sie Ihren Vater verloren haben«, sagte er leise.

Sie hustete. Ihre Augen füllten sich mit Tränen.

»Auch mein Vater ist vor Kurzem gestorben«, fuhr er fort. »Ich weiß, was Sie durchmachen. So plötzlich den Menschen zu verlieren, der sich um einen kümmert. Es fühlt sich an, als würde einem das Fundament des Lebens unter den Füßen weggerissen.«

»Also ist Ihr Vater ...« Tränen glitzerten auf ihren Wangen, alle Feindseligkeit war aus ihren Zügen verschwunden.

»Ja, mein Vater.«

Das Mädchen blinzelte die Tränen fort. »Deswegen haben Sie mir Blumen geschickt? Und sind mir gefolgt?«

Er schüttelte den Kopf. »Nein. Ich habe Ihnen Blumen geschickt, weil ich Ihre Musik schön finde.«

In ihren Zügen war Überraschung zu lesen. »Sind Sie ein Freund der klassischen Musik?«

»Ich kenne mich in dem Genre nicht allzu gut aus, aber die Stücke, die Sie spielen, genieße ich sehr. Vor allem das, mit dem Sie jeden Abend anfangen. Es lässt mich immer an die Familie denken, die ich verloren habe.«

»Das ist von einem tschechischen Komponisten namens František Drdla und heißt ›Sehnsucht‹. Es soll uns an die Taten all derer erinnern, die von uns gegangen sind.« Das Mädchen seufzte leise. »Ich glaube Ihnen das mit Ihrem Vater.«

Die Geräusche des Cafés schienen zu verblassen, als ihre ruhige, friedvolle Melodie abermals in seinem Kopf erklang. Vor seinem inneren Auge allerdings blitzten die Gesichter der Toten auf, abwechselnd verwaschen und messerscharf, und überlappten einander in makaber fließendem Wandel.

Stechender Schmerz loderte hinter seiner Stirn auf. Er zitterte.

»Was ist los?«, fragte sie ehrlich besorgt.

»Nichts.« Er holte tief Luft und massierte sich die Stirn. »Auch das dritte Stück, das Sie heute gespielt haben, hat mir sehr gefallen«, sagte er dann, um das Thema zu wechseln.

»Das dritte?« Sie legte eine Hand an ihre linke Wange. »Was löst es in Ihnen aus?«

»Frieden.«

»Liegt eine schwere Last auf Ihrem Gemüt? Fühlen Sie sich irgendwie verwirrt und unsicher? Sorgen aus der Vergangenheit oder Sorgen um die Zukunft?« Sie hielt inne. »Vielleicht liegt das Problem sogar direkt vor Ihnen.«

Obwohl er wusste, wie sinnlos die Geste war, wandte er den Blick ab.

Das Mädchen lächelte. »Das Stück, das Sie meinen, heißt ›Méditation‹ und stammt von einem französischen Komponisten namens Massenet. Eine berühmte Träumerei. Mir ist schon oft aufgefallen, dass es besonders jene Leute im Publikum anspricht, die etwas auf dem Herzen haben.«

Das Lächeln ließ ihre blassen Züge sanft erstrahlen. Tatsächlich hatte er sie noch nie lächeln sehen. Der Anblick erweckte etwas tief in ihm.

»Sie haben ein wunderschönes Lächeln.«

Sie senkte in scheinbarer Verlegenheit den Kopf, der Ausdruck ihrer Lippen aber änderte sich nicht.

»Sie sind kein schlechter Mensch«, sagte sie kurz darauf.

»Aha? Wie kommen Sie darauf?«

»Weil Sie meine Musik verstehen.«

»Wie haben Sie über mich gedacht, bevor Sie hier ins Café gekommen sind? Haben Sie mich für einen gefährlichen Mann gehalten?«

»Nein, eigentlich nicht«, sagte sie beinahe entschuldigend. »Aber Sie müssen verstehen, ich versuche einfach, mein Leben so ruhig wie möglich zu verbringen, eingedenk der jüngsten Ereignisse.«

»Wie meinen Sie das? Haben Sie irgendwelche Probleme?«

»Einer der Gäste gestern Abend. Er war betrunken und ist mir hinterhergerannt. Sie waren doch dabei, oder nicht?«

»War ich. Und ich war kurz davor aufzuspringen, aber die Kellner waren sofort bei ihm. Trotzdem habe ich mir große Sorgen um Sie gemacht. Und deshalb bin ich Ihnen auch heute gefolgt. Ich hatte Angst, dass so etwas noch einmal passiert.«

»Falls ja, dann ohne ihn. Er ist tot.«

»Was?«, fragte er mit gespieltem Entsetzen.

»Letzte Nacht, nachdem er das Restaurant verlassen hat. Offenbar hatte er einen Autounfall. Aber angeblich könnte auch mehr dahinterstecken. Heute Nachmittag sind ein paar seiner Freunde zu mir gekommen. Sie hatten die Vermutung, dass sein Unfall eine Vergeltung für seine Ausfälligkeit mir gegenüber gewesen sein könnte. Ich habe ihnen gesagt, dass ich niemanden kenne, der auch nur ansatzweise zu so einer Tat fähig wäre. Aber dann sind Sie heute erneut aufgetaucht, und, na ja, man macht sich eben Gedanken.« Abermals legte sie eine Pause ein und entschloss sich für eine etwas diplomatischere Herangehensweise. »Damit will ich nicht sagen, dass ich Sie irgendwelcher Übeltaten verdächtige. Ich dachte nur, wir sollten uns vielleicht unterhalten.«

In der Brust des Mannes drückte eine unsichtbare Faust langsam zu, aber er zwang sich zur Beherrschung. Er wusste, von welchen »Freunden« sie redete.

»Machen Sie sich nichts draus. Sie wissen doch, dass Sie sich nichts vorzuwerfen haben«, sagte er, um sie zu beruhigen. »Manche Leute merken einfach nicht, wie viele Feinde sie sich machen. Und selbst wenn diesbezüglich etwas nicht mit rechten Dingen zugegangen ist, weiß ich nicht, warum jemand das mit Ihnen in Verbindung bringen sollte.«

»Sie haben recht. Vielleicht bin ich zu paranoid. Das liegt mir wohl einfach im Blut. Mein Vater war Polizist, müssen Sie wissen.« Bei dieser Bemerkung verfinsterte sich ihre Miene. »Stimmt etwas nicht?«

»Es wird spät. Sie sollten bald nach Hause.« Er musste alle Kraft zusammennehmen, um den aufwallenden Emotionen Einhalt zu gebieten und einen neutralen Tonfall beizubehalten.

Das Mädchen rutschte auf seinem Sitz hin und her. Er musste sich daran erinnern, dass er für sie noch immer ein Fremder war, wie lange er sie auch beobachtet haben mochte.

»Ja, es ist spät.« Sie zupfte an einer schwarzen Locke. »Würden Sie mich trotzdem nach Hause bringen?«

»Natürlich«, sagte er. Obwohl sie sich zum ersten Mal trafen, spürte er eine tiefere Verbindung, die er nicht erklären konnte. Aus unerfindlichen Gründen wusste er ohne jeden Zweifel, dass er für ihre Sicherheit verantwortlich war.

»Vielen Dank.« Abermals lächelte sie. »Übrigens heiße ich *Zheng* Jia.«

*

21 : 30 UHR
HAUPTQUARTIER DER KRIMINALPOLIZEI CHENGDU

Es klingelte. Als Pei die Tür öffnete, stand draußen Zeng. Der junge Beamte zog einen Zettel aus der Tasche und reichte ihn weiter.

Huang Jieyuan. Männlich, 48 Jahre. Aktueller Besitzer der Bar Schwarze Magie. *Handynummer: 13020011590.*

»Huang Jieyuan war Ding Kes Assistent während der Geiselnahme damals. Abgesehen von Ding dürfte es niemanden geben, der mit den Einzelheiten des Falls vertrauter ist.«

»Hervorragende Arbeit«, sagte Pei. »Das ist eine große Erleichterung.«

»Leider ist er der Einzige, den wir bisher aufgestöbert haben«, schob Zeng hinterher. »Ich mache mir keine großen Hoffnungen, dass wir Ding tatsächlich finden. Wie der Polizeichef gesagt hat, fahndet unsere Abteilung schon seit zehn Jahren nach ihm. Und was die übrigen Namen in dem Bericht angeht – einige sind bereits gestorben.

Ach, und dann wäre da noch Zhong Yun, der SEP-Scharfschütze, der Wen Hongbing ausgeschaltet hat. Aus irgendeinem Grund haben wir absolut keine Informationen über ihn.«

»Soll das heißen, er ist auch verschwunden?«, fragte Pei.

»Es soll heißen, dass es keinen ›Zhong Yun‹ gibt. Ich habe nicht einen Aktenvermerk über jemanden dieses Namens gefunden. Kann eigentlich nur ein Deckname sein.«

»Interessant. Dann konzentrieren wir uns fürs Erste auf Huang Jieyuan und schauen, was dabei rauskommt. Vielleicht stoßen wir dabei ja auf diesen ›Zhong Yun‹.«

»Soll ich ihn gleich anrufen?«

Pei wischte den Vorschlag mit einer halbherzigen Geste beiseite. »Es wird spät. Warten wir bis morgen.«

»Bis morgen?«, wiederholte Zeng entgeistert. »Chef, wir haben es hier mit Eumenides zu tun.«

»Dessen bin ich mir sehr wohl bewusst. Keine Sorge.«

Pei starrte Zeng unmissverständlich an.

»Sie sind der Chef, Chef.«

KAPITEL FÜNF

FALLENSTELLEN

31. OKTOBER, 20 : 33 UHR
BAR SCHWARZE MAGIE, PERSONALBEREICH

»Telefon für Sie, Herr Huang«, sagte der Barkeeper leise.

»Wer denn?«, murmelte Huang Jieyuan und rieb sich den Schlaf aus den Augen. Er hatte ein ausgiebiges Nickerchen gemacht.

»Angeblich jemand vom Büro für Öffentliche Sicherheit.«

»Was?« Die Worte jagten einen altbekannten Adrenalinschub durch seinen Kreislauf. Mit einem Mal war er hellwach. Er setzte sich aufrecht und griff nach dem Hörer. »Huang Jieyuan hier.«

»Guten Tag, ich melde mich im Auftrag des Archivzentrums im Büro für Öffentliche Sicherheit«, sagte eine männliche Stimme.

»Das BÖS-Archiv also, hmm«, sagte Huang und versuchte zu ergründen, welches Interesse das Büro an jemandem wie ihm haben sollte.

»So ist es. Wir haben ein paar Fragen zu einem Fall von 1984. Konkret geht es um die Geiselnahme vom 30.1. Gehe ich recht in der Annahme, dass Sie zum damaligen Zeitpunkt als Assistent für Hauptmann Ding arbeiteten und unmittelbar in die dazugehörigen Ermittlungen eingebunden waren?«

»Ja, das stimmt. Aber wieso plötzlich das Interesse an diesem alten Fall?«

»Ach, nichts Ernstes. Wir haben begonnen, alte Ermittlungsakten stichprobenartig zu überprüfen, und dabei ist uns aufgefallen, dass die Akte zur Geiselnahme vom 30.1. den Qualitätskriterien der Abteilung nicht zur Gänze gerecht wird. Meine Vorgesetzten haben mich darum gebeten, ein paar Lücken zu schließen, indem ich mit damals involvierten Einzelpersonen wie Ihnen spreche, um hinterher einen ergänzenden Bericht vorlegen zu können.«

Huang kicherte leise. »Ich glaube, Ihre Vorgesetzten sind ein wenig zu optimistisch. Das ist fast zwanzig Jahre her. An wie viele Einzelheiten sollen wir uns Ihrer Ansicht nach noch erinnern? Außerdem bin ich schon seit Jahren im Ruhestand. Ich bin niemandem in der Abteilung mehr Rechenschaft schuldig.«

»Kann ich gut verstehen«, sagte der Anrufer. »Wir möchten Sie auch nur darum bitten, uns ein paar Minuten Zeit zu schenken. Wir ersuchen Sie lediglich um ein wenig Unterstützung, mehr nicht.«

»Allzu viel Zeit kann ich leider nicht erübrigen«, sagte Huang gedehnt. »Ich habe alle Hände voll zu tun.«

Einige Sekunden lang herrschte Stille. Als der Anrufer weitersprach, klang sein Tonfall sehr viel freundschaftlicher.

»Wenn ich's recht bedenke, können wir uns vielleicht gegenseitig weiterhelfen. Wie wäre es, wenn ich Ihnen ein paar kürzlich entdeckte Unterlagen zu einer gewissen

Ermittlung zukommen ließe? Zum Tütenmann-Mord beispielsweise?«

Huang sperrte lautlos den Mund auf. »Das ist natürlich eine interessante Idee.«

»Soll heißen, Sie wären bereit, über den Fall zu reden?«

»Na schön«, sagte Huang. »Dann gehe ich mal meine alten Protokolle suchen, die sollten Ihnen weiterhelfen.«

»Aha? Was für Protokolle?«

»Ich habe für jeden Fall, an dem ich beteiligt war, private Aufzeichnungen angelegt. Und zwar inklusive sämtlicher Details, auch solcher, die es nicht in die offiziellen Berichte geschafft haben. Ich würde sogar behaupten, dass Ihnen meine Protokolle mehr nützen als die Ermittlungsakten, die bei Ihnen liegen.«

»Haben Sie diese Protokolle bei sich?«

Huang glaubte, einen Hauch Verzweiflung in der Stimme zu hören.

»Kommt drauf an, wann ich zu suchen anfange«, sagte er in einem absichtlich unschlüssigen Tonfall. »Ich bewahre sie in meiner Garage auf. Aber leider zusammen mit einem Haufen alter Zeitungen, Rechnungen und sonstigem Zeug. Ich habe sie seit Jahren nicht mehr in der Hand gehabt.« Kurz wurde er ein wenig nachdenklich. »Ich habe die Uniform vor über einem Jahrzehnt abgelegt. Ich hatte nicht damit gerechnet, die Protokolle je wieder anzupacken.«

»Na ja, dann hoffe ich, so bald wie möglich von Ihnen zu hören.«

»Machen Sie sich keine großen Hoffnungen. Sie werden ja Ihrerseits etwas Zeit brauchen, um die Tütenmann-Unterlagen vorzubereiten, oder?«

»Selbstredend.« Ein grobes Lachen drang aus dem Hörer.
»Sie sind ein echter Geschäftsmann, Herr Huang.«

Huang reagierte seinerseits mit einem listigen Lachen. »Wenn Sie mich so gut verstehen, könnte das der Anfang einer langen und fruchtbaren Freundschaft sein.« Sie tauschten Nummern aus und legten auf.

Huangs Lächeln verblasste wie Sonnenlicht an einem Wolkentag. Er winkte dem Barkeeper.

»Ja, Herr Huang?«

»Ich muss mir mal eben Ihr Handy ausleihen.«

*

10 : 47 UHR
WOHNUNG VON HUANG JIEYUAN,
GEMEINDE LAI YIN YUAN

Eine Frau durchschritt das Haupttor der Neubausiedlung und tauschte im Vorbeigehen ein Nicken und ein Winken mit dem Wachmann. In der rechten Hand hielt sie eine Plastiktüte, die vor Lebensmitteln überquoll.

Ein jüngerer Mann folgte ihr mit einem dreirädrigen Fahrradtaxi. Sein derbes braungebranntes Äußeres verortete ihn zweifelsfrei im Millionenheer der chinesischen Wanderarbeiter, die ihren spärlichen Lebensunterhalt mit körperlicher Arbeit verdienten. Auf dem Rücksitz des kleinen Gefährts stand ein gewaltiger Korb mit prallen roten Äpfeln.

»Die sehen aber schmackhaft aus«, sagte der Wachmann mit einem breiten Grinsen.

»Absolut«, gab die Frau fröhlich zurück. »Und günstig

dazu. Er hat mir angeboten, sie bis zu meiner Haustür zu bringen, wenn ich ein paar mehr nehme. Ich bringe Ihnen nachher welche vorbei.«

»Bitte nur, wenn es keine Umstände macht.«

Der Wachmann kam rüber und half dem jungen Obsthändler die Einfahrt hinauf. »Danke schön, vielen Dank«, sagte dieser heiser.

Die Frau führte ihn zu ihrer Garage und fischte den Schlüsselbund aus der Handtasche. Während sie das Tor öffnete, wuchtete der junge Mann den Korb vom Rad. Schlurfend schleppte er ihn in die Garage, sichtlich bemüht, das Gleichgewicht zu halten. Die Frau deutete auf eine Lücke zwischen zwei Fahrrädern. Mit einem dumpfen Knall stellte er den Korb auf dem Betonboden ab.

»Ich danke Ihnen vielmals!« Sie reichte dem Mann einen Zehn-Yuan-Schein aus ihrer Handtasche. Er nahm ihn entgegen, machte aber nicht sofort kehrt. Stattdessen ließ er den Blick durch die Garage schweifen, bis sein Blick auf einem großen Haufen alter Zeitschriften, Tageszeitungen und Zettel in der hinteren Ecke haften blieb.

»Brauchen Sie all das Papier noch, Madame? Ich könnte es für Sie entsorgen und Ihnen sogar noch dreißig Yuan dafür geben.«

Die Frau machte große Augen. Diesen Papierstapel hatte sie in ihrer Garage noch nie gesehen. Nun fielen ihr auch die beiden großen Pappkartons auf, die den Stapel flankierten.

Sie machte sogar noch größere Augen, als zwei Männer aus den Pappkartons heraussprangen. Der eine rannte zum Garagentor. Der andere sprang den Obsthändler an und riss ihn zu Boden.

All das dauerte nur wenige Sekunden. Die Frau kreischte entgeistert, als das Garagentor mit einem lauten Knall zufiel. Beide Männer schrien sie an, aber es dauerte einen Moment, bis sie begriff, was sie da schrien.

»Keine Angst. Wir sind von der Polizei!«

Huang Jieyuans Frau stand noch immer steif vor Schock da und starrte die Männer an. Sie las das Namensschild des vorderen.

»*Hauptmann Pei Tao*«, sagte sie laut.

*

Nachdem Zeng ihm die nötigen Kontaktdaten besorgt hatte, hatte sich Pei Tao sehr bald mit Genehmigung von Polizeichef Song an Huang Jieyuan gewandt. Da es durchaus möglich war, dass Eumenides die anderen Mitglieder der Einsatzgruppe überwachte, hatten Pei und Song beschlossen, den Rest des Teams vorerst im Ungewissen zu lassen.

Nach dem entsprechenden Anruf von Huang hatten sich Pei und Liu unverzüglich mit einer Menge alter Zeitungen und Kartons zu ihm begeben, alles hergerichtet und sich in den beiden großen Kartons versteckt.

Die Identität der Person, die Huang angerufen und vorgegeben hatte, für das Archiv zu arbeiten, war unschwer zu erraten. Ganz wie Pei erwartet hatte, war Eumenides dabei, Informationen über die damalige Geiselnahme zu sammeln.

Pei und Liu hatten über eine Stunde in der Garage ausgeharrt, ehe sich das Tor auftat. Als Huangs Frau eintrat, hätte sich der Hauptmann beinahe entspannt, entdeckte dann aber den jungen Mann, der ihr folgte.

Sein Erscheinungsbild legte nahe, dass er ein schlichter Wanderarbeiter war, der Obst verkaufte, aber Pei war Eumenides' Talent für ausgefallene Verkleidungen nur allzu gut bekannt. Sofort war er wieder messerscharf konzentriert. Als der Mann anbot, sich für den lächerlich überhöhten Bonus von dreißig Yuan des Altpapiers anzunehmen, sah Pei seinen Verdacht bestätigt.

Er wusste, dass er handeln musste, bevor der andere Verdacht schöpfen konnte. Er sprang aus seinem Versteck, und Liu folgte auf der Stelle.

*

Sowie Huangs Frau begriff, dass die beiden Männer Polizeibeamte waren, erholte sie sich von ihrem Schreck.

»Was wollen Sie hier?«, fragte sie völlig verdattert.

»Wer ist das?« Pei zeigte auf den jungen Mann, den Liu auf dem Boden festhielt.

»Was habe ich getan?«, rief der Junge und starrte ihn panisch an. »Bitte! Ich bin kein Verbrecher!«

Die Frau blinzelte verständnislos. »Er ist doch bloß ein Obsthändler! Was ist denn hier los?«

Pei verschränkte die Arme. »Wie viel haben Sie für diese Äpfel bezahlt?«

»Fünfzig Yuan.«

»Warum so billig?«

»Weiß ich nicht. Offenbar hatte er sie runtergesetzt.«

»Sind Sie auf ihn zugegangen, oder hat er Sie darauf angesprochen, ob Sie vielleicht Äpfel kaufen wollen?«

»Er hat mich gefragt. Ich war auf dem Markt, und er kam angelaufen und hat gesagt, dass er mir ein Superangebot für seine Äpfel machen könnte. Außerdem hat er angeboten, sie mir bis nach Hause zu tragen. Deshalb habe ich angenommen.« Sie legte die Stirn in Falten. »He! Was führen Sie eigentlich im Schilde?«, fragte sie barsch und starrte den jungen Mann an.

Liu verstärkte den Druck seiner Knie auf den Handgelenken des Jungen. »Los jetzt, raus damit!«, keifte er.

Mit schmerzverzerrter Miene stieß der Junge einen halb erstickten Schrei aus. »Okay! Ich rede! Ich rede ja!« Er rang nach Luft. »Irgendein Typ hat mir aufgetragen, dieser Frau diese Äpfel zum Spottpreis anzudrehen. Er hat mir eine Menge dafür gezahlt. Zweihundert Yuan! Wie hätte ich da Nein sagen können?«

Liu Song sah Pei an. Der Hauptmann nickte. Der Druck auf die Handgelenke des Jungen wurde noch einmal verstärkt. »Wer war das?«, kläffte er. »Wo steckt er jetzt?«
Der Obsthändler stieß die Worte in abgehackten Bündeln hervor, unterbrochen von spitzem Wimmern. »Ich weiß es nicht, wirklich! Ich habe ihn vorher noch nie gesehen! Ich habe geglaubt, er ist ihr Ehemann oder sonst ein Verwandter.«

»Als ob wir ein Wort aus seinem Mund glauben könnten!«, fauchte die Frau.

»Er war ziemlich groß, aber ich kann nicht sagen, wie er genau ausgesehen hat. Er trug einen großen Hut und einen Schal vorm Gesicht. Er hat gesagt, ich soll ihr die Äpfel bis zur Garage bringen und dass dort drin vielleicht auch ein Papierstapel ist. Sollte ich den mitnehmen, würde er mir nochmal fünf Yuan pro Kilo zahlen. Solch ein Angebot konnte ich doch nicht ausschlagen.«

Der junge Mann betrachtete beim Reden den Stapel.

»Das gehört uns nicht«, sagte Huangs Frau.

»Wo ist der Mann jetzt?«, fragte Pei den Arbeiter. »Wie sollten Sie ihm das Altpapier übergeben?«

»Er hat bloß gesagt, ich soll draußen vor dem Haupttor warten. Angeblich würde ich ihn finden, sobald ich rauskomme.«

»Was machen wir jetzt, Hauptmann?«, fragte Liu mit zusammengebissenen Zähnen. »Noch haben wir die Chance, Eumenides zu schnappen. Warum geben wir dem Kerl nicht das Altpapier und folgen ihm unauffällig?«

Pei verzog das Gesicht. »Dafür ist es längst zu spät. Er hat das Haus zweifellos beobachtet. Das Garagentor ist schon seit einigen Minuten geschlossen. Er muss wissen, dass etwas nicht stimmt.«

»Was dann?«

Pei ballte die schweißnassen Hände zu Fäusten. Er durfte jetzt nicht zögern.

Draußen näherten sich dumpfe Geräusche. Schritte.

Pei sah Liu an. *Tür auf,* formten seine Lippen. Auf eine knappe Handbewegung hin wuchteten die beiden das Tor auf.

Sie erkannten den Mann, der draußen stand. Es war der Wachmann vom Haupteingang. Als er die beiden Fremden in der Garage erblickte, staunte er nicht schlecht. Verdattert streckte er einen Umschlag vor.

»Ich wurde gebeten, Ihnen diesen Brief zu geben.«

»Von wem?«, fragte Pei und nahm ihm den Umschlag ab.

»Hat sich sofort aus dem Staub gemacht. Er hat nur gesagt, ich soll zu dieser Garage gehen und ihn aushändigen, wen immer ich darin treffe.«

»Groß gewachsen? Hut und Schal vorm Gesicht?«

»Tatsächlich, ganz genau.«

Pei musterte Liu. Der SEP-Beamte nickte. »Er hat uns beobachtet.«

Der Hauptmann entnahm dem Umschlag zwei Dinge – ein Blatt Papier und einen kleinen Jadeanhänger in Form von Guanyin, der Bodhisattva des Mitgefühls. Auf dem Papier fand sich eine kurze handschriftliche Notiz in makellosen Schriftzeichen.

14:00 Uhr, Internetcafé Verkehrte Welt

Unvermittelt stieß Huangs Frau einen spitzen Schrei aus.

»Was ist los?«, fragte Pei.

»Das sieht aus wie die Guanyin meines Sohnes.« Sie nahm den Jadeanhänger und wog ihn in der Hand. »Ja, das ist auf jeden Fall seine! Aber wie kommt sie hierher?«

Pei antwortete nicht. Ein flaues Gefühl breitete sich in seinem Magen aus.

*

11 : 23 UHR
KONFERENZRAUM, HAUPTQUARTIER DER
KRIMINALPOLIZEI

Die Mitglieder der Einsatzgruppe waren vollzählig erschienen, dazu ein untersetzter Herr mittleren Alters. Seine Miene zeugte von Erfahrung und fester Entschlossenheit, allerdings mit unterschwelliger Sorge gepaart.

»Darf ich vorstellen: Huang Jieyuan«, sagte Pei. »Ehemaliger stellvertretender Leiter unserer Kriminalpolizei. Vor zehn Jahren hat ihn ein gewisser Zwischenfall dazu gebracht, dem Polizeidienst den Rücken zu kehren und sich als Privatunternehmer zu versuchen. Zur Zeit betreibt er eine Bar namens *Schwarze Magie*.«

»Schön und gut«, sagte Zeng, »aber was hilft uns das bei unserer Ermittlung?«

»Huang war Ding Kes Assistent während der 30/1er-Geiselnahme«, sagte Pei und bedachte Zeng mit einem finsteren Blick. »Er war vor Ort, als Eumenides' leiblicher Vater getötet wurde, und deshalb habe ich ihn gebeten, unsere Ermittlung als außenstehender Berater zu unterstützen.«

»Und dann wäre da noch mein Sohn«, sagte Huang ungeduldig.

Pei nickte und setzte sein Team ins Bild.

»Huang Deyang ist vierzehn Jahre alt und im zweiten Jahr an der Mittelschule Nummer Drei. Dort war für heute eine Reihe sportlicher Wettkämpfe angesetzt. Laut seiner Mitschüler hat Huang Deyang die Rennbahn um kurz nach neun verlassen, um sich etwas zu trinken zu kaufen, ist aber nicht zurückgekehrt. Unser versuchter Hinterhalt in Huang Jieyuans Garage fand etwa zwei Stunden nach Huang Deyangs Verschwinden statt.«

Zeng sah erst Huang, dann Pei an. »Sie hatten mir gesagt, wir sollten warten, bevor wir uns mit ihm in Verbindung setzen. Aber offensichtlich hatten Sie mit Liu andere Pläne.«

»Das hat nichts mit fehlendem Vertrauen zu tun. Ich konnte schlicht nicht ausschließen, dass Eumenides unser Team überwacht.«

»Aber Liu haben Sie vertraut«, sagte Mu Jianyun. »Der eigentliche Grund dafür, dass Sie es auf diese Weise durchgeführt haben, Hauptmann, ist Ihre Kontrollsucht.«

Der Hauptmann erwiderte nichts.

Zeng sah die Psychologin an. »Kontrollsucht wem gegenüber? Uns?«

»Allem. Der Hauptmann will, dass sich kein Detail seiner direkten Kontrolle entzieht. Aber Sie sind der Leiter dieser Einsatzgruppe, Pei. Es ist Ihr Job, uns zu vertrauen.«

»Sie haben recht«, sagte Pei, dem der warnende Unterton in Mus Stimme nicht entgangen war. »Ich hätte mich sogar zwingend mit dem Team absprechen sollen, um sicherzustellen, dass Huangs ganze Familie unter Schutz und Beobachtung steht. Dafür muss ich mich aufrichtig bei Ihnen entschuldigen, Huang.«

Huang schüttelte den Kopf. »Meines Erachtens ist es genau andersrum. Sie haben völlig richtig gehandelt, dies unter Verschluss zu halten. Mein Sohn ist nur in Gefahr, weil irgendwer dieses Geheimnis *nicht* bewahrt hat.«

Pei holte zischend Luft. »Wie meinen Sie das?«

»Es gibt einen Grund dafür, dass Eumenides derart dreist agiert. Er wusste, dass sich die Polizei bei mir gemeldet hat. Anfangs hat er es noch sehr subtil versucht. Er wäre sicher lieber heimlich, still und leise an meine Unterlagen gelangt, deshalb auch der Versuch, sich als Mitarbeiter des Archivzentrums auszugeben. Erst als ihm klar wurde, dass ich bereits Kontakt zur Polizei hatte, ist er zu drastischeren Methoden übergegangen.«

»Eumenides hat Sie um halb neun angerufen«, sagte Yin. »Ihren Sohn muss er um kurz nach neun aufgegriffen haben. Als Pei und Liu in Ihrer Garage den Briefumschlag entgegengenommen haben, war es schon fast elf. Soll das heißen, er hat Ihren Bluff noch am Telefon durchschaut?«

Huang atmete geräuschvoll aus. »Muss wohl.« Er ließ den Kopf hängen. »Aber ich kann mir immer noch nicht erklären, wie. Ich war überaus vorsichtig in meiner Kommunikation mit dem Hauptmann. Ich habe ihn nicht einmal mit meinem eigenen Telefon angerufen.«

Seit er Eumenides' Nachricht bekommen hatte, stellte Pei sich genau die gleiche Frage. »Konzentration, Leute. Wir haben nicht die Zeit, sämtliche Antworten auf alle offenen Fragen auszubrüten. In zwei Stunden steht unser ›Termin‹ mit Eumenides an. Was also tun wir?«

»Um das zu entscheiden, müssen wir wissen, welchen Schritt unser Gegner als nächsten plant«, sagte Mu sofort.

»Ist das nicht offensichtlich?«, fragte Zeng. Er sah sich um, erntete jedoch Verständnislosigkeit.

»Nur zu«, sagte Pei.

»Wenn ich Eumenides wäre, sähe ich mich gezwungen, den wahren Grund für den Tod meines Vaters herauszufinden. Sie, Huang, sind vielleicht das letzte lebende Bindeglied zu den Ereignissen an jenem Tag, werden aber von der Polizei überwacht. Was kann er jetzt also tun? In vielerlei Hinsicht wäre es für ihn sogar schwieriger, Ihnen Informationen zu entlocken, als einen weiteren Mord zu begehen. Nach reiflicher Überlegung würde ich darauf wetten, dass er für die nächste Kontaktaufnahme eine Methode wählen wird, die ihm größtmögliche Sicherheit bietet. Mit anderen Worten: Videochat.

Bei einem Videochat kann er Sie sehen, ohne in Ihrer Nähe sein zu müssen. Er kann Ihre Miene und Ihren Tonfall studieren, um festzustellen, ob Sie die Wahrheit sagen. Außerdem kann er Ihren Sohn als Druckmittel einsetzen – und Ihnen auch zeigen –, ohne seinen Aufenthaltsort zu verraten. Alles in allem ist das die einzig vernünftige Folgerung.«

»Klingt überzeugend«, sagte Pei nach kurzer Überlegung.

»Also müssen wir uns zwei Fragen stellen: Was will Eumenides wissen, und was sollten wir ihn wissen lassen?«

Die Teammitglieder gingen der Frage in angespannter Stille nach. Eine halbe Minute später meldete sich Liu zu Wort. »Wir sollten dafür sorgen, dass sich Eumenides auf die SEP konzentriert. Er will schließlich an die Wahrheit hinter dem Tod seines Vaters kommen, oder? Und der Mann, der Wen Hongbing erschossen hat, war ein Scharfschütze der SEP. Auch in dem ursprünglichen 18/4er-Fall hat unsere Einheit eine entscheidende Rolle gespielt. Ich schlage also vor, dass wir uns einen pensionierten SEP-Beamten suchen – jemanden, der zwar älter, aber noch gut in Form ist – und dessen Namen an Eumenides durchstechen.«

»Das wäre extrem gefährlich«, sagte Pei argwöhnisch.

»Wann ist es das nicht, wenn es um Eumenides geht? Außerdem kann ich mir kein SEP-Mitglied vorstellen, egal ob im Dienst oder nicht, das nicht sein Leben riskieren würde, um Hauptmann Xiongs Tod zu rächen.« Liu musste hart schlucken, als ihm der Name seines gefallenen Vorgesetzten über die Lippen kam. »Wäre es nicht eine Frage des Alters, würde ich mich selbst melden!«

»In Ordnung«, sagte Pei. Er starrte Liu aufmerksam an. Seiner bräsigen Erscheinung zum Trotz musste der Mann innerlich vor Wut kochen. »Dann finden Sie so schnell wie möglich jemand Geeigneten und sorgen Sie dafür, dass er sich auf der Stelle bei mir meldet.«

»Verstanden!«, sagte Liu zackig, erhob sich und marschierte aus dem Raum.

»Einen passenden Namen zu finden, ist einfach«, sagte Huang. »Schwierig wird es, Eumenides davon zu überzeugen, ihn uns abzukaufen.«

»Wir müssen sehr genau überlegen, wie wir ihm den Namen zuspielen. Es darf nicht zu offensichtlich sein.« Pei sah Mu an. »Glauben Sie, Sie könnten Herrn Huang auf das Gespräch vorbereiten?«

»Natürlich. Ich brauche nur etwa eine Stunde. Mit ein paar hilfreichen Details und psychologischen Tricks führen wir Eumenides in die Irre und zerstreuen seine Zweifel einen nach dem anderen.«

»Hervorragend«, sagte Pei. »Und sorgen Sie dafür, dass das Gespräch so lange wie möglich dauert, damit Zeng ihn orten kann.«

Zeng kicherte. »Ich dachte schon, Sie hätten mich vergessen, Hauptmann.«

»Die Verfolgung im Netz ist Ihr Fachgebiet«, sagte Pei mit einem knappen Lächeln. »Das wird Ihr großer Auftritt.«

Zeng hob die Augenbrauen. »Sie können sich darauf verlassen, dass ich schon lange auf diesen Tag warte!«

Pei schaute auf die Uhr. »Wir haben sieben nach zwölf. Yin und Zeng, Sie begleiten mich unverzüglich zum Café. Herr Huang, Sie und Frau Mu werden unsere Pläne in allen Einzelheiten besprechen und dann um halb zwei zu uns stoßen.«

*

Zehn Minuten später stiegen Pei, Yin und Zeng in den Dienstwagen und fuhren zum Internetcafé *Schwarze Magie*. Yin saß am Steuer.

»Hauptmann, ich weiß, das ist vielleicht gerade nicht der beste Zeitpunkt, um das Thema anzuschneiden, aber da ist etwas, das Sie wissen sollten«, sagte Zeng. Er schaute ihm in die Augen. »Es geht um Wu Yinwus Tod.«

»Haben Sie eine Spur aufgetan?«, fragte Pei interessiert.

»Spur ist noch zu kurz gegriffen«, sagte Zeng achselzuckend. »Die ganze Geschichte ist mittlerweile so gut wie stadtbekannt.«

Zeng stellte seine Geduld auf die Probe. »Raus damit«, sagte Pei forsch. »Was ist passiert?«

»Der falsche Polizist, der vorgestern Abend mit Wu geredet hat. Wie sich rausgestellt hat, war das ein Onlinejournalist. Wu hat aufgrund dieses Interviews Selbstmord begangen.«

»Woher wissen Sie das? Ist das Interview schon im Netz?«

»Es ist komplett durch die Decke gegangen! Die Schlagzeile lautet ›Serienmörder Eumenides schlägt wieder zu; Karriere des bloßgestellten Kunstlehrers endet in Bluttat‹. Ist Ihnen das pikant genug?«

Auf dem Fahrersitz drehte Yin sich halb nach hinten. »Was für ein schamloser Reporter muss man sein, um so was zu schreiben?«, empörte er sich. »Das ist doch pure Sensationsgeilheit!«

»Und das ist noch nicht alles«, sagte Zeng und grinste grimmig. »Dieser sogenannte Journalist hat sogar den Audiomitschnitt des Interviews hochgeladen. Ein halbes Dutzend Nachrichtensender haben ihn bereits gebracht. Man braucht dieses ›Letzte Interview‹, wie die Leute es nennen, nur zu hören, um ganz genau zu wissen, warum Wu sich umgebracht hat.«

Pei schüttelte den Kopf. »Ist er mit seinen Fragen zu weit gegangen?«

»Vielleicht spiele ich Ihnen besser einfach einen Ausschnitt vor.« Zeng zog seinen MP3-Player aus der Tasche und schaltete den externen Lautsprecher ein. »Hier.«

Eine tiefe, wässrig verzerrte Stimme erklang.

»*Ihrer eigenen Aussage nach*«, setzte die verstellte Stimme ein, »*hat der Mörder das Mädchen gehen lassen, weil Sie sich bereit erklärten, sich selbst die Hand abzuhacken. Sie hatten endlich Mut in sich entdeckt und begriffen, was es bedeutet, als Lehrer Verantwortung zu übernehmen. Stimmt das so?*«

»Na ja ... ähm ...«

»*Gut, stellen wir die Frage noch einfacher. Halten Sie sich für einen heldenhaften Menschen? Sind Sie ein verantwortungsbewusster Lehrer?*«

»Ich ... ich glaube, das bin ich bisher nicht gewesen. Aber nach diesem Erlebnis bin ich mir sicher, dass ... dass ich es sein kann.«

»*Also sind Sie der Ansicht, sich in diesem Szenario gut geschlagen zu haben? Was ist mit dem Tod dieser zwei jungen Männer? Sie waren beide erst siebzehn Jahre alt. Sie waren nicht einmal erwachsen.*«

Pei vernahm gequältes Keuchen. Es dauerte einige Sekunden, bis der Interviewer weiterredete.

»*Sind Sie ins Hotel* Tausend Gipfel *gefahren, weil der Mörder versprach, Ihnen den Job als Lehrer wiederzubeschaffen?*«

»Ja«, antwortete Wu verzagt.

»*Nach allem, was passiert ist, halten Sie sich immer noch für qualifiziert, als Lehrer zu arbeiten?*«

Wu erwiderte nichts.

»*Für mich klingt das so, als wären Sie im Grunde nicht einmal dazu fähig, eine Schule überhaupt zu betreten. Warum also sind Sie ins Hotel gefahren? Liegt es daran, dass das Unterrichten für Sie bloß ein Job wie jeder andere ist? Daran, dass Ihnen das Gehalt wichtiger ist als die Verantwortung, die mit einer solchen Stelle einhergeht?*«

»*Ich ... das möchte ich nicht beantworten*«, sagte Wu. Seine Stimme zitterte.

»*Warum weichen Sie der Frage aus? Hatten Sie nicht Ihren Mut entdeckt? Haben Sie daran gedacht, dass – wären Sie an dem Tag nicht ins Hotel gefahren oder überhaupt gar nicht erst Lehrer geworden – Ihre beiden Schüler vielleicht noch am Leben wären? Sind Sie dann nicht in gewisser Hinsicht für deren Tod verantwortlich?*«

Wus verstörtes Stottern wich endgültig schmerzvollem Schluchzen.

»So ein mieses Schwein«, zischte Pei mit zerfurchter Stirn. »Einem alten Mann, der gerade derart schwer verletzt wurde, solche Fragen zu stellen. Er hat gezielt versucht, ihn zu provozieren!«

Zeng drückte auf Pause. »Ja. Aber aus Sicht des Reporters hätte ein ruhiges und sachliches Interview deutlich weniger Klicks gebracht.

Vielleicht hat er einfach gehofft, dass Wu unter dem Druck nachgibt und, keine Ahnung, das Interview einfach interessanter wird ...«

»Das ist abartig!«, fauchte Pei wütend. »Was wissen wir über diesen Reporter?«

Zeng schüttelte den Kopf. »Nicht viel. Diese Sorte Onlinejournalist schreibt grundsätzlich unter Pseudonym. Außerdem haben Sie ja gehört, wie er seine Stimme verzerrt hat. Das ist kein Idiot; er hat eine Menge Vorkehrungen getroffen, damit wir ihn nicht aufspüren.«

»Ich behalte das fürs Erste«, sagte Pei und nahm Zengs MP3-Player an sich. »Ich glaube nicht, dass dieser Typ so unauffindbar ist, wie Sie vermuten.«

Zeng breitete die Hände aus. »Gut, angenommen, wir finden ihn doch. Was dann? Er bringt uns auch nicht näher an Eumenides heran.«

Yin schlug mit der Faust aufs Lenkrad. »Er hat das Gesetz gebrochen, verdammt noch mal! Dieser angebliche Journalist hat sich als Polizeibeamter ausgegeben. Erst machen wir ihn dingfest, und danach entscheiden wir, was mit ihm zu tun ist.«

»Ganz ruhig, Yin. Jetzt ist nicht der richtige Zeitpunkt.« Pei klopfte seinem übereifrigen Assistenten auf die Schulter. »Konzentrieren wir uns auf unsere eigentliche Aufgabe.«

Yins Kiefer mahlten stumm.

»Im Ernst, wegen Eumenides schwitzen wir eh schon Blut und Wasser«, sagte Zeng. »Aber dann kommt so was dazu. Etwas, das einen dermaßen wütend macht, dass man sich fast wünscht, jemand wie Eumenides würde sich um solche Leute kümmern.«

Pei starrte Zeng fassungslos an. Doch obwohl er es niemals zugegeben hätte, wusste er genau, wie sein Kollege sich fühlte.

KAPITEL SECHS

VON ANGESICHT ZU ANGESICHT

12 : 32 UHR
INTERNETCAFÉ VERKEHRTE WELT

Das Café bot rund ein Dutzend Computer, von denen bei Peis Eintreffen etwa die Hälfte besetzt war. Mithilfe des Geschäftsführers nahmen Pei und Zeng die Personalien der Kunden auf. Sobald sie sicher waren, dass alles seine Richtigkeit hatte, brachte Yin die Kunden aus dem Geschäft.

Pei wandte sich an Zeng. »Eumenides hat sich dieses Café nicht ohne Grund ausgesucht. Vielleicht hat er auf einem der Rechner ein Virus für Huang installiert?«

»Er will doch nur mit ihm reden. Was sollte ihm ein Virus nützen?«

»Was immer er vorhat, ich glaube, wir tun gut daran, jeden Rechner genau zu untersuchen. Haben wir noch genug Zeit?«

»Na gut.« Zeng schaute auf die Uhr. »Wenn ich mich ranhalte, sollte es für eine knappe Sicherheitsüberprüfung reichen. Sie und Yin kümmern sich um die restlichen Vorbereitungen – ich erledige das schon.«

Zeng zog sich einen Stuhl heran, setzte sich vor den

nächsten Rechner und begann, auf zwei Tastaturen gleichzeitig einzuhacken.

Pei ging zu Yin. »Zeng checkt jetzt die Computer durch, aber soweit wir wissen, kann die eigentliche Bedrohung auch von ganz woanders kommen. Wir müssen überlegen, warum sich Eumenides gerade diesen Laden ausgesucht hat.«

»Glauben Sie, er will Huang etwas antun?« Yin spannte die Kiefer an, stellte sich in den Türrahmen und musterte die Umgebung. »Wir haben hier ein dreistöckiges Möbelhaus, einen vierstöckigen Elektrofachladen und eine Bank«, sagte er und deutete auf das jeweilige Gebäude. »Vom Dach der Bank aus hätte man zum Beispiel freie Sicht auf alles, was hier im Laden passiert.«

Pei nickte. »Wir brauchen dort oben überall Leute. Kümmern Sie sich darum. In einer halben Stunde will ich die Positionen besetzt haben.«

Während Yin per Funk Verstärkung anforderte, zog Pei das Handy hervor und rief Liu an.

»Wie sieht es aus?«

»Wir haben uns schon jemanden rausgesucht. Soll ich ihn rüberbringen, damit Sie ihn in Augenschein nehmen können«?

»Nein! Er darf sich dem Internetcafé auf gar keinen Fall nähern. Ich brauche einen detaillierten Lebenslauf. Schicken Sie mir alles rüber, was Sie über diese Person haben.«

»Jawohl, Sir«, sagte Liu. »Ich kann in etwa vierzig Minuten zu Ihnen stoßen, um Sie, Mu und Huang persönlich zu briefen.«

Um exakt halb zwei Uhr erreichten Liu, Mu und Huang das *Verkehrte Welt*. Sie trafen sich im Büro des Geschäftsführers, das Pei vorübergehend zu seiner Einsatzzentrale umfunktioniert hatte.

»Wie sind die Vorbereitungen gelaufen?«, fragte er Mu.

»Wir haben einen mehrschichtigen psychologischen Prozess erarbeitet«, entgegnete sie mit einem knappen Nicken. »Herr Huang kennt die einzelnen Schritte und weiß, wie er Eumenides jeweils heranführen muss. Aber im Endeffekt hängt doch alles von Eumenides ab, Sir.«

Pei grunzte. »Liu, lassen Sie mal das Dossier zu dem ehemaligen SEP-Kollegen sehen, den Sie ausgesucht haben.«

Liu reichte ihm eine dicke Mappe. »Hier ist alles drin.«

»Sehr gut.« Pei blätterte einmal konzentriert durch, dann reichte er die Mappe an Huang weiter. »Wir haben Ihre Aufgabe bereits klar umrissen: Sie müssen Eumenides davon überzeugen, dass dieser Mann der Scharfschütze ist, der in der Akte zur Geiselnahme als ›Zhong Yun‹ vermerkt ist. Uns bleibt noch knapp eine halbe Stunde. Prägen Sie sich so viel wie möglich hiervon ein.«

Huang wog die Mappe in Händen. Dann schüttelte er den Kopf. »Tut mir leid, aber das kann ich mir auf keinen Fall alles merken.«

»Müssen Sie auch nicht«, sagte Mu. »Er ist einfach ein alter Waffenbruder, mit dem sie vor Jahrzehnten zusammengearbeitet haben. Selbstverständlich haben Sie nicht jedes Detail seines Lebens parat. Es wäre sogar ziemlich verdächtig, wenn Sie alle Fragen von Eumenides beantworten könnten.«

Pei wandte sich an die Psychologin. »Schauen Sie es bitte mit durch, Mu. Sie müssen uns bei der Entscheidung helfen, welche Details wir Eumenides preisgeben und welche wir geheim halten sollten.«

Mu nickte und setzte sich mit Huang in eine Ecke, um die Akte zu studieren. Pei ging zu Zeng, der die letzten Rechner des Cafés überprüfte. »Wie ist die Lage? Irgendwas gefunden?«

»Ein paar Viren hier und da, aber nichts, was ich zu Eumenides hätte zurückverfolgen können«, sagte Zeng, dessen Finger in Windeseile über die Tasten huschten. »Und wenn ich Eumenides wäre, hätte ich auch peinlich genau darauf geachtet, dass nichts, was ich hier an den Rechnern veranstalte, auch nur im Entferntesten aufzuspüren ist.«

»Was können wir dann noch tun?«

»Ich an seiner Stelle hätte mir die IP-Adressen der Rechner rausgesucht, die mich interessieren. Ich hätte eine Falle gestellt, die aber erst im richtigen Moment auslöst.«

»Können wir Ihrer Meinung nach noch irgendwelche Vorkehrungen treffen?«

»So oder so war es richtig, früh genug herzukommen und alles durchzuchecken. Was wir nach zwei Uhr tun, ist aber noch entscheidender. Ich werde die hiesigen Server überwachen. Egal, welchen Rechner Eumenides aufs Korn nimmt, ich sollte in der Lage sein, alles im Auge zu behalten. Während Mu und Huang Eumenides beschäftigen, verfolge ich ihn im Netz.«

Pei knurrte zustimmend. »Lassen Sie Liu wissen, wann Sie wo Leute postiert haben wollen.«

»In dem Fall soll er sich lieber jetzt schon auf was gefasst machen«, sagte Zeng und kicherte. »Ich gehe hier heute nicht mit leeren Händen raus.«

*

14 : 00 UHR

Liu stand am Eingang des Internetcafés und hielt mit seinen scharfen Augen Wache. Rings um das Gebäude hatten Polizisten unter Yins Führung einen engen Sperrgürtel gebildet.

Huang saß im Büro. Seinem Herzschlag nach zu urteilen hätte er gerade einen Marathon laufen müssen.

»Es besteht kein Grund zur Sorge«, sagte Mu. »Tun Sie einfach, was wir geübt haben, dann sind Sie bald wieder bei Ihrem Sohn.«

Zeng hatte seinen Platz an der Serverschaltstelle eingenommen. Um genau vierzehn Uhr blitzte ein Fenster auf seinem Monitor auf. »Rechner dreiunddreißig! Er lädt eine Software hoch.«

»Was für eine?«, fragte Pei sofort.

»Habe ich noch nie gesehen. Sieht aus wie eine Art Steuerprogramm. Was es wirklich macht, wissen wir aber erst, wenn er es aktiviert. Soll ich es vom Server blockieren?«

»Nein, er soll es ins Netzwerk laden. Ich bin mir ziemlich sicher, dass er sonst nicht mit uns reden wird. Aber wir brauchen so schnell wie möglich seine IP!«

»Er hat die Installation gestartet«, sagte Zeng. Seine Finger jagten über die Tasten. »Konzentrieren Sie sich auf Rechner dreiunddreißig. Ich kopiere die Software zur späteren Analyse. Er hat seine IP maskiert, aber das knacke ich gleich!«

Pei sah sich im Café um. Schnell fiel sein Blick auf den einen Rechner, der am weitesten von den anderen entfernt stand. Auf der Plakette an der schwarzen Trennwand stand 33.

Als Huang, Mu und Pei den Rechner erreichten, blinkte

auf dem Monitor ein Chatfenster. Der erste Gesprächsbeitrag bestand aus drei knappen Wörtern:
Ich bin da.
Die schwarzen Schriftzeichen wirkten seltsam vertraut. So vertraut sogar, dass Pei fast damit rechnete, als Nächstes den Schriftzug *Todesanzeige* erscheinen zu sehen.

Huang setzte sich an den Rechner und tippte seine Antwort ins Textfenster.
Ich auch.
Ich kann Sie sehen, antwortete Eumenides. Ein grünes Lämpchen leuchtete an der Webcam des Monitors auf, und ein weiteres Fenster öffnete sich, in dem das Livebild der Kamera zu sehen war. Das Bild von Eumenides' Seite blieb allerdings schwarz.

Drei Namen tauchten untereinander im Chatfenster auf.
Huang Jieyuan.
Pei Tao.
Mu Jianyun.
Huang verzog voller Unbehagen den Mund, Pei starrte finster in die Kameralinse und trat einen Schritt nach vorn, als wollte er Eumenides zeigen, dass er keine Angst davor hatte, gesehen zu werden.

Auch Mu war sichtlich unwohl. Die Vorstellung, von einem unsichtbaren Mann beobachtet zu werden, schmeckte ihr ganz und gar nicht. Sie streckte die Hand aus und drehte die Kamera zur Seite.

Sofort erschien eine neue Nachricht.
Kamera nicht ausschalten und auch nicht bewegen. Ich will Sie sehen.

Pei sah Mu an, schüttelte missbilligend den Kopf und brachte die Kamera wieder in ihre Ausgangsposition. Widerwillig entfernte sich die Psychologin aus dem Blickfeld. Dann warf sie Huang einen auffordernden Blick zu. Wieder begann er zu schreiben, diesmal deutlich hektischer.

Wo ist mein Sohn?!?

Setzen Sie sich Kopfhörer auf, schrieb Eumenides zurück. *Ich will Ihre Stimme hören.*

Huang zögerte.

Jeder Rechner im *Verkehrte Welt* war mit einem klobigen Kopfhörer mit integriertem Mikrofon ausgestattet. Langsam streifte Huang sich den seinen über.

»Wo ist mein Sohn?«, fragte er abermals.

»*Ihr Sohn ist bei mir*«, antwortete eine Roboterstimme.

»Geht es ihm gut?«

»*Bis jetzt ja.*«

»Ich will ihn sehen. Schalten Sie Ihre Kamera an.«

»*Das würde nichts ändern*«, gab die kalte Stimme zurück.

»Tun Sie ihm nicht weh!«, brüllte Huang. »In Ihrem eigenen Interesse krümmen Sie ihm besser kein Haar.«

Eumenides schwieg einen Moment. Dann hörte Huang ein leises Seufzen durch den Kopfhörer säuseln.

»*Eine Sache sollten wir von vornherein klären. Der Einzige, der wirklich dafür verantwortlich sein wird, ob ihm etwas passiert oder nicht, sind Sie. Hätten Sie heute Morgen nicht diesen dämlichen Trick abgezogen, würde Ihr Sohn in diesem Augenblick mit seinen Freunden und Klassenkameraden spielen.*«

Huang holte tief Luft. Er musste all seine Willenskraft aufbieten, um die schäumende Wut in seiner Brust unter Kontrolle zu halten. »Was wollen Sie damit erreichen?«, fauchte er.

*

Pei sah, dass Zeng ihn herbeiwinkte, und verließ den Rechner, um zu ihm zu gehen.

»Ich habe schon eine IP-Adresse zurückverfolgt«, sagte Zeng und reichte ihm einen Papierstreifen mit einer Zahlenreihe. »Die gehört zum Internetcafé ›Blauer Stern‹, etwa zehn Kilometer von hier.«

»Noch ein Café?«, fragte Pei argwöhnisch. Sollte Eumenides tatsächlich nassforsch genug sein, um die Polizei von einem öffentlichen Rechner aus zu kontaktieren?

»Das ist zu neunzig Prozent ein Trojaner«, fügte Zeng hastig hinzu. »Ein Trojaner ist ...«

»So ein Technikfeind bin ich nun auch wieder nicht«, unterbrach ihn Pei. »Ich weiß.«

»Klasse.« Zeng nickte. »Also, kurz zusammengefasst, Eumenides kommuniziert mithilfe einer Reihe von Rechnern mit uns, die alle unter seiner Kontrolle stehen. Wir müssen nichts weiter tun, als der Verbindung bis zum Ende der Kette zu folgen.«

»Wie lange wird das dauern?«

»Das ist das Problem. Ich kann unmöglich abschätzen, wie viele Kettenglieder es sind, solange ich nicht das letzte gefunden habe. Ich muss jede IP-Adresse einzeln nacheinander prüfen – und zwar vor Ort.«

Pei widerstand dem Drang, seine Faust im nächstgelegenen Bildschirm zu versenken. »Verstehe. Dann auf zu Liu und sagen Sie ihm, wo Sie hinmüssen. Wir dürfen keine Sekunde verlieren. Es ist mir egal, wie viele Computer es sind, ich will, dass Sie weitermachen, bis Sie ihn gefunden haben!«

Zeng verlagerte verzagt das Gewicht von einem Bein aufs andere. »Da ist noch etwas.«

»Was denn?«, fragte Pei genervt.

»Das Programm, das Eumenides auf Huangs Rechner geladen hat, läuft weiter, aber ich habe noch nicht rausgekriegt, was es ist«, sagte Zeng verdrießlich.

»Haben Sie nicht gerade gesagt, dass Sie es kopieren konnten?«

»Ja, aber ich kriege es selbst nicht zum Laufen. Die Kontrollschnittstelle ist schon wieder gelöscht, also komme ich nicht dahinter, was es eigentlich tun soll. Ich war noch vor einer Minute dabei, mir den Unterbau des Programms anzusehen. Einige der Module führen eindeutig eine Art externe Überwachung aus und geben in Echtzeit Daten durch.«

»Was genau überwacht er?«

»Bin mir nicht sicher. Könnte alles sein – Ton, Bild, Betriebstemperatur, Helligkeit, Erschütterung. Es gibt zu viele Möglichkeiten. Außerdem erfolgt die Überwachung über eine spezialisierte Hardware.«

»Soll das heißen, er hat sogar extra etwas in den Rechner eingebaut?«

»So ist es. Wenn ich das Programm über den Server laufen lasse, kriege ich überhaupt keine Werte. Wenn es aber über Computer dreiunddreißig läuft, schickt es einen konstanten Datenstrom in Form eines Wellendiagramms raus. In dem Rechner muss irgendein Gerät versteckt sein. Vielleicht im Gehäuse der CPU. Lassen Sie mich es jetzt noch einmal überprüfen, dann muss ich es über kurz oder lang finden.«

Pei wischte den Vorschlag mit einer entschlossenen Geste beiseite. »Nicht nötig. Was immer es ist, soll er uns ruhig weiter überwachen. Lassen wir ihn in dem Glauben, alles unter Kontrolle zu haben.«

Zeng nickte energisch.

»Suchen Sie Liu Song und machen Sie sich sofort auf den Weg«, sagte Pei abermals.

»Jawohl, Sir!«

Trotz der soeben erwähnten Enttäuschung rannte Zeng mit frischer Energie los, um den Kommandanten der SEP zu suchen.

Pei eilte wieder in die Ecke des Cafés zurück. Huang war noch immer ins Gespräch mit Eumenides vertieft. Mu reckte einen Daumen in Richtung Pei, der tief Luft holte. Wenn er sich anstrengte, konnte er den Ton aus Huangs Kopfhörern gerade noch verstehen.

*

»Erzählen Sie mir von der Geiselnahme am 30.1.«

Beim Klang der Stimme musste Huang unwillkürlich an die Schneide eines gefrorenen Messers denken. Ein Schauer lief ihm den Rücken runter.

»Sie haben doch die Ermittlungsakte geklaut. Sie haben sämtliche Unterlagen und Fotos. Was soll ich Ihnen zusätzlich bieten können?«, fragte er.

»Ich will die Details, die es nicht in den Bericht geschafft haben. Die man absichtlich ausgelassen hat.«

Wieder musste Huang an das Messer denken, das sich, von kräftiger Hand geführt, unerbittlich in sein Fleisch schnitt.

Er musste etwas antworten, durfte aber auch nicht zu viel preisgeben, ohne vorher von Eumenides darauf hingewiesen worden zu sein.

»Alles klar«, sagte er und gestattete sich ein Seufzen.

»Fragen Sie mich, was Sie wollen. Ich werde antworten, so gut ich kann.«

*

Das Spinnennetz der städtischen Telekommunikationskabel schickte Huangs Stimme von einem Computer zum anderen, bis sie endlich das Ende der Kette erreichte.

Der junge Mann am anderen Ende ballte die Fäuste. Er wurde schon viel zu lange von Zweifeln geplagt, und jetzt, da der Moment, die Wahrheit herauszufinden, endlich in greifbarer Nähe war, quälte ihn ein lähmender Schatten der Furcht.

Er holte tief Luft. »Weshalb war Yuan Zhibang in diesen Fall involviert?«

»Yuan stand kurz vor der Abschlussprüfung an der Akademie. Parallel war er bereits als Dienstanwärter bei der Kriminalpolizei eingesetzt. Ding Ke, der leitende Beamte, war sein Betreuer.«

»Wäre ein Dienstanwärter vorschriftsmäßig überhaupt qualifiziert, auf einen derart gefährlichen Fall angesetzt zu werden?«

»Normalerweise nicht. Ding hatte allerdings Yuan und mich abgestellt, um die Angehörigen des Verdächtigen ausfindig zu machen. Er hatte vor, die Situation zu entschärfen, indem wir seine Familie vor Ort auftauchen lassen. Er dachte, ihre Anwesenheit könnte den Verdächtigen zum Einlenken bewegen.«

Huang machte eine Pause.

»Aber es ist anders gekommen.«

»Allerdings. Nachdem wir Kontakt mit der Familie aufgenommen hatten, kam etwas dazwischen. Wir hatten keine Zeit mehr. Yuan ist direkt zu der Wohnung gefahren.«

Der junge Mann spürte einen unwirklichen Druck in der Brust. In den tiefsten Winkeln seiner Erinnerung regten sich schemenhafte Fragmente.

»Was ist dann passiert?«, fragte er und gab sich Mühe, seine Gefühle so gut wie möglich zu verbergen.

»*Wir haben Frau und Kind des Verdächtigen im Krankenhaus aufgespürt. Seine Frau war von schwerer Krankheit gezeichnet und bettlägerig, also außerstande, an den Ort des Geschehens gebracht zu werden. Da wir versuchen wollten, den Verdächtigen auf der Gefühlsebene über seine Liebsten zu erreichen, mussten wir alle Hoffnung in den Sohn setzen. Der Junge war erst sechs Jahre alt. Wir mussten davon ausgehen, dass er Fremden gegenüber sehr schüchtern sein würde, aber Yuan schien er aus irgendeinem Grund sofort zu mögen.*«

Huang sagte die Wahrheit – er hatte Yuan tatsächlich sofort gemocht. Aber warum? Er hatte lange darüber nachgedacht, aber bis auf das warme, freundliche Lächeln wollte ihm kein Grund einfallen. Yuan Zhibang ... War das wirklich derselbe Mann gewesen, der später zu seinem kalten, ernsten Mentor werden sollte?

»*Da Yuan mit dem Jungen so gut zurechtkam, hat Hauptmann Ding spontan beschlossen, die beiden zur Wohnung des Verdächtigen zu beordern, um vielleicht zu ihm durchzudringen.*«

Einer nach dem anderen fügten sich die Schnipsel seiner Erinnerung zusammen.

»Sie haben dem Jungen ein Spielzeug gekauft. Sie haben ihm Kopfhörer aufgesetzt und eine Kassette mit Kinderliedern vorgespielt. War es nicht so?«

»*Ja*«, gab Huang beinahe zögernd zurück. »*Das war alles Yuans Idee. Obwohl sie sich gerade erst kennengelernt hatten, schien der Junge ihm vollkommen zu vertrauen. Ich sehe es noch vor mir, wie er mit dem Kind im Arm auf die Wohnung zugeht. Der Junge hat das Spielzeug durch die Luft bewegt und dabei vor sich hin gesungen – er wirkte absolut entzückt. Genau den Effekt wollten wir auch erzielen. Welcher Vater hätte schon weiter einen derartigen Weg voll von Missbrauch und Selbstzerstörung beschreiten können, während der geliebte Sohn dabei zusieht?«*

»Was ist dann passiert?« Der junge Mann hatte einen solchen Kloß im Hals, dass ihm das Sprechen schwerfiel. »Was ist passiert, nachdem Yuan dort angekommen ist?«

»Ich ... ich weiß es nicht genau.«

Er wurde wütend. »Wie können Sie das nicht wissen?«

»Bevor er die Treppe hochgegangen ist, haben wir Yuan verkabelt, um mitzubekommen, was in der Wohnung passiert. Es war aber nur ein Kopfhörer auf die entsprechende Frequenz eingestellt, und zwar Dings. Nur er und Yuan haben mitbekommen, was passiert ist.«

»Wurde die Verbindung aufgezeichnet?«

»Ja, es sollte eine Aufnahme geben. Ich habe sie aber nie gehört. Ding hat sie unter Verschluss gehalten.«

»Was ist mit den übrigen Beamten?«

»Ich war Dings Assistent. Wenn er überhaupt jemanden an die Aufnahme gelassen hätte, dann mich.«

»Auch das widerspricht eindeutig den Dienstvorschriften«, sagte der junge Mann, nun hörbar misstrauisch.

»Da haben Sie recht. Um ehrlich zu sein, lief bei dem gesamten Fall kaum etwas nach Vorschrift. Dass Yuan die Wohnung betreten hat, zum Beispiel. Und deshalb fehlen in der offiziellen Akte auch so viele Details.«

»Das kann nur heißen, dass in der Wohnung etwas schiefgelaufen ist. Und wenn dem so ist, muss der Grund dafür in dieser Aufnahme zu finden sein, oder?«

»*Höchstwahrscheinlich, ja.*«

»Was ist Ihrer Meinung nach geschehen?«, drängte der junge Mann weiter.

»*Ich habe ja gesagt, ich weiß es nicht.*«

»Dann Ihre beste Vermutung. Sie waren schließlich mal Polizist! Sie haben mit Ding Ke zusammengearbeitet!«

Er hörte Huang ins Mikrofon seufzen.

»*Na schön.*« Eine Pause. »*Ich glaube, irgendwer hat einen Fehler begangen.*«

»Was für einen Fehler?« Ohne es zu bemerken, kam die nächste Frage beinahe als Flüstern heraus. »War es Yuan?«

»*Nein. Der Scharfschütze.*«

Er atmete zischend durch die Zähne aus. »Der Scharfschütze. Was hat er getan?«

»*Ich glaube, Yuan war mit seinen Bemühungen erfolgreich. Allerdings hat der Scharfschütze seinen Schuss zu früh abgegeben.*«

Das Blut gefror in seinen Adern. »Sie meinen, mein Vater ... ist von dem Scharfschützen getötet worden, nachdem er sich bereits ergeben hatte?« Seine Stimme wurde zu einem gutturalen Fauchen. »Wie konnte das passieren?«

»*Also sind Sie es wirklich*«, sagte Huang grimmig.

Der junge Mann beachtete ihn nicht. »Wieso hat er geschossen? Ich will eine Antwort!«

»*Ich weiß es nicht. Ich bin mir nicht einmal sicher, dass der Fehler wirklich bei dem Scharfschützen lag. Es ist nur eine Vermutung.*«

Der junge Mann holte mehrmals tief und konzentriert Luft. »Wie kommen Sie zu dieser Vermutung?«

»Ausgehend von dem, was ich mit angesehen habe, scheint mir das wahrscheinlicher als alles andere. Wie gesagt, wir waren draußen und haben auf Ding Kes Anweisungen gewartet. Nachdem Yuan reingegangen ist, hat der Hauptmann der Situation in der Wohnung gelauscht. Seine Miene hat sich zusehends entspannt. Die Umstände mussten sich also verbessert haben. Und dann hat er uns das Zeichen gegeben, die Erstürmung der Wohnung vorzubereiten. Ein entscheidender Punkt. Es muss bedeutet haben, dass ...«

»Ich weiß, was es bedeutet«, murmelte der junge Mann. »Falls man keine ernsten Konsequenzen in Kauf nehmen will, stürmt man erst, wenn sich die Situation beruhigt hat.«

»Wir sind also davon ausgegangen, dass die Krise vorüber war. Und als wir uns gerade in Bewegung setzen wollten, haben wir den Schuss gehört.«

»Hat Ding ihn angeordnet?«

»Er wirkte genauso überrascht wie wir alle. Danach sind wir sofort in die Wohnung gerannt.«

»Was haben Sie dort gesehen?« Seine Unterlippe bebte. Er wusste genau, was Huang ihm beschreiben würde, aber trotzdem musste er es hören.

»Der Verdächtige hatte ein Einschussloch in der Stirn. Er lag reglos auf dem Boden. Die Geisel hingegen war unversehrt und wohlauf. Yuan hielt den Jungen eng an sich geschmiegt und wiegte den kleinen Kopf an seiner Brust. Er hat ihm den grässlichen Anblick erspart.«

Wieder blitzten Fetzen der Erinnerung vor seinem geistigen Auge auf.

Der Mann hielt ihn ganz fest, umarmte seinen Kopf vor der Brust. Ein Gefühl von Wärme. Behaglichkeit. Er war ganz auf das Schlaflied aus dem Kopfhörer konzentriert, aber irgendwo in der Ferne konnte er einen Knall hören, als hätte jemand eine Papiertüte zum Platzen gebracht. In der Zeitkapsel seiner Erinnerung fühlte sich dieser Moment friedvoll und wunderbar an. Legte er die neu gewonnene Erkenntnis über diesen entsetzlichen Tag darüber, wurde das Bild erstickend.

Wieder ballte er die Fäuste. Plötzlich öffnete sich ein kleines Fenster in einer Ecke seines Bildschirms und lenkte ihn für den Augenblick von seinem Schmerz ab.

Achtung: System wird angegriffen von Adresse 211.132.81.252.

Sie hatten sich wirklich beeilt, das musste er ihnen lassen. Der junge Mann sah auf die Uhr in der rechten unteren Bildschirmecke. Offenbar war es an der Zeit aufzubrechen.

*

»Hauptmann, ich bin im Internetcafé ›Blauer Stern‹«, sprach Zeng in sein Telefon. »Und ich habe schon das nächste Kettenglied ausfindig gemacht, in einem Büro im Süden. Der Kerl scheucht uns quer durch die ganze Stadt!«

Pei schaute stoisch auf seine Uhr. Vierzehn Uhr dreiundzwanzig. »Wie lange brauchen Sie bis zu dem Büro?«

»Wenn ich richtig Gas gebe – vielleicht zwanzig Minuten. Sie müssen ihn hinhalten, Hauptmann!«

»Alles klar. Beeilung.« Pei legte auf und eilte zurück zum Computer.

»Ich brauche den Namen des Scharfschützen.«

Pei hielt den Atem an, als er diese Frage durch Huangs Kopfhörer knistern hörte. Jetzt war der Moment gekommen – Zeit für Huang, den Spieß endlich umzudrehen.

*

Bis jetzt hatte Huang jede Frage von Eumenides wahrheitsgemäß beantwortet, denn Mu hatte ihm ausdrücklich eingeschärft: *Nirgends lässt sich eine Lüge so gut verstecken wie zwischen zwei Wahrheiten.*

Bislang hatte er die Wahrheit gesagt. Nun war die Zeit für die Lüge gekommen.

»Ich weiß nicht, wie er heißt«, sagte er nach ein paar Sekunden gespielten Zögerns.

»*Natürlich*«, gab Eumenides zurück. Seine Stimme troff vor Sarkasmus.

»Er hat seine Unterlagen mit einem Decknamen unter ...«

»*Schluss mit dem Blödsinn*«, fauchte Eumenides dazwischen. »*Wollen Sie mir ernsthaft weismachen, dass er während des Einsatzes einen Decknamen benutzt hat?*«

Huang hatte nicht vor, sich eingehend zu erklären. »Ich weiß wirklich nicht, wie er heißt.«

Es folgte eine lange Pause, bis Eumenides erneut sprach. Seine Stimme war eiskalt. »*Sie möchten also feststellen, dass unser Gespräch hiermit beendet ist. Korrekt?*«

»Nein!« Diesmal mischte sich echte Panik in Huangs Stimme. »Sie haben mir nicht gesagt, wo mein Sohn ist.«

»*Wie heißt dieser Scharfschütze?*«

»Ich weiß es nicht.«

»*Ich habe Sie jetzt zweimal danach gefragt. Ich werde kein drittes Mal fragen.*« Plötzlich schwang echte Wut in seinem Tonfall mit. »*Sie haben noch fünf Sekunden!*«

Huang zuckte unter der unverhohlenen Drohung zusammen. Zischend stieß er den Atem aus. »Wenn ich Ihnen den Namen verrate, was passiert dann mit meinem Sohn?«

»*Im Moment ist Ihr Sohn ziemlich hungrig*«, sagte Eumenides. Er klang wieder etwas versöhnlicher. »*Wenn Sie sich ranhalten, könnten Sie gerade noch rechtzeitig kommen, um mit ihm zu Mittag zu essen.*«

»Na gut. Ich sage es Ihnen. Ich kenne den Namen.«

»*Dann raus damit.*«

»Er heißt Chen. Chen Hao.«

»*Und wo steckt er?*«, fragte Eumenides entspannt.

»Er arbeitet immer noch bei der städtischen Polizei. Ist allerdings zum Hauptmann einer Einheit der Kriminalpolizei im Osten der Stadt befördert worden.«

»*Chen Hao. Hauptmann der Kriminalpolizei im Osten der Stadt …*«

Huang hörte schnelles Tippen. Ein paar Sekunden später erschien ein neues Fenster auf seinem Bildschirm. Eine Personalakte, einschließlich des Fotos eines Mannes mit militärisch kurzem Haarschnitt und starrem, äußerst intensivem Blick.

»*Ist er das?*«

»Ja«, sagte Huang und unterdrückte seine Überraschung. »Woher haben Sie seine Akte?«

»*Das städtische Polizeinetzwerk ist längst nicht so gut geschützt, wie Sie vielleicht glauben.*« Eumenides gab ein schnarrendes Geräusch von sich, das beinahe wie ein Lachen klang. Dann fügte er in ernsterem Tonfall hinzu: »*Er ist jetzt achtunddreißig.*«

Huang starrte Chen Haos Geburtsdatum an und kam zum gleichen Ergebnis. »So ist es«, sagte er, wusste aber nicht recht, worauf Eumenides hinauswollte.

»*Vor achtzehn Jahren war er gerade einundzwanzig*«, fuhr Eumenides fort und klang mit jedem Wort überzeugter. »*Er war noch nicht mal so alt wie Yuan. Und Sie wollen mir erzäh-*

len, dass er es bereits zum Scharfschützen einer Spezialeinheit gebracht hatte?«

»Gut möglich«, sagte Huang und suchte verzweifelt nach Worten, »dass er beim Eintritt in den Dienst bezüglich seines Alters gelogen hat.«

»*Es reicht!*«, bellte Eumenides. »*Ich habe hier die Namen aller in Chengdu aktiven SEP-Beamten von vor achtzehn Jahren. Da ist keine Rede von einem Chen Hao. Die Polizei hat sich diesen Kerl rausgesucht, um mich zu ködern, mehr nicht. Gehe ich also recht in der Annahme, dass dieser Chen Hao kürzlich insgeheim in die Arbeit der Sondereinsatzgruppe eingeweiht worden ist?*«

Huang spürte erste Schweißtropfen auf seiner Stirn. Er sah Pei und Mu an, die in unmittelbarer Nähe standen. Sein Blick war erfüllt von Panik und Hilflosigkeit.

Ein geringschätziges Schnauben fraß sich durch den Kopfhörer. Huang wurde beinahe rot, als er sich daran erinnerte, dass Eumenides ihn noch immer beobachtete. »*Falls Sie Ihren Sohn doch noch zu Gesicht bekommen möchten, Herr Huang*«, sagte der Mann mit hörbarem Zorn, »*sollten Sie dringend mit diesen kindischen Spielchen aufhören. Meine Geduld ist arg strapaziert. Ich gebe Ihnen noch eine Chance, aber es ist wirklich die letzte.*«

Huang schüttelte langsam den Kopf. Sein Drang, Eumenides die Stirn zu bieten, war fast gänzlich zerronnen. »Nein«, murmelte er wie zu sich selbst, »ich kann selbst um meines Sohnes willen keinen Kollegen verraten.«

»*Ich verstehe Ihr Dilemma.*« Eumenides' Stimme schien wieder ein wenig versöhnlicher zu klingen. »*Vielleicht versuchen wir es andersrum. Ich werde Sie nicht dazu zwingen, mir seinen Namen zu nennen. Ihre Selbstachtung würde Ihnen ohnehin verbieten, mir zu antworten. Stattdessen wollen wir einen Mittelweg finden, der uns beiden weiterhilft.«*

Huang starrte ängstlich und erwartungsvoll in die Kamera.

»Ich werde Ihnen nacheinander die Fotos der damals aktiven SEP-Mitglieder zeigen. Und Ihnen nur eine Frage stellen. Sie müssen also nicht mehr tun, als ›Ja‹ oder ›Nein‹ zu sagen.«

Huang wartete stumm.

*

Zeng, Liu und die Handvoll begleitender SEP-Beamter hatten bereits das nächste Kettenglied ausfindig gemacht: einen Rechner im Intranet einer Marketingfirma. Nachdem Zeng seine Dienstmarke vorgezeigt hatte, ließ er sich vor dem Rechner nieder und begann, die Verbindung weiter zurückzuverfolgen.

*

INTERNETCAFÉ VERKEHRTE WELT

Ein großes Bild leuchtete auf dem Monitor von Computer Nummer 33 auf.

»Ist er das?«, fragte Eumenides.

Seine Stimme schien aus weiter Ferne zu kommen, als würde sie über ein breites Tal an Huangs Ohren geweht. Auf dem Foto war ein muskulöser, braungebrannter Mann zu sehen. Sobald er das Bild sah, lag Huang die Antwort auf der Zunge, aber etwas tief in ihm schnürte ihm die Kehle zu.

»Wenn Sie gar nichts sagen, werte ich das als stummes ›Ja‹«, sagte Eumenides. Huang stellten sich die Nackenhaare auf.

»Nein. Das ist er nicht.«

»Prima. Je besser Sie mitarbeiten, desto schneller können Sie Ihren Sohn wiedersehen.« Das nächste Foto erhellte den Bildschirm, und abermals stellte Eumenides seine Frage: *»Ist er das?«*

»Nein.«

Nachdem nahezu einhundert Gesichter über seinen Bildschirm gewandert waren, konnte Huang kaum noch geradeaus schauen.

»Ist er das?«, fragte Eumenides. Sein Tonfall hatte sich nicht ein einziges Mal verändert. Ein großer Mann mit kantigem Kinn erschien auf dem Monitor.

Huang blinzelte. Er spürte seinen Herzschlag in den Schläfen pochen.

»Ist er das?«, wiederholte Eumenides die Frage ein wenig bedächtiger.

Huang leckte sich über die trockenen Lippen. Er sah Mu an.

»Sie kann Ihnen nicht helfen, Huang. Ich brauche eine Antwort. Ja oder nein?«

Huang holte tief Luft. Mit zusammengebissenen Zähnen zischte er: »Ich will meinen Sohn sehen.«

»Und das werden Sie auch. Sobald Sie meine Frage beantwortet haben.«

»Nein. Ich will ihn jetzt sofort sehen!« Dicke Adern traten auf Huangs Stirn hervor.

Unwillkürlich machte Mu einen Schritt zurück. Huang war kaum wiederzuerkennen, benahm sich wie ein in die

Enge getriebenes Tier. Angestaute Wut blitzte in seinen Augen auf, als wollte sie jeden Moment hervorbrechen.

Eumenides schwieg.

»Ich muss erst meinen Sohn sehen. Ich sage kein Wort, bevor ich mir sicher bin, dass es ihm gut geht.« Huang blickte zornig drein, seine Stimme hingegen klang flehentlich. »Ansonsten kann ich keine Frage mehr beantworten«, fügte er mit entschlossenem Nicken hinzu.

»*Na schön*«, sagte Eumenides barsch.

Sekunden später tauchte ein Videofenster auf dem Bildschirm auf. Ein paar Meter von der Kamera entfernt stand ein Bett in einer Ecke. Auf dem Bett saß ein Junge. Obwohl er einen Knebel im Mund, einen Strick um die Handgelenke und ein Tuch vor den Augen hatte, wirkte er körperlich unversehrt. Der Junge wehrte sich gegen seine Fesseln, und Huang rutschte das Herz in die Hose.

Er beugte sich dicht an den Bildschirm und schrie.

»Deyang! Hier ist dein Papa!«

*

Pei trat sofort einen Schritt rückwärts aus dem Blickfeld, zückte das Handy und rief Liu an.

»Liu, wo stecken Sie?«

»Wir haben gerade ein weiteres Internetcafé verlassen. Sind jetzt auf dem Weg zum fünften Kettenglied, das sich offenbar in einem Jungenzimmer im Wohnheim der Technischen Universität Chengdu verbirgt.«

»Ich habe gerade einen Blick auf ein Video von Eumenides' Seite werfen können. Der endgültige Standort, nach dem ihr sucht, ist höchstwahrscheinlich ein billiges Hotel für Geschäftsreisende. Falls ihr irgendwelche Hinweise auf einen entsprechenden Ort entdeckt, rufen Sie mich auf der Stelle an!«

»Verstanden!«, sagte Liu. »Hat Eumenides schon nach Chen Hao gefragt?«

»Hat er. Und er hat den Köder sofort enttarnt, wie wir gehofft hatten.«

»Bestens. Dann glaubt er jetzt, dass er die Oberhand hat«, sagte Liu. Im Hintergrund hörte man gedämpft eine Stimme rufen. »Zeng will mit Ihnen sprechen.«

»Geben Sie her.«

»Hallo, Chef«, sagte Zeng, der ein wenig außer Atem klang. »Während ich das nächste Kettenglied gesucht habe, ist mir ein Signal von dem unbekannten Programm aufgefallen, das wir im Café entdeckt hatten. Es überwacht eine regelmäßige Abfolge von Impulsen, die konstant von Huangs Ende zu kommen scheinen. Ich habe das abgefangene Signal schon an den Server im Café geschickt. Sie können sich das Resultat ausdrucken und mit eigenen Augen ansehen.«

»Gute Arbeit«, sagte Pei und legte auf.

Der Hauptmann sah sich um und lief zum Ladenbesitzer. »Einer meiner Leute hat gerade ein Dokument an Ihren Server geschickt. Ich brauche so schnell wie möglich einen Ausdruck.«

Pei ging wieder zu Computer Nummer 33. Das Videofenster hatte sich geschlossen, und Huang schien nicht länger drauf und dran, die Tastatur zu erdrosseln. Auf dem Bildschirm war wieder ein Foto zu sehen – dasselbe wie zuvor. Gerade konnte Pei Eumenides' Stimme aus dem Kopfhörer dringen hören.

»*Na gut. Ich habe getan, was Sie wollten. Jetzt sind Sie dran. Ist er das?*«

Huang nickte stumm.

*

»*Yang Lin. Vierzig Jahre alt. Zwanzig Jahre Erfahrung bei der SEP. Momentan Nahkampf-Ausbilder. Sind Sie sicher, dass er es ist?*«

»Ja«, kam Huang hörbar widerwillig über die Lippen.

»*Vorzüglich*«, sagte Eumenides. »*Ich würde dennoch darum bitten, dass Sie sich auch noch den Rest der Fotos ansehen.*«

»Wieso das?«, fragte Huang. Er musste die Neugier nicht spielen.

»*Ich mache mir bloß Sorgen, dass Sie sich vertan haben könnten. Das Ganze liegt schließlich fast zwei Jahrzehnte zurück. Sie müssen sich also bitte alle Fotos ansehen, bevor Sie mir eine endgültige Antwort geben.*«

»Na gut«, sagte Huang und bemühte sich, nicht zu eifrig zu klingen. Schließlich lautete eine seiner Aufgaben, Eumenides so lange wie möglich zu beschäftigen.

Abermals wanderte ein Foto nach dem anderen über den Bildschirm. Wieder begann die mechanische Frage-und-Antwort-Routine zwischen Eumenides und Huang.

»*Ist er das?*«

»Nein.«

Es dauerte über eine halbe Stunde, bis sie sich durch die restlichen Bilder gearbeitet hatten. Jedes Mal war Huangs Antwort das gleiche entschlossene Nein.

»*Sie werden sehr bald wieder bei Ihrem Sohn sein*«, sagte Eumenides endlich.

Huang stieß einen tief erleichterten Seufzer aus. »Wohin soll ich gehen, um ihn zu treffen?«

»*Nicht so schnell, Huang. Ich bin noch nicht fertig. Ich würde gern ein paar Worte mit dem Mann wechseln, der neben Ihnen steht.*«

Huang sah sich verblüfft um. »Sie meinen ...«

»*Keine falsche Scheu, Huang. Ich weiß, dass Pei Tao bei Ihnen ist.*«

Huang streifte den Kopfhörer ab und reichte ihn dem Hauptmann. »Er will mit Ihnen reden.«

Pei zögerte kurz, ehe er den Kopfhörer annahm. Irgendetwas stimmte nicht ... Spielte jetzt Eumenides auf Zeit?

Er setzte sich den Kopfhörer auf und nahm Huangs Platz ein.

Als Huang sich vom Rechner entfernte, sah er Mu an. Sie reckte ermutigend einen Daumen in die Höhe.

Im selben Moment näherte sich der Besitzer des Cafés mit einem gefalteten Blatt Papier. Mu sah ihn fragend an.

»Hauptmann Pei hat mich gebeten, das für ihn auszudrucken«, sagte der Besitzer und wedelte mit dem Papier.

»Ich gebe es ihm«, sagte Mu und nahm den Ausdruck an sich.

*

»*Hauptmann Pei. Zunächst einmal möchte ich Ihnen danken.*«

»Wofür bitte?«, fragte Pei und bemühte sich um eine ausdruckslose Miene.

»*Für Ihre Hilfe bei der Beseitigung von Deng Hua.*«

»Ihre Erinnerung an den Tag scheint von meiner abzuweichen«, gab Pei zurück. »Ich habe Ihnen in keinerlei Weise geholfen.«

»*Ich merke, dass Sie ein wenig verärgert sind. Aber lassen Sie uns bitte eine Sache klarstellen. Sie haben gewusst, dass ich Han Hao als Handlanger benutze und mich trotzdem nicht an meinem Plan gehindert. Hätten Sie mich wirklich aufhalten wollen, hätte ich Deng Hua nicht töten können. Insofern haben Sie mich willentlich weitermachen lassen. In gewisser Weise habe ich also bereits einmal gegen Sie verloren.*«

Pei kicherte. »Nur nicht so gönnerhaft, Eumenides. Deng ist tot. Ihre verdrehte Logik, wer dabei gewonnen hat und wer nicht, interessiert mich nicht.«

»*Im Endeffekt ist Deng nur dank der minutiösen Planung meines Mentors gestorben. Dieser Sieg war nie wirklich mein.*«

Kälte kroch Pei den Rücken hinab. »Womit Sie sagen wollen, dass Sie mich persönlich besiegen müssen. Richtig?«

»*Exakt*«, sagte Eumenides. »*Das geht Ihnen doch sicher genauso. Oder wollen Sie mir erzählen, Sie sehnen sich nicht danach, sich an mir zu rächen?*«

Pei schwieg.

»*Man bekommt selten genug die Gelegenheit, sich so direkt mit einem ebenbürtigen Gegner zu messen. Ich habe mich heute tatsächlich amüsiert.*«

»Sie haben meine Falle in Huangs Garage durchschaut. Sie haben mich also heute schon einmal besiegt.«

»*Demnach steht es unentschieden*«, sagte Eumenides. »*Wissen Sie, ich dachte, Sie würden wesentlich länger brauchen, um rauszukriegen, wer mein nächstes Ziel ist. Ich habe all diese Akten wahllos aus dem Archiv geholt, aber Sie sind fast sofort auf Huang gekommen. Sie haben sogar erraten, wer ich bin. Wie haben Sie das angestellt?*«

»Warum sollte ich Ihnen das verraten?«, fragte Pei, während der unangenehme Gedanke weiter an seiner Konzentration nagte. Wieso zog Eumenides das Gespräch derart in die Länge?

»Verraten Sie mir, wo in meinem Plan der Fehler lag, dann werde ich mich revanchieren«, sagte Eumenides gespannt. *»Schließlich ist das der einzige Weg, uns in noch würdigere Gegner zu verwandeln.«*

Pei musste sich eingestehen, durchaus versucht zu sein. Wieder musste er daran denken, was Yuan Zhibang bei ihrem letzten Treffen im *Jade-Garten* zu ihm gesagt hatte.

Er hatte ihn an einen Brauch an Bord norwegischer Fischerboote erinnert, von dem ihnen ein Professor an der Akademie erzählt hatte. Wenn sie voll mit Sardinen den Heimathafen ansteuerten, machten es die Fische für gewöhnlich nicht lange und starben, noch ehe der Hafen erreicht war. Setzte der Fischer aber in jeden Fischtank einen einzigen Wels, machte dieser Jagd auf die kleineren Fische, stärkte so ihre Ausdauer und zwang sie dazu, am Leben zu bleiben, bis die ferne Heimat erreicht war. Ohne diese Herausforderung konnten sie nicht überleben.

Und jetzt betrachtete Eumenides Pei als seinen persönlichen Wels.

Ganz wie Eumenides gesagt hatte, hatten sie eine Sache gemeinsam: Sie liebten das Gefühl, sich mit einem ebenbürtigen Gegner zu messen.

Pei fällte eine Entscheidung. Er wollte wissen, ob seine eigene Strategie sichtbare Löcher enthielt.

Also nahm er Eumenides' Angebot an.

»Als Erstes ist mir der Staub aufgefallen, der den Bereich rings um die gestohlenen Akten bedeckt hat. Dank jener

Stellen, an denen Ihre Finger nur flüchtige Spuren hinterlassen haben, konnte ich die wahllos hervorgezogenen Akten ausschließen. Danach fiel mir eine deutliche Spur im Staub auf, wo Sie offenbar im Vorbeigehen jeden Einband mit dem Finger abgefahren haben, bis die Spur bei einem der fehlenden Ordner endet. Da wusste ich eindeutig, nach welcher Akte Sie wirklich gesucht haben.

Außerdem habe ich meine Untergebenen angewiesen, unsere Unterlagen nach den Aufzeichnungen über vermisste, obdachlose und Waisenkinder zwischen 1985 und 1992 zu durchforsten. Und durch die Kombination dieser Suchergebnisse mit der von Ihnen gestohlenen Akte war ich endlich in der Lage, Sie zu identifizieren.«

»Hmmm. Verstehe«, sagte Eumenides und atmete geräuschvoll aus. »Mein Besuch im Archiv war wohl wirklich etwas überstürzt. Andererseits – wer hätte in meiner Lage schon einen konsequent kühlen Kopf bewahren können?«

Pei fand, er sei jetzt an der Reihe, ein paar Fragen zu stellen. »Wie haben Sie herausbekommen, dass wir Ihnen heute Morgen auflauern wollten? Ich habe niemandem von meinem Gespräch mit Huang erzählt und bin mir sicher, dass es nicht durchgesickert ist.«

»Am Eingang zu Huangs Wohnblock gibt es eine kleine Schrotthandlung. Ich war dort und habe mit dem Kerl geplaudert, der sie betreibt. Der hat mir erzählt, dass Huangs Frau einen ziemlichen Ordnungsfimmel hat. Die holen jeden Montag den Müll aus ihrer Garage ab. Werbepost, Päckchen und Pakete, Wochenzeitschriften und Tageszeitungen – alles noch ziemlich neu. Als ich ihn gefragt habe, ob ihm je irgendwelche Haufen mit alten Papieren in Huangs Garage aufgefallen wären, hat er laut gelacht. Da liegt kein Krümel zu viel.«

Pei schnaubte leise. Eumenides waren die Risse in seinem Plan schon aufgefallen, bevor er auch nur einen Fuß in Huangs Garage gesetzt hatte.

»Was haben Sie jetzt vor?«, fragte er. »Yang Lin nachstellen?«

»*Das gebietet die Ehre*«, sagte Eumenides sanft, aber mit unüberhörbar scharfem Unterton.

»Aus Ihrem Mund ist das eine gefährliche Aussage.«

»*Manche Dinge muss man zu Ende bringen*«, sagte Eumenides stolz. »*Für meinen Mentor war das die Beseitigung von Kommissar Zheng und Deng Hua. Für mich ist es, die Wahrheit über den Tod meines Vaters herauszufinden. Wie gefährlich es auch sein mag, ich werde meinem Weg treu bleiben.*«

In Peis Augenwinkel tauchte eine Silhouette auf. Er blinzelte und sah, dass Mu schräg hinter dem Bildschirm stand. Sie hielt einen Zettel knapp oberhalb der Kamera.

Es sah aus wie ein Elektrokardiogramm, aber statt der konstanten Wellenform gab es lange gerade Passagen und plötzliche Fluktuationen. Irgendetwas daran kam ihm bekannt vor.

Er erstarrte. Das konnte nicht sein.

»*Haben Sie etwas auf dem Herzen, Hauptmann?*«, fragte Eumenides.

Pei riss sich zusammen und täuschte ein Kichern vor. »Können Sie jetzt schon Gedanken lesen?«

»*Sie sind zumindest nervös. Das spüre ich.*«

»Ich fühle mich nur auf Dauer etwas beengt mit diesem dicken Kopfhörer«, sagte Pei. Er zog ihn ab und legte ihn auf den Tisch. Während er sich mit einer Hand ausgiebig die Schläfen massierte, befühlte er mit der anderen sorgfältig das Gerät. Zu beiden Seiten war ein gebogenes Stück

Metall in der Stoffummantelung der Hörer zu fühlen. Sensoren.

Eumenides hatte den Kopfhörer zu einem behelfsmäßigen Polygraphen umgebaut. Zu einem Lügendetektor.

Bemüht, das Gefühl von Blamage zu unterdrücken, und zugleich hoffnungsvoll herauszufinden, was diese neue Erkenntnis für Huang bedeuten könnte, setzte er sich den Kopfhörer wieder auf.

»Ich dachte gerade«, sagte er dann, »dass Sie vielleicht auch auf anderem Weg bekommen könnten, was Sie wollen.«

»*Worauf genau wollen Sie hinaus?*«

»Auf normalem Weg. Lassen Sie der Polizei Zeit, die Hintergründe der Geiselnahme vom 30.1. aufzuarbeiten.«

»*Der Polizei? Ihr wart es doch, die die Wahrheit überhaupt erst unter den Teppich gekehrt haben. Sie verlangen ernsthaft, dass ich Ihnen vertraue? Ich werde mein Ziel auf meine Weise verfolgen und damit erreichen, was Sie und der Rest Ihrer Kollegen bisher nicht hingekriegt haben. Genau wie vorher.*«

»Auf Ihre Weise?«, gab Pei mit wachsendem Zorn zurück. »Sind Sie am Ende stolz auf Ihre Methoden? Sie sind ein Verbrecher.«

»*Ich bestrafe böse Taten. Durch mich wird die Welt zu einem gerechteren Ort.*«

»Nein, Sie haben nur eine andere Sorte des Bösen erschaffen. Wahre Gerechtigkeit hat nichts mit Ihrer verdorbenen Sichtweise zu tun. Abgesehen davon haben Sie längst die Kontrolle über Ihre Taten verloren.«

»*Wie meinen Sie das?*«, fragte Eumenides neugierig.

»Die Bestrafung, die Sie sich für diesen erniedrigten Lehrer ausgesucht hatten. Sie haben geglaubt, Sie würden Wu Yinwu bloß einen Schrecken einjagen, dass Sie ihm am Ende tatsächlich helfen könnten, Würde und Pflichtbewusstsein wiederzugewinnen. Aber jetzt ist er tot, und es ist allein Ihre Schuld.«

»*Unmöglich!*«, rief Eumenides aufgebracht. »*Er hat sich lediglich eine Hand abgehackt. Der Notarzt war rechtzeitig vor Ort. Außerdem war der Durchbruch, zu dem ich ihm als Mensch verholfen habe, viel größer als alle körperlichen Schmerzen, die er durchleben musste.*«

»Sie hören wohl keine Nachrichten, was?«, fragte Pei ernst. »Wu ist tot. Er hat sich umgebracht.«

Mehrere Sekunden vergingen.

»*Selbstmord? Warum?*«

»Sie haben ihn gebrochen. Was dann im Krankenhaus passiert ist, hat ihn nur endgültig in den Wahnsinn getrieben. Hören Sie sich diese Aufnahme an, die gerade im Netz kursiert, dann verstehen Sie, was ich meine.«

Pei zog den MP3-Spieler aus der Tasche, legte die Ohrstöpsel an seine Kopfhörer und drückte auf *Play*.

Während das verstörende Interview lief, warf er Mu einen Blick zu. Sie wirkte stinksauer, und da fiel ihm ein, dass auch sie es gerade zum ersten Mal hörte.

»*Wer hat dieses Interview geführt?*«, fragte Eumenides am Ende. Seine Stimme war vollkommen emotionslos.

»Das ist unwichtig. Nicht der Reporter hat Wu umgebracht. Sie haben diesen Mann verdammt.« Pei lächelte böse in die Kamera. »Und Sie haben ernsthaft geglaubt, Sie würden ihm helfen.«

Eumenides' Atem beschleunigte sich. Es war genau das Ergebnis, was der Hauptmann hatte erzielen wollen. Bevor er allerdings einen weiteren Treffer landen konnte, holte Eumenides tief Luft und hatte sich wieder unter Kontrolle.

»*Sie irren sich. Ich habe ihm das nicht angetan. Dafür ist eine separate böse Handlung verantwortlich. Da Sie aber den anonymen Reporter nicht zur Rechenschaft ziehen können, haben Sie beschlossen, mir die Schuld an Wus Tod in die Schuhe zu schieben.*«

»Sie haben mindestens die Kontrolle verloren. Und genau deshalb gibt es gesellschaftliche Regeln, Regeln, an die zu halten Sie sich weigern. Sie stellen sich über andere und reden sich ein, die Kontrolle zu behalten, aber hier haben Sie den Beweis, wozu so etwas führt.«

Eumenides hatte offenbar nicht vor, auf die Provokation zu reagieren.

»*Ich dachte, das würde eine freundschaftliche Unterhaltung werden, aber diese kleinlichen Vorwürfe finde ich doch sehr unangebracht. Ehrlich gesagt bin ich ein bisschen enttäuscht. Ich glaube, es gibt keinen Grund, unser Gespräch weiter fortzusetzen.*«

»Sie haben uns noch nicht verraten, wo der Junge ist«, sagte Pei und lenkte die Diskussion wieder in ihre ursprüngliche Bahn zurück. »Er ist unschuldig. Sie haben die gewünschte Information bekommen. Es wäre unsinnig, ihn weiter festzuhalten.«

»*Ich werde ihn gehen lassen. Aber noch bin ich nicht ganz fertig.*« Eumenides kicherte leise. »*Ich möchte Madame Mu ungern enttäuschen.*«

»Sie wollen Mu sprechen?«

»*Ja. Bitte geben Sie den Kopfhörer weiter.*«

Pei war irritiert. Statt das Gespräch so schnell wie möglich zu beenden, nachdem Pei ihm keine aufschlussreichen Informationen mehr geben konnte, zog Eumenides die Sache noch immer in die Länge. Der Mörder musste wissen, dass er der Polizei mehr und mehr Zeit gab, seinen Standort ausfindig zu machen. Welches Ass hatte er noch im Ärmel?

»Er will mit Ihnen reden«, sagte Pei, stand auf und sah Mu an.

Sobald er das Blickfeld der Kamera verlassen hatte, flüsterte er ihr ins Ohr: »Tun Sie, was Sie können, um ihn noch länger hinzuhalten. Wenn er irgendwas fragt, spielen Sie mit. Aber nicht lügen. Sie haben die Grafik gesehen.«

Mu nickte ihm ernst zu. Mit diesen Anweisungen im Kopf nahm sie vor dem Rechner Platz.

Pei stand außer Sichtweite. Er warf einen Blick auf die Uhr. Schon Fünfzehn Uhr einundfünfzig. Sie redeten seit fast zwei Stunden mit Eumenides.

Sein Telefon klingelte. Es war Zeng.

»Hauptmann. Wir haben gerade den nächsten Knotenpunkt im Netzwerk ausfindig gemacht. Er liegt im Jinhua-Hotel in der Shundestraße. Als ich dort angerufen hab, sagte der Rezeptionist, dass heute Morgen gegen zehn ein junger Mann und ein Kind von etwa zehn Jahren eingecheckt hätten, und zwar in dem Zimmer, das zu unserer IP-Adresse passt. Der Junge wirkte angeblich etwas benommen. Der Mann gab an, sein Onkel zu sein, und sagte, er habe den Jungen nach Chengdu gebracht, um ihn in einem Krankenhaus in der Nähe untersuchen zu lassen. Ich habe den Ausweis überprüft, mit dem er eingecheckt hat. Er gehört einem Wanderarbeiter, dem gestern die Brieftasche gestohlen wurde.«

»Das ist er!«, zischte Pei. »Einen Moment.«

Er starrte ängstlich zu Mu herüber, die noch immer mit Eumenides redete. *Shundestraße* ... Der Hauptmann versuchte, sich die Karte der Gegend vor Augen zu führen, jedoch ohne Erfolg. Noch immer kannte er sich in der Stadt nur unzureichend aus.

Huang schien die Veränderung in seinem Benehmen aufgefallen zu sein, denn er näherte sich. »Etwas, das ich wissen muss?«

»Wie weit ist es von hier bis zur Shundestraße?«, fragte Pei.

»Zwanzig Minuten«, sagte Huang und betrachtete ihn aufmerksam. »Warum?«

»Da ist Eumenides! Kennen Sie den Weg?«

Huangs Augen leuchteten auf. »Natürlich! Ich wohne schon seit Jahrzehnten hier. Ich fahre!« Ohne auf ein weiteres Wort von Pei zu warten, rannte er zum Ausgang.

Pei eilte ihm hinterher und legte das Handy wieder ans Ohr. »Zeng, noch da? Sobald Sie beim Hotel sind, sichern Sie sämtliche Ein- und Ausgänge. Aber nicht reingehen. Ich bin in knapp zwanzig Minuten da!«

»Verstanden. Solange ihn irgendwer bis dahin beschäftigt, wird Eumenides uns diesmal nicht entwischen!«

Pei sah über die Schulter. Mu war noch immer ganz ins Gespräch vertieft, aber er war sicher, sie würde gespürt haben, dass etwas vor sich ging. Sie umständlich ins Bild zu setzen, würde nur unnötig Zeit kosten und barg obendrein die Gefahr, den Mörder am anderen Ende aufzuschrecken.

Kurz darauf fuhr Huang im Streifenwagen vorm Eingang vor, und Pei sprang hinein. Noch während der Wagen beschleunigte, rief Pei Yin an.

»Wir haben Eumenides' Aufenthaltsort lokalisiert und sind auf dem Weg dorthin. Sagen Sie Ihren Leuten rings ums Café, sie können sich entspannen. Mu redet immer noch mit Eumenides. Beobachten Sie sie. Berichten Sie mir sofort, wenn etwas passiert, und achten Sie darauf, ihn nichts merken zu lassen.«

»Verstanden, Sir!«

*

JINHUA-HOTEL
16 : 13 UHR

Als Huang und Pei aus dem Streifenwagen stiegen, rannte Liu auf sie zu.

»Hauptmann, wir haben alle Ein- und Ausgänge gesichert, inklusive der Fenster an der Rückseite des Gebäudes. Wir sind seit zwei Minuten nach vier hier, und ich kann Ihnen versichern, dass seit unserer Ankunft niemand das Hotel verlassen hat. Außerdem haben wir den Mitarbeitern am Empfang ein Foto von Huang Deyang gezeigt. Sie sind sich sicher, dass er der Junge in Zimmer 212 ist. Und obwohl sich der Mann wahrscheinlich irgendwie verkleidet hat, stimmen zumindest seine Größe und das allgemeine Erscheinungsbild mit dem Mörder von Ye Shaohong überein.«

»Hervorragend«, sagte Pei. »Mu sollte immer noch mit Eumenides reden und kann ihn bestimmt noch ein bisschen hinhalten.«

»Wie wollen wir vorgehen?«, fragte Liu.

»So einfach wie möglich. Wir besorgen uns die Schlüsselkarte und umstellen die Tür mit fünf weiteren SEP-Leuten. Sobald wir die Tür mit der Karte entsperrt haben, sollen die zwei stärksten Kollegen sie eintreten.«

»Das kriegen wir hin«, sagte Liu entschlossen.

»Gut. Dann kümmere ich mich um die elektronische Verriegelung. Alles auf mein Zeichen.«

Pei eilte zu Zimmer 212, Liu, Huang und die Kollegen folgten. Alle nahmen ihre Positionen ein, Pei kauerte sich breitbeinig neben den Türrahmen, die Schlüsselkarte in der Hand. Liu und ein weiterer SEP-Mann standen in Trittweite vor der Tür. Die übrigen vier drückten sich zu beiden Seiten an die Wände des Flurs. Huang wartete in sicherer Entfernung.

Pei hob die linke Hand, hielt sie einen Moment oben und ließ sie ein wenig absinken. Liu und sein Kollege sprangen vor, die Sohlen auf die Tür gerichtet, während Pei die Karte in den Schlitz schob und das Lämpchen auf Grün wechselte.

Die Tür piepste, wurde allerdings sofort vom berstenden Holz übertönt. Pei, Liu, Huang und die fünf Kollegen stürmten das Zimmer, die Waffen gezückt und auf alles vorbereitet.

Von der Zielperson fehlte jede Spur.

Das Interieur war identisch mit dem, was Pei per Videochat auf dem Bildschirm von Computer Nummer 33 gesehen hatte. Wie zuvor saß auch der Junge gefesselt und geknebelt auf dem Doppelbett mitten im Raum. Sein Blick war glasig, als sei er betäubt worden.

»Deyang!«, rief Huang sofort, und in seiner Stimme mischten sich Schmerz und Freude. Er rannte zum Bett und nahm den Jungen in den Arm. »Mein Sohn«, flüsterte er mit Tränen in den Augen.

Dem Bett gegenüber stand ein Tisch mit einem eingeschalteten Computer. Dort lief ein Chatprogramm, in dessen Videofenster Mus Gesicht zu sehen war.

Der Stuhl vor dem Rechner war leer.

In Windeseile durchsuchten die Beamten das Bad, den Kleiderschrank und schauten sogar unter dem Bett nach, fanden aber nichts. Lius hilfloser Blick wanderte zu Pei.

Zeng betrat den Raum. Nach einem schnellen Rundblick ließ er den Kopf hängen. »Sieht aus, als ob wir nach wie vor noch einen Schritt hinterherhinken.«

Sowie er den Satz beendet hatte, klingelte Peis Handy. Yin. »Eumenides hat das Gespräch mit Mu beendet!«, rief er. »Er könnte sich in Bewegung gesetzt haben.«

Pei bemühte sich vergebens, seine Wut im Zaum zu halten. »Das weiß ich«, bellte er. »Wir sind im Zimmer. Huangs Sohn ist hier, aber Eumenides nicht. Warum zum Teufel haben Sie uns nicht schneller informiert?«

»Aber ... aber er hat das Gespräch vor nicht einmal zehn Sekunden abgebrochen!«, sagte Yin.

»Was?« Peis Zorn verwandelte sich mit einem Schlag in Verwirrung. Abermals betrachtete er den Rechner. Das Chatfenster war noch immer geöffnet, als hätte er noch mit Mu gesprochen, als sie bereits im Zimmer waren.

»Ja. Ich habe mich gemeldet, sobald bei Mus Rechner kein Ton mehr ankam. Er muss sich den Kopfhörer abgerissen haben und losgerannt sein – er hat den Anruf nicht mal beendet!«

»Ich rufe gleich zurück.«

Pei ließ das Telefon sinken und ging auf den Tisch zu, während sein Herz mit jedem Schritt schwerer wurde. »Er ist weg. Und zwar schon länger«, sagte er zu den Kollegen.

Zwischen den Muscheln des Kopfhörers lag ein Mobiltelefon auf dem Tisch. Nachdem er sich Nitrilhandschuhe übergestreift hatte, hob er es vorsichtig auf und ging die Liste der kürzlichen Anrufe durch. Der letzte war vor knapp einer Minute beendet worden. Er hatte zweiundfünfzig Minuten gedauert.

»Eumenides war schon länger nicht mehr hier«, sagte Pei und hielt das Handy in die Höhe. »Schon fast eine Stunde. Er hat das Telefon benutzt, um mit uns zu reden, und er hat erst aufgelegt, als er gehört hat, wie wir die Tür eintreten.«

»Vor einer Stunde?«, fragte Huang, der seinem Sohn gerade die Fesseln löste. »Also ist er verschwunden, nachdem er mit mir geredet hat?«

Pei nickte.

Zeng rutschte in einer Ecke des Zimmers an der Wand zu Boden und kratzte sich den Kopf. Ein mächtiger Adrenalincocktail hatte ihn auf der Jagd nach den Kettengliedern vom Café bis zu diesem Hotel gepeitscht. Jetzt fühlte er sich ausgelaugt. »Wenn er schon weggerannt ist, warum dann noch weiter mit uns reden? Mit welchem Ziel?«

»Dem gleichen wie unserem«, sagte Liu. »Zeit rausschlagen. Und wir haben ihm eine Menge gegeben, damit er – ja, was kann? Yang Lin vor uns erreichen?«

»Ist der in Sicherheit?«, fragte Pei.

»Ich habe ihn genauestens instruiert und erst danach die Dokumente vorbereitet, die ich Ihnen im Internetcafé ausgehändigt habe. Und er wird von zwei meiner besten Leute bewacht. Yang ist mehr als vorbereitet.« Liu zückte sein Handy. »Ich rufe ihn an und gebe ihm ein Update.«

»Das schmeckt mir überhaupt nicht«, sagte Pei und sah Zeng an. »Können Sie mir noch irgendwas über das Programm sagen, das er hat mitlaufen lassen?«

Zeng klappte seinen Laptop auf und machte sich an die Arbeit. »Ich habe es«, sagte er kurz darauf. »Das komplette Kurvenblatt aus dem Polygrafen.«

Pei beugte sich vor und schaute auf Zengs Bildschirm. »Eumenides hat Huang die Fotos von sämtlichen SEP-Beamten gezeigt, die vor achtzehn Jahren in Chengdu im Dienst waren. Eins nach dem anderen. Währenddessen muss er noch hier im Zimmer gewesen sein. Ich will die Bilder haben, die er an diesen Stellen hier geöffnet hat.« Pei zeigte auf mehrere Scheitelpunkte des Diagramms. Jeder Aufwärtsknick war mit einer genauen Uhrzeit versehen.

»Jawohl, Sir.« Zeng öffnete den Ordner mit den Bildern der SEP-Beamten und überprüfte den Zeitpunkt des jeweils letzten Zugriffs.

Plötzlich fiel Pei etwas auf. »Stopp! Huang, kommen Sie mal her.«

Pei zeigte ihm das Bild eines schlanken Mannes mit einem unglaublich intensiven Blick.

»Ist er das?«, fragte Pei ihn direkt. »Ist das der Scharfschütze?«

»Ja«, sagte Huang und starrte ihn überrascht an. »Aber woher wissen Sie das? Nur die Kollegen, die bei dem Einsatz dabei waren, können das wissen.«

»Unwichtig«, sagte Pei. »Wichtig ist nur: Wenn ich das weiß, weiß Eumenides es auch.«

»Das Diagramm!«, platzte Zeng heraus.

»So ist es. Er hatte Sensoren in die Hörmuscheln des Kopfhörers eingebaut«, sagte Pei grimmig. »Sie hätten der beste Schauspieler der Welt sein können, Huang, Eumenides hätten Sie trotzdem nicht an der Nase herumgeführt. Selbst mit absoluter Kontrolle über Gesichtsausdruck, Manierismen und Tonfall hätten winzigste Abweichungen gereicht, um sich zu verraten.«

Huang ließ beschämt den Kopf hängen. »Kein Wunder,

dass er sich den Ort für unser Gespräch so präzise ausgesucht hat. Jetzt ergibt alles einen Sinn.«

»Er muss den Kopfhörer des Computers im Café gegen einen ausgetauscht haben, den er vorher präparieren konnte«, sagte Zeng.

Pei bohrte einen Finger in den Bildschirm. »Besorgen Sie mir die Unterlagen zu diesem Mann«, wies er Zeng an. »Ich will so bald wie möglich wissen, wo er steckt!«

KAPITEL SIEBEN

DER TOD DES VATERS

31. OKTOBER, 16:31 UHR
SCHIESSPLATZ CHENGDU

Als Ausbilder für Scharfschützen besaß Zhong Jimin ein Talent, dessen sich nur wenige Menschen rühmen konnten: Er war in der Lage, allein anhand der Körperhaltung beurteilen zu können, wie gut jemand würde schießen können. Und so unglaublich es für die meisten Leute klingen mochte – er hatte sich darin noch nie geirrt.

»Die besten Scharfschützen haben viel mit ihrem Gewehr gemeinsam – sie müssen kalt und hart sein, aber doch voller geballter Kraft«, pflegte er zu sagen.

Der neueste Besucher des Schießplatzes schien in seinen Augen das perfekte Beispiel dafür zu sein.

Der Mann war groß gewachsen und wohlgeformt, trug eine Scharfschützenuniform, Schirmmütze und eine große Sonnenbrille. Zhongs Blick heftete sich wie automatisch an ihn. Mit jedem Schritt schien ihn ein mächtiger Energieschub zu durchfließen.

Genau die Art von Schütze, die Zhong schon immer hatte trainieren wollen. Eine lebende Waffe.

Der Mann sah ihn an, und Zhong fröstelte unwillkürlich. Trotz der dunklen Sonnenbrille schien Eiseskälte in seinem Blick zu liegen.

Der Mann drehte sich um und winkte einem der nahen Aufseher. Der junge Angestellte lief zu ihm. Nach einer kurzen Unterredung rannte er zu Zhong.

»Herr Zhong«, rief er im Näherkommen, »der Kerl da will, dass Sie ihn heute trainieren. Er hat explizit nach Ihnen verlangt.«

Das Herz des Ausbilders schlug wie wild. Ohne einen weiteren Gedanken zu verschwenden, erhob er sich von seinem Schreibtisch und eilte dem Neuankömmling entgegen. Der Mann stand vollkommen reglos da und betrachtete ihn, die Augen hinter der dunklen Brille verborgen, den Mund zu einer schmalen harten Linie verzogen. Zhong wunderte sich darüber, dass ihm solche Aufmerksamkeit zuteilwurde, aber Kunde blieb Kunde.

»Guten Tag, mein Herr«, sagte er.

»Hallo«, gab der Mann zurück. Seiner Stimme nach zu urteilen war er noch recht jung.

»Welche Art von Einweisung brauchen Sie?«

»Ich habe einen Bon für zehn Tontauben gekauft. Ich hätte es gern, wenn Sie mich beim Schießen begleiten würden.«

»Aber sicher. Die Skeet-Halle ist gerade frei. Bitte folgen Sie mir.«

Sie betraten den Übungsraum, der die Ausmaße einer kleinen Turnhalle hatte. Der zuständige Mitarbeiter brachte Zhong Schrotflinte und Munition, zog sich zurück und schloss die Tür hinter sich.

Der Mann warf einen Blick über die eine Schulter, dann

über die andere. Er fing an, Arme, Handgelenke und Finger zu dehnen. Sein Aufwärmprogramm allein reichte aus, um Zhong zu zeigen, dass er es nicht mit einem Anfänger zu tun hatte. Die meisten Leute wollten einfach eine Waffe in die Hand nehmen und losballern.

»Sind Sie bereit?«, fragte Zhong schließlich. Der Mann drehte sich zu ihm, und Zhong reichte ihm die Schrotflinte. »Ich habe die erste Patrone bereits geladen. Bitte gehen Sie vorsichtig mit der Waffe um. Halten Sie den Lauf ausschließlich in Schussrichtung auf den Boden, bevor Sie schießen. Brauchen Sie vor dem ersten Schuss noch weitere Anleitung?«

Der Mann nahm die Waffe mit der Gelassenheit großer Erfahrung entgegen. Seine schwarzen Schutzhandschuhe legten sich um Schaft und Lauf, sein ganzer Körper schien eins mit dem Gewehr zu werden. Zhong klappte die Kinnlade runter. Dieser Mann kannte sich besser mit Feuerwaffen aus als die meisten Polizisten, mit denen er je gearbeitet hatte. Was bezweckte er mit dieser simplen Schießübung?

»Lösen Sie das erste Ziel aus«, sagte er.

Zhong drückte auf einen Knopf, und eine Tontaube schoss aus der Wurfmaschine. Die Scheibe beschrieb vor der dunklen Rückwand der Halle einen Bogen wie ein Glühwürmchen, das durch die Nacht jagte. Am Scheitelpunkt der Flugbahn löste sich ein ohrenbetäubender Schuss aus dem Lauf, und das Ziel zerstob in einer Wolke aus weißen Splittern.

»Wundervoll«, sagte Zhong tief beeindruckt.

Ohne den Kopf zu wenden, reichte ihm der Mann die Schrotflinte. »Laden Sie mir die nächste Patrone«, sagte er sanft. »Und dann das nächste Ziel.«

Kein Freund von Small Talk, dachte Zhong.

Er reichte dem jungen Mann die geladene Schrotflinte. Die Wurfmaschine löste aus, die Waffe brüllte auf, die nächste Staubwolke stand in der Luft.

Der Mann bediente die Waffe wie eine lebende Maschine. Er gab Schuss um Schuss ab, ohne den Blick auch nur eine Sekunde von der Rückwand der Halle zu nehmen. Zhong kam nicht umhin, die Resultate des Mannes zu bestaunen. Er hatte neun von neun Wurfscheiben getroffen.

Eine Tontaube verblieb. Zhong hielt ihr Schicksal für besiegelt. Er löste die Wurfmaschine aus und wartete auf die neuerliche Stichflamme aus dem Gewehrlauf vor der schwarzen Wand.

Aber der Schuss blieb aus. Der Mann betrachtete die Flugbahn der Tonscheibe, bis sie auf dem Boden aufschlug. Dann seufzte er, und seine Körperhaltung entspannte sich merklich.

»Stimmt etwas nicht?«, fragte Zhong verwundert.

Endlich sah ihn der Mann über die Schulter hinweg an. Durch die Brille waren seine Augen nur schemenhaft zu erkennen, schienen aber auf Zhongs Gesicht fixiert zu sein. Einen Moment lang sahen die beiden Männer einander stumm an.

»Das ist meine letzte Patrone«, sagte der Mann gedämpft.

»So ist es«, sagte Zhong und schüttelte enttäuscht den Kopf. »Aber Sie haben die Chance verpasst, sie einzusetzen.«

Der Mann schenkte ihm ein humorloses Lächeln. »Wissen Sie, das Skeetschießen interessiert mich eigentlich gar nicht.«

Der Ausbilder nickte verständnisvoll. »Wir haben auch

noch ein Jagdprogramm in freier Wildbahn. Würden Sie gern mehr darüber erfahren?«

»Auf Tiere schießen?« Der Mann schüttelte den Kopf. »Munitionsverschwendung.«

Zhong wusste nicht recht, was das bedeuten sollte. »Na gut, was würde Sie denn sonst interessieren?«

Der Mann fuhr mit der Hand den Gewehrlauf entlang. »Ein Ziel gibt es, das mich doch interessiert. Für einen echten Schützen stellt nichts eine ähnliche Herausforderung dar. Wenn man den Abzug drückt, kann man seine Angst förmlich schmecken. Seine Verzweiflung. Und vielleicht wehrt es sich sogar, was die Jagd umso erregender macht. Das Wichtigste dabei ist natürlich, einen Grund zu finden, dieses Ziel zu erlegen. Aber ist die Jagd erst einmal eröffnet ... was für ein herrliches Gefühl.«

Zhong starrte den Mann argwöhnisch an.

»Brennt denn dieses Verlangen nicht tief im Herzen eines jeden Meisterschützen? Auf einen lebenden Menschen anzulegen und abzudrücken?«

Zhong versteifte sich und rang sich ein Lächeln ab. »Bitte händigen Sie mir die Schusswaffe aus, mein Herr. Ihre Trainingseinheit ist abgeschlossen.«

»So schnell?«, fragte der Mann und spiegelte Zhongs Lächeln wider. »Aber habe ich nicht noch eine Patrone übrig?«

»Bitte händigen Sie mir die Schusswaffe aus, mein Herr«, wiederholte Zhong. Der Tonfall hatte sich seiner wachsenden Beunruhigung angepasst.

Mit einem Mal wandte der Mann sich um und stand Zhong direkt gegenüber. »Haben Sie schon mal einen Menschen erschossen?«

»Was?« Zhong bemühte sich, seine wachsende Furcht einzudämmen.

»Ich möchte bloß zwei Dinge von Ihnen wissen. Warum Sie diese Menschen getötet und was Sie danach empfunden haben.«

Die Mündung der Schrotflinte zeigte mittlerweile auf Zhongs Eingeweide.

Er beschloss, die Fragen des Mannes wahrheitsgemäß zu beantworten. Einerseits, weil eine Waffe drohte, ihm ein Loch in den Bauch zu reißen, andererseits, weil der Mann seine Würde infrage gestellt hatte. »Ja, ich habe Menschen getötet. Und jeder Einzelne von ihnen war schuldig im Namen des Gesetzes. Was ich vor allem empfunden habe, als ich sie zu Boden gehen sah, war das Gefühl, meine Mission erfüllt und unser Rechtssystem durchgesetzt zu haben.« Der Ausbilder hatte seine Furcht vergessen und stand nun mit stolzgeschwellter Brust da. »Als Scharfschütze für die SEP war es meine Aufgabe, Individuen auszuschalten, die eine große Gefahr für die öffentliche Sicherheit dargestellt haben.«

Der junge Mann schwieg eine Weile.

»Können Sie dafür garantieren, dass jeder, den Sie getötet haben, den Tod auch wirklich verdient hat? Dass Sie Ihre tödliche Autorität niemals missbraucht haben?«

»Ja, das kann ich«, sagte Zhong. »Ich habe Entführer, wahnsinnige Mörder und gefährliche Flüchtige zur Strecke gebracht. Jeder von ihnen hatte Verbrechen begangen, die nur mit der Todesstrafe geahndet werden können.«

Der Blick des jungen Mannes schien noch durchdringender zu werden. »Erinnern Sie sich an einen Mann namens Wen Hongbing? Vor achtzehn Jahren?«

Vor Entsetzen war Zhong einen Augenblick sprachlos. Er dachte sehr genau nach, ehe er antwortete. »Woher kennen Sie diesen Namen?«, fragte er dann.

»Im offiziellen Polizeibericht haben Sie ein Pseudonym benutzt. Weil Sie Angst hatten, jemand könnte herausfinden, was Sie getan haben?«

Zhong schüttelte den Kopf.

»Vor einer Minute klangen Sie noch so stolz, als Sie über all die von Ihnen erschossenen Leute sprachen.«

»Das war etwas anderes«, sagte Zhong und rang um Fassung. Er holte tief Luft und entschied, abermals die Wahrheit zu sagen. »Der Mann hätte nicht sterben sollen.«

»Warum nicht?«

»Unsere Unterhändler hatten die Situation bereits deeskaliert.« Zhongs Blick schien mit der Erinnerung in die Ferne zu wandern.

»Aber Sie haben ihn trotzdem erschossen. Sie haben auf jemanden geschossen, der es nicht verdient hatte, und Sie haben ihn getötet!«

»Ich habe ihn nicht getötet«, sagte Zhong ruhig.

»Was soll das heißen?«

»Ich habe ihn nicht getötet. Hören Sie, all das ist streng geheim. Was interessiert Sie die ganze Sache?«

»Wenn Sie ihn nicht getötet haben, wer dann?« Die Stirn des Mannes war vor Wut zerfurcht.

Zhong starrte wortlos auf die Schrotflinte.

»Wenn jemand anders Wen Hongbing erschossen hat, warum waren Sie dann derjenige, dem man einen Decknamen verpasst hat?« Der Mann hatte seine abgeklärte Haltung aufgegeben und wirkte nun zusehends verzweifelter.

»Wie schon gesagt, die Nummer ist streng geheim.« Zhong holte tief Luft. »Bitte, mein Herr, geben Sie mir die Waffe.«

Der Mann machte einen Schritt auf ihn zu.

Zhong trat einen zurück. »Was wollen Sie?«, fragte er panisch.

Der junge Mann drückte ihm die Mündung der Schrotflinte in den Bauch. »Der eigentliche Schütze war nicht berechtigt, die Waffe abzufeuern, richtig? Er war nicht einmal ein richtiger Polizist. Wenn es diese Tatsache in den Bericht geschafft hätte, wären sowohl Ding Ke als auch der Schütze zur Rechenschaft gezogen worden. Stattdessen hat Ding dem Team erzählt, Sie hätten Wen Hongbing erschossen und Sie nur mit Decknamen im Bericht erwähnt. Ding hat den echten Mörder davonkommen lassen, und Sie haben das nie infrage gestellt!«

Zhong starrte den Mann entsetzt an. Nach so vielen Jahren war er sicher gewesen, dass der Fall für immer beerdigt wäre. »Wer zum Teufel sind Sie?«

»Sagen Sie mir die Wahrheit!«, brüllte der Mann, der die Frage gar nicht gehört zu haben schien. »Ist das wirklich so passiert?«

»Sie kennen die Antwort doch bereits.«

Der Mann erzitterte, als hätte man ihm ein Messer in den Leib gerammt. »Aber warum?«, flüsterte er leise durch zusammengebissene Zähne.

Zhong sah seine Gelegenheit gekommen. Er trat einen Schritt vor, streckte die linke Hand nach dem Gewehrlauf und die rechte nach der Kehle des Mannes aus.

Sein Gegner bewegte sich wie der Blitz. Zhong spürte nur, wie etwas seine Hände beiseite wischte, dann drückte sich ein kalter Gegenstand an seine Schläfe. Ein Gegenstand, mit dem er nur allzu vertraut war.

»Warum hat der Dienstanwärter abgedrückt? Na los!«, brüllte der Mann und drückte ihm die Gewehrmündung noch fester gegen den Schädel. Aus dem Augenwinkel sah Zhong, dass die Adern an seinem Hals hervorstanden und sein Gesicht zu einer wilden Fratze verzerrt war. »Raus damit! Ich habe nicht den ganzen Tag Zeit, auf Ihre Antwort zu warten!«

»Ich weiß es nicht.« Zhongs Herz hämmerte wie ein Kolben. »Ich war nur der Scharfschütze. Ich habe alles von oben mit angesehen. Der Verdächtige ist in seiner Wohnung auf und ab gegangen, damit ich ihn nicht so einfach ins Visier nehmen konnte. Später hat ein Kollege die Wohnung betreten, um mit ihm zu verhandeln. Der Einsatzleiter hat berichtet, alles laufe nach Plan ab. Ich war schon dabei, mich zu fragen, ob es bereits vorüber sei. Und dann fiel plötzlich ein Schuss. Der Unterhändler hat den Verdächtigen erschossen. Ich konnte allerdings nicht sehen, wie es geschah. Sie befanden sich in einem anderen Bereich der Wohnung.«

Zhong stand mit aufgerissenen Augen da; seine Oberlippe zuckte leicht.

»Warum sind diese Einzelheiten nicht im internen Bericht aufgetaucht, der nach dem Ende des Einsatzes verfasst wurde?«

Zhong atmete tief durch. »Bevor es an den Bericht ging, hat der Hauptmann mich beiseitegenommen und mir erklärt, dass der Mann, der abgedrückt hatte, noch in der Ausbildung sei. Er hat gesagt, er wolle dem Rest des Teams sagen, ich sei der Schütze gewesen, dafür aber im Bericht einen Decknamen verwenden. So würde die Abteilung um ein gerichtliches Nachspiel herumkommen, das unausweichlich wäre, wenn herauskäme, dass ein Dienstanwärter einen Verdächtigen erschossen hatte. Zuerst war ich strikt dagegen. Aber dann hat er mir eine Beförderung inklusive ansehnlicher Gehaltserhöhung in Aussicht gestellt. Ich wurde gierig. Also habe ich dem Hauptmann gesagt, dass ich ihn decken würde. Und deshalb habe ich die Schuld auf mich genommen. Mein Name taucht im Bericht zwar nicht auf, aber alle dachten, ich wäre es gewesen.

Ich habe keine Ahnung, was an dem Tag in der Wohnung passiert ist. Das wissen nur der Schütze und der alte Hauptmann. Und Ding hat mir nicht mehr gesagt als das, was ich Ihnen jetzt erzählt habe. Er hat keinen von uns in die Wohnung gelassen.«

Der Mann nickte langsam, die Augen schmale Schlitze. Der Hauptmann hatte die Geschichte direkt vor den Augen seiner Untergebenen vertuscht.

»Aber wie war Ding in der Lage, die Sache so vollkommen zu begraben?«, fragte der Mann schließlich und verstärkte seinen Griff um den Gewehrlauf. »Er war Polizist, kein Gott.«

»Er war außergewöhnlich. Ich weiß nicht genau, wie ich das beschreiben soll. Ich kann nur sagen, dass sein Einfluss in der Abteilung damals schier unermesslich war.«

Der Mann schwieg einen Moment lang.

»Wo ist Ding Ke jetzt?«

»Er ist vor zehn Jahren verschwunden. Eine Art selbstauferlegtes Exil, nehme ich an.«

Der Mann verzog das Gesicht.

»Keine Bewegung, Söhnchen. Immer mit der Ruhe«, sagte eine Stimme in der Nähe.

Beide Männer drehten sich nach der Stimme um. Ein übergewichtiger Mann mittleren Alters im Anzug, der Betreiber der Schießanlage, stand neben dem Eingang der Halle.

Der junge Mann richtete die Schrotflinte auf ihn. »Ich habe kein Problem damit, die hier zu benutzen.«

Die Augen des Betreibers wurden noch größer als der Flintenlauf. Im Nu war er durch die Tür verschwunden.

Wieder sah Zhong eine günstige Gelegenheit. Er griff nach der Waffe, aber sie verschwand, ehe er die Finger um den Lauf schließen konnte. *Der Mistkerl ist einfach zu flink,* dachte er noch. Dann krachte der Gewehrkolben gegen seine Stirn.

*

Der Ausbilder sackte zu Boden. Der Mann mit der Flinte atmete durch und rannte zur Tür. Sie war noch einen Spalt geöffnet, also spähte er hindurch. Man hatte einen Hinterhalt für ihn vorbereitet.

Entlang der linken Wand des Flurs stand der Betreiber mit gleich fünf Sicherheitskräften. Die andere Seite konnte er nicht sehen, aber dort würden kaum weniger Leute stehen. Sie hatten ihn in die Zange genommen.

Höchste Zeit, zu verschwinden.

Er trat die Tür auf und riss die Schrotflinte hoch. Ein ohrenbetäubender Knall, dann explodierte der Kronleuchter unter der Decke in einer Wolke aus Glas. Die Wachleute warfen sich zur Seite, um dem Splitterregen auszuweichen.

Am Pistolenschießstand steckten mehrere Schützen vom plötzlichen Lärm aufgeschreckt die Köpfe aus ihren Kabinen. Binnen Sekunden herrschte ein heilloses Durcheinander aus panischen Gästen und verwirrten Angestellten. Als die Sicherheitsleute wieder auf die Beine kamen, war der Mann verschwunden.

*

Sobald sich der Rauch verzogen und das Chaos ein wenig gelegt hatte, zückte der Betreiber sein Handy und wählte den Notruf. Dann sah er ungläubig, wie drei Polizisten zur Tür hereinkamen, kaum dass er sein Telefon wieder in die Tasche gesteckt hatte.

»Kriminalpolizei«, sagte der Anführer der Gruppe und zog sein Portemonnaie hervor. Die Dienstmarke wies ihn als *Hauptmann Pei Tao* aus.

»Ich habe gerade erst in der Zentrale angerufen«, sagte der Betreiber und betupfte die schweißnasse Stirn mit einem Taschentuch. Sein Mund stand immer noch offen. »Wie zur Hölle sind Sie so schnell hergekommen?«

»Wo ist Zhong Jimin?«, fragte Pei.

Der Betreiber streckte einen feisten Finger in Richtung der Tür zur Halle aus. »Da drin. Das ist alles vor kaum einer Minute passiert – ich hatte nicht mal Zeit, reinzugehen und nach ihm zu gucken. Der Schütze ist gerade erst weg. Wenn Sie sich beeilen, erwischen Sie ihn vielleicht noch!«

Pei schüttelte niedergeschlagen den Kopf. Eumenides hatte es vor ihnen hierher geschafft, er konnte längst überall sein.

Er näherte sich der Tür, auf die der Betreiber gezeigt hatte. Eine Menschentraube hatte sich dort gebildet. Der Boden war übersät mit Glassplittern. Pei schob sich durch die Menge und betrat die große Skeethalle. Zeng und Liu folgten ihm. Ein Mann mittleren Alters lag reglos auf dem Boden, die Augen geschlossen. Mehrere Mitarbeiter standen mit sorgenvollen Mienen um ihn herum, augenscheinlich unsicher, ob sie ihm helfen oder bloß zusehen sollten. Pei erkannte die dunklen, hageren Gesichtszüge von dem Foto auf Eumenides' Computer. Zhong Jimin, der SEP-Scharfschütze.

Als sein Blick auf die Schrotflinte fiel, die neben der Tür auf dem Boden lag, befürchtete er das Schlimmste. Immerhin war nirgendwo Blut zu sehen. Dann bemerkte er, dass sich der Brustkorb des Mannes langsam hob und senkte. Er kniete sich neben Zhong und legte zwei Finger zwischen Oberlippe und Nase. Der Atem schien gleichmäßig zu gehen. Allerdings erblühte auf der Stirn des Mannes gerade ein prächtiger Bluterguss. Eumenides musste ihn mit einem stumpfen Gegenstand niedergeschlagen haben, wahrscheinlich mit dem Gewehrkolben.

»Wie geht es ihm?«, fragte Liu.

»Schwer zu sagen«, sagte Pei. »Gut möglich, dass er eine Gehirnerschütterung hat. Rufen Sie das Hauptquartier an, die sollen sofort einen Krankenwagen herschicken, falls sie das nicht sowieso schon getan haben.«

Pei hievte Zhong in eine sitzende Haltung und drückte mit dem Daumen auf den Druckpunkt am Brustkorb. Schon nach wenigen Sekunden flatterten Zhongs Lider. Er schlug die Augen auf und betrachtete Pei und die umstehende Menschenmenge neugierig.

»Es geht ihm gut!«, sagte der Betreiber erleichtert und rieb sich die Hände. »Zhong geht es gut!«

Pei sah zu seinen beiden Kollegen auf. »Zeng, schnappen

Sie sich den Betreiber und ein paar weitere Zeugen, suchen Sie sich eine ruhige Ecke und finden Sie heraus, was genau hier passiert ist. Liu, bitte bringen Sie sämtliche Zivilisten in den Empfangsbereich.«

Zeng nahm den Betreiber beiseite und winkte die Sicherheitskräfte zu sich, die ringsum verteilt standen. »Kommen Sie bitte alle mal mit«, sagte er und öffnete die Arme. Seine lockere Art bot eine willkommene Abwechslung zu Peis energischem Ernst. Mit neuem Elan zog sich der Betreiber mit Zeng und den Sicherheitsleuten in sein Büro zurück.

Pei widmete sich wieder Zhong. Der Ausbilder befühlte die bunte Delle auf seiner Stirn und schien langsam wieder zu sich zu kommen.

»Haben Sie ihn gesehen?«, fragte Pei.

»Wen?« Zhong schaute ihn verdattert an, als erblicke er ihn zum ersten Mal. »Und wer sind Sie?«

»Kriminalpolizei«, sagte Pei und zeigte ihm die Dienstmarke. »Haben Sie die Person gesehen, die Sie verletzt hat?«

»Der Kerl hat mir mächtig in den Arsch getreten. Wie hätte ich ihn übersehen können?«

»Haben Sie sein Gesicht erkennen können? Gut genug, um uns eine Beschreibung seines Aussehens zu geben?«

»Ach so«, sagte Zhong. »Nicht wirklich. Er trug ein richtiges Schützenoutfit, wie man es auch bei offiziellen Wettkämpfen sieht. Dazu eine Schirmmütze und eine Sonnenbrille, die sein halbes Gesicht verdeckte. Schwer zu sagen, wie er wirklich aussieht.«

Zhong wandte sich ab. Pei verstand seine Scham darüber, keine richtige Beschreibung liefern zu können. Immerhin war der Mann bei der Polizei gewesen.

»Erzählen Sie mir, was passiert ist. Versuchen Sie sich genau an alles zu erinnern. Lassen Sie nichts aus.«

Nachdem er noch eine halbe Minute zu Kräften gekommen war, legte Zhong dar, was in der vergangenen halben Stunde geschehen war, vom Auftauchen des rätselhaften Mannes bis zum Showdown.

Pei dachte nach. »Der Dienstanwärter, der Wen Hongbing erschossen hat. Er hieß *Yuan Zhibang*?«

»Genau«, sagte Zhong und starrte ihn erstaunt an.

»Und niemand sonst wusste, dass Sie nicht der eigentliche Schütze waren, sondern sogar freiwillig die Schuld auf sich genommen haben?«

»Niemand außer Yuan Zhibang und Ding Ke. Sie wissen, wer Ding Ke ist, oder?«

Pei nickte.

»Dings Vorgehen war immer fehlerlos«, sagte Zhong. »Wenn er die Wahrheit über eine Sache vertuschen wollte, die in seinem Zuständigkeitsbereich passiert ist, hätte er kaum einen Finger zu rühren brauchen.«

Nach allem, was Pei mittlerweile über Ding gehört hatte, glaubte er das sofort. Trotzdem legte er die Stirn in noch tiefere Falten. Warum hätte Ding so etwas tun sollen? Alles nur, um einen Ausrutscher unter den Teppich zu kehren? Und warum hatte er vor all den Jahren überhaupt Yuan losgeschickt, um die Situation mit Wen Hongbing und der Bombe zu klären?

*

19 : 23 UHR
KONFERENZRAUM, HAUPTQUARTIER DER
KRIMINALPOLIZEI

Alle schwiegen.

»Wir müssen uns zusammenreißen«, sagte Mu schließlich. »Die Lage ist längst nicht so trostlos, wie es vielleicht scheint. Obwohl wir Eumenides auch diesmal nicht erwischt haben, können wir uns immerhin sicher sein, dass er aus der Nummer ebenso frustriert rausgekommen ist wie wir.«

»Was denkt der sich jetzt?«, fragte Pei energisch. »Das ist die Frage, die wir beantworten müssen, bevor wir irgendwas anderes in Angriff nehmen.«

»Er muss sich ziemlich verloren fühlen«, sagte Mu. »Er hatte anscheinend vor, seinen Vater zu rächen, indem er mehr über die eigene Vergangenheit herausfindet und im Zuge dessen den Mörder seines Vaters aufstöbert. Aber jetzt deutet alles darauf hin, dass der Mann, der seinen Vater umgebracht hat, derselbe war, der den Vater als Mentor ersetzt hat. Diese Wendung ist schon für uns verworren genug. Stellen Sie sich vor, wie hoffnungslos verloren Eumenides sich dabei vorkommen muss. Er muss dieses Rätsel aber lösen, andernfalls ist seine eigene Existenz bedeutungslos. Yuan hat sein Leben geprägt; er war wie ein Stiefvater für ihn und hat den jungen Mann seinen Weg als Mörder einschlagen lassen. Aber jetzt hat ihn dieser Weg vor ein verschlossenes Tor geführt – ein Tor, das er allein öffnen muss.«

»Also wird er jetzt, nachdem er Zhong konfrontiert und die Wahrheit über seinen Mentor herausgefunden hat, alles daransetzen herauszufinden, warum Yuan seinen Vater umgebracht hat?«

»Ganz bestimmt.« Mu nickte. »Er muss es wissen, koste es, was es wolle.«

Pei schnipste mit den Fingern. »Dann ist er jetzt hinter zwei Leuten her: Ding Ke und Chen Tianqiao.«

»Es wird allerdings alles andere als leicht, auch nur einen von beiden zu finden«, sagte Zeng. »Von Ding hat seit zehn Jahren niemand ein Sterbenswörtchen gehört. Und Chens Schuldenberg ist dermaßen gewaltig, dass auch er seine Nase seit Jahren nicht mehr gezeigt hat und wahrscheinlich längst nicht mehr im Land ist. Im Endeffekt haben wir nicht mal eine Ahnung, ob die beiden überhaupt noch leben.«

Pei drehte sich zu ihm. »Ihre Suche hat also bislang nicht viele Früchte getragen?«

»Gar keine, um genau zu sein.« Zeng zuckte mutlos die Schultern. »Ich habe nachgeforscht, seit wir die Akte über die Geiselnahme gefunden haben, und bis jetzt fehlt sowohl von Ding als auch von Chen jede Spur.«

»Nicht nachlassen«, sagte Pei entschlossen. Dann wandte er sich an Yin. »Stellen Sie sich ein Team zusammen und gehen Sie möglichen greifbaren Hinweisen nach, während Zeng sich auf unsere Datenbanken und das Netz konzentriert. Wir müssen diese Männer vor Eumenides finden!«

»Jawohl, Sir!«

Pei wandte seine Aufmerksamkeit wieder der Psychologin zu. »Mu, da ist noch etwas, das Sie mir hoffentlich beantworten können. Sollte Eumenides die Antworten bekommen, nach denen er sucht – was wird das für eine Auswirkung auf ihn haben?«

Mu verschränkte die Finger und tippte sanft mit den

Daumen aneinander. »Das kommt darauf an, was für eine Antwort er sucht.«

»Könnten Sie das präzisieren?«

»Was glauben Sie, nach welcher Antwort er sucht?«, gab Mu die Frage stattdessen an Pei weiter. »Was war Yuans Motivation, Wen Hongbing umzubringen? Das ist die Frage, die es sich zu stellen lohnt. Schließlich haben Huang und Zhong beide zu Protokoll gegeben, dass die Lage in der Wohnung vorher unter Kontrolle war.«

Pei schüttelte den Kopf. »Ich bin mir nicht sicher, was seine Beweggründe angeht. Bei den spärlichen Informationen, die uns vorliegen.«

»Nicht so verkrampft, Pei«, sagte Mu mit dem Anflug eines Lächelns. »Wir alle können nur spekulieren. Auch wenn Sie nur eine Ahnung haben, lassen Sie hören.«

Pei verschränkte die Arme vor der Brust. »Spekulationen bringen uns nicht weiter. Aber gut ... Vielleicht hat Yuan schlicht Mist gebaut. Er war schließlich noch in der Ausbildung. Es war sein erster aktiver Risikoeinsatz. Es wäre also absolut vernünftig anzunehmen, dass er einfach die Nerven verloren hat.« Er kratzte sich das Kinn. »Andererseits ... Nach allem, was wir über Yuan wissen, können wir unmöglich in seinen Kopf schauen. Vielleicht hatte er doch alles unter Kontrolle und hat Wen Hongbing mit voller Absicht erschossen.«

Mus Miene hatte sich während seiner Ausführung zunehmend erhellt. »Alles klar. Versuchen wir, mit der ersten Hypothese zu arbeiten. Falls Wen Hongbings Tod tatsächlich ein Fehler war, wird Eumenides – beziehungsweise Wen Chengyu – erst recht am Boden zerstört sein, wenn er herausfindet, dass sein Mentor seinen Vater aus Versehen getötet hat. Vielleicht wird er Yuan dafür nicht hassen, aber sein Andenken wird trotzdem irreparablen Schaden nehmen. Es wird ihn wahrscheinlich zutiefst erschüttern. Am Ende könnte es sogar dazu führen, dass er das Interesse an der Rolle des Eumenides verliert und lieber versucht, ein ganz normales Leben zu führen.«

»Auch wenn wir seinen Namen jetzt kennen, für mich wird dieses Stück Dreck für immer Eumenides bleiben«, murmelte Yin.

»Und was, wenn es kein Versehen war?«, fragte Pei.

»Sollte sich herausstellen, dass Yuan Wen Hongbing absichtlich umgebracht hat, wird alles ein wenig komplizierter«, sagte Mu bedächtig. »Zunächst wird er, sobald er das erfährt, zweifellos nichts als tiefen Hass für Yuan empfinden. Er wird davon ausgehen, dass Yuans Zuneigung nur vorgespielt war. Wen Chengyu wird sich selbst als Opfer betrachten und Yuan als denjenigen, der sein Leben zerstört hat. Damit einhergehend wird er die Vorstellung verabscheuen, sich jemals ›Eumenides‹ genannt zu haben, da es Yuan war, der diese Figur erfunden hat.«

»Wird er deswegen aufhören, Menschen zu töten?«, fragte Pei mit hörbarer Anspannung. »Das ist doch die eigentliche Frage.«

Mu schüttelte den Kopf. »Kann ich nicht eindeutig beantworten. Die unglaubliche psychische Belastung kann ihn gut und gerne zu zwei Extremen treiben. Vielleicht hat er ein plötzliches reuevolles Einsehen und legt den blutverschmierten Mantel des Eumenides für immer ab. Es gibt aber auch eine andere Möglichkeit. Er mag in seinem mörderischen Verhalten noch derangierter werden. Falls Wen Chengyu den Mord an seinem Vater als ein weiteres Verbrechen ansieht, das ungesühnt geblieben ist, könnte er sich, um sein gebrochenes Herz zu heilen, auch weitere Opfer suchen. Das Morden könnte ihm Trost spenden.«

Pei musterte sie kritisch. »Was genau könnte darüber entscheiden, welchen dieser Wege er einschlägt?«

»Ein entscheidender Faktor ist seine zugrunde liegende Persönlichkeit. Also etwas Angeborenes, das weder kontrolliert noch, da wir ihn kaum kennen, vorhergesagt werden kann. Natürlich dürfen wir aber auch äußere Einflüsse nicht außer Acht lassen. Falls er zum Beispiel einen Freund hat, jemanden, der für ihn da ist, der ihm einen Teil seines Schmerzes und seiner Wut abnehmen kann, erhöht sich die Chance auf ein normales Leben. Falls er auf der anderen Seite alles in sich reinfrisst und gar kein Ventil hat, wird er möglicherweise umso intensiver morden.«

Pei dachte über ihre Worte nach und sah sie ratlos an. »Aber wem sollte er sich anvertrauen können?«

*

21 : 45 UHR
VOR DEM GRÜNER FRÜHLING

In den meisten Nächten nahmen sich die weiße Bluse und der schwarze Rock des Mädchens vor dem Hintergrund der neondurchfluteten Stadt geradezu unscheinbar aus. Heute Abend aber war irgendetwas anders. Sie wirkte weniger schüchtern, ihre Miene versprühte freudige Erwartung. Selbst ihre Augen schienen voller Leben zu sein.

Als der Chefkoch neben sie trat, lehnte sie einmal mehr sein Angebot ab, sie nach Hause zu bringen. Diesmal allerdings entschlossener.

»Von jetzt an kannst du nach der Arbeit einfach nach Hause fahren. Und mach dir keine Sorgen um mich. Ich habe jemanden, der versprochen hat, mich allabendlich heimzubringen.«

Der Koch starrte sie verblüfft an. Neugierig schaute er sich auf dem Parkplatz um, aber wer auch immer sie abholen wollte, schien sich verspätet zu haben. Er versuchte noch mehrfach, sie umzustimmen. Als sie sich weiterhin strikt weigerte, verschwand er schließlich.

»Komm«, sagte das Mädchen und zog an der Leine. Niuniu erhob sich, schüttelte ihr goldenes Fell und führte ihr Frauchen gekonnt die Treppe hinab, ihrem Ziel entgegen.

Kurz darauf hörte das Mädchen vor sich eine höfliche Stimme.

»Bitte folgen Sie mir, Madame. Ihr Freund erwartet Sie bereits.«

Sie erkannte die Stimme wieder; es war der Barista vom Vortag. Sie lächelte dankbar und folgte ihm ins Café.

Sie rückte ihren Stuhl zurecht und ließ sich nieder.
»Warum sitzen Sie gerne an solchen Orten?«

»In Cafés?«, fragte ihr Begleiter.

»In Ecken. Im Restaurant haben Sie auch in der Ecke gesessen.«

Er lachte. »Obwohl Sie nicht sehen können, bekommen Sie mehr mit als die meisten Leute.«

»Was hat so ein Sitzplatz für einen Vorteil?«

»Ruhe und Frieden«, sagte er entspannt.

»Sie schätzen die Verbindung der Huaiyang-Küche mit leichtem Wein. Sie hören gern Violinstücke wie ›Sehnsucht‹ und sitzen gern an Tischen in ruhigen Ecken«, sagte sie fast beiläufig. Plötzlich schien sie ihn direkt anzusehen.

»Sie müssen viele interessante Geschichten zu erzählen haben.«

»Wie kommen Sie darauf?«, fragte der junge Mann.

»Das Gefühl der Ruhe, das Sie so mögen, ist etwas, das man erst wirklich zu schätzen weiß, nachdem man viele Schwierigkeiten durchlebt hat. Menschen mit einem gewöhnlichen Leben sind anders gestrickt. Sie gehen auswärts essen und verlangen nach würzigen, aufregenden Speisen wie jenen der Sichuan-Küche oder lassen ihren Frust in lärmigen Bars ab.«

»Klingt alles einleuchtend«, sagte er sanft. »Aber was macht Sie da so sicher?«

»Dank meiner Blindheit habe ich eine Menge Zeit zum Nachdenken.«

»Stimmt«, sagte er mit hörbarer Neugier. »Ein Leben ohne all die Eindrücke, die die anderen Sinne ablenken – Sie müssen Dinge wahrnehmen können, die anderen Menschen verborgen bleiben.«

Das Mädchen lachte. »Neidisch?«

»Ein bisschen.«

»Ist es nicht eher komisch, dass jemand im Vollbesitz all seiner Sinne neidisch auf das Leben eines blinden Mädchens ist?«

»Ein bisschen«, sagte er abermals.

»Ich glaube, ich weiß, wie Sie sich fühlen«, sagte sie und neigte den Kopf. »Viele Dinge sind von allgemeiner Gültigkeit. Je mehr man von etwas hat, desto mehr sehnt man sich nach dem Gegenteil. Sie sind neidisch auf die andere Welt, in der ich lebe. Aber ich? Sie können sich nicht mal ansatzweise vorstellen, wie sehr ich Ihre Welt begreifen möchte. Wenn ich an Ihre Vorliebe für ruhige Orte denke, kann ich zumindest erahnen, was für ein Leben Sie geführt haben.«

Der Mann schwieg eine Weile. »Ihre Augen. Sind Sie blind zur Welt gekommen?«

Das Mädchen nickte. »Als ich ganz klein war, konnte ich zumindest Umrisse erkennen, aber auch das hat mit dem Alter nachgelassen. Mit zehn war ich vollständig erblindet. Wenn ich versuche, mir ein Bild von dieser Welt zu machen, denke ich an diese Schemen aus meiner Kindheit zurück. Es sind wundervolle Erinnerungen.« Einer ihrer Mundwinkel zuckte leicht. »Aber seitdem ist viel Zeit vergangen, und viele der Erinnerungen sind längst verblasst.«

»Gibt es keine Heilung?«

»Ich habe vor langer Zeit aufgehört, mit Augenärzten zu reden. Selbst wenn ich versuchen sollte, etwas an meinem Zustand zu ändern, es würde nichts bringen.«

»Es gibt seit Kurzem eine Gentherapie, die auch gegen angeborene Blindheit hilft«, sagte er optimistisch. »Sie sollten sich diesbezüglich mal erkundigen.«

»Wirklich? Welches Krankenhaus bietet solche Behandlungen an?«

»In China gar keins. Für so eine Behandlung müssten Sie nach Amerika reisen. Die Prozedur ist hochinnovativ.«

Der Enthusiasmus des Mädchens erkaltete auf der Stelle. »Amerika?« Sie schüttelte den Kopf. »Ich habe in meinem Leben noch nicht mal Chengdu verlassen. Und solch eine Behandlung muss ein Vermögen kosten.«

»Um die Kosten müssen Sie sich keine Sorgen machen«, sagte er lässig. »Die übernehme ich.«

Sie erstarrte. Sie trafen sich gerade zum zweiten Mal, und jetzt bot er an, sie für eine medizinische Behandlung nach

Amerika zu fliegen. War all das ein hinterhältiger Trick? Ein schlechter Scherz? Aber den Eindruck hatte sie nicht. Das Seltsamste an der ganzen Sache war, dass er so aufrichtig wirkte.

»Ich meine es ernst. Ich kümmere mich um alles. Sobald ich die nötigen Vorbereitungen getroffen habe, müssten Sie nur noch nach Amerika fliegen und sich der Behandlung unterziehen.«

»Aber wieso?« Das Mädchen schüttelte völlig verwirrt den Kopf. »Wer zum Teufel sind Sie? Warum interessiere ich Sie überhaupt?«

»Das ist ganz einfach: Ich will Ihnen helfen«, sagte er, noch immer ganz entspannt.

»Wir haben uns gerade erst kennengelernt. Oder? Ich kann mir nicht erklären, warum Sie mir helfen sollten. Ehrlich gesagt, macht mich Ihr Angebot auch nicht froh. Es fühlt sich ... Es fühlt sich an, als wollten Sie mich reinlegen.«

»Sie können von mir halten, was Sie wollen. Ich kümmere mich um alles, und Sie fliegen für die Behandlung nach Amerika. Ganz einfach.«

»Glauben Sie, ich kann mich nicht um mich selbst kümmern? Dass ich hilflos bin, weil ich nichts sehen kann?« Ein Schwall aus Ärger begleitete die Worte und rötete ihre Wangen. »Wenn Sie wirklich so denken, werde ich ganz sicher nichts von Ihrer sogenannten Hilfe annehmen.«

»Nichts davon habe ich gesagt.«

»Dann nennen Sie mir einen guten Grund. Warum wollen Sie mir helfen?«

Sie wartete.

»Weil ich der Einzige bin, der das für Sie tun würde«, sagte er schließlich.

Sie fröstelte. Gleichzeitig schien ihr Körper wie elektrisiert. Sie rutschte unsicher auf dem Stuhl herum.

»Ich will mich um Sie kümmern, damit ich weiter Ihre Musik hören kann«, sagte er. »Ist das nicht Grund genug? Es würde mich auch nicht in finanzielle Schwierigkeiten bringen. Was mich betrifft, helfe ich bloß einer Freundin, die Hilfe braucht.«

»Aber ich kenne Sie gar nicht«, sagte sie etwas sanfter. »Wenn Sie mir helfen wollen, sollten Sie erst einmal damit anfangen, mich Sie kennenlernen zu lassen.«

»Ich wünschte, das ginge. Leider ...« Er machte eine Pause und dachte nach. Als er weitersprach, schwang Bedauern in seiner Stimme mit. »Es gibt ein paar Details über mein Leben, die Sie niemals verstehen würden.«

»Wie meinen Sie das?«

Er antwortete nicht. Sie hörte, wie seine Schuhsohlen über den Boden schleiften, wie sich der Druck seiner Finger um den Stoff des Hemdsärmels verstärkte.

Stille erfüllte die Luft zwischen ihnen. Die Empfindung war so deutlich wie alles andere, was sie wahrnehmen konnte. Die Stille lastete auf ihrer Haut und sickerte durch die Poren.

»Ich möchte nach Hause«, sagte sie streng. Obwohl sie noch immer glaubte, dass sein Hilfsangebot ehrlich gemeint war, spürte sie etwas Neues, Seltsames an ihm. Da gab es etwas, das er vor ihr verbarg. Etwas überaus Ernstzunehmendes. Und doch wollte sie ihm gleichzeitig näher sein.

Wer war er?

»Es wird langsam spät. Ich bringe Sie nach Hause«, sagte er. »Aber ich muss Ihnen noch etwas sagen.«

»Und das wäre?«

Die nächste gespannte Pause.

»Gestern haben wir eine Abmachung getroffen. Ich habe gesagt, ich würde jeden Tag hier im Café auf Sie warten und Sie danach nach Hause bringen.«

»Stimmt.« Sie lächelte in dem Versuch, die unangenehme Stimmung aufzulösen. »Ich würde sagen, wir haben bereits angefangen, diese Abmachung offiziell in die Tat umzusetzen.«

»Ich werde die Abmachung vorerst aussetzen müssen«, sagte er düster. »Es tut mir leid.«

Das Mädchen erstarrte, dann ließ sie den Kopf hängen. »Machen Sie immer derart schnell einen Rückzieher, wenn Sie etwas versprechen?«

»Nein, so ist das nicht. Aber da gibt es etwas, das ich beenden muss, und ich kann Sie erst wiedersehen, wenn ich es beendet habe.«

Das Mädchen überlegte. »Warum haben Sie unser Treffen dann überhaupt arrangiert? Sie hätten sich all das sparen können, bevor Sie mich angesprochen haben.«

»Die Sache hat sich heute erst ergeben. Ich konnte es unmöglich vorhersehen.«

Ihre Enttäuschung war etwas abgeflaut, aber nicht ganz. Sie wagte eine Vermutung. »Müssen Sie die Stadt verlassen?«

»Nein. Ich kann mich nur nicht mit Ihnen treffen.«

»Werden Sie denn meiner Musik noch zuhören können?«

»Nicht, bevor ich das erledigt habe.«

Das Mädchen ließ den Kopf noch tiefer hängen. »Wie lange werden Sie brauchen, um diese Sache zu erledigen?«

»Weiß ich nicht.«

Sie seufzte leise. »Ich muss Ihnen auch etwas sagen.«

»Ja?«

»Ich bin jetzt mehr als mein halbes Leben lang vollkommen blind. Sie können sich vorstellen, wie ich mich danach verzehre, wieder sehen zu können. Eben haben Sie mir gesagt, Sie könnten mir dabei helfen, und dann haben Sie gesagt, Sie könnten unsere gestrige Abmachung doch nicht einhalten. Ehrlich gesagt, wäre es mir lieber, wenn Sie unsere Abmachung höher schätzten als mein Augenlicht. Dann hätte ich wenigstens einen Freund, nicht nur ein leeres Versprechen. Aber ich frage mich, ob Sie das überhaupt verstehen können.«

»Ich verstehe das sehr gut. Ob Sie es glauben oder nicht, wir haben tatsächlich eine Menge gemeinsam.«

»Also überdenken Sie Ihre Entscheidung noch einmal?«

Wieder schwieg er lange. Als er dann sprach, traute sie ihren Ohren kaum.

»Wie ist Ihr Vater gestorben?«

Sie fühlte ihre Kinnlade runterklappen. Aber so unerwartet die Frage kam, so bereitwillig redete sie darüber. »Mein Vater war Polizist.« Der Schmerz in ihrer Stimme war mit Stolz ummantelt. »Bevor er gestorben ist, hat er einen Serienmörder gejagt. Es war ein sehr wichtiger Fall. Aber der Mörder hat ihn zuerst gestellt, es kam zum Kampf, und der Mörder hat ihn überwältigt.«

Sie hörte ihn zischend Luft holen, und obwohl sie ihn nicht sehen konnte, spürte sie seinen starren Blick.

»Wollen Sie seinen Mörder noch immer finden?«

»Natürlich«, antwortete sie ohne jedes Zögern. »Wenn ich ihn finden könnte, würde ich ihm eine Frage stellen: ›Warum haben Sie das getan?‹ Ich glaube nicht, dass er mir antworten würde, aber dabei würde ich es nicht belassen.

Ich würde ihn im Angesicht meiner Wut erzittern lassen. Er ist der einzige Mensch auf der Welt, der bei meinem Vater war, als er starb, also würde ich noch viele Fragen haben. Und sobald ich die Antworten hätte, würde ich ihm die höchstmögliche Strafe auferlegen.«

Die harten Worte des Mädchens bildeten einen scharfen Kontrast zu ihrem zarten Äußeren. Warme Tränen liefen ihre Wangen hinab. Erst als sie versiegten, ergriff der junge Mann erneut das Wort.

»Sie wollen den Mörder Ihres Vaters finden. Und wenn möglich, würden Sie Rache nehmen wollen. Ist das richtig?«

Sie nickte.

»Noch einmal: Es tut mir leid«, sagte er. »Aber ich habe keine Wahl. Es gibt ein paar Dinge, die ich erledigen muss.«

KAPITEL ACHT
KÖDER

1. NOVEMBER, 07:41 UHR
VERHÖRRAUM, HAUPTQUARTIER DER
KRIMINALPOLIZEI

Ein junger Mann saß allein im Zimmer. Seine rechte Hand war mit Handschellen an den Stuhl gekettet.

Er sah aus wie Mitte zwanzig und steckte von Kopf bis Fuß in schicken Designerklamotten, der Reißverschluss seiner Jacke war sorgsam nur bis knapp unterhalb der Brustmuskeln zugezogen. Trotz der Handschellen wirkte er vollkommen entspannt, wie er mit übereinandergeschlagenen Beinen dasaß, einen Arm lässig über die Lehne gelegt.

Er sah eher aus wie jemand, der in einem Café auf die Ankunft seines Dates wartet, als wie ein Verdächtiger in Polizeigewahrsam.

Der Verhörraum war spärlich eingerichtet. Abgesehen von einem weiteren Stuhl gab es nur einen kleinen Holztisch und einen gewaltigen Spiegel, der fast die gesamte Westwand einnahm. Der junge Mann saß mit dem Gesicht in Richtung Spiegel und schien sein Abbild zu bewundern.

Jenseits des Spiegels standen Pei und Zeng, die ihn durch das halb transparente Glas beobachteten.

»Wie haben Sie ihn gefunden?«, fragte Pei.

»Es war nicht einfach«, sagte Zeng. »Ganz im Gegenteil. Am Anfang dachte ich: Um diesen Onlinereporter ausfindig zu machen, müssten wir nur seinen Auftraggeber ausgraben. Ganz schön naiv. Wie sich herausgestellt hat, hat er nämlich keinen – er ist Freelancer. Ich habe die Seite kontaktiert, auf der er das Interview hochgeladen hat, aber die haben sich quergestellt. Anfänglich zumindest. Mit einem weiteren Anruf ist es mir aber gelungen, sie dazu zu bringen, mir den Namen und die Kontonummer rauszurücken, die er bei ihnen hinterlegt hat.«

»Und die Informationen haben sie Ihnen einfach so gegeben?«, fragte Pei.

»Na ja, eventuell habe ich behauptet, bei der Buchhaltung ihres Mutterkonzerns zu arbeiten. Aber jetzt, wenn ich darüber nachdenke«, sagte Zeng und grinste schief, »kann ich mich echt nicht mehr erinnern.«

In jedem anderen Fall hätte Pei ihn dafür zurechtgewiesen, den korrekten Rechtsweg nicht einzuhalten. Aber nicht in diesem.

»Ich habe mir das Konto angeschaut, das sie mir genannt haben. Es stellte sich raus, er hat es mit einem gefälschten Ausweis eröffnet.«

Pei verzog das Gesicht. »Was Ihnen den nötigen Grund geliefert hat, ihn einzukassieren.«

»Er weiß genau, was er da anrichtet. Im Netz nennt er sich Zhen Rufeng. Dieser ›Künstlername‹ steht mit einer ganzen Reihe von geschmacklosen Interviews und Berichten in Zusammenhang, die allesamt gegen Persönlichkeitsrechte verstoßen. Bei solch einem Ruf kein Wunder, dass er unter Pseudonym arbeitet. Tatsächlich haben sogar mehrere diskreditierte Personen bereits versucht, auf ebenfalls illegalem Weg Rache an ihm zu üben. Was erklärt, warum er so schwer aufzustöbern war.«

»Es fällt mir schwer, Mitleid mit ihm zu haben«, sagte Pei.

»Wir haben also angefangen, diverse Onlinekonten zu überwachen, die er regelmäßig benutzt. Um kurz vor vier heute Morgen hat er sich aus einer Sauna in der Innenstadt beim QQ-Messenger eingeloggt. Ich bin sofort mit zwei Kollegen hin und habe ihn hergebracht.«

Pei betrachtete die Spuren auf Zengs Stirn. »Haben Sie ihn angegriffen?«

Zeng kratzte sich verlegen die Schläfe, dann rang er sich ein Lächeln ab. »Wer würde dem Arschloch nicht gern eins aufs Maul geben? Es war aber keine Absicht. Er hat den ersten Treffer gelandet, ich habe nur reagiert. Keine Sorge, obwohl er so groß ist, hatte er keine Chance gegen mich.«

Pei schüttelte den Kopf. »Haben Sie schon eine Hintergrundüberprüfung durchgeführt?«

»Er heißt Du Mingqiang, ist sechsundzwanzig und stammt aus Guizhou. Ich habe ihn gründlich durchgecheckt, allerdings bislang nichts allzu Ungewöhnliches entdeckt. Aber machen Sie sich selbst ein Bild.« Er reichte Pei eine Akte mit den Personalien des Mannes.

»Dann wollen wir mal. Ich nehme ihn mir zuerst vor. Und sagen Sie den anderen, dass wir uns um halb neun im Konferenzraum treffen, um unseren neuesten Plan im Detail zu besprechen.«

»Jawohl, Sir.«

Als Zeng den Verhörraum betrat, war der Reporter äußerst schlechter Laune.

»Mit welchem Recht halten Sie mich hier fest?«, schrie Du. »Wieso haben Sie mich angegriffen? Sie werden meinem Anwalt einiges zu erklären haben!«

»Stillhalten, oder Sie können in einer Zelle weiterbrüllen.«

Zeng drückte ihn unsanft auf den Stuhl zurück. Pei stand im Türrahmen und sah ihn an. Zeng nickte, verließ den Raum und schloss die Tür hinter sich.

Der Raum war klein, kaum sechs Schritte breit und halb so tief. Pei ging langsam auf den Tisch zu, setzte sich aber nicht.

Er sah Du an. Ein attraktiver Mann, keine Frage. Langes, wallendes Haar akzentuierte die kantigen Wangenknochen und die markante Nase. Die wohlgeformten Lippen verzogen sich zu einem stolzen, rebellischen Lächeln.

Dennoch waren es vor allem seine Augen, die Peis Blick fesselten. Seine Iriden waren so dunkel wie seine Pupillen. Die rabenschwarzen Augen starrten ihn unverwandt an.

»Sie heißen Du Mingqiang?«, fragte Pei.

»Ich weiß über die Gesetze Bescheid und kenne meine Rechte. Sie sind verpflichtet, mir Namen und Rang zu nennen.«

»Pei Tao, Hauptmann der Kriminalpolizei dieser Stadt. Wollen Sie meine Dienstmarke sehen?«

Du hatte sich sichtlich versteift. Sein überlegener Blick war großer Ratlosigkeit gewichen. »Sie sind der Leiter der Kripo? Ist Ihnen klar, dass Sie den Falschen erwischt haben?«

Pei legte eine unbeschriftete Mappe auf dem Tisch

ab. Wortlos zog er einen MP3-Spieler aus der Tasche und drückte auf *Play*.

»Ihrer eigenen Aussage nach hat der Mörder das Mädchen gehen lassen, weil Sie sich bereit erklärten, sich selbst die Hand abzuhacken. Sie hatten endlich Mut in sich entdeckt und begriffen, was es bedeutet, als Lehrer Verantwortung zu übernehmen. Stimmt das so?«

Der Hauptmann drückte auf Pause. »Ist das Ihre Stimme?«

Du antwortete nicht. Seine dunklen Augen jagten ziellos durch den Raum.

»Da Sie schon hier sind«, sagte Pei, »müssen Sie sich keine großen Ausreden mehr einfallen lassen.«

»Ich habe keine Ahnung, wovon Sie reden«, sagte Du und hob wie verwirrt die Schultern.

Pei war nicht überzeugt. »Vielleicht hilft der Name ›Zhen Rufeng‹ Ihrem Gedächtnis auf die Sprünge. Wir haben längst all Ihre Nutzerkonten ausfindig gemacht, außerdem das Bankkonto, auf das die Entgelte für Ihre *freiberufliche Tätigkeit* eingehen.« Pei betonte die letzten Worte mit fast greifbarer Verachtung. »Darüber hinaus haben wir in Ihrer Wohnung einen Laptop sichergestellt. Ich bin überzeugt davon, dass wir auf der Festplatte ein paar richtig interessante Dateien finden.«

Dus unschuldige Maske löste sich zusehends auf. Schließlich verzog er das Gesicht. »Na schön. Das war meine Stimme. Ich habe die Aufnahme online gestellt.«

»Gut«, sagte Pei. Er schob den MP3-Player wieder in die Tasche und heftete seinen kalten Blick auf Du.

»Und wenn schon? Ich habe nichts Illegales getan. Aus welchem Grund halten Sie mich fest?«

Pei starrte ihn schweigend an.

Du grinste verächtlich. »Okay, schon klar. Ich bin Ihrer Ermittlung in die Quere gekommen. Ist es das, werter Herr Hauptmann? Dieser Eumenides ist ein gerissener Bastard, nicht wahr? Aber sollten Sie dann nicht all Ihre Energie darauf verwenden, diesen Mörder aufzuspüren, statt Ihren Frust an einem kleinen Fisch wie mir auszulassen?«

Pei spürte Wut in sich aufsteigen, behielt sich aber unter Kontrolle. »Sie brauchen sich nicht noch weiter lächerlich zu machen. Wir haben längst die Wahrheit herausgefunden. Sie haben einen Mann in den Tod getrieben.«

Der kleine Raum schien noch weiter zu schrumpfen. Du entgleisten die Gesichtszüge. Er schüttelte den Kopf und seufzte. »Wu Yinwu hat Selbstmord begangen. Was sollte ich damit zu tun haben? Ich bin bloß Journalist.«

»Ein Journalist?«, fuhr Pei dazwischen. »Haben Sie irgendwelche offiziellen Dokumente, um das zu belegen? Einen Presseausweis beispielsweise?«

Zu Peis Verblüffung wurde Du rot.

»Vielleicht fehlen mir solche Dokumente, aber das wird mich nicht daran hindern, ein guter Journalist zu werden!«, unternahm Du den Versuch, seinen Worten wieder einen stolzen Einschlag zu verleihen. »Anders als diese normalen Reporter habe ich es nicht nötig, mich hinter einem Stück Plastik zu verstecken. Anders als die habe ich tatsächlich Talent und brauche auch keine sogenannten offiziellen Dokumente, um das zu beweisen!«

»In dem Fall hat Ihr Treffen mit Wu unter fragwürdigen und unrechtmäßigen Umständen stattgefunden.«

»Na gut, dann war es eben ein unerlaubtes Interview«, murmelte Du. Sein Gesicht hatte wieder eine gesunde

Farbe angenommen. Er sah Pei an und sagte mit gequälter Stimme: »Warum interessiert sich die Kriminalpolizei dermaßen für so ein unbedeutendes Vergehen? Haben Sie keine größeren Sorgen?«

»Jede illegale Aktivität fällt in unseren Zuständigkeitsbereich. Und Sie wissen genau, dass Sie mehr getan haben, als nur ein unerlaubtes Interview zu führen – Sie haben sich als Polizeibeamter ausgegeben. Abgesehen davon haben wir eine wahre Goldgrube an pornografischen Bildern auf Ihrem Rechner gefunden. Insofern haben wir jedes Recht, Sie so lange festzuhalten, wie es das Gesetz vorsieht.«

Du riss die Augen auf. »Sie wollen mich hierbehalten? Für wie lange?« Seine Unterlippe bebte.

»Wir haben zwar das Recht dazu, werden davon aber vorerst keinen Gebrauch machen. Sie sollten dankbar sein.«

Du sah ihn entgeistert an. »Was haben Sie dann mit mir vor?«

Der Hauptmann schwieg.

»Wir sind doch hier nicht in einem Polizeistaat!«, schrie Du ihn plötzlich an. »Ich kenne meine Rechte! Was immer Sie mir antun, muss im Rahmen der Gesetze stattfinden!«

Pei schnaubte. »Ach, jetzt liegen Ihnen auf einmal unsere Gesetze am Herzen? Warum haben Sie daran nicht gedacht, als Sie zum Krankenhaus gefahren sind, um Wu zu interviewen? Haben Sie auch nur einen Gedanken an die Konsequenzen verschwendet? Ich bin mir sicher, dass Sie keine Ahnung hatten, in was für ein mörderisches Spiel Sie da eingestiegen sind, als Sie Wu Yinwu in den Selbstmord getrieben haben.«

»Wovon reden Sie?«

Pei klappte die Mappe auf, die vor ihm auf dem Tisch lag,

und entnahm ihr einen Umschlag. »Den hier haben wir in Ihrer Wohnung gefunden.«

Du nahm ihn entgegen, wobei er ungelenk an den Handschellen rüttelte. »Das ist die Monatsabrechnung für meine Kreditkarte. Was soll damit sein?«

»Haben Sie den Umschlag geöffnet?«

»Ich schmeiße diese Briefe grundsätzlich ungesehen weg. Ich habe noch nie eine Rechnung zu spät bezahlt.«

»Als wir ihn gefunden haben, war er geöffnet«, sagte Pei und senkte dann absichtlich die Stimme. »Wir wissen auch, wer ihn geöffnet hat, und zwar nicht Sie.«

»Wovon zum Teufel reden Sie?«

»Machen Sie den Umschlag auf und sehen Sie selbst.«

Du langte hinein und zog ein Blatt Papier hervor. Es war ungewöhnlich dünn – eher ein feines Briefpapier als eine maschinelle Rechnung. Er entfaltete das Papier auf dem Tisch, und sehr bald klappte ihm die Kinnlade runter.

TODESANZEIGE

DER ANGEKLAGTE: Zhen Rufeng
VERBRECHEN: Niederträchtige Berichterstattung, durch die ein Mensch in den Selbstmord getrieben wurde
DATUM DER URTEILSVOLLSTRECKUNG: ◾ November
HENKER: Eumenides

Wie Pei bereits wusste, gab es ein Detail, das diese Todesanzeige von allen bisherigen unterschied: Anstelle des Datums prangte dort ein großer Tintenklecks.

Eumenides hätte nicht so leichtsinnig sein sollen, dachte

der Hauptmann. Nachdem der Brief Dus Wohnung erreicht hatte, musste noch etwas passiert sein.

Als Du sich endlich von dem Schock erholt hatte, schüttelte er ungläubig den Kopf. »Was – was zur Hölle hat das zu bedeuten?«

»Sie haben Wu Yinwu interviewt und wissen immer noch nicht, was das hier ist?«

Die Fassungslosigkeit stand ihm ins Gesicht geschrieben. »Eine von Eumenides' Todesanzeigen? Für mich? Warum sollte er *mir* eine zukommen lassen?«

»Sie wissen es also doch«, sagte Pei und nickte. »Gut. Denn das hier ist der eigentliche Grund, weshalb wir Sie hergebracht haben.«

»Verstehe! Hundert Prozent!« Dus Stimme überschlug sich fast. »Das ist ...« Allmählich bekam er sich wieder unter Kontrolle. »Ich weiß gar nicht, was ich sagen soll. Ich habe in meinem ganzen Leben noch nichts Aufregenderes erlebt.«

Pei glaubte, sich verhört zu haben.

Du lachte plötzlich. »Ha! Sie finden das komisch, oder? Dass ich es aufregend finden könnte, solch eine Nachricht zu bekommen? Sie denken, ich sollte mich fürchten.« Du ballte die gefesselte Hand zur Faust, ein Zittern durchlief seinen Körper. »Und ja, ich fürchte mich, aber die Furcht verblasst neben der Aufregung. Jeder andere würde diese Anzeige als Bedrohung auffassen. Für mich aber bedeutet sie etwas völlig anderes.«

»Und das wäre?«

»Der Exklusivbericht des Jahrzehnts!« Ohne die Handschellen wäre er wahrscheinlich glatt vom Stuhl gehüpft. »Es ist mir egal, was Sie über meine Legitimation zu sagen haben – ich bin ein verdammt guter Journalist. Und jetzt habe ich plötzlich eine Hauptrolle in dieser Geschichte bekommen. Mein Traum geht in Erfüllung! Ich werde eine unglaubliche Reportage schreiben, darauf können Sie sich verlassen!«

Pei wohnte dem seltsamen Auftritt mit gebührender Distanz bei. Er wusste nicht recht, ob er Mitleid mit Du empfinden oder den arroganten Reporter ganz einfach auslachen sollte.

»Diese BMW-Fahrerin namens Ye Shaohong; die Restaurantbesitzerin, die mit ihrem Laden in die Luft gesprengt wurde; und die beiden Studenten, die Wu erniedrigt haben. Das sind die Opfer, soweit mir bekannt. Aber es muss noch mehr gegeben haben, richtig?«

Pei schüttelte den Kopf. Du fragte nach vertraulichen Informationen. Er dachte nach. Obwohl er Details aus einer laufenden Ermittlung nicht weitergeben durfte, konnten sie eventuell dabei helfen, Dus Vertrauen zu gewinnen – was der nächste Schritt seines Plans zwingend vorsah.

»Sogar eine ganze Menge«, sagte er also. »Wir haben ihre Namen bisher nicht an die Öffentlichkeit gegeben. Einer von ihnen war Deng Hua.«

Dus Augen wurden noch größer. »Deng Hua? Eumenides hat ›Bürgermeister Deng‹ umgebracht? In der Zeitung hieß es, er sei am Flughafen einem Herzinfarkt erlegen!«

»Glauben Sie alles, was Sie in der Zeitung lesen?«, fragte Pei.

Du grinste. »Natürlich nicht. Die Mainstream-Medien sagen den Menschen nie die Wahrheit. Deshalb braucht die Gesellschaft auch Leute wie mich.«

Pei musste sich Mühe geben, seine Verachtung für Dus

arrogantes Benehmen nicht zu zeigen. »Eumenides hat es fertiggebracht, sowohl unsere Leute als auch Dengs Leibwächter zu überlisten. Und er hat sich davongemacht, bevor wir auch nur Gelegenheit gehabt hätten, ihn zu erwischen.«

Der junge Mann lauschte fasziniert.

»Und einer Sache sollten Sie sich klar sein«, fuhr Pei fort. »Eumenides ist kein Freund leerer Drohungen. Er hat jede einzelne seiner Todesanzeigen vollstreckt.«

»Eine Erfolgsquote von hundert Prozent, was? Das ist ein wichtiges Detail für meinen Bericht«, sagte Du wie zu sich selbst. Sein Blick huschte zur Todesanzeige, dann wieder zu Pei. Sein Gesicht hatte an Farbe verloren. »Aber das heißt ja ...«

Endlich hat er es begriffen, dachte Pei.

Du betrachtete abermals die Todesanzeige. »Was stimmt mit dem Datum nicht?«

»Die Zahl ist verschmiert. Wissen Sie, wie das passiert ist?«, fragte Pei.

Du rümpfte die Nase und beugte sich über das Papier. Plötzlich schnipste er mit den Fingern. »Muss mir aus Versehen passiert sein. Wie gesagt, ich mache diese Briefe nie auf; ich lasse sie einfach rumliegen, bis ich sie irgendwann wegwerfe. Als ich gestern Abend meinen Füller nachfüllte, habe ich einen Umschlag daruntergelegt, damit nichts auf die Tischplatte kommt. Es muss wohl der hier gewesen sein.« Er hielt das Kuvert hoch. Mehrere pechschwarze Tintenkleckse zierten die Rückseite. »Da habe ich wohl ein bisschen rumgesaut.«

»Als wir den Brief gefunden haben, war das Datum bereits verschmiert. Wenn Sie ihn jetzt zum ersten Mal sehen, weiß nur Eumenides, welches Datum dort stand.«

»Können Sie den Brief nicht im Forensiklabor auf, keine Ahnung, den Abdruck der Feder untersuchen oder so?«, fragte Du beinahe flehentlich.

»Da wird wohl jemand langsam verzweifelt, wie?«, sagte Pei. »Unsere Forensiker haben ihn längst überprüft. Anscheinend verfasst Eumenides all seine Todesanzeigen mit einem feinen Haarpinsel. Eine ästhetische Entscheidung möglicherweise. Was aber bedeutet, dass wir unmöglich in Erfahrung bringen können, was er geschrieben hat.«

Du starrte das Papier an und führte es bis dicht vors Gesicht, als wollte er die verschmierte Tintenschicht mit purer Willenskraft durchschauen.

»War der Umschlag offen, als Sie ihn gestern unter das Tintenfass gelegt haben?«, fragte Pei.

Du zögerte, dann schüttete er den Kopf. »Weiß ich nicht mehr. Dieses Detail kam mir gestern noch unwichtig vor.«

Pei starrte ihn kühl an. »Vergessen Sie's. Worüber Sie sich wirklich Gedanken machen sollten, ist, warum Ihr Name auf einer seiner Todesanzeigen gelandet ist.«

Du holte tief Luft und sah die Tischplatte an. »Ich weiß, für was für eine Sorte Mensch Sie mich halten. Ihr Polizeitypen haltet euch alle für den Inbegriff moralischer Integrität, also bin ich in Ihren Augen der schleimige Möchtegernreporter. Aus Ihrer Sicht habe ich es verdient, von Eumenides diesen Brief zu bekommen. Vielleicht habe ich sogar seine Strafe verdient. Aber das ist nicht die wichtigste Frage. Denn die lautet: *Warum bin ich hier?*

Und die Antwort darauf ist ganz einfach: Egal, wie oft Sie behaupten, dass mein Interview Wu Yinwu in den Selbstmord getrieben hat – Sie wissen genau, dass Sie damit vor Gericht nicht durchkommen. Ich weiß, wovon ich rede. Es ist nicht das erste Mal, dass ich mich mit Argumenten aus rechtlichen Schwierigkeiten befreien muss. Sie können mich rechtlich nicht belangen, und gleichzeitig können Sie nicht zulassen, dass mich jemand wie Eumenides einfach so ausradiert. Als Hüter des Gesetzes bleibt Ihnen also gar nichts anderes übrig, als mich zu beschützen. Wie sehr Sie mich auch verachten mögen, das ist und bleibt Ihre Pflicht. Stimmt das so weit?«

»Ja«, sagte Pei. »Sie haben die Lage erfasst.«

»Wie gesagt, ich bin sehr gut in dem, was ich tue. Geheimnisse ausgraben, dahinterkommen, was Menschen wirklich denken, all so was. Hätte ich die gleichen Chancen gehabt wie Sie, wer weiß? Vielleicht hätte ich es auch zum Polizeihauptmann bringen können.« Du kicherte. »Aber mein Leben hat eine andere Richtung eingeschlagen und mir nur eine Option gelassen. Ein großartiger Journalist zu werden.«

»Sie dürfen glauben, was immer Sie wollen.«

»Sie verstehen mich nicht, genauso wenig wie Ihre Kollegen. Aber das ist mir egal. Genies wird zu Lebzeiten nur selten der gebührende Respekt zuteil.«

Pei gewöhnte sich langsam an Dus narzisstische Art, aber wie er den jungen Mann so betrachtete, spürte er widersprüchliche Gefühle. Sein Instinkt sagte ihm, mit einem Todgeweihten zu reden.

Du grinste ihn an. »Kein Grund, unsere Zeit weiter mit sinnlosem Geplänkel zu vergeuden. Ich will nur eine Sache wissen: Wie wird die Polizei auf Eumenides' Todesdrohung reagieren?«

»Wir werden Sie beschützen«, sagte Pei streng.

»Natürlich werden Sie mich beschützen. Die Frage ist, *wie*?«

»Wir lassen Sie keine Sekunde aus den Augen.«

»Haben Sie vor, meine Bewegungsfreiheit einzuschränken?«

»Nein. Solange Sie in Sichtweite bleiben, können Sie Ihrem normalen Tagesablauf folgen.«

»So? Ich dachte, Sie würden mich in einem Raum ohne Fenster einsperren. Ein bisschen wie, na ja, wie jetzt gerade.«

»Das wäre durchaus eine Möglichkeit, aber dafür fehlen uns die rechtlichen Mittel.« Pei machte eine Pause und sah zur Spiegelwand hinüber. »Natürlich können wir einen derart effektiven Schutz für Sie arrangieren, wenn Sie dem zustimmen.«

Du kicherte. »Lächerlich. Warum sollten wir die Lösung wählen, bei der wir uns alle schlecht fühlen?«

Pei verzog das Gesicht, was dem Reporter ein noch breiteres Grinsen entlockte. »Wenn Sie meine Bewegungsfreiheit einschränken und mich an einem sicheren Ort verwahren, wird es für Eumenides umso schwerer, mich aufzuspüren, und am Ende muss er glatt aufgeben. Aber das wollen Sie nicht, denn das würde bedeuten, sich diese Gelegenheit, ihn zu schnappen, entgehen zu lassen.

Und was mich angeht – ein wahrer Reporter würde sich niemals vor dem berüchtigtsten Killer der jüngeren Geschichte verstecken. Lassen Sie mir meine Freiheit und sorgen Sie für angemessene Rahmenbedingungen, damit ich mich mit Eumenides treffen kann. So kriegt jeder, was er will.«

»Das heißt, Sie akzeptieren die Bedingungen, die ich Ihnen dargelegt habe?«

Du schüttelte den Kopf. »Wenn Sie das so ausdrücken, klingt es nicht gerade verlockend. Ich finde, ›Kooperation‹

ist eine bessere Bezeichnung für unsere neue Partnerschaft.«

Pei verdrehte die Augen. »Ernsthaft? Das hier ist in Ihren Augen eine Partnerschaft?«

»Genau! Sie wollen mich benutzen, um Eumenides aus der Reserve zu locken, und ich bin willens, dabei mitzumachen. Dieses Arrangement bedeutet für mich allerdings ein großes persönliches Risiko. Also ist es nur fair, dass ich angemessen entschädigt werde.«

»Was wollen Sie?«

»Alles, was Sie über Eumenides wissen.«

»Kommt überhaupt nicht infrage. Sie reden über streng geheime Informationen. Nichts davon darf an die Öffentlichkeit gelangen.«

Obwohl Du von Peis Ablehnung enttäuscht schien, wirkte er keineswegs entmutigt – im Gegenteil, ein drohender Unterton mischte sich in seine Stimme. »Dann kann ich Ihnen nicht versprechen, mich an Ihren Plänen zu orientieren. Vielleicht sollte ich mich verstecken. Oder ich versuche auf eigene Faust, Dreck über Eumenides auszugraben.«

»Das steht Ihnen frei«, gab Pei kalt zurück. »Aber über eine Sache sollten Sie sich im Klaren sein: Wenn Sie der Polizei entwischen, bringen wir nächstes Mal direkt einen Leichensack mit.«

Du erstarrte und sah ihn verdrossen an. »Ich verlange …«

»Ich habe keinerlei Interesse, diese Unterhaltung fortzusetzen«, sagte Pei. »Ich habe Ihnen die Lage erklärt, so gut ich kann. So sieht es aus, und jetzt werde ich eine Gruppe Beamte als Ihre persönliche Eskorte einteilen.«

*

08 : 30 UHR
KONFERENZRAUM, HAUPTQUARTIER DER KRIMINALPOLIZEI

Der Projektor warf ein Foto von Dus Todesanzeige auf die Leinwand. Zeng stakste um den Tisch und sah alle Teammitglieder der Reihe nach an, ehe er zu sprechen begann.

»Gestern Abend bei Sonnenuntergang habe ich eine Onlinesuche gestartet. Heute Morgen um vier Uhr haben wir diesen Mann im Foyer einer Sauna in der Innenstadt ausfindig gemacht. Er heißt Du Mingqiang und stammt aus Guizhou. Im Moment sitzt er nebenan im Verhörraum. Diese Todesanzeige haben wir in seiner Wohnung gefunden.«

»Also hat der Kerl Wu Yinwu interviewt, den Lehrer in den Selbstmord getrieben und dadurch Eumenides' Aufmerksamkeit auf sich gezogen«, sagte Yin.

»Haben Sie sich schon gefragt, wie Eumenides so schnell von dem Interview erfahren konnte?«, fragte Mu.

»Er hat es garantiert im Netz gefunden«, sagte Zeng.

Mu schüttelte den Kopf. »Eumenides ist voll und ganz darauf fokussiert, den Grund für den Tod seines Vaters herauszufinden. Ich bezweifele stark, dass er sich die Zeit genommen hätte, sich um den Zustand von Wu Yinwu zu sorgen. Zumindest nicht derart schnell. Eumenides weiß nur deshalb von der Existenz dieses Reporters, weil Pei ihm gestern Nachmittag im Internetcafé einen Ausschnitt des Interviews vorgespielt hat.«

»Ernsthaft? Pei hat ihm das vorgespielt?« Zeng machte große Augen und wandte sich langsam dem Hauptmann zu. »Sie haben von Anfang an geplant, ihn als Köder zu benutzen!«

Pei nickte sanft. »Es kann nie schaden, sich mehrere Optionen bereitzuhalten. Gestern haben wir den Plan ersonnen, diesen SEP-Beamten als Köder für Eumenides zu benutzen. Aber als ich während unseres Gesprächs den Polygrafen im Kopfhörer entdeckte, kam mir der Verdacht, dass er unseren ursprünglichen Plan vielleicht zu schnell durchschaut.

Also habe ich improvisiert. Ich habe Eumenides einen Ausschnitt aus dem Interview vorgespielt, um ihn gezielt zu provozieren. So haben wir zwar eine Gelegenheit verspielt, aber direkt eine neue gewonnen.«

Liu blinzelte die Leinwand an. »Und was ist mit dem Datum falsch?«

»Eumenides hatte die Todesanzeige im Briefumschlag einer Kreditkartenabrechnung versteckt. Du hat darauf gestern Abend aus Versehen Tinte verschüttet, die leider das Datum unkenntlich gemacht hat.«

»Heute ist der erste November«, sagte Liu. »Heißt also, dass Eumenides irgendwann diesen Monat zuschlagen wird? Ihm eine Falle zu stellen, wird schon schwer genug. Aber sie für einen ganzen Monat aufrechterhalten?«

Alle Anwesenden hatten beim Einsatz am Bürgerplatz teilgenommen – jenem fehlgeschlagenen Versuch, die Geschäftsfrau Ye Shaohong zu beschützen. Ihnen war schmerzlich bewusst, wie viele Leute und wie viel Kraft es kosten würde, den Mörder zu stellen. Die Aussicht, solchen Aufwand über einen ganzen Monat aufrechtzuerhalten, war beinahe unvorstellbar.

»Wir können dieser Angelegenheit nicht allzu viel Aufmerksamkeit widmen«, sagte Pei. »Uns stehen noch wichtigere Herausforderungen bevor.«

Mu sah ihn an. »Ich glaube nicht, dass das Datum zufällig verschmiert wurde.«

»Wie meinen Sie das?«

»Wir wissen, dass sich diese Todesanzeige im Umschlag einer Kreditkartenabrechnung befand, aber nicht, wann sie dort hineingeschmuggelt wurde. Vielleicht ist die Tinte auf den Umschlag getropft, bevor Eumenides die Anzeige hineingeschoben hat. Vielleicht hat er es bemerkt und das Datum absichtlich verwischt, um es wie einen Zufall aussehen zu lassen.«

Zeng nickte begeistert. »Das ist auf jeden Fall möglich. Warum sollte der Tintenklecks sonst ausgerechnet diese Stelle verdecken?«

Liu grinste böse. »Eumenides will uns das genaue Datum vorenthalten, an dem er diesen Mord plant, will dabei aber nicht das Gesicht verlieren. Dieser gerissene kleine …«

»Ich fürchte, so einfach ist das nicht«, warf Mu ein. »Er hat uns durchschaut.«

»Hä?«

»Eumenides wusste längst, dass wir ihn ködern wollten, also hat er beschlossen, uns mit den eigenen Waffen zu schlagen. Er muss sich nur einen Tag rauspicken, um Du zu töten. Wir müssen den ganzen Monat über wachsam bleiben. Mit solch einem taktischen Vorteil kann er den Rest des Monats auf die Suche nach der Wahrheit über seinen Vater verwenden.«

Liu seufzte. »Da ist was dran. Wir haben uns so sehr auf die Geiselnahme 30/1 konzentriert, dass Eumenides quasi keinen Schritt machen konnte, ohne mit uns zusammenzustoßen. An seiner Stelle würde ich ebenfalls alles dafür tun, unsere Aufmerksamkeit anderweitig zu binden. Dieser miese kleine Du wird uns einen ganzen Monat kosten! Fast möchte ich Eumenides gratulieren, sich das derart schlau ausgedacht zu haben.«

»Was machen wir also als Nächstes?«, fragte Yin den Hauptmann.

»Was immer wir tun, wir dürfen auf keinen Fall dem Weg folgen, den Eumenides für uns vorsieht«, sagte Pei. »Also werden wir unabhängig von Du unseren ursprünglichen Plan auf keinen Fall ändern. Oberste Priorität ist weiterhin, allen Hinweisen zur Geiselnahme vom 30. Januar nachzugehen.

Alles, was wir bis jetzt wissen, läuft darauf hinaus, dass Ding Ke und Chen Tianqiao die einzigen Menschen sind, die Auskunft über Wen Hongbings Tod geben könnten. Wir müssen sie vor Eumenides finden.

Mu und ich werden Ding ausfindig machen, Zeng und Yin suchen nach Chen. Liu, Sie sind für Dus Sicherheit verantwortlich. Stellen Sie ein Team zusammen, teilen Sie Schichten ein und überwachen Sie ihn rund um die Uhr. Es ist mir völlig egal, ob er auf dem Scheißhaus sitzt oder pennt – Sie werden ihn *nicht* aus den Augen lassen.«

»Verstanden«, sagte Liu. »Mein erstes Mal als Babysitter.« Er kicherte leise.

»Moment mal. Wir schränken seine Bewegungsfreiheit nicht ein?«, fragte Mu. »Außerdem hat er gleich gegen mehrere Gesetze verstoßen. Wir hätten jedes Recht, ihn hierzubehalten.«

Pei holte tief Luft. *War klar, dass sie es ist, die das zur Sprache bringt.* »Sie haben recht, Mu. Er hat das Gesetz gebrochen. Hat sich als Polizist ausgegeben und ein unerlaubtes Interview geführt. Er steht direkt mit Wu Yinwus Tod in Zusammenhang. Sobald dieser Fall abgeschlossen ist, habe ich vor, ihn dem nächsten Richter zu übergeben. Jetzt gerade stellt er aber unsere aussichtsreichste Chance dar, Eumenides zu schnappen.«

Er behielt seinen strengen Blick bei. Er konnte es sich nicht erlauben, vor versammelter Mannschaft Schwäche zu zeigen.

»Das gefällt mir nicht«, sagte Mu kopfschüttelnd. »Es ist nicht das erste Mal, dass wir einen menschlichen Köder benutzen. Ich muss Sie sicher nicht daran erinnern, wie erfolgreich die bisherigen Versuche ausgefallen sind.«

Pei musste sich gewaltig zusammenreißen, um nicht mit der Faust auf den Tisch zu schlagen. »Für diese Einsätze war Han verantwortlich. Die Umstände haben sich geändert.«

Mu sah ihre Kollegen an, als wollte sie deren Reaktionen abschätzen und Unterstützer sammeln. Aber Zeng, Yin und Liu schwiegen.

»Sie wissen aber schon, dass Eumenides genau das erreichen will?«, sagte sie. Ihr Gesichtsausdruck zeugte weniger von Missmut als von Sorge. »Wir kennen seine Einstellung. Er hat diejenigen verfolgt, die von Recht und Gesetz nicht zur Verantwortung gezogen wurden. Indem Sie sich weigern, Du vor Gericht zu stellen, spielen Sie Eumenides in die Karten. Begreifen Sie das nicht? Ihre Handlungsweise macht Du für Eumenides erst zu einem legitimen Ziel.«

Pei sah sich um und blickte in erwartungsvolle Gesichter.

»Ich leite diesen Einsatz«, sagte der Hauptmann. »Und wir führen ihn durch, wie ich dargelegt habe.«

Mu musterte ihn mit kalter Professionalität. »Wie wollen wir für Dus Sicherheit garantieren?«, fragte sie und wandte sich an ihren Kollegen. »Liu, ich hege keineswegs Zweifel an Ihren Fähigkeiten. Aber erinnern Sie sich bitte daran, welche Menge an Leuten wir aktiviert hatten, um Ye Shaohong zu beschützen. Das war ein Rieseneinsatz, und trotzdem ist es uns nicht gelungen, ihre Ermordung zu verhindern. Wenn wir Du sogar freien Lauf lassen, wollen Sie mir doch nicht ernsthaft versichern, ihn mit einer Handvoll Kollegen beschützen zu können?«

»Wir können ihn in regelmäßigen Abständen zu Wus Tod befragen und so dafür sorgen, dass er die Stadt nicht verlassen darf«, sagte Pei energisch. »Yin, das ist Ihre Aufgabe. Kümmern Sie sich so bald wie möglich darum.«

»Jawohl, Sir«, sagte Yin.

Mu hingegen war noch immer nicht überzeugt. »Das wird nicht reichen. Unsere beste Chance ist, ihn direkt in der Obhut der Kriminalpolizei zu lassen. Wir müssen ihn wenigstens an einen konkreten Ort bringen und seine Bewegungsfreiheit bis zum Monatsende einschränken.«

Pei dachte nach. »Wir haben kein Recht dazu. Nicht, ohne ihn vorher ordnungsgemäß anzuklagen.«

»Warum sollte das nur unter Zwang funktionieren?«, fragte Mu und rümpfte verständnislos die Nase. »Glauben Sie, Du wäre sich völlig im Unklaren darüber, wie gefährlich die Situation für ihn ist? Wenn ihm sein Leben lieb ist, sollte er doch von selbst alles dafür tun, mit uns zu kooperieren.«

»Sie denken wie ein zurechnungsfähiger Mensch«, sagte Pei. »Was auf Du leider nicht zutrifft. Er kann es nämlich kaum erwarten, Eumenides endlich zu treffen. Er hat sich darauf versteift, eine große Reportage über sein Treffen mit dem Mörder zu schreiben. Er wird niemals freiwillig die Füße still halten, unabhängig davon, wie sehr wir ihn davon zu überzeugen versuchen, dass es die einzig sinnvolle Entscheidung ist.«

Mus Mund stand leicht offen. Ein Mann, der willens war, anderer Leute Leben aufs Spiel zu setzen, um an eine reißerische Story zu kommen – und jetzt war er sogar bereit, sein eigenes Leben dafür wegzuwerfen?

»Ich will mit ihm reden«, sagte sie zu Pei.

Der Hauptmann legte neugierig den Kopf schief. »Selbstverständlich. Sie und Liu können gleich im Anschluss zum Verhörraum gehen. Falls Sie ihn von Ihrem Standpunkt überzeugen können, ändern wir unseren Plan entsprechend ab. Falls nicht, lassen wir ihn laufen. Aber solange wir ihn nicht offiziell festnehmen, können wir ihn nur vierundzwanzig Stunden hierbehalten.«

*

09 : 27 UHR
VERHÖRRAUM

Du Mingqiang mochte zwar Handschellen tragen – seine Vorstellungskraft war dafür umso entfesselter. Er stand kurz vor der größten Herausforderung seines Lebens. Es fühlte sich an, als laufe er auf einem dünnen Trampelpfad eine Klippe entlang; ein einziger Fehltritt konnte den sicheren Tod bedeuten.

Da er von Natur aus abenteuerlustig war, schwelgte er in diesem Gefühl. Je unüberwindbarer das Hindernis, desto größer der Adrenalinrausch.

Die Zeit, sich intellektuell mit seinem neuen Widersacher zu messen, war beinahe gekommen.

Die Tür ging auf und unterbrach seine Gedanken. Zwei Leute betraten den Raum, ein Mann und eine Frau.

»Wann lassen Sie mich gehen?«, beschwerte er sich sofort und rüttelte an den Handschellen. »Ich lasse mich ungern wie ein Verbrecher behandeln.«

»Wir können Sie problemlos gehen lassen. Es gibt allerdings ein paar Aspekte, die Sie begreifen sollten, bevor Sie uns verlassen«, sagte die Frau. Sie setzte sich ihm gegenüber an den Tisch.

»Wer sind Sie?«

»Ich gehöre zur Einsatzgruppe 18/4 und heiße Mu Jianyun.«

»Ich hatte keine Ahnung, dass die Kripo optisch derart viel zu bieten hat«, sagte Du und grinste breit.

»Ich bin Dozentin für Psychologie an der Polizeiakademie der Provinz«, sagte Mu und deutete auf den hartgesottenen Kerl neben ihr. »Und das hier ist Hauptmann Liu Song von der Spezialeinheit der städtischen Polizei.«

Beide hatten sich ihm gegenüber niedergelassen und starrten ihn verächtlich an. »Sie haben ein Recht darauf, Ihre Meinung kundzutun, aber das hier ist weder der richtige Ort noch die richtige Zeit dafür«, fuhr Mu fort.

»Sie sind Psychologiedozentin?«, fragte Du kleinlaut. Er ließ das Wort über seine Zunge rollen. »Das erklärt den stechenden Blick. Angeblich können Leute wie Sie erkennen, was jemand wie ich denkt, wenn sie ihm bloß in die Augen schauen. Sie sind fast so was wie ein Hellseher, stimmt's?« Und damit schloss er die Augen und wiegte den Kopf von einer Seite zur anderen. »Und jetzt? Was denke ich jetzt?«

Mu war einen Moment lang sprachlos. Liu hingegen hatte keinerlei Schwierigkeit, seinen Gefühlen Ausdruck zu verleihen. Er ließ die Fingerknöchel auf die Tischplatte krachen.

»Schluss damit! Wir haben keine Zeit für blöde Witze.«

Du schlug die Augen auf und zwinkerte der Psychologin zu. Im Nu verwandelte sich seine spitzbübische Grimasse zu einer ernsten Miene.

»Sie haben recht. Wir haben keine Zeit für Humor. Aber wir müssen beide etwas zum Gespräch beitragen, verstehen Sie? Wenn Sie mich weiter wie einen Kriminellen behandeln, fehlt uns die nötige Stimmung für eine sinnvolle Diskussion.«

Kurz senkte sich Stille über den Verhörraum. Du spielte mit dem Metall an seinem Handgelenk.

»Worauf warten Sie?«, fragte Mu laut und drehte sich zu dem Einwegspiegel. »Nehmen Sie ihm die Handschellen ab.«

Ein uniformierter Beamter mit großem Schlüsselbund betrat den Raum und schloss die Handschellen auf. Du rieb sich erleichtert die Handgelenke und lehnte sich lässig auf seinem Stuhl zurück. Als sich der Beamte abwandte und wieder zur Tür ging, rief er ihm hinterher. »Und meine Sachen, bitte!«

Mu winkte dem Beamten. »Tun Sie, was er sagt.« Der Mann sah sie verdutzt an, kehrte aber bald darauf mit einer kleinen Plastikbox zurück.

»Somit befinden wir uns auf Augenhöhe«, sagte Mu. Sie sah zu, wie Du seine Habseligkeiten sortierte. »Darf ich davon ausgehen, dass unser Gespräch jetzt ein wenig reibungsloser abläuft?«

Du schaute sie an, verdrehte die Augen und griff nach seinem Handy. »Ja, ich höre. Worüber wollen Sie reden?«

»Eumenides hat Ihnen eine Todesanzeige geschickt. Ist Ihnen klar, was das bedeutet? In welcher Gefahr Sie sich befinden?«

»Natürlich«, sagte Du leise. »Meines Wissens hat er bis jetzt jede seiner Anzeigen vollstreckt.«

»Sie müssen diesen Monat über extrem vorsichtig sein. Seien Sie sicher: Jede Ihrer Bewegungen wird von der Polizei überwacht werden. Ich kann Ihnen nur dringend davon abraten, Ihre Wohnung zu verlassen. Wir könnten alles Nötige arrangieren, damit Sie hier im Hauptquartier bleiben können.«

»Ist das die Ansicht Ihrer Einsatzgruppe?«

Mu nickte.

Du lachte trocken. »Hören Sie, Lady, ihr Leute müsst euch besser absprechen. Als ich vor ein paar Minuten mit Hauptmann Pei gesprochen habe, hat der gesagt, dass ich mich gerne frei bewegen kann.« Er drückte an seinem Telefon herum, aber das Display blieb schwarz. »Kacke. Akku leer.«

»Möchten Sie jemanden anrufen? Sie können meins benutzen«, sagte Mu und zückte ihr Handy. »Wenn wir diesen Monat zusammenarbeiten sollen, können wir uns gleich daran gewöhnen.«

Du nahm ihr Handy ohne ein Wort des Dankes entgegen. »Was dagegen, wenn ich kurz die SIM-Karten tausche? Ich habe die Nummer nur auf meiner Karte.«

Ohne ihre Antwort abzuwarten, entfernte er die Rückseite ihres Gehäuses, nahm den Akku raus, popelte ihre SIM-Karte hervor und steckte seine eigene hinein.

Mu ignorierte sein dreistes Benehmen und kehrte zum Thema zurück. »Mir ist bewusst, dass Sie mit Hauptmann

Pei gesprochen haben. Ich wollte aber wenigstens den Versuch unternehmen, Sie zu überzeugen. Deshalb habe ich darum gebeten, mit Ihnen zu reden.«

Du lehnte sich zurück und sah sie an. »Sie verschwenden Ihre Zeit«, sagte er entschlossen. Ehe Mu den Mund aufmachen konnte, vollführte er eine wegwerfende Handbewegung und wählte eine Nummer auf ihrem Handy.

Als niemand abhob, legte er das Telefon schließlich wieder auf den Tisch. »Immer noch im Bett? Um diese Uhrzeit?«, grummelte er leise.

»Ihre Freundin?«, mutmaßte Mu.

»Jemand, der mich versteht.«

»Es gibt wohl nicht viele Leute, die Sie verstehen, oder?«

»Sie halten mich bestimmt für einen verabscheuungswürdigen Menschen. Und für unmoralisch obendrein.« Erneut öffnete er die Hülle von Mus Handy und griff nach dem Akku.

Mu nickte. »In Anbetracht der mir vorliegenden Tatsachen muss ich Ihnen leider voll und ganz zustimmen.«

Du kicherte. »Sie sind drauf wie die meisten Menschen. Niemand versteht mich.«

Mu schaute ihm in die Augen und senkte die Stimme. »Ich bin nicht wie die meisten Leute. Ich möchte nur begreifen, was in Ihrem Kopf vorgeht, ganz ohne Vorurteile. Meiner Einschätzung nach dreht sich Ihr ganzes Leben um einen Traum. Um ein bestimmtes Ziel, dessen Erreichen Ihnen mehr bedeutet als alles andere. Sie würden alles tun, um diesen Traum Wirklichkeit werden zu lassen.«

Du streckte die Beine aus, als käme er eben erst zu sich. Er wich ihrem Blick aus und nestelte weiter an ihrem Telefon herum. »Sie packen die ganze Nummer falsch an«, sagte er.

»Sie sollten aufhören, in meinen Kopf eindringen zu wollen, um meine Schwachstellen zu finden.«

»Jeder hat eine Schwachstelle«, gab Mu zurück. »Keine Sorge. Auch Sie haben ein paar.«

»Wenn Sie das sagen. Aber wenn Sie meine fänden, würde Ihnen das nichts nützen.«

»Und wieso nicht?«

Du schob ihr das Handy über den Tisch zu und deutete ein Lächeln an. »Ich halte Sie nicht für eine besonders gute Psychologin. Es gibt schließlich mindestens einen Menschen, in dessen Kopf Sie nicht hineinkommen.«

»Und der wäre?«, fragte die Dozentin besonnen.

»Pei Tao.«

Sie musterte ihn ausdruckslos.

»Der Hauptmann wird Ihrem Vorschlag nicht zustimmen«, fuhr er fort. »Mich frei herumlaufen zu lassen und als Köder für Eumenides zu benutzen, steht wohl kaum zur Disposition. Es ist ein zentraler Bestandteil seines Plans. Deshalb ist dieses Gespräch hier reine Zeitverschwendung. Selbst wenn es Ihnen gelingen sollte, mich umzustimmen, haben Sie damit Ihren Dickschädel von Hauptmann noch lange nicht überzeugt.«

Mus Gedanken kreisten auf der Stelle. Er hatte recht; das war offensichtlich. Es war nicht mehr als eine gönnerhafte Geste von Pei gewesen, ihr diese Unterredung zu gestatten.

»Wenn das stimmen würde«, warf Liu dazwischen, »warum hätte Pei uns dann erlauben sollen, überhaupt mit Ihnen zu reden?«

Du zuckte mit den Schultern und lehnte sich zurück. »Weil er wusste, dass Sie mich nicht umstimmen werden. Ich habe bei unserem Gespräch eine Menge über Ihren

Hauptmann gelernt – und er eine Menge über mich. Ich kann es kaum erwarten, Eumenides kennenzulernen, und Pei brennt darauf, mich zu benutzen, um diesen Mörder zu schnappen.«

»Sie haben wohl die Weisheit mit Löffeln gefressen?«, fauchte Liu.

»Sieht so aus, oder?«, sagte Du, stockte dann aber. »Natürlich gibt es da noch etwas, das er erreichen will. Obwohl er es nicht gesagt hat, konnte ich es spüren.«

»Was will er?«, fragte Mu.

»Er will, dass ich durch Eumenides' Hand sterbe«, sagte Du. Seine Miene gab widersprüchliche Gefühle preis – die Augenbrauen verzogen sich vor Furcht, aber er lächelte noch immer.

Liu schüttelte energisch den Kopf. »Das würde Pei niemals wollen.«

»Aber er hat es bereits in die Wege geleitet. Und er ist schließlich der Leiter der Einsatzgruppe oder etwa nicht?«

Mu entschied offenbar plötzlich, sich genug Frust eingefangen zu haben. Sie sprang auf, schnappte sich ihr Telefon und verließ wortlos das Zimmer.

»Sie sind gemeinsam hier aufgetaucht«, sagte Du frostig. »Sollten Sie nicht auch gemeinsam verschwinden?«

Liu hatte kaum eine Handvoll Worte zum Gespräch beigesteuert, sondern sich darauf verlegt, Du verächtlich von der Seite anzustarren und Mu das Reden zu überlassen. »Ich bin für Ihre Sicherheit verantwortlich«, sagte er nun.

»Aha?« Du stand auf und streckte forsch die rechte Hand vor. »Er kann sprechen! Tut mir leid, ich habe Ihren Namen vergessen.«

Liu schüttelte ihm widerstrebend die Hand, so warm und

fest wie ein toter Fisch.«Noch einmal. Liu Song, Spezialeinheit.«

»Ich widere Sie an, stimmt's?«, fragte Du mit einem gehässigen Grinsen. »Das geht vielen Leuten so, aber es ist mir egal. Sie verblassen neben der Anzahl derjenigen, die meine journalistische Arbeit zu schätzen wissen. Und was mich betrifft, ist das alles, was zählt.«

Liu seufzte. »Glauben Sie, das interessiert mich? Ich soll Sie beschützen, nicht Ihre Biografie schreiben.«

»Ich bin auch kein großer Fan von Small Talk, vor allem nicht mit Leuten wie Ihnen. Trotzdem sollten wir vielleicht, wenn wir schon zusammenarbeiten, ein bisschen mehr voneinander wissen.«

»Zusammenarbeiten? Schluss mit dem Mist, Du. Die Situation ist denkbar einfach: Eumenides will Sie umbringen, ich soll ihn davon abhalten. Sie dürfen gleich hier raus, aber dafür brauchen Sie meine Erlaubnis.«

Du hob die Augenbrauen. »Wie ich der Frau schon gesagt habe – sprechen Sie sich besser ab, bevor Sie mir Ihre Bedingungen diktieren wollen. Wenn ich für alles Ihre Erlaubnis brauche, klingt mir das nicht besonders nach Freiheit.«

»Sie können beschließen zu ignorieren, was ich sage«, gab Liu eisig zurück. »Aber über eine Sache sollten Sie sich im Klaren sein, bevor Sie verschwinden. Für mich endet die Sache schlimmstenfalls mit einem fehlgeschlagenen Einsatz. *Für Sie mit dem Tod.*«

Du erstarrte einen Moment lang. Dann schüttelte er resigniert den Kopf. »Schön. Ich werde tun, was Sie sagen.«

»Das wäre hervorragend.«

»Dann verstehen wir uns. Auch wenn ich ein paar Zugeständnisse machen musste, bin ich nicht allzu verstimmt deswegen. Ich werde nicht mal Anzeige erstatten wegen der Blessuren, die mir Ihr Kollege zugefügt hat, oder der Tatsache, dass ihr euch ohne Durchsuchungsbefehl in meiner Wohnung umgeschaut habt. Die besten Geschichten fangen schließlich immer mit einem Konflikt an.« Du stand auf und schlenderte zur Tür. »Ich würde gern nach Hause und etwas Schlaf nachholen. Habe ich Ihre Erlaubnis dafür?«

»Die haben Sie. Ich fahre Sie nach Hause.«

Liu eskortierte Du zum Parkplatz neben dem Hauptquartier, wo sie einen Streifenwagen bestiegen.

»Shengde-Gärten«, sagte Du. Er machte es sich auf dem Beifahrersitz gemütlich und blätterte durch eine Morgenzeitung, die er von der Theke in der Eingangshalle gefischt hatte.

Wortlos steuerte Liu den Wagen in Richtung Straße. Da er wusste, dass alles passieren konnte, wenn Eumenides involviert war, fuhr er äußerst vorsichtig.

»*In den frühen Morgenstunden wurde die Leiche eines jungen Mannes im Fluss Jin entdeckt*«, las Du vor. »*Den gerichtsmedizinischen Untersuchungen zufolge ertrank er. Sein Blut wies einen Alkoholgehalt von 0,44 Promille auf, er war demnach zum Zeitpunkt seines Todes leicht berauscht. Die Polizei geht davon aus, dass der Mann sich dem Fluss näherte, um sich zu erleichtern, ins Wasser fiel und schließlich ertrank. Das Ganze muss sich etwa gegen Mitternacht zugetragen haben.* Der Artikel schließt mit einem freundlichen Hinweis der Polizei, Alkohol verantwortungsvoll zu konsumieren, andernfalls ...« Er stockte. »Andernfalls endet man wohl mit dem Gesicht nach unten im Fluss.«

Liu konzentrierte sich auf die Straße. Der Verkehr war überschaubar, und sie kamen gut voran.

»Was halten Sie von dieser Geschichte, Kommissar Liu?«, fragte Du und faltete die Zeitung auf seinem Schoß.

»Unfälle passieren jeden Tag«, sagte Liu lässig, obwohl sein Interesse geweckt war. »Wenn Sie je im Polizeivollzugsdienst gearbeitet hätten, würden Sie einer solchen Meldung keinen zweiten Blick schenken.«

»Und was, wenn der Unglücksrabe ermordet wurde?«

»Ermordet? Da steht doch, dass er besoffen war, als er in den Fluss gefallen ist.«

»Sie bestätigen, dass er *ge*trunken hatte und *er*trunken ist. Aber gibt es irgendeinen Beweis dafür, dass er ausgerutscht und selbstverschuldet hineingefallen ist? Wenn man ihn trotz Trunkenheit in den Fluss schubst, ist es dann etwa kein Mord? Am Ende lässt die Polizei voreilig einen Mörder vom Haken, indem sie den Fall für beendet erklärt.«

Liu dachte darüber nach. »Selbst wenn sich die Dinge so zugetragen hätten, wie Sie mutmaßen, könnte die Polizei ohne einen Augenzeugen nichts davon beweisen.«

»Wollen Sie damit sagen, die Polizei kann nichts weiter tun?«, fragte Du.

Liu nickte. »Sie wollen mehr über mich und meinen Job erfahren? Na gut. Ich will Ihnen von einem Einsatz erzählen, den unsere SEP letzten Sommer durchführen sollte, nämlich einen verschollenen Forscher in den Bergen jenseits der Stadt aufzuspüren. Wir haben uns in ein entlegenes Tal abgeseilt und drei Tage und Nächte ohne Pause gesucht. Den Mann, nach dem wir suchten, haben wir nie gefunden, dafür aber etwas anderes. Und zwar mehrere stark verweste Leichen. Waren diese Leute allesamt beim Bergsteigen umgekommen, oder hatte sich etwas Finsteres zugetragen? Das habe ich auch meinen damaligen Hauptmann, Xiong Yuan, gefragt. Seine Antwort war frustrierend, aber die unverblümte Wahrheit: *Deswegen sind wir nicht hier, Liu.*«

Liu atmete langsam aus. »Ihre Hypothese könnte natürlich stimmen«, fügte er hinzu. »Aber was dann?«

»Es gibt eine Menge dunkler Ecken in unserer Welt, die das Licht der Gesetzesvollstreckung niemals erreicht«, sagte Du leise. »Ich glaube, in einer Gesellschaft wie der unseren gibt es durchaus einen Platz für jemanden wie Eumenides.«

Liu starrte seinen Beifahrer an. Ein seltsames Funkeln war in dessen Augen getreten. Bewunderte Du den Mörder tatsächlich, obwohl dieser ihn zu seinem nächsten Opfer auserkoren hatte? Er widmete sich wieder der Straße und schüttelte wortlos den Kopf. Noch musste er sich nicht voll und ganz auf diesen Mann konzentrieren.

*

09 : 56 UHR
PEI TAOS BÜRO

Der Hauptmann stand am Fenster und betrachtete den massiven Betonklotz des Gebäudes auf der anderen Straßenseite. Dort war die forensische Abteilung untergebracht, auch wenn es aussah wie alle anderen Gebäude auf dem Gelände des Polizeihauptquartiers. Er war erst seit drei Tagen der neue Leiter der Kriminalpolizei von Chengdu, aber jetzt spürte er, dass ihn der neue Job bereits verändert hatte.

Leise glitt hinter ihm die Tür auf, dann hörte er sanfte Schritte im Zimmer. Er drehte sich um und sah Mu vor seinem Schreibtisch stehen.

»Wie ist es gelaufen?«, fragte er.

»Sie kennen die Antwort auf diese Frage bereits, Hauptmann«, sagte Mu. Sie kochte vor Wut.

»Sie konnten ihn also nicht überzeugen? Tja, dann haben Sie wohl recht. Nichts anderes hatte ich erwartet.«

»Warum haben Sie mich dann meine Zeit verschwenden lassen?«

»Sie wollten mit ihm reden. Ich sah keinen Grund, Ihnen den Versuch zu verbieten.«

»Schluss mit dem Geplänkel. Ich habe eine andere Frage.«

»So? Dann raus damit.«

»Wenn Sie es für möglich gehalten hätten, dass ich Du von meiner Sichtweise überzeuge – wäre mir dann trotzdem ein Gespräch erlaubt worden?«, fragte Mu gespannt.

Pei hatte keine Antwort darauf. Er rang sich ein verzagtes Lächeln ab.

»Für Sie ist Du bloß ein Köder«, fuhr sie fort. »Nicht mehr, nicht weniger. Seine Sicherheit ist Ihnen egal. Sie hoffen sogar, dass Eumenides seine Drohung wahr macht, weil Sie Du für schuldig halten. Sehe ich das richtig?«

Pei wandte den Blick ab. »Ich kann nicht in Abrede stellen, dass mir solche Gedanken gekommen sind, wenn auch eher unbewusst. Vielleicht ist die gegenwärtige Situation mehr oder weniger der Beweis dafür, dass Sie recht haben. Und wenn schon? Das ändert gar nichts.«

»Na, wenigstens sind Sie jetzt ehrlich«, sagte Mu.

»Ich habe keinen Grund, Ihnen etwas vorzumachen, und mir selbst erst recht nicht.«

Mu holte tief Luft. »Ich weiß, wo Eumenides ist«, sagte sie leise.

Pei stieß ein Zischen aus und spannte die Muskeln an. »Wo?«

»Er ist in Ihnen«, antwortete Mu und sah ihm direkt in die Augen.

Der Hauptmann ging zum Fenster zurück. Er starrte die Forensik an, eine Hand zur Faust geballt.

»So ist es schon immer gewesen«, fuhr sie fort. »Immerhin haben Sie sich diese Figur zusammen mit Meng Yun ausgedacht. Auch zwei Jahrzehnte später zwingt Sie diese Rolle noch immer dazu, die bitteren Früchte Ihrer Vergangenheit zu ernten. Und doch können Sie sich der Versuchung nicht entziehen.«

Diese letzte Bemerkung verwirrte ihn. Er dachte an die Nacht zurück, in der er und seine Liebste Meng das Konzept des Eumenides ersonnen hatten. Er hatte geglaubt, lediglich den Protagonisten einer Kurzgeschichte geboren zu haben – aber war die Inspiration vielleicht doch tief aus seinem Inneren gekommen? Er dachte an sein letztes Gespräch mit Yuan Zhibang. Die Worte hatten sich in sein Gedächtnis gebrannt ...

»Du und Meng, ihr habt Eumenides überhaupt erst erfunden. Du bist Eumenides. Sie war Eumenides. In vielen von uns steckt ein Eumenides. Die Menschen brauchen immer einen Eumenides.«

Nach wie vor schlug ihm beim Klang dieser kratzigen Stimme das Herz bis zum Hals, selbst über den dunklen Abgrund der Erinnerung hinweg.

Pei wartete, bis er seinen Atem unter Kontrolle hatte, ehe er sich wieder zu Mu umwandte. Sein Blick war fest entschlossen. »Ich versichere Ihnen, dass ich meine Aufgabe nicht aus dem Auge verlieren werde, sowohl als Polizeihauptmann als auch als Leiter dieser Einsatzgruppe. Was immer passieren mag, ich bin dazu verpflichtet, das Gesetz zu hüten. Sie sollten wissen, dass mein Verlangen danach, unsere Einsatzgruppe ihre Ermittlung abschließen zu sehen, größer ist als jeder emotionale Zwiespalt, den ich möglicherweise mit mir herumtrage.«

»So ist es das Beste für uns alle«, sagte Mu, die seinen ernsten Worten offenbar Glauben schenkte.

Pei war sich trotzdem sicher, dass sie ihn ganz genau beobachten würde. »Also zurück an die Arbeit. Wie machen wir jetzt weiter?«

»Wir versuchen, Ding Kes Aufenthaltsort ausfindig zu machen. Also erst einmal zur Universität von Sichuan. Sein Sohn arbeitet dort.«

Pei ging zum Schreibtisch und nahm einen Ausdruck zur Hand. Es handelte sich um ein Meldeformular der betreffenden Fakultät. Oben rechts prangte das Porträtfoto eines Mannes mittleren Alters. Direkt darunter standen einige Textzeilen:

Ding Zhen
Männlich, geboren am 21.07.1960
Gegenwärtiger Arbeitgeber: *Universität von Sichuan.*
Stellung: *Professor, Prodekan der Fakultät für Umwelttechnik.*

KAPITEL NEUN

WIE DER VATER ...

1. NOVEMBER, 11 : 03 UHR
FAKULTÄT FÜR UMWELTTECHNIK, UNIVERSITÄT VON SICHUAN

Ding Zhens Büro lag im achten Stock der Universität, nicht weit vom Aufzug entfernt. Fast wäre Pei mit Mu im Schlepptau an der unauffälligen Tür vorbeigelaufen. Er klopfte vorsichtig an.

»Herein«, sagte eine sanfte, feminine Stimme.

Pei und Mu traten ein. An einem kleinen, mit Fachliteratur und losen Papierstapeln überhäuften Eichentisch saß eine Frau Ende zwanzig. Hinter ihr befand sich eine geschlossene Tür.

»Wir kommen von der Polizei«, sagte Pei und zeigte ihr seinen Dienstausweis. »Wir würden Professor Ding im Rahmen unserer laufenden Ermittlungen gern einige Fragen stellen.«

»Der Herr Professor befindet sich gerade in einem Meeting. Sie werden sich ein wenig gedulden müssen«, sagte sie mit einem höflichen Lächeln. »Ich bin seine Sekretärin Wu Qiong.«

»Wie lange wird es in etwa dauern?«, fragte Mu, die ihren Blick durch den Raum schweifen ließ.

»Schwer zu sagen.« Die Sekretärin wiegte bedauernd den Kopf. »Professor Ding ist ein viel beschäftigter Mann. Die meisten Leute müssen einen Termin vereinbaren, um ihn zu Gesicht zu bekommen. Da es sich aber um eine besondere Situation handelt, bin ich mir sicher, dass er sich in der Mittagspause Zeit für Sie nehmen wird.«

»Das wird ihm hoffentlich keine allzu großen Unannehmlichkeiten bereiten, oder?«

»Bestimmt nicht. Normalerweise lässt er sich einen Imbiss ins Büro liefern. Sie können sich mit ihm unterhalten, während er speist. Solange es Ihnen nichts ausmacht, das Gespräch unter diesen Umständen zu führen, sollte dem nichts im Wege stehen.«

»Ich habe nichts dagegen«, sagte Mu.

»Na schön«, sagte Pei.

Sie warteten geduldig, bis Ding eine halbe Stunde später das Büro betrat.

»Schön, dass Sie wieder da sind, Herr Professor«, flötete Wu. »Sie haben Besuch.«

»Besuch?«, wiederholte der Professor. Er warf einen Seitenblick auf Mu und Pei, die artig auf ihren Plätzen saßen und warteten. Seine Brauen zogen sich vor Missfallen zusammen. »Ich hatte nicht vor, heute jemanden zu empfangen.«

»Sie sind von der Polizei.«

»Ah.« Ding schwieg für einen Moment. Er trug einen maßgeschneiderten Anzug, die Haare lagen zu einem makellosen Seitenscheitel arrangiert.

Pei und Mu erhoben sich gleichzeitig.

»Guten Tag, Herr Professor«, sagte Pei.

Der Professor bedachte sie beide mit einem leuchtend neugierigen Blick. »Polizei, wie?«

»Pei Tao, der neue Hauptmann der Kriminalpolizei«, stellte Mu mit einer kleinen Geste vor. »Und Mu Jianyun, Dozentin an der Polizeiakademie unserer Provinz.«

»Ah«, sagte Ding abermals und schüttelte ihnen die Hände. »Sehr erfreut.«

»Um Vergebung, dass wir unangemeldet auftauchen«, sagte Pei.

»Keine Ursache. Kommen Sie herein und nehmen Sie Platz«, sagte der Professor und öffnete die Tür zu seinem privaten Hinterzimmer.

Es machte einen ebenso akkuraten Eindruck wie sein Besitzer. Die Rückwand war mit gut sortierten Bücherregalen gefüllt, auf dem großen Eichentisch lagen säuberlich sortierte Papierstöße mit Aufsätzen und Semesterarbeiten.

Ding Zhen ließ sich in dem breiten Sessel hinter seinem Schreibtisch nieder. »Möchten Sie sich mir beim Mittagessen anschließen?«, fragte er.

»Nein, vielen Dank«, sagte Pei mit leichtem Spott.

»Das Leben ist kurz, weshalb man seine Zeit so effizient wie möglich planen sollte. Ich muss meine Mittagspause beispielsweise nicht nur mit Essen verbringen – ich kann nebenher Nachrichten hören oder mich einem ungeplanten Gespräch widmen. Also, soll ich für Sie beide mitbestellen?«

Der Professor sprach in einem gebieterischen, pädagogischen Tonfall. *Déformation professionelle*, dachte Pei. Wären sie aus irgendeinem anderen Grund hergekommen, hätte er das Angebot vielleicht angenommen. Nur war Sprechen mit vollem Mund nicht unbedingt förderlich, wollte man eine gewisse Autorität ausstrahlen. »Nein, danke«, wiederholte er. »Wir haben keinen Hunger.«

Ding nickte und griff nach dem Hörer des fest im Schreibtisch verbauten Telefons. »Einmal das Übliche.« Er legte auf und sah Pei an. »Sie suchen nach meinem Vater, nicht wahr?«

Offenbar wollte sich der Professor nicht mit Small Talk aufhalten.

»Das ist das Einzige, was die Polizei je von mir erfahren wollte«, sagte er spöttisch. »Sie beißen bei einer Ihrer Ermittlungen auf Granit, richtig? Sie brauchen seine Hilfe.«

Pei nickte. »So in etwa. Angeblich hat Ihr Vater schon vor langer Zeit die Lust verloren und den Job an den Nagel gehängt. Nur ist dieser Fall wirklich überaus wichtig. Ich hoffe inständig, dass Sie uns helfen können, ihn zu finden.«

»Ein wichtiger Fall?« Ding schenkte ihm ein breites, humorloses Grinsen. »Wenn es nach der Kripo geht, ist jeder Fall ein wichtiger Fall. Das ist mir wohl bewusst. Sobald Sie sich einer neuen Ermittlung widmen, verliert alles andere an Bedeutung, nicht wahr? Sogar die eigene Familie.«

»Sie scheinen unsere Arbeit nicht sonderlich zu schätzen, Professor«, sagte Pei.

Ding musterte ihn ausdruckslos. »Sind Sie verheiratet?«

»Nein.«

»Besser so. Besser, Sie bleiben Ihr Leben lang ledig, als zu einem Ehemann und Vater zu werden, der seine Familie im Stich lässt.«

Pei starrte ihn an und wusste nicht recht, was er darauf erwidern sollte. Neben ihm rümpfte Mu ungehalten die Nase. »Hegen Sie einen Groll gegen Ihren Vater, Professor?

Sind Sie der Meinung, er hätte seine Rolle in Ihrem Leben nicht erfüllt?«

Ding Zhen kniff die Augen zusammen und musterte die Frau, als sehe er sie zum ersten Mal. Mu starrte unverwandt zurück. Die Luft im Büro war zum Schneiden dick.

Es klopfte an der Tür.

Ding starrte die Tür an, dann entspannten sich seine Gesichtszüge. »Herein.«

Seine Sekretärin betrat das Zimmer und stellte eine Pappschachtel auf dem Schreibtisch ab. »Ihr Essen, Herr Professor.«

»Das wäre dann alles, Wu«, sagte er.

Sie ging zurück zur Tür, drehte sich aber noch einmal um und sah Pei und Mu an. »Lassen Sie sich Zeit ...«, sagte sie langmütig.

Ihre vier Worte wirkten wie ein frischer Lufthauch. Als sich die Tür schloss, trug Mu wieder ein entspanntes Lächeln auf den Lippen.

Ding öffnete die Box und zückte die Stäbchen. Er aß hastig, schlang das Essen regelrecht herunter. Sein Verhalten ließ darauf schließen, dass Nahrungsaufnahme für ihn lediglich eine weitere Aufgabe darstellte, die es zu erledigen galt, wie eine Arbeit zu benoten oder ein Regal umzuräumen. Nach einigen großen Bissen schaute er auf und sagte zu Pei: »Worum geht es bei Ihrem Fall genau?«

»Es ist ein Fall von vor achtzehn Jahren, also schon seit Langem abgeschlossen. Ihr Vater war der zuständige Leiter; wir müssen ihm einige Fragen zu bestimmten Details stellen.«

»War eine Geisel im Spiel?«

»Sie wissen von dem Fall?« Peis Überraschung wurde nur noch von seiner Aufregung übertroffen.

»Er ist nie ganz aufgeklärt worden«, sagte Ding. Er verband die Bemerkung mit einem trockenen Kichern.

»Wie meinen Sie das?«

»Mein Vater hat immer hohe Anforderungen an sich selbst gestellt. Er hatte in seinen zwanzig Dienstjahren eine Erfolgsquote von einhundert Prozent bei all seinen Fällen aufzuweisen. Bis auf diesen einen, den er seiner Meinung nach nie zufriedenstellend klären konnte.«

»Wissen Sie über die Einzelheiten des Falls Bescheid?«

»Überhaupt nicht. Ich weiß nur, dass es ein Problem mit einer Geisel gab. Und auch das weiß ich nur, weil genau dieses Problem meinen Vater in den Ruhestand getrieben hat.«

»Wegen dieses Falls hat Ihr Vater den Dienst quittiert?«, fragte Pei und beugte sich vor.

Ding grinste finster. »Was dachten Sie, was der Grund war?«

»Offiziell gesundheitliche Probleme. Überarbeitung.«

»Glauben Sie im Ernst, diesen Mann hätten gesundheitliche Probleme von der Arbeit abhalten können?« Ding schüttelte den Kopf. »Sie verstehen meinen Vater kein bisschen. Er war immer bereit, alles für einen Fall zu opfern. Nichts weniger, als ohnmächtig am Tatort zusammenzuklappen, hätte ihn aufhalten können.«

Pei und Mu wechselten einen vielsagenden Blick.

»Nichts hätte ihn dazu bringen können, einem Fall den Rücken zu kehren«, sagte Ding. »Die einzige Erklärung dafür, dass er den Dienst quittiert hat, ist also, dass er endlich über einen Fall gestolpert ist, den er nicht lösen konnte. Er gehörte nicht zu jener Sorte Mensch, die mit einem Scheitern klarkommen können. Deshalb hat er sich eine Ausrede gesucht, um die Kriminalpolizei zu verlassen, um den makellosen Ruf zu erhalten, den er sich in seinen zwanzig Dienstjahren erarbeitet hatte.«

Pei lauschte gespannt, aber etwas ließ ihm keine Ruhe. »Soweit ich weiß, war diese Geiselnahme eine relativ unkomplizierte Angelegenheit. Der Verdächtige trug einen selbst gebauten Sprengsatz am Leib und hatte einen Mann als Geisel genommen. Am Ende wurde er von der Polizei erschossen. Keiner dieser Punkte steht zur Debatte. Welcher Aspekt dieses Falls sollte für einen Mann wie Ihren Vater nicht zu lösen gewesen sein? Abgesehen davon war dieser Fall längst abgeschlossen und zu den Akten gelegt, als Ihr Vater uns verlassen hat.«

»Wissen Sie es wirklich nicht, oder wollen Sie mich bloß für dumm verkaufen?«, fragte Ding mit vollem Mund.

»Tun Sie mir den Gefallen«, gab Pei zurück.

»Da Sie und Frau Mu mir diese Fragen stellen, hatte ich geglaubt, Sie beide wären mit den fraglichen Details deutlich besser vertraut. Obwohl dieser Fall vordergründig abgeschlossen scheint, kann ich Ihnen versichern, dass er nie zur Gänze aufgeklärt wurde. Die Polizei hat nämlich etwa zwei Monate nach diesem Vorfall einen Anruf bekommen bezüglich der Geisel, die der Verdächtige an dem Tag genommen hatte. Der Anrufer sagte, das Opfer sei von einem Komplizen des Verdächtigen ausgeraubt worden.«

»Sein Komplize?«, sagte Pei. »Wer?«

»Würde irgendwer die Antwort auf diese Frage kennen, hätte mein Vater nicht den Dienst quittiert.«

»Sie wollen also sagen, dass die Identität dieses Komplizen, irgendeines Diebes, nie festgestellt werden konnte? Und dass Ihr Vater deswegen das Handtuch geworfen hat?«

Ding nickte. »Mein Vater ist ein Perfektionist. Er kann

Scheitern nicht akzeptieren. Deshalb hat er, als er sich mit seinem eigenen Scheitern konfrontiert sah, den Schwanz eingezogen und ist davongerannt. Was immer er als offiziellen Grund vorgeschoben hat, vor mir konnte er die Wahrheit nicht verbergen. Ich bin sein Sohn. Niemand kennt ihn besser als ich.«

Pei warf einen Blick auf Dings Mittagessen, das so gut wie vertilgt war. »Was war so kompliziert an dem Fall?«

»Ich bin mir bezüglich der Einzelheiten nicht sicher; es hat mich auch nie sonderlich interessiert. Ich sehe aber noch ganz genau vor mir, wie mein Vater viele Stunden über zwei bestimmte Aktenordner gebeugt verbrachte. Der eine enthielt die abgeschlossene Geiselnahme, der andere die laufende Ermittlung zu dem erwähnten Diebstahl. Nie im Leben habe ich ihn derart angespannt erlebt.«

Pei kratzte sich die Stirn und versuchte, das Gehörte einzuordnen. Dieser alte Fall ging weitaus tiefer, als sie bisher geglaubt hatten. Wen Hongbing war beim Showdown in seiner Wohnung gestorben. Wer also war dieser Komplize, und warum der Diebstahl? Und noch wichtiger, wie war es dieser Person gelungen, Ding Ke in den Ruhestand zu treiben?

»Ich glaube, unsere Unterredung ist damit beendet«, sagte Ding Zhen gelassen und schob sich den letzten Bissen in den Mund.

»Wie bitte?«, fragte Mu.

»Meine Mittagspause ist vorüber. Demnach muss auch unsere Unterhaltung ein ähnliches Schicksal erleiden. Ich muss mich wieder meiner Arbeit widmen.«

Pei schaute auf die Uhr. Es waren kaum zwanzig Minuten vergangen.

»Ich bin fertig, Wu«, sagte Ding in seinen Telefonhörer. »Bringen Sie mir bitte die Unterlagen zur Abwasserentsorgung dieses Pharmakonzerns in Shandong.«

»Professor Ding«, sagte Pei ungehalten, »Sie haben uns immer noch nicht verraten, wo wir Ihren Vater finden können.«

»Er ist seit zehn Jahren verschwunden«, sagte der Professor tonlos. »Ich habe nicht die leiseste Ahnung, wo er steckt.«

»Sie haben keine Möglichkeit, ihn zu kontaktieren?«

»Er ist abgetaucht. Wieso sollte er eine Kontaktmöglichkeit hinterlegen?«

»Warum genau ist er abgetaucht?«, fragte Pei geradeheraus.

»Ich glaube, ich habe all Ihre Fragen beantwortet«, sagte Ding gereizt und tippte sich mit einem Finger an die Stirn. »Bedienen Sie sich der analytischen Fähigkeiten, für die Ihre Abteilung so berühmt ist.«

Wu betrat das Zimmer mit einem Arm voller Unterlagen.

»Ich gebe Ihnen noch eine halbe Minute. Haben Sie noch irgendwelche Fragen?«, sagte Ding und sah seiner Sekretärin dabei zu, wie sie den Stapel auf den Tisch bugsierte.

»Alles in allem haben wir momentan keine weiteren Fragen«, sagte Pei.

Ding nickte zufrieden und widmete sich seiner Arbeit. Als hätte er einen inneren Schalter umgelegt, änderte sich sein Verhalten von einem Augenblick zum anderen. Er schien seine Umgebung nicht mehr wahrzunehmen.

Wu wandte sich an die verdutzten Beamten. »Herr Pei, Frau Mu, bitte kontaktieren Sie mich jederzeit, sollten Sie weitere Fragen haben. Ich werde Ihnen dann einen neuen Termin mit dem Herrn Professor einrichten.«

Ihr Timing war nicht zu überbieten, dachte Pei. Ding Zhen sah nicht noch einmal auf, als der Hauptmann und Mu leise sein Büro verließen.

»Wir werden Sie heute nicht weiter behelligen«, sagte Pei in der Tür. Der Professor reagierte nicht.

»Fanden Sie seine Antworten stichhaltig?«, fragte Pei, sowie sie den Aufzug betreten hatten.

»Welche genau?«, fragte Mu.

»Erstens seine Erklärung, weshalb sein Vater den Polizeidienst quittiert hat. Und zweitens seine Angabe, dass sie seit einem Jahrzehnt keinen Kontakt mehr haben.«

»Ersteres leuchtet ein. Zumindest ist es wesentlich glaubhafter, als dass er aus gesundheitlichen Gründen aufgehört hätte. Ding Ke war damals noch nicht einmal Mitte fünfzig, oder? Er war wohl kaum gebrechlich; er war eine lebende Legende und hat jeden Fall gelöst, der ihm vor die Nase kam. Es muss also einen psychologischen Grund gehabt haben. Die meisten Menschen können sich nicht einmal vorstellen, welche psychische Belastung ein solcher Ruf mit sich bringt. Er muss panische Angst vor dem Scheitern gehabt haben – wenn er also wirklich auf einen Fall gestoßen ist, den er nicht lösen konnte, vor allem nach einer derart langen Karriere, muss der Drang, davor wegzulaufen, gewaltig gewesen sein.«

Pei grunzte zustimmend. »Und der zweite Punkt?«

»Dass die beiden seit zehn Jahren keinen Kontakt mehr haben? Glaube ich kaum. Sollte Ding Zhen die Wahrheit sagen, dann nur, weil das Verhältnis zu seinem Vater schon vorher ein extrem schwieriges war.«

Sie traten aus dem Aufzug in die fast leere Halle und suchten sich eine Sitzecke, um ihre Unterhaltung fortzusetzen.

»Und was, glauben Sie, könnte an ihrem Verhältnis so schwierig gewesen sein?«, fragte Pei.

»Würden Sie mir zustimmen, dass bei einem Polizeibeamten, der seine Arbeit gewissenhaft erledigt – vor allem als Hauptmann bei der Kriminalpolizei –, die familiären Verpflichtungen mehr oder weniger automatisch ins Hintertreffen geraten?«

»Das ist so gut wie unvermeidlich. Als Mitglied der Kriminalpolizei dreht sich das Leben um Verbrechen. Natürlich kann man dementsprechend weniger Zeit mit der Familie verbringen.« Pei dachte an seine eigene Vergangenheit. »Einer der jüngeren Kollegen in Longzhou hat dauernd davon geredet, sich einen anderen Job zu suchen. Seine Freundin konnte die Arbeitsumstände nicht ertragen und hat immer wieder gedroht, ihn zu verlassen.«

»Was für ein Mensch ist Ding Ke?«, fragte Mu tief in Gedanken. »Wie hat er Arbeit und Privatleben ausbalanciert?«

»Gar nicht, die Arbeit wird sein Leben bestimmt haben«, sagte Pei sofort. »Ich erinnere mich an eine Menge Geschichten über die Fälle, die er geknackt hat, als ich noch auf der Akademie war. Nach allem, was man damals gehört hat, war er ein Workaholic, der für einen wichtigen Fall auch tagelang ohne Essen oder Schlaf ausgekommen ist. Einmal musste er zum Beispiel den inneren Zirkel eines Verbrechersyndikats infiltrieren. Um seine neue Identität nicht zu gefährden, hat er über einen Monat lang sämtliche Verbindungen zu seiner Familie abgebrochen. Nicht mal seine Frau wusste, wo er steckte.«

»Dann ist unschwer zu begreifen, wie Ding Zhen sich fühlt. Ding Ke ist vor achtzehn Jahren in den Ruhestand gegangen. Da war sein Sohn schon vierundzwanzig. Der hektischste

Teil seiner Karriere fand also genau während der wichtigsten Jahre in der Entwicklung seines Sohnes statt. Jungen sehnen sich nach Hilfe und Orientierung von ihren Vätern, aber Ding Ke war viel zu tief in seiner Arbeit versunken. Das muss zu Rissen zwischen den beiden geführt haben.«

»Und deshalb haben sie seit zehn Jahren keinen Kontakt mehr?«

»Beziehungen sind vielschichtige Angelegenheiten. Wenn Vater und Sohn einander wie Fremde behandeln, tragen beide Seiten daran eine gewisse Mitschuld.«

»Das dachte ich auch gerade. Als sein Vater verschwunden ist, war Ding Zhen bereits erwachsen. Vielleicht hat er die Initiative ergreifen wollen, ihre Beziehung zu kitten.«

»Ja, und das könnte genau das Problem gewesen sein«, sagte Mu. »Wir haben ja gesehen, wie Ding Zhen seine Arbeit angeht. Er ist genauso ein Workaholic wie sein Vater. Vielleicht ist Familie für ihn nur noch eine schemenhafte Erinnerung. Das würde erklären, warum er so gleichgültig auf unsere Fragen reagiert hat.«

Pei dachte an den Tonfall, in dem Ding Zhen über seinen Vater geredet hatte. Das war mehr als Gleichgültigkeit gewesen; er hatte definitiv auch Verbitterung herausgehört. Sowohl Vater als auch Sohn hatten in ihrer jeweiligen Karriere Großes geleistet, trotzdem hätten sie einander kaum fremder sein können.

»Aber selbst wenn man all das bedenkt, ergeben einige Details dieser Geschichte immer noch keinen Sinn«, fuhr Mu fort. »Ding Ke ist erst von der Bildfläche verschwunden, als er schon viele Jahre im Ruhestand war. Und Menschen neigen dazu, sich mit zunehmendem Alter immer mehr auf die Familie zu stützen. Selbst wenn sich Ding Zhen also nicht die Zeit genommen haben sollte, nach seinem Vater zu suchen, wäre es nur natürlich, dass Ding Ke irgendwann seinerseits Kontakt aufgenommen hat.« Mu machte eine Pause und dachte über die nächsten Schritte nach. »Was, wenn er schon von uns gegangen ist?«

»Unwahrscheinlich«, sagte Pei.

»Was macht Sie da so sicher?«

»Er bezieht noch immer seine Rente.«

»Seine Rente?« Mu starrte ihn mit großen Augen an.

»Er hebt sie von seinem Konto ab«, erklärte Pei. »Vor etwas über zehn Jahren hat das Polizeihauptquartier für jeden Beamten ein eigenes Konto eingerichtet, auf das Gehalt oder Rente eingezahlt werden, je nachdem. Ich habe es überprüft, und irgendwer hat von Ding Kes Konto regelmäßig etwas abgehoben. Das letzte Mal vor zwei Monaten.«

»Warum haben wir ihn dann noch nicht gefunden? Wenn er an Banken oder Geldautomaten was abhebt, können wir doch einfach die Überwachungskameras checken?«

»Die Kollegen in der Zentrale haben genau das versucht, aber ohne Erfolg. Das Geld verschwindet einfach von seinem Konto, und sie wissen nicht, wie.«

»Mit anderen Worten, Ding Ke lebt noch und befindet sich wahrscheinlich sogar hier in Chengdu. Wie kann es sein, dass ihn niemand findet?«

»Ich weiß es nicht. Was ich aber weiß, ist, dass sein Sohn uns bereits verraten hat, warum Ding Ke untergetaucht ist.«

Mu war sich nicht sicher, worauf er anspielte, bis sie an einen der letzten Sätze dachte, die Ding Zhen zu ihnen gesagt hatte.

»*Ich glaube, ich habe all Ihre Fragen beantwortet. Bedienen*

Sie sich der analytischen Fähigkeiten, für die Ihre Abteilung so berühmt ist.«

»Er hing an einem weiteren Fall, nicht wahr?«, sagte sie.

»Genau.«

Mu schüttelte sachte den Kopf. »Okay. Aber aus psychologischer Sicht passt das immer noch nicht ganz zusammen. Nehmen wir an, Ding Ke hat die Polizei wirklich nur verlassen, um seine legendäre hundertprozentige Erfolgsquote nicht zu gefährden. Als er verschwand, war er seit acht Jahren außer Dienst. Selbst mit einem ungelösten Fall – ist sein Ruhm nicht längst unantastbar?«

»Denken Sie nach. Es gab zum Zeitpunkt seines Verschwindens einen besonderen Fall. Sie haben bestimmt davon gehört.«

»Welchen Fall?«, fragte Mu mit ehrlicher Neugier.

»Den Tütenmann-Mord.«

Unwillkürlich stieß die Dozentin ein leises Keuchen aus.

»Also haben Sie tatsächlich davon gehört?«, fragte Pei.

»Natürlich. Jeder Bewohner dieser Stadt hat das.«

»Ich habe damals in der Polizeiwache am Nanming-Berg in Lishui gearbeitet. Sogar dort haben die Leute darüber geredet. Ich kann mir denken, wie grauenhaft die Einzelheiten für die Normalbevölkerung geklungen haben. Sie müssten da doch noch in der Schule gewesen sein, oder?«

»Ja. Letztes Jahr Oberstufe. Ich bin damals immer bis spätabends in der Schule geblieben, um ungestört zu lernen. Nach den Nachrichten über diesen Mord haben meine Eltern darauf bestanden, mich jeden Abend von der Schule abzuholen. Die nächsten Monate über war der Schuleingang gerammelt voll mit Eltern, die ihre Töchter abholen wollten.« Mu fuhr sich mit der Hand durch das nackenlange Haar. »Was mir am deutlichsten im Gedächtnis geblieben ist, ist das Abschneiden meiner Haare. Ich habe sie nie wieder so lang getragen. Und es hat mindestens ein halbes Jahr gedauert, bis ich mich wieder getraut habe, rote Sachen anzuziehen. Dieses Detail war in aller Munde – das Mädchen trug rote Kleidung, als es ermordet wurde. Und der Mörder hat angeblich nach weiteren Mädchen gesucht, die aussahen wie sie.«

»Die ganze Stadt war völlig besessen von dem Fall«, sagte Pei. »Die Bürger von Chengdu haben lautstark verlangt, dass die Polizei den Fall endlich aufklärt, und die Polizei war von all dem Druck mit den Nerven am Ende. Irgendwann sah sie keinen anderen Ausweg, als Ding Ke um Hilfe zu bitten. Und damit haben sie wohl auch einen Teil des Drucks und der Erwartungen auf ihn abgewälzt. Er mag längst im Ruhestand gewesen sein, aber seine Verbindung mit diesem Fall bedeutete, dass das Resultat sehr wohl Auswirkungen auf seinen Ruf haben würde.«

»Deshalb ist er untergetaucht? Aus Scham?« Mu verdrehte enttäuscht die Augen. »Vielleicht ist dieser Ding Ke doch kein so toller Kerl, wie sein Ruf verheißt. Zumindest ist er längst nicht so mutig, wie alle glauben.«

Pei rieb sich den Nasenrücken und stand auf. »Immerhin habe ich ein paar neue Ideen. Zeit, sie auszuprobieren.«

»Inwiefern?«

»Fangen wir ganz einfach an. Ich habe eine Vermutung, was die Beziehung von Ding Ke und seinem Sohn angeht. Darum kümmere ich mich selbst. Bleiben Sie hier, bis ich zurückkomme.«

Mus Unterkiefer zuckte. Pei wartete auf die unausweichliche Zurückweisung seines Vorschlags.

»In Ordnung«, sagte sie.

Mit einiger Verblüffung entfernte sich Pei von der Sitzecke und ging zu der Wand mit dem Gebäudeplan hinüber. Kurz darauf betrat er abermals den Aufzug.

Mu setzte sich auf dem steifen Stuhl bequemer hin. Ihr Blick fiel auf den Zeitschriftenständer neben der Tür. Ding Zhens Gesicht zierte eine der Publikationen. Sie schnappte sich das Heft.

»Was für ein Glücksgriff«, sagte sie leise.

Sie erkannte den Hintergrund auf dem Titelbild – es war Dings Büro. Der Professor trug einen makellosen Maßanzug und saß am selben Tisch, an dem er vor nicht einmal fünfzehn Minuten sein Mittagessen beendet hatte. Sein Blick war direkt in die Kamera gerichtet und versprühte Selbstvertrauen und Autorität.

Die Bildunterschrift lautete: *»Außergewöhnliche Errungenschaften erfordern außergewöhnliche Hingabe – ein Interview mit Professor Ding Zhen, Experte für die Handhabung von Gewässerverschmutzung«*

Mu blätterte zu dem Interview, das zwei Seiten einnahm. Die erste Seite bestand hauptsächlich aus einem Abriss seiner jüngsten akademischen Lorbeeren, während es auf der zweiten um die gesamte Karriere und das Privatleben des Professors ging. Mu konzentrierte sich auf diese zweite Seite.

Professor Ding, glauben Sie, Ihre Persönlichkeit hat einen Einfluss auf Ihre Erfolge gehabt?
Zweifellos. Ich gehöre zum Beispiel nicht zu jenen Leuten, die sich eine Niederlage eingestehen. Worum es auch gehen mag. Ich versuche immer, das bestmögliche Resultat

zu erzielen. Zweifel kann ich nicht ausstehen, und der einzige Weg, Zweifel zu vermeiden, sind perfekte Ergebnisse.

Wie teilen Sie sich die Zeit zwischen Arbeit und Vergnügen ein?
Vergnügen? Danach habe ich kein Verlangen.

Dann arbeiten Sie ununterbrochen? Müssen Sie denn nie eine Pause machen?
Doch, durchaus. Ich esse, ich schlafe, und ich arbeite. All diesen Tätigkeiten kann ich eine gewisse Entspannung abgewinnen. Wenn mich die praktischen Experimente ermüden, lese ich oft mit Freude Fachliteratur. Wenn mich die Fachliteratur ermüdet, organisiere ich eine Sitzung. Aber »Vergnügen«, wie Sie das nennen? Ist pure Zeitverschwendung.

Sie sind gegenwärtig alleinstehend. Haben Sie je mit dem Gedanken gespielt, eine Familie zu gründen?
Ich bin mit meiner aktuellen Arbeitssituation überaus zufrieden. Ich verspüre keinerlei Verlangen, eine Familie zu gründen, bloß um gesellschaftliche Erwartungen zu erfüllen.

Viele Fachleute sind sich einig, dass die Familie einen starken Antrieb für die Karriere liefert. Würden Sie diese Sichtweise kurz kommentieren?
Ein absolut typischer Gedanke von absolut typischen Leuten. Ich weiß aber, dass er auf mich nicht zutrifft. Ich habe keine Zeit, um die Wärme zu genießen, die mir eine hypothetische Familie schenken könnte. Und ich fürchte, würde

ich jetzt eine Familie gründen, sähe ich mich gezwungen, sie zum Wohle meiner Arbeit zu vernachlässigen.

Mu las noch weiter und war zunehmend geschockt, wie emotionslos und geradezu maschinenhaft sich Ding Zhen präsentierte.

Peis Rückkehr unterbrach ihre Lektüre. »Ein Zeitschrifteninterview?«, sagte er, als er das Titelbild erblickte, und bald hatte er sich ebenfalls eine Ausgabe gegriffen. Er blätterte, bis sich ein zufriedenes Lächeln in sein Gesicht stahl. »Sie haben sich nicht von der Stelle gerührt und anscheinend trotzdem eine Menge herausgefunden.«

»Alles, was ich diesem Interview entnehmen konnte, ist, dass der Professor zum Wohle seiner Karriere ein zölibatäres Leben geführt hat«, sagte Mu und zuckte wenig enthusiastisch mit den Schultern. »Ich wette, Sie hatten mehr Erfolg. Lassen Sie hören, Hauptmann.«

Peis Aufmerksamkeit aber galt noch immer dem Interview. Stumm las er weiter, bis er an eine Stelle kam, die ihm wichtig genug schien, um sie laut vorzulesen.

»Ich habe keine Zeit, um die Wärme zu genießen, die mir eine hypothetische Familie schenken könnte. Und ich fürchte, würde ich jetzt eine Familie gründen, sähe ich mich gezwungen, sie zum Wohle meiner Arbeit zu vernachlässigen.

»Eindeutig ein Seitenhieb in Richtung Vater«, sagte Pei.

»Sehe ich ähnlich«, gab Mu zurück.

»Sie kennen aber noch nicht alle Einzelheiten. Ding Kes Arbeitseifer hat ihn und seine Frau immer mehr entzweit. Irgendwann hatte sie eine Affäre, und danach war ihre Ehe endgültig kaputt. Das war vor zwanzig Jahren. Da war Ding Zhen noch ein Teenager.«

»Ach, noch einmal Teenager sein«, sinnierte Mu. »Wenn man alles und gleichzeitig nichts weiß. Die Affäre und die Scheidung müssen einen finsteren Schatten über seine Pubertät geworfen und seinen persönlichen Werdegang massiv beeinflusst haben.«

»Als Außenstehender mag man glauben, dass er seine Gefühle ignoriert, um sich ganz der Arbeit widmen zu können«, sagte Pei. »Ich halte das genaue Gegenteil für wahrscheinlicher – der tiefe Bruch in seiner Gefühlswelt hat den fanatischen Arbeitswillen erst ins Leben gerufen. Und da wir gerade dabei sind ... Was wissen Sie über sein Verhältnis zu Wu Qiong?«

»Gar nichts«, sagte Mu. »Sie offenbar schon?«

»Ich habe ein wenig nachgeforscht. Ein Mann von Ding Zhens Ruf und Erfolg – schlecht aussehen tut er außerdem nicht – muss schließlich einer der begehrtesten Junggesellen der Stadt sein. Angeblich hat eine ganze Reihe von Frauen versucht, ihm den Hof zu machen ... Und Wu Qiong war eine davon. Vielleicht haben Sie es bereits vermutet, aber sie war eine seiner Studentinnen. Viele haben ihm schöne Augen gemacht, und Ding hat sie alle ignoriert. Aber Wu war hartnäckiger als die anderen. Nach der Uni hat sie ein famoses Jobangebot von IBM ausgeschlagen, um als Sekretärin an ihrer Fakultät bleiben zu können. Und warum das? Um in Dings Nähe sein zu können. Er scheint sie aber trotz dieser Geste kaum wahrzunehmen. Sie arbeitet seit über drei Jahren für ihn, und soweit ich das beurteilen kann, ist ihr Verhältnis wirklich rein platonisch.«

Mu empfand schmerzliches Mitleid mit Wu. »Nicht zu fassen, dass sie sich von ihren Gefühlen derart blenden lässt.«

»Vielleicht hat sie geglaubt, das würde sich ändern, sobald sie eng zusammenarbeiten«, mutmaßte Pei. »Aber Ding Zhen ist mehr als nur gefühlskalt. Sein ganzes Leben ist vollkommen spartanisch.«

»Aha? Was haben Sie auf die Schnelle noch herausgefunden?«

»Offenbar bleibt er immer wieder mehrere Wochen am Stück in seinem Büro. Bestellt sich jeden Mittag das gleiche Fast-Food-Gericht. Und er wohnt immer noch in der beengten Belegschaftsunterkunft, welche die Uni zur Verfügung stellt, obwohl er längst mehr als genug verdient hat, um sich eine Villa in der Innenstadt leisten zu können.«

»Der Mann ist ein Rätsel. Aber wie haben Sie all das so schnell in Erfahrung gebracht?« Sie maß ihn mit unverhohlener Neugier.

»Ich hatte eine nette Plauderei mit einer redseligen Dame aus der Personalabteilung«, sagte er und grinste trocken.

Mu grinste schelmisch zurück. »Warum haben Sie mich nicht mitgenommen?«

»Mit einem Fremden zu tratschen ist eine Sache, aber bei zweien fühlt es sich doch mehr wie ein Verhör an. Ich wollte das Gespräch so natürlich wie möglich halten, ungefiltert.«

»Aus Ihnen wäre ein brauchbarer Psychologe geworden«, sagte Mu. »Falls Sie je einen neuen Job suchen sollten ...«

Pei verdrehte ironisch die Augen. »Im nächsten Leben.«

»Na gut, dann haben wir jetzt immerhin einen groben Überblick bezüglich seiner Persönlichkeit. Er ist in sich gekehrt und rein auf die Arbeit fokussiert. Ich fürchte, der Apfel fällt nicht weit vom Stamm. Ist also vielleicht doch nicht besonders weit hergeholt, dass Vater und Sohn seit zehn Jahren nicht mehr miteinander geredet haben. Mit anderen Worten – er hat die Wahrheit gesagt.«

»Ganz meine Meinung.«

»Tja, was jetzt?«

»Wir müssen uns zwei große Ermittlungen vorknöpfen: die Geiselnahme und den berüchtigten Tütenmann-Fall. Um zu verstehen, was mit Ding Ke passiert ist, müssen wir beide bis ins kleinste Detail sezieren.«

KAPITEL ZEHN

DIE VERGANGENHEIT WIEDERERWECKEN

1. NOVEMBER, 15:11 UHR
PEI TAOS BÜRO

Auf dem Schreibtisch lagen zwei Aktenorder. Beide waren dünner, als er erwartet hatte. Hastig schlug der Hauptmann den ersten Ordner auf und überflog das vorderste Dokument.

Interview mit Chen Tianqiao bzgl. des Raubüberfalls

Bitte beschreiben Sie den Tathergang gemäß Ihrer Erinnerung.
Es war Nacht, und ich habe geschlafen, bis mich ein plötzlicher Schmerz aufgeweckt hat. Als ich zu mir kam, habe ich gemerkt, dass meine Hände gefesselt waren und ich mich nicht bewegen konnte. Und meine Augen waren zugeklebt. Dann hat mir jemand ins Ohr geflüstert und verlangt, dass ich ihm den Code für meinen Safe verrate. Ich habe mich geweigert, und er hat ... mich gefoltert. Ich hatte so große Schmerzen, dass ich ihm den Code verra-

ten habe. Dann habe ich gehört, wie er den Safe öffnete. Sobald meine Haustür ins Schloss gefallen ist, habe ich mich gegen die Fesseln gewehrt. Irgendwann konnte ich meine Hände von dem Seil befreien, und dann habe ich sofort die Polizei gerufen.

Was hat diese Person aus Ihrem Safe entwendet?
Alles. Insgesamt 204.000 Yuan.

Konnten Sie einen Blick auf den Einbrecher werfen?
Hören Sie mir überhaupt zu? Er hat mir die Augen zugeklebt.

Inwiefern hat er Sie gefoltert?
Er hat ein feuchtes Tuch über meinen Mund gelegt, sodass ich nicht mehr atmen konnte. Mindestens sieben Male. Vielleicht auch acht. Und bei jedem Mal noch ein bisschen länger als vorher. Und dabei hat er mir gedroht, hat gesagt, wenn ich nicht rede, lässt er mich ersticken.

Können Sie die Stimme dieser Person beschreiben?
Männlich. Ich ... ich weiß nicht, wie ich sie sonst beschreiben soll.

Würden Sie diese Stimme wiedererkennen, falls Sie sie noch einmal hören?
Wahrscheinlich nicht. Er hat nicht so richtig gesprochen, nicht wirklich ... es war eher ein Flüstern. Seine normale Tonlage habe ich nicht vernommen.

Was hat er noch zu Ihnen gesagt, abgesehen von der Forderung nach der Zahlenkombination Ihres Safes?
Er hat gesagt, dass er jemandem hilft, eine Schuld zu begleichen.

Wem wollte er in dieser Form helfen?
Ich glaube, er ist ein Kumpel von Wen Hongbing. Als Wen mich vor zwei Monaten entführt hat, hat er mir 10.000 Yuan abgepresst. Offenbar hat ihm das nicht gereicht, also hat er einen Handlanger geschickt, um noch mehr zu kassieren.

Was glauben Sie, wer diese Person war?
Ich weiß es nicht. Jemand, der mit Wen Hongbing in Verbindung steht.

Das nächste Dokument im Aktenorder war der Bericht, den Chens Frau zu Protokoll gegeben hatte. Die Details beider Berichte waren absolut deckungsgleich.

Pei überflog weitere Notizen und Berichte vom Tatort. Je mehr er las, desto seltsamer erschien ihm der Fall.

Erstens hatte der Eindringling Chens Haus in den frühen Morgenstunden betreten, ohne irgendwelche Spuren an Tür oder Fenstern zu hinterlassen. Allein dadurch fiel er schon in eine andere Kategorie als ein gewöhnlicher Einbrecher. Noch überraschender allerdings war, dass Seil und Paketband, mit denen er sein Opfer gefesselt hatte, sämtlich aus Chens eigenem Haushalt stammten. Der Verdächtige war zweifellos erfahren und wusste genau, was er tun musste, um keine Spuren zu hinterlassen.

Die Forensiker hatten an den Arm- und Beingelenken des Opfers die Abdrücke der angelegten Fesseln bestätigt. Am Rest seines Körpers waren jedoch keinerlei Wunden oder Narben entdeckt worden.

Im Bericht der Spurensicherung war zu lesen, dass sämtliche im Haus sichergestellten Finger- und Fußabdrücke (rings um die Tür, die Fenster und den Safe) von Chen oder seiner Frau stammten. Nicht ein einziger Hinweis auf eine dritte Person.

Kurzum: Am Tatort war nicht der geringste Hinweis zu finden, der geholfen hätte, den Täter zu identifizieren.

Und noch ein Detail stach Pei ins Auge. Aus dem Polizeibericht ging hervor, dass Ding Ke zwar anfänglich die Untersuchung geleitet hatte, dann aber von Huang Jieyuan abgelöst worden war. Was nur bedeuten konnte: Ding hatte den Dienst während dieser laufenden Ermittlung quittiert, und sein Assistent hatte übernommen.

Es klopfte zweimal sachte an der Tür. Mu trat ein, ehe Pei den Mund aufgemacht hatte.

»Wie läuft es?«, fragte sie und kam auf den Schreibtisch zu. »Haben Sie die Unterlagen schon komplett gelesen?«

»Einen Ordner fertig, einen noch vor mir«, sagte Pei und schob den ersten Ordner über den Tisch. Mit der anderen Hand deutete er auf den freien Stuhl. »Der Bericht ist nicht besonders aussagekräftig. Schauen Sie durch, dann vergleichen wir.«

Mu begann zu blättern, während Pei im Kopf das Gelesene durchging.

Ein paar Minuten später legte Mu den Ordner ab und hob den Kopf. »Was halten Sie davon?«

»Ich glaube, dass dieser Überfall direkt mit der Geiselnahme zu tun hat«, sagte Pei geradeheraus. »Er ist unmittelbar mit Wen Hongbing verknüpft, ganz wie Chen Tianqiao vermutet hat.«

»Wie können Sie sich dessen so sicher sein?«

»Wenn wir bei Gewaltverbrechen wie bewaffnetem Raubüberfall oder tätlichem Angriff ermitteln, fragen wir zuallererst die Opfer, wen sie für den Täter halten. Die meisten dieser Verbrechen werden von Leuten verübt, die das Opfer persönlich kennen. Ihre Aussagen liefern uns eine Menge Informationen, an die wir anders kaum gelangen könnten. Missgunst, Neid, all so was.«

Mu nickte. »Was heißt das für uns?«

»Als Ding Ke die Polizei verlassen hat, war er mit zwei verschiedenen Fällen befasst. Der eine war der Einbruch, von dem Sie gerade gelesen haben. Der andere war die Geiselnahme vom 30.1.«

»Was Sie zu der Annahme führt, dass Ding Ke geglaubt hat, die beiden Fälle stünden miteinander in Verbindung.«

»Exakt. Ich sehe keinen Grund, an seiner Einschätzung zu zweifeln.«

»Eine Sache verstehe ich nicht«, sagte Mu. »Wenn das Motiv von Wen Hongbings Komplizen war, Chen Tianqiao aus Rache mehr Geld zu stehlen, dann hätte er das Geld doch der Witwe Zhang Cuiping geben sollen. Die ist aber kurz darauf an einer Krankheit gestorben, und ihren Sohn – Wen Chengyu – hat man ins Waisenhaus gesteckt.«

»Stimmt, das ist in der Tat merkwürdig.« Pei schloss die Augen und dachte nach. »Ich finde, wir sollten dem Arzt, der Zhang Cuiping damals behandelte, einen Besuch abstatten.«

*

Pei und Mu erkundigten sich nach dem Verbleib des Arztes und erfuhren, dass er mittlerweile Leiter der Krebsstation am Volkskrankenhaus war. Der Hauptmann rief dort an, um sich unverzüglich einen Termin geben zu lassen, und keine Stunde später betraten sie das Krankenhaus.

Doktor Chan war ein rundlicher Herr mit flauschig weißem Haar, dessen breites Gesicht einen freundlichen Eindruck erweckte. Pei stellte sie vor und reichte Chan eine Mappe, die Unterlagen und Fotos von Wen Hongbing und dessen Familie enthielt. Chan überflog die Bilder und legte den Finger auf das Bild der Ehefrau.

»Das ist sie. Sie habe ich behandelt.«

Pei stieß den angehaltenen Atem aus. »Gutes Gedächtnis, alle Achtung.«

»Ich kann mich kaum entsinnen, was ich heute Morgen gefrühstückt habe«, sagte Chan und schüttelte bescheiden den Kopf. »Aber diese Frau stach heraus. Ihre Familie hatte gewaltige Probleme; daran erinnere ich mich. Und da war noch etwas. Sie hatte eindeutig genug Geld, hat sich aber trotzdem geweigert, ihre Behandlung weiterzuführen. Eine seltsame Patientin.«

Bei der Erwähnung des Geldes hatte sich ein Funkeln in Mus Blick geschlichen. »Erzählen Sie uns alles, woran Sie sich noch erinnern können.«

»Sie hatte Gebärmutterkrebs. Ist Ihnen diese Sorte Karzinom bekannt? Tatsächlich ist es weniger Furcht einflößend, als es klingt. Früh genug operiert stehen die Chancen auf Genesung sogar sehr gut. Zunächst konnte die Familie das Geld für die Operation nicht aufbringen. Stattdessen haben sie die einfachste Therapie gewählt. Dann entwickelte ihr Ehemann die entsetzliche Idee, jemanden zu entführen, um das nötige Geld für die Operation zu erpressen, aber die Polizei hat ihn erschossen. Unglaublich. Und das war erst der Anfang der familiären Probleme ...«

»Sagten Sie nicht gerade, die Frau hätte eine Menge Geld gehabt?«, hakte Pei nach.

»Ja, aber erst später. Die erste Therapie schlug nicht an, und mit dem Schock durch den Tod ihres Mannes hat sich ihr Zustand immer weiter verschlechtert. Das Zeitfenster für eine erfolgreiche Operation schrumpfte zusehends. Ich weiß noch, dass mir ihr Zustand derart nahegegangen ist, dass ich in vielen Nächten in dieser Phase kaum schlafen konnte. Ich hatte wirklich Mitleid mit ihr und habe ihr versichert, wenn sie nur irgendwie das Geld für die Operation aufbieten könnte, würde ihr das Krankenhaus den niedrigsten Preis berechnen, der möglich wäre. Und eines Tages verkündete sie, das Geld aufgetrieben zu haben und sich der Operation unterziehen zu wollen.«

»Haben Sie sie gefragt, woher sie das Geld hatte?«

»Habe ich. Zuerst dachte ich, sie hätte alle Ersparnisse zusammengekratzt und sich den Rest geliehen. Aber dann sagte sie, ihr Gatte habe vor seinem Tod jemandem Geld geliehen, und dieser Jemand habe endlich seine Schuld beglichen.«

»Hat die Polizei Sie damals danach gefragt?«

»Durchaus«, sagte der Arzt. Plötzlich sah er Pei argwöhnisch an. »Wollen Sie mir sagen, sie hatte sich das Geld auf unlautere Weise besorgt?«

»Kann ich Ihnen nicht eindeutig beantworten«, sagte Pei, während er das Gehörte einzusortieren versuchte. Aus rechtlicher Sicht war die Sache eindeutig, aus einer anderen hatte sie das Geld vielleicht verdient. Er unterdrückte ein Frösteln.

»Mir war das damals schon nicht ganz geheuer, als die Polizei auftauchte«, sagte Chan. »Sie haben mich gefragt, ob Zhang Cuiping zu plötzlichem Reichtum gelangt sei.«

»Und haben Sie den Kollegen weitergegeben, was die Frau Ihnen gesagt hatte?«

»Selbstverständlich.«

Pei dachte angestrengt nach. Wer hatte die Polizei auf diese Fährte gestoßen? Und noch rätselhafter: Wieso hatte man sie nicht weiterverfolgt? Plötzlich kam ihm ein neuer Gedanke. »Wie viele Polizisten waren deswegen bei Ihnen?«

»Nur einer.«

Pei nickte und holte seine Brieftasche hervor. Er kramte tief und zog schließlich ein altes Foto heraus. Es war längst vergilbt; die beiden jungen Männer darauf konnte man aber noch immer gut erkennen. Der eine war hager und hatte einen stechenden Blick. Der andere war stattlich und wirkte wie das blühende Leben.

Pei zeigte Chan das Foto und deutete auf einen der beiden jungen Männer. »Ist das der Mann, der bei Ihnen war?«

»Nein«, sagte Chan und schüttelte den Kopf.

»Sind Sie sicher?« Pei ließ die Schultern hängen.

»Er war es auf keinen Fall«, sagte Chan, betrachtete jedoch weiterhin das Foto. »Aber an diesen jungen Mann kann ich mich erinnern.«

Pei starrte ihn entgeistert an. »Inwiefern?«

»Das war der nette Kerl, der sich eine ganze Weile um die arme Mutter und ihren kleinen Sohn gekümmert hat. Ich habe ihn für einen Verwandten gehalten. Der Onkel des

Kleinen vielleicht. Wollen Sie mir sagen, er war Polizist? Das hat er mir gegenüber nie erwähnt.«

»Erinnern Sie sich noch an den Namen des Beamten, der Sie befragt hat?«

Chan lächelte verlegen. »Daran kann ich mich wirklich nicht erinnern. Das ist viel zu lange her.«

Pei lächelte ebenfalls. »Kein Problem. Na gut – gehe ich recht in der Annahme, dass Zhang Cuiping sich der Operation nie unterzogen hat?«

»Ja, das stimmt.« Chan setzte eine säuerliche Miene auf. »Sie ist kurz darauf an den Folgeschäden verstorben.«

»Warum hat sie die Operation nicht durchführen lassen? Sie hatte doch genug Geld, wie Sie sagen?«

»Sie hat gesagt, sie habe den Krebs schon so lange in sich getragen, dass jede Operation sinnlos sei. ›Reine Geldverschwendung.‹ Sie hielt es für sinnvoller, ihrem Sohn etwas zu hinterlassen. Ich glaube aber nicht, dass dies der einzige Grund für ihre Entscheidung war. Hätte sie der Operation zugestimmt, hätte sie immer noch gute Aussicht auf Erfolg gehabt. Und einen Selbsterhaltungstrieb besitzt schließlich jeder, nicht wahr? Verzeihen Sie, wenn ich da nicht ganz objektiv sein kann, aber falls auch nur der kleinste Hoffnungsschimmer besteht, solch eine Sache zu überleben – welche Mutter kann dann den Gedanken ertragen, ihr Kind stattdessen als Vollwaise ganz allein auf der Welt zurückzulassen?«

»Was hat sie Ihrer Meinung nach dazu gebracht?«

»Ich glaube, es hatte mit der Quelle des Geldes zu tun. Wie schon gesagt, ich hatte durchaus meine Zweifel, ob das alles ganz legal zustande gekommen war. Nachdem der Polizist mich befragt hatte, hat er auch mit ihr geredet. Ich habe gehört, wie sie ihm gegenüber angegeben hat, nicht über Geld zu verfügen, nachdem sie mir Stunden zuvor noch mitgeteilt hatte, endlich genug für die Operation zusammenzuhaben. Das klingt doch ein bisschen verdächtig, oder? Und nachdem der Polizist wieder weg war, hat sie beschlossen, sich der Operation doch nicht unterziehen zu wollen. Ich glaube, die Herkunft des Geldes war der Hauptgrund dafür.«

Mu hatte die ganze Zeit über hin und wieder stumm genickt. Die Analyse des Arztes klang einleuchtend und half ihr, in groben Zügen die Ereignisse vor sich zu sehen, die sich achtzehn Jahre zuvor abgespielt hatten.

Zwei rätselhafte Details blieben allerdings: die Identität des Räubers, der das Geld aus Chen Tianqiaos Safe geklaut hatte, und die des Beamten, der Zhang Cuiping vernommen und das Ergebnis dieses Gesprächs vertuscht hatte.

»Verstehe«, murmelte Pei. Er streckte die Rechte aus und schüttelte Chan die Hand. »Vielen Dank für Ihre Unterstützung«, sagte er mit einer aufrichtigen kleinen Verneigung.

Als die beiden das Krankenhaus verließen, hatte der Himmel bereits einen schwachen Orangestich angenommen. An der Bordsteinkante blieb Pei stehen und starrte in weite Ferne.

»Woran denken Sie?«, fragte Mu.

»Was für eine Rolle hat Yuan Zhibang bei der Ermittlung dieses Raubüberfalls gespielt?«

»Sie meinen, obwohl er sich um Wen Chengyu und dessen Mutter gekümmert hat, könnte er auch der Beamte gewesen sein, der mit Doktor Chan gesprochen hat?«

»Genau. Andernfalls ist kaum begreiflich, dass es solch ein entscheidender Hinweis nicht in die Akte geschafft hat.«

»Nur um zu sehen, ob ich Ihnen folgen kann«, sagte Mu und rieb sich das Kinn. »Da es Yuan war, der Wen Hongbing getötet hat, glauben Sie, er hat ein schlechtes Gewissen wegen dessen Sohn und frischgebackener Witwe bekommen. Also hat er ihnen geholfen und ist sogar so weit gegangen, alle Fakten zu verschleiern, die sie irgendwann in Schwierigkeiten hätten bringen können. Und wie Doktor Chan uns gerade noch einmal versichert hat, war Yuans Beziehung zum jungen Wen Chengyu und dessen Mutter alles andere als flüchtig.«

Pei stieß einen inbrünstigen Seufzer aus. »Möglicherweise ist es auch nicht bei ›er hat ihnen geholfen‹ geblieben.«

Mu stockte und sah ihn mit großen Augen an. »Glauben Sie etwa, Yuan war der Einbrecher?«

»Ein makelloses Verbrechen. Wer, wenn nicht der zukünftige Eumenides, sollte in der Lage gewesen sein, das auf diese Weise durchzuziehen? Ich hätte viel früher darauf kommen sollen.«

Mu wölbte ihre Brauen und überlegte. »Yuan hatte Chens Haus im Zuge der Ermittlungen zur Geiselnahme bereits betreten. Kannte sich dort also schon aus. Und vorausgesetzt, er hat Wen Hongbing tatsächlich erschossen, wäre sein schlechtes Gewissen vielleicht Grund genug gewesen, der Witwe zu helfen. Aus psychologischer Sicht könnte dieser Einbruch sogar den Auftakt zum 18/4er-Fall darstellen. Gut möglich, dass dieser Raub – dieser erste Gesetzesbruch seinerseits – den Grundstein für die Geburt der Figur namens Eumenides gelegt hat.«

Pei nickte und dachte an all das, was über seinen einstigen Freund ans Licht gekommen war. Yuan war von einem der besten Studenten der Akademie zu einem kaltblütigen Mörder geworden. Und obwohl der Tod von Zhengs Sekretärin Bai Feifei ein glaubhafter Katalysator gewesen sein mochte, war das alles doch sehr schnell gegangen. Falls aber Wen Hongbings Tod und der Einbruch bei Chen Tianqiao der eigentliche Auftakt gewesen waren, wäre seine Verwandlung deutlich gradueller vonstattengegangen.

Noch aber war ihr Bild von Yuans Transformation zu Eumenides unvollständig. Zwei blinde Flecken blieben. Zum einen der wahre Grund für Wen Hongbings Tod. Wenn die Situation in der Wohnung wirklich unter Kontrolle gewesen war, wie sowohl Huang als auch der Scharfschütze Zhong ausgesagt hatten, was war dann schiefgelaufen?

Und dann der Einbruch selbst. Wer war ins Krankenhaus gekommen und hatte den Hinweis auf die Quelle von Zhang Cuipings plötzlichem Reichtum verschwinden lassen?

Mu schnipste mit den Fingern. »Hey, wenn wir wissen wollen, wer dieser Kollege war, müssen wir eigentlich nur eine Person fragen.«

»Huang Jieyuan!«

*

2. NOVEMBER, 12 : 13 UHR
BAR SCHWARZE MAGIE — PRIVATBEREICH IM
ZWEITEN STOCK

»Dann erzählen Sie mir mal, was Sie zwei zu mir führt«, sagte Huang.

»Wir suchen nach Hinweisen auf Ding Kes Verbleib«, sagte Pei und trank einen Schluck Tee. »Er ist der einzige lebende Mensch, der den wahren Grund für Wen Hongbings Tod kennt. Wenn wir ihn finden, können wir vielleicht Wen Chengyus Hintergrund und am Ende auch Yuan Zhibangs Wiedergeburt als der erste Eumenides endgültig klären. Außerdem – und das ist fast noch wichtiger – glauben wir, dass der jetzige Eumenides ebenfalls nach Ding sucht. Wir müssen ihm einen Schritt voraus bleiben.«

Huang nickte stumm, während der wummernde Heavy-Metal-Bass aus dem Erdgeschoss durch den Boden in ihre Füße kroch.

»Gestern Morgen haben wir uns mit Ding Zhen getroffen, Ding Kes Sohn«, sagte Pei. »Er hat uns von zwei bestimmten Fällen erzählt, die sein Vater nicht knacken konnte. Der erste hat ihn in den Ruhestand getrieben, beim zweiten ist er untergetaucht. Wir haben uns beide gründlich angesehen, nicht nur, um Ding Zhens Geschichte nachzuprüfen, sondern auch in der Hoffnung, irgendeinen Anhaltspunkt auf Ding Kes Versteck zu finden.«

»Ich weiß, von welchen Fällen Sie reden«, sagte Huang. »Der eine muss der 7/4er-Raub sein, der kurz nach der 30/1er-Geiselnahme passiert ist. Und der andere ist zweifellos der berüchtigte Tütenmann-Fall von vor zehn Jahren. Die beiden haben auch mein Leben verändert.«

»Genau die sind es«, bestätigte Pei.

»Gut, dann wissen Sie ja, dass der Raub in Chen Tianqiaos Haus Ding dazu gebracht hat, die Polizei zu verlassen«, sagte Huang. »Ich habe den Fall aufgegriffen, es war also der erste Fall, bei dem ich hauptverantwortlich zuständig war. Acht Jahre lang war ich Chef der Kriminalpolizei – bis zum Tütenmann-Fall. Aufgrund meiner Vorgehensweise wurde ich zum Rücktritt gezwungen.« Huang blinzelte, schloss die Augen und stieß einen langen, stummen Seufzer aus. »Schon komisch, wie diese Fälle sowohl meine als auch Ding Kes Laufbahn geprägt haben.«

»Nehmen Sie es nicht so schwer«, sagte Pei, der sich um Mitgefühl bemühte. »Immerhin hat nicht einmal Ding Ke sie knacken können.«

»Wohl wahr. Wie hätte ich je erwarten können zu schaffen, woran *er* gescheitert ist?« Kurz stahl sich ein wenig Lebenskraft in seine Züge, aber schnell waren die Sorgenfalten wieder da. »Wenn das wirklich so ist, war dann nicht all meine Arbeit umsonst?«

Pei schüttelte sanft den Kopf. Huang mochte schon vor zehn Jahren aus dem Dienst ausgeschieden sein, schien aber noch ganz in der Vergangenheit zu leben. »Die wenigsten Dinge im Leben sind unumstößlich. Zum Beispiel dieser Raubüberfall. Der Grund dafür, dass er bis heute ungeklärt geblieben ist, muss durchaus nicht das große Geschick des Täters sein. Es könnte ganz einfach an interner Einmischung gelegen haben.«

»Interne Einmischung? Sie meinen, einer von uns?«

»Die Informationen, die uns inzwischen vorliegen, lassen darauf schließen, dass die Wahrheit hinter dem Raub gar nicht so kompliziert ist. Zhang Cuiping, Wen Hongbings Ehefrau, ist direkt nach diesem Überfall zu einer großen Menge Geld gekommen. Und hat ihrem Arzt diese Tatsache absichtlich verschwiegen. Ich bin mir sicher, der Fall hätte sich lösen lassen, wäre die Polizei diesem Hinweis nachgegangen.«

»Sind Sie sicher?«, fragte Huang skeptisch.

Pei nickte. »Todsicher.«

»Wie wollen Sie das so genau wissen?«

»Ich habe ganz einfach mit dem Arzt gesprochen, der

Zhang Cuiping vor ihrem Tod behandelt hat. Er hat erzählt, dass sie nach dem Überfall davon gesprochen hat, ihren Gebärmutterkrebs operieren zu lassen. Vor dem Überfall – und vor dem Tod ihres Mannes – hatte sie nicht genug Geld für den Eingriff.«

Pei sah Huang an, dass er begriffen hatte, dennoch schüttelte er den Kopf. »Das ist trotzdem schwer zu glauben. Solch ein offensichtlicher Hinweis. Kommen Sie – keine Chance, dass wir den übersehen hätten.«

»Das ist genau der Punkt. Sie haben ihn nicht übersehen. Ein Polizeibeamter ist ins Krankenhaus gekommen und hat den Arzt nach Zhang Cuipings plötzlichem Geldregen befragt. Erst nach dem Besuch des Polizisten hat Zhang beschlossen, sich der Operation doch nicht zu unterziehen. Vielleicht aus Angst, noch mehr Aufmerksamkeit bei der Polizei zu erregen. Sie hat ihr Leben geopfert, um das des Mannes zu retten, der den Überfall verübt hat.«

»Das ist unmöglich! Völlig unmöglich!« An Huangs Hals waren die Adern hervorgetreten. »Ich habe unsere Unterlagen selbst zusammengestellt, und dort stand nichts darüber. Ich verwette mein Leben darauf!«

Pei legte ihm die Hand auf die Schulter. »Begreifen Sie denn nicht? Einer Ihrer Untergebenen hat von diesem Hinweis gewusst, ihn aber nicht gemeldet. Er hat ihn vertuscht. Und deshalb ist der Fall bis heute ungeklärt.«

Der ältere Mann sah Pei entgeistert an. Wie konnte er es denn noch immer nicht verstehen? Es musste an seinem Stolz liegen, dachte Pei. Huang war verdammt noch mal zu sehr von sich überzeugt, um auch nur in Betracht zu ziehen, einer seiner Männer hätte aus purem Eigennutz handeln können.

Pei biss sich auf die Zähne. »Sei's drum. Können Sie mir den Namen des Beamten geben, der damit betraut war, diesem Hinweis zu folgen?«

Huang musterte ihn streng. »Wollen Sie etwa andeuten, er könnte Beweismittel unterschlagen und einen Verbrecher gedeckt haben?«

»Ich will überhaupt nichts andeuten«, knurrte Pei, mittlerweile hörbar verärgert. »Ich rede von nackten Tatsachen! Es gibt allen Grund zu der Annahme, dass einer der Beamten genau das getan hat. Und wenn wir ihn ausfindig machen, können wir vielleicht auch das Rätsel des Raubüberfalls von damals lösen.«

Huang kniff die Augen zu, holte tief Luft und stieß zwei Silben aus.

»Ding Ke.«

»Das war Ding?«, fragte Pei fassungslos.

»So ist es. Uns allen war klar, dass das Krankenhaus der beste Ort ist, um mit den Vernehmungen zu beginnen. Natürlich fuhr Ding Ke dorthin.« Huang holte tief Luft und gewann teilweise die Fassung zurück. Sein Mund verzog sich zu einem gepeinigten Lächeln. »Jetzt wissen Sie also, warum niemand bei der Polizei jemals daran gezweifelt hat, dass alles mit rechten Dingen zugegangen ist. Und warum ich Ihnen erst gar nicht glauben wollte. Ich habe nie Grund gehabt, an Ding Ke zu zweifeln.«

Er warf die Hände in die Luft und ließ sich hart gegen die Rücklehne des Sofas fallen. Pei konnte nachempfinden, wie sich der Mann fühlen musste. Wie sollte er von Huang erwarten, wirklich zu akzeptieren, dass sein großes Vorbild die Polizei vor achtzehn Jahren verraten hatte? Er sah den Mann jetzt in neuem Licht. Nicht sein Stolz war es gewesen, der ihn daran gehindert hatte, die Wahrheit anzuerkennen, sondern seine blinde Hingabe an Ding Ke.

Mu war die jüngste Person im Raum, weshalb ihr der Name Ding Ke viel weniger bedeutete als den beiden älteren Herren. Was ihrer Analyse der Situation allerdings keinen Abbruch tat.

»Die ganze Zeit hieß es nur, Ding Ke habe den Dienst quittiert, weil dieser Fall ihm so große Schwierigkeiten bereitet hat. Ich hätte nie gedacht, dass die größte Schwierigkeit von ihm selbst kam.«

Pei und Huang sahen sie überrascht an, als fiele ihnen erst jetzt auf, dass sie die ganze Zeit neben ihnen gesessen hatte.

»Ding Ke hat direkt zu Beginn die Information ausgegraben, die gut und gerne der wichtigste Hinweis der gesamten Ermittlung gewesen sein mag. Ein Beamter seines Kalibers hätte den Fall damit zweifellos lösen können. Warum also nicht? Warum ist er stattdessen vor dem Fall davongelaufen?«

Peis Verblüffung verflog von einer Sekunde zur anderen.

»Wir haben ihn unterschätzt«, sagte er. »Wir haben tatsächlich geglaubt, der Fall wäre zu viel für ihn gewesen, dabei hat er ihn besser durchschaut als alle anderen. Er hat gewusst, dass Yuan Zhibang hinter dem Raubüberfall steckte!«

»Yuan Zhibang?«, fragte Huang und starrte ihn fassungslos an. »Wie soll das möglich sein?«

»Nach Wen Hongbings Tod ist Yuan seiner Witwe und seinem Sohn nähergekommen. Das ist ein glasklares Motiv. Er kannte sich in Chens Haus aus und hatte darüber hinaus die nötigen Fähigkeiten, um einen derartigen Einbruch durchzuziehen. Also hatte er auch die Mittel.«

Peis Hartnäckigkeit schien die Skepsis des einstigen Kollegen endgültig niedergerungen zu haben. »Tja. Vielleicht sollte ich mich dann nicht mehr so schlecht fühlen, weil ich den Fall auch nicht lösen konnte. Aber wie konnte Ding sich nur zurückziehen ...«

»Ding Ke hatte nur zwei Optionen. Erstens: weiterermitteln. Was wäre dann Ihrer Meinung nach geschehen?«, fragte Pei.

Huang ließ die Fingerknöchel knacken. »Hmm. Wenn die Umstände so stimmen, wie Sie sie beschrieben haben, hätte man Yuan wohl für den Raubüberfall verhaftet. Angesichts der beträchtlichen Geldsumme hätte ihn das Gericht zu mehreren Jahren Haft verurteilt. Das Geld wäre zurück an Chen Tianqiao gegangen, was die Witwe Zhang und ihren Sohn in großer Not belassen hätte.«

»Vielleicht ist das noch nicht alles«, sagte Pei. »Falls Zhang Cuiping gewusst hat, wo das Geld herkommt, hätte man sie durchaus als Mitschuldige aburteilen können, vielleicht sogar als aktive Komplizin. Ihre Aussage lässt darauf schließen, dass sie wusste, wo es herkam.«

»Ist das nicht ein bisschen weit hergeholt, Pei?«, warf Mu ein. »Chen Tianqiao hat Wen Hongbing eine große Summe geschuldet. Glauben Sie wirklich, das Gericht hätte Wens Geld an die Person zurückgegeben, die es sich geliehen hatte, und stattdessen seine Witwe verfolgt?«

»Vor dem Gesetz geht es um Ordnung, nicht um Nettigkeit«, sagte Pei und bemühte sich um einen neutralen Tonfall.

Mu schwieg.

»Ding Kes zweite Option war zufällig das genaue Gegenteil der ersten«, fuhr Pei fort. »Nämlich die Spur nicht weiter zu verfolgen und die Ermittlung im Sande verlaufen zu lassen. Täte er das, könnten Zhang Cuiping und ihr Sohn Wen Chengyu das Geld behalten. Chen Tianqiao hätte trotzdem seine gerechte Strafe bekommen. Und vor allem würde Dings Musterschüler, der gute Yuan, seiner Gefängnisstrafe entgehen. Welche Option hätten Sie an Ding Kes Stelle gewählt?«

Mu schüttelte frustriert den Kopf. »Nicht zu fassen, dass Ding Ke vor solch einer Entscheidung stand. Hätte er den Fall gelöst, hätte er Zhang Cuiping zum Tode verurteilt!«

»Und das ist nicht alles«, fügte Huang hinzu. »Ding Ke war dabei, Yuan als seinen Nachfolger bei der Kriminalpolizei aufzubauen. Wie hätte er dessen Zukunft wissentlich ruinieren können?«

Was Huang da sagte, klang nur zu glaubhaft. Pei dachte an den Tag zurück, als Ding Ke auf der Suche nach einem persönlichen Zögling an die Akademie gekommen war. Die Studenten hatten über nichts anderes mehr geredet. Sie alle wussten, dass derjenige, den Ding Ke erwählen würde, eines Tages den Platz dieser lebenden Legende bei der Polizei einnehmen würde. Pei war selbst unter den Kandidaten gewesen, bis er die stürmische Beziehung mit Meng Yun angefangen hatte. Am Ende war Yuan erwählt worden.

»Aber«, sagte Huang, »wir können uns da kaum sicher sein. Obwohl die erste Option Ding Ke große Seelenqualen bereitet hätte, ist nicht gesagt, dass ihm die zweite wie ein Befreiungsschlag vorgekommen wäre. Ich glaube, er hätte sich sehr gegen die zweite Option gesträubt. Hätte er Yuans Verbrechen ignoriert, hätte er als Beamter seine Pflicht dem Gesetz gegenüber vernachlässigt. Ich war sein Assistent. Ich habe ihn sehr gut gekannt, und nichts war ihm wichtiger als sein Pflichtgefühl. Er hat zum Wohle seiner Karriere viele Gelegenheiten ausgeschlagen und viele Opfer gebracht. Manche dieser Opfer wären für die meisten Menschen zu viel gewesen, er aber hat all das geschultert. Er war der standhafteste Verteidiger von Recht und Ordnung, den ich je gekannt habe. Dieser Mann hätte seine Prinzipien niemals verraten.«

»Also hat er keine der beiden Optionen gewählt«, sagte Mu. »Und ist stattdessen davongelaufen.«

Kurz herrschte angespannte Stille. Dann beugte sich Pei auf seinem Stuhl vor. »Wir gehen momentan davon aus, dass der Raubüberfall für Ding Ke der Tropfen war, der das Fass zum Überlaufen gebracht hat. Aber stand Yuan nicht unter genauso großem Stress, als er den Raubüberfall begangen hat?«

Mu dachte nach und schüttelte schließlich den Kopf. »Das klingt, als wären Sie der Meinung, alle Beteiligten seien zu ihren Entscheidungen gezwungen worden, ohne eine Alternative zu haben. Sollen wir jetzt mit sämtlichen Schuldigen in diesem Fall Mitleid haben?«

»Alles fängt irgendwo an. Vielleicht standen Ding und Yuan schon vor einer unmöglichen Entscheidung, bevor der Raubüberfall stattfand.«

»Sie beziehen sich auf die Geiselnahme?«, fragte Huang.

»Wir haben immer noch kein klares Bild der Lage. Falls Yuan Wen Hongbing wirklich getötet hat, sollten wir uns vielleicht Gedanken über die Umstände machen, die ihn dazu gebracht haben«, sagte Mu. »Sein darauffolgendes Verhalten zeigt ein Maß an Anteilnahme für Wen Hongbings Frau und Kind, das weit über alles Erwartbare hinausgeht. Fast so, als hätte er eine Schuld begleichen müssen. Oder aber mindestens arge Schuldgefühle der Familie gegenüber empfunden.«

Unvermittelt spürte Pei Wut aufsteigen. »Er hat einen Mann erschossen, der eine Geisel genommen und gedroht hat, einen ganzen Wohnblock in die Luft zu jagen! Selbst wenn Wen Hongbing einen guten Grund für seine Tat hatte, wieso hätte Yuan sich seiner Tat schämen sollen?«

»Ich kenne die Einzelheiten nicht, aber ich bin mir sicher, dass Yuan den Raubüberfall aus einer emotionalen Reaktion heraus durchgeführt hat, nachdem er Wen Hongbing getötet hatte«, sagte Mu. »Das glaubhafteste Szenario scheint mir, dass in der Wohnung etwas Unerwartetes passiert ist. Irgendein Fehler. Und Yuan war es, der diesen Fehler begangen hat.«

Pei wich ihrem Blick aus, aber das Glitzern in seinen Augen wurde stärker, bis er sich anscheinend vor Aufregung kaum noch auf dem Stuhl halten konnte.

»Was brüten Sie da aus?«, fragte Mu, die nun selbst neugierig wurde.

Pei sah erst sie an, dann Huang. »Sollte meine Kollegin recht haben, ist mir vielleicht gerade in den Sinn gekommen, wie wir Eumenides besiegen können. Eine weniger gewalttätige Methode, als wir ursprünglich geplant hatten, die sich aber als weitaus effektiver herausstellen könnte.«

Huang blinzelte verdattert. Mu hingegen schien den Gedanken des Hauptmanns sofort aufzugreifen.

»Stimmt. Wir können seine emotionalen Grundfeste angreifen«, sagte sie.

»Hören Sie auf, in Rätseln zu sprechen«, knurrte Huang ungehalten.

Mu sah ihn direkt an. »Wir wissen, dass der Waisenjunge

Wen Chengyu zum neuen Eumenides herangewachsen ist und erst nach langjährigem Training durch Yuan Zhibang zum Mörder wurde. Eumenides betrachtet Yuan als seinen Mentor, als den Mann, der seinen Lebensweg bestimmt hat. Soweit wir wissen, hat er niemals Grund gehabt, an Yuan zu zweifeln. Aber wie würde er sich fühlen, wenn er wüsste, dass dieser Lebensweg mit dem Tod seines Vaters begonnen hat und Yuan Zhibang für ebendiesen Tod verantwortlich war?«

Huang schnipste plötzlich mit den Fingern. »Sein Vertrauen in Yuan würde in den Grundfesten erschüttert. Er müsste das Gefühl haben, dass Yuan ihn die ganze Zeit nur benutzt hat – dass Yuan ihm all den Schmerz überhaupt erst eingebrockt hat! Eumenides würde sich wie ein Strohmann in Yuans Plan vorkommen. Sein Leben lang nichts als ausgenutzt. Und sobald er diese Gedanken einmal hegt, fängt er an, alles an dem Mann zu verabscheuen – inklusive der Rolle namens Eumenides, die Yuan erschaffen hat.«

»Und so können wir ihn vielleicht ausschalten, ohne einen Finger zu rühren«, sagte Mu und ballte die ihren zur Faust.

»Das ist eine gute Idee. Verdammt gut«, sagte Huang, der jetzt ebenfalls sichtlich Fahrt aufnahm. »Aber ein Loch hat der Plan. Wir wissen immer noch nicht genau, was in Wen Hongbings Wohnung passiert ist.«

Mu ließ sich nicht mehr beirren. »Immerhin haben wir jetzt einen klaren Hinweis. Denselben Hinweis, dem auch Eumenides nachgeht. Ich bin mir sicher, wir werden die Wahrheit über Wen Hongbings Tod bald erfahren. Und Eumenides ebenfalls!«

KAPITEL ELF

DER TÜTENMANN

2. NOVEMBER, 14 : 13 UHR
BAR SCHWARZE MAGIE – PRIVATBEREICH IM
ZWEITEN STOCK

»Dann ist es wohl an der Zeit, dass wir über den anderen Fall reden«, sagte Huang leise. »Den 12/1er.«

Bei diesen Worten rutschte Mu unbehaglich auf ihrem Stuhl herum. Der schummrige Raum schien noch düsterer zu werden.

»Der Tütenmann-Mord«, flüsterte sie.

»Was wissen Sie über diesen Fall?«, fragte Huang.

»Die Unterlagen liegen in meinem Büro, aber ich hatte noch nicht die Zeit, sie genau zu durchforsten«, sagte Pei. »Ich habe den ganzen Vormittag damit verbracht, den Raubüberfall zu studieren.«

Huang nickte verständnisvoll. »Hmm. Mu, Sie sind in Chengdu geboren und aufgewachsen. Ich vermute, Sie haben im Lauf der Jahre eine Menge darüber gehört.«

»Es gab eine Zeit, in der über Monate hinweg jeden Tag neue, schreckliche Gerüchte über den Mörder in Umlauf waren«, sagte sie.

»Dann erzählen Sie uns erst einmal, was Sie darüber wissen. Ich wüsste gern, wie sich die Sache aus der Sicht einer damaligen Zivilistin darstellt.« Huang lehnte sich zurück, zog eine Zigarette aus der Brusttasche und lauschte.

Mu legte beide Hände um die heiße Teetasse, als brauchte sie alle Wärme, derer sie habhaft werden konnte. »Der Tütenmann-Mord ... Das war 1992, richtig? Ich stand kurz vor dem Abitur. Tatsächlich hat sich das direkt vor meinen Abschlussprüfungen ereignet. Ich bin jeden Abend in der Schule geblieben, um allein zu lernen. Eines Abends hat der Lehrer kein einziges Mädchen zurück nach Hause gelassen. Er hat die Eltern angerufen und angewiesen, uns mit dem Auto abzuholen. Irgendwann ist mein Vater gekommen und hat mich nach Hause gebracht. Ich war verunsichert und habe ihn gefragt, was los ist. Er hat gesagt, dass ein sehr böser Mann in der Stadt herumläuft und ich nicht mehr allein aus dem Haus darf. Dass er mich ab jetzt jeden Tag zur Schule bringt und wieder abholt. Als ich weitere Fragen stellen wollte, hat er abgeblockt. Er hat nur gesagt, ich solle mich aufs Lernen konzentrieren und mir keine Sorgen machen, was mich natürlich erst recht neugierig gemacht hat.

Am nächsten Tag haben alle in der Schule nur darüber geredet, was passiert ist. Und da habe ich erst erfahren, wie grauenhaft die Sache tatsächlich war. Ich ärgere mich immer noch darüber, damals auf die vielen Gerüchte gehört zu haben, aber man konnte ihnen gar nicht aus dem Weg gehen. Alle haben nur noch darüber geredet, und ich habe monatelang nicht richtig geschlafen.«

Huang nahm einen tiefen Zug von seiner Zigarette. »Was für Gerüchte waren in Umlauf?«

Mu trank einen Schluck, um ihre Kehle zu befeuchten, dann tauchte sie wieder in die alten Erinnerungen ein. »Ich habe gehört, ein Mädchen sei getötet worden. Angeblich sei der Mörder ein Psychopath. Er habe das Mädchen zerstückelt und die Körperteile frittiert. Er habe Teile von ihr *gegessen* und den Rest überall in der Stadt verstreut. Manche haben sogar behauptet, er habe ihr Gehirn und die inneren Organe gekocht. Wir alle haben geglaubt, sein Hauptanliegen bestehe darin, ausgesuchtes Menschenfleisch zu verspeisen.«

Mu verstummte und schüttelte sich. Selbst Pei hatte bei den finsteren Bildern, die ihre Worte heraufbeschworen, das Gesicht verzogen.

Nur Huang wirkte gänzlich unbeeindruckt. Er war von Anfang an mit der Ermittlung betraut gewesen und konnte sich längst nicht mehr über die Details erregen. Was die Zeit jedoch nicht abstumpfen konnte, war seine Scham ob des Ausgangs der Ermittlungen.

Mu holte mehrfach tief Luft, bis sich der Schraubstock in ihrer Brust ein wenig gelockert hatte.

»Dann sind irgendwann Polizisten an die Schule gekommen. Sie haben uns Fotos gezeigt und uns gebeten, die abgebildeten Gegenstände zu identifizieren. Einer davon sticht in meiner Erinnerung deutlich hervor – die rote Daunenjacke. Das Opfer muss sie getragen haben, als sie getötet wurde. Ich sehe den genauen Rotton immer noch vor mir. Leuchtend hell wie frisches Blut. Ich hatte nächtelang Albträume von dieser Jacke. Kurz darauf ging das Gerücht um, der Mörder habe angekündigt, jeden Monat ein neues Opfer verspeisen zu wollen. Das nächste Ziel sollte ein langhaariges Mädchen mit einer ebensolchen Jacke sein.«

»Frei erfunden«, warf Huang dazwischen.

»Ich war noch ein Teenager«, sagte Mu und fuhr sich über die Spitzen ihres Ponys. »Ich hätte ein Gerücht nicht von der Wahrheit unterscheiden können. Ich weiß nur, dass sich sofort sämtliche Mädchen in meiner Klasse die Haare kurz schneiden ließen, ich ebenfalls, und mindestens ein halbes Jahr lang niemand ein rotes Kleidungsstück auch nur anfasste. Die drohende, angsterfüllte Atmosphäre hat erst nachgelassen, als ich auf die Akademie gekommen bin, wo ich mich sicher gefühlt habe.«

»Erzählen Sie uns, was Sie über die Ermittlung wissen, Huang. Die Wahrheit, bitte.«

Huang zog an seiner Zigarette und drückte sie auf dem Tisch aus. Mit leiser, rauer Stimme legte er los. »Beim Datum lagen Sie schon mal richtig, Mu. Der Tütenmann-Fall nahm am 12. Januar 1992 seinen Anfang. Eine Frau mittleren Alters von der Straßenreinigung entdeckte neben einem Müllcontainer in der Dongba-Straße einen schwarzen Sack, eine Mülltüte. Aus purer Neugier hat sie mit dem Ende ihres Besens ein Loch hineingebohrt. Und da schimmerten mehrere saftige frische Fleischstücke in der Morgensonne.

Sie ging davon aus, dass es sich um eine Ladung frisches Schweinefleisch handeln musste, die ein Verkäufer in seiner Eile, zum Markt zu kommen, hatte fallen lassen. Sie nahm die Tüte also mit nach Hause, weil sie es für ausgeschlossen hielt, den Inhalt zu seinem namenlosen Besitzer zurückzuverfolgen. Sie sagte damals aus, den Fund für einen schmackhaften Glücksgriff gehalten zu haben.« Huang versuchte zu grinsen, brachte es aber nicht ganz zustande. »Daheim hat die Straßenkehrerin den Inhalt der Tüte näher inspiziert. Und da ist ihr etwas Ungewöhnliches ins Auge gefallen. Na ja, drei ungewöhnliche Dinge, um genau zu sein. Drei menschliche Finger.«

Pei warf einen Seitenblick auf Mu. Sie war erbleicht.

»Die Frau ist schreiend aus dem Haus gerannt. Das haben ihre Nachbarn gehört und die Polizei gerufen, sobald sie ihnen von dem Fund erzählt hatte. Um genau sieben Uhr dreiundzwanzig an jenem Morgen ging der Anruf bei der Polizei ein. Fünfzehn Minuten später war ich mit einem Team vor Ort. Mir war von Anfang an klar, dass es sich um einen großen Fall handelte.

Die Fleischstücke waren noch sehr frisch. So bizarr das klingen mag, es sah wirklich aus wie Schweinefleisch vom Markt. Die Tüte wog viereinhalb Kilogramm und enthielt sage und schreibe vierhundertsechsunddreißig Fleischstücke. Die Schnitte waren hauchdünn und mit chirurgischem Können vorgenommen worden, die Stücke passten perfekt aneinander. Alles genauestens geplant. Die Stücke variierten in der Stärke zwischen zwei und drei Millimetern. Unsere Forensiker kamen zu dem Schluss, dass all diese Stücke aus dem Bein einer erwachsenen Frau stammen mussten und die drei Finger der Zeige-, Mittel- und Ringfinger der linken Hand dieser Frau waren.«

Huang machte eine Pause, seufzte und sammelte sich.

»Wir konnten natürlich nicht wissen, dass das erst der Anfang war. Um neun Uhr siebenunddreißig ging bei der Zentrale ein weiterer Anruf ein. Zwei Bauarbeiter hatten einen herrenlosen Reisekoffer auf einer Baustelle in der Shita-Straße gefunden. Wir waren dort, so schnell wir konnten. Als wir ankamen, hatten die örtlichen Kollegen bereits alles abgesperrt, jenseits des Absperrbands hatte sich eine Menschenmenge versammelt.

Ich erinnere mich noch genau an das Gespräch mit den beiden Bauarbeitern, die den Koffer gefunden hatten. Sie waren zu Tode verängstigt. Ich hatte nicht einmal genug Zeit, mir Notizen zu machen. Nichts hätte mich auf den Anblick vorbereiten können, der uns beim Öffnen erwartete. Es war der kälteste Tag des Jahres, aber meine Klamotten waren nass geschwitzt.«

Huang starrte in einem Anflug lähmender Furcht auf seine Hände. Dann zündete er sich die nächste Zigarette an.

Mu konnte plötzlich kaum noch atmen, aber es lag nicht am Zigarettenqualm. »Was war in dem Koffer?«, fragte sie.

»Ein menschlicher Kopf und ein kompletter Satz innerer Organe«, sagte Huang und bohrte die Finger in die Handflächen. »Eins der Gerüchte, die Sie erwähnt haben, entsprach der Wahrheit. Die Organe waren gekocht.«

Mit aller Macht versuchte Mu, die aufkeimende Übelkeit niederzuringen.

»Der Kopf war dunkelrot, weich und aufgedunsen. Die inneren Organe waren in fünf durchsichtigen Plastiktüten konzentrisch um den Kopf angeordnet. Ach ja, und der Darm war eng zusammengelegt und in den Schädel gestopft.«

Das letzte Detail allein genügte, um Pei einen Schauer über den Rücken zu jagen. Er stellte sich vor, wie der Mörder entspannt die Eingeweide des Opfers faltete, als sei er ein Steuerberater, der die Rückzahlung für einen Kunden bearbeitete. In seiner gesamten Karriere war er keinem Mörder begegnet, der derart kalt und unmenschlich agiert hatte. Nicht einmal Eumenides konnte so gestört sein.

Ein Lebensfunke regte sich in Huangs starrer Miene. »Entsetzen ist das einzige Wort, das mir für uns alle einfällt, als wir den Koffer aufgemacht haben. Die außergewöhnlichen Umstände dieses Tages haben mich dazu veranlasst, unverzüglich meinen Vorgesetzten einzuschalten. Kurz darauf wurde ein Sondereinsatzkommando gegründet, angeführt vom Leiter des Büros für Öffentliche Sicherheit. Das erste Treffen der Einsatzgruppe fand auf der erwähnten Baustelle statt und bildete den offiziellen Auftakt zu der Untersuchung, die wir ›Fall 12/1 – Zerteilter Leichnam‹ nannten. Aber über kurz oder lang haben alle nur noch vom Tütenmann-Mord gesprochen.

Bei diesem ersten Treffen legten wir auch die primäre Stoßrichtung der Untersuchung fest. Erstens sollte das Team die ganze Stadt durchkämmen, um die restlichen Körperteile des Opfers zu finden. Zweitens sollte festgestellt werden, welche Frauen aus dem Stadtgebiet als vermisst gemeldet waren, um möglicherweise die Identität der Leiche festzustellen. Und drittens sollte, um den Mörder daran zu hindern, abermals zuzuschlagen, in der ganzen Stadt verstärkt patrouilliert werden. Außerdem sollte die Öffentlichkeit durch eine Reihe von Sicherheitshinweisen möglichst schonend über die Situation aufgeklärt werden.«

Pei nickte vor sich hin. »Sie haben die richtigen Entscheidungen getroffen. Wie ist die Ermittlung gelaufen?«

»Die Suche nach dem Rest der Leiche hat fast sofort Ergebnisse geliefert. Ein paar Beamte haben auf einer Müllhalde in der Yanling-Straße eine weitere schwarze Mülltüte entdeckt. Diese Tüte enthielt fünf Kilo Menschenfleisch, darunter auch zwei weitere Finger. Noch am selben Tag entdeckte ein Zivilist kurz vor Mittag im Grünstreifen neben der Ausfallstraße im Osten der Stadt ein Bündel, eingeschlagen in eine alte Bettdecke. In diesem Bündel befand sich die dritte Mülltüte, ebenfalls gefüllt mit fein zerschnittenem Menschenfleisch und Fingern. In dieser Tüte lag allerdings außerdem noch ein kompletter Satz Damenunterwäsche, fein säuberlich mit fast maschineller Präzision gefaltet. Dabei ist es geblieben. Die fehlenden Überreste haben wir nie finden können.«

»Sie haben also insgesamt drei Mülltüten mit ihrem zerschnittenen Fleisch gefunden, plus den Koffer mit Kopf und Innereien«, sagte Pei.

»So ist es.«

»Die drei Tüten können zusammen nicht mehr als etwa vierzehn Kilo gewogen haben, richtig? Mit anderen Worten, mindestens die Hälfte des Opfers ist nie gefunden worden, darunter bis auf den Kopf ihr gesamtes Skelett.«

Huang ließ den Kopf hängen. »Ja. Wir haben lange versucht zu analysieren, wie das passieren konnte. Die wahrscheinlichsten Szenarien laufen allesamt darauf hinaus, dass der Mörder eine unscheinbarere Methode gewählt hat, um sich der restlichen Körperteile zu entledigen. Begräbnis, Verbrennen, Ablage an einem unzugänglichen Ort fernab der Stadt, so etwas. Natürlich gibt es die anderen Gerüchte. Die, und das muss ich betonen, jeder Grundlage entbehren.«

»Sie reden von den Gerüchten, der Mörder habe den Rest der Leiche aufgegessen«, platzte Pei heraus, als er an Mus Schilderung zurückdachte. »Vollkommen ausblenden dürfen wir diese Möglichkeit nicht. Überlegen Sie mal. Warum sollte ein Kannibale die Knochen behalten und eine solche Menge Fleisch wegwerfen?«

»Und wenn es eine rituelle Tötung war?«, überlegte Mu.

Huang schüttelte den Kopf. »Haben wir auch überlegt.

Aber die gefundenen Körperteile passen zu keinem bekannten kultischen oder rituellen Vorgehen.« Er zückte die nächste Zigarette. Nach ein paar gierigen Zügen fuhr er fort. »Wir haben die Datenbanken für Vermisste durchforstet, aber keine Person gefunden, die gepasst hätte. Also hielt ich es für unabdingbar, noch am selben Tag eine Anzeige in den auflagenstärksten Zeitungen der Stadt zu schalten. Teil der Anzeige war ein Foto der roten Daunenjacke, die das Opfer getragen hatte. Dasselbe Foto, dass Ihnen in der Schule gezeigt wurde, Frau Mu. Am fünfzehnten Januar haben drei Studentinnen einer örtlichen Fachhochschule die Einsatzgruppe kontaktiert und uns erzählt, eine ihrer Kommilitoninnen sei vor ein paar Tagen verschwunden. Die Daunenjacke, die sie in der Zeitung gesehen hatten, sehe genauso aus wie die Jacke, die dieses Mädchen meistens getragen habe.

Wir haben die Mädchen sofort ins Hauptquartier bestellt, um die Jacke persönlich in Augenschein zu nehmen. Sie waren felsenfest überzeugt, dass es sich um die Jacke ihrer Mitbewohnerin handelte. Damit war ich mir zu mindestens neunzig Prozent sicher, dass wir das Opfer identifiziert hatten. Als die Mädchen darum baten, die Leiche zu sehen, habe ich abgelehnt. Der Anblick war schließlich genug, um selbst dem härtesten Polizisten den Magen umzudrehen. Aber sie haben darauf bestanden. Irgendwann habe ich mich breitschlagen lassen – sie hatten immerhin ein Jahr mit dem Mädchen zusammengewohnt.

Sobald das erste Mädchen den Kopf sah, riss sie die Augen auf. ›Sie ist es!‹, hat sie geschrien, sich wie ein Fötus auf dem Boden zusammengerollt und alles laufen lassen. Tränen, Rotz, Speichel. Ich muss nicht extra betonen, wie unschön die ganze Situation war. Trotzdem war es ein wichtiger

Durchbruch für unsere Ermittlung. Sobald die Studentinnen abgezogen waren, kontaktierten wir die Eltern des vermissten Mädchens. Sie wohnten nur zwei Stunden vom Hauptquartier entfernt und kamen noch am gleichen Tag vorbei.«

Mu stieß zischend ihren Atem durch die Nase aus. »War es ihre Tochter?«

»Als sie uns wieder verließen, hatten wir das Opfer zweifelsfrei identifiziert: Feng Chunling, Studentin im Bereich Finanzwesen und Buchhaltung im zweiten Studienjahr, eingeschrieben an der Technischen Hochschule von Chengdu.«

»An welchem Tag ist sie zuletzt gesehen worden?«, fragte Pei.

»Beim Verlassen der Uni am Morgen des neunten Januars.«

»Das Mädchen war ganze fünf Tage lang verschwunden?«, sagte Mu entgeistert. »Und keinem Kommilitonen ist das aufgefallen? Wie hat sich die TH das erklärt?«

»Es war Semesterende. Die Seminare waren durch, der ganze Campus war damit beschäftigt, sich auf die Abschlussklausuren vorzubereiten. Niemandem ist aufgefallen, dass Feng Chunling verschwunden war. Ihre Freunde haben einfach angenommen, dass sie allein büffelt. Die Mitbewohnerinnen haben natürlich bemerkt, dass sie nicht da war, haben sich aber nichts dabei gedacht.«

»Ihre Mitbewohnerinnen haben sich nichts dabei gedacht, dass sie tagelang nicht aufgetaucht ist?«, hakte Pei nach.

»Wie gesagt, Fengs Eltern wohnten relativ nahe bei der Uni. Die haben angenommen, dass sie zu Hause lernt. Hätten wir nicht die Anzeige in der Zeitung geschaltet, hätte unsere Suche nach der Identität des Opfers sicher noch ein paar Tage länger gedauert.«

»Klingt nicht danach, als hätten das Opfer und ihre Mitbewohnerinnen ein sonderlich inniges Verhältnis gepflegt«, sagte Pei.

Huang nickte. »Auf den ersten Blick war Feng eine ganz normale Studentin. Körperbau und Größe Durchschnitt, noch nicht ganz zwanzig Jahre alt. Ihren Kommilitoninnen zufolge war sie allerdings introvertiert, mitunter geradezu ungesellig. Sie hat selbst mit ihren Mitbewohnerinnen kaum interagiert. Wenn sie in ihrem Zimmer war, dann meist mit der Nase in einem Buch, aber die meiste Zeit hat sie jenseits der Campusgrenze verbracht. Und was das angeht, was sie abseits der Uni getrieben, mit wem sie Kontakt hatte, darüber wissen wir so gut wie nichts.«

»Klingt, als hätten Sie einige Schwierigkeiten gehabt, sich ein schlüssiges Bild von ihrem Sozialleben zu machen«, sagte Pei.

»In der Tat. Wäre das erst jetzt passiert, hätten wir es mit der Ermittlung viel einfacher – wir müssten lediglich ihr Handy überprüfen. Aber damals mussten unsere Beamten alles auf die althergebrachte Art angehen. Leute befragen und hoffen, dass irgendwer nützliche Antworten liefert. Da das Opfer jedoch dermaßen in sich gekehrt lebte, war es extrem schwierig, überhaupt an Ergebnisse zu kommen.«

»Wonach haben Sie entschieden, wie Sie die Suche aufziehen?«

»Wir hatten nur eine Methode zur Verfügung, den alten Nadel-im-Heuhaufen-Ansatz.«

Pei nickte verständnisvoll. »Sehr oft ist der einfachste Weg auch der effektivste. Vorausgesetzt, man hat genug Leute zur Verfügung.«

»Die Einsatzkräfte waren nicht das Problem. Das Büro

für Öffentliche Sicherheit hat sich dem Druck der Öffentlichkeit gebeugt und versprochen, den Fall innerhalb eines Jahres zu lösen. Diese Entscheidung hat im Prinzip die gesamte städtische Polizei mobilisiert, bei unserer Untersuchung zu helfen, und wir haben sofort eine Fahndung in der ganzen Stadt durchgeführt. Unsere Suche hat besonders zwei Gebiete und drei Sorten Menschen umfasst. Die Hochschule lag im Zentrum der Suche, da die Aktivitäten des Opfers hier ihren Mittelpunkt gehabt hatten. Wir haben nicht nur sämtliche Studenten und Mitarbeiter unter die Lupe genommen, sondern auch alle umliegenden Läden, Restaurants und öffentlichen Plätze durchleuchtet.«

»Sind Sie dabei auf eine Spur gestoßen?«

»Wir haben keine Verdächtigen finden können. Diese Suche hat nur ein Ergebnis zutage gefördert. Wie sich herausstellte, hatte Feng Chunling vor ihrem Tod regelmäßig mehrere Musik- und Buchläden aufgesucht, die allesamt in der Nähe des Haupteingangs der Hochschule lagen. Ab dem zehnten Januar ist sie allerdings in keinem dieser Läden mehr gesehen worden. Je länger wir überlegten, desto nutzloser erschien uns diese Erkenntnis.«

»Und wie genau haben Sie den Suchradius festgelegt?«

»Anhand der Stellen, an denen Teile des Opfers gefunden wurden, haben wir die wahrscheinlichsten Aufenthaltsorte des Täters eingegrenzt. Diese vier Stellen bildeten tatsächlich in etwa die Ecken eines Quadrats. Bedenkt man dazu den logistischen Aufwand, alle vier Bündel auf einmal mit sich zu schleppen, blieb eigentlich nur der Schluss, dass der Täter vier separate Touren unternommen hat, um die Überreste abzulegen. Unser Psychologie-Experte gab zu bedenken, dass der Verdächtige es vermeiden würde, mehrmals die gleiche Route zu nehmen. Folglich musste er den Mord irgendwo innerhalb dieses Vierecks verübt haben. Also haben wir unsere Suche auf dieses Viereck plus Hochschule und Umgebung konzentriert, darunter eben auch die dortigen Musik- und Buchläden.«

»Hat die Suche etwas ergeben?«, fragte Pei.

Huang schüttelte stumm den Kopf.

Pei rieb die Handflächen aneinander. »Was war mit den drei Personenkategorien, auf die Sie sich konzentrierten?«

»Ärzte, Metzger und Wanderarbeiter. Angesichts der Handhabung der Leiche muss der Mörder über einen robusten Magen und das nötige handwerkliche Können verfügt haben. Ärzte und Metzger kommen gleichermaßen infrage. Wanderarbeiter hingegen befinden sich am unteren Ende der Gesellschaft und verüben überdurchschnittlich viele Gewaltverbrechen. Nach langem Überlegen haben wir beschlossen, uns auf diese drei Gruppen zu konzentrieren.«

»Und hat diese Suche irgendwelche Hinweise erbracht?«

»Nicht einen«, sagte Huang und ließ abermals den Kopf hängen. Er verzog das Gesicht und schnipste die Asche von seiner Zigarette.

»Der Kerl war gut in dem, was er tat«, murmelte Pei. »Das steht jedenfalls fest.« Fairerweise war festzuhalten, dass die Strategie mit einem Suchradius, konzentriert auf zwei Kerngebiete und drei Personengruppen, eine erfolgreiche Tradition hatte. Wenn sie aber trotzdem keinerlei Hinweis zutage gefördert hatten, musste ihnen der Mörder die ganze Zeit über einen Schritt voraus gewesen sein – oder die Grundannahme, anhand derer sie die Suche ausgerichtet hatten, war von vornherein falsch gewesen.

»Scheint, als wäre die Suche nach der Nadel im Heuhaufen doch nicht die beste Strategie gewesen. Haben Sie an den Stellen, wo er die Leichenteile abgelegt hatte, sonst irgendwas gefunden?«

Huang seufzte leise. »Am zwölften Januar hat es in Chengdu kräftig geschneit. Von Mitternacht an, und erst nach neun Uhr morgens wurde es langsam weniger. Der Schnee hat sämtliche Fußabdrücke, Fingerabdrücke oder sonstige Spuren vernichtet, die der Täter beim Ablegen der Tüten möglicherweise hinterlassen hat. Wir beschlossen, der Täter habe den Tag eben wegen der Witterungsbedingungen gewählt.«

»Leuchtet ein. Der Kerl hat jede einzelne Bewegung präzise durchgeplant.« Pei dachte einen Moment nach, dann fügte er hinzu: »Haben Sie noch irgendwelche weiteren Anhaltspunkte finden können, wie genau er die Leiche auseinandergenommen und präpariert hat? Das hätte doch ein paar Hinweise liefern müssen.«

Huang sah ihn traurig an. »Genau das haben wir zu Beginn der Ermittlung auch gedacht. Es hat sich aber als fruchtlos herausgestellt. Erstens kann man die Mülltüten, die er zur Aufbewahrung des Menschenfleischs benutzt hat, in jedem Supermarkt finden. Und der Koffer mit Kopf und Innereien war ein Allerweltsmodell. Darüber hinaus anhand der Gebrauchsspuren und Bauweise mindestens fünf Jahre alt. Herausfinden zu wollen, wo das Ding in den letzten Jahren überall gewesen sein könnte, hätte auf einen sinnlosen Irrweg geführt.«

Pei schüttelte resigniert den Kopf. Sein Mitleid mit Huang wuchs. »Scheint fast so, als hätte der Mörder für alle Eventualitäten geplant.«

»Der Verdächtige schien einen beinahe unheimlichen Einblick in unser investigatives Vorgehen zu haben. Ganz egal, welchen Ansatz wir verfolgten, er sah ihn voraus. Ich habe monatelang Tag und Nacht mit meiner Einsatztruppe an dem Fall gearbeitet, ohne auch nur ein einziges handfestes Resultat hervorzubringen. Irgendwann hatte ich keine Wahl mehr. Ich habe also meinen Stolz geschluckt und mich zu Ding Ke begeben.«

»Ding Ke«, murmelte Pei. »Er hat, was, acht Jahre vor dem Tütenmann den Dienst quittiert? Dem Hörensagen nach hat er Ihnen auch nach seinem Ausscheiden sehr geholfen.«

»Beides richtig. Er war schließlich mehr oder weniger mein Mentor. Wann immer ich bei einer Ermittlung nicht weiterwusste, habe ich ihn früher oder später um Rat gefragt. Damals hat er am Stadtrand gewohnt und sich nur noch um seine Vögel und seine Blumen gekümmert. Ein einfaches Leben. Und obwohl er an den Schläfen bereits ergraut war, wirkte er viel lebendiger, als ich ihn je als Polizisten erlebt hatte. Er war allerdings nie besonders froh darüber, mich zu sehen. In seinen Worten hat ihn jeder meiner Besuche etliche Tage Lebenszeit gekostet.«

Pei verstand das nur zu gut. Nicht jeder war der Polizeiarbeit gewachsen. Sobald man in eine Ermittlung eintauchte, hatte alles andere hintanzustehen.

»Was hat Ihr Besuch bei Ding Ke bewirkt?«, fragte Mu ungeduldig.

»Er hat sich beschwert, wie üblich. Aber nachdem er fertig mit Grummeln war, hat er sich die Ermittlungsakten sehr gründlich angesehen. Dann hat er gesagt, ich solle in einem halben Monat wiederkommen. Ein halber Monat! So viel Zeit hatte er nach dem Aus nie mit einem Fall verbracht.«

»Gibt es einen bestimmten Grund für diese genaue Zeitangabe?«

»Es war die Deadline, die er sich selbst gab, um den Fall zu knacken. Sie wissen ja, dass ich ihn nach seinem Ausscheiden öfter aufgesucht habe. Vorher war es immer relativ gleich abgelaufen: Ich erzähle ihm von der Ermittlung, er sagt mir, wann ich wiederkommen soll. Normalerweise ein oder zwei Tage später. Fünf, falls es sich um einen besonders kniffligen Fall handelte. Nie mehr als eine Woche.

Und ich erinnere mich noch gut an die jeweils zweiten Treffen. Er brachte ein paar Dinge auf den Punkt und stellte hin und wieder eine Frage. Kaum ein paar Dutzend Worte insgesamt, aber er hatte in jedem Satz lange Stunden des Nachdenkens destilliert. Immer wenn ich mich nach einem dieser Treffen wieder der laufenden Ermittlung widmete, hatte ich das Gefühl, endlich wieder klarsehen zu können. Als läge die Lösung in greifbarer Nähe. Jedes Mal.«

»Und was ist schließlich passiert?«

Huang schaute von einem zur anderen. Seine Miene wurde noch trostloser. »Das wissen Sie doch längst.«

»Sie haben ihn nie wiedergesehen«, sagte Mu.

»Den halben Monat zu warten war schlimm genug. Als ich ihn dann aufsuchte, musste ich völlig fassungslos feststellen, dass er ausgezogen war. Niemand wusste, wohin – oder wie man ihn hätte erreichen können.«

Mus Mitgefühl reichte nicht bis zu ihrer Zunge. »Sieht aus, als wäre er Ihnen absichtlich aus dem Weg gegangen.«

»Der Fall muss ihn überfordert haben«, sagte Pei in einem Versuch, den Tonfall zu ändern.

»Keine Ahnung. Ich weiß nur, dass ich ihn nie wiedergesehen habe«, sagte Huang und hüllte sich in Schweigen.

Pei Tao starrte auf den Tisch. Er war enttäuscht, dass jemand von Ding Kes Kaliber lieber davonlief, als sich dem eigenen Unvermögen zu stellen. Der Mann war wortbrüchig geworden.

Mu seufzte leise. »Erfolgten, nachdem Ding Ke aufgab, noch irgendwelche Fortschritte bei der Ermittlung?«

Huang lächelte gequält. »Ich will nichts beschönigen. Nachdem der Kontakt mit ihm abriss, waren wir vollkommen verzweifelt. Aber ich war eben Hauptmann der Kriminalpolizei. Selbst wenn die Untersuchung hoffnungslos wirkte, musste ich eine entschlossene Miene aufsetzen und so tun, als würden wir munter Fortschritte erzielen. Im Laufe der nächsten Monate habe ich mit meinen Beamten die gesamte Stadt bis in den letzten Winkel durchkämmt. Nur konnten wir – wie befürchtet – keine Spur von dem Verdächtigen finden. Um den öffentlichen Aufschrei angesichts der ausbleibenden Ergebnisse so leise wie möglich zu halten, habe ich Ende des Jahres meinen Hut genommen.«

Als Mu ihn mitleidig ansah, wirkte ihr Blick sanfter als zuvor.

Ein unerwartetes, schiefes Grinsen stahl sich auf Huangs Gesicht. »Ob Sie es glauben oder nicht, es war wie eine Befreiung, die Polizei zu verlassen. Die Ermittlung hatte mich in ein reines Nervenbündel verwandelt.«

»Klingt, als hätten sowohl Sie als auch Ding Ke beschlossen, vor dieser Ermittlung davonzulaufen«, sagte Mu. »Doch Sie sind anders als Ding Ke. Sie mögen ebenfalls kein Polizist mehr sein, aber Sie haben noch nicht vergessen. Selbst nachdem die Polizei den Fall als ungelöst zu den Akten gelegt hat, haben Sie weiter nach dem Mörder gesucht. Sie haben nie wirklich aufgegeben. Habe ich recht?«

Huang sah sie mit wildem Blick an. »Ich werde den Mörder bezahlen lassen, und wenn es mich weitere zehn Jahre kostet. Ach was, von mir aus den Rest meines Lebens!« Nach dieser Ankündigung war die Wut in seiner Miene rasch wieder verflogen.

»In Wahrheit habe ich sogar diese Bar aus dem Grund eröffnet, den Mörder aus der Reserve zu locken«, fügte er hinzu. »Wie hat Ihnen die Musik gefallen, als Sie den Laden betreten haben?«

»Erstickend«, sagte Pei.

»Die passende Begleitung für die blutige Aufführung auf der Bühne.«

Eine Welle des Unwohlseins überkam Mu, als sie sich an die »Aufführung« im Erdgeschoss erinnerte, die mehr einer Szene aus einem Horrorfilm geglichen hatte. Der Schauspieler hatte einen der Zuschauer auf die Bühne gebeten, um die halb nackte Schauspielerin abzustechen. Das Blut – Kunstblut höchstwahrscheinlich – war in hohem Bogen aus ihrer Brust gespritzt.

»Jetzt, da ich daran denke, war diese Aufführung haarscharf an der Grenze der Legalität«, sagte Mu. »Vom guten Geschmack ganz zu schweigen«, fügte sie knurrend hinzu.

»Alles nur Zaubertricks. Niemand ist dabei je verletzt worden. Das Blut, das Sie gesehen haben, wird von einem kleinen Laden in der Innenstadt hergestellt.« Huang schenkte ihr ein höfliches Lächeln. »Aber bitte, sagen Sie mir, was Sie beim Betreten der Bar empfunden haben«, wandte er sich wieder an beide.

»Eine Mischung aus Angst und Verzweiflung«, sagte Pei. »Die Musik hämmert sich einem in den Kopf und lässt nicht ab. Geschrei, Gebrüll, finstere Gitarren und Schlagzeug.

Je nachdem, wer durch die Tür tritt, mag das eine Menge unguter Gedanken hervorrufen. Vielleicht sogar Gewaltfantasien.«

»Ganz genau. Sie haben eben ›erstickend‹ gesagt. Tatsächlich stammt das Lied aus der Feder einer Death-Metal-Band namens *Suffocation*, also Ersticken. Als ich es das erste Mal hörte, konnte ich kaum fassen, dass ein paar Leute dergleichen tatsächlich geschrieben, geprobt und aufgenommen haben. Aber eine Woche später war ich immer noch nicht davon losgekommen.«

Er zündete sich die nächste Zigarette an, ging in die andere Ecke des Zimmers und hob eine schwere Asservatentüte vom Nachttisch auf. Damit kehrte er zu Pei und Mu zurück und hielt sie ihnen hin. »Sehen Sie sich die genau an«, sagte er. »Die Musik, die ich während der Aufführungen unten spiele, kommt samt und sonders von diesen Kassetten. Ich habe sie in einer langen Winternacht 1993 zum ersten Mal gehört. Ich war allein, nur ich und meine Kopfhörer. Am Ende war ich komplett durchgeschwitzt und hatte das Gefühl, dass die ganze Welt nur aus Tod und Gewalt besteht, voller Verzweiflung und Ausweglosigkeit.«

Pei nickte bedächtig. So in etwa hatte er sich unten gefühlt. Er nahm Huang die Tüte ab und schaute hinein. Die Kassetten waren abgewetzt und mit englischen Titeln beschriftet.

Ihr Anblick löste eine Flut von Erinnerungen aus. Obwohl sie längst von CDs abgelöst worden waren, hatten in den Achtzigern und Neunzigern noch massenhaft Kassetten den chinesischen Musikmarkt überschwemmt. »Haben diese Kassetten etwas mit dem 12/1er-Fall zu tun?«, fragte er neugierig.

»Sie gehörten dem Opfer. Das sind *da kou dai* aus einem der Musikläden in der Nähe der Uni.«

»Was ist ein *da kou dai*?«, fragte Pei und versuchte, den unbekannten Begriff mit der Zunge zu ertasten.

Mu grinste überrascht. »Dafür sind Sie offenbar zu alt, Pei. Also, wenn damals Musikhändler in Übersee ihre Massen an Kassetten nicht loswurden, stachen sie ein kleines Loch in die Seite der Hülle und verscherbelten das Zeug als Plastikmüll nach China. Normalerweise sind die Bänder dabei nicht beschädigt worden, man konnte sie also noch einwandfrei abspielen. Und diese ›*da kou dai*‹ haben sich dann auf dem Musikschwarzmarkt festgesetzt. Als ich in der Oberstufe und auf der Uni war, hatte jeder welche.«

»Die Einsatzgruppe hat diese Kassetten auf Fingerabdrücke untersucht«, sagte Huang. »Den Aussagen ihrer Mitbewohnerinnen zufolge bildeten sie das Herzstück ihrer Sammlung. Wir hegten die Hoffnung, dass irgendjemand, der ihr zu nahe gekommen war, dort vielleicht Spuren hinterlassen hätte. Leider konnten wir nichts dergleichen finden. Die Bänder sind nie offiziell als Beweisstücke registriert worden. Wahrscheinlich bloß ein Versehen, aber irgendwann hat die Einsatzgruppe sie vollkommen vergessen. In der Nacht, bevor ich den Dienst quittierte, bin ich zufällig über sie gestolpert. Keine Ahnung, warum ich sie mitgenommen habe, aber so war es.«

»Und eines Abends haben Sie sie angehört«, sagte Mu.

»Das war keine leichte Kost. Vor jenem Abend war das Härteste, was ich gehört hatte, wahrscheinlich Cu Jian oder die Carpenters. Im Endeffekt hat sich diese unangenehme Erfahrung aber mehr als ausgezahlt.« Huang versagte die Stimme. Er trank einen Schluck Tee. »Als ich ihre Musik hörte, verspürte ich das Gefühl, Feng Chunling wirklich zu verstehen. Und ich begriff, mit was für einem Menschenschlag sie verkehrte.

Als ich die Einsatzgruppe leitete, erstellten wir relativ schnell anhand der verfügbaren Informationen ein grobes psychologisches Profil von ihr – einsam, in sich gekehrt, emotional recht einseitig gestrickt. Was mich angeht, muss ich allerdings sagen, dass mich die Gefühle beim Anhören ihrer Musik dazu bewogen haben, das ursprüngliche Bild komplett über den Haufen zu werfen. Bevor ich das gehört habe, konnte ich mir kaum vorstellen, was für ein Monster diesen Mord begangen haben mochte. Was geht so einem Menschen durch den Kopf, während er Feng tötet? Ich konnte mich in die Gedanken und Motivation des Mörders einfach nicht hineinversetzen ... bis ich diese Kassetten hörte! Denn es sind mehr als nur Musikkassetten. Es sind gewissermaßen Briefe aus dem Nachlass des Opfers.«

Pei bemerkte, dass er noch immer die Kassetten in der Asservatentüte anstarrte.

»Wenn Sie lesen können, was da auf Englisch auf den Hüllen steht, begreifen Sie sofort, was ich meine«, fügte Huang hinzu.

Pei kniff die Augen zusammen und betrachtete die erste Hülle, konnte sich aber keinen Reim auf die Aufschrift machen. Er wandte sich an Mu.

»Wie steht es um Ihr Englisch?«

»Ganz anständig«, sagte Mu und streckte die Hand aus.

Mit einem betretenen Blick händigte Pei ihr die Tüte aus. »Ich habe seit der Schule kein Wort Englisch mehr gesprochen oder gelesen.«

Mu zuckte lässig die Achseln. Eine Minute lang studierte

sie die Rückseite der Kassettenhülle, dann begann sie zu übersetzen.

»Das ist eine Kompilation von einer Plattenfirma namens Roadrunner Records aus dem Jahr 1992. Der einleitende Text besagt in etwa: *Das prominenteste Merkmal der meisten Heavy-Metal-Texte ist die zur Schau gestellte Besessenheit von Tod, Gewalt und hemmungsloser Geilheit ... Sie sind eine vorzügliche Ausdrucksform für Nietzsches Gedanken zum Abgrund ... Wer sich ganz auf diese Musik einlässt, wird Zeuge davon werden, wie der Tod über das Gute triumphiert, wie die Grundfesten der Zivilisation stürzen, wie das Gefüge der natürlichen Ordnung in Gewalt versinkt, wie sich grenzenlose Lust bis in den letzten Winkel der Erde ergießt ... Man mag versuchen, sich die Sinne mit Nihilismus zu betäuben, aber auf dem Weg kann man dem Schatten des Todes, der alles umfängt, niemals entrinnen ... Die einzige Möglichkeit, Erlösung zu erlangen, liegt darin verborgen, den Geschmack des Todes durch Metal zu genießen.*«

»Sie lassen sogar meine alte Englischlehrerin wirklich alt aussehen«, sagte Huang beeindruckt. »Leider waren wir dermaßen darauf fixiert, Fingerabdrücke oder andere Spuren auf den Kassetten zu finden, dass wir uns kaum Gedanken darüber gemacht haben, was dort eigentlich steht. Nachdem ich sie angehört hatte, ließ ich mir diesen Text übersetzen, aber da hatte sich unser Zeitfenster längst geschlossen. Hätten wir jemanden wie Sie in der Einsatzgruppe gehabt, wäre vielleicht alles anders ausgegangen.«

»*Wer mit Ungeheuern kämpft, mag zusehen, dass er nicht dabei zum Ungeheuer wird. Und wenn du lange in einen Abgrund blickst, blickt der Abgrund auch in dich hinein*«, rezitierte Pei.

»Wir haben bereits einen Blick in den Abgrund gewagt«, sagte Huang mit eisiger Stimme. »Er schlummert in diesen Kassetten.«

Mu wirkte abgelenkt. Behutsam legte sie die Kassette auf dem Beistelltisch ab. »Falls das stimmt«, murmelte sie, »scheint es ganz so, als wäre ihre Gefühlswelt doch tiefer und facettenreicher gewesen als bei den meisten Leuten ihres Alters. Vielleicht hielt sie es für unmöglich, eine echte Beziehung zu ihnen aufzubauen. Warum sonst hätte sie derart gleichgültig und einsam wirken sollen? Wenn sie aber eigene Interessen hatte, ist davon auszugehen, dass sie auch eine kleine Gruppe gleichgesinnter Freunde besaß. Und diese Interaktionen müssen sich abseits der Hochschule abgespielt haben.

In anderen Zirkeln hat sie vielleicht andere Seiten von sich preisgegeben. Und wahrscheinlich hat sie nicht nur einen anderen Musikgeschmack gepflegt, sondern auch ähnlich stark abweichende Erfahrungen gesammelt.«

»Ganz genau!«, rief Huang. »Sie nehmen mir die Worte aus dem Mund. Anders als Sie besitze ich kein Fachwissen über Psychologie, um meine Ansichten zu unterfüttern. Ich muss mich auf mein Bauchgefühl verlassen. Hier also meine Theorie«, sagte er und setzte sich gerade hin. »Opfer und Täter haben sich durch Heavy Metal kennengelernt. Gut möglich, dass sie sich sogar in dem Musikladen kennengelernt haben, der damals diese *da kou dai* verkaufte. Sie haben sich angefreundet, haben sich über Gewalt, Lust, vielleicht auch über den Tod unterhalten. Für Feng Chunling waren es Träumereien, was bei solchen Texten ja für die meisten Menschen gilt. Für den Mörder waren sie hingegen Ventile, um seine widernatürlichen Triebe zu befriedigen.

Und eines Tages konnte er – warum auch immer, vielleicht hatten sie Streit, oder sie hat ihn sexuell abgewiesen – seine Triebe nicht länger im Zaum halten. Hat all die aufgestauten Regungen an seinem Opfer ausgelassen. Vergewaltigung, Mord, Verstümmelung. Ein entsetzliches Verbrechen nach dem anderen. Und wer weiß, vielleicht hat dabei die ganze Zeit diese Musik in seinem Kopf gespielt.«

Während er sprach, sah er Pei und Mu erwartungsvoll an. Als er fertig war, maß die Wanduhr die verstreichenden Sekunden mit leisem Ticken.

Endlich regte sich Mu. »Wenn es wirklich der Mord eines Psychopathen war, wie Sie sagen, dann bestand die primäre Zielsetzung des Mörders darin, sich durch den grenzüberschreitenden Akt des Mordens eine einzigartige Befriedigung zu verschaffen. Die Forschung zu ähnlichen Fällen legt nahe, dass ein derartig tickender Mensch dieser Art der Befriedigung nur sehr schwer widerstehen kann. Im Gegenteil, er wird süchtig danach. Solche Menschen begehen weitere Morde, bis sie schließlich gefasst werden. Wir nennen sie Serienmörder.«

»Wenn Sie das so formulieren, klingt es sogar noch glaubhafter«, sagte Huang und nickte nachdenklich. »Jetzt bin ich umso überzeugter, dass es mir gelingen kann, ihn in die Falle zu locken. Der Mord an Feng ist zehn Jahre her. Er muss sich danach verzehren, den nächsten zu begehen. Und meine Bar ist zufälligerweise der perfekte Ort für diesen Bastard, um seinen Trieben freien Lauf zu lassen. Hier kann er sich seinen Gewaltfantasien und seiner Lust hingeben, und all das zu seiner Lieblingsmusik. Solange ich diese Bar betreibe, wird er früher oder später hier auftauchen.«

Pei hob die Hände, als wollte er sich eine Auszeit erbitten.

»Ich verstehe zwar Ihre Beweggründe, ihm diese Falle zu stellen, aber Ihre Beschreibung des Mörders ist pure Spekulation. Rein logisch gesehen fehlt Ihnen jeder handfeste Beweis. Die Kassette bietet zweifellos genug Nährboden für Hypothesen, trotzdem kann der Mörder einem Dutzend verschiedener Persönlichkeitsprofile entsprechen. Ich bin nicht davon überzeugt, dass diese Bar ihn anlocken wird.«

Huangs Augenbrauen hoben und senkten sich, während er nachdachte.

Pei fragte sich, ob er zu dem Mann durchgedrungen war.

Huang zeigte sich unbeirrt. Das Feuer in seinem Blick war nicht erloschen. »Selbst wenn die Chance nur ein Prozent beträgt, gebe ich nicht auf! Ich gestehe, die Darbietungen unten sind strenggenommen nicht ganz legal. Aber von solchen Details darf ich mich nicht aufhalten lassen. Das bin ich meinem Gewissen schuldig. Dieser Hundesohn ist an allem schuld. Wenn ich ihn je in die Finger kriege, ist mir völlig egal, was mir hinterher rechtlich blüht!«

Es ist mir völlig egal, was mir rechtlich blüht.

Je tiefer die Worte in sein Bewusstsein eindrangen, desto mehr erstarrte Pei Tao. Ihm gegenüber saß ein Mann, der bereit war, das Gesetz zu brechen, um das Böse zu bestrafen. Eine beängstigend vertraute Herangehensweise.

War dieser Mann sein Feind?

Und falls nicht, was sagte das dann über Eumenides?

KAPITEL ZWÖLF

BLUT IM BÜRO

2. NOVEMBER, 23 : 25 UHR
INNENSTADT VON CHENGDU

Die Firmenzentrale der Longyu-Gesellschaft befand sich in einem massiven Gebäude von siebenundzwanzig Stockwerken, das schlicht als Longyu-Komplex bekannt war. Obwohl die Mitternacht kaum noch eine halbe Stunde entfernt war, brannte in sämtlichen Fenstern Licht. Der Sicherheitsdienst hatte alles abgeriegelt und insbesondere den achtzehnten Stock in eine uneinnehmbare Festung verwandelt. In jeder Biegung des langen Gangs stand ein Wachtposten, eine Vielzahl teils unsichtbarer Vorkehrungen durchzog den Bereich zwischen Aufzug und Sicherheitsschleuse. Überall waren hochmoderne Geräte installiert worden, von Kameras über Bewegungsmelder bis hin zu Metalldetektoren.

Im ersten Stock des Gebäudes lag die Schaltzentrale des Sicherheitsdienstes, ausgestattet mit langen Reihen von Monitoren, über die jeder Eingang, Ausgang, Aufzug, Gang, die Eingangshalle und jedes Zimmer ständig überwacht werden konnten. Wer in der Mitte des Raumes stand, sah gleichzeitig sämtliche Winkel des ganzen Gebäudes ein.

In der Zentrale befanden sich vier Männer in Schwarz. Sie standen in einer Reihe parallel zu den Bildschirmen, jeder von ihnen hatte den Blick fest auf das ihm zugewiesene Monitorviertel geheftet. Hinter ihnen standen Hua und Bruder Long.

Hua und Bruder Long starrten ein ganz bestimmtes Bild an. Zuerst schien es doppelt so groß wie alle übrigen zu sein, tatsächlich wurde es aber von zwei zusammengeschalteten Monitoren übertragen. Sie zeigten den Innenraum dessen, was einmal das zentrale Büro im achtzehnten Stock gewesen war. Dank der schieren Größe des Raumes waren zwei Kameras nötig, um die vorliegende Panoramaansicht zu erzeugen. Der schwer bewachte Raum, der einmal Deng Huas Arbeitszimmer gewesen war, diente nunmehr als Schlafgemach.

Der Raum war hell erleuchtet. Der riesige Schreibtisch, die Stühle und das übrige Mobiliar waren unangetastet geblieben, neu hingegen die beiden Betten, eins an der Ostwand und eins gegenüber im Westen.

Auf einem Bett schlief tief und fest ein spindeldürrer Mann. Auf dem anderen lag ein geradezu absurd fetter Mann und schnarchte laut.

Bruder Long betrachtete ihn mit blutunterlaufenen Augen, riss den Mund auf und gähnte herzhaft.

»Müde?«, fragte Hua leise, hielt den Blick aber weiter auf den Bildschirm gerichtet.

»Alles in Ordnung«, sagte Bruder Long. Er rieb sich mit beiden Händen das Gesicht und riss die Augen ein Stück weiter auf.

»Sie müssen sich nicht verausgaben. Solange ich die Bildschirme im Auge habe, kann nichts passieren. Ob einer oder zwei Leute zuschauen, ändert nichts.«

»Ich weiß, wie Sie das meinen, trotzdem ist es auch meine Verantwortung. Ich kann es mir nicht erlauben, mir selbst gegenüber Nachsicht zu zeigen. Wir haben bereits Herrn Deng verloren. Sollte Herrn Lin das gleiche Schicksal ereilen, ist die Longyu-Gesellschaft am Ende.« Bruder Long betrachtete weiter den massigen Herrn auf dem Bildschirm, Lin Henggan, den stellvertretenden Generaldirektor der Longyu-Gesellschaft.

Hua kicherte sanft. »Sie trauen mir also nicht zu, das hier allein zu bewältigen?«

Bruder Long setzte ein dünnes Lächeln auf. »Wie können Sie so etwas sagen, Hua? Viele unserer Mitstreiter waren ebenfalls anwesend, als Herr Deng ermordet wurde. Niemand macht Sie persönlich dafür verantwortlich. Ich leiste Ihnen keineswegs Gesellschaft, weil ich der Meinung wäre, Sie könnten diese Arbeit nicht allein erledigen, sondern weil ich mich besser in die Sicherheitssysteme dieses Gebäudes einarbeiten muss. Wie sollte ich sonst in Zukunft einen Teil der Last von Ihren Schultern nehmen?« In demonstrativ kameradschaftlicher Art klopfte er Hua auf die Schulter.

Hua wischte seine Hand beiseite. »Es reicht. Konzentrieren Sie sich und befolgen Sie meine Anweisungen.«

»Selbstverständlich.«

Hua spähte in eine Ecke des Bildschirms. »Keine halbe Stunde mehr«, murmelte er.

»Ich habe Ihnen doch gesagt, der Kerl kann nicht gewinnen! Wie soll er sich bitte an derartigen Sicherheitsmaßnahmen vorbeischleichen? Nur ein Gespenst könnte unbemerkt in diesen Raum eindringen.«

»Werden Sie bloß nicht sorglos«, sagte Hua mit einem Kopfschütteln. »Je näher die Frist rückt, desto wachsamer müssen wir sein. Er kann durchaus bis zum letzten Moment warten, um dann zuzuschlagen.«

»Ich mache mir mehr Sorgen darüber, was passiert, falls er nicht auftaucht. Wenn er auch nur einen Fuß ins Gebäude setzt, ziehe ich ihm bei lebendigem Leib die Haut ab und lasse ihn als Rauchopfer für Herrn Deng in Flammen aufgehen!«

Hua antwortete nicht, sondern hielt den Blick starr auf den Schirm gerichtet. Die beiden Männer im achtzehnten Stock schliefen tief und fest. Bis auf die leicht flackernde Uhrzeit am Bildschirmrand hätte es sich um ein Standbild handeln können.

Ohne Vorwarnung wurden alle Bildschirme schwarz.

»Was zum Teufel ist los?«, kreischte Bruder Long.

»Stromausfall!«, rief Hua.

Schnell wurde ihnen das Ausmaß des Stromausfalls bewusst. Nicht nur die Monitore waren dunkel – die gesamte Sicherheitszentrale lag in Finsternis getaucht.

»Irgendwas stimmt da nicht!«, schrie Bruder Long. Er sprang aus seinem Sessel auf, nur um festzustellen, dass er keine Ahnung mehr hatte, in welcher Richtung die Tür lag. »Was machen wir jetzt, Hua?«

Hua tastete sich zur Wand vor, bis sich seine Finger um eine dünne Kette schlossen. Mit einem Ruck hatte er die Jalousien geöffnet. Schwaches Kunstlicht strömte durch das Fenster und erfüllte den Raum mit dämmrigem Schimmer.

Bruder Long sah Huas Gesicht, das bei diesen Lichtverhältnissen noch grotesker wirkte. »Die anderen Gebäude haben noch Strom«, flüsterte er.

Bruder Long rutschte das Herz in die Hose.

»Zhao, Song, mir nach.«

Bruder Long rannte mit zwei der schwarz gekleideten Männer zur Tür. Die beiden übrigen standen da und warteten auf Huas Instruktionen.

»Niemand rührt sich!«, brüllte Hua.

Bruder Long stand direkt bei der Tür, als sein Hirn zu seinen Ohren aufschloss. Er drehte sich um und starrte Hua an.

Huas Gesichtsausdruck war vollkommen ernst, jedoch frei von Panik. Er zückte ein Funkgerät. »Jie?«, sagte er energisch.

»*Jie hier*«, antwortete der Verantwortliche für den achtzehnten Stock.

»Wie sieht es aus da oben?«

»*Wir haben plötzlich keinen Strom mehr.*«

»Das ist mir bewusst«, sagte Hua ernst. »Mir geht es darum, ob Ihnen davon abgesehen noch irgendetwas aufgefallen ist.«

»*Bislang nicht.*«

Ein kollektives Seufzen erklang in der Sicherheitszentrale.

»Haben Sie sonst noch Licht zur Verfügung?«, fragte Hua.

»*Zwei von uns besitzen Notfall-Taschenlampen. Momentan ist aber alles ruhig.*«

»Hervorragend. Was auch passiert, Sie müssen die Türen zum Büro bewachen. Lassen Sie niemanden rein. Habe ich mich klar ausgedrückt?«

»*Absolut, Sir!*«

»Rufen Sie mich, sobald irgendetwas geschieht.« Mit diesem letzten Befehl ließ Hua das Funkgerät sinken und sah die beiden schwarz gewandeten Männer an, die sich noch nicht von ihren Positionen vor den blinden Monitoren gerührt hatten. »Wissen Sie, wo sich der Reservegenerator für das Gebäude befindet?«

»Jawohl, Sir«, antworteten beide beinahe zeitgleich.

Hua winkte in Richtung Tür. »Dann los. Sie haben drei Minuten!«

Ohne ein weiteres Wort marschierten die beiden aus dem Raum, bis sich ihre Schritte den Gang hinunter entfernten.

Hua richtete seinen Blick auf Bruder Long. Obwohl Hua sowohl jünger als auch kleiner war als er, fühlte Bruder Long sich neben dessen Furcht einflößender Präsenz extrem klein. Dennoch nahm er seinen Mut zusammen. »Die Lage hat sich verändert. Warum bleiben wir hier zurück? Wir müssen oben mithelfen!«

»Das ganze Gebäude ist ohne Strom«, sagte Hua. »Was glauben Sie, wie lange Sie brauchen würden, um die achtzehn Stockwerke auf der Treppe nach oben zu laufen?«

»Na ja ...« Bruder Long spürte, wie ihm Hitze in die Wangen stieg. Nach kurzer Überlegung wagte er eine Prognose. »Vielleicht fünfzehn Minuten?«

»Fünfzehn Minuten? Selbst wenn Sie den Weg überhaupt bewältigen, können Sie oben nur noch keuchen und prusten. Und wenn Sie sich in diesem Zustand einen Weg durch die Dunkelheit bahnen, sind Sie ein gefundenes Fressen für jeden Überfall. Warum also dort hoch rennen? Im achtzehnten Stock stehen Dutzende von Leuten bereit. Die schweren stählernen Türen sind verriegelt, und wir haben die Schlüssel. Da kommt niemand rein, wozu also die Panik? Begreifen Sie nicht, dass unser Feind genau das bezwecken will? Erst wenn wir den Kopf verlieren, bekommt er wirklich eine Gelegenheit!«

Kalter Schweiß rann ihm den Rücken hinab, als Bruder Long darüber nachsann, was alles als Nächstes passieren konnte. Was, wenn er doch die Treppe nahm und auf der

Hälfte vom Mörder überrascht wurde? Mit Mühe unterdrückte er ein Schaudern.

»Was machen wir dann?«, fragte er.

»Wir halten uns an unseren Plan«, sagte Hua nachdrücklich. »Der Reservegenerator wird jeden Moment anlaufen. Wir müssen hier die Stellung halten und sichergehen, dass uns niemand von draußen dazwischenfunkt.«

Hua marschierte zu seinem Sessel zurück und ließ sich nieder. Bruder Long, dem keine bessere Vorgehensweise einfiel, tat es ihm gleich.

Hinter ihnen warteten stumm die letzten beiden schwarz gekleideten Männer. Mehrere Minuten vergingen. Schließlich gingen die Lichter im Gebäude mit einem dumpfen Summen flackernd wieder an.

Auch die Überwachungsmonitore glommen schwach, zeigten aber nicht mehr als graue Schlieren. Wortlos starrten die vier Männer auf die Schirme, bis die Bilder allmählich wieder Konturen annahmen.

Hua starrte die beiden Monitore in der Ecke an. Er hatte die Augen so weit aufgerissen, dass Bruder Long sich fragte, wann sie aus den Höhlen kullern würden.

»Wie zum Teufel konnte das passieren?«, sagte er leise.

Das Bildmaterial aus dem Büro zeigte die Tür weiterhin geschlossen und den Raum erleuchtet. Die zwei Männer schlummerten noch immer in ihren Betten. Alles sah aus wie vor dem Stromausfall. Mit einem kleinen Unterschied. Mitten im Raum stand eine dritte Person.

Der Neuankömmling trat an das Bett an der Westwand heran. Sein Gang hatte etwas demonstrativ Prahlerisches. Als er die rechte Hand zur Lampe reckte, sah man einen kleinen, schmalen Gegenstand zwischen seinen Fingern glitzern.

»Hua, was sollen wir tun?«, fragte Bruder Long. Mit weißen Knöcheln umklammerte er die Armlehnen.

Hua hatte keine Antwort für ihn. Im selben Moment wurden die Monitore abermals schwarz. Zum zweiten Mal in dieser Nacht lag der Longyu-Komplex in Finsternis.

*

3. NOVEMBER, 00 : 45 UHR

Ein Chor von Sirenen zerriss die Nachtluft. Polizeiwagen umringten den Longyu-Komplex, der bereits von gelbem Absperrband umgeben war. Zu beiden Seiten der Absperrung standen zahlreiche Polizisten Wache; kein Zivilist würde sich dem Gebäude nähern können. Hauptmann Pei und sein Stellvertreter Yin rannten zusammen mit einer Handvoll ausgesuchter Kollegen die Treppe zum achtzehnten Stock hinauf.

Auf dem Flur wurden sie von einer Reihe Männer in schwarzen Anzügen erwartet. Aus der Gruppe lösten sich zwei Gestalten, um die nahenden Beamten zu begrüßen.

»So sieht man sich wieder, Pei«, sagte Hua ruhig.

»Haben Sie uns gerufen?«, fragte Pei.

Hua nickte. »So ist es. Beide haben schon nicht mehr geatmet. Statt erst einen Krankenwagen zu rufen, hielt ich es für sinnvoller, direkt die Polizei zu verständigen.«

Huas Gesicht wirkte seltsam in die Länge gezogen, als hätte sich seine Mimik noch nicht an den Tod der beiden Männer gewöhnen können. Seine Stimme aber klang entspannt und selbstsicher.

»Wieso glauben Sie, dass Eumenides dahintersteckt?«

Wortlos händigte Hua Pei ein weißes Blatt Papier aus. Yin Jian trat vor und richtete den Strahl seiner Taschenlampe darauf.

> **TODESANZEIGE**
>
> DIE ANGEKLAGTEN: Lin Henggan, Meng Fangliang
> VERBRECHEN: Geheime Absprachen mit dem organisierten Verbrechen
> DATUM DER URTEILSVOLLSTRECKUNG: 2. November
> HENKER: Eumenides

Pei starrte das Papier an, während seine Lippen immer schmaler wurden. Unvermittelt richtete er den Blick wieder auf Hua.

»Wann haben Sie diese Todesanzeige bekommen?«

»Vor zwei Tagen«, gab Hua kühl zurück.

»Warum haben Sie uns nicht sofort kontaktiert?«

»Die Polizei?« Huas Nasenflügel blähten sich vor Wut und Schmerz. »Sie erinnern sich vielleicht noch daran, wie Deng gestorben ist.« Seine Stimme war eisig und anklagend.

Pei dachte zurück an die tragische Szene, die sich erst kürzlich in der Wartehalle des Flughafens abgespielt hatte. Wieder sah er Hua vor sich, wie er sich in blindem Zorn auf den Polizeibeamten stürzte, der soeben nicht nur seinen Vorgesetzten, sondern auch seine Vaterfigur erschossen hatte.

Pei wollte versöhnlichere Töne anschlagen, aber Hua schien nicht bereit, die Sache so einfach auf sich beruhen zu lassen. »Wofür seid ihr Polizisten überhaupt gut?«, fauchte er.

Pei stieß einen langen, unbehaglichen Seufzer aus. Ja, sein ehemaliger Hauptmann Han Hao hatte Deng Hua erschossen, den Mann, den er hatte beschützen sollen. Angesichts dessen war es nur verständlich, dass Hua die Polizei als nutzlose Last ansah.

Pei weigerte sich allerdings, sich von der Vergangenheit behindern zu lassen. Stattdessen wollte er alle Aufmerksamkeit auf den gegenwärtigen Fall richten.

»Ist noch jemand im Raum?«, fragte er und richtete den Blick auf die geöffnete Tür im Hintergrund.

Huas Wange zuckte. »Unsere Leute haben das Büro bereits verlassen. Ich kenne die Regeln. Wir haben Sie gerufen, also sind Sie jetzt dran.«

Huas feindseliger Haltung zum Trotz war Pei froh darüber, wie der Leibwächter die Situation gehandhabt hatte.

»Erzählen Sie mir genau, was passiert ist, und zwar ab dem Zeitpunkt, als Sie diese Todesanzeige erhalten haben.«

Hua biss sich auf die Zähne. Der Schmerz in seinem Blick schmolz dahin und wich eiserner Entschlossenheit. »Vor zwei Tagen habe ich die Anzeige zusammen mit einem Brief ohne Absender erhalten. Es war kurz nach Dengs Tod, was mich also umso misstrauischer machte. Ich habe auf der Stelle die Herren Lin und Meng kontaktiert, um festzustellen, dass auch sie bereits versucht hatten, ihrerseits mich zu kontaktieren. Sie hatten beide ebenfalls Todesanzeigen von Eumenides erhalten. Wir haben uns zu dritt getroffen und über die nächsten Schritte beraten. Sowohl Lin als auch Meng waren extrem verängstigt. Lin hat vorgeschlagen, die Polizei zu verständigen, was ich rundheraus abgelehnt habe.«

Pei beschloss, den Mund zu halten.

»Um ehrlich zu sein, war mein Misstrauen der Polizei gegenüber nicht der einzige Grund dafür«, sagte Hua und bedachte Pei mit einem schiefen Blick. »Eumenides hat mir diese Todesanzeige als reine Provokation geschickt, und ich habe die Herausforderung akzeptiert. Seit er Dengs Tod inszeniert hat, habe ich von nichts anderem geträumt, als ihm eigenhändig den letzten Atemzug aus der Kehle zu pressen!«

Pei wusste genau, wie Hua sich fühlte. Eumenides konnte seine Feinde in Angst und Schrecken versetzen, war aber ebenso in der Lage, zwanghafte Rachegelüste zu wecken. Auch er hatte diese tödliche Versuchung im Laufe der Ermittlungen schon mehrfach verspürt – die gleiche Versuchung, die Han Hao verzehrt hatte.

»Lin und Meng haben sich meiner Linie schließlich angeschlossen und entschieden, nicht die Polizei zu verständigen, sondern stattdessen auf die Sicherheitskräfte der Longyu-Gesellschaft zu vertrauen. Ich habe also unsere besten Leute hier zusammengezogen, um Dengs ehemaliges Büro zu ihrer persönlichen Zuflucht zu machen.«

»Wie viele von diesen Wachen waren Ihre eigenen Leute?«

»Knapp die Hälfte. Die anderen waren Lins Leute. Obwohl wir alle unter dem Dach der Longyu-Gesellschaft vereint sind, gibt es einige Abteilungen, die Herrn Lin direkt unterstanden.« Hua deutete auf den stattlichen Mann schräg hinter ihm. »Das ist Bruder Long. Er war Lins engster Vertrauter. Wir beide hatten die Aufgabe, ihn und Herrn Meng zu beschützen.«

Bruder Long schien mit den Gedanken ganz woanders zu sein. Als Hua sich räusperte, sah der Leibwächter Pei an und reichte ihm ungelenk die Hand. Ihre Blicke trafen sich, und Pei erkannte den großen Schmerz in den Augen seines Gegenübers.

»Erzählen Sie mir bitte ganz genau, was passiert ist, während Sie die beiden bewacht haben«, griff Pei das eigentliche Gesprächsthema wieder auf.

Ein aschfahler Schleier legte sich über Huas Miene. »Das Datum auf der Todesanzeige lautete zweiter November, wie Sie gesehen haben. Am Abend des ersten haben wir Lin und Meng um acht Uhr in Dengs Büro gebracht. Die großen doppelten Sicherheitstüren wurden fest verriegelt, Bruder Long und ich besaßen die einzigen Schlüssel. Den ganzen Gang entlang haben wir eine Sicherheitsmaßnahme nach der anderen installiert – besonders hier bei den Türen, wo mehr als ein Dutzend Wachen postiert waren. Zusätzlich wurde jeder Eingang zum Gebäude bewacht. Bruder Long und ich haben jeweils zwei unserer vertrauenswürdigsten Kollegen mitgenommen und von der Sicherheitszentrale im ersten Stock aus alles überwacht. Wir haben die Monitore, auf denen alles zu sehen ist, was im Büro passiert, keine Sekunde aus den Augen gelassen.«

Auf dem Weg durchs Gebäude hatte Pei die beträchtlichen Sicherheitsvorkehrungen bereits bemerkt. Sein Instinkt sagte ihm, dass es selbst für jemanden wie Eumenides fast unmöglich sein musste, sich an derart vielen Hürden vorbeizuschleichen. Offenbar war es dem Mörder aber gelungen, genau das zu tun. Er hatte beide Zielpersonen umgebracht, ohne irgendwelche Spuren zu hinterlassen. Gab es doch noch einen anderen Weg hinein?

Als hätte er Peis Gedanken gelesen, sagte Hua: »Dieses Büro ist nach Dengs exakten Anweisungen gebaut worden. Der einzige Weg hinein beginnt beim Aufzug. Es gibt keine

Geheimgänge, nur diese eine doppelte Türschleuse und ein Fenster auf der Südseite. Das Fenster ist nach außen hin von zehn Metern spiegelglattem Glas umgeben; nicht mal ein professioneller Fassadenkletterer könnte dort irgendwo Halt finden. Über dem Fenster sind alle fünf Meter breite Reihen messerscharfer Metallklingen in die Wand eingelassen. Jeder, der versuchen sollte, sich vom Dach abzuseilen, würde in Stücke geschnitten.«

Pei grunzte frustriert. »Wie ist Eumenides dann ins Büro gelangt?«

»Ich habe genauso wenig Ahnung wie Sie«, sagte Hua. »Seit gestern Abend acht Uhr haben Bruder Long und ich die Monitore rund um die Uhr überwacht. Alles war vollkommen normal, bis um fünf nach halb zehn plötzlich im ganzen Gebäude der Strom ausfiel.«

»Eumenides wollte Sie aus der Reserve locken«, sagte Pei.

»Ganz bestimmt. Wir sind aber nicht darauf reingefallen. Es gibt hier auf jedem Stockwerk überzählige Taschenlampen, also waren die zuständigen Wachen sofort wieder bereit. Ich habe zwei meiner Leute in den Keller geschickt, um den Reservegenerator anzuwerfen.«

Pei Tao nickte anerkennend. Wäre er an Huas Stelle gewesen, er hätte die gleichen Entscheidungen getroffen. »Gut reagiert. Aber lassen Sie mich raten – der Generator hat nicht funktioniert?«

»Irgendwer hat sich daran zu schaffen gemacht. Da bin ich mir sicher. Er ist keine fünfzehn Sekunden gelaufen, bis er einen Kurzschluss hatte.«

»Also hat Eumenides das Gebäude im Schutz vollkommener Dunkelheit betreten?«

»Na ja ...« Für einen kurzen Moment war Huas sonst so

kühle Professionalität gänzlich verschwunden, ersetzt von einem seltenen Blick voller Verletzlichkeit. »Als der Generator anlief, haben wir einen kurzen Blick auf Eumenides erhaschen können. Er stand mitten im Büro. Aber er hat keinem der Männer auf diesem Stockwerk auch nur ein Haar gekrümmt, und ich habe wirklich keine Ahnung, wie er dort reingekommen ist.«

Pei fühlte sich ähnlich ratlos. »Was dann?«

»Es wurde ein zweites Mal stockfinster, die Monitore der Überwachungskameras eingeschlossen. Bruder Long und ich haben die Treppe bis hier hoch im Dauerlauf genommen. Beide Sicherheitstüren waren weiterhin fest verschlossen. Nirgendwo Anzeichen von Fremdeinwirkung. Wir haben die Türen aufgeschlossen und sind hineingerannt, aber es war zu spät. Lin und Meng lagen still da, beide mit durchgeschnittener Kehle. Eumenides war verschwunden.«

»Eines ist ganz sicher. Es muss noch einen anderen Weg ins Büro geben«, sagte Pei entschlossen.

Hua lächelte düster. »Ich versichere Ihnen, dass dem nicht so ist. Seit Fertigstellung des Gebäudes war ich hier persönlich für Dengs Sicherheit verantwortlich. Gäbe es einen anderen Zugang zu diesem Raum, würde ich ihn kennen.«

Pei warf einen Blick ins Büro, das jetzt wieder hell erleuchtet dalag. Er sah den gewaltigen Schreibtisch und dahinter das Fenster, das weit offen stand. Blutverschmierte Fußabdrücke verliefen quer über den Boden.

»Wie viele von Ihnen waren seitdem da drin?«, fragte Pei.

»Vier. Bruder Long und ich, mit je einem unserer Leute.«

Pei malte sich die Szene im Kopf aus. Das Büro rabenschwarz, Eumenides' genauer Standort unbekannt, als vier Männer den Raum betreten.

»Yin, die SEP soll reinkommen und jeden Quadratzentimeter dieses Gebäudes untersuchen. Nichts auslassen, verstanden?«

»Jawohl, Sir!«

Pei wandte sich wieder an Hua. »Die Suche wird wesentlich reibungsloser verlaufen, wenn jemand dabei ist, der den Grundriss im Kopf hat.«

»Natürlich. Ich helfe, wo ich kann«, sagte Hua.

»Bruder Long, bringen Sie Ihre Leute bitte in die Lobby. Unsere Beamten würden Ihnen allen gern ein paar Fragen stellen.«

Bruder Long nickte. »Natürlich«, sagte er, aber seine tiefe Stimme zitterte leicht.

Endlich richtete Pei sich auch an das Team aus Polizisten und Forensikern, die geduldig hinter ihm auf dem Flur ausgeharrt hatten. »Sehen wir uns zunächst im Büro um.«

Als sie eintraten, erinnerte Pei sich wieder daran, wie Mu ihm den Raum beschrieben hatte. *Eine Spiegelhalle.* Es war keine Metapher gewesen, denn jeder Quadratmeter Wand war von großen Spiegelpaneelen bedeckt gewesen. Jetzt waren die Spiegel abmontiert worden, die Wände lagen nackt da.

Während sich sein Team an die Arbeit machte, trat Pei ans Fenster. Dabei betrachtete er aufmerksam den Boden. Mehrere schmale Blutspuren liefen zum Fenster hin. Die neue Hypothese, die gerade in seinem Kopf Gestalt annahm, verflüchtigte sich allerdings, sobald er das Fenster erreichte. Er sah ein, dass Huas vorherige Bemerkung Gültigkeit behalten musste – durch diese Öffnung konnte unmöglich jemand hineingelangt sein.

Das ganze Gebäude war mit einem scharfen Blick für

Details konzipiert worden. Obwohl es mitten im geschäftigen Zentrum von Chengdu stand, lag die Südseite abgewandt von den übrigen hohen Gebäuden der Umgebung, sodass man von den Büroräumen aus einen unverbauten Blick auf die älteren, weiter verteilten Bauten rings um den nahen Wuhou-Tempel hatte. Bei dem weiten Ausblick mit dem großen Tempelgarten musste sich Deng Hua wie ein Kaiser gefühlt haben, der sein Reich überblickt, dachte Pei.

Um jeden Zugang von dieser Seite zu vereiteln, bestand die gesamte Südwand aus fugenlosen Glasplatten, in die im Abstand von bis zu zehn Metern einzelne Fenster eingelassen waren. Außerdem bildete die gesamte Südfassade eine konkave Fläche, sodass sich die oberen Etagen zusätzlich leicht nach innen neigten. Soweit Pei das beurteilen konnte, war es völlig unmöglich, vom Boden bis zu diesem Fenster emporzuklettern.

Pei steckte den Kopf aus dem Fenster und spähte nach oben. Breite Reihen langer Metallausleger glitzerten vor dem Nachthimmel. Auf den ersten Blick wirkten sie eher dekorativ. Aber Pei hatte Huas Worte noch in frischer Erinnerung, und trotz der Dunkelheit lag ein leichter Schimmer auf den scharfen Metallklingen, die von der Fassade ins Freie ragten.

Sofern ihm nicht plötzlich Flügel gewachsen waren, konnte Eumenides keinesfalls durch dieses Fenster aus dem Longyu-Komplex geflohen sein. Vielleicht hatte er diesen Weg nach dem Mord an Lin und Meng kurz in Betracht gezogen, was zumindest die Blutspuren erklärt hätte, die herführten. Die größten Spritzer befanden sich direkt vor dem Fenster, was den Eindruck verstärkte, Eumenides habe dort einen Moment pausiert. Trotzdem musste sich der Mörder einen anderen Fluchtweg gesucht haben.

Aber noch während Pei diese Theorie im Geiste umherwälzte, kam er zu dem Schluss, dass sie ganz und gar nicht zu Eumenides' Charakter passte. Er würde das Gebäude in- und auswendig gekannt haben, bevor er auch nur einen Fuß hineinsetzte. Diese Unschlüssigkeit sah ihm so gar nicht ähnlich.

Es gab noch eine andere Erklärung für das Blut am Fenster. Eumenides hatte es dort hinterlassen, um die Ermittler in die Irre zu führen.

Was allerdings die Frage nach seinem tatsächlichen Fluchtweg noch immer nicht beantwortete. Wie hatte er es angestellt?

Pei wandte sich um und fing an, das Innenleben des Büros zu studieren.

Der Großteil der Forensiker hatte sich um die Betten der beiden Verstorbenen versammelt, eines an der Ost- und eines an der Westseite des Raumes. Vom Bett im Westen ging eine Blutspur aus, die sich schnell aufteilte. Eine führte weiter zum Fenster. Hier waren die Tropfen relativ vereinzelt und größtenteils rund. Wahrscheinlich war das Blut des Opfers auf Eumenides gespritzt und dann zu Boden getropft, während dieser sich weiterbewegte. Die zweite Spur bestand aus willkürlichen Fußabdrücken, die in Richtung Tür führten. Sie stammten mit ziemlicher Sicherheit von Hua und seinen Leuten, als sie den Raum im Dunkeln betreten hatten und durch die Blutlachen der Opfer gelaufen waren.

Pei trat an das westliche Bett heran. Auf der blutverschmierten Matratze lag ein aufgedunsener Mann. Lin

Henggan, zweitmächtigster Manager der Longyu-Gesellschaft. Im langen, wuchtigen Schnitt durch seine Kehle funkelte dunkelrot geronnenes Blut. Der Schnitt wirkte tief und fachkundig. Eindeutig das Werk einer Rasierklinge, Eumenides' bevorzugter Waffe.

Lins Oberkörper war von der Wand weggedreht, ein Arm baumelte über die Kante. Das Blut aus der Wunde war seinen Arm entlang geflossen, auf den Boden getropft und hatte eine große Lache neben dem Bett gebildet.

Der leitende Forensiker sah von ebenjener Lache auf und bemerkte Pei. »Keine Anzeichen von Gegenwehr«, sagte er leise. »Dieser Mann war wahrscheinlich tot, sobald ihm der Mörder die Kehle durchgeschnitten hat. Der Kerl hatte Erfahrung, das ist sicher.«

Pei betrachtete die Leiche, dann wandte er sich ab und ging zum gegenüberliegenden Bett.

Der Leichnam dort war hochgewachsen und schlank – Meng Fangliang, der wichtigste Mann der Longyu-Gesellschaft. Die Wunde in seiner Kehle war fast identisch mit Lins. Anders als Lin lag Meng vom Raum abgewandt in Fötusstellung da und war wohl in dieser Lage vom Mörder überrascht worden, was dazu geführt hatte, dass die Wand blutbespritzt war, der Boden jedoch kaum Spuren aufwies.

Pei trat ans Kopfende des Betts und betrachtete die Form der Blutspritzer an der Wand. Er streckte die rechte Hand aus und schlug sachte gegen die Wand. Einmal, dann noch einmal.

Die Ermittlerin neben ihm sah von den Blutproben auf, die sie gerade sammelte, und warf ihm einen ungläubigen Blick zu. »Was machen Sie da, Herr Hauptmann?«

Pei schüttelte stumm den Kopf, machte ein paar Schritte

an der Wand entlang und klopfte abermals. Jeder Schlag wurde mit einem dumpfen, soliden Ton quittiert. Wieder schüttelte er den Kopf und ging ein Stück weiter.

Als die Ermittlerin begriff, was er da tat, ließ sie beinahe ihre Blutproben fallen. »Sie glauben, es gibt hier irgendwo eine unsichtbare Geheimtür?«

»Entweder das, oder wir haben es mit einem Gespenst zu tun«, murmelte Pei.

Aber je länger er die Wand abklopfte, desto glaubhafter kam ihm die zweite Hypothese vor. Jedes Segment war so stabil wie das vorherige.

Entnervt ging er schließlich auf die Knie und fing an, den Boden abzusuchen. Aber wohin er auch krabbelte, überall nur eine einzige, fugenlose Betonschicht.

Schließlich stand er mitten im Raum auf. Sein Kopf drehte sich vor lauter Fragen. Wie hatte Eumenides es angestellt? Kurz überlegte er sogar, sich eine Leiter bringen zu lassen, um die Decke abzusuchen, ließ den Gedanken aber wieder fallen. Selbst wenn man die großen Kronleuchter mit einkalkulierte, machte die Deckenhöhe von mindestens vier Metern jede Aussicht auf eine vertikale Flucht zunichte.

Pei verließ das Büro und fuhr mit dem Aufzug hinunter in den ersten Stock. In der Sicherheitszentrale saß Yin mit mehreren Leuten von der Kriminalpolizei vor den Bildschirmen. Alle starrten gebannt auf das Material der vergangenen Nacht.

»Wo ist Hua?«, fragte Pei.

Beim Klang seiner Stimme drehte Yin den Kopf. »Die sind mit den Kollegen von der SEP los, um bei der Durchsuchung des Gebäudes zu helfen.«

»Was ist mit Bruder Long und seinen Leuten?«

»Werden gerade in der Lobby vernommen.«

Pei zückte sein Funkgerät. »Bringen Sie Bruder Long in die Sicherheitszentrale.«

Kurz darauf betrat Bruder Long den Raum.

»Setzen Sie sich«, sagte Pei und schob ihm einen der Sessel zu.

Der Mann ließ sich nieder, aber noch immer ging sein Blick in weite Ferne.

»Sie sind mit Dengs ehemaligem Büro bestimmt wohlvertraut?«, fragte Pei im Plauderton.

Bruder Long versteifte sich ein wenig. »Nein, nicht wirklich«, sagte er zögernd.

Pei verzog das Gesicht. *Treffer Nummer eins*, dachte er.

»Hua hingegen schon«, platzte Bruder Long heraus, als hätte etwas einen Gedanken losgetreten. »Ich war nur ab und zu mit Herrn Lin dort.«

»Aber drin waren Sie. Es gab einen roten Teppich, und die Wände waren mit Kristallglas bedeckt, richtig?«

»Ja«, sagte Bruder Long fest.

»Warum sind Teppich und Glas entfernt worden?«

»Das war Huas Entscheidung. Er hat den Teppich rausreißen und die Spiegelpaneele zerschlagen lassen.«

»Wieso?«

»Er hat gesagt, da Lin und Meng sich dort verstecken müssen, je schlichter der Raum, desto besser. Der Teppich könnte dazu benutzt werden, eine Person oder eine Waffe zu tarnen, und die Spiegel könnten den Blick durch die Überwachungskameras erschweren. Also sind wir all das losgeworden und haben die beiden Betten reingestellt.«

Pei nickte. Ihm war ein neuer Gedanke gekommen. *Was,*

wenn Hua ebenfalls nach einem Geheimgang ins Büro gesucht hatte?

»Lin und Meng sind am Abend des ersten Novembers um acht Uhr eingezogen, richtig?«

Bruder Long nickte.

»Wieso genau diese Uhrzeit?«

»War Huas Idee. Die Todesanzeige war für den nächsten Tag bestimmt, also wollte er sicherstellen, dass Lin und Meng bis dahin eingezogen sind.«

Pei war nicht entgangen, dass Bruder Long all diese Entscheidungen eindeutig Hua zugeschoben hatte. Er konnte sich denken, weshalb. Sie hatten es vermieden, die Polizei zu verständigen, und zwei Menschen waren gestorben. Bruder Long mochte angespannt sein, aber er war nicht dumm genug, sich aus Versehen selbst zu belasten.

»Wie gründlich haben Sie das Büro am Abend des Ersten abgesucht?«, fragte Pei.

»Sehr gründlich. Wir haben sogar sämtliche Schreibtischfächer durchgeguckt.«

Pei dachte an die ungewöhnliche Größe dieses Möbels. Einige der Schubladen waren in der Tat groß genug, um einen Menschen zu verbergen. »Sind Sie ganz sicher, dass sie alle durchgesehen haben?«

Bruder Long zögerte einen Moment. »Ja, bis auf eine. Zu der hatte nur Herr Deng einen Schlüssel. Aber sie ist klein, darin fände nicht einmal ein Kind Platz.«

»Und die Türen haben Sie hinter sich abgeschlossen?«

»So ist es. Am Eingang liegen direkt hintereinander zwei separate Türen. Hua und ich haben die Schlüssel aufgeteilt, sodass wir sie nur gemeinsam wieder öffnen konnten.«

»Und haben Sie die Türen danach noch einmal geöffnet?«

»Erst, nachdem wir den Eindringling auf dem Bildschirm gesehen haben.«

»Davor war ganz sicher keiner von ihnen noch einmal drin?«

»Nein. Wir haben ihnen Essen und Wasser dagelassen und sogar pro Bett einen Nachttopf. Bevor wir uns zurückgezogen haben, hat Hua mehrfach betont, dass unter keinen Umständen irgendwer diese Tür aufmachen darf. Es sei denn, der Mörder wäre bereits im Raum gewesen.«

»Und ab da haben Sie beide ununterbrochen die Bilder der Überwachungskameras beobachtet?«

»Ganz genau. Wir haben die Zentrale nur noch verlassen, um aufs Klo zu gehen, und auch das nur abwechselnd. Außerdem waren zu jeder Zeit vier unserer besten Leute bei uns.«

»Ist vor dem Stromausfall irgendetwas außer der Reihe passiert?«

»Nein. Rein gar nichts.«

Das war nicht die Antwort, die Pei sich erhofft hatte. »Denken Sie noch mal ganz genau darüber nach«, sagte er.

Bruder Long runzelte die Stirn, schüttelte aber schließlich den Kopf. »Nein, vor dem Stromausfall ist nichts Ungewöhnliches passiert.«

Pei trat neben den doppelten Bildschirm, der die Aufnahmen aus dem Büro abspielte. Yin sah noch immer gebannt zu. »Irgendetwas gefunden?«

»Bis jetzt nicht«, sagte Yin hörbar enttäuscht. »Die Aufnahme ist einfach zu lang.«

Pei präsentierte eine wegwerfende Geste. »Sie müssen sich das nicht komplett ansehen. Springen Sie auf elf Uhr dreizehn diese Nacht.«

Yin bewegte die Markierung sofort ein großes Stück nach rechts, bis das kleine Feld in der Ecke des Bildschirms 23:13:00 anzeigte. Lin und Meng schliefen tief und fest in ihren Betten.

»Die schlafen schon sehr fest, nicht?«, sagte Pei neugierig.

»Sie haben beide am Nachmittag ein Schlafmittel genommen«, sagte Bruder Long. »Das war ...«

»Huas Idee?«, unterbrach ihn Pei.

Der andere wich kurz seinem Blick aus. »Genau. Hua hat gesagt, wenn sie nichts nehmen, können sie unter diesen Umständen unmöglich einschlafen. Selbst wenn in den nächsten zwanzig oder dreißig Stunden nichts passierte, würde ihnen die ewige Warterei arg zusetzen.«

Pei musste zugeben, dass Huas Entschluss Sinn ergab. Er widmete sich wieder dem Bildmaterial. Obwohl nichts Verdächtiges zu sehen war, hielten alle im Raum den Atem an. Sie wussten, was als Nächstes kam.

Sekunde um Sekunde rückte die Uhrzeit am Bildschirmrand vor. Als dort 23:35:12 stand, ging ein kaum merklicher Ruck durch das Bild. Und noch etwas hatte sich verändert. Plötzlich stand dort 23:39:21.

»Anhalten!«, rief Pei.

Yin drückte eine Taste, und das Bild gefror.

Es gab eine eindeutige Erklärung für den Zeitsprung über fünf Minuten: den ersten Stromausfall. Das aktuelle Bild unterschied sich deutlich vom vorherigen.

Zunächst einmal hatten sowohl Lin als auch Meng ihre Haltung verändert. Der Unterschied kam Pei besonders seltsam vor. Selbst wenn Hua ihnen nur eine leichte Dosis verabreicht hatte, wieso hatten sich dann beide Männer fast gleichzeitig bewegt, zumal sie sich in den Stunden davor kaum gerührt hatten?

Und das war noch nicht alles. Auch der Vorhang vor dem Fenster war vollständig beiseitegezogen worden. Vor allem aber stand auf der Westseite des Raumes eine große männliche Gestalt.

»Eumenides!«, platzte Yin heraus.

Mit dem Rücken zur Kamera ging die Gestalt mit langsamen, entschlossenen Schritten auf das Bett zu. Lin Henggans Bett.

Pei erkannte die Gestalt auf der Stelle. Er hatte sie in diversen Videos studiert, nicht nur von Überwachungskameras, sondern auch in denen, die Eumenides eigenhändig an die Polizei geschickt hatte. Ein hochgewachsener, athletischer Mann, mit eng anliegender Kleidung und einem dunklen, breitkrempigen Hut, den er tief ins Gesicht gezogen hatte. Die Silhouette, die präzise abgemessenen Schritte – alles sah nach dem Mann aus, der Ye Shaohong auf dem Platz vor dem Deye-Turm ermordet hatte.

Pei beugte sich noch näher zum Bildschirm vor. »Er trägt Handschuhe und Schuhüberzieher. Von Eumenides finden wir ganz sicher keine Spuren im Büro. Lassen Sie weiterlaufen.«

Yin drückte eine Taste, und die dunkle Gestalt schlich weiter auf das Bett zu. Wie ein lauernder Tiger stand der Mann da und betrachtete den schlafenden Lin Henggan. Er schien sich gut in dieser Rolle zu gefallen.

Peis Magen rebellierte leise.

Als die Kronleuchter wieder ansprangen, winkte die Gestalt in die Kamera. Zwischen den Fingern glitzerte eine Klinge.

»Er verhöhnt uns!«, fauchte Yin.

Der Bildschirm wurde schwarz. Yin hackte mit zusammengebissenen Zähnen auf die Tastatur ein, aber die Aufnahme war zu Ende. Die Uhr zeigte 23:39:32. Yin fuhr mit dem Sessel herum und sah Pei eindringlich an.

»Wie zum Teufel ist er da reingekommen? Durchs Fenster?«

Pei Tao schüttelte den Kopf. »Das will er uns weismachen, aber so ist es auf keinen Fall gelaufen. Ich habe mir alles genau angesehen.«

»Aber wie dann? Gibt es noch einen anderen Weg ins Büro?«, fragte Yin und kratzte sich am Kopf.

»Nein, gibt es nicht.«

»Das ergibt doch alles keinen Sinn. Der einzige Weg hinein wurde schwerstens bewacht, und Hua hat gesagt, dass niemand die Türen geöffnet hat. Wie soll er reingekommen sein?«

»Logisch betrachtet kann er gar nicht reingekommen sein«, murmelte Pei. Und plötzlich war ein Funkeln in seinen Augen. »Vielleicht ist er weder rein noch raus!«

Yin dachte einen Moment nach. »Sie meinen, er hat sich die ganze Zeit über im Büro versteckt? Und ist dann in der Dunkelheit verschwunden ... Gerade als Hua und Bruder Long die Türen aufgemacht haben?«

Pei strich sich übers Kinn. »Nach allem, was ich von dem Raum gesehen habe, wäre es sehr schwer, sich darin zu verstecken. Ich glaube nicht, dass sich ein Eindringling im Büro befand, bevor sie die Türen abgeschlossen haben.«

»Aber haben Sie nicht gerade gesagt, dass er weder rein- noch rausgekommen ist?«

»Ich habe nicht gesagt, dass er vorher schon drin war. Es

gibt noch eine andere Möglichkeit. Er ist nie im Büro gewesen.«

»Aber«, stotterte Yin, »er ist doch auf dem Video zu sehen! Er war da!«

»Was wir gesehen haben, muss nicht unbedingt so passiert sein. Videomaterial kann man manipulieren.«

»Sie glauben, dass jemand an diesen Aufnahmen herumgespielt hat?« Yin zog die Augenbrauen so hoch wie möglich. »Ich weiß ja nicht. Aber auf der anderen Seite reden wir hier von Eumenides.«

»Eben.«

»Hauptmann, glauben Sie, er hat vorher schon aufgenommen, wie er den Raum betritt? Vielleicht ist es ihm irgendwie gelungen, diese Aufnahme während des ersten Stromausfalls digital reinzuschneiden. So mussten Hua und Bruder Long glauben, dass er das Büro gerade erst betreten hat. Sie rennen also nach oben und machen die Türen auf, und erst da kann Eumenides im Schutz der Dunkelheit ebenfalls hereinschlüpfen und die beiden abmurksen.«

Pei nickte und schnipste mit den Fingern. »Einige Einzelheiten dieser Theorie werden wir noch eingehender überprüfen müssen, aber ich glaube, Sie sind auf dem richtigen Weg.«

»Aber das ist unmöglich!«, mischte sich Bruder Long ein.

Pei und Yin sahen ihn gleichzeitig an. »Als wir das Büro betreten haben, waren sowohl Herr Lin als auch Herr Meng bereits tot«, sagte Bruder Long und setzte sich in seinem Sessel aufrecht. »Ausgeschlossen, dass er den Raum erst betreten hat, nachdem wir die Türen geöffnet haben. Ich war als Erster drin. Als ich zu Herrn Lin gerannt bin, befand sich bereits eine Blutlache neben dem Bett. Einer meiner Männer kam mit einer Taschenlampe hinzu, und dann habe ich erkannt, dass Herr Lin bereits tot war. So, wie Sie es gerade beschrieben haben, kann es also nicht geschehen sein.«

Pei klopfte mit den Fingerknöcheln auf die Armlehne. »Spielen Sie den letzten Teil der Aufzeichnung noch einmal ab. Angefangen mit dem ersten Stromausfall.«

Yin startete das Video bei 23:35:00.

Pei konzentrierte sich ganz auf den rechten Bildschirm, der die westliche Hälfte des Raumes zeigte.

Um 23:35:12 sprang das Bild plötzlich zu 23:39:21.

»Ich fürchte, Sie haben sich tatsächlich geirrt. Das Video ist echt«, murmelte Pei.

»Woher wollen Sie das wissen?«

»Schauen Sie auf die Wanduhr überm Fenster.«

Yin tat wie geheißen. In der Tat hing dort eine analoge Uhr oberhalb des Fensters; genau wie der Eindringling war sie auf dem rechten Bildschirm zu sehen.

»Die Uhrzeit stimmt überein«, sagte Yin.

Laut der eingeblendeten Zeit auf dem Bildschirm begann der erste Stromausfall um 23:35:12, der Reservegenerator sprang um 23:39:21 an. Ein Blick auf die Wanduhr zeigte vor dem Stromausfall elf Uhr vierunddreißig der kleine Zeiger befand sich bei fünfundvierzig Sekunden. Im nächsten Bild war die Uhr auf elf Uhr achtunddreißig und vierundfünfzig Sekunden gesprungen. Trotz der abweichenden Zeit zwischen Wanduhr und Überwachungskamera war die Lücke exakt gleich groß.

»Gab es eine Verzögerung zwischen dem Moment, als Huas Männer versuchten, den Generator anzuwerfen, und dem Augenblick, in welchem er tatsächlich ansprang?«, fragte Pei Bruder Long.

»Nein. Sie haben gemeldet, dass der Generator auf der Stelle funktioniert hat. Das Problem bestand darin, ihn am Laufen zu halten.«

Damit war die Sache klar, dachte Pei. Das Video musste echt sein. Selbst wenn man annahm, Eumenides hätte das Timing des Stromausfalls auf die Sekunde genau berechnen können, hätte er nicht wissen können, in welcher Sekunde Huas Leute den Generator einschalten würden. Eumenides war gut, aber *so gut* war niemand.

Alle Hinweise ließen nur einen Schluss zu. Um 23:39:21 hatte tatsächlich ein großgewachsener Mann das schwer bewachte Büro betreten. Er hatte eine Rasierklinge mit sich geführt und diese verheerend zum Einsatz gebracht.

Aber woher war er gekommen? Und wie war er geflohen, nachdem er die Morde verübt hatte? Pei stand beiden Fragen noch immer ratlos gegenüber.

»Sagen Sie Zeng und Mu, sie sollen herkommen«, befahl er Yin. »Die Einsatzgruppe wird hier um vier Uhr eine Sitzung abhalten.«

KAPITEL DREIZEHN

DER TATORT WIRD UNTERSUCHT

3. NOVEMBER, 04:00 UHR
DER LONGYU-KOMPLEX

Mit Ausnahme von Liu, der noch immer Du Mingqiang überwachte, hatten sich alle Mitglieder der Sondereinheit in der Sicherheitszentrale im ersten Stock eingefunden. Sie saßen um einen kleinen quadratischen Tisch, auf dem mehrere ausgedruckte Bilder der Überwachungskameras lagen.

Sobald Mu und Zeng in die Einzelheiten der Situation eingeweiht worden waren und die Aufnahme gesehen hatten, legte Yin noch einmal dar, was sie durch die erste Untersuchung des Büros erfahren hatten.

»Wir haben die Ursache des Stromausfalls bereits ermittelt. Jemand hat einen kleinen Sprengsatz mit Zeitzünder an dem Kabel angebracht, das zum Hauptverteiler des Gebäudes führt. Es war nur ein schwacher Sprengsatz, aber die Detonation war heiß genug, um die Isolierung zu schmelzen und den Kurzschluss zu verursachen. Der Reservegenerator war ebenfalls manipuliert. Drei der vier Leitungen, die ihn mit dem Stromkreis des Gebäudes verbinden, waren durchtrennt, sodass das einzig intakte Kabel dem

Vierfachen der vorgesehenen Belastung ausgesetzt war. Der Generator ist sofort überhitzt und hat nur Sekunden nach dem Einschalten ebenfalls einen Kurzschluss verursacht.«

Zeng legte den Kopf ein wenig zur Seite. »Hochinteressant. Warum hat er nicht alle vier Kabel durchgeschnitten, wenn er den Generator sabotieren wollte? Warum eins heil lassen?«

»Er wollte, dass wir sehen, was die Kameras während dieser wenigen Sekunden aufzeichnen«, sagte Mu. Langsam setzte sich in ihrem Kopf ein Bild zusammen. »Aber warum? Um anzugeben? Um uns zu provozieren?«

»Yin und ich haben schon ein bisschen Brainstorming betrieben, bevor Sie angekommen sind, aber unsere Ergebnisse fallen höchst fragwürdig aus«, sagte Pei. »Da jetzt alle hier sind, kann es jedoch nicht schaden, diese Gedanken noch einmal in die Runde zu werfen. Zuerst haben Yin und ich die These aufgestellt, das Videomaterial nach dem ersten Stromausfall sei gefälscht. Was darauf hingedeutet hätte, dass überhaupt niemand den Raum betreten hat. Eumenides' Grund für dieses Vorgehen wäre gewesen, Hua und Bruder Long dazu zu verleiten, die Türen aufzuschließen, damit er im Schutz der Dunkelheit hinter ihnen hineinhuschen und Lin und Meng umbringen kann.«

Zeng schlug mit der flachen Hand auf den Tisch. »Das ergibt tatsächlich eine Menge Sinn!«

»Wie kompliziert wäre es, die Aufnahme zu verfälschen?«, fragte Pei.

»Kinderspiel«, sagte Zeng und wackelte mit den Augenbrauen. »Sie müssen sich das so vorstellen. Alles, was Sie auf diesen Bildschirmen sehen, besteht aus elektrischen Signalen, die von einem Endpunkt übertragen werden. Wenn es sich bei diesem Punkt um eine Überwachungskamera handelt, sehen wir auf diesen Bildschirmen hier nichts als Signale, die von jenem Gerät geschickt werden. Falls Eumenides also das Videomaterial manipulieren will, muss er lediglich das Übertragungskabel während des ersten Stromausfalls von der Kamera lösen und an ein eigenes Gerät anschließen. Sobald wieder Strom fließt, übertragen die Bildschirme das Material, das er anbietet. Und sobald der Generator abschmiert und das Gebäude abermals im Dunkeln liegt, muss er nur das Kabel wieder an die Kamera anschließen, und das Bild läuft normal weiter, ohne dass jemand bemerken könnte, dass er zwischendurch etwas verändert hat.«

Pei war noch nicht überzeugt und gab sich auch keine Mühe, das zu verbergen. »Was ist mit der Uhrzeit im Video? Wie soll er das durchgezogen haben?«

»Auch kein Problem. Die Zeiteinblendung im Video wird automatisch vom Überwachungssystem generiert, unabhängig von der Quelle des Materials. Mit anderen Worten: Eumenides hätte jedes beliebige Video laufen lassen können, und die Zeitanzeige hätte trotzdem genau gepasst.«

Pei deutete auf die Wanduhr, die im Standbild auf dem Monitor gut zu sehen war. »Aber was ist mit dieser Uhr? Die Zeit weicht zwar leicht ab, aber die Länge der Unterbrechung zwischen den beiden Stromausfällen ist identisch.«

Zeng verzog das Gesicht. »Hmmm. Ja, das *ist* beeindruckend. Keine Ahnung, wie er das angestellt haben könnte, außer mit einer Riesenportion Glück.«

»Wir müssen irgendwas übersehen haben«, sagte Pei finster. »Irgendein Detail, das viel zu offensichtlich ist.«

Ein Telefon klingelte, und Yin fiel fast vom Stuhl. Er griff in seine Tasche und zog das lärmende Handy hervor.

»Yin.«

Er hörte etwa fünfzehn Sekunden andächtig zu, hin und wieder nickend.

»Verstehe.«

Er beendete den Anruf und steckte das Telefon wieder in die Tasche. Alle sahen ihn erwartungsvoll an, aber Yin wandte sich direkt an den Teamleiter.

»Die Kollegen haben gerade Eumenides' Kleidung entdeckt, Hauptmann. Sie ist voller Blut.«

Pei sprang sofort auf.

»Nichts wie hin.«

*

Im Erdgeschoss des Longyu-Komplexes befand sich die luxuriöse Lobby, nach hinten abgeschlossen von einem großen Balkon, der sich zu beiden Seiten bis jenseits der geschwungenen Kurve erstreckte, welche die Rückwand des Gebäudes bildete. Rings um den Balkon lag ein üppiger Garten mit Hecken und Bäumen. Trotz seiner ästhetischen Vorzüge war dieser Balkon einer der am wenigsten frequentierten Teile des Gebäudes.

Ganz am Rand des Balkons hatte einer der Beamten einen Sportrucksack entdeckt.

Als Pei sich dem geöffneten Rucksack näherte, stülpte er sich ein Paar Kunststoffhandschuhe über. Neben dem Rucksack lag ein eingerolltes Kleiderbündel auf dem Boden, das die Kollegen dem Rucksack bereits entnommen hatten, und darauf ein Paar weißer Mullhandschuhe, dunkel von Blut. Pei ließ die Handschuhe in eine Plastiktüte gleiten und entrollte vorsichtig das Kleiderbündel. Es enthielt ein blutiges Hemd, eine schwarze Schirmmütze und ein Paar Schuhüberzieher aus Plastik. Während er die Gegenstände untersuchte, verglich er sie im Geiste mit dem Bild der Gestalt aus dem Überwachungsvideo. Alles passte. Als er die Vordertasche des Rucksacks öffnete, machte er eine noch verräterischere Entdeckung – eine Rasierklinge, befleckt mit halb geronnenem Blut. Die Klinge war überaus scharf. Als er sie ebenfalls in eine Asservatentüte verfrachtete, schnitt sie ihm den Zeigefinger des linken Handschuhs ein.

»Hier entlang muss Eumenides geflohen sein«, sagte Yin. »Und ich wette, er hat sich schon vorher Wechselklamotten bereitgelegt. Unmittelbar nach den Morden hat er die blutige Kleidung abgelegt, seine Waffe versteckt und sich aus dem Staub gemacht.«

»Von hier aus zu verschwinden wird auch nicht allzu schwer gewesen sein«, sagte Mu, deren Blick an der Fassade entlangglitt und schließlich auf dem Boden ruhte. »Nur ein Sprung von ein paar Metern. Ich glaube nicht, dass diese Höhe Eumenides vor große Probleme gestellt hätte. Was wir uns aber fragen müssen ist, wie er aus dem achtzehnten Stock hier herunter auf den Balkon gelangt ist. Vermutlich ist er nicht geflogen?«

Pei erhob sich und betrachtete die Bäume rings um den Balkon. »Untersuchen Sie diese Bäume noch einmal gründlich«, sagte er und beschrieb mit dem ausgestreckten Zeigefinger einen Halbkreis. Eine Handvoll Beamte verschwand folgsam im Gebüsch.

Keine drei Minuten später erscholl aus einer Gruppe von Pinien ein Schrei. »Hier ist ein Seil!«

Pei und die anderen rannten zu der Baumgruppe. Neben einem Stamm lag ein langes, unordentlich aufgehäuftes Seil.

Pei bückte sich und ließ einen Abschnitt des Seils durch die Hände gleiten. Es war kaum dicker als sein kleiner Finger.

»Wer immer das benutzt hat, kennt sich aus«, sagte einer der Kollegen hinter ihm. »Das ist die Sorte Seil, die von Profikletterern benutzt wird.«

»Ein Abseilen aus dem Büro ist sicher machbar, aber ist es nicht ein bisschen weit hergeholt anzunehmen, dass er es bis zum Balkon geschafft hat?«, dachte Mu laut. »Wenn er nicht von den Überwachungskameras an der Fassade erwischt werden wollte, hätte er mit dem Klettern beginnen müssen, sowie der Strom ausfiel. Konnte er achtzehn Stockwerke in unter vier Minuten bewältigen? Und wo hätte er das Seil vertäuen und wie es lösen sollen, sobald er unten angekommen war?« Mu lief auf und ab und kratzte sich den Kopf.

»Dank der starken konkaven Wölbung der Fassade würde jeder, der sich aus einem Fenster im achtzehnten Stock abseilt, sofort frei in der Luft baumeln«, sagte Pei, der den Kopf in den Nacken gelegt hatte. »Herunterzurutschen ist bestimmt kein Problem, aber von hier unten dort hinaufzuklettern, würde fast übermenschliche Kraft und Ausdauer erfordern.«

»Jetzt, da wir das Seil gefunden haben, müssen wir davon ausgehen, dass er tatsächlich durchs Fenster rein- und rausgekommen sein könnte«, beschied Yin. »Und aufgrund dieses Fundes können wir auch entsprechende Schlüsse ziehen, was Eumenides' körperliche Fähigkeiten angeht. Was die Frage angeht, wie genau er das bewerkstelligt haben könnte, würde ich gern bei unseren Freunden von der SEP nachforschen.«

Just in dem Moment tauchte Liu am Kopf der Treppe auf und gesellte sich im Dauerlauf zu ihnen.

»Was tun Sie hier?« fragte Pei besorgt. »Sie sollten doch Du Mingqiang bewachen.«

»Ich habe ihn mitgebracht. Er ist noch im Gebäude. Meine Leute passen auf ihn auf. Er könnte auch im Tresorraum einer Bank nicht sicherer sein.«

Pei musste nachgeben. »Na schön.«

»Wie ist die Lage?«, fragte Liu neugierig.

»Können Sie das Fenster des Büros von hier aus sehen?«, fragte Yin und schaute hinauf.

Liu kniff die Augen zusammen und folgte seinem Blick. »Das eine da, was bis auf eine kleine Lampe dunkel ist?«

»Genau das«, sagte Yin. Dann deutete er auf den Boden zu seinen Füßen. »Und dieses Seil hier. Könnte es benutzt worden sein, um sich von dem Fenster aus hierher abzuseilen?«

»Aus dieser Höhe? Man würde mitten in der Luft hängen. Ich zumindest würde das auf keinen Fall hinkriegen.«

»Sehen Sie denn eine Möglichkeit, dass es jemand eben doch hinbekommen hat?«, fragte Pei.

Der SEP-Beamte fing die ernsten Blicke von Pei, Yin und den auf dem Balkon versammelten Kollegen auf. Sie brauchten eine Antwort. »Alle SEP-Mitglieder müssen sich einmal im Jahr ihre Kletterfähigkeiten zertifizieren lassen. Dazu gehört auch vertikales Klettern an einem Seil. Der höchste Versuch beträgt zwanzig Meter. Noch höher, und das Seil fängt unkontrollierbar zu schwingen an. Ganz zu schweigen von der physischen Belastung, sich für solch eine Strecke am Seil zu halten.«

Pei rieb sich das Kinn und dachte über die Worte des Kollegen nach. Liu Song war einer der Besten der SEP; in einem Kampf Mann gegen Mann hätte er ihm ohne Zweifel eine anständige Chance gegen Eumenides eingeräumt. Wenn selbst Liu diese Aktion für so gut wie unmöglich hielt, wie sollte Eumenides sie in unter vier Minuten bewältigt haben?

Plötzlich zerriss eine Stimme tiefer aus dem Grün seine Gedanken. »Schauen Sie mal hier, Hauptmann! Wir haben was entdeckt!«

Pei rannte zur Westseite des Balkons, die Kollegen im Schlepptau. Zwischen den Bäumen lag ein weißes Stück Styropor. Der Anblick dieses Materials war in der Stadt nichts Ungewöhnliches, aber ein kleiner Blutfleck an einer Seite des Brockens zog sofort Peis Aufmerksamkeit auf sich.

Die behandschuhten Finger des Hauptmanns hoben das Stück auf. Er betrachtete das schmale, gebogene Material, das ein wenig an die geschwungenen Dachziegel der traditionellen chinesischen Architektur erinnerte.

Mu bahnte sich einen Weg zu ihm. »Was das hier wohl verloren hat?«, fragte sie, den Kopf leicht zur Seite geneigt.

»Keine Ahnung«, sagte Yin. »Sieht aus wie ein Teil einer Kiste oder so was.«

Pei kam eine Idee. Er sah einen der Kollegen an. »Gehen Sie zum Haupteingang und dann ungefähr zwanzig Meter nach Westen. Dort sollten Sie ein identisches Stück Styropor auf der Straße finden. Bringen Sie es her.«

Der Mann lief sofort in Richtung Haupteingang davon. In Anbetracht der ratlosen Gesichter ringsum beschloss Pei, die restlichen Kollegen aufzuklären.

»Als ich angekommen bin, habe ich ein Stück Styropor auf der Straße liegen sehen, mir aber nichts dabei gedacht. Bis ich das hier gesehen habe. Irgendetwas an der Form dieser beiden Teile ist seltsam, und ich weiß noch nicht genau, was das zu bedeuten hat.«

Yin betrachtete das Stück noch einmal eingehend. »Sieht aus, als hätte Eumenides das Ding in der Hand gehabt, bevor er die Kleidung gewechselt hat. Das Blut müsste von seinen Handschuhen stammen.« Er hielt die Hand vor das Fragment, als wollte er es aufheben. Daumen und Zeigefinger stimmten überzeugend mit dem blutigen Abdruck überein.

»Aber warum hätte er es aufheben sollen?«, fragte Zeng sichtlich verwirrt.

Bevor jemand antworten konnte, kehrte der entsandte Kollege auf den Balkon zurück. »Ich habe es gefunden, Herr Hauptmann!«

In dem großen Asservatenbeutel befand sich ein weiteres Stück Styropor. Ein unscheinbares Stück Verpackungsmaterial, beinahe identisch mit dem ersten, nur etwas größer und frei von Blut.

»Fotografieren, einpacken und ins Hauptquartier bringen«, sagte Pei zu Yin. Dann wandte er sich an die versammelte Gruppe auf dem Balkon. »Gute Arbeit, weiter so. Erweitern Sie den Suchradius bis auf hundert Meter und lassen Sie keinen Quadratzentimeter aus. Konzentrieren Sie Ihre Bemühungen vor allem auf die Südseite des Gebäudes!«

Die Beamten setzten sich in Bewegung.

»Und wir gehen wieder rein«, wies Pei den Rest der Einsatzgruppe an.

Sie kehrten in die geräumige Lobby zurück. Das Wachpersonal der Longyu-Gesellschaft mit den schwarzen Uniformen war fast vollzählig versammelt und eine Gruppe

Kriminalbeamter damit beschäftigt, ihre Aussagen zu protokollieren.

Pei sah zum breiten Empfangsschalter hinüber und erkannte mit Schrecken, welche Männer dort zusammensaßen. »Was macht *der* denn da?«

Liu folgte seinem Blick und verzog das Gesicht. Die Männer, die sich dort lässig unterhielten, gaben ein seltsames Pärchen ab – Hua und Du Mingqiang.

»Ich habe Ihnen gesagt, Sie sollen in der Sicherheitszentrale warten. Was tun Sie hier?«, fragte ein hörbar genervter Liu.

Du streckte die Beine aus und sah ihn ungezwungen an. »Ich habe ein Interview am Tatort geführt. Wie könnte ich mir als Reporter solch eine Gelegenheit entgehen lassen?«

Liu packte den Journalisten am Arm und zerrte ihn halb von seinem Stuhl hoch. »Raus hier! Wollen Sie unbedingt eine Szene machen?«

Hua aber hatte Dus anderen Arm gepackt. »Sie schätzen die Situation falsch ein, Herr Polizist. Da dieser Mann ebenfalls eine Todesanzeige von Eumenides bekommen hat, besitzt er ein Recht darauf zu erfahren, was passiert ist. Und als Reporter ist es seine Pflicht, der Öffentlichkeit die Wahrheit zu verkünden.«

Durch Huas Unterstützung neu bestärkt, drückte Du den Rücken durch und setzte sich wieder. »Ich bin ein gesetzestreuer Bürger, und hier im Gebäude gilt das Hausrecht der Longyu-Gesellschaft. Solange Herr Hua mir seine Erlaubnis gibt, haben Sie kein Recht dazu, mir ein Gespräch mit ihm zu verweigern.«

Liu fletschte die Zähne, riss sich aber zusammen. Er sah

Pei an, als hoffte er, der Hauptmann würde die Sache entscheiden.

»Sie sollten sich nicht von ihm interviewen lassen«, sagte Pei zu Hua. »Er ist freier Onlinejournalist, der sich auf sensationsgeile Artikel spezialisiert hat. Sollten die heutigen Vorkommnisse im Netz zirkulieren, gibt es eine Massenpanik.«

»Ich weiß, dass er ein Netzreporter ist. Deshalb habe ich dem Gespräch auch zugestimmt. Die traditionellen Medien sind zahnlos. Mit denen würde ich meine Zeit niemals verschwenden. Erst vor ein paar Tagen habe ich in den Fernsehnachrichten gesehen, dass Eumenides tot und die Schreckensherrschaft dieses Mörders damit vorbei ist. Wie absurd ist das bitte?«

Pei rümpfte die Nase. Auch er hatte für die Medien nicht viel übrig, wollte aber Hua ungern das letzte Wort in dieser Diskussion zugestehen.

»Ich will nicht zusehen, wie Eumenides weiterhin die Schlagzeilen im Netz dominiert!«, rief Hua hitzig. »Ich muss mir Gehör verschaffen. So viele Leute nennen ihn online einen Helden. Begreifen die nicht, dass jede dieser blutigen Hinrichtungen einen Akt des Bösen darstellt? Dass die Opfer Freunde und Familie haben? Auch sie sind geliebt worden. Aber wer spricht für die Opfer?«

Die ehrliche Anteilnahme in Huas Worten traf Pei unvorbereitet.

Du plusterte sich auf. »Ich bin fest entschlossen, ihre Erfahrungen aufzuzeichnen und der Öffentlichkeit zu zeigen, was für ein Mensch Eumenides in Wahrheit ist. Er ist kein Held; er ist nur ein Mörder, der den Namen der Gerechtigkeit als Vorwand für seine Taten nutzt.«

Pei betrachtete den Reporter und überlegte, dass der

Kerl ihrer Ermittlung eventuell sogar zum Vorteil gereichen könnte. In einer Hinsicht hatte Hua durchaus recht: Viele Menschen sympathisierten mit Eumenides. Sogar in einem Maße, dass die Polizei große Schwierigkeiten hatte, die Öffentlichkeit von ihrer Sache zu überzeugen. Als Eumenides sein Manifest ins Netz gestellt hatte, war ihm die Aufmerksamkeit aller gewiss gewesen. Nachdem er dann die Urteile gegen bestimmte Individuen vollstreckt hatte, die schon vorher Ziel von Klatsch und Empörung im Netz gewesen waren – Ye Shaohong, Guo Meiran und die Studentengruppe, die ihren Lehrer gedemütigt hatte –, war die öffentliche Bewunderung für den Mörder nur noch gewachsen. Hua hatte vollkommen recht. Eumenides war zu einem Helden geworden.

Sein Manifest war in zahllosen Foren und Netzwerken verbreitet worden. Die Internetkontrollbehörde der Polizei von Sichuan war ausgezehrt von den Versuchen, dieser Verbreitung Herr zu werden und gegen jeden neuen Eintrag vorzugehen. Vielleicht war es an der Zeit, einer Gegenstimme Gehör zu verschaffen, jemandem, der den Menschen die Wahrheit über all diese Morde verkündete.

China hatte sich in den vergangenen Jahren stetig verändert. Die Bürger besaßen neue Möglichkeiten, an Informationen zu gelangen und waren aufgeschlossener denn je. Die beste Möglichkeit, die öffentliche Meinung zu lenken, würde darin bestehen, den Menschen mehr Informationen zur Verfügung zu stellen, damit sie selbst über die Wahrheit entscheiden konnten.

»Wie wollen Sie den Artikel aufbauen?«, fragte Pei also.

»Ich habe nicht vor, mich in Gewaltorgien zu ergehen, falls Sie das befürchten«, sagte Du und lupfte eine Braue. »Ich bin Journalist mit einem starken Gefühl für gesellschaftliche Verantwortung, nicht irgendein dahergelaufener Klatschreporter. Mir geht es darum, die Konsequenzen dieser Morde zu beleuchten. Zum Beispiel den Schmerz, mit dem sie die Verwandten und Freunde der Opfer heimsuchen.«

»Wie steht es mit den Verbrechen, die Eumenides für jedes seiner Opfer aufgelistet hat? Wie wollen Sie die einbeziehen?«

Du stieß ein seltsam hohles Kichern aus. »Das wird eines der Highlights in meinem Artikel.«

Pei schnaubte genervt.

Du blieb seine Reaktion nicht verborgen. »Passen Sie auf«, schob er eilig hinterher, »Eumenides hat Meng und Lin dasselbe Verbrechen angelastet: geheime Absprachen mit dem organisierten Verbrechen. Dabei hat er aber nicht bedacht, dass Meng Fangliang für ebendieses Verbrechen vor zehn Jahren ins Gefängnis gewandert ist. Tatsächlich wurde er erst vor vier Jahren aus der Haft entlassen. Was bedeutet, dass Meng vor Gericht längst seine gerechte Strafe erhalten hatte. Eumenides' Einschreiten war demnach unrecht, selbst nach der verqueren Logik seines Manifests.

Und Meng hat sich nach der Haftentlassung gänzlich geläutert gezeigt. Er war ein Musterbürger und am Ende sogar religiös. Wenn man all das zusammennimmt, wie soll Eumenides dann seine Entscheidung, Meng umzubringen, bitte noch rechtfertigen können?«

Pei versuchte, Dus Argumentation nachzuvollziehen. Hatte er recht? Wenn ja, hatte Eumenides gerade einen Unschuldigen umgebracht. Diese Tatsache könnte genügen, um viele Unterstützer des Mörders in der Öffentlichkeit dazu zu bewegen, ihre Meinung zu ändern.

Allerdings gab Pei sich keinerlei Illusionen über den wahren Du Mingqiang hin. Er war respektlos und impulsiv, selbst das kleinste Kompliment bauschte sein Ego unerträglich auf. Also mühte Pei sich um einen neutralen Gesichtsausdruck, während er weiterhin vorgab, über Dus Vorschlag nachzudenken. Dann wandte er sich an Liu.

»Ich will Dus Artikel auf dem Schreibtisch haben, sobald er fertig ist. Falls ich ihn absegne, darf er ihn veröffentlichen. Sollte die Endfassung in irgendeiner Form von dem abweichen, was wir gerade besprochen haben, wird Zeng seinen Accounts sämtliche Veröffentlichungsrechte entziehen.«

Liu ließ Du los. »Alles klar, Hauptmann.«

Der Journalist schlug die Beine wieder übereinander und lehnte sich zurück. Seine Lippen bogen sich zu einem breiten, frechen Grinsen.

Pei widmete sich wieder Hua und der Ermittlung. »Rufen Sie Bruder Long her. Ich würde Sie beide bitten, mich in Kürze nach oben zu begleiten.«

»Gibt es ein Problem?«, fragte Hua vorsichtig.

»Long hat eine gewisse Schublade in Dengs Schreibtisch erwähnt«, sagte Pei. »Eine, die sich nicht öffnen lässt.«

»Das war seine private Schublade. Ich habe keinen Schlüssel und weiß auch nicht, wo Deng ihn hätte aufbewahren können.«

»Verstehe. Es ist für unsere Ermittlung aber unerlässlich, diese Schublade zu öffnen. Ich sollte Sie warnen, dass ich sie auf jeden Fall öffnen werde, egal wie. Es käme uns allen gelegen, wenn Sie mich dabei begleiten würden«, sagte Pei und sah ihm fest in die Augen.

»Wenn Sie das für nötig halten«, sagte Hua mit einem Nicken.

Ein paar Minuten später traten Hauptmann Pei, Liu, Hua und Bruder Long aus dem Aufzug auf den Flur des achtzehnten Stocks.

Im Büro waren die Forensiker noch immer dabei, Proben von den Opfern zu nehmen und den Raum zu fotografieren. Pei und die anderen machten einen Bogen um die Leichen und schritten geradewegs auf den imposanten Schreibtisch zu, der die Mitte des Raumes einnahm.

»Ich bestätige noch einmal, dass ich Ihre Erlaubnis habe, diese Schublade zu öffnen«, sagte Pei zu Hua, auch wenn sein Tonfall deutlich machte, dass es sich keineswegs um eine Frage handelte.

»Natürlich«, gab Hua zurück.

»Dann los, öffnen Sie das Schloss«, wies Pei Liu an.

Der SEP-Beamte ließ ein langes, dünnes Werkzeug in das Schloss gleiten. Ein paar Sekunden später war aus dem Inneren des Tischs ein sanftes Klicken zu vernehmen. Liu zog, und die Schublade ging auf. Hua und Bruder Long verrenkten sich fast die Hälse, um hineinzusehen.

Die Schublade war leer.

»Das kann doch nicht sein«, sagte Pei.

Liu fuhr mit seinen Handschuhen das glatte Holz der Innenseiten entlang. »Tut mir leid, Hauptmann. Da ist nichts drin.«

»Versuchen Sie, die Schublade ganz herauszunehmen«, schlug Bruder Long vor.

Liu kam der Aufforderung nach. Als er die Schublade umdrehte, sah er etwas, das ihn zischend Luft holen ließ. Ein unbeschriebener weißer Briefumschlag war an der Unterseite festgeklebt.

Pei spürte die große Anspannung ebenfalls. Auch er zog

sich wieder Handschuhe über und befreite den Umschlag vorsichtig mit einem dünnen Messer von den Klebestreifen. Er hielt den Umschlag hoch, damit alle ihn sehen konnten, klappte ihn auf und zog ein Stück Papier heraus. Auf dem Papier befanden sich fünf säuberliche Zeilen mit Schriftzeichen.

> **TODESANZEIGE**
>
> DER ANGEKLAGTE: »Bruder« Hua
> VERBRECHEN: Geheime Absprachen mit dem organisierten Verbrechen
> DATUM DER URTEILSVOLLSTRECKUNG: 5. November
> HENKER: Eumenides

In der folgenden unangenehmen Stille richteten sich alle Blicke auf Hua. Er biss sich auf die Zähne und sah zornig drein, zeigte aber keine Furcht.

»Dieser Bastard. Er wird uns nach und nach alle umbringen, nicht wahr?«

Zu Peis Verwunderung war es Bruder Long gewesen, der diese Worte gesprochen hatte. Er zitterte zwar, aber auch seine Zähne waren zu einer trotzigen Fratze grimmiger Entschlossenheit verbissen.

»Ihr Name steht nicht auf dem Blatt«, sagte Hua und starrte den anderen Leibwächter an. »Wovor sollten Sie sich fürchten?«

»Ich komme schon noch früh genug an die Reihe«, sagte Long mit bebender Stimme. »Erst Deng, dann Sheng, jetzt Lin und Meng. Und Sie als Nächstes. Danach bin ich dran.«

»Wer ist Sheng?«, fragte Pei.

»Er war einer von Dengs engsten Vertrauten. Ist vor ein paar Tagen bei einem Autounfall ums Leben gekommen«, sagte Bruder Long. »Aber Hua und die anderen waren sich einig, dass Eumenides dahintersteckte.«

Pei sah Hua an. Seine Kiefer mahlten. Das Öffnen der Schublade hatte die Ermittlung weitaus mehr verkompliziert, als er erwartet hatte. Nachdem er mögliche Stoßrichtungen durchgegangen war, nahm er Liu beiseite.

»Ich treffe mich um zehn mit dem Rest des Teams«, sagte er leise. »Sie bringen Du nach Hause. Und behalten Sie ihn im Auge, während er den Artikel schreibt.«

*

3. NOVEMBER, 06:00 UHR
MUSIKKONSERVATORIUM VON SICHUAN

Während der Rest der Schule noch schlief, wanderte ein Mädchen allein über den dunklen Campus. Sie trug ein schlichtes, schwarz-weißes Kleid und sah fast aus, als schwebte sie durch den Morgennebel.

Ihre Schritte waren sanft und geschmeidig, ihr Tempo gemäßigt. Ihre Begleithündin und treue Gefährtin Niuniu führte sie. Gemeinsam wanderten sie durch leere Gänge, bis sie ein kleines Musikzimmer erreichten.

Für sie begann jeder Tag in diesem Zimmer. Da sie zurzeit nicht am Konservatorium eingeschrieben war, musste sie früh vor Ort sein, ehe Studenten oder Lehrkräfte auftauchten. Sobald um acht Uhr der Unterricht begann, entschwand sie ungesehen in die Morgensonne.

Das Mädchen konnte es nicht ertragen, auch nur einen

Tag nicht zu üben. Ohne Üben fühlten sich ihre Arme dick und ungelenk an, als müsste der musikalische Teil ihres Körpers sofort verkümmern. Fast wie der Verlust eines weiteren Sinnesorgans.

Sie zog ihr geliebtes Instrument aus dem Koffer und klemmte es zwischen Schulter und Kinn. Ihre Lippen bildeten eine feste, schmale Linie. Sie holte Luft und zog den Bogen über die Saiten. Eine elegante, gemächliche Melodie entsprang ihrem Instrument, floss unter der geschlossenen Tür hindurch und vermischte sich mit der Herbstluft. Mit geschlossenen Augen gab sich die junge Frau ganz der Welt der Musik hin. Einer Welt, die ihr allein gehörte.

Als das Stück zu Ende war, senkte sich Stille über das Zimmer. Niuniu, die zu ihren Füßen gelegen hatte, sprang auf und bellte die Tür an. Das Mädchen setzte die Violine ab und neigte überrascht den Kopf. Angestrengt konzentrierte sie sich darauf, mögliche Geräusche von draußen aufzufangen.

Dreimal klopfte es an der Tür.

»Ist jemand da drin?«, fragte eine Männerstimme.

Die Tür war unverschlossen, aber sie hörte die Angeln nicht quietschen, entspannte sich also ein wenig. »Wer ist da?«, rief sie leise.

»Sind Sie Frau Zheng Jia?«, fragte der Mann.

Die junge Frau sperrte vor Verblüffung den Mund auf. Sie zögerte und wusste nicht recht, was sie sagen sollte.

»Ich habe hier ein Paket, dass ich um halb acht heute Morgen an jemanden namens Zheng Jia liefern soll.«

»Kommen Sie herein«, sagte sie endlich und ließ sich auf den nahen Schemel sinken.

Der Paketbote schob sanft die Tür auf, sie hörte ihn ins

Zimmer kommen. »Sie haben heute Geburtstag, richtig? Jemand hat online einen Kuchen für Sie bestellt.«

Sie versteifte sich. Ja, sie hatte heute Geburtstag. Seit dem Tod ihres Vaters hatte sie solche Dinge so gut wie vergessen. Irgendjemand anders aber offensichtlich nicht.

»Wer hat die Bestellung aufgegeben?«

»Das weiß ich nicht. Wurde anonym bezahlt. Ich liefere nur aus.« Der Mann zögerte. »Herzlichen Glückwunsch«, schob er etwas gezwungen hinterher.

»Vielen Dank«, sagte sie mit einem Lächeln.

»Ich, ähm, stelle den Kuchen dann mal auf diese Bank hier.«

»Warten Sie. Sie wollen schon wieder gehen?«

»Na ja, ich habe noch andere Lieferungen vor mir.«

Sie biss sich auf die Unterlippe. »Könnten Sie nicht noch eine Minute bleiben? Wenn Sie nichts dagegen haben, könnten Sie mir den Kuchen bitte beschreiben. Wie sieht er aus? Ich bin blind.«

Der Mann blieb stehen. Sie hörte das leise Gleiten von Karton auf Karton.

»Es ist ein kleiner Kuchen, aber ein sehr hübscher. Er ist golden, mit einer dicken weißen Glasur oben. In der Mitte liegt oben eine Geige aus Schokolade drauf, schwarz und glänzend. Überall drumherum sind tanzende, leuchtend rote Noten. Ich glaube, die sind aus Marmelade gemacht.«

Das Mädchen hatte der Stimme des Mannes ihr linkes Ohr zugewandt. Je mehr seine Worte ein Bild in ihrem Kopf zeichneten, desto breiter wurde ihr Lächeln.

»Steht auch etwas drauf?«

»Na klar. Da steht ›*Alles Gute zum 21. Geburtstag, Zheng Jia!*‹«

»Und eine Unterschrift?«, fragte sie und hob erwartungsvoll den Kopf.

Der Mann machte eine Pause. »Nein. Da steht kein anderer Name auf dem Kuchen.«

»Oh,« sagte sie, beugte sich vor und strich sanft mit den Fingern über Niunius Stirn. Die Hündin saß folgsam zu ihren Füßen.

»Das ist meine Blindenhündin. Sie heißt Niuniu«, sagte sie.

Der Mann kicherte. »Sieht aus wie ein braves Mädchen. Und süß noch dazu.«

»Niuniu ist bei Fremden immer sehr vorsichtig«, sagte die junge Frau leise. »Aber Sie hat sie noch nicht einmal angebellt, seit Sie im Zimmer sind.«

Kein Ton kam aus der anderen Ecke des Zimmers.

Die blinden Augen des Mädchens starrten den Mann direkt an. Sie hörte die Dielen knarren, als er sein Gewicht verlagerte.

Endlich nahm sie den Mut zusammen, die nächste Frage zu stellen.

»Sind Sie das?«

Er atmete hörbar aus, als sei eine große Last von ihm genommen worden. »Sie können vielleicht nicht sehen, aber vor Ihnen kann ich nichts verbergen.«

»Sie sind es wirklich«, sagte sie. Trotz seiner Bestätigung hegte sie noch immer gewisse Zweifel. »Was ist mit Ihrer Stimme passiert?«

»Ich habe sie verstellt. Trotzdem haben Sie mich sofort durchschaut. Oh – bitte verzeihen Sie die Formulierung.«

Sie hörte ein leises Reißen. Ein Stück Klebeband auf nackter Haut?

»Das fühlt sich schon viel besser an«, sagte er. Da war wieder die jugendliche Energie in seiner Stimme.

Es war die Stimme, an die sie sich erinnerte. Mit einem Lächeln voll ehrlicher Überraschung erhob sie sich von dem Schemel.

Aber schnell wurde die Freude von ihrem nächsten Gedanken überschattet. »Warum wollten Sie mich reinlegen?«

»Ich wollte nicht, dass Sie wissen, dass ich hier bin«, sagte er. Es klang ehrlich.

»Dachten Sie, ich könnte Ihnen zur Last fallen?«

»Nein, ganz und gar nicht. Ich habe nur ... Ich stecke in gewissen Schwierigkeiten. Sie brauchen sich aber keine Sorgen zu machen. Und ich wollte Sie einfach nicht mit reinziehen.«

Er machte einen aufrichtigen Eindruck. Ihrem Argwohn zum Trotz musste sie sich eingestehen, dass sie sich um ihn sorgte. »Was für Schwierigkeiten?«

»Ich kümmere mich schon darum«, sagte er gelassen.

Sie glaubte ihm.

»Wollen Sie sich nicht einen Moment setzen?«, fragte sie in einem freundlicheren Tonfall. »Natürlich nur, falls Sie nicht in Eile sind.«

Sie gab sich Mühe, nicht zu begierig zu klingen, war aber tatsächlich sehr dankbar für seine Gesellschaft.

»Natürlich.« Er ging zu der Sitzbank gegenüber und nahm Platz. »Ich kann allerdings nicht lange bleiben.«

Die junge Frau nickte verständnisvoll. Sie tastete sich vor und setzte sich neben ihn. »Sie hatten gesagt, Sie würden in nächster Zeit sehr beschäftigt sein. Ich hatte nicht damit gerechnet, Sie so bald wiederzutreffen.«

»Heute ist ein besonderer Tag. Da habe ich natürlich Zeit für Sie gefunden.«

Sie grinste. »Bloß, um mir einen Kuchen zu bringen?«

»Jeder möchte doch einen Geburtstagskuchen haben, oder?«

Hätte das jemand anderes zu ihr gesagt, sie hätte wohl kichern müssen. Aus seinem Mund aber klang es weder sentimental noch albern. Es schien ihm eine feierliche Wahrheit zu sein.

»Bitte schneiden Sie mir ein Stück ab«, flüsterte sie. Fast hatte sie das Gefühl, ihn lächeln zu hören, den feinen Klang der Fältchen in seinen Wangen. »Dann war heute wohl ein guter Tag, um das Frühstück auszulassen«, sagte sie keck.

Die Sitzbank knarrte, dann hörte sie Plastikbesteck auf Papptellern. Kurz darauf stieg ihr ein neuer Duft in die Nase. Süß und reichhaltig.

Sie schnupperte. Der Zuckerguss musste sich unmittelbar vor ihr befinden, aber als sie die Hand nach dem Kuchen ausstreckte, griff sie ins Leere. Da hörte sie, wie er ein Kichern unterdrückte, und musste ihrerseits grinsen.

Sanft schlossen sich seine Finger um ihr linkes Handgelenk.

»Hier«, sagte er, führte ihre zarte Hand zum Pappteller und legte ihr eine Gabel in die Rechte.

»Es muss sehr schwierig sein, sich mit jemandem wie mir abzugeben«, sagte sie. In ihrem Bauch gärte es, als hätte sie gerade ein Glas Mineralwasser runtergestürzt. Es fühlte sich aufregend an.

»Überhaupt nicht. Ich hätte nichts dagegen, wenn jeder Tag so wäre.«

Als sich seine Hand von ihrem Arm löste, streiften seine

Finger ihre Haut. Die Berührung hinterließ ein Prickeln. Sie spürte, wie sich Wärme in ihren Wangen ausbreitete, senkte den Kopf und nahm einen Bissen vom Kuchen. Hoffentlich hatte er ihre Röte nicht bemerkt.

»Wie schmeckt er?«

»Perfekt.«

Bissen um Bissen aß sie das Kuchenstück in völliger Stille. Die Gabel bebte in ihrer Hand.

Sie spürte seinen Blick auf sich ruhen. Je mehr Zeit verstrich, desto dichter wurde die Stille. Sie stellte den Teller auf ihrem Schoß ab und hob den Kopf. »Woran denken Sie?«

»Ich habe mich gerade an den Tag erinnert, als ich zum ersten Mal Kuchen gegessen habe«, sagte er. Seine Stimme klang zerbrechlich.

Sie lachte und hielt sich die Hand vor den Mund. »Sie müssen ja verhungern, mir hier beim Essen zuzusehen.«

Im selben Moment änderte sich seine Stimmung. Sie spürte es.

»Es war an meinem sechsten Geburtstag. Ich wollte nichts mehr als einen Kuchen, und mein Vater kaufte mir einen.«

Irgendetwas hatte jegliche Energie aus seiner Stimme weichen lassen. Mit einem Mal fühlte sie sich unwohl.

Es war vor allem die Art, wie er *Vater* gesagt hatte.

»Ich bin sicher, Ihr Vater hat Sie geliebt. Er muss ein toller Vater gewesen sein, der Sie nie enttäuschen wollte.«

»Leider nein. Es war auch gar nicht mein Vater, der mir den Kuchen schließlich geschenkt hat.«

»Wie meinen Sie das?«

»Mein Vater ist an jenem Tag gestorben.«

Die Luft im Zimmer fühlte sich jetzt sehr viel kälter an.

»Tut mir leid. Das wusste ich nicht«, sagte sie. »Sie waren noch so jung.«

Er ergriff ihre Hand.

»Niemand versteht so gut wie ich, wie es ist, den Vater zu verlieren«, sagte er. »Seit ich Sie das erste Mal gesehen habe, war ich von einem plötzlichen, unbedingten Wunsch erfüllt, Sie zu beschützen, mich um Sie zu kümmern ...«

Traurigkeit und Argwohn wurden fortgespült. Zurück blieb ein Gefühl von liebevoller Zärtlichkeit. Bis jetzt hatte sie ihn für einen Freund gehalten, nur eben einen, den sie nicht recht durchschaute. Nun aber fühlte sie sich ihm eng verbunden. So etwas hatte sie nie zuvor erlebt.

Als er sich erhob, knirschte die Holzbank leise. »Ich muss gehen. Ich bin schon zu lange geblieben.«

Sie nickte und ließ ihre Finger von seiner Handfläche gleiten. Sie war erleichtert, dass er ging; zwar wollte sie ihn um sich haben, aber sie brauchte Zeit, um all das zu verarbeiten, was gerade passiert war.

»Können Sie mir eine Sache versprechen?«, fragte er.

»Was?«

»Es könnte sein, dass Leute auf Sie zukommen und nach mir fragen. Sagen Sie denen einfach, dass wir uns niemals begegnet sind.«

»Natürlich«, sagte sie ohne jedes Zögern.

»Sie wollen nicht wissen, warum?«

Der Grund dafür schien ihr offenkundig zu sein. Sie lächelte und sagte: »Sie wollen es mir noch nicht sagen. Warum sollte ich dann fragen? Ich halte Sie nicht für einen schlechten Menschen, und ich weiß, dass Sie mir nicht wehtun würden. Ich vertraue Ihnen.«

Sie hörte ihn leise, aber energisch ausatmen. Hatte ihre

Antwort ihn überrascht? Möglich. Dennoch hatte sie nicht die Absicht, sie zurückzunehmen.

»Ich melde mich, sobald ich kann.«

Ohne ein weiteres Wort verschwand er. Vor dem Zimmer hörte sie seine Schritte verklingen, sanft und schnell wie ein Sprinter auf leisen Sohlen.

KAPITEL VIERZEHN
SEI ÜBERLEBENSGROSS

3. NOVEMBER, 10 : 25 UHR
HAUPTQUARTIER DER KRIMINALPOLIZEI

Liu kehrte gemeinsam mit Du ins Hauptquartier zurück. Er brachte den Reporter in den Pausenraum und wies mehrere SEP-Beamte in Zivil an, ihn zu bewachen. Ein rascher Blick auf die Uhr sagte ihm, dass das Treffen der Einsatzgruppe bereits vor einer knappen halben Stunde begonnen hatte.

Er eilte zum Konferenzraum und fand die Kollegen noch im Gespräch.

»Was machen Sie denn hier?«, fragte Pei, der sich keine Mühe gab, seine Überraschung zu verbergen.

»Du hat seinen Artikel schon fertig. Er ist im Pausenraum, meine Leute haben ein Auge auf ihn. Ich habe eine Kopie bei mir. Dachte, Sie wollen das so schnell wie möglich sehen.«

Pei deutete auf den Tisch. »Perfektes Timing. Sehen Sie sich das an und sagen Sie uns, was Sie davon halten.«

Liu ging zum Tisch, wo ein Haufen weißer Styroporbruchstücke lag. Er zählte mindestens zehn verschiedene Teile. Obwohl die Stücke unterschiedlich groß und unterschiedlich geformt waren, hatten sie zwei Dinge gemeinsam: Sie waren allesamt dünn und bis zu einem gewissen Grad gewölbt.

Yin wandte sich an Liu. »Sie wurden nicht weit entfernt vom Longyu-Komplex gefunden. Sie sind der blutverschmierten Verpackung sehr ähnlich, die wir auf dem Balkon gefunden haben, und wir gehen davon aus, dass sie alle den gleichen Ursprung haben.«

»Aha? Sie glauben, die haben was mit dem Fall zu tun?« Liu besah sich die Teile ein weiteres Mal.

»Das Styroporteil vom Balkon ist bereits analysiert worden«, sagte Yin. »Das Blut daran stammt von Lin Henggan. Wir wissen also definitiv, dass Eumenides nach dem Mord an Lin mit diesem Teil in Berührung gekommen ist. Und nach allem, was uns über die Fähigkeiten des Mörders bekannt ist, war das kein Versehen. Obwohl alle Teile auf der Südseite des Gebäudes gefunden wurden, lagen manche fast fünfzig Meter auseinander. Höchstwahrscheinlich sind sie aus großer Höhe geworfen worden, zum Beispiel aus dem Fenster im achtzehnten Stock. Und wenn man die Lage des Fensters sowie Windrichtung und Windgeschwindigkeit der vergangenen Nacht hinzuzieht, liefert die Anordnung der Teile den eindeutigen Beweis dafür, dass sie aus dem Büro geworfen wurden.«

»Aber wie hätten sie Eumenides bei seinen Morden helfen sollen?«, fragte Liu.

Pei zuckte mit den Schultern. »Genau darüber zerbrechen wir uns gerade den Kopf.«

Liu deutete auf den Haufen. »Was dagegen, wenn ich mir eins davon näher ansehe?«

»Nur zu. Die Jungs im Labor haben sie schon untersucht. Anfassen ist also kein Problem.«

Liu setzte sich und nahm eins der kleineren Teile zur Hand. Abgesehen vom fehlenden Blut war es auf den ersten Blick kaum von dem Stück zu unterscheiden, das sie auf dem Balkon gefunden hatten.

»Da ist noch etwas, das mir komisch vorkommt«, sagte Mu.

»Was denn?«, erkundigte sich Pei neugierig.

»Die Tatsache, dass wir diese Stücke überhaupt untersuchen. Falls Eumenides sie am Tatort benutzt hat, wäre es nur logisch, sie aus dem Fenster zu werfen, damit sie sich weit verstreuen und wie normaler Müll aussehen. Er hätte aber die Blutspuren auf jeden Fall bemerkt, selbst wenn er furchtbar in Eile war. Warum hat er das einzige blutige Teil also nicht bei sich behalten? Klar, schon möglich, dass wir einfach Glück beim Suchen gehabt haben. Aber wenn, dann verdanken wir dieses Glück nur einer Entscheidung, die Eumenides getroffen hat. Für ihn wäre es viel einfacher gewesen, es gar nicht erst dazu kommen zu lassen, das dürfen wir auf keinen Fall vergessen.«

»Darüber hatte ich auch schon nachgedacht«, sagte Pei. »Und die Tüte, die wir auf dem Balkon gefunden haben, ist auch nicht weniger verdächtig. Es sieht Eumenides alles andere als ähnlich, Beweisstücke zu hinterlassen. Vor allem derart offensichtliche.«

Zeng rückte seine Brille zurecht. »Warum hat er es dann getan? Um uns abzulenken?«

Niemand antwortete. Liu starrte die Styroporteile an, hatte die eine Hand lässig um den Unterarm gelegt und zog mit der anderen Hand ein weiteres Stück zu sich heran.

Pei betrachtete den SEP-Kollegen. Plötzlich, wie durch Funkenflug entfacht, wurde seine Neugier zu Erregung.

Pei sprang von seinem Stuhl auf, beugte sich vor und griff nach dem größten Bruchstück. Nachdem er es kurz gemustert hatte, legte er es auf einen neuen Platz am anderen Ende der Tischplatte. Das Stück war etwa halb so groß wie ein Kopfkissen und ähnlich stark gewölbt. Pei hatte es mit der Wölbung nach unten abgelegt, sodass es sanft hin und her schaukelte, wie eine gekenterte Schildkröte. Er drehte sich um und nahm ein ähnlich großes Stück von dem Haufen, das er mit der Wölbung nach oben auf das erste legte. Ein Teil nach dem anderen ging durch seine Hände und bekam eine neue Position, bis sich wie bei einem 3-D-Puzzle eine unfertige Form herauszuschälen begann.

Mit starren Blicken folgte das Team der Verwandlung. Die Styroporteile hatten sich zu einer humanoiden Silhouette zusammengefunden, mit Torso, Hüfte, Armen und Beinen. Einzig der Kopf fehlte. Der rechte Unterarm war jenes Teilstück, das sie auf dem Balkon gefunden hatten. Die Blutspritzer befanden sich in Höhe des Handgelenks.

»Was zum Teufel soll das werden?«, platzte Zeng heraus.

Pei betrachtete das Kunststoffmannequin. »Ich bin mir noch nicht sicher. Aber eine Sache ist offensichtlich: Irgendwann trug diese Puppe die blutigen Klamotten, die wir auf dem Balkon gefunden haben.«

Yins Miene erhellte sich. Auch er erhob sich und näherte sich der Puppe. »Sie haben recht! Das Blut am Hemd befand sich ebenfalls am rechten Handgelenk. Eumenides muss das Ding unter seiner Kleidung getragen haben, als er die Morde begangen hat.«

Liu schaute ihn mit großen Augen an. »Sie glauben, dass Eumenides dieses Styroporkonstrukt – wie eine Rüstung getragen hat?«

»Sieht ganz danach aus, als wäre das der Verwendungszweck gewesen«, sagte Pei.

Mu schien Lius Skepsis zu teilen. »Der Mann im Video hat sich aber völlig natürlich bewegt. Geschmeidig wie ein Fassadenkletterer, sicher nicht wie jemand, der eine Rüstung trägt. Stellen Sie sich doch mal vor, wie klobig das Ding gewesen sein müsste.«

»Abermals hat die Dame exzellente Einwände«, murmelte Zeng.

Einen Moment lang dachten alle stumm nach. Hatte Peis Theorie sie gerade eben noch mit neuer Hoffnung erfüllt, war die Untersuchung der Styroporpuppe schnell wieder in eine Sackgasse geraten.

Pei stieß sich vom Tisch ab. »Sofern nicht noch jemand etwas hinzuzufügen hat, ist das Treffen hiermit beendet. Bevor Sie das Gebäude verlassen, denken Sie bitte alle einen Moment darüber nach, wo wir mit unserer Ermittlung stehen. Wir treffen uns später wieder und vergleichen unsere Einschätzungen.«

Während sich Yin, Zeng und Mu auf den Weg in die Cafeteria begaben, trat Liu an Pei heran und übergab ihm Dus Artikel.

»Schauen Sie den Entwurf durch, Hauptmann. Lassen Sie mich wissen, ob das so veröffentlicht werden kann.«

Pei pfiff leise durch die Zähne, als er die Seiten durchblätterte. »Der Kleine hat flinke Finger, das muss man ihm lassen. ›*Eumenides fordert ein weiteres Opfer. Diesmal ermordet er den unschuldigen ...*‹«

Er las weiter.

Strukturell betrachtet war der Artikel das Ergebnis fehlerfreier und sorgfältiger Schreibarbeit. Statt direkt mit der

Szene der vergangenen Nacht einzusteigen, beschrieb Du zunächst die Jugendjahre von Meng Fangliang.

In der Zeit nach der Gründung der Longyu-Gesellschaft war Meng Deng Huas wichtigster Partner gewesen. Ehe die Firma zu einem der einflussreichsten Schwergewichte in Chengdu aufgestiegen war, hatte Meng sich mehr als einmal die Hände schmutzig gemacht, um sie gegen Bedrohungen von außen zu verteidigen. Bis er schließlich nach einer betrunkenen Auseinandersetzung bei einem Dinner festgenommen und wegen Totschlags verurteilt worden war. Er hätte den Rest seines Lebens im Gefängnis verbringen sollen.

Bis zu dieser Stelle war Dus Schreibstil straff und rhythmisch wie bei einer klassischen Abenteuergeschichte. Der Artikel würde die Leserschaft zweifellos fesseln.

Sobald es aber daran ging, Mengs Erlebnisse nach der Verurteilung zu beschreiben, wandelte sich der Artikel zu einer nachdenklichen Charakterstudie. Offenbar hatte Meng vom Betreten des Gefängnisses an mit seinem früheren Leben abgeschlossen. Er bemühte sich nicht nur aktiv um Läuterung, es gab auch niemanden im Gefängnis, der härter gearbeitet hätte. Nach sechs Jahren hinter Gittern wurde er wegen guter Führung auf Bewährung freigelassen. Er hatte eine zweite Chance auf ein neues Leben gewonnen.

Der folgende Abschnitt kontrastierte abermals stark mit Mengs Feuerprobe im Gefängnis. Er konvertierte zum Katholizismus, wurde sogar Gemeindesprecher und zog oft seine persönlichen Erfahrungen heran, um junge Menschen aufzuklären und anzuleiten. Er hatte seine dunkle Vergangenheit hinter sich gelassen.

Pei spürte gar ein leichtes Kribbeln im Rachen, als er Dus

Beschreibung des denkwürdigen Tages las, an dem Meng Frau und Tochter wiedersehen durfte.

Der letzte Abschnitt über Mengs Leben war kurz und bündig gefasst, ehe nach einer knappen Überleitung das Herzstück des Artikels folgte: Mengs ungerechter Tod durch Eumenides' Hand. Nach einem raschen Abriss über Eumenides' Auftauchen und die jüngsten Morde beschrieb Du die Reaktion des stellvertretenden Vorsitzenden auf die erhaltene Todesanzeige. Trotz der großen Sorge seiner Familie sah Meng der Todesdrohung mit unschuldigem Herzen entgegen. Er verkündete, für seine Missetaten bereits bestraft worden zu sein. Wenn es nach ihm ging, so war er ein neuer Mann, ein anderer Mensch. Meng war davon überzeugt, Eumenides würde die Todesanzeige fallen lassen, wenn er nur wüsste, was Meng durchlebt hatte. Als er sich also in jenes Büro im achtzehnten Stock zurückzog, hatte er alle relevanten Dokumente bei sich – die Urteilsverkündung, die Bescheinigungen vorbildlichen Verhaltens aus dem Gefängnis, den Bewährungsbescheid sowie das Tagebuch, das er während seiner Haft geführt hatte.

Jedes Detail des Artikels stimmte mit Peis Wissen über Meng Fangliang überein. Die Polizei hatte besagtes Tagebuch sowie die übrigen Dokumente in der Tat neben seinem Kopfkissen gefunden, und Pei hatte vor dem Aufbruch zum Longyu-Komplex längst Mengs Hintergrund durchleuchtet. Auch hatte er die blutigen Papiere selbst dort liegen sehen. Die Lektüre des Artikels ließ jedoch alles noch einmal in einem anderen Licht erscheinen.

Es war unmöglich, nicht mit Meng zu sympathisieren. Und besonders eine Frage würde sich in die Köpfe der

Leserschaft einbrennen: Wie hatte Eumenides sein Urteil vollstrecken können?

Dann endlich erreichte der Artikel seinen Höhepunkt. Du beschrieb die letzten Stunden vor jenem verhängnisvollen Ereignis der vergangenen Nacht, als hätte er das Drehbuch für einen Hollywoodthriller abliefern sollen. Pei ertappte sich sogar dabei, kurz mit angehaltenem Atem zu lesen. Das Fazit der Geschichte war unausweichlich.

Als man Meng fand, stand sein Mund leicht offen, als hätte er noch im Tod mit seinem Mörder reden wollen. Sollte das der Fall gewesen sein, hatten seine Worte leider nicht den gewünschten Effekt. Aus dem tiefen Schnitt durch seine Kehle war sein Blut geflossen und hatte die Seiten des Tagebuchs benetzt, das neben ihm lag. Die Sühne für seine Schuld hat ihm, wie es scheint, nichts gebracht. Wie sein Tagebuch wurden auch all seine Hoffnungen auf ein besseres Leben mit seiner Familie in Blut ertränkt ...

Pei seufzte kaum hörbar und legte den Artikel auf den Konferenztisch. Im Endeffekt las sich das ganze Werk wie eine Anklageschrift aus Sicht eines der Opfer. Selbst Eumenides' größter Fan musste nach dieser Lektüre ernste Probleme bekommen, dessen Verhalten noch rechtfertigen zu wollen.

»Er soll es so veröffentlichen«, sagte er zu Liu. »Und zwar so schnell wie möglich. Ach was, lassen Sie ihn einen von unseren Rechnern benutzen.«

»Jawohl, Sir.«

Pei dachte noch einen Moment nach, nach wie vor bemüht, das Gelesene zu verdauen. »Und sagen Sie ihm, er sollte das nicht bloß im Netz veröffentlichen. Ich will, dass es außerdem an alle relevanten Medien der Stadt geschickt wird. Gehen Sie unsere Kontakte durch und sagen Sie denen, sie sollen den Artikel bringen. Je weiter wir ihn verbreiten können, desto besser. Wenn wir diesen Trumpf richtig ausspielen, können wir vielleicht zwei Fliegen mit einer Klappe schlagen.«

»Ich kümmere mich sofort darum.«

*

Nachdem Yin und Liu gegessen und sich etwas ausgeruht hatten, suchten sie Pei in seinem Büro auf. Er hatte die Styroporteile auf seinem Schreibtisch aufgetürmt. Daneben lag der Sportrucksack, den sie auf dem Balkon gefunden hatten.

»Haben Sie die Sache durchschaut, Hauptmann?«, fragte Yin.

»Hmm?« Pei lächelte gegen seine Erschöpfung an. »Wodurch habe ich mich verraten?«

»Es sieht nur so aus, als hätten Sie mit dem Grübeln aufgehört«, sagte Yin beiläufig. »Wenn Sie über etwas nachdenken, widmen Sie der Sache Ihre volle Aufmerksamkeit. Selbst wenn man mit Ihnen redet, sind Ihre Augen immer woanders. Auf keinen Fall sind Sie so entspannt wie jetzt gerade. Außerdem – wenn Ihnen nicht bereits gedämmert wäre, wo wir in unserer Ermittlung stehen, hätten Sie das Treffen nicht so früh beendet.«

Pei schenkte ihm ein nichtssagendes Schulterzucken. Dann maß er Liu von Kopf bis Fuß. »Ja, Sie sollten passen«, sagte er und nickte leicht.

Liu und Yin wechselten einen stummen Blick.

Pei zog den Rucksack zu sich, zog den Reißverschluss auf und nahm den Inhalt heraus: einen Satz Sportkleidung und eine schwarze Schirmmütze.

»Die Kollegen von der Forensik haben den Rucksack samt Inhalt gründlich untersucht. Bis auf Blutspuren von Lin und Meng haben sie so gut wie nichts gefunden.«

Die beiden Männer schwiegen.

»Liu, ziehen Sie sich diese Sachen an«, sagte Pei.

Der SEP-Offizier schien einen Moment lang zu erstarren, zog dann aber sofort sein Uniformhemd aus und streifte die Trainingsjacke über, die Pei ihm reichte. Obwohl Liu einen Meter achtzig maß, schlotterte die Jacke um seinen schlanken Oberkörper.

Zunächst stand Liu ganz still da, weil er nur daran dachte, dass Eumenides diese Jacke getragen hatte. Dann sah er die großflächigen Blutspritzer, trat unruhig von einem Bein aufs andere und wartete darauf, dass Pei ihm sagte, er könne sie wieder ausziehen.

Aber Pei kam gerade erst in Fahrt. Er nahm mehrere Styroporteile vom Tisch und reichte sie ihm. »Stecken Sie sich die in die Jacke.«

Es waren jene Teile, die Torso, Rücken und Arme der Puppe bildeten. Liu machte den Reißverschluss auf und steckte nacheinander jedes Teil an seinen Platz. Zu seiner Verblüffung passten ihm die Teile wie angegossen und füllten den fehlenden Platz zwischen Jacke und Körper so gut aus, dass sie wie maßgeschneidert erschienen. Als er die Jacke wieder schloss, wirkte er bedeutend wuchtiger.

Pei setzte ihm die Schirmmütze auf und zog sie ihm tief ins Gesicht. Dabei nickte er sichtlich zufrieden vor sich hin. Schließlich wandte er sich an Yin. »Was sagen Sie?«

»Ich finde, er sieht aus wie die Person, die wir auf dem Videoband gesehen haben.«

Liu hatte die Nase voll. Er riss sich die Mütze vom Kopf

und sah Pei vorwurfsvoll an. »Hauptmann, warum um alles in der Welt tue ich das hier?«

Pei musterte ihn streng. »Ich habe eine Aufgabe für Sie.« Der SEP-Beamte drückte den Rücken durch und blinzelte erwartungsvoll. »Jawohl, Sir.«

»Eine unerhört wichtige Aufgabe«, sagte der Hauptmann und artikulierte jedes Wort sorgfältig. »Streng geheim.«

*

20 : 21 UHR
RESTAURANT GRÜNER FRÜHLING

Sheng war seit jeher eine Schlüsselperson der Longyu-Gesellschaft gewesen, und sein *tragischer Unfall* hatte bei Pei sofort sämtliche Alarmglocken läuten lassen. Wie Hua vor ihm folgte auch Pei der Spur zum Restaurant *Grüner Frühling*. Auf dem Material war zu sehen, wie Lin und Meng das Restaurant nach dem gemeinsamen Essen verließen. Sheng hingegen blieb an ihrem Tisch, wo er weiter aß und trank. Kurz darauf schien er wegen irgendetwas die Beherrschung zu verlieren. Leider lieferte die Kamera keine Tonspur, sodass Pei nur raten konnte, was der Mann sagte. Nachdem er einen Kellner zurechtgestutzt hatte, rannte Sheng aus dem Sichtfeld der Kamera, als verfolge er eine andere Person.

»Was war da los?«, fragte Pei den Sicherheitschef des Restaurants.

»Dieser Gast hatte eine Menge getrunken. Wenn ich mich recht entsinne, standen drei Flaschen Wein für seinen Tisch auf der Rechnung. Er hat versucht, unserer Violinistin hinterherzulaufen. Unsere Leute hatten die Situation aber unter Kontrolle.«

Etwa fünfzehn Sekunden später trugen mehrere Kellner Sheng wieder in den Kamerakader. Obwohl er ungehalten vor sich hin zu murmeln schien, wirkte er ansonsten friedlich.

Pei betrachtete die Szene. Plötzlich riss er die Augen auf. »Anhalten!«, schrie er.

Der Sicherheitschef erschrak, hämmerte aber sofort auf den Pausenknopf. Am Bildschirmrand stand *21:37:15.*

»Wer ist dieser Mann da?«, fragte Pei und deutete auf den Schirm.

Der Sicherheitschef berührte den Monitor fast mit der Nase, ehe er die Person erkannte, auf die der Polizist gezeigt hatte. Sie befand sich weit entfernt von der Kamera und ging soeben Richtung Ausgang. Der Kopf war leicht zur Seite gedreht – er beobachtete Sheng.

»Nur ein anderer Gast«, sagte der Sicherheitschef achselzuckend. »Nach dem Trubel haben alle diesen betrunkenen Gast beobachtet.«

Peis Herz schlug wie ein Presslufthammer. Obwohl die Gestalt im Halbdunkel fernab der Kamera stand, war das Gefühl von Déjà-vu beinahe übermächtig. Mit der Körperhaltung und der tief ins Gesicht gezogenen Mütze sah sie der Person auf dem Material aus dem Longyu-Komplex frappierend ähnlich.

Leider war der Mann tatsächlich zu weit von der Kamera entfernt, um ihn gut erkennen zu können; außerdem waren die Gesichtszüge im Halbdunkel nicht zu identifizieren. »Ich will mit der Bedienung sprechen, die an dem Abend gearbeitet hat«, sagte Pei energisch.

Der Sicherheitschef lief aus dem Raum. Wenige Minuten später kehrte er mit einem Mann und einer Frau zurück.

Pei deutete auf den Bildschirm. »Sehen Sie sich diese Bilder an und sagen Sie mir, ob Sie sich an diesen Gast erinnern können«, wies er die Angestellten an.

Die beiden näherten sich. Nachdem sie den Monitor einen Moment betrachtet hatte, schlug sich die Kellnerin vor den Kopf. »Ach, das muss der Gast vom Tisch in der Ecke sein, oder? Ich erkenne die Mütze wieder. Er hat Zheng Jia Blumen schicken lassen, aber keinen Namen hinterlassen. Daran erinnere ich mich noch ganz genau. Ja, ich bin mir absolut sicher, dass er das ist.«

»Wer ist Zheng Jia?«, fragte Pei mit erhobener Braue.

»Unsere Violinistin«, sagte der Sicherheitschef. »Der dieser betrunkene Gast früher auf dem Band nachgestellt hat.«

»Aha?« Pei widmete sich wieder dem Bildschirm und versuchte zu ergründen, was diese drei Personen verbinden könnte. Ein paar Sekunden später sah er zu der Kellnerin auf. »Können Sie mir die Gesichtszüge dieses Gastes beschreiben?«

Das Mädchen überlegte. »Ähm ... Ich weiß nicht. Ich habe ihn nur kurz gesehen.«

»Sie erkennen ihn sofort, wenn er bloß ein kleiner dunkler Fleck auf dem Monitor ist, können sich an sein Gesicht aber nicht erinnern?«, schalt sie der Sicherheitschef.

»Er hat allein in der Sitzecke für Paare gesessen. Die ist ganz hinten im Restaurant und absichtlich nur spärlich beleuchtet. Sie wissen schon, für die Stimmung«, sagte sie hastig. »Und er hat die Mütze die ganze Zeit aufbehalten. Selbst wenn ich gewollt hätte, hätte ich ihn nicht genau in den Blick nehmen können.«

Die Antwort schien ihrem Vorgesetzten nicht zu genügen. »Wenn er allein war, warum haben Sie ihm dann die Pärchenecke gegeben?«

»Ich bin mir sicher, der Gast hat den Platz bewusst gewählt. Sie konnte nichts dafür.« Pei winkte den Mann fort, stand auf und sah die Kellnerin an. »Ich würde mir diese Sitzecke gerne ansehen.«

Sie führte ihn in den Speisesaal. Es war schon spät, wenige letzte Gäste waren mit dem Nachtisch beschäftigt. Auf der Bühne in der Mitte des Saals stand eine junge Frau in weißer Bluse und smaragdenem Rock. Sie spielte ein Musikstück auf ihrer Geige. Ihre Augen waren geschlossen. Pei kannte das Stück nicht – er hatte wenig Ahnung von klassischer Musik –, die Güte ihrer Darbietung blieb ihm hingegen nicht verborgen.

Sie hatte zweifellos Talent. Wie Wasser floss die Musik aus ihrer Violine, wirkte jedoch betörend wie Wein.

Pei starrte die Musikerin an.

»Das ist Zheng Jia«, flüsterte ihm die Kellnerin ins Ohr.

Pei nickte. »Ich würde sie ungern stören, während sie musiziert. Zeigen Sie mir zuerst die Sitzecke.«

Wie die Kellnerin gesagt hatte, befand sich die Pärchenecke im hintersten Winkel des Restaurants. Die Beleuchtung war derart schummrig, dass man dort im Vorbeigehen nur Silhouetten würde sitzen sehen. Pei trat näher und ließ sich auf einer der Polsterbänke nieder.

»Er hat genau hier gesessen, richtig?«

»Ja. Woher wissen Sie das?«, fragte die Kellnerin.

»Das ist der einzige Sitzplatz, von dem aus man das gesamte Restaurant im Blick hat.« Als er ihren verwirrten Blick bemerkte, schüttelte er den Kopf und zuckte die Achseln. »Egal. Sie können sich jetzt wieder um Ihre Gäste kümmern.«

Die junge Frau verneigte sich förmlich und eilte zurück zum Oberkellner. Pei ließ den Blick durchs Restaurant schweifen. Mit jeder verstreichenden Sekunde war er mehr davon überzeugt, dass Eumenides der fragliche Gast gewesen sein musste. Alles an diesem Sitzplatz war wie geschaffen für jemanden, der seine Umgebung im Auge behalten wollte, ohne selbst aufzufallen. Die gedämpfte Beleuchtung, der erstklassige Blick. Die nächste Überwachungskamera war relativ weit weg, und darüber hinaus boten sich mehrere mögliche Fluchtwege, sollte es dazu kommen. Für jemanden wie Eumenides eindeutig der beste Platz des Hauses.

Pei schloss die Augen und versuchte die Ereignisse jener Nacht im Kopf zusammenzusetzen.

Warum war er hergekommen? Was konnte ihn angelockt haben?

Der Duft von perfekt gegartem Schweinefleisch und Fisch waberte in die Sitzecke. Die sanfte Melodie der Violine massierte sein Trommelfell. Dieses Restaurant war definitiv ein idealer Ort, um sich zu entspannen.

Plötzlich kam ihm eine Idee. Er hatte sich an Mus Analyse zu Eumenides von vor ein paar Tagen erinnert.

»Gut möglich, dass er eine Liebe für Musik, Kunst oder vielleicht gehobene Küche entwickelt hat. Außerdem ist nicht auszuschließen, dass er trotz der Richtlinien seines Mentors für irgendwen Gefühle hegt.«

Pei riss die Augen auf und starrte zur Bühne in der Mitte des Saals. Trotz der beträchtlichen Entfernung genoss er freie Sicht auf die Künstlerin. Während die schlanke Violinistin spielte, ließ die weißgrüne Kleidung sie fast wie einen von Raureif gekrönten Grashalm erscheinen.

»*Es besteht die Möglichkeit, dass Eumenides nach einer Frau sucht, die sich in einem ähnlich fragilen Zustand befindet, angetrieben von der unbewussten Hoffnung, sie irgendwie heilen zu können. Und es gibt noch einen Denkansatz: Vielleicht sucht er sich jemanden, der ebenfalls den Verlust einer geliebten Person zu verkraften hat. Jemanden, mit dem er mitfühlen kann.*«

Pei würde sich mit Zheng Jia unterhalten müssen.

*

Zwanzig Minuten später verklangen die letzten getragenen Töne ihrer Darbietung. Sie verbeugte sich vor ihrem Publikum, blieb dann aber wie angewurzelt stehen, statt sich abzuwenden und das Instrument abzulegen.

Sekunden später kam eine Kellnerin auf die Bühne geeilt. Sie nahm der Frau den Geigenbogen ab und reichte ihr die Hand. Langsam folgte die Violinistin der Kellnerin von der Bühne, die Geige noch immer in der Hand.

Pei war geradezu erschüttert zu sehen, wie eine solch filigrane Künstlerin plötzlich Hilfe beim Laufen benötigte. Er eilte herbei.

»Erlauben Sie, dass ich Ihre Geige halte, Madame Zheng«, sagte er.

Das Mädchen wandte ihm den Kopf zu. Erst nachdem er ihren verblüfften Gesichtsausdruck registriert hatte, fielen ihm die umwölkten Iriden auf.

»Hauptmann Pei Tao von der Kriminalpolizei. Ich würde Ihnen gern einige Fragen stellen.«

»Hauptmann Pei Tao«, wiederholte die Violinistin mit einem freundlichen Lächeln und reichte ihm das Instrument. »Um Vergebung, dass ich Sie habe warten lassen, Herr Hauptmann.«

Ihre Stimme erinnerte Pei an eine Feder, die sanft zu Boden segelte.

»Ihre Musik war mehr als Kompensation genug«, gab er zurück. Er ging neben ihr her, gab sich aber Mühe, ihr nicht zu nahe zu kommen, als könnte ihre zarte Statur bei der leichtesten unvorhergesehenen Berührung zerbrechen.

Zu dritt betraten sie den Aufenthaltsraum hinter der Bühne. Nachdem die Kellnerin Zheng Jia auf einen Stuhl geholfen hatte, zog sie sich höflich zurück.

Die Violinistin deutete auf den offenen Koffer vor der gegenüberliegenden Wand. Pei legte das Instrument an seinen Platz und zog sich einen Stuhl heran.

Sowie er saß, sagte das Mädchen: »Sie sind noch nicht lange in Chengdu, nicht wahr, Hauptmann?«

»Ich wurde erst kürzlich hierher versetzt.« Pei zog die Stirn kraus. »Woher wissen Sie das?«

»Mein Vater hat mir immer erzählt, was im Hauptquartier los war, also kannte ich die Namen all seiner Kollegen.« Das Mädchen sah zu Boden. Trauer kroch in ihre Miene.

Pei war aufrichtig verblüfft. »Ihr Vater war Polizist? Ist er im Ruhestand?«

Das Mädchen hob den Kopf, nun ebenfalls sichtlich verblüfft. »Das wissen Sie nicht? Sie sind also nicht seines Todes wegen hier?«

Die Frage traf ihn wie eine Ohrfeige. Und plötzlich begriff er.

»Ihr Vater – wie lautete sein Name?« Das war arg taktlos, aber er brauchte Gewissheit.

Das Mädchen schloss die Augen und wirkte enttäuscht. »Ach, das tut mir leid. Mein Fehler. Ich dachte ...«

»Nein, ich muss mich entschuldigen«, sagte Pei. »Ich hätte mich klar ausdrücken sollen.«

Die junge Frau rang sich ein Lächeln ab. Ihr nächster Satz war kaum mehr als ein Raunen. »Er hieß Zheng Haoming.«

Die drei leisen Silben donnerten Pei in den Ohren. Mit großen Augen betrachtete er die Gesichtszüge des Mädchens. Zweifellos sanfter, aber ihre Augen waren von ähnlicher Intensität. Nicht einmal die Blindheit hatte sie dessen beraubt.

Vor achtzehn Jahren hatte er Zheng Haoming zum ersten Mal getroffen, als jener den jungen Pei nach seiner Verbindung zu der Explosion befragt hatte, bei der Yuan Zhibang und Meng Yun ums Leben gekommen waren. Zheng war der Erste gewesen, der sich mit Eumenides' Morden befasst hatte, und auch der Erste, der so viele Jahre später begriffen hatte, dass der Killer zurückgekehrt war.

Das letzte Mal hatte Pei ihren Vater am Tatort seiner Ermordung gesehen.

Er hatte keine Ahnung gehabt, dass diese blinde junge Frau seine Tochter war. Jetzt aber, da er die Gestalt auf dem Material der Überwachungskamera identifiziert hatte, schien es ihm auf finstere Weise einleuchtend, dass er im selben Restaurant gewesen war wie Zheng Jia. Er war wegen ihr hier gewesen. Noch aber wusste Pei nicht, warum.

Obwohl die junge Frau keine Veränderung in seiner Miene erkennen konnte, war ihr sein Schweigen nicht verborgen geblieben. »Sie haben meinen Vater also nicht gekannt?«, fragte sie enttäuscht.

»Doch, das habe ich. Er war ein legendärer Kollege.

Schon in meiner Zeit an der Akademie habe ich zahllose Geschichten über ihn gehört. Nicht nur das, ich habe ihn vor achtzehn Jahren sogar kennengelernt. Und ... Ich weiß, dass Ihr Vater im Dienst gestorben ist, während er einen wichtigen Fall untersucht hat.«

Zheng Jias Unterlippe bebte leicht, trotzdem lächelte sie. Und Pei sah unter ihrem Schmerz eine neue Emotion schimmern: Stolz.

»Ich sollte Ihnen dafür danken«, sagte sie, »dass Sie den Täter so schnell gefunden haben. Mein Vater kann in Frieden ruhen, und ich muss nicht mit der quälenden Vorstellung leben, dass sein Mörder noch frei herumläuft.«

Pei holte tief Luft. Zheng Jia hatte die Nachrichten verfolgt. Sie musste davon ausgehen, dass Yuan, der sich am Ende selbst in die Luft gesprengt hatte, der echte Mörder ihres Vaters gewesen war. Ihre Worte waren von solch ehrlicher Dankbarkeit erfüllt, dass sie Pei wie Messer in die Ohren fuhren. Als machte sich Eumenides persönlich über ihn lustig.

Irgendwann ergriff Zheng Jia abermals das Wort. »Wir müssen aber nicht über meinen Vater reden. Ich weiß, dass Sie viel zu tun haben. Was wollten Sie mich eigentlich fragen?«

Pei war unsicher, wie er das Thema am besten anschneiden sollte und entschloss sich dementsprechend dazu, noch nicht die volle Wahrheit preiszugeben. »Ich ermittle gegenwärtig in einem anderen Fall. Es gab vor Kurzem einen Autounfall, von dem wir glauben, dass es kein Unfall war. Der Mann, der bei diesem Unfall ums Leben kam, hatte am selben Tag kurz davor hier zu Abend gegessen. Er gebärdete sich ziemlich unflätig, wie Sie sich vielleicht erinnern werden.«

»Der betrunkene Gast?« Zheng Jia schauderte. »Er hat mich fast zu Tode erschreckt.«

Pei nickte. »Genau der.« Dann dachte er sehr genau über seine nächsten Worte nach. Wie konnte er es vermeiden, den 18/4er-Fall zur Sprache zu bringen und trotzdem etwas über Eumenides erfahren?

»Komisch. Sie sind nicht der Erste, der mich nach diesem Mann fragt«, sagte sie und neigte den Kopf. »Wissen Sie, mein Vater ist manchmal hergekommen, wenn ich aufgetreten bin. Wäre er an jenem Abend hier gewesen, hätte er dem Kerl eine Lektion erteilt. Aber sehen Sie mich an.« Sie deutete auf ihre Augen. »Glauben Sie wirklich, ich könnte mich an jemandem rächen?«

»Nein, nein, ich wollte nicht andeuten, dass wir Sie verdächtigen«, sagte Pei hastig, nutzte aber den angebotenen Einstieg. »Wir interessieren uns für einen Freund von Ihnen.«

»Einen Freund?« Ihr Tonfall schwankte leicht, obwohl ihre Miene unverändert blieb.

»Genau«, sagte er so beiläufig und lässig, wie er nur konnte. »Er ist etwa so alt wie Sie, vielleicht ein paar Jahre älter, und genießt Ihre Auftritte. Er hat Ihnen kürzlich Blumen geschickt. Wie gut kennen Sie ihn?«

Das Mädchen schüttelte den Kopf. »Am fraglichen Abend hat mir zwar jemand einen Strauß zukommen lassen, aber anonym. Ich weiß nicht, wer das ist.«

»Ach so?« Pei hatte das Gefühl, noch weiter bohren zu müssen. »Hat er nie versucht, außerhalb des Restaurants Kontakt mit Ihnen aufzunehmen?«

»Nein, hat er nicht«, sagte das Mädchen bestimmt. »Warum? Hat er etwas mit dem Tod von diesem betrunkenen Gast zu tun?«

Normalerweise konnte Pei den meisten Menschen eine Lüge an den Augen ablesen. Bei Zheng Jia war das leider nicht so einfach. Ihre letzte Frage hatte ihm jedoch einen Anflug der Wahrheit verraten, also versuchte er sich selbst an einer Lüge. »Nein, nichts dergleichen. Er könnte aber vielleicht etwas gesehen haben. Deshalb würden wir ihn gern als Zeugen befragen, um festzustellen, ob uns vielleicht etwas entgangen ist.«

»Ach so«, sagte sie gleichgültig und ließ die Schultern hängen. »Ich kenne ihn aber nicht.«

Pei schloss die Augen und schüttelte den Kopf. »Wenn das so ist, habe ich getan, was ich kann. Sollten Sie doch noch von ihm hören, würden Sie mich dann bitte kontaktieren? Ihr Sicherheitschef hat meine Karte. Er kann die Verbindung herstellen.«

Das Mädchen nickte, und Pei verabschiedete sich.

*

Zheng Jia hörte zu, wie Hauptmann Peis Schritte langsam verhallten. Sie dachte an die letzte Bitte des Beamten.

»Sollten Sie doch noch von ihm hören, würden Sie mich dann bitte kontaktieren?«

Die Welt schien ihr zu entgleiten. Als stünde sie auf einer Bühne ganz ohne Publikum. Wenn sie nur wüsste, wann ihr Freund sie das nächste Mal besuchen würde.

KAPITEL FÜNFZEHN
TÖDLICHER HINTERGRUND

5. NOVEMBER, 20 : 35 UHR
JIN-RIVER-STADION

Das Fußballstadion war bis auf den letzten Platz besetzt und schien vor Energie beinahe zu platzen. Das Auftaktspiel der neuen Spielzeit in der Chinese Super League hatte vor wenigen Sekunden mit dem Anstoß der Chengdu Peppers begonnen.

Hua saß auf der Ehrentribüne in der ersten Reihe und verfolgte das Geschehen mit einem ewig missbilligenden Gesichtsausdruck. Er trug eine schwarze Sonnenbrille und ein fleischfarbenes Empfangsgerät im Ohr.

Es war das Datum seiner Todesanzeige. Dass dieser Termin auf das Eröffnungsspiel fiel, eine Veranstaltung, für die Hua fest zugesagt hatte, war sicher kein Zufall. Aber trotz der Morddrohung hatte er verkündet, den Termin auf keinen Fall abzusagen.

Die Longyu-Gesellschaft hatte die Peppers vor zwei Jahren gekauft. Nachdem sie viele Millionen in den Club investiert hatte, war aus einer mittelmäßigen Mannschaft eines der vielversprechendsten Teams im chinesischen Fußball geworden. Das heutige Match war ihr Debüt in der höchsten Profiliga des Landes und sorgte in ganz China für Interesse. Es hatten sich sogar einige internationale Talentscouts und Journalisten auf den Rängen eingefunden.

Einige Monate vor seinem Tod hatte Deng Hua verkündet, dem Spiel persönlich beiwohnen zu wollen. Die Tragödien, von denen die Longyu-Gesellschaft in den letzten Tagen heimgesucht worden war, hatten jedoch vieles verändert. Deng Hua, Lin Henggan und Meng Fangliang waren einer nach dem anderen umgebracht worden, und die einstmals stolze Firma stand kurz vor dem Zusammenbruch.

Hua hatte es auf sich genommen, das Spiel als offizieller Vertreter des Konzerns zu besuchen.

Das Jin-River-Stadion bot 54.000 Sitzplätze und war komplett ausverkauft. Die dicht gedrängte, laute Umgebung würde Eumenides exzellenten Schutz bieten, was Hua allerdings einkalkuliert hatte. Zehn Jahre Erfahrung als Deng Huas Leibwächter hatten sein Hirn in ein geschliffenes taktisches Werkzeug verwandelt, das alle verfügbaren Wege und diverse Mordmethoden durchgespielt hatte, derer Eumenides sich bedienen könnte.

Pei hatte ihn beschworen, im Polizeihauptquartier zu bleiben, aber Hua hatte darauf bestanden, bei diesem Spiel anwesend zu sein.

»Ich werde mich nicht wie eine Schildkröte in meinem Panzer verkriechen. Die Firma steckt tief in der Krise, und unsere Konkurrenten sabbern schon beim Gedanken an den Fall der Longyu-Gesellschaft. Sie haben sich längst in Stellung gebracht. Indem ich zum Spiel gehe, schicke ich ihnen eine klare Botschaft: Die Longyu-Gesellschaft steht noch aufrecht, und wir werden nicht klein beigeben! Ich werde mich vor aller Augen in

die erste Reihe setzen und zuschauen, wie meine Mannschaft siegt. Und gleichzeitig warte ich darauf, dass Eumenides seine Nase zeigt, damit wir die Sache ein für alle Mal erledigen.«

Nachdem Pei diese leidenschaftliche Rede gehört hatte, bestand er nicht länger darauf, Hua in Polizeischutz zu belassen. Stattdessen hatte er sich dazu entschlossen, eine Gruppe Beamte in Zivil auszusenden, die im Stadion für Huas Sicherheit sorgen sollten. Eumenides einen Köder zu bieten war eine höchst fragwürdige Entscheidung, zu der sich auch Han schon einmal hatte hinreißen lassen. Nur gab es keinen anderen Weg, Eumenides ins Freie zu locken. Und so oder so blieb es Huas Entscheidung.

Zwanzig Mitglieder der Kriminalpolizei waren als Fans und Ordner ringsum in den Rängen verteilt. Wachsam behielten sie die Umgebung im Auge, stets auf der Suche nach ungewöhnlichem Verhalten. Hua selbst wurde von sechs Männern flankiert, die er persönlich aus den besten Leibwächtern der Firma ausgesucht hatte.

Ganz in der Nähe stand Du Mingqiang, der neben den hünenhaften Sicherheitsleuten sichtlich fehl am Platz wirkte. Sein Blick huschte von Sitzplatz zu Sitzplatz zu Hua, während sein Gesichtsausdruck zwischen Erregung und Furcht changierte.

Zwei Tage zuvor hatte er seinen Artikel über die Morde im Longyu-Komplex veröffentlicht. Wie ein Flächenbrand hatte sich die Geschichte im Netz verbreitet. Zahllose Leser hatten in Kommentaren ihren Zweifeln an Eumenides' Motiven Ausdruck verliehen, überall fragte man sich, ob er seinen Feldzug für Gerechtigkeit aufgegeben oder gar je wirklich an seine angeblich noble Mission geglaubt hatte. Begeistert von diesem Erfolg hatte Pei Du dazu animiert, die Gunst der

Stunde für einen raschen Folgeartikel zu nutzen. Du hatte also Meng Fangliangs Witwe und Tochter interviewt. Die öffentliche Meinung über Eumenides schien endgültig ins Wanken zu geraten. Das Bild des edlen Rächers bekam Risse, durch die das Profil eines herzlosen Mörders schimmerte.

Das Ende des zweiten Artikels enthielt die schockierendste Neuigkeit von allen, die Todesanzeige für Hua. Du stellte ihrem Wortlaut eine öffentliche Bitte hintan, Eumenides möge vom Morden ablassen und eine friedliche Einigung herbeiführen.

Hua war sehr angetan von Dus Arbeit und verpflichtete den Reporter als offizielles Sprachrohr für jegliche Kommunikation mit Eumenides. Du war zu seinem persönlichen Biografen geworden. Hua hatte ihn explizit darum gebeten, ihn auch am heutigen Tag zu begleiten, an dem er sich zum letzten Gefecht mit dem Serienmörder verabredet hatte. Falls Eumenides seine Drohung wahrmachte, würde Du als Chronist alles festhalten und die Wahrheit in einen weiteren Artikel bannen, der den Mörder öffentlich bloßstellen sollte.

Auch Pei war der Ansicht, Du sei dort am besten aufgehoben. Da sie beide Ziele von Eumenides an einem Ort hatten, konnte die Polizei sich ganz darauf konzentrieren, sie zu beschützen.

Natürlich war Pei sich bewusst, dass auch das Gegenteil eintreten konnte. Sollten er und seine Beamten versagen, würden sie Eumenides die Opfer auf dem Silbertablett servieren.

Von seinem Platz aus konnte Hua das Hotel *Goldmeer* sehen, das jenseits des Stadions aufragte. Die beiden Bauten trennte nur eine Straße, und Gäste in den oberen Stockwerken des Fünfsternehotels hatten einen uneingeschränkten Blick aufs Spielfeld und auf gut die Hälfte der Ränge. Da Hua die strategische Relevanz dieses Ortes bewusst war, hatte er auch dort einige Männer in einem Raum im zwanzigsten Stock untergebracht.

Zusätzlich hatte die Polizei dort Position bezogen. Die vergangenen zwei Stunden hatten Pei, Yin und Mu am Fenster von Zimmer 2237 verbracht. Die Vorhänge waren beinahe komplett vorgezogen, der Raum dunkel. Wer auch immer von draußen hinaufsah, würde nur die geschlossenen Vorhänge sehen. Pei, Mu und Yin hingegen hatten durch die Schlitze einen erstklassigen Blick auf die Sitzreihen, während sie über Funk in ständiger Verbindung mit den Beamten unten standen.

Mu sah von ihrem Fernglas auf. »Wo ist Liu? Bei den Polizisten in Zivil scheint er nicht zu sein.«

»Selbst wenn er direkt neben Ihnen stünde, würden Sie ihn momentan nicht erkennen«, sagte Pei.

»Das bezweifle ich«, sagte Mu und kicherte. Sie hob das Fernglas und widmete sich mit neuem Eifer der Herausforderung, den SEP-Beamten aufzuspüren.

»Echo Zwei, hier Echo Eins«, sagte Pei in sein Kopfhörermikrofon. »Bitte melden.«

»*Hier Echo Zwei.*«

Mu machte große Augen. Das war Lius Stimme.

»Status?«

»*Unverändert in Position. Nichts Verdächtiges bisher.*«

Seine Position? Mu suchte fieberhaft die Ränge ab.

»Bleiben Sie wachsam«, sagte Pei ernst.

»*Verstanden.*«

*

In Zimmer 2107 beobachtete ein Mann das Stadion. Er war hochgewachsen, seine Statur robust und athletisch. Der Mann trug einen weiten Trainingsanzug und eine Schirmmütze. Sein Gesicht war von einem Bart bedeckt, und obwohl er im Zimmer stand, trug er eine Sonnenbrille.

Sobald das Spiel angepfiffen wurde, stand er am Fenster und rührte sich nicht. Er betrachtete das Stadion durch ein kleines tragbares Teleskop, teilte seine Aufmerksamkeit zwischen dem Spielfeld und den Rängen auf.

Zur gleichen Zeit wurde auch dieser Mann beobachtet.

In der Lampe an der Zimmerdecke verbarg sich eine kleine Kamera; sie war direkt auf das Fenster gerichtet. Seit der Mann ans Fenster getreten war, hatte sie jede seiner Bewegungen aufgezeichnet. Aus der Kamera lief ein dünnes Kabel durch die Decke und speiste diese Bilder in einen kleinen Überwachungsbildschirm ein, kaum größer als ein Taschenbuch.

Diesen Bildschirm betrachtete ein anderer Mann Mitte dreißig. Er trug die Dienstkleidung eines Hotelangestellten, die jedoch nicht ganz zu seiner berechnenden Miene passen wollte. Mit schwelendem Hass starrte er den Bildschirm an, der beileibe nicht der einzige seiner Art in dem kleinen Raum war. Vielmehr war das Zimmer mit hunderten solcher Monitore vollgestopft, von denen einer auch Pei, Mu und Yin zeigte, wie sie dichtgedrängt vor dem Fenster in Zimmer 2237 standen.

Ein anderer zeigte eine Liveübertragung des Spiels. Der Schiedsrichter pfiff dreimal – zweimal kurz und einmal lang. Das Spiel war vorbei. Ein dumpfes Brüllen, das auch im Hotel problemlos zu hören war, erhob sich aus dem Stadion. Auf dem kleinen Schirm reckten die siegreichen Spieler der Chengdu Peppers die Fäuste in die Luft oder klatschten sich gegenseitig ab.

Der Jubel der Fans war ohrenbetäubend. Der Mann in der Hoteluniform sah zu, wie Hua und seine Begleiter aufsprangen und ihren Teil zum Applaus beitrugen.

Unten auf dem Rasen waren die Spieler der Chengdu Peppers völlig aus dem Häuschen. Sie bildeten eine Reihe, fassten einander an den Händen und verbeugten sich vor den Zuschauern. Der Lärm schwoll noch weiter an, und die Fans drückten sich näher ans Spielfeld. Eine Handvoll halbstarker Jugendlicher sprangen auf den Rasen, die Augen lodernd vor Begeisterung, als sie sich ihren Idolen näherten.

Der Mann zückte ein Mikrofon und schrie.

»Bewegung!«

*

Die Polizei hatte die meisten ungebärdigen Zuschauer ferngehalten, trotzdem war es einigen Fans gelungen, sie zu umgehen und den Platz zu stürmen. Die Mannschaft war noch voller Adrenalin; mehrere Spieler rissen sich die Trikots vom Leib und warfen sie den nächsten Fans zu. Natürlich bestärkte diese Geste die restlichen Zuschauer zusätzlich, und binnen Sekunden sprangen immer mehr von den Rängen und stürmten auf die Spieler zu.

Die Chengdu Peppers sahen sich nervös um. Zwei Spieler warfen ihre Trikots hastig in die Menge, ehe sie sich umdrehten und zum Gang mit den Umkleidekabinen rannten. Die Polizisten gaben ihr Bestes, um die wild gewordenen Fans zu bändigen, wurden aber von der schieren Überzahl fast erdrückt. Mittlerweile kämpften mehrere Leute mit Fäusten und Tritten um die begehrten Trikots.

In Windeseile versank das Jin-River-Stadion im Chaos.

Acht Gestalten setzten sich vom Pulk der Fans ab und rannten auf die Tribüne zu. Auf muskulösen Beinen jagten sie über den Rasen.

Auf der anderen Straßenseite hatte Pei den Vorhang so fest gepackt, dass seine Knöchel weiß hervortraten.

»Echo Zwei, höchste Verteidigungsstufe!«

Keine Antwort aus seinem Kopfhörer. Er hatte auch nicht mit einer gerechnet.

*

Der Mann in der Dienstkleidung des Hotels warf einen knappen Blick auf Pei, widmete sich dann aber wieder dem Monitor, auf dem das Innere von Zimmer 2107 zu sehen war.

Der athletisch gebaute Mann dort schaute aufmerksam durch sein Teleskop und suchte nach einem bestimmten Ziel.

Der Mann in der Dienstkleidung des Hotels verzog die Lippen zu einem breiten Grinsen. Er war bereit.

Er stand auf und ging zur Tür, wo er sich ein großes weißes Handtuch über die Schulter legte. Seine Verkleidung war vollständig.

Er trat auf den Flur hinaus und begab sich ins spärlich beleuchtete Kellergeschoss des Hotels. Behände steuerte er durch die dunklen Gänge, bis er schließlich einen Aufzug betrat und den Knopf für den einundzwanzigsten Stock drückte.

*

Der athletische Mann in Zimmer 2107 verfolgte aufmerksam die Zustände unten im Stadion. Er drehte das Teleskop ein wenig nach links, um den Gestalten folgen zu können, die Richtung Tribüne rannten. Als sie sich auf etwa zwanzig Meter genähert hatten, versperrten ihnen ein gutes Dutzend Fans und Ordner den Weg. Er nickte lautlos. *Polizisten.*

Die jungen Männer hielten auf der Stelle an und wurden binnen Sekunden überwältigt.

Der athletische Mann in Zimmer 2107 ließ das Teleskop sinken. Er hörte ein leises *Piep* hinter sich und drehte den Kopf zur Seite.

Unverzüglich begriff er, dass es das Geräusch des elektronischen Türschlosses war, und fuhr herum. Das Licht aus dem Flur umrandete eine dunkle Silhouette im Türrahmen. Er konnte die Dienstkleidung des Hotels ausmachen und das lange Handtuch, das über einer Schulter hing, für alle anderen Details war es jedoch zu dunkel.

»Wer sind Sie?«, rief er.

Das versteckte Mikrofon in seinem Kragen fing den Satz auf und transportierte ihn fort ...

*

»*Wer sind Sie?*«, quäkte es in Peis Ohr.

Er wirbelte herum und rannte zur Tür. »Bewegung!«, brüllte er in sein Mikrofon. Yin war direkt hinter ihm.

Beim Klang von Peis Stimme begannen fünfzehn Polizisten in Zivil, die draußen vor dem Hotel gewacht hatten, durch den Eingang zu stürmen.

*

In Zimmer 2107 stand der Mann in Dienstkleidung reglos im Türrahmen. Er starrte den athletischen Mann im Zimmer finster an und feuerte die Pistole ab, die sich unter dem Handtuch verbarg.

Der Schuss hallte hohl durchs Zimmer, die Kugel traf den Mann in die Brust. Mit rasselndem Keuchen ging er zu Boden.

Durch ein energisches Schulterzucken entledigte sich der Schütze des Handtuchs und streckte die Pistole vor. Er ging zum Fenster. Sein Opfer lag auf dem Boden, atmete flach und hektisch, hielt sich mit beiden Händen die Brust und hatte das Gesicht vor Schmerz verzogen.

Der Schütze ging in die Hocke und drückte dem Mann den langen Schalldämpfer an die Schläfe. Mit der anderen Hand riss er ihm die Sonnenbrille und den falschen Bart ab. Obwohl der Raum im Dunkeln lag, genügte der Lichtreifen aus dem Flur, um die Gesichtszüge des Mannes zu erkennen.

»Sie!«, rief der Schütze.

Der Mann starrte seinen Angreifer mit blutunterlaufenen Augen an. Schnell dämmerte auch ihm die Wahrheit. Trotz der Hoteluniform erkannte er ihn eindeutig.

»Han Hao!«, rief er, wobei ihm jede Silbe stechende Schmerzen bereitete.

Auch Han erkannte den Mann, auf den er geschossen hatte. Ohne Sonnenbrille und Bart sah er das Gesicht des Mannes vor sich, der ihm bei ihrem letzten Treffen am Flughafen die Handschellen angelegt hatte.

Liu Song starrte Han Hao mit einem Blick an, in dem nichts als brennender Hass lag.

Plötzlich kam Han ein Gedanke, und er knöpfte Lius

Hemdkragen auf. Auf der Innenseite war mit Klebeband ein kleines Mikrofon befestigt.

Hans Entsetzen verwandelte sich auf der Stelle in Panik. Er stand auf, zog den Vorhang beiseite und starrte hinunter auf die Straße. Über ein Dutzend Männer rannten auf das Gebäude zu.

Er biss sich auf die Zähne und drehte sich um. Schmerz durchfuhr sein rechtes Bein – Liu hatte ihn am verletzten Fußgelenk gepackt. Han richtete die Pistole auf die Stirn des SEP-Beamten. »Loslassen!«

Liu ließ nicht locker. Er sah Han in die Augen, und die Wucht seines Blicks traf den einstigen Einsatzgruppenleiter wie eine Faust in den Magen. Han ließ die Pistole sinken und trat Liu mit dem anderen Fuß gegen die Schläfe. Der SEP-Beamte erschlaffte.

Han hatte genug Zeit vergeudet. Er eilte aus dem Zimmer. Sobald er auf dem Flur war, hörte er von der nahen Treppe das Getrappel zahlreicher Schritte. Sie kamen von oben. Han wusste, wer da nahte. Schweißperlen glitzerten auf seiner Stirn.

Ihm blieben nur noch Sekunden, ehe sie ihn entdeckten. Er langte in die Jackentasche, zog die Master-Schlüsselkarte hervor und wischte sie über das Schloss von Zimmer 2108. Er schlüpfte hinein, warf die Tür zu und schloss ab. Mit hämmerndem Herzen drückte er sein Auge ans Guckloch.

*

Pei und Yin erreichten den Flur mit gezogenen Waffen, stürmten weiter und traten die Tür zu Zimmer 2107 ein. Liu lag beim Fenster, blutete und war nicht mehr bei Bewusstsein. Han war fort.

»Wo ist er hin?«, fragte Yin angespannt. Rasch durchsuchte er Zimmer, Badezimmer und Kleiderschrank. Dann sah er aus dem Fenster.

Pei kniete sich hin und untersuchte Liu. »Hotel sofort abriegeln«, sagte er in sein Mikrofon. »Zwei Mann in die Sicherheitszentrale.«

Schritte wurden laut, und Mu betrat das Zimmer. Sie sah den Körper auf dem Boden und riss überrascht den Mund auf.

»Was zum Teufel macht Liu hier? Was ist passiert, um Himmels willen?«

Der Hauptmann hatte nicht die Zeit, ihr alles zu erklären. Er hielt Liu zwei Finger zwischen Mund und Nase. Dann drückte er fest auf den Druckpunkt zwischen Nasenspitze und Oberlippe. Nach fast fünf Sekunden rührte Liu sich endlich.

»Hauptmann«, murmelte er schwach. Dann riss er die Augen auf und klang plötzlich laut und drängend. »Haben Sie Han erwischt?«

Pei schüttelte den Kopf. »Er war schon weg.«

»Er kann nicht weit gekommen sein«, sagte Liu und versuchte, sich aufzusetzen. Er kippte nach hinten, verzog das Gesicht und drückte die Hand auf die Brust.

Pei zog die Hand beiseite, ließ seine eigene unter das Hemd des Kollegen gleiten und befühlte die schusssichere Weste darunter. Die Kugel hatte das Kevlar nicht durchstoßen. Pei stieß einen leisen Seufzer der Erleichterung aus.

»Verflucht«, zischte Liu. »Ich war zu nachlässig. Ich habe nicht damit gerechnet, dass er auf mich schießt, sobald er die Tür aufmacht.«

Pei legte ihm eine Hand auf die Schulter. »Bleiben Sie liegen. Sie haben möglicherweise eine gebrochene Rippe.«

Mu gesellte sich zu ihnen. Trotz ihrer Sorge um den SEP-Beamten war sie in Gedanken weiterhin ganz bei dem Einsatz. Sie konnte ihre Fragen nicht länger zurückstellen. »Was hat Han hier überhaupt gemacht? Was zum Teufel hatten Sie vor?«

»Pei hat den Einsatz ausgeheckt«, sagte Liu und holte schnappend Luft. »Seine Analyse war makellos. Leider war ich der Sache einfach nicht gewachsen.«

So schnell es ging, setzten sie Mu ins Bild.

*

ZWEI TAGE ZUVOR
PEI TAOS BÜRO

Pei hatte Yin und Liu zu einer spontanen Sitzung in sein Büro bestellt. »Wir wissen zwei Dinge«, sagte er. »Erstens: Während dieser beiden Morde hätte niemand Dengs Büro betreten oder verlassen können. Zweitens: Die Aufnahmen vom Mörder zwischen den beiden Stromausfällen sind echt. Diese zwei Tatsachen klingen widersprüchlich. Wenn wir dieses Paradoxon entwirren wollen, können wir aber nur zu einem Schluss gelangen: Der Mörder war die ganze Zeit über dort.«

»Aber ich dachte, wir hätten uns längst darauf geeinigt, dass außer Meng und Lin niemand anwesend war«, sagte Yin. »Die Kameras sind ab jenem Zeitpunkt gelaufen, als die beiden Opfer dort eingezogen sind, und haben bis zum ersten Stromausfall ununterbrochen aufgezeichnet. Als der

Strom ausfiel, waren eindeutig nur zwei Leute im Büro. Wo also soll der dritte hergekommen sein?«

Pei sah an die Decke. »Ein weiteres Paradoxon. Aber wir dürfen uns von solchen Widersprüchen nicht einschüchtern lassen. Wir sollten sie begrüßen. Die meisten Paradoxa haben nämlich eine sehr einfache Lösung. Wir können die Antwort finden.«

Yin schien neuen Mut zu fassen, als er sich abermals den Puzzleteilen in seinem Kopf widmete. »Als der Strom ausfiel, waren nur zwei Leute im Raum. Und sobald alles dunkel war, hätte niemand mehr eindringen können, trotzdem war der Mörder da. Dafür kann es eigentlich nur eine Erklärung geben ...«

Gerade hatte er seine Hypothese verkünden wollen, doch jetzt unterbrach er sich. Das war zu absurd, um es laut auszusprechen.

»Die einzige Erklärung«, sagte Liu und bedachte ihn mit einem vielsagenden Nicken, »lautet, dass der Mörder einer der beiden Männer war.«

Yin sah Pei an, sein Blick offen und aufmerksam. Der Hauptmann nickte stumm. Yin schüttelte den Kopf. »Aber wie soll das gehen? Meng und Lin waren die zwei Männer im Raum. Sie beide waren Ziel von Eumenides. Und vergessen wir nicht die Kamerabilder zwischen den Blackouts. Als der Killer auftauchte, lagen sie in ihren Betten.«

»Sie denken sich gerade in eine Ecke«, sagte Pei mit erhobenen Augenbrauen. »Was ich Ihnen nicht verübeln kann. Ich habe selbst sehr lange gebraucht, um einen Weg drumherum zu finden. Aber in Wirklichkeit hat unser Gegner einfach sehr viel und sehr gründlich geplant. Wenn nicht dieses eine Stück Styropor mit Blut beschmiert auf dem

Balkon gelandet wäre, hätte ich die Lösung bestimmt nicht gefunden.«

Yin sah Liu an, der gerade das Styropor und die blutverschmierten Kleider anlegte.

»Wissen Sie noch, was Sie vor ein paar Minuten über Liu gesagt haben?«, fragte Pei.

»Ich habe gesagt, dass er der dritten Person im Video äußerst ähnlich sieht«, antwortete Yin und schnipste dann mit den Fingern. »Das ist es! Jemand anders hat das Styropor getragen. Es war gar nicht Eumenides!«

»Und damit haben Sie sich erfolgreich aus der ersten Denkfalle befreit«, sagte Pei anerkennend. »Der ›Mörder‹ im Büro war gar nicht Eumenides. Gleich groß wie er zwar, aber wesentlich schmaler.«

Yin und Liu wechselten abermals einen Blick.

»Meng!«, platzte Liu heraus.

»Trotzdem, wie erklären Sie sich die Tatsache, dass eindeutig drei Personen im Büro zu sehen sind?«, fragte Yin verständnislos.

»Das ist die zweite Falle«, sagte Pei. »Die mich zuerst auch restlos verwirrt hat. Sobald ich aber dahintergekommen bin, dass die dritte Person nicht Eumenides, sondern Meng war, hat sich diese vermeintliche Sackgasse sofort in Luft aufgelöst. Denken Sie daran – es gab zwei separate Aufzeichnungen in dieser Nacht, von zwei verschiedenen Kameras.«

Yin schlug mit der flachen Hand auf Peis Schreibtisch. »Die Aufnahme von Mengs Bett war manipuliert!«

»Und so fügt sich alles zusammen. Die Wanduhr hängt auf Lins Seite des Raumes, was auch die Seite ist, wo der vermeintliche Killer aufgetaucht ist. Und bis jetzt hatten wir keinen Grund, an der Echtheit von Meng in seinem Bett zu zweifeln.«

»Er muss die Aufnahme in Schleife geschaltet haben«, sagte Liu.

Yin hielt einen Moment inne und spürte, wie sich die Bruchstücke in seinem Kopf zu einem schlüssigen Bild zusammensetzten. »Der erste Stromausfall hat fünf Minuten gedauert. In der Zeit muss er die Kleidung gewechselt und sich das Styropor angelegt haben, um so breit wie Eumenides zu wirken. Er muss den Reservegenerator mit einkalkuliert haben, denn er hat gewusst, dass er mit dem Rücken zur Kamera stehen muss, damit die Polizei Eumenides verdächtigt. Und als der zweite Stromausfall kam, hat er sich ans Werk gemacht.«

Yin hatte begonnen, im Zimmer auf und ab zu gehen, um mit seinen Gedanken Schritt halten zu können. »Lin hatte ein Schlafmittel genommen, kann sich also nicht groß gewehrt haben, als Meng ihm die Kehle durchgeschnitten hat. Sobald Lin tot war, hat Meng seine Kleider wieder ausgezogen, sie in den Rucksack gestopft und auf den Balkon geworfen. Und das Seil, das wir gefunden haben? Hat er schon vorher dort unten versteckt. All das hat er abgezogen, um uns weiszumachen, dass jemand von außen ins Büro eingebrochen ist und Lin umgebracht hat. Die Styroporteile hätten ihn allerdings verraten, also hat er auch die aus dem Fenster geworfen, davon ausgehend, dass sie leicht genug sind, um sich weit zu verteilen und kein Aufsehen mehr zu erregen. Er hat lediglich nicht eingeplant, dass ein einziges dieser Teile – und noch dazu das mit den Blutspritzern – direkt auf dem Balkon landen könnte.«

»Und nach all dem hat sich Meng wieder ins Bett gelegt

und sich selbst die Kehle durchgeschnitten?«, fragte Liu ungläubig.

Yin schüttelte energisch den Kopf. »Natürlich nicht. Was immer Meng zugestoßen ist, Selbstmord war es auf keinen Fall. Ich glaube, wir können fest davon ausgehen, dass er sich nicht selbst die Kehle durchgeschnitten hat, danach das Messer in den Rucksack gesteckt und diesen aus dem Fenster geworfen hat, bevor er zurück ins Bett gekrabbelt ist, um darin an seinem eigenen Blut zu ersticken. Und überhaupt – allein der Winkel, in dem der Schnitt ausgeführt wurde, beweist, dass nur jemand anders ihn getätigt haben kann.«

»Wer hat ihn dann umgebracht?«

Auch diese Frage hatte Yin sich bereits gestellt und nun endlich eine Antwort parat. »Eine derart komplizierte Nummer kann Meng nicht allein durchgezogen haben. Er muss einen Komplizen gehabt haben. Und der hat ihn umgebracht.«

Pei betrachtete Yin sichtlich zufrieden. »Irgendeine Vorstellung, wer dieser Komplize sein könnte?«

»Hua«, sagte Yin ohne zu zögern. »Wenn niemand durchs Fenster entkommen sein kann, gab es nur einen Weg, Meng zu töten – sich während des Stromausfalls ins Büro zu schleichen und ihn auszuschalten. Vier Männer waren als Erste im Raum – Bruder Long und Hua mit ihren beiden Vertrauten. Long ist zu Lin gerannt, in dessen Diensten er stand, und Hua zu Meng, seinen Vertrauten im Schlepptau. Meng muss getan haben, als schliefe er, und er hat bestimmt nicht damit gerechnet, dass Hua ihn hintergehen könnte.«

»Gut, in Anbetracht der Indizien kann das alles so passiert sein. Aber wo ist das Motiv?« Liu schürzte die Lippen.

»Warum sollte Meng Lin umbringen wollen? Warum sollte er mit Hua zusammenarbeiten? Und warum sollte Hua sowohl Lin als auch Meng tot sehen wollen?«

»Kann ich momentan noch nicht schlüssig beantworten«, sagte Pei vorsichtig. »Aber es ist unbestritten, dass Deng Huas plötzlicher Tod ein Machtvakuum in die Longyu-Gesellschaft gerissen hat. Da ist es fast unausweichlich, dass gewisse Leute in der Firma nach Kontrolle streben. Wir dürfen auch nicht vergessen, dass viele Führungspersonen in dem Laden eine kriminelle Vergangenheit haben. Man hätte also damit rechnen sollen, dass deren Machtkampf ein bisschen ... rabiater ausfällt.«

Liu zog ein langes Gesicht. »Dann waren die Todesanzeigen gefälscht. Alles nur ein Machtkampf um die Kontrolle der Firma, getarnt als Doppelmord von Eumenides. Mit anderen Worten – wir haben sehr viel Zeit verschwendet.«

Der Hauptmann kniff die Augen zusammen. »Nicht unbedingt. Erinnern Sie sich nicht mehr an die Todesanzeige, die wir in der verschlossenen Schublade in Deng Huas Schreibtisch gefunden haben? Auf der Huas Name stand?«

Yin dachte gründlich nach, ehe er antwortete. »Vielleicht war Hua einfach nur sehr gründlich.«

Pei lupfte eine Braue. »Inwiefern?«

»Meng muss das Styropor und die Wechselklamotten irgendwo im Büro versteckt haben. Nur haben Long und Hua das Büro garantiert gründlichst durchsucht, bevor sie Lin und Meng dort einquartiert haben. Meng kann also eigentlich nur die Option geblieben sein, alles in den Rucksack zu stopfen und diesen in dem abgeschlossenen Fach zu verstecken. Der Schreibtisch gehörte Deng, Long kann also keinen Schlüssel gehabt haben. Aber Hua hatte einen.

Er muss Long gesagt haben, dass er ebenfalls keinen besitze, um ihn dann Meng auszuhändigen.«

»Verstehe«, sagte Pei.

»Außerdem muss er vorausgeplant haben. Er konnte sich sicher sein, dass wir die Schublade im Zuge unserer Ermittlung öffnen werden und argwöhnisch reagieren müssen, wenn sie leer ist. Wenn wir auf die Idee gekommen wären, dass darin etwas aufbewahrt wurde, was aber verschwunden ist, hätten wir seinen genialen Plan, sich als Eumenides auszugeben, vielleicht durchschaut. Deshalb hat Hua eine weitere Todesanzeige darin versteckt, damit wir glauben, dass Eumenides die Schublade ausgeräumt und eine Nachricht hinterlassen hat.«

»Hmm. Klingt einleuchtend«, sagte Pei nickend. »Wie aber hätte Hua diese Todesanzeige durchziehen wollen? Er muss schließlich gewusst haben, dass er sich eventuell nur selbst verdächtig macht, wenn das entsprechende Datum verstreicht, ohne dass Eumenides reagiert, oder?«

Yin schwieg.

»Ich glaube, der interne Machtkampf bei Longyu ist tatsächlich nur ein Teil des Gesamtbildes«, fuhr Pei fort. »Hua will die Gunst der Stunde nutzen, um ein weiteres Ziel zu erreichen. Er will Eumenides ins Freie locken. Glauben Sie wirklich, er hat Du den Artikel nur verfassen lassen, damit die Leute ihre Meinung über Eumenides ändern? Er hat mir sogar gesagt, dass er im Folgeartikel eine Kopie seiner Todesanzeige unterbringen will. Wem gilt diese Geste wirklich?«

Yin stockte und riss plötzlich den Kopf hoch. »Er will Eumenides provozieren!«

»Eben. Er hat Eumenides vorgeworfen, einen Unschuldigen umgebracht zu haben und die Öffentlichkeit gegen ihn aufgewiegelt. Eumenides hält sich für die Verkörperung der Gerechtigkeit. Das kann er nicht einfach auf sich beruhen lassen. Ich bin mir absolut sicher, dass er gerade an einem Plan sitzt, den Betrüger zu bestrafen.«

»Dann wird Eumenides das Datum der Todesanzeige am Ende tatsächlich einhalten«, sagte Yin. »Er wird wachsam sein und herausfinden wollen, wer der Betrüger ist. Vielleicht hat er schon eine Vermutung, aber er kann sich nicht sicher sein, wer hinter der ganzen Nummer steckt. Und Hua wird die Gelegenheit natürlich nutzen, um eine Falle zu stellen. Er wird warten, bis Eumenides den Köder aufnimmt, und dann Deng Hua rächen.«

»Und was machen wir, wenn Eumenides wirklich kommt?«, fragte Liu, dessen Finger vor Erregung zuckten.

»Da kommt der Auftrag ins Spiel, den ich Ihnen jetzt geben werde«, sagte Pei und sah den SEP-Beamten fest an. »Ich will, dass Sie diese Styropor-Verkleidung anlegen, sich wie Eumenides anziehen und am Tag der vorgesehenen Exekution mit Hua zusammen auftauchen.«

»Sie wollen mich als Zusatzköder für Eumenides benutzen.« Sein Tonfall enthielt nicht die Spur einer Frage. Im Gegenteil, Liu war stolz darauf, für diese Aufgabe ausgesucht worden zu sein.

Abermals sah er an sich hinab und betrachtete die Styroporschicht, die seinen Körper bedeckte. Der angewiderte Blick aber war frischem Stolz gewichen.

»Das wird extrem gefährlich. Eumenides ist wahrscheinlich nicht der Einzige, auf den Sie aufpassen müssen; eventuell bekommen Sie es auch mit Hua zu tun«, sagte Pei warnend.

Trotz der ernsten Miene des Hauptmanns konnte Liu ein Grinsen nicht unterdrücken. »Jetzt weiß ich endlich, was Sie gemeint haben, von wegen zwei Fliegen mit einer Klappe schlagen!«

Pei schien weniger optimistisch. Er tigerte hinter seinem Schreibtisch hin und her. »Es gibt da noch jemanden, der vielleicht auftaucht. Jemand, von dem ich weiß, dass Sie ihn nur zu gern wiedersehen würden.«

Lius Herzschlag beschleunigte sich. »Wer?«

»Han Hao.«

Ein Beben schien durch den Raum zu gehen.

Besonders Yins Miene verfinsterte sich bei Erwähnung seines ehemaligen Vorgesetzten. Immerhin war er es gewesen, der Han zur Flucht verholfen hatte, wenn auch unbeabsichtigt.

»Woher wollen Sie das wissen?«, fragte er.

»Ich glaube, Han hat sich mit Hua verbündet«, sagte Pei geradeheraus. »Um diese perfekten Fälschungen der Todesanzeigen herzustellen, um Meng für die Überwachungskamera in Eumenides zu verwandeln, um die Kehlen seiner Kollegen durchzuschneiden – für all das hat Hua einen Insider gebraucht. Jemanden, der überaus vertraut mit Eumenides' Methoden ist. Und so oft und intensiv ich auch darüber nachdenke: Der einzige Name, der mir einfallen will, ist Han Hao. Vielleicht hat Han sogar Meng getötet; er kann problemlos der vertraute Wachmann gewesen sein, der Hua ins Büro gefolgt ist. Es braucht schon eine gute Ausbildung, um jemanden in völliger Dunkelheit zu töten, ohne dabei ein Geräusch zu verursachen.«

Yin nickte dumpf und versuchte, diese inakzeptable Theorie irgendwie zu akzeptieren. »Aber wie sollen die beiden zu ihrer Zusammenarbeit gefunden haben? Han hat Deng erschossen. Hua müsste ihn sogar noch mehr hassen als Eumenides.«

»Ich bin mir sicher, Hua hat ihm das nicht verziehen, aber das schließt ein Zweckbündnis noch lange nicht aus. Han ist selbst von Eumenides manipuliert worden. Sie haben diesen Feind also gemeinsam und können sicherlich wertvolle Verbündete füreinander sein.«

Ganz langsam breitete sich eine neue Erkenntnis in Yins Gesichtszügen aus. »Wissen Sie, ich habe mich immerzu gefragt, warum wir Han nicht finden konnten. Also hat Hua ihn die ganze Zeit versteckt, und sie haben gemeinsam ihre Feinde ausgeschaltet. Was dann in Eumenides gipfeln soll.«

»Die Sache wird von Minute zu Minute spannender«, sagte Liu. Sein Blick gefror zu einem eisigen Starren. »Sollen sie kommen. Ich bin bereit.«

*

5. NOVEMBER
HOTEL GOLDMEER

Yin rannte zurück zu Zimmer 2107.

»Gerade alles durchsucht, Hauptmann. Keine Spur von ihm.«

Pei lief auf den Flur und sah sich um. Er hatte dieses Zimmer ausgewählt, weil es auf der Hälfte des Flurs lag, möglichst weit von den Treppen zu beiden Seiten entfernt. Der Raum, von dem aus er, Yin und Mu das Stadion überwacht hatten, grenzte hingegen direkt ans Treppenhaus. Er war losgerannt, sowie er Hans Namen aus Lius Mikrofon gehört hatte.

»So schnell kann er nicht sein!«, sagte Pei. Er ging im Geiste sämtliche Möglichkeiten durch und wandte sich an Yin. »Besorgen Sie sich zwei Master-Schlüsselkarten und zwei Kollegen, die sollen sämtliche Räume nach links und rechts absuchen!«

Kurz darauf traf auch die Verstärkung aus dem Erdgeschoss ein. Sehr schnell wurde eine weitere Entdeckung gemacht. »Hauptmann!«, rief einer der Beamten. »In Zimmer 2208 hat jemand an der Badezimmerdecke das Lüftungsgitter aufgebrochen!«

Ein paar Minuten später studierte Pei die Karte des Belüftungssystems des Hotels. So schnell wie möglich machte er alle Öffnungen ausfindig, die groß genug waren, dass ein Mann hindurchpasste.

Aber da war es längst zu spät.

*

ZWEI MINUTEN ZUVOR

Han kletterte aus dem Lüftungsschacht in einen der Brandschutzräume des Hotels. Vor ihm standen zwei Gestalten.

Die Männer in ihren schwarzen Anzügen verbeugten sich respektvoll und traten auf ihn zu.

Er erstarrte.

»Herr Hua hat uns angewiesen, hier auf Sie zu warten, Hauptmann.«

KAPITEL SECHZEHN

DER GEFALLENE KRIEGER

5. NOVEMBER, 22 : 00 UHR
HOTEL GOLDMEER

»Wie kommen wir hier raus?«, fragte Han auf der Stelle.

Der linke Herr im schwarzen Anzug deutete hinter sich auf den Lastenaufzug. »Zuerst nehmen wir diesen Aufzug zum Parkdeck. Herr Hua hat dort einen Wagen stehen, der auf uns wartet, und es gibt einen selten genutzten Personentunnel, der von diesem Parkdeck direkt in die Parkgarage unter dem Stadion führt. Die Polizei kann auf keinen Fall in so kurzer Zeit das gesamte Stadion abriegeln. Solange wir die Parkgarage erreichen, können Sie im Schutz der Menge aus dem Stadion verschwinden.«

Han grunzte zufrieden. Der Plan klang solide.

»Wir dürfen keine Zeit verlieren«, sagte der Mann zu seiner Rechten und trat beiseite. »Bitte in den Aufzug.«

»Nach Ihnen«, sagte Han gelassen.

Die Männer wechselten einen Blick, dann drückte der linke den Knopf, um den Aufzug zu rufen. Han zog seine Waffe, trat ein und drückte sich mit dem Rücken zur Wand in eine Ecke.

Eine halbe Minute später erreichte der Aufzug das Parkdeck. Als die Tür aufging, ließ Han die beiden Männer aussteigen, bevor er ihnen folgte.

Ihre Schritte hallten wie ein Hagelschauer durch das leere Parkdeck.

»Der Wagen steht da vorne, gleich hinter der nächsten Ecke«, sagte einer der Männer, während er um besagte Ecke bog. Plötzlich zuckte er zurück.

»Was ist los?«, flüsterte Han.

»Bullen. Stecken Sie Ihre Waffe weg.«

Han verschmolz mit der Wand. Ganz langsam reckte er die linke Hand zur Kante und schaute mithilfe des Spiegelungseffekts im Deckel seiner Armbanduhr um die Ecke.

Er erkannte mehrere Kleinwagen und einen blauen Minivan. Aber keine Polizei. Kein Mensch war in der Garage zu sehen, außer ihnen.

Hastig drehte er sich um und sah, dass der Mann neben ihm ein Messer gezückt hatte.

»Scheiße!«, zischte Han, als das Messer nach seinem Rücken gestoßen wurde. Er duckte sich zur Seite weg. Die Messerspitze fuhr ihm zwischen zwei Rippen ins Fleisch. Er keuchte, drehte sich abermals und zielte mit dem Ellbogen auf den Angreifer. In der Drehung hielten seine Rippen das Messer fest und rissen dem Mann den Arm beiseite.

Der andere Mann in Schwarz hatte ebenfalls ein Messer gezückt und stürzte sich in den Kampf. Aber ehe er sie erreichen konnte, hob Han die rechte Hand. Ein ohrenbetäubender Knall hallte durch die Garage, und der Mann fiel mit einer Kugel zwischen den Augenbrauen zu Boden.

Hans Widersacher versuchte indes, sich zu befreien und trat nach seinem Gesicht. Han wich aus, packte ihn am Bein und zog ihn mit der linken Hand so nahe an sich heran, dass er seinen Atem spüren konnte. Er ging in die Hocke und rammte ihm das Knie in die Weichteile. Der Mann stöhnte gequält und rollte sich auf dem Boden zusammen.

Han steckte die Waffe weg, biss die Zähne zusammen und zog sich das Messer aus dem Leib. Irgendeine Ecke seines Geistes signalisierte ihm, dass es höllisch wehtat, aber er war so voll Adrenalin, dass er nichts davon mitbekam. Er bückte sich und rammte dem Mann das Messer mitten in die Brust, durch Muskeln und Knochen, bis die Klinge vollständig verschwunden war.

Als der Mann erschlaffte, wandte Han sich ab und ging weiter. Blut strömte aus der Wunde in seiner Seite. Ohne anzuhalten, zog er sich die Jacke aus und verknotete die Ärmel zu einem notdürftigen Druckverband.

*

FÜNF MINUTEN SPÄTER

»Die schwarzen Anzüge sind eindeutig zuzuordnen«, sagte Pei. »Das waren Huas Leute.«

Yin untersuchte das Einschussloch in der Stirn des größeren Mannes, während Mu sich umsah. »Sieht exakt so aus wie das in Lius Weste«, sagte Yin. »Ich sage es nur ungern, aber das war Han.«

»Er könnte sich noch irgendwo in der Garage verstecken«, sagte Mu und sah sich weiter aufmerksam um. »Wir haben alle Ein- und Ausgänge sofort abgeriegelt. Das schließt auch die Garage mit ein. Hier entlang kann Han nicht entwischt sein.«

Pei entfernte sich ein paar Schritte von den Leichen

und kniete sich hin, um einige glitzernde Flecken auf dem Boden in Augenschein zu nehmen. Auf den ersten Blick verschmolzen sie fast mit dem dunklen Boden; sobald man aber wusste, wonach man suchen musste, bildeten sie eine eindeutige Spur.

Yin, Mu und die anderen folgten Pei auf seiner Suche.

»Er ist verletzt!«, sagte einer der Kollegen.

Pei wandte sich an seine Leute. »Schwärmen Sie in alle Richtungen aus. Machen Sie jeden Kofferraum auf. Falls irgendwo noch mehr Blut ist, will ich das sofort wissen!«

Die Beamten verteilten sich paarweise in der Garage.

»Hauptmann, hier ist ein zweiter Ausgang!«, schrie bald darauf ein Kollege aus der südöstlichen Ecke des Parkdecks.

Pei rannte zu ihm und sah eine Öffnung von etwa anderthalb Metern Breite in der Wand. Es schien sich um einen Tunnel zu handeln, auch wenn es zu dunkel war, um tief hineinzusehen.

Pei wandte sich ungehalten an Yin. »Warum haben wir nichts von diesem Ausgang gewusst?«

Yin sah betreten zu Boden. Es war seine Aufgabe gewesen, die Ein- und Ausgänge des Hotels abzusichern. »Dieser Tunnel ... taucht im Bauplan nicht auf.«

»Ganz sicher?«, fragte Pei wütend.

Yin sah ihn direkt an. »Ich verwette mein Leben darauf.«

»Ich will, dass Sie den Tunnel inspizieren«, sagte Pei zu den beiden Untergebenen, die den Durchgang entdeckt hatten. »Bleiben Sie wachsam und melden Sie sich, sobald Sie etwas finden.«

»Jawohl, Sir!«

Die zwei verschwanden im Dunkeln. Sofort wandte Pei sich wieder an Yin. »Knöpfen Sie sich das Personal vor und finden Sie heraus, was zum Teufel dieser Tunnel hier zu suchen hat!«

Yin eilte in die Eingangshalle und verlangte den Direktor zu sprechen. Einige Minuten später hatte er seine Antwort.

»*Hauptmann*«, meldete er sich über Funk, sobald ihm der Direktor die Sache dargelegt hatte.

»Na los, Zusammenfassung.«

»*Anscheinend war der Tunnel ursprünglich nicht Teil des Hotels. Er ist erst nachträglich im Zuge der Konstruktion der Tiefgarage des Stadions eingebaut worden. Eigentlich wollte man die beiden Parkgaragen verbinden. Irgendwann haben sie ihn aber wieder geschlossen. Jetzt wird er nur noch selten genutzt, um bei Großveranstaltungen im Stadion die Parksituation zu verbessern.*«

»Verdammt!«, schrie Pei.

»*Han ist wahrscheinlich längst im Stadion*«, fuhr Yin fort. »*Und wir haben nicht genug Leute, um ihn zu suchen. Er wird sich unters Volk mischen und uns unerkannt entwischen.*«

»Alle sofort rüber in die Parkgarage des Stadions«, brüllte Pei die Umstehenden an. »Ich will das Material der Überwachungskameras aus den letzten zwanzig Minuten haben. Notieren Sie sich die Kennzeichen sämtlicher Autos, die die Garage in diesem Zeitfenster verlassen haben, und spüren Sie alle Halter auf. Geben Sie Warnungen an die anderen Dienststellen in der Stadt aus. Jedes kleine Hotel, jede Apotheke, jede Klinik wird nach Han abgesucht. Und der Taxifunk abgehört. Fügen Sie Hans Personenbeschreibung das neueste Detail hinzu: eine Stichwunde irgendwo am Oberkörper!«

*

Bald sprach sich herum, dass die acht Männer, die auf die Tribüne zugestürmt waren, behaupteten, in Huas Diensten zu stehen. Sie bestanden darauf, als weitere Vorsichtsmaßnahme von ihrem Herrn dort postiert worden zu sein. Als das Spielfeld im Chaos versank, seien sie herbeigeeilt, um Hua zu beschützen. Sie hätten nicht damit gerechnet, dass die Polizei ihre Beweggründe missverstehen könnte.

Hua hatte seinen Sitzplatz beinahe gemächlich verlassen und war im VIP-Gang hinter der Tribüne verschwunden, dicht gefolgt von Du. Schnell hatte sich ein Ring aus Polizisten in Zivil und Leibwächtern um sie geschlossen. Die ganze Gruppe begab sich ins unterirdische Parkhaus, wo die Polizei bereits einen Bereich abgesperrt hatte. Sobald Hua Pei dort stehen sah, stieg er über das Absperrband und ging auf den Hauptmann zu. »Was ist los?«

»Han Hao ist hier«, sagte Pei tonlos. »Er hat bereits zwei Ihrer Leute getötet. Wir suchen nach ihm.«

»Han?«, fragte Hua und riss offenkundig schockiert den Mund auf.

»Wir werden ihn fangen. Darauf können Sie sich verlassen«, sagte Pei und sah ihn aufmerksam an.

»Ich an Ihrer Stelle würde ihn sofort erschießen. Dann sparen Sie sich direkt die Mühe, ihn wieder einzufangen, wenn er das nächste Mal ausbricht«, sagte Hua. »Na gut, ich will Sie nicht länger stören, Hauptmann. Meine Mannschaft hat gewonnen. Ich suche mir einen anderen Ort zum Feiern.«

Hua drehte sich um und ging zu seinem Wagen. Der Leiter der Beamten in Zivil, die zu seinem Schutz abgestellt worden waren, kam auf Pei zu.

»Sollen wir ihn weiterhin begleiten, Hauptmann?«

Pei reagierte sofort. »Ja, aber nicht, um ihn zu beschützen. Niemand hat vor, ihn umzubringen. Behalten Sie ihn im Auge! In Wirklichkeit steht er mit den Morden von vor zwei Tagen in Verbindung. Sobald wir Han dingfest machen, können wir uns Hua vorknöpfen.«

Der Beamte nickte überrascht. »In Ordnung!«, sagte er gehorsam und deutete auf den Journalisten, der Hua folgte. »Aber was ist mit ihm?«

Pei dachte kurz nach. »Soll hierbleiben.«

Hua hatte währenddessen die Traube der Polizisten umgangen und seinen Wagen erreicht. Da er seinen verblichenen Boss viele Jahre lang gefahren hatte, war er es noch immer gewohnt, selbst am Steuer zu sitzen.

Der Routine seiner langen Arbeit folgend, fischte er den Schlüssel aus der Tasche und glitt auf den Fahrersitz. Er steckte den Schlüssel ins Zündschloss, dann aber hielt er inne. Irgendetwas stimmte nicht. Der Rückspiegel war verstellt.

»Scheiße!«, fluchte er leise.

Die Rücklehne des Fahrersitzes klappte nach hinten. Hua blieb keine Zeit zum Reagieren, er kippte mit ihr. Als er versuchte, sich wieder aufzusetzen, war es zu spät. Ein Unterarm hatte sich fest um seinen Hals gelegt, der kalte Stahl eines Pistolenlaufs ruhte an seiner Kopfhaut.

»Hauptmann Han«, sagte Hua, ohne seinen Gegner sehen zu können. »Was für ein Zufall, dass wir uns hier begegnen. Ich dachte, Sie wären längst verschwunden.«

Han stieß etwas aus, das auf halber Strecke zwischen Lachen und Husten erstarrt zu sein schien. »Ich habe ein Messer abbekommen. Selbst rennend wäre ich nicht weit gekommen. Da wollte ich mich lieber an Sie wenden, bevor man mich wieder einfängt.« Er holte tief und rasselnd Luft und schrie aus voller Kehle: »Falls sich irgendjemand diesem Auto auf weniger als fünf Meter nähert, könnt ihr Huas Gehirn vom Sitzbezug kratzen!«

*

Huas seltsames Benehmen hatte bereits die Aufmerksamkeit der Leibwächter und Polizisten draußen erregt, die den Wagen in einem losen Halbkreis umstellten. Durch Rück- und Seitenspiegel betrachtete Han ihre überraschten Gesichter. Mit einem finsteren Grinsen dachte er daran, dass er durch die getönten Scheiben nicht zu sehen war.

»Keinen Schritt näher! Er hat mich als Geisel! Han ist hier und hat eine Waffe!« Hua griff nach dem Fensterknopf und fuhr die Fahrerscheibe ein Stück weiter herunter. »Alle fünf Meter wegbleiben!«, schrie er.

Rings um den Wagen waren längst alle stehengeblieben. Pei eilte herbei und schloss sich dem Ring an, der den Wagen in gebotenem Abstand einkesselte. Der Überraschung zum Trotz hatten sämtliche Beamten ihre Waffen gezogen.

»Sehr gut«, sagte Han hämisch. »Hättet ihr vorher ähnlich viel Fingerspitzengefühl an den Tag gelegt, wäre es nicht so weit gekommen.«

Peis Stimme donnerte durch die Garage. »Han! Legen Sie die Waffe weg und kommen Sie mit erhobenen Händen aus dem Wagen. Das ist Ihre einzige Chance. Sie waren Polizist. Sie wissen genau, dass hier keiner auf Ihre Forderungen eingehen wird, wie viele Geiseln Sie auch nehmen mögen.«

Han drückte sich ungewollt tiefer in den Sitz. Die Bewegung zerrte an der Wunde zwischen seinen Rippen. Er zischte leise.

»Scheint mehr als eine kleine Fleischwunde zu sein«, sagte Hua und kicherte. »Meine Jungs waren wohl doch nicht so nutzlos, wie ich befürchtet hatte.«

»Sie haben mich verraten!«, fauchte Han. »Wer mich verrät, muss dafür bezahlen.«

»Sieh an, wer plötzlich auf dem hohen Ross sitzt. Ich bin mir sicher, Sie könnten mir noch eine Menge über schlecht geplanten Verrat beibringen. Allein für den Mord an Deng habe ich mehr als genug Grund, Sie umzulegen. Sie sind bloß am Leben, weil ich bis jetzt nicht dazu gekommen bin, Sie zu beseitigen!«

»Wenn das so ist, können Sie mir schlecht vorwerfen, gnadenlos zu sein. Ich habe selbst genug Gründe, Sie umzulegen.« Han drückte die eisige Mündung härter gegen Huas Kopf.

Hua weigerte sich jedoch, Angst zu zeigen. »Noch haben Sie nicht abgedrückt. Sie wollen also weiterhin verhandeln. Na los, wie lauten Ihre Bedingungen?«

Han grinste böse. »Das nennen Sie eine Verhandlung? Sie müssen mich für den hinterletzten Idioten halten. Ich habe nur deshalb noch nicht abgedrückt, weil ich darauf warte, dass Sie den Schmerz des Sterbens voll und ganz genießen können. Ich will Ihnen etwas Zeit geben, an Ihre Familie zu denken, an all die Dinge, die Ihnen etwas bedeuten. Sie werden diese Welt erst verlassen, wenn Sie mich anflehen, bleiben zu dürfen.«

Seine Worte verfehlten ihre Wirkung nicht. »Das ist Ihr Ziel? Sie haben den Fluchtversuch aufgegeben, und jetzt, da Sie von der Polizei umstellt sind, wollen Sie mich leiden sehen, bevor Sie mich töten?«

»Ganz recht«, sagte Han mit zusammengebissenen Zähnen. »Das haben Sie davon, dass Sie mich verarschen wollten.«

Hua verzog das Gesicht. »Das ist völlig unverhältnismäßig. Ich habe auch getötet, aber immer nur, um Probleme aus der Welt zu schaffen. Ich habe es nie genossen.«

»Schade. Aber so gefällt es mir.« Han wirkte mit einem Mal geradezu aufgedreht.

Hua seufzte, schwieg aber ansonsten.

Beide sahen die Bewegung im Seitenspiegel. Die Polizei löste die Menschenmenge auf, die sich um das Auto gebildet hatte.

Han wusste, dass ihm nicht mehr viel Zeit blieb. Er streckte den Zeigefinger entlang des Abzugs aus. »Ich hoffe, Sie haben genug in Erinnerungen geschwelgt«, knurrte er.

»Und Sie?«, fragte Hua leise.

Han rümpfte die Nase. »Was soll das heißen?«

»Sie scheinen Ihre Frau und Ihren Sohn vollkommen vergessen zu haben. Ich jedoch nicht. Ich habe mich in den letzten Tagen um sie gekümmert.«

Huas Stimme klang entspannt, fast liebevoll. Hans Blut brachte sie trotzdem zum Kochen. Er stach die Mündung der Pistole in Huas Schläfe. »Ich hoffe für Sie, dass das eine Lüge war, Sie Hurensohn.«

Huas fröhliches Grinsen schickte ihm einen kalten Schauer über den Rücken.

»Dongdong ist ein aufgewecktes Kerlchen. Nur leider noch nicht alt genug, um für sich selbst zu sorgen. Ein paar meiner Leute haben ihn in letzter Zeit im Auge behalten. Natürlich aus der Ferne.« Eine hörbare Kälte kroch in Huas Stimme. »Sollte ich sterben, gibt es natürlich niemanden mehr, der meinen Leuten befehlen kann, sich zurückzuhalten. In dem Fall kann ich leider nicht dafür garantieren, dass sie das Beste für Ihren Sohn wollen.«

Han spürte einen plötzlichen Ruck in seiner Brust, als habe ihn jemand mit der Faust direkt ins Herz getroffen. Er begann zu zittern, holte tief Luft und versuchte, den Schmerz zu verdrängen. »Was haben Sie vor?«

»Ich habe bereits gesagt, dass es mir keinen Spaß macht, anderen wehzutun. Ich persönlich habe keinerlei Interesse daran, dass Ihrem Sohn etwas zustößt. Allerdings muss man manchmal bestimmte Vorkehrungen treffen, um ein gewünschtes Resultat zu erzielen. Folgendes: Ich will, dass Sie eine Entscheidung treffen. Es ist fast wie Münzenwerfen, abgesehen davon, dass Sie allein für das Ergebnis verantwortlich sind.«

Han war erbleicht. Er drückte auf den Fensterknopf. Sobald die Scheibe vollständig runtergefahren war, rief er: »Ich will über meine Bedingungen verhandeln!«

*

Draußen trat Pei einen Schritt auf seinen in Ungnade gefallenen ehemaligen Kollegen zu. »Ich bin hier, Han. Reden Sie.«

»Nein«, ertönte die Antwort. »Ich rede nur mit Yin. Sagen Sie ihm, er soll einsteigen.«

Pei verzog das Gesicht, aber bevor er antworten konnte, tauchte Yin an seiner Seite auf.

»Ich mache das, Hauptmann.«

Pei zögerte. War das eine Falle? Irgendetwas in Yins Blick ließ ihn daran zweifeln. Die beiden hatten viele Jahre eng zusammengearbeitet. Sie unterhielten eine starke Bindung.

Aber da war noch etwas anderes – kämpferische Entschlossenheit.

»Na schön«, sagte Pei schließlich. Er klopfte dem jüngeren Kollegen auf die Schulter und senkte die Stimme. »Halten Sie Ihre Waffe einsatzbereit. Sie haben hiermit die Genehmigung, alles zu tun, um die Situation zu klären.«

Yin erstarrte kurz, als er daran dachte, was Pei damit andeutete.

»Ja, Sir«, antwortete er ernst. Unter den Blicken der ringsum verteilten Kollegen ging er zum Wagen.

*

Yin beugte sich über das geöffnete Fenster. Han nickte in Richtung des Beifahrersitzes.

»Steigen Sie ein.«

Der Türgriff klickte, und Yin ließ sich langsam auf dem Beifahrersitz nieder. Sein rechter Arm stand in einem seltsamen Winkel vom Körper ab.

Han seufzte ungehalten. »Ziehen Sie Ihre Pistole, Yin. Nur keine falsche Scheu.«

Yin biss sich auf die Lippe. Er hob die Waffe und richtete sie auf den Kopf seines einstigen Vorgesetzten.

»Es tut mir leid, Hauptmann. Ihre beste Chance besteht darin, die Waffe wegzulegen und mit mir auszusteigen. Machen Sie die Lage nicht noch schwieriger.«

Han starrte ihn finster an. »Sie tun nur Ihren Job. Was sollte Ihnen daran leidtun? Wenn sich hier jemand entschuldigen muss, dann ich. Sie tun bloß, was Sie tun müssen.«

Yin klappte vor Überraschung den Mund auf.

»Ich kann mir denken, dass ich Ihnen mit meiner Flucht

eine Menge Ärger eingebrockt habe. Heute mache ich es Ihnen leicht. Nur zu. Erschießen Sie mich!«

»Nein«, sagte Yin. »Das will ich nicht. Ich will Sie festnehmen.«

Han stöhnte. »Was soll das bringen? Sie können Ihren Fehler nur dadurch wiedergutmachen, dass Sie mich jetzt erschießen. Ich habe Sie zu dem gemacht, was Sie heute sind. Ein bisschen mehr Respekt, bitte!«

Yin schüttelte den Kopf. »Nehmen Sie die Waffe runter. Zwingen Sie mich nicht dazu.«

Hua stieß einen theatralischen Seufzer aus. »Sieht aus, als hätte Ihr Kumpel Gewissensbisse, Han.«

Han schnaubte verärgert. »Als Polizist muss man entschlossen handeln, Yin. Nur so können Sie es je zu etwas bringen. Hätte ich nicht ...«

Wie eine große Fischgräte blieben Han die Worte im Hals stecken. Fast hätte er den Vorfall im *Berg-der-zwei-Hirsche-Park* erwähnt, vor all den Jahren. Hätte er nicht derart entschlossen die versehentliche Tötung seines Partners Zhou Ming vertuscht, wäre er gar nicht erst Hauptmann geworden. Hätte er die Tat hingegen gestanden, hätte Eumenides ihn niemals erpressen können, bis er am Ende auch Deng Hua aus Versehen tötete.

Die Saat dieses verfluchten Tages war lange vorher gesät worden, das wusste er jetzt.

Han erbebte, als wollte er den Klammergriff der Erinnerung mit Macht abschütteln. Er blickte auf und sah Yin flehentlich an.

»In all der Zeit, die Sie mein Assistent waren, habe ich da jemals etwas nicht getan, nachdem ich gesagt habe, ich würde es tun?«

»Nein.«

»Dann hören Sie mir zu. Ich zähle gleich bis drei. Wenn Sie bis dahin nicht abgedrückt haben, werde ich Hua erschießen, diese Tür öffnen und losrennen. Dann werde ich von den Kollegen erschossen, und Huas Leute knöpfen sich meinen Sohn vor.«

»Nein!«

»Sie haben verstanden«, sagte Han und starrte Yin ein letztes Mal an. »Eins.«

»Nein!!«, brüllte Yin.

Han beachtete ihn nicht. »Zwei.«

An Yins Hals pulsierte eine dicke blaue Ader. Seine Pistole zitterte.

»Drei.«

Ein ohrenbetäubender Knall erfüllte den Wagen.

*

Sämtliche Polizisten rannten auf das Auto zu, Pei vorneweg, der sich sofort an die rechte Hintertür drückte, um durch das geöffnete Fenster zu schauen.

Hua saß aufrecht auf dem Fahrersitz. Mit dem rechten Ärmel wischte er sich ein paar Blutspritzer aus dem Gesicht. Neben ihm saß Yin, der Körper noch immer in Schussposition erstarrt. Sein Gesicht war völlig ausdruckslos, sein Blick auf Han gerichtet, der zusammengesunken auf der Rückbank lag. Aus dem Loch in seiner Stirn floss Blut.

»Das war seine letzte Lektion für Sie«, sagte Hua leise.

Es dauerte mehrere Sekunden, bis Yin reagierte. Wie in Trance wandte er sich Hua zu. »Was haben Sie gesagt?«

»Sie lassen sich zu sehr von Ihren Gefühlen leiten.

Wenigstens in dieser Hinsicht haben Sie noch eine Menge von Ihrem verblichenen Mentor zu lernen.«

Hua stieg aus dem Wagen. Die Luft in der Parkgarage war dunstig, für ihn aber fühlte sie sich frisch und voller Leben an. Er atmete tief ein.

*

6. NOVEMBER, 01:13 UHR
VERHÖRRAUM, HAUPTQUARTIER DER
KRIMINALPOLIZEI

»Ich habe bereits alles gesagt, wozu ich verpflichtet bin. Kann ich dann gehen?«, fragte Hua und schaute auf seine Armbanduhr.

Pei saß ihm stumm gegenüber und bedachte den einstigen Leibwächter mit einem messerscharfen Blick. Hua schien unbeeindruckt. Er lehnte sich zurück und gähnte. Er mochte erschöpft sein, wirkte aber vor allem tiefenentspannt.

Der Hauptmann warf die Verschriftlichung seiner Zeugenaussage vor ihn auf den Tisch und zeigte auf die gepunktete Linie.

»Da unterschreiben, bitte.«

Hua lächelte. »Ich bin kein sonderlich kultivierter Mensch. Meine Handschrift ist zu unleserlich. Ein Fingerabdruck sollte den gleichen Zweck erfüllen.« Er klappte das Tintenfach nahe der Tischkante auf, drückte den linken Daumen darauf und rollte ihn mit zwangloser Vertrautheit von links nach rechts. Er atmete leise aus, drückte den Daumen auf die gepunktete Linie und hinterließ einen hellroten Fingerabdruck.

Ohne ein weiteres Wort stand er auf und verließ den Raum. Neben der Tür warteten zwei Leibwächter auf ihn, die für ihn einen dicken Wintermantel bereithielten. Während Hua ihn anlegte, schien er zu neuem Leben zu erwachen, an Selbstsicherheit und sogar an Größe zu gewinnen.

Auf Pei wirkte er plötzlich kaum noch wie der Leibwächter, den er vor ein paar Tagen zu Beginn der Ermittlung kennengelernt hatte. Tatsächlich war er von hinten nicht von Deng Hua zu unterscheiden. Und warum auch? Der Mann hatte soeben die alleinige Kontrolle über die Longyu-Gesellschaft übernommen.

KAPITEL SIEBZEHN

EIN PAKT ZWISCHEN WÖLFEN UND TIGERN

6. NOVEMBER, 09:00 UHR
KONFERENZRAUM, HAUPTQUARTIER DER
KRIMINALPOLIZEI

Yin stürmte mit der Kraft einer detonierenden Bombe ins Zimmer.

»Mengs Frau hat gerade die Leitstelle angerufen! Sie sagt, sie hat Beweise auf Band dafür, dass Hua hinter dem Mord an Meng und Lin steckt!«

»Oha.« Pei setzte sich aufrecht. »Sie soll sich bereithalten, dass ein Beamter vorbeikommt und die Beweise sichert. Auf keinen Fall soll sie das Haus verlassen. Kontaktieren Sie die nächstgelegene Wache, dass die jemanden zu ihr schicken sollen. Wir brechen ebenfalls sofort auf!«

»Jawohl, Hauptmann!«, rief Yin.

Kurz darauf stiegen Pei und Mu in ein Polizei-SUV ein. Yin saß bereits am Steuer.

Nach fünf Minuten klingelte Yins Telefon ein weiteres Mal. Er nahm eine Hand vom Steuer und nahm das Gespräch an.

»Die Notfalleinsatzkräfte von der Wache Innenstadt Ost

sind bereits vor Ort«, sagte Yin und reichte das Handy an Pei weiter. »Sie sollten das regeln.«

Pei legte das Handy ans Ohr. »Hier Hauptmann Pei von der Kriminalpolizei.«

»*Ah, Sie sind also Hauptmann Pei? Wo sind Sie gerade?*«

»Auf dem Weg. Wir sollten in etwa zwanzig Minuten da sein.«

»*Haben Sie außer uns noch jemanden hergeschickt?*«

»Alle anderen wären zu weit weg gewesen«, sagte Pei und legte die Stirn in Falten. »Warum? Stimmt was nicht?«

»*Die Frau hat uns gesagt, die Polizei sei bereits bei ihr gewesen. Sie sagt, die hätten das Band an sich genommen.*«

Pei riss die Augen auf. »Das waren nicht unsere Leute! Machen Sie diese Hochstapler auf der Stelle ausfindig!«

Yin drückte das Gaspedal durch, der Wagen heulte auf. Dreizehn Minuten später erreichten sie mit quietschenden Reifen den Wohnblock der Jingan-Gärten, wo auch Meng Fangliangs Familie lebte.

Nachdem sie mit den Beamten vor dem Gebäude gesprochen hatten, waren die Mitglieder der Sondereinheit noch ratloser als vorher. Die Kollegen hatten tatsächlich die beiden Männer dingfest gemacht, die sich als Polizisten ausgegeben hatten. Mit etwas Druck stellte sich allerdings heraus, dass jemand Drittes den Hochstaplern ihre Beute auf der Stelle wieder abgeknöpft hatte.

»Ich will das Material der Überwachungskameras für diesen Teil des Wohnblocks sehen«, sagte Pei energisch.

*

Die Sicherheitszentrale des Wohnblocks war in blendendes Kunstlicht getaucht. Der muffige Geruch feuchter Teeblätter vom Vortag erfüllte den Raum. Pei schöpfte ein wenig neue Hoffnung, als er sah, dass die beiden Hochstapler von den Kameras erfasst worden waren.

Um neun Uhr fünfunddreißig waren zwei Männer in Uniform aus einem weißen VW gestiegen, der keine dreißig Meter von Mengs Wohnung entfernt geparkt hatte. Sie gingen zum Haus und klopften. Mengs Frau öffnete und bat sie nach einem kurzen Gespräch herein. Um neun Uhr vierzig verschwanden die beiden in großer Eile. Einer von ihnen stopfte hastig etwas in seine Tasche. Als sie auf ihren Wagen zugingen, schloss sich ihnen von hinten eine dritte männliche Gestalt an.

»Ist er das?«, fragte Yin sich laut.

Obwohl der Mann dank Hut und Kleidung nur unzureichend zu erkennen war, wirkte sein Gang unheimlich vertraut.

Sie wurden Zeugen, wie der dritte Mann die beiden in wenigen Sekunden bewusstlos schlug. Er durchsuchte ihre Taschen, nahm einen einzigen Gegenstand an sich und spazierte davon.

»Sollten wir diesen Mann verfolgen?«, fragte einer der Beamten.

»Das Band kriegen wir nicht mehr wieder«, sagte Pei finster. »Uns bleibt nur, Mengs Frau zu fragen, ob sie eventuell eine Kopie angefertigt hat.«

Allerdings sagte ihm sein Instinkt ganz eindeutig, dass Mengs Witwe kaum die Geistesgegenwart besessen haben dürfte, eine Sicherungskopie anzulegen. Schon wanderten seine Gedanken weiter.

Eumenides musste gewusst haben, dass sein Eingreifen von den Kameras aufgezeichnet werden würde. Warum also hatte er sowohl Hua als auch die Polizei gezielt provoziert?

*

6. NOVEMBER, 11 : 00 UHR
BERG-TIANZI-VILLENVIERTEL

Das Haus des verstorbenen Deng Hua befand sich im Zentrum von Chengdus luxuriösester Wohngegend, die unter anderem vier separate Schwimmbäder und zwölf Tennisplätze umfasste.

Im dritten Stock des Familiendomizils war der Geist des verblichenen Hausherrn noch überaus präsent. Eine Frau in einfacher Kleidung saß auf dem Sofa in der Mitte des Raumes, neben ihr ein kleiner Junge. Beide starrten den Mann am Rand des Sofas verstört an.

Hua saß sehr steif an der Kante. Wie viel Macht und Einfluss er auch gewann, in diesem Haus würde er seinen Platz niemals vergessen. Das zumindest war er Deng Hua schuldig.

»Sie sehen müde aus. Haben Sie in letzter Zeit nicht genug Schlaf bekommen?«, fragte Dengs Witwe. Sie klang ehrlich besorgt, als rede sie mit einem geliebten Familienmitglied.

»Ich war die letzten Tage sehr beschäftigt, Madame Deng. Aber der Trubel hat sich fürs Erste erledigt«, antwortete Hua respektvoll. Mit beiden Händen legte er mehrere Dokumente vor ihr auf den Beistelltisch.

»Was ist das?«, fragte sie und blätterte ein wenig.

»Dokumente zur Eigentumsübertragung diverser Firmenanteile«, sagte Hua. »Lins und Mengs Anteile habe ich bereits aufgekauft. Somit laufen sämtliche Anteile an der Longyu-Gesellschaft wieder auf Ihren Namen und den Ihres Sohnes.«

Die Frau lächelte dankbar, wenngleich ihre umwölkte Stirn eine andere Sprache sprach. »Ich habe keine Ahnung, wie man eine Firma leitet, schon gar nicht eine so große wie die meines Mannes. Und Deng Jian ist noch so klein. Unser Vermögen wäre woanders sicherlich besser angelegt.«

»Machen Sie sich darum keine Sorgen. Ich werde die besten Leute damit beauftragen, das operative Geschäft der Firma zu regeln. Sie müssen nur dafür sorgen, dass ihr Junge in der Schule gut aufpasst. Sobald er erwachsen ist, kann er dann seinen Platz bei Longyu einnehmen.« Als er sah, dass ihre Sorge noch immer bestand, fügte er hinzu: »Und keine Angst, ich werde diese Leute persönlich beaufsichtigen. Solange ich lebe, wird die Longyu-Gesellschaft von einem Deng geführt werden!«

Die Frau holte tief Luft und klopfte Deng Jian auf die Schulter. »Dann gehst du wohl besser in dein Zimmer und machst Hausaufgaben, mein Lieber«, sagte sie sanft. »Ich unterhalte mich noch ein bisschen mit Herrn Hua und komme gleich nach.«

Der Junge nickte und verschwand folgsam die Treppe hinauf. Hua erhob sich und verfolgte den Abgang des Jungen mit einer leichten Verbeugung.

»Bitte setzen Sie sich«, sagte sie. »Sie gehören zur Familie. Kein Grund für all diese Formalitäten.«

»Natürlich«, sagte Hua, setzte sich aber erst wieder, als der Junge nicht mehr zu sehen war.

Sie blätterte die Dokumente ein zweites Mal durch, nur las sie diesmal aufmerksam jede Zeile. Ein paar Minuten später legte sie den Papierstapel wieder auf den Beistelltisch und musterte Hua.

»Sagen Sie mir die Wahrheit. Wie sind Lin und Meng gestorben?«

Hua betrachtete stumm seine Schuhe. Er hatte nicht das Recht, seine Dienstherrin zu belügen. Eine angemessene Antwort war zwingend notwendig. Endlich sah er zu ihr auf. Seine Stimme war leise und ernst. »Sie wollten sich etwas aneignen, das ihnen nicht gehörte. Aus diesem Grund sind sie gestorben.«

Sie seufzte. »Vielleicht sollte ich manche Fragen einfach nicht stellen. Deng hat manchmal gesagt: ›Das Schaf tut gut daran, sich nicht mit den Sitten der Wölfe vertraut zu machen.‹ Ich habe ihm vertraut und musste nicht mehr wissen. Trotzdem habe ich mit der Zeit lernen müssen, dass jede Tat auch Folgen hat …«

Ihre Stimme versagte. Sie wandte sich ab und sah das Porträt ihres Mannes an, das auf dem Kaminsims stand. Tränen stiegen ihr in die Augen.

»Deng hielt einst mein Leben in seinen Händen«, sagte Hua feierlich. »Wenn es um Ihre Familie geht, lebe ich gern mit den Folgen, welche auch immer das sein mögen.«

Sie schaute ihm in die Augen. Er sah, dass sie wusste, was er getan hatte. Sie wischte sich die Tränen weg und sagte: »Geben Sie mir Ihre Hand.«

Hua versteifte sich, zwang sich aber dazu, die rechte Hand vorzustrecken.

Sie löste die buddhistische Gebetskette von ihrem Handgelenk und streifte sie sanft über seine Finger bis zum Handgelenk.

»Denken Sie an meine Worte.«

*

7. NOVEMBER, 01 : 37 UHR
HUAS PRIVATSUITE

Hua stand unter der Dusche. Er musste sich den Schmutz vom Leib waschen. Und von der Seele.

Aber das Wasser trug nur den Dreck des Tages mit sich fort, nicht die Erinnerungen, die seinen Geist weiter bestürmten.

Als Dengs Witwe ihm die Gebetskette überreichte, hatte er ihren Schmerz und ihre Verzweiflung nur zu gut nachempfinden können. An der Antwort, die sein Herz gab, konnte das allerdings nichts ändern. In diesem Geschäftsfeld, so sagte er sich, handelte man nur selten aus freiem Willen.

Das Wasser floss weiter, seine Gedanken ebenso. Als Lin und Meng ihre Ambitionen, sich die Anteile an der Longyu-Gesellschaft widerrechtlich aneignen zu wollen, zum ersten Mal offenbart hatten, war Hua klar gewesen, dass dies nur eine Reaktion zuließ. Sie hatten ihren geheimen Plan, der Firma den Todesstoß zu versetzen, längst ins Rollen gebracht. Gewisse Gegenmaßnahmen waren unausweichlich.

Dann aber hatte Hua verblüfft feststellen müssen, dass Meng darüber hinaus auch noch seine eigene selbstsüchtige Agenda verfolgte. Eines Morgens hatte er Hua beiseite genommen und seiner Abscheu für Lin Ausdruck verliehen. Er hatte gesagt, Lin überschreite seine Befugnisse. Und machte keinen Hehl daraus, dass er gern mit Hua zusammenarbeiten würde, um diesen Rivalen zu beseitigen.

»*Wenn ihm doch nur etwas zustoßen würde ...*«, hatte er gesagt.

Hua willigte ein und legte Meng seinen Plan dar. Er würde zwei Kopien von Eumenides' berüchtigten Todesanzeigen erstellen – eine für Lin und eine für Meng. Damit hätten sie die ideale Ausrede, die beiden Köpfe der Firma in Deng Huas Büro einzuquartieren. Dort würden sie für die Überwachungskameras ein Theaterstück inszenieren.

Mithilfe einiger Requisiten, die Hua ebenfalls bereitstellen wollte, würde Meng sich als Eumenides verkleiden und Lin umbringen.

Meng war an dem Plan überaus interessiert. Bis auf einige Details, bei denen er sich noch unsicher war.

»*Ich bin nicht mehr der Jüngste. Wenn Lin sich wehrt, schaffe ich es vielleicht nicht, ihn zu töten.*«

»*Ich sorge dafür, dass Sie beide ein Schlafmittel erhalten, bevor Sie sich hinlegen. Ihres wird natürlich ein Placebo sein. Wenn Sie dann aufstehen, wird Lin schlafen wie ein Toter. Und das Beste daran ist: Sie müssen sich nicht einmal Gedanken darüber machen, was Sie der Polizei erzählen sollen. ›Ich habe geschlafen‹ reicht völlig.*«

»*Wenn aber sowohl Lin als auch ich eine Todesanzeige bekommen und nur Lin tot aufgefunden wird, wie sollen wir das erklären?*«

»*Sie waren bereits lange im Gefängnis. Sie sind geläutert. Eumenides hätte Ihren Namen gar nicht erst auf seine Liste setzen dürfen. Bevor Sie zu Bett gehen, legen Sie die Sachen neben sich, die wir besprochen haben. Wenn Eumenides die sieht, kann er Sie nur verschonen. Oder wenigstens wird es danach aussehen.«*

Hua hatte schon vor jener verhängnisvollen Nacht seine Zweifel an Meng gehabt. Besonders bezüglich der Frage, ob Meng nicht auch ihn hintergehen wollte. Um seinen Argwohn zu lindern, ließ er Abhörgeräte in Mengs Villa installieren und stellte zwei Untergebene ab, die sich in seiner Nachbarschaft bereithalten sollten. Falls etwas Unvorhergesehenes passierte, würden diese Männer alle nötigen Maßnahmen ergreifen können, ehe die Polizei auftauchte.

Es passierte tatsächlich etwas, allerdings viel später, als Hua erwartet hatte. Erst am Vortag war Mengs Witwe ein Paket geliefert worden. Darin befand sich ein Tonband mit einer Aufnahme des belastenden Gesprächs zwischen Hua und Meng.

Als Hua das hörte, war ihm sofort klar, dass Han Hao dahintersteckte. Auch Han musste seinerseits einen Plan in die Tat umgesetzt haben: Falls er im Zuge von Huas Aktionen im Stadion sterben sollte, würde dieses Beweismittel am folgenden Tag Mengs Haus erreichen.

Hua hatte eine Idee, wer seinen Leuten dieses Tonband gestohlen haben könnte. Er konnte sich allerdings nicht erklären, warum diese Person das getan hatte. Aber Motivation hin oder her – jeden Augenblick, in dem sich diese Aufnahme nicht in seiner Obhut befand, saß er auf glühenden Kohlen.

Fünfzehn Minuten später kam er aus der Dusche, ging ins Schlafzimmer, zog sich einen Morgenrock an und beschloss, einen Tee aufzusetzen. Als er ins Wohnzimmer trat, erstarrte er.

Jemand saß auf seiner Couch. Die Gestalt drehte sich um und sah ihn an.

»Der Tee ist schon fertig. Setzen Sie sich und nehmen Sie einen Schluck.«

Hua trat unwillkürlich einen Schritt zurück. »Was wollen Sie hier?«

Die Gestalt lächelte. »Haben Sie mich nicht die ganze Zeit gesucht?«

»Sie!«, keuchte Hua.

Selbst im Sitzen wirkte der Mann hochgewachsen, mit breiten Schultern und einem kräftigen Körper. Hua hatte seine Umrisse unzählige Male in gestohlenem Überwachungsmaterial studiert, während er Mengs Styroporverkleidung anfertigte. Jetzt erst sah er ihn von Angesicht zu Angesicht.

Huas Augen brannten. Er hob die Fäuste und nahm eine Kampfhaltung ein. »Ich muss verrückt sein, mir nicht ...«

»Kein Grund, sich aufzuregen«, unterbrach ihn der Mann. Entspannt nahm er einen Schluck aus seiner dampfenden Teetasse.

Hua holte mehrfach tief Luft, um seine Nerven zu beruhigen. Er ließ die Fäuste sinken. Während das Hämmern in seiner Brust langsam nachließ, betrat er das Wohnzimmer und setzte sich auf den Sessel gegenüber der Couch. Die beiden Männer betrachteten einander.

»Warum sind Sie hier?«

»Ich wollte Ihnen ein Geschäft vorschlagen.«

»Ein Geschäft?« Hua knirschte mit den Zähnen. »Wie wäre es mit folgendem Geschäft: Ich bringe Sie gleich hier in meinem Wohnzimmer um.«

»Und ich dachte, Todesdrohungen wären mein Spezialgebiet«, sagte der Mann mit einem freundlichen Lächeln, zog einen Gegenstand aus der Jackentasche und stellte ihn auf den Tisch. »Hier ist mein Einsatz.«

Hua starrte stumm das verräterische Tonband an.

»Nennen Sie Ihren Preis«, knurrte er schließlich.

»Ich möchte, dass Sie für mich auf jemanden aufpassen«, sagte der Mann.

Er drehte die Hand und offenbarte ein kleines Foto, das auf seiner Handfläche lag. Es zeigte eine hübsche, zarte junge Frau. Hua verspürte das vage Gefühl, sie schon einmal gesehen zu haben, brauchte aber einen Moment, um sie zuzuordnen. Sie war in dem Restaurant gewesen, als er Shengs Tod untersucht hatte.

»Warum wollen Sie, dass ich auf sie aufpasse?«

»Weil Sie von Beruf Leibwächter sind. Und weil ich der Meinung bin, dass kein anderer Leibwächter auf der Welt seine Arbeit so gewissenhaft erledigt wie Sie.«

Hua war, gelinde gesagt, überaus hin- und hergerissen. Auf der einen Seite hasste er diesen Mann mit jeder Zelle seines Körpers. Auf der anderen Seite konnte er einem solchen Kompliment schwerlich widerstehen. Er breitete die Lippen zu einem wachsamen Lächeln aus und fragte: »Sie können nicht selbst auf sie achtgeben?«

»Ich habe die Kontrolle über mein Schicksal verloren.« Er legte das Foto auf den Tisch, verweilte aber mit seinem Blick noch eine Weile dort. Seine Stimme schien aus weiter Ferne zu kommen. »Ich habe keine andere Wahl, als einen furchterregenden Feind zu provozieren, und ich kann nicht dafür garantieren, wie die Sache ausgeht. Aber ich muss es tun und aus ebendiesem Grund gewisse Vorkehrungen treffen.«

Hua nickte vorsichtig, streckte die Hand aus und griff nach dem Foto.

»Wie genau soll ich mich um sie kümmern?«

»Sie ist blind. Ich will, dass Sie sie für eine Operation nach Amerika schicken. Das sollte nicht allzu schwer sein für Sie, oder?«

»In Anbetracht des Einsatzes ein fairer Preis«, sagte Hua und griff nach dem Tonband. »Gibt es hiervon noch eine Kopie?«

Der Mann kicherte leise. »Jede Transaktion sollte auf Vertrauen fußen, nicht?«

Hua zögerte einen Moment, dann nickte er entschlossen. »Deal.«

»Ich danke Ihnen.«

»Damit sind wir quitt«, sagte Hua. Es klang endgültig.

»Ich weiß.« Der Mann lächelte nicht länger. »Wenn wir uns das nächste Mal begegnen, wird nur einer von uns davonkommen.«

»Das freut mich zu hören.« Hua hob den Becher an und trank einen Schluck Tee. »Nur aus Neugier, wer ist dieser Feind, den Sie erwähnt haben?«

»Warum fragen Sie?«

»Sie schulden mir Ihr Leben. Ich will nicht, dass Sie zu früh sterben.«

Der Mann leckte sich ruhig über die Lippen. Er schien sich mental darauf vorbereiten zu müssen, den Namen auszusprechen. Nach einer gefühlten Ewigkeit stieß er zwei Silben aus.

»Ding Ke.«

KAPITEL ACHTZEHN

PORTRÄT EINES VERDÄCHTIGEN

7. NOVEMBER, 07 : 36 UHR
KONFERENZRAUM, HAUPTQUARTIER DER
KRIMINALPOLIZEI

Die Einsatzgruppe 18/4 hatte sich einmal mehr um den Konferenztisch versammelt, allerdings mit einer erwähnenswerten Ausnahme. Statt Liu Song saß ein anderer Mann auf dem fünften Platz – Huang Jieyuan, ehemaliger Hauptmann der Kriminalpolizei von Chengdu und gegenwärtig Besitzer einer Kneipe namens *Schwarze Magie*.

»Ich bitte um Vergebung, dass ich Sie alle so früh zusammengetrommelt habe«, sagte Pei so höflich wie möglich, ehe er zu einem sachlichen Tonfall wechselte, »aber die Angelegenheit duldet keinen Aufschub. Yin, bitte legen Sie los.«

Yin schaltete den Projektor ein. Die Leinwand füllte sich mit den fünf wohlbekannten Textzeilen.

> **TODESANZEIGE**
>
> DER ANGEKLAGTE: Der Tütenmann
> VERBRECHEN: Mord
> DATUM DER URTEILSVOLLSTRECKUNG: 7. November
> HENKER: Eumenides

»Diese Anzeige ist vor einer Stunde im Briefkasten am Empfang aufgetaucht. Hauptmann Pei hat mich sofort kontaktiert und angewiesen, dieses Treffen anzuberaumen, damit wir unser Vorgehen koordinieren können«, erklärte Yin.

»Das ist das heutige Datum«, sagte Zeng. »Hat Eumenides gestern vergessen, sich den Wecker zu stellen?«

Mu schaute finster drein. »Wenn der Täter damals nicht identifiziert wurde, was erwartet Eumenides dann bitte von uns?«

»Genau das ist die erste Frage, die wir heute Morgen beantworten müssen. Und uns bleiben dafür weniger als siebzehn Stunden.«

»Also hat er uns siebzehn Stunden – oder noch weniger – gegeben, um einen ungeklärten Fall von vor zehn Jahren aufzuarbeiten, den zuständigen Mörder zu finden und außerdem einen Plan auszuhecken, wie wir Eumenides selbst stoppen können.« Zeng rang sich ein müdes Grinsen ab. »Na schön, immerhin hatten wir bis hierher einen guten Lauf, oder?«

»Eumenides hat uns seine Herausforderung gestellt. Wir haben keine andere Wahl, als all unsere Ressourcen aufzubieten, um ihn zu bekämpfen«, sagte Pei.

»Der Hauptmann hat recht«, sagte Yin. »Wenn Eumenides glaubt, den Tütenmann finden zu können, können wir das auch. Wir haben mindestens genauso viele Informationen wie er. Oder?«

»Eumenides ...« Huang schaute zu Boden und schüttelte ausladend den Kopf. »Sind Sie wirklich sicher, dass es ihm gelingen kann, den Mörder zu finden?«

Pei konnte seine Zweifel nachvollziehen und beschloss, sich so diplomatisch wie möglich zu geben. »Eumenides hat bis jetzt jede seiner Todesanzeigen in die Tat umgesetzt. Dieser Tatsache sind sich alle hier Anwesenden überaus bewusst. Eumenides ist der Letzte, der leere Drohungen ausspricht.«

Huang sah sich um. Die anderen nickten wortlos. Er ließ sich tiefer in den Stuhl sinken.

Zeng rieb sich die Stirn. »Dieser Mistkerl. Ich habe mich schon gefragt, warum er die letzten Tage so still war. Jetzt wissen wir, dass er damit beschäftigt war, den Tütenmann-Mord zu untersuchen. Aber wieso interessiert er sich plötzlich für solch einen alten Fall? Will er uns nur wieder ablenken? Oder will er angeben und allen zeigen, wie nutzlos die Polizei ist?«

»Eumenides interessiert sich im Moment nur für eine Sache«, sagte Mu. »Er will wissen, wo er herkommt. Wenn er nach dem Tütenmann sucht, muss das irgendetwas mit dem wahren Grund für den Tod seines Vaters zu tun haben. Ich glaube, die Sache kann nur ein Ziel haben. Er will Ding Ke finden.«

Pei räusperte sich. »Wir haben eine Aufgabe. Wir müssen diesen Mörder so schnell wie möglich enttarnen. Ich habe die Unterlagen der alten 12/1er-Ermittlung für alle kopiert. Sie haben eine halbe Stunde, um sich einzulesen, dann setzen wir diese Diskussion fort.«

Angespannte Stille senkte sich über den Raum, nur von gelegentlichem Rascheln unterbrochen.

*

DREISSIG MINUTEN SPÄTER

»Huang, da Sie von allen am besten mit dem Fall vertraut sind, würde ich Sie bitten, zuerst zu sprechen«, sagte Pei.

Der ehemalige Hauptmann nickte, holte tief Luft und ordnete seine Gedanken. Während der Rest des Teams aufmerksam lauschte, erzählte er von den Ergebnissen der ursprünglichen Ermittlung, von ihrem Scheitern, von seinem fehlgeschlagenen Versuch, Ding Ke zu kontaktieren, und schließlich von den Beweggründen, seine Bar *Schwarze Magie* als Köder für den Mörder zu eröffnen.

»Also gehört unser Mörder zu der Sorte Mensch, die gern ein Gläschen Rotwein trinkt und sich dabei zu Celtic Frost entspannt?«, fragte Zeng und wackelte mit den Augenbrauen.

Mu, die direkt neben ihm saß, warf ihm einen schneidenden Blick zu. Sein Lächeln erstarb.

»Nach all den Jahren haben Sie noch keinen Treffer auf der Suche nach einem passenden Profil erzielt?«, fragte Zeng nüchtern.

Als Huang scharf durch die Nase ausatmete, klang er wie ein flatternder Luftballon. »Nicht einen. Zunächst einmal ist die Art und Weise, wie der Mord verübt wurde – jemanden in hundert Teile zu zerlegen – nicht gerade etwas, wozu ein durchschnittlicher Mensch imstande wäre. Deshalb habe ich in meiner Bar auch einen Geschicklichkeitstest mit Messern eingeführt, um den Kreis der Verdächtigen einzugrenzen. Bis jetzt haben den Test aber nur eine Handvoll Leute bestanden, und die ...« Huang unterbrach sich und zuckte mit den Schultern. »Sie waren entweder zu jung, haben damals nicht in Chengdu gewohnt oder waren nicht ...«

»Moment«, warf Zeng ein, »da stimmt aber was nicht. Wieso suchen Sie nach einem Messerexperten? Hätte man derart präzise Schnitte nicht auch mit einer entsprechenden Maschine erzielen können?«

»Eine Schneidemaschine hätte nicht zum psychologischen Profil des Täters gepasst«, sagte Mu. »Alle Hinweise legen nahe, dass er den Akt des Tötens überaus genießt. Er hätte keine Maschine benutzt, sondern die Leiche definitiv von Hand zerteilen wollen.«

Zeng schlug mit der flachen Hand auf den Tisch. »Also wirklich! Reicht es nicht, eine Leiche dermaßen zu zerstückeln? Als ob es einen relevanten Unterschied bedeuten würde, ob er das per Hand oder maschinell getan hat.«

»Eigentlich brauchen wir nicht einmal das psychologische Gutachten, um den Einsatz einer Schneidemaschine ausschließen zu können«, sagte Huang. »Hätte der Mörder eine Maschine benutzt, wären die Stücke alle gleich groß gewesen. So war es aber nicht. Manche sind hauchdünn, andere mehrere Zentimeter dick. Dass sie von Hand geschnitten wurden, ist mit einem Blick zu erkennen.«

»Tatsächlich?«, murmelte Zeng.

Er blätterte seine Unterlagen durch, bis er auf ein Foto stieß, das mehrere Haufen von in Streifen geschnittenem Menschenfleisch zeigte. Er hob es in die Höhe und starrte es an, bis er es beinahe mit der Nase berührte. Mu, die ihn während des Gesprächs aufmerksam beobachtet hatte, wandte plötzlich den Blick ab.

»Na schön, da haben Sie wohl recht«, sagte Zeng und legte das Bild auf den Stapel zurück. »Aber was, wenn er für einen Teil des Körpers eine Maschine benutzt und den Rest per Hand zerschnitten hat? Wenn er die Teile dann vermischt, entsteht der Eindruck, sie seien unterschiedlich groß.«

Huangs dichte Augenbrauen zogen sich zusammen. »Warum sollte er das tun? Alles an diesem Fall deutet darauf hin, dass der Mörder überaus konzentriert vorgegangen ist. Hätte er es auf größtmögliche Effizienz angelegt, hätte er eine Maschine benutzt. Hätte er den Vorgang genießen wollen, hätte er es per Hand getan. Beide Methoden zu kombinieren ... das ergibt schlicht keinen Sinn.«

»Sind Sie sich dessen wirklich sicher?«, fragte Pei, der seine eigene Version des Fotos betrachtete. »Wenn man genau hinschaut, sieht man, dass nur ein kleiner Teil der Stücke so dünn ist. Der Rest besteht aus dickeren Scheiben. Die für mich durchaus nach Maschine aussehen.«

»Eines stimmt auf jeden Fall. Die meisten Stücke sind dicker.« Anders als der Rest der Einsatztruppe musste Huang nicht das Foto zurate ziehen. Die Details waren unauslöschlich in seinen Kopf eingebrannt. »Ich glaube trotzdem, dass Sie unseren Mörder unterschätzen. Meine Güte, selbst meine Mutter konnte Schweinefleisch in solche Portionen schneiden.«

»Er könnte die dünnen Stücke extra angefertigt haben, um der Polizei weiszumachen, dass er gut mit einem Messer umgehen kann und auf diese Weise unser Täterprofil zu seinen Gunsten zu verfälschen«, sagte Pei. »Wir können nicht ausschließen, dass er, nachdem er seine aufgestauten Triebe befriedigt hatte, für einen Teil der Leiche eben doch eine Schneidemaschine benutzte, um die Polizei in die Irre zu führen.«

Huang schwieg fast eine halbe Minute lang. Dann endlich stellte er die Frage, die ihn so viele Jahre verfolgt hatte.

»Ist es möglich, dass ich mich die ganze Zeit geirrt habe?«

»Das können wir noch nicht beantworten. Auf jeden Fall müssen wir unser Täterprofil fürs Erste entsprechend erweitern. Wir dürfen nicht nur nach Ärzten, Fleischern, Köchen oder sonstigen Messerprofis suchen.« Pei machte eine Pause und sah die Kollegen der Reihe nach an. »Hat irgendwer Vorschläge zu bieten, was das Täterprofil angeht?«

Mu, die bei der Diskussion über die grausigen Details geschwiegen hatte, dachte einen Moment nach, ehe sie antwortete. »Ich stimme Huangs Entscheidung zu, die Suche nach dem Verdächtigen über Underground-Metal einzugrenzen. Harte Musik abseits des Mainstreams war möglicherweise der Weg, über den sich Mörder und Opfer kennengelernt haben. Das Genre ist reich an Texten über Tod und Gewalt. Was könnte für diesen Fall passender sein?

Wenn wir diese Beobachtung mit den Berichten verbinden, die wir über das Opfer haben, können wir uns ein grobes Bild davon machen, was sie für ein Mensch war. Höchstwahrscheinlich ein empfindsames Mädchen mit einem für ihr Alter überdurchschnittlich entwickelten Innenleben. Diese Charakteristika müssen sie von ihren Mitstudenten entfremdet haben. Also bestand ihr Sozialleben höchstwahrscheinlich darin, sich mit Menschen aus anderen Milieus zu treffen. Wodurch sie mit ihrem Mörder in Kontakt kam.«

»Moment mal, Mu«, unterbrach Zeng abermals, »sind Sie sicher, dass Sie es mit der Analyse nicht ein bisschen übertreiben? Was, wenn dieser kranke Killer das Mädchen rein zufällig getroffen hat? Dann wäre diese ganze Theorie über einen ›Heavy-Metal-Bund‹ mehr als nur exzessive Spekulation – nämlich ein aktives Hemmnis für unsere Ermittlung.«

»Sie können sich nicht zufällig getroffen haben. Die präzise und akribische Art und Weise, wie der Mörder ihren Körper zerlegt hat – das kann nur an einem intimen, privaten, geschützten Ort passiert sein. Ein schüchternes, introvertiertes Mädchen wie sie wäre niemals mit einem Fremden an solch einen Ort gegangen. Er muss sie demnach vor dem Mord irgendwie kennengelernt und sich Vertrauen erschlichen haben.«

»Sehe ich auch so«, sagte Pei. »Und falls das stimmt, muss der Mörder über eine Wohnung verfügt haben, die mit allem ausgestattet war, was er für die Durchführung der Taten benötigte. Yin, schreiben Sie das auf.«

Yin kritzelte zwei Zeilen auf seinen Notizblock:
Profil Tütenmann:
1) Hat allein und isoliert gewohnt. Wohnung mit allem ausgestattet, was zum Sezieren der Leiche nötig war.

»Mu, fahren Sie fort«, sagte der Hauptmann.

Mu sah die restlichen Teammitglieder an. »Wir können versuchen, den Mörder zu analysieren, indem wir uns in das Opfer hineinversetzen. Wie gesagt, sie war sensibler und reifer als die meisten Mädchen ihres Alters. Es muss ihr schwergefallen sein, jemanden zu finden, dem sie sich anvertrauen konnte. Ich glaube, der Mörder muss mindestens fünf Jahre älter gewesen sein als sie, um Akzeptanz zu erfahren.«

»Sie war damals knapp zwanzig. Mit anderen Worten: Der Mörder muss mindestens fünfundzwanzig Jahre alt gewesen sein. Soll ich das aufschreiben?«, fragte Yin.

»Schreiben Sie lieber gleich achtundzwanzig auf. Ich sprach von geistiger Reife. Allgemein sind Frauen zwischen zwanzig und vierzig Männern gleichen Alters etwa drei Jahre voraus. Rein physisch sollte der Mörder also mindestens acht Jahre älter gewesen sein als sie.«

»Sie halten es für ausgeschlossen, dass eine Frau das getan hat?«, fragte Zeng. »Gleichberechtigung gilt schließlich auch für Mordverdächtige.«

»Bei einem weiblichen Opfer? Und einer derart verstümmelten Leiche? Solche Morde sind bis jetzt fast ausschließlich von Männern verübt worden. Es ist kein Sexismus, davon auszugehen, dass der Mörder ein Mann war. Nur Ockhams Rasiermesser.«

»Wer rasiert wen? Hä?«, fragte Zeng verwirrt.

»Ockhams Rasiermesser«, sagte Yin. »Wie jeder weiß, sollte man nicht mehr Vermutungen anstellen als unbedingt nötig, wenn die einfachste Erklärung die naheliegendste ist.« Er wandte sich wieder seinem Notizblock zu und trug etwas ein.

2) Männlich, zum Zeitpunkt des Mordes mindestens 28 Jahre alt.

»Das Opfer studierte an der Universität«, fuhr Mu fort. »Sie war sensibel, introvertiert und eventuell auch ein wenig eingebildet. Um sich ihr nähern und ihr Vertrauen gewinnen zu können, muss er sie unter anderem mit seinem Wissen und Charakter beeindruckt haben. Deshalb schlage ich vor, das Täterprofil noch weiter einzugrenzen. Er sah gut aus, war zweifellos gebildet und sozial gut gestellt.«

»Sind Sie sicher?«, fragte Yin und setzte den Stift ab. »Das Opfer besuchte eine Fachhochschule, die Noten waren eher durchschnittlich. Und ihr Aussehen auch – um es ganz unverblümt zu sagen. Wie käme sie dazu, derart hohe Ansprüche an jemand anderen zu stellen?«

Mu lächelte verständnisvoll. »Menschen wie dieses Mädchen erwarten von anderen oft mehr als von sich selbst. Sie mag eine überdurchschnittliche emotionale Reife besessen haben, war in jeder anderen Hinsicht aber eher durchschnittlich. Solche Leute tendieren dazu, den latent vorhandenen Minderwertigkeitskomplex durch Eitelkeit zu kompensieren. Das heißt: Sie hat auf die Menschen um sie herum, die ihr eigentlich ebenbürtig waren, hinabgeschaut. Und wurde gleichzeitig von dem drängenden Verlangen getrieben, sich in höheren sozialen Sphären zu etablieren. Denn im Gegenzug lässt sich festhalten, dass jemand, der anderen bereits überlegen ist, sich viel weniger um seine Umgebung kümmert, weil er all diese Dinge nicht nötig hat, um sich irgendetwas zu beweisen.«

Yin wälzte diesen Gedanken im Kopf umher und fügte seinen Notizen schließlich den dritten Punkt hinzu.

3) Gebildet, hohe gesellschaftliche Stellung, attraktiv.

»Noch was?«, fragte er dann.

»Aus Sicht des Opfers ist das alles, was mir gerade einfällt«, sagte Mu. »Als Nächstes sollten wir die Sache aus der Perspektive des Mörders betrachten. Er muss dem Opfer, wie ich bereits darlegte, in vielerlei Hinsicht überlegen gewesen sein. Da er sich aber mit ihr abgegeben hat, gehe ich davon aus, dass er seinerseits an etwas litt, das man als verstecktes Insuffizienzgefühl bezeichnet.«

»Soll heißen?«, fragte Pei.

»Manche Menschen mit überlegenen äußeren Faktoren hegen Minderwertigkeitsgefühle, die sie anderen gegenüber nur sehr schwer artikulieren können«, erklärte Mu.

»In der Psychologie bezeichnet man das als verstecktes Insuffizienzgefühl. Zum Beispiel wird Ihnen, wenn Sie die Menschen um sich herum betrachten, auffallen, dass manche Individuen eine Stärke in sich tragen, die ihre bescheidenen Umstände deutlich überragt. Mit Umständen meine ich Faktoren wie Ehepartner, Karriere oder soziales Umfeld. Die meisten Menschen gehen dann davon aus, dass diesen Individuen einfach die Zielstrebigkeit oder das Verlangen fehlt, mehr aus sich zu machen. Oft sind diese Leute aber Opfer eines versteckten Insuffizienzgefühls. Sie fühlen sich minderwertig, auch wenn außer ihnen selbst niemand diese Auffassung teilt. Und so wie andere Menschen sich ihnen gegenüber verhalten, haben sie große Angst, diese Schwäche zu offenbaren. Stattdessen verbergen sie sie. Während sie gleichzeitig den Drang verspüren, sich nach unten zu orientieren und in ein Umfeld abseits ihres Potenzials zu integrieren. Denn dort fühlen sie sich sicher.«

»Der Mörder hat nach jemandem gesucht, den er umbringen kann, nicht nach einer Freundin«, sagte Huang und ballte die Fäuste.

»Es spielt keine Rolle, ob er sich dem Mädchen wirklich nähern wollte. Solche Instinkte lassen sich nicht so einfach abschalten«, sagte Mu. »Mörder dieser Art sind oft von sexuellem Verlangen getrieben. Selbst wenn er ihr von Anfang an wehtun wollte, wird er sich eine Frau gesucht haben, die er sexuell anziehend fand. Einer solchen Frau Schmerzen zuzufügen und sie schließlich umzubringen, wird ihm einen viel größeren Kick verpasst haben. Nur hat er sich eben eine Frau ausgesucht, die nach einhelliger Meinung vollkommen durchschnittlich aussah. Und das bedeutet, dass es dem Mörder an Selbstwertgefühl gemangelt hat, verstehen

Sie? Er hat geglaubt, nur ein Mädchen aus einer viel niedrigeren gesellschaftlichen Schicht kontrollieren zu können. Andernfalls hätte er sich dabei zu unsicher gefühlt.«

Dieser letzte Punkt erregte Peis Interesse. »Was für Faktoren können derlei Minderwertigkeitsgefühle auslösen?«

»Er könnte in einer zerrütteten Familie aufgewachsen oder als Kind von einem Familienmitglied missbraucht worden sein. Schätzungsweise haben fast neunzig Prozent der Menschen mit versteckten Insuffizienzgefühlen unter einem dieser beiden Umstände gelitten.«

Huang massierte sich die Schläfen und stieß einen demonstrativen Seufzer aus. »Madame Mu, ich weiß Ihr Bestreben zu schätzen, all unsere Probleme auf Prozentzahlen und Definitionen aus dem Lehrbuch zu reduzieren, aber ...«

»Wieso haben Sie nicht in Betracht gezogen, dass der Mörder auch einfach, na ja, wahnsinnig sein könnte?«, fiel Zeng ein.

Mu holte tief Luft. Diese Sorte Skepsis war ihr oft genug entgegengeschlagen.

»Psychologie ist der wissenschaftliche Versuch, jemandes Zukunft, Vergangenheit und Gegenwart aus seiner persönlichen Geschichte abzuleiten. Dieser Ansatz stützt sich auf zahllose Untersuchungen, welche die Verlässlichkeit einer solchen Vorgehensweise belegen. Ich will es so deutlich formulieren, wie ich kann: Die Chance, dass der Tütenmann eine traumatische Kindheit durchlebt hat, liegt bei fünfundneunzig Prozent.«

»Wie viel Forschung kann in Mörder wie den Tütenmann schon geflossen sein?«, fragte Zeng abschätzig.

»Ich kann Ihnen aus dem Stand einen ähnlichen Fall nennen«, reagierte Mu prompt. »Das FBI befasste sich 1989 in Ohio mit der Sache. Das Opfer war eine Frau, die in ungefähr hundert Teile zerstückelt worden war. Die folgende Ermittlung hat bewiesen, dass der Täter als Kind von seinem Vater sexuell missbraucht worden und er aufgrund dessen impotent war. In seiner kranken Welt konnte er sexuelle Stimulierung nur erleben, indem er eine Frau umbrachte und sie zerteilte.«

»Himmel, wer hat uns bloß für diese Psycho-Vorlesung eingeschrieben?«, murmelte Zeng undeutlich.

Yin fügte seiner Liste einen weiteren Punkt hinzu.

4) Leidet an einem »versteckten Insuffizienzgefühl«. Traumatische Kindheit, schwer defizitäre Sexualität als Erwachsener.

Sobald Yin seine Notizen beendet hatte, überflog Pei sie und reichte den Block an Mu weiter. »Schauen Sie mal durch. Stimmt das so weit, oder fällt Ihnen etwas ein, das geändert oder ergänzt werden müsste?«

Mu legte den Finger auf den zweiten Punkt. »Das Alter können wir noch etwas eingrenzen. Er wird zur Tatzeit um die dreißig gewesen sein.«

»Wie kommen Sie darauf?«

»Eine weitere Statistik. Untersuchungen weisen darauf hin, dass die meisten Mörder mit solcherlei psychischen Erkrankungen ihren ersten Mord mit dreißig begehen. Vorher quälen sie vielleicht Tiere und arbeiten sich dann langsam vor. Aber in der Regel bricht sich der Drang, den nur ein menschliches Opfer befriedigen kann, um die dreißig Bahn.«

Pei gab Yin den Notizblock zurück. »Na gut, passen wir das Alter an. Und fügen Sie einen fünften Punkt hinzu: Er ist wohnhaft in Chengdu.«

»Wieso das?«, fragte Huang überrascht. »Wir haben unsere Ermittlung gezielt auf Leute konzentriert, die nicht in der Stadt ansässig waren.«

»Wer als Dreißigjähriger nach Chengdu zieht, muss sich höchstwahrscheinlich erst einmal eine Wohnung mieten. Das Mietregister sind Sie im Zuge der Ermittlung bestimmt durchgegangen, oder? Die Tatsache, dass Sie keine Spur von dem Kerl gefunden haben, sagt mir, dass er hier heimisch war und sich ohne Schwierigkeiten verstecken konnte.«

Er registrierte eine Bewegung aus dem Augenwinkel und drehte sich zu Mu, die sachte den Kopf schüttelte.

»Einwände, Mu?«

»Bei der Logik dieser Annahme gibt es ein Problem. Es ist durchaus möglich, dass der Mörder als Einheimischer eine größere Chance gehabt hätte, der Ermittlung zu entgehen. Aber die Sache hat einen Haken. Nachbarn, Familie oder Bekannte hätten sicherlich etwas von seinen Vorstrafen gewusst.«

»Woher wollen Sie wissen, dass er vorbestraft war?«

»Psychische Krankheiten stellen sich nicht über Nacht ein. Bevor der Tütenmann Feng Chunlings Leiche zerstückelt hat, muss er irgendwann angefangen haben, seine kriminellen Triebe auf andere, bescheidenere Art zu befriedigen. Gewalttätige Tendenzen, Diebstahl oder – wie erwähnt – Tierquälerei. Die FBI-Studien belegen all diese Punkte. Der Mörder wird auf die meisten Menschen freundlich und nett gewirkt haben, aber je näher ihm die Leute stehen, desto schwieriger ist dieses abnormale Verhalten zu verbergen. Wenn er also wirklich aus Chengdu stammt, müsste die Polizei damals über Berichte über solches Verhalten gestolpert sein, zumal bei einer so gründlichen und ausgedehnten Ermittlung.«

Pei verzog das Gesicht und sah Yin an. »Bei näherer Überlegung – lassen Sie den letzten Punkt fürs Erste weg.«

»Es schmeckt mir tatsächlich nicht, dass damals niemand mit einem entsprechenden kriminellen Hintergrund gefunden werden konnte«, sagte Mu und kniff die Augen zusammen. »Meine größte Sorge ist, dass der Mörder nach der Tat die Stadt verlassen und nie wieder betreten hat.«

»Wieso glauben Sie, dass er Chengdu verlassen hat?«

»Der offenkundigste Grund dafür wäre, dass der Mord zehn Jahre zurückliegt und es seitdem keinen zweiten dieser Art gegeben hat.«

»Stimmt«, sagte Pei. »Nach allem, was Sie gesagt haben, zeigt der Tütenmann alle Merkmale eines Serienmörders, hat aber nur einen einzigen Mord begangen.«

»Eben. Das lässt mich befürchten, dass er sich nicht mehr in Chengdu aufhält, und zwar schon seit längerer Zeit.«

Etwas an dieser Erklärung kam Pei unzureichend vor. »Wenn Ihre Theorie stimmt, würde er ja in der Zwischenzeit irgendwo anders einen ähnlichen Mord verübt haben. Wo auch immer er gelandet wäre, die Nachricht von einem derart grauenhaften Verbrechen hätte sich bis nach Chengdu verbreitet. Soweit ich weiß, ist aber im letzten Jahrzehnt ansonsten nichts dergleichen geschehen. Wie erklären Sie sich das?«

»Sind Sie sicher, dass wir davon gehört hätten?«, fragte Mu skeptisch. »China ist ein großes Land.«

Ehe Pei antworten konnte, meldete sich Zeng. »Ich weiß nicht, wie es um den Hauptmann steht, aber ich bin mir dessen sicher. Es gibt jedes Jahr ein großes landesweites Systemupdate, bei dem ich helfe, die Kriminaldatenbanken des Landes zu reorganisieren und auf Vordermann zu bringen. Der Tütenmann-Mord ist der einzige Fall dieser Art, der im Laufe der letzten zehn Jahre in China verübt worden ist.«

Mu schloss die Augen und tippte sich mit den Fingern gegen die Schläfen, als wollte sie ihr Hirn wieder zum Laufen bringen. »Das verstehe ich nicht.« Ihr Blick verfinsterte sich.

»Wie wahrscheinlich ist es, dass der Mörder Mordsucht entwickelt hat? Was, wenn ihm dieser eine Mord gereicht hat?«, fragte Yin.

Mu sah auf. »Das ist so gut wie ausgeschlossen. Wir reden hier von einer psychischen Störung. Mord ist für solche Menschen wie eine Droge. Diesen Kick können sie sich nirgendwo anders besorgen. Und mit jedem Leben, das sie nehmen, wird der Drang noch übermächtiger. Ein wahrer Teufelskreis.«

»Wo steckt er dann? Ist er tot? Außer Landes geflohen? Sitzt er wegen einer anderen Straftat im Gefängnis?« Zeng zuckte die Achseln. »Ich meine, wenn das der Fall ist, warum diskutieren wir hier überhaupt so angestrengt?«

Pei nahm diese Bemerkung persönlich. »Er ist nirgendwohin verschwunden«, sagte er wütend. »Er ist hier in Chengdu! Das wissen wir mit Sicherheit, weil Eumenides ihn ausfindig gemacht hat.«

Der Rest des Teams warf einander stumme Blicke zu. Pei blieben die skeptischen Mienen nicht verborgen.

»Einer von uns muss sich irren. Entweder wir oder Eumenides«, sagte Huang. Dann rümpfte er die Nase und starrte vor sich auf den Papierstapel, als läge dort irgendwo die Antwort verborgen.

»Machen wir weiter«, befahl Pei. »Huang, das Skelett des Opfers wurde nie gefunden, richtig?«

Überrascht sah Huang den Hauptmann an. »Nie«, sagte er mürrisch.

»Wie haben Sie sich das damals erklärt?«

»Wir sind zu dem Schluss gekommen, dass er es entweder an einem unzugänglichen Ort versteckt oder bei sich zu Hause aufgehoben hat.« Er wich Peis Blicken aus und blätterte durch seine Dokumente.

Letztere Hypothese ließ Mu aufhorchen.

»Eher unwahrscheinlich, dass er es zu Hause aufbewahrt hat. Es stimmt zwar, dass viele psychopathische Mörder die Angewohnheit haben, Teile ihrer Opfer aufzuheben, aber sie entscheiden sich normalerweise für symbolträchtige Teile wie den Kopf, ein inneres Organ oder Genitalien. Es gibt keinen dokumentierten Fall, bei dem ein Mörder nur das Skelett aufgehoben hat, nicht aber den Schädel oder irgendwelche anderen Organe. Außerdem ist ein Andenken dieser Größe für den Mörder rein logistisch arg unbequem. Es hätte auch keine besondere Bedeutung.«

Huang warf die Hände in die Luft. »Mein Team hat die ganze Stadt auf den Kopf gestellt. Wir haben Chengdu quasi umgegraben. Ich habe keinen blassen Schimmer, wo er den Rest der Leiche versteckt haben könnte.«

»Aber was, wenn er ihn doch daheim versteckt hat? Unter den Bodendielen zum Beispiel?«, fragte Zeng und rutschte unbehaglich auf seinem Stuhl zur Seite. »Eine Leiche zu transportieren – das bedeutet einen nicht unerheblichen Aufwand. Vielleicht hat er sie am Tatort versteckt. Wäre schließlich nicht das erste Mal.«

Pei sah ihn an. »Zwei Dinge an dieser Theorie ergeben keinen Sinn. Erstens: Es wäre in einer Metropole wie Chengdu sehr gefährlich, zu Hause eine Leiche zu verscharren. Die

Nachbarn würden es mitbekommen. Vielleicht gehen sie davon aus, dass man die Wohnung renoviert, aber wenn auch nur ein einziger Mitmensch misstrauisch wird, bleibt dem Täter kein Ausweg. Die Leiche wäre ein wasserdichtes Beweismittel.«

Yin grunzte zustimmend. »Letztes Jahr haben wir einen Mann verhaftet, der draußen auf dem Balkon mit Ziegeln und Zement eine neue Wand hochgezogen hat, um seine Frau einzumauern. Die idiotischste Art, eine Leiche verschwinden zu lassen, von der ich je gehört habe. Wenn unser Mörder so dämlich wäre, hätte er es nicht mal zehn Tage geschafft, geschweige denn zehn Jahre.«

»Und zweitens«, fuhr Pei fort. »Angenommen, er hätte es doch geschafft, die Leiche bei sich zu Hause zu verstecken – warum dann ihren Kopf loswerden, ihre Organe, die Kleidung, das Fleisch?«

»Er wollte unbedingt Eindruck schinden, oder? Das war eine an die Polizei gerichtete Herausforderung, genau wie bei Eumenides«, sagte Zeng entschlossen.

»Falls das seine Absicht war«, sagte Mu, »hätte er erst recht nicht nach dem ersten Mord aufgehört. Das sage ich Ihnen mit hundertprozentiger Sicherheit.«

Pei kratzte sich die Stoppeln am Kinn. »Wenn er die Polizei herausfordern wollte, hätte eine Tüte mit Körperteilen gereicht. Warum drei Tüten, plus den Koffer mit Schädel und Innereien? Und ihre Kleider? Warum gibt er sich solche Mühe, wenn er nicht vorhat, so etwas ein weiteres Mal zu tun?«

Zeng stützte die Ellbogen auf den Tisch und legte den Kopf auf den Händen ab. »Die Antwort darauf würde uns auch kein bisschen weiterbringen, solange wir keine

Ahnung haben, wo er die Leiche versteckt hat«, murmelte er.

»Er hat sie an einem besonderen Ort versteckt«, sagte Pei andächtig. »Und zwar besonders in der Hinsicht, dass sich dort genug Platz für ihren Torso, nicht aber für Schädel, Organe, Fleisch oder Kleidung fand. Deshalb hat er sich all dieser Dinge entledigt.«

Mu riss plötzlich den Mund auf. »Wir haben ihn die ganze Zeit als Serienmörder klassifiziert. Was, wenn er nur wollte, dass wir das denken?«

Pei deutete ein schmales Lächeln an und nickte ihr aufmunternd zu. Sie nahm sich einen Moment Zeit, um ihre Gedanken zu ordnen, ehe sie fortfuhr.

»Er hat sich ihres Schädels und ihrer Kleidung entledigt, sich aber keine Mühe gegeben, ihre Identität zu verschleiern. Das heißt, er hat sich keine Sorgen gemacht, dass die Polizei ihren Hintergrund und ihr soziales Umfeld durchleuchtet. Daraus können wir schließen, dass sich die beiden zufällig getroffen haben. Niemand sonst wusste davon.«

Pei griff den Faden eifrig auf. »In Anbetracht der Persönlichkeit des Opfers muss jemand, der ihr in kurzer Zeit derart nahe kommen konnte, ein gehöriges Charisma besessen haben. Deshalb stimme ich mit Mus Schlussfolgerungen überein. Der Mörder muss zur Tatzeit um die dreißig gewesen sein, attraktiv und mit einer anziehenden Persönlichkeit, außerdem gesellschaftlich gut gestellt. Und er muss an versteckten Insuffizienzgefühlen gelitten haben, sonst hätte er sich ein anderes Opfer gesucht.«

»Wenn wir uns sicher sind, dass sich die beiden zufällig kennengelernt haben, können wir uns ebenfalls sicher sein, dass er aus einem von zwei möglichen Motiven gehandelt hat«, sagte Mu. »Erstens: Er war ein Psychopath, Feng Chunlings Tod ein Fall von vorsätzlichem Mord. Der Tütenmann hat Feng in der Absicht kennengelernt, sie zu töten und den Akt des Tötens zu genießen. Da es vorsätzlich war, hat er jeden Schritt genau geplant, darunter auch die Art und Weise, wie er das Opfer in seine Wohnung locken, sie töten und sich ihrer Leiche entledigen will. Sein Plan ist überaus gründlich und fehlerlos ausgeführt worden, weshalb wir ihn seit zehn Jahren vergeblich suchen.

Es gibt bei dieser Hypothese allerdings mehrere Details, die unmöglich zu erklären sind. Warum hat der Psychopath nicht weiter gemordet? Warum hat er Schädel, Organe, Fleisch und Kleidung des Opfers an verschiedenen Orten abgelegt? Hier kommt die zweite Möglichkeit ins Spiel. Er hat sie nicht umbringen wollen, sondern eine Freundin gesucht. Dann ist das Opfer bei ihm zu Hause, und etwas Unvorhergesehenes passiert. Etwas, das ihn dazu bringt, sie zu töten.«

»Auch wenn er ursprünglich nicht vorhatte, sie umzubringen, ist es doch recht schwierig, jemanden ›aus Versehen‹ zu ermorden und zu zerteilen«, sagte Zeng. »Er bleibt also auf jeden Fall ein Psychopath, was auch immer ihn motiviert haben mag.«

Yin sah Mu an. »Hinge das dann auch mit dem Missbrauch zusammen, den er als Kind erlitten hat?«

»Eher unwahrscheinlich. Ich habe vor knapp einem Jahr an einer Studie teilgenommen, die sich auf die psychologischen Merkmale von Vergewaltigern und ihren Opfern konzentrierte. Weder Mörder noch Opfer passen in diesem Fall so recht ins Muster. Die Umstände sprechen dafür, dass die äußeren Einflüsse des Mörders die des Opfers deutlich überschritten haben. Dass sie ihn nach Hause begleitet hat, spricht dafür, dass sie eine starke Verbundenheit zu ihm gespürt hat. Natürlich können wir die Möglichkeit nicht ausschließen, dass die beiden die Absichten des jeweils anderen schlicht missverstanden haben. Vielleicht sah sich der Mörder sogar mit heftiger Gegenwehr ihrerseits konfrontiert. Oft hören Männer in solch einer Situation dann auf, weil die Frau in ihren Augen die Mühe nicht wert ist. Und als jemand, der sich dieser Frau in fast jeder Hinsicht überlegen gefühlt haben muss, hätte er sich bestimmt nicht freiwillig auf das Niveau eines gemeinen Vergewaltigers herablassen wollen.«

»Die Unterwäsche des Mädchens war gänzlich intakt, als wir sie fanden«, warf Huang ein. »Nichts deutet darauf hin, dass er sie vergewaltigt haben könnte.«

»Aber was könnte dann der Grund dafür sein, dass er sie plötzlich umgebracht hat?«, fragte Yin und klickte auf seinem Kugelschreiber herum. »Er hegte keinen Groll und war sicherlich auch nicht hinter ihrem Geld her. Sie haben doch gesagt, dass er mehr oder weniger wohlhabend gewesen sein muss.«

»Das ist der Schlüssel zur Beantwortung unserer Fragen«, sagte Mu. »Da der Mörder das Opfer an Aussehen und Status übertraf, müssen wir gar nicht darüber nachdenken, was er von ihr gewollt haben könnte. Ich glaube, dass das Opfer im Falle eines spontanen Mordes irgendetwas getan hat, was ihn unglaublich wütend werden ließ.«

»Und haben Sie irgendwelche Vorschläge, was das gewesen sein könnte?«, fragte Pei mit wachsender Neugier.

»Das Mädchen war sensibel und introvertiert, litt aber darüber hinaus an einem Minderwertigkeitskomplex. Solche Menschen sind nicht besonders talentiert, was soziale Interaktionen angeht. Es passiert schnell mal, dass sie etwas sagen, das andere Leute ungewollt verletzt.«

»Und Sie glauben, auf diese Weise hat sie den Mörder provoziert?«

Mu antwortete mit einer Gegenfrage. »Welche Worte tun am meisten weh?«

Der Hauptmann schürzte die Lippen. Die Frage traf ihn unvorbereitet.

»Dabei fällt mir was anderes ein, Zeng«, sagte Mu und wandte sich dem Computerexperten zu. Plötzlich klang sie sehr streng. »Ich habe dem Hauptmann einen Bericht über Ihre Leistung in den vergangenen zwei Wochen zukommen lassen.«

»Das ist, äh, sehr aufmerksam«, sagte Zeng sichtlich verwirrt.

Mu musterte ihn kalt. »Erstens bin ich der Auffassung, dass Sie Ihre eigenen Fähigkeiten als Computerfachmann erheblich überschätzen. Zweitens – und viel wichtiger – hegen Pei und ich erhebliche Zweifel bezüglich der Strategie, mit der Sie die Ermittlung bislang begleitet haben. Ich habe daher vorgeschlagen, Sie aus der Sondereinheit zu entfernen.«

Zeng fiel die Kinnlade runter. Flehend starrte er Pei an.

Zu Peis und Zengs Überraschung begann Yin zu grinsen. Ein zögerndes Kichern entwich seinen Lippen. »Natürlich. Das könnte funktionieren.«

»Was?« Zeng schlug mit der Faust auf den Tisch. »Was zum Teufel ist hier los?«

Mu schenkte ihm ein verzagtes Lächeln und lachte leise. »Tut mir leid. Das war ein Experiment. Ich wollte bloß sehen, wie Sie auf meine Worte reagieren, um mein Argument hinsichtlich der Reaktion des Mörders zu untermauern.«

»Ach so«, sagte Zeng und wurde rot.

»Wie haben Sie sich gefühlt, als ich behauptet habe, Sie würden Ihre Computerkenntnisse überschätzen?«

»Zumindest nicht wütend, falls Sie das meinen. Sie haben keine Ahnung von Informatik, warum also sollte ich Wert auf Ihr Urteil legen?«

»Und als ich Ihre investigativen Fähigkeiten kritisiert habe?«

»Das ist was anderes«, sagte Zeng. »Sie und Pei haben davon zwar mehr Ahnung, als ich je haben werde, aber man greift jemanden nicht auf diese Art aus heiterem Himmel an. Deshalb konnte ich kaum glauben, was ich da höre.«

»Es war wirklich nur ein Experiment. Bitte nehmen Sie es sich nicht zu Herzen«, sagte Mu nachdrücklich und drückte seine Schulter. Zeng grinste wie ein Kind, das gerade ein Extrabonbon bekommen hat.

»Könnten Sie den Sinn dieses sogenannten Experiments noch mal für alle erklären?«, sagte Pei leicht verstimmt.

»Es ist eine ganz natürliche Reaktion, wütend zu werden, wenn jemand die eigenen Schwachpunkte angreift oder die latente Angst schürt, weniger wert zu sein. Diese speziellen Schwachstellen nennt man psychologische Wunden. Genau wie bei physischen Wunden löst es einen intensiven Schmerz aus, wenn jemand darin herumstochert.«

»Sie meinen, das Mädchen hat etwas gesagt oder getan, das beim Mörder eine psychologische Wunde getroffen hat?«, versuchte Pei ihren Gedanken zu folgen.

»Exakt. Irgendeine Wunde, die direkt im Herzen seines versteckten Minderwertigkeitskomplexes lag. Vielleicht war es sogar diese Wunde, die ihn überhaupt dazu bewogen hat, jemanden zu suchen, dem gegenüber er sich überlegen fühlen konnte. Jemanden, der über alle Zweifel erhaben war, selbst wenn es respektlose Kommentare gegeben hätte. Aber irgendwie ist es ihr trotzdem gelungen, seine Schwachstelle zu treffen. Soweit meine Hypothese.«

»Aber was für eine Wunde könnte das genau sein?«, fragte Pei und sah sie mit zusammengekniffenen Augen an. Sie waren dicht dran, das spürte er – es war genau dieses Detail, das es ihnen erlauben würde, den Mörder zu entlarven.

Mu hingegen zuckte nur mit den Schultern. »Schwer zu sagen. Vielleicht ein nachklingendes Kindheitstrauma oder Erinnerungen an eine dysfunktionale Familie. Vielleicht aber auch ein körperlicher Makel oder Defekt. Was immer es ist, auf jeden Fall will er es anderen Menschen gegenüber um jeden Preis verbergen. Was im Klartext heißt: Wenn es uns gelänge, diese Information auszugraben, würde sie uns in diesem Stadium der Ermittlung leider nicht mehr viel nützen. Immerhin hat der Mörder zeitlebens versucht, diese psychologische Wunde vor dem Rest der Welt zu verbergen. Es wäre also unglaublich schwer, danach zu suchen und sie zu identifizieren. So gut wie unmöglich.«

Pei reagierte mit einem resignierten Nicken. Er zweifelte nicht an der Stimmigkeit ihrer Analyse.

»Gehen wir zunächst davon aus, dass der sogenannte Tütenmann-Mord tatsächlich ein ungeplanter war«, sagte Zeng, augenscheinlich begierig, etwas von Wert zur Diskussion beizutragen. »Vielleicht ist es wirklich passiert, als das Mädchen ihn mit einer persönlichen Bemerkung getroffen hat. Wir gehen probehalber davon aus, dass er nicht vollkommen durchgeknallt gewesen sein kann. Wer kann mir dann erklären, *warum* er ihre Leiche zerstückelt hat?«

»Um das beantworten zu können, müssen wir uns zuerst in seine Lage hineinversetzen«, sagte Pei. »Als er in seiner Wohnung stand und den Körper des Mädchens betrachtete, das er soeben umgebracht hatte – was ging ihm da als Erstes durch den Kopf?«

»Wie er sie loswird«, sagte Huang sofort.

»Und was für Hinweise musste er verbergen, während er die Leiche los wurde?«, fragte Pei.

Huang murmelte einen Moment vor sich hin, dann klopfte er mit den Knöcheln auf die Tischplatte. »Von Spurenmaterial einmal abgesehen? Das Wichtigste wäre, die Polizei daran zu hindern, seinen Standort bestimmen zu können.«

»Jetzt verstehe ich«, sagte Mu. »Wenn er sie zufällig kennengelernt hat, musste er sich keine Sorgen machen, dass ihre Identität ans Licht kommt. Da der Mord aber in seiner Wohnung stattfand, gab es eben doch etwas, das er zu fürchten hatte. Oberste Priorität beim Entsorgen der Leiche musste also sein, die Polizei daran zu hindern, den Tatort zu finden.«

»Die sicherste Variante wäre logischerweise gewesen, die Leiche so weit weg wie möglich von seiner Wohnung zu deponieren«, sagte Pei und nickte. »Aber der Mörder war allein und hatte die Sache nicht vorbereitet. Wie sollte er also den Körper einer Erwachsenen weit genug wegbringen?«

»Erst einmal brauchte er ein Behältnis, in das die Leiche reinpasste«, antwortete Mu. »Einen großen Reisekoffer oder einen Umzugskarton zum Beispiel. Dann brauchte er irgendein Vehikel, ein Auto oder sonst etwas, womit sich Dinge transportieren lassen. Und das Ganze musste nachts stattfinden, damit er die Leiche im Schutz der Dunkelheit so weit wie möglich fortschaffen konnte.«

»In einer solchen Situation bestünde die einzig sinnvolle Lösung wohl darin, die Leiche in kleinere Stücke zu zerteilen und diese in der Stadt zu verteilen«, sagte Yin. »Aber auch das kann nicht einfach gewesen sein. Der Mörder musste sich erst mal ein Fahrzeug und die nötigen Behälter organisieren.«

»So wie er sich der Beweismittel entledigt hat, muss er die einfachste und effektivste Methode gewählt haben, die ihm zur Verfügung stand, um das Risiko einer Entdeckung möglichst gering zu halten«, sagte Pei.

Huang schnipste mit den Fingern. »Was, wenn er den Torso in einen Fluss geworfen hat? In den Jin zum Beispiel? Wir haben die Flüsse damals zwar mit Schleppnetzen abgesucht, aber wenn er nur einen *Teil* der Leiche auf diesem Weg entsorgt hat, könnte uns der entgangen sein.«

»Stimmt!«, rief Yin. »Falls er nahe beim Fluss gewohnt hat, wäre das der schnellste Weg, um den Rest der Leiche loszuwerden. Der Torso könnte noch immer im Flussbett ruhen.«

»Er hat ihr den Kopf abgeschlagen, die Organe entnommen, Haut und Muskeln entfernt«, sagte Huang langsam. »Er wollte verhindern, dass der Rest der Leiche Auftrieb entwickelt, richtig?«

»Ganz genau«, sagte Pei. »Dann nehmen wir vorläufig an, dass er in der Nähe des Flusses gewohnt hat. Er war völlig unvorbereitet, als er sie getötet hat, also hat er verzweifelt gegrübelt, wie er die Leiche loswerden kann. Der Fluss in seiner Nachbarschaft muss zu den ersten Möglichkeiten gehört haben, die ihm in den Sinn gekommen sind. Er war aber klug genug, um zu wissen, dass eine komplette Leiche sich aufbläht, zurück an die Oberfläche treibt und so der Polizei gefährlich viel über seinen Wohnort verrät. Also hat er sie ausgezogen, ihr die Glieder abgetrennt, sie gehäutet und ausgeweidet, damit sie nicht nach oben steigt.«

Mu legte eine Hand an ihren Unterleib. Sie bedauerte, an diesem Morgen gefrühstückt zu haben. Pei machte auch nicht den Eindruck, als wäre er schon fertig mit seinen Ausführungen.

»Also gab es nur noch den blutigen, nicht identifizierbaren Torso. Den hat er in etwas eingewickelt, das sich vollsaugen und mit der Leiche in die Tiefe sinken kann. Vielleicht ein Bettlaken. Und das Bündel hat er dann in den Fluss geworfen, als es dunkel war. Nachdem diese Sache aus der Welt war, hat er sich um den Rest der Leiche gekümmert. Das war wesentlich einfacher; er hat sich ein paar Plastiktüten für die Fleischstücke und einen Koffer für Kopf und Organe geschnappt. Nachdem er alles eingepackt hatte, ist er von zu Hause losgefahren und hat die grotesken Päckchen hier und dort deponiert.«

»Und die Kollegen mussten davon ausgehen, dass sie es mit einem neuen Serienmörder zu tun haben«, murmelte Yin. »Sie wurden gewissermaßen gezwungen, in die falsche Richtung zu blicken.«

»Erklärt das auch, warum er die Innereien und den Kopf gekocht hat?«, fragte Zeng mit rauer Stimme. »Um die Polizei zu täuschen?«

»Das muss einer der Gründe gewesen sein«, sagte Pei. »Aber zuallererst ging es ihm sicherlich weiterhin um die

Praktikabilität. Hätte er diese Teile der Leiche nicht gekocht, hätte sich der Koffer mit Blut und dergleichen vollgesogen. Er hätte ihm alles vollgesaut.«

Nachdem Pei ein derart klares Bild davon vor Augen hatte, wie der Mörder die Leiche entsorgt hatte, gab er dem Rest des Teams einen Moment Zeit, diese neuen Informationen zu verarbeiten.

»Nun, was denken Sie?«, fragte er dann.

»Ergibt alles Sinn«, sagte Mu. »Am wichtigsten ist, dass wir jetzt Antworten auf einige Fragen haben, an denen wir bisher gescheitert sind. Bislang haben wir alle gedacht, dass wir es mit einem Psychopathen zu tun haben. Aber wie Sie schon sagten – wir haben die ganze Sache aus der falschen Richtung betrachtet.«

Yin und Zeng nickten beide. Huang war der Einzige im Bunde, der noch immer zögerte. Er schloss die Augen und raunte etwas Unverständliches. Dann seufzte er lange. Endlich schlug er die Augen wieder auf.

»Okay, ich gebe es zu. Ihre Theorie klingt deutlich plausibler.«

»Hervorragend«, sagte Pei und lächelte. Er war stolz – er hatte nicht nur die Ermittlung vorangebracht, sondern auch die Zustimmung seines Amtsvorvorgängers gewonnen. Er wandte sich an die beiden jüngeren Kollegen. »Yin. Zeng.«

»Jawohl, Sir«, sagten sie wie aus einem Mund.

»Starten Sie die Suche nach einem Verdächtigen, auf den unsere Beschreibung zutrifft. Männlich, um die vierzig, gutaussehend, gutsituiert, unverheiratet, lebt allein. Konzentrieren Sie die Suche auf Leute, die in der Nähe des Flusses wohnen. Setzen Sie sämtliche Hebel in Bewegung, um ihn zu finden. Sobald Sie fertig sind, kommen Sie zurück. Wir bleiben hier und besprechen uns weiter.«

»Jawohl, Sir!«, wiederholten die zwei.

Mit dem konzertierten Einsatz von Yins guten Kontakten in der Stadt und Zengs Zugang zu den polizeilichen Datenbanken erhoffte Pei sich ein möglichst breites Fahndungsraster.

Mit etwas Glück würden sie bald schon einen Verdächtigen an Land gezogen haben.

*

13 : 09 UHR

»Schon fertig?«, fragte Pei, als Yin in den Konferenzraum zurückkehrte. »Kaum zu glauben.«

»Wir haben die Suche noch nicht zu hundert Prozent abgeschlossen«, sagte Yin hastig, »aber dafür haben wir einen überaus wichtigen Verdächtigen identifiziert. Das müssen Sie sehen.«

Pei zog die Stirn kraus. »Wenn Sie noch nicht alle Verdächtigen überprüft haben, woher wollen Sie wissen, wer der wichtigste ist?«

»Das will ich Ihnen ja erklären. Wir haben noch keine Zeit gehabt, unsere Ergebnisse entsprechend zu organisieren, aber sobald wir diese Person ausfindig gemacht hatten, war uns klar, dass wir Ihnen das sofort berichten müssen. Es geht um ...« Yin verschluckte sich beinahe vor lauter Aufregung. »Um Ding Zhen!«

Huang starrte ihn mit offenem Mund an, als traute er seinen Ohren nicht.

Einzig Mu blieb gelassen. Während sie an ihr Treffen mit Ding Zhen vor ein paar Tagen zurückdachte, wurde ihr klar, wie akkurat dieser Mann zu ihrem Täterprofil passte. Er sah gut aus, war ein angesehener Professor, hatte eine unglückliche Kindheit durchlebt und war Junggeselle.

Sie nickte bedächtig. »Gute Arbeit. Ding Zhen passt perfekt ins Profil.«

»Er wohnt im Jinjiang-Viertel direkt am Fluss. Die Universität hat ihm zu Beginn seiner Professur ein Appartement zur Verfügung gestellt. Er wohnt dort seit mehr als zehn Jahren«, sagte Yin.

Als Pei sich langsam von der Neuigkeit erholte, begriff er, warum Yin zurückgekehrt war, ohne die Suche zu beenden. Diese eine Enthüllung hatte so viele Fragen beantwortet.

Er wusste jetzt, warum Ding Ke verschwunden war und Eumenides beschlossen hatte, diesen zehn Jahre alten Fall aufzurollen. Die Antwort lag weithin sichtbar vor ihnen.

Ding Kes Sohn war der Tütenmann.

KAPITEL NEUNZEHN

DER TOD DES SOHNES

7. NOVEMBER, 13 : 21 UHR
FAKULTÄT FÜR UMWELTTECHNIK, UNIVERSITÄT VON SICHUAN

Jeden Tag um elf Uhr bestellte Wu Qiong für den Professor das Mittagessen und brachte es ihm ins Büro, sobald es geliefert worden war. Meist las der Professor beim Essen – normalerweise eine wissenschaftliche Fachzeitschrift. Sie kehrte zu ihrem Schreibtisch zurück, und wenn das Telefon klingelte, wusste sie, dass der Professor seine Mahlzeit beendet hatte. Sie räumte die Reste des Mahls ab, während er den letzten Abschnitt seiner Mittagspause mit einem kurzen Nickerchen verbrachte.

Heute aber war alles anders. Wu hatte ihm um halb zwölf das Mittagessen gebracht und sich zurückgezogen. Als sie das nächste Mal von dem Stapel mit Bewerbungen aufsah, den sie soeben durchgesehen hatte, stellte sie fest, dass beinahe zwei Stunden ohne seinen üblichen kurzen Anruf vergangen waren.

Sie stand auf, ging zur Zwischentür und klopfte zweimal. Keine Reaktion.

Schlief er etwa noch? Es sah dem Professor zwar gar nicht ähnlich, zwei Stunden zu verschlafen, trotzdem schien ihr das die sinnvollste Erklärung zu sein.

Plötzlich kam ihr noch ein anderer Gedanke. Sollte der Professor beim Schlafen keine Jacke getragen haben, könnte er sich womöglich einen Schnupfen einfangen. Sorgenvoll drückte sie sanft die Tür auf und schlüpfte ins Zimmer.

Zu ihrer Überraschung schlief Professor Ding keineswegs. Und er arbeitete auch nicht. Er saß kerzengerade an seinem Schreibtisch und schien den Blick auf einen bestimmten Punkt an der Wand fixiert zu haben.

Wu machte mehrere vorsichtige Schritte auf den Professor zu. Da fiel ihr der ungeöffnete Behälter mit geräuchertem Tofu und gedünstetem Gemüse auf, der vor ihm auf dem Schreibtisch stand. Selbst die Einwegstäbchen befanden sich noch in ihrer Plastikfolie.

»Sie haben ja noch nichts gegessen, Herr Professor«, sagte sie, ihr Tonfall irgendwo zwischen Vorwurf und Sorge.

Ganz langsam richtete Ding seinen Blick auf die Sekretärin, als habe er sie bis jetzt nicht bemerkt. Er wirkte wie betäubt. Was immer ihn derart beschäftigte, hatte ihn eindeutig noch nicht losgelassen.

»Ich weiß, wie beschäftigt Sie sind, aber ein schnelles Mittagessen hätte doch sicher nicht zu viel Zeit verlangt.« Wu griff nach dem Behälter. Er war kalt. »Ich gehe eine Mikrowelle suchen.«

»Das ist nicht nötig«, sagte Ding leise. Er unternahm einen Versuch, sie mit einem Wink aus dem Büro zu entlassen, aber sein Arm löste sich kaum von der Tischplatte, ehe er wieder herabfiel.

»Stimmt etwas nicht? Fühlen Sie sich nicht gut, Herr Professor?«

Wu stellte den Behälter ab und kam um den Schreibtisch herum. Ding unternahm einen zweiten Versuch, den Arm zu heben. Seine Stimme klang wie knirschender Sand. »Alles gut. Sie können wieder ins Vorzimmer zurück.«

Mit wachsender Sorge legte sie ihm eine Hand an die Stirn. »Haben Sie Fieber?«

Ihre sanfte Berührung ließ Ding Zhen leicht erzittern. Er sah seine Sekretärin an, betrachtete ihre jungen, feinen Gesichtszüge. Sie war so nahe, dass er ihr Parfüm riechen konnte.

Ein urtümliches Verlangen kroch durch seinen Kopf. Er zuckte zusammen und entzog sich ihrer Berührung.

Bei seiner Reaktion trat große Trauer in ihren Blick. Sie seufzte, wandte sich ab und wollte zur Tür gehen, aber etwas hielt sie zurück. Sie drehte sich wieder zu Ding Zhen und schaute ihm fest in die Augen.

Im Schein der Nachmittagssonne sah sie etwas in seinen Augenwinkeln glitzern.

Wus Herz tat einen Satz. Es sah Professor Ding überhaupt nicht ähnlich, seine Gefühle so deutlich zu zeigen. Jahrelang hatte sie geglaubt, das Herz dieses Mannes sei zu keinerlei Regung fähig, solange es sich nicht um die Arbeit drehte. In den langen Stunden an ihrem Tisch im Vorzimmer hatte sie sich manchmal gar vorgestellt, wie ein mechanisches Herz in seiner Brust vor sich hin tickte, ein kalter Apparat, der es ihm verunmöglichte, ein Gefühl wie Zuneigung zu verspüren.

Jetzt aber wusste sie, dass er weinen konnte.

Kurz zögerte sie, dann nahm sie ihren Mut zusammen und sprach.

»Zhen, was ist los?«

Nie zuvor hatte sie ihn beim Vornamen genannt, aber der Anblick seiner Tränen hatte alle Hemmungen beiseitegewischt.

»Gehen Sie ins Vorzimmer zurück«, sagte er und brachte ein schmerzerfülltes Lächeln zustande. Noch immer glitzerten Tränen in seinen Augenwinkeln. »Sie können mir nicht helfen.«

Wu trat abermals einen Schritt auf ihn zu. Sie wischte ihm die Tränen ab und flüsterte: »Wenn ich dir nicht helfen kann, kann ich wenigstens bei dir bleiben. Ich weiß, dass du mich brauchst, auch wenn du es nicht sagst.«

Ding Zhen schloss die Augen, konnte seine Tränen aber nicht zurückhalten. Sie liefen über Wus zarte Finger und schimmerten in der Sonne. Die Sekretärin beugte sich vor und küsste seinen rechten Augenwinkel. Seine Tränen legten sich bitter auf ihre Zunge, aber das wachsende Gefühl in ihrem Herzen war süßer als alles, was sie je gekannt hatte.

Ding Zhen wehrte sich nicht. Im Gegenteil, er wandte ihr das Gesicht zu und trank den Duft ihres Parfüms. Sie roch nach Lilien und Honig. Plötzlich wallte ein übermächtiges Verlangen in ihm auf.

Es war ein rein animalischer Impuls, einer, den zu fühlen er sich viele Jahre verboten hatte. Mit stetig wachsendem Arbeitspensum hatte er die eigene Empfänglichkeit für diesen Sirenengesang abgestumpft, hatte eine Mauer aus Eis zwischen sich und solch lustvollen Gedanken errichtet.

Tief im Inneren hegte er durchaus Gefühle und wünschte sich gar, eines Tages wieder Liebe empfinden zu können. Aber er traute sich nie, diesen Weg zu beschreiten. Die alte

Furcht war sein ständiger Begleiter, jene Angst davor, sich selbst zu zerstören – und damit einmal mehr auch jemand anderen.

Heute jedoch hatte er endlich keine Konsequenzen zu fürchten.

Sein Leben würde bald genug frei von Konsequenzen sein.

Wu spürte, wie sich seine Stimmung veränderte. Ihre Lippen wanderten zu seinen Wangen, zu seinen Lippen. Seine Tränen waren an der Herbstluft abgekühlt und benetzten ihre Wangen, konnten aber die Leidenschaft nicht ertränken, die zwischen ihnen schwelte.

Irgendwann hörte Ding zu weinen auf. Da schmeckte er ihre Tränen.

Er wusste nicht, weshalb sie ebenfalls weinte.

»Du magst mich. Das ist eindeutig«, sagte sie mit halb erstickter Stimme. »Warum hast du mich dann all die Jahre so behandelt?«

Ding Zhen konnte nicht antworten. Stattdessen zog er sie ganz nahe an sich heran. Wu kniete auf dem Boden, und als sie den Kopf in seiner Umarmung vergrub, begann sie unkontrollierbar zu schluchzen.

Er drückte seine Nase an ihren Hals. Viel zu lange hatte er sich danach gesehnt, jemanden zu umarmen. Die Frau, die jetzt vor ihm kniete, war ihm öfter im Traum erschienen als jede andere.

In so vielen Träumen hatte er sie an sich gedrückt.

Aber das hier war kein Traum. Einen flüchtigen Augenblick lang fragte er sich, ob die Wirklichkeit tatsächlich besser sein konnte.

Ihr wohlgeformter Rücken bebte, ihre Brüste drückten sich durch die enge Kleidung an seine Knie. Ein neues

Gefühl erwuchs zwischen seinen Beinen. Wus Schluchzer versiegten, dann sah sie mit geröteten Augen zu ihm auf.

Dings Atem beschleunigte sich, und während er sie zu sich emporzog, bedeckte er ihren Nacken mit Küssen. Die andere Hand versank unter ihrem Pullover und begann, die weichen Rundungen zu erkunden.

Ein leises Stöhnen stahl sich über ihre Lippen. Sie reagierte begierig, legte die Hand zwischen seine Beine. Seine Hand legte sich um ihre Brust, ihre Finger suchten seine Gürtelschnalle. Sekunden später fiel der Gürtel zu Boden. Ihre Hand schlüpfte in seine Hose, und er ächzte vor Wonne.

»Gefalle ich dir?«, raunte sie ihm sanft ins Ohr.

Er konnte nicht antworten, nur nicken.

»Dann nimm mich«, sagte sie, trunken vor Verlangen. Sie riss sich den Pullover vom Leib. »Ich bin dein.«

Sie langte nach dem Verschluss ihres BHs, der ebenfalls zu Boden ging. Ding betrachtete den nackten Körper seiner Sekretärin. Ihre Haut war blass wie makellose Jade. Er atmete scharf ein. Alte Erinnerungen brachen über ihn herein, zu schnell, als dass er sie hätte kontrollieren können. Schmerzvolle Erinnerungen.

Es war irgendwann in der Mittelstufe gewesen. Er war wegen einer blutigen Nase früher nach Hause geschickt worden. Als er die Wohnungstür öffnete, sah er einen ähnlich blassen Hautton. Einen blassen Frauenkörper, halb zerdrückt unter einem verschwitzten Männerkörper. Die Leiber schienen miteinander zu verschwimmen. Das Bild war unauslöschlich in sein Hirn gebrannt.

Die Frau war seine Mutter, aber der Mann nicht sein Vater. Der kam nie so früh nach Hause.

Seine Erinnerung machte einen Satz nach vorn, als

habe jemand an dem Filmmaterial herumgeschnitten. Das Nächste, woran er sich erinnern konnte, war der panische Schrei seiner Mutter: »*Raus! Raus mit dir!*« Er dröhnte in seinen Ohren, ersetzte die Fleischeslust durch schmerzhafte Erniedrigung.

Wu Qiong fühlte den Professor erschlaffen. Sie sah ihn mit einer Mischung aus Betroffenheit und Enttäuschung an. »Was ist denn?«

Ding antwortete nicht. Jahre hart erkämpfter Würde brachen in Sekunden weg. Aus seiner Sicht war Würde die grundlegendste aller männlichen Eigenschaften. Er würde alles opfern, um sie zu beschützen. Selbst wenn das bedeutete, zehn lange Jahre ohne die Berührung einer Frau verbringen zu müssen.

»Dann bist du wohl doch kein echter Mann.«

Nie würde er diesen Satz vergessen, den die Frau zu ihm gesagt hatte, oder den arroganten, herablassenden Blick, der die Worte begleitet hatte. Vor zehn Jahren hatte dieser Gesichtsausdruck sein Herz wie ein Dolch in einer Winternacht getroffen, seine stolze Fassade in hundert schartige Fetzen gerissen. Dann war die Wut über ihn hereingebrochen. Er verabscheute diesen schneeweißen Leib. Er war die Verkörperung alles Bösen und Schlechten auf der Welt, verhöhnte ihn mit der Erinnerung an seine Erniedrigung.

Er warf sich auf den Leib und schloss die Hände um die Kehle, bis der Zorn ausgeblutet war. Als er endlich wieder zu sich kam, waren seine Hände mit Tränen und Rotz besudelt. Der beißende Gestank menschlicher Fäkalien erfüllte das Zimmer. Als er begriff, was er getan hatte, war es längst zu spät. Die Minuten vergingen, die Wärme wich aus ihrem Leib. Er musste dringend darüber nachdenken, wie er die

Spuren dessen verwischen konnte, was er gerade getan hatte ...

Seit dem Tag hatte Ding Zhen nie wieder einer Frau vertraut, nicht einmal einer ergebenen Verehrerin wie Wu Qiong. Er baute sein Herz zur uneinnehmbaren Festung aus, um seine Würde zu wahren – und um das blutige, zehn Jahre alte Geheimnis zu hüten.

Aber das Schicksal hatte andere Pläne. An diesem Tag war seine Festung gefallen, als er begriffen hatte, dass sein Geheimnis gelüftet war. Seine Leidenschaft, die er so viele Jahre unterdrückt hatte, war endlich neu entfacht. Und doch blieb der Schatten der Vergangenheit.

Was konnte er also sagen? Ding schloss die Augen und hoffte vergebens, er sei bloß in einen Albtraum geraten.

*

Abermals füllten sich Wu Qiongs Augen mit Tränen. Diesmal aber waren sie Ausdruck unsagbarer Qual.

»Du magst mich nicht?«, fragte sie mit zitternder Stimme.

»Nein«, sagte Ding kalt. »Ich verachte dich. Scher dich raus. Ich kann deinen Anblick nicht ertragen!«, heulte er.

Alles Blut wich aus ihrem Gesicht. Sie schaute ihm fest in die Augen, als wollte sie bis in seine Seele blicken. Sofort richtete der Professor den Blick zu Boden.

»Das glaube ich dir nicht«, sagte sie. Langsam und entschlossen kam sie ihm wieder näher. »Du magst mich sehr wohl. Warum lügst du mich an? Wovor hast du Angst?«

Ehe Ding antworten konnte, beugte Wu sich vor und legte die Lippen um das weiche Fleisch in seinem Schritt.

Hitze flammte durch seinen Körper, diesmal unwiderstehlich. Sein Denken setzte aus. All die Sünden und Erniedrigungen der Vergangenheit waren vergessen. Er fühlte sich wie neugeboren, ganz von nackter Lust umhüllt. Niemand konnte ihm je wieder wehtun.

Wu atmete schneller, als sie ihn in ihrem Mund wachsen fühlte. Jetzt besaß sie die Kontrolle. Sie wagte sogar zu hoffen, dass er sie nie wieder verlassen würde.

*

Ding Zhen und Wu lagen eng umschlungen auf dem Sofa in seinem Büro. Ganz langsam brachte sie der Klang des schrillenden Telefons aus dem Vorzimmer in die Realität zurück.

Wu stand vorsichtig auf und bedeckte sich mit den Händen. »Ich sollte drangehen«, sagte sie, auf einmal wieder schüchtern.

Ding nickte und sah ihr hinterher. Ihre Kleider lagen noch auf dem Boden. Von ihrem blassen Körper schien ein reines, wunderbares Leuchten auszugehen.

Einen Moment später war sie wieder da.

»Wer war es?« Ding musste all seine Kraft zusammennehmen, um diese Worte herauszupressen.

»Die Campussicherheit«, sagte sie beiläufig. »Wollten wissen, ob du im Büro bist. Ich habe gefragt, worum es geht, aber das wollten sie mir nicht verraten.«

Dings Miene durchlief einen raschen Wandel von Trauer, Schmerz und Verzweiflung. Ein scharfer Kontrast zu den Resten der Glückseligkeit in seinem Blick, die zunehmend verblassten. Wu, die sich hastig ankleidete, bemerkte nichts davon.

»Wu, magst du mein Essen bitte doch aufwärmen?«, sagte er. »Ich habe Hunger.«

»Na klar«, sagte sie mit einem neckischen Lächeln. »Weißt du, ich dachte irgendwann mal, du könntest monatelang ohne Essen auskommen. Ohne Gefühle.«

Er antwortete nicht. Sein Blick war fest auf die Frau gerichtet, voller Verlangen und Gier. Es war furchtbar lange her, dass er sich das letzte Mal solche Empfindungen gestattet hatte.

Wu errötete. Sie nahm das kalte Essen vom Tisch, ging zur Tür und drehte sich noch einmal um. »Ich gehe eben zur Küche in der Kantine und bin in einer Minute wieder da.« Dann war sie fort.

Es waren die letzten Worte, die sie je zu ihm sprach.

*

FÜNFZEHN MINUTEN SPÄTER

Nachdem Wu in der Kantine fertig war, kehrte sie zum Gebäude der Fakultät für Umwelttechnik zurück. Als sie um die Ecke bog, kam der vertraute graue Bau in Sicht, aber das war nicht alles. Sie blieb wie angewurzelt stehen. Beinahe rutschte ihr die Essensbox durch die Finger. Das Gebäude war von Polizeiautos umstellt, jeder Zugang von einer Gruppe uniformierter Beamter abgeriegelt.

»Was ist los?«, fragte sie zwei Studenten, die in der Nähe standen und zuschauten.

»Bin mir nicht sicher. Sieht aus, als ob die gekommen sind, um jemanden festzunehmen, aber der Typ steht da oben und will aus dem Fenster springen«, sagte der Größere der beiden. Er deutete in Richtung der oberen Stockwerke. »Sehen Sie ihn? Da oben im achten Stock?«

Wu schaute hinauf und sah die Gestalt auf einem Fenstersims im achten Stock stehen, derart weit vorgebeugt, dass ein starker Windstoß genügen müsste, ihn fortzuwehen.

Sie keuchte auf. Dings Mittagessen krachte zu Boden. Sie schlug sich durch die Menge und rannte auf den Eingang zu.

»Lassen Sie mich rein! Ich bin seine Sekretärin! Ich bin die Sekretärin dieses Mannes!«, schrie sie die Polizisten vor dem Eingang an.

*

Ding Zhen sah, wie Wu Qiong dem Gebäude entgegenrannte. Die fernste Andeutung eines Lächelns zog Risse durch die ausdruckslose Fassade seiner Mimik. Vielleicht war sie der Grund, weshalb er schon so lange hier draußen stand. Obwohl er nicht viel mehr als ihre Silhouette ausmachen konnte, war es beruhigend, sie zurückkehren zu sehen.

Im Nachhinein musste er feststellen, dass auch sie zu den großen Versäumnissen in seinem Leben gehörte. Warum hatte er sie all die Jahre ignoriert? Wie wäre wohl alles gekommen, hätte er sie früher beachtet?

Er blickte hinauf in die schillernde Sonne. Die blendende Scheibe malte funkelnde Figuren in seine Augen, als erblicke er das Tor zu einer anderen Welt.

»Lebewohl«, flüsterte er, zu sich und zu allen anderen. Mit einem kleinen Hüpfer verließ er den Fenstersims.

Einer nach dem anderen kapitulierten seine Sinne – bis auf das Hörvermögen. Einen Sekundenbruchteil, bevor sein

Leib den Boden berührte, brach der schmerzerfüllte Schrei einer Frau durch den brüllenden Wind.

»*Nein!*«

Der Moment schien ewig zu dauern. Er wünschte, doch noch ein Weilchen länger auf Erden bleiben zu können, nur um ihre Stimme zu hören.

*

Ding Zhen schlug auf dem Betonboden auf. Wu brach zusammen. Einige Polizisten liefen herbei und trugen sie zum Rand der Schaulustigen. Einer rief einen Krankenwagen, während ein anderer ihren Puls überprüfte.

Eine weitere Gruppe Polizisten scharte sich um die Leiche, angeführt von Hauptmann Pei. Er kniete sich nieder und untersuchte das blutige Gesicht, das halb am Boden zerschellt war. Trotz der erheblichen Zerstörungen, die der Sturz aus dem achten Stock angerichtet hatte, waren seine Gesichtszüge zweifelsfrei zu identifizieren.

»Er ist es«, sagte Pei. »Yin, sorgen Sie dafür, dass sämtliche Ein- und Ausgänge verriegelt bleiben. Ich will, dass das gesamte Gebäude auf den Kopf gestellt wird.«

»Jawohl, Sir«, sagte Yin und setzte sich mit ein paar Kollegen in Bewegung.

Währenddessen kniete ein Mann mittleren Alters vor der Leiche. Er betrachtete das zerstörte Gesicht mit glasigem Blick. Dann streckte er die Hand aus und zwickte den Druckpunkt zwischen Nase und Oberlippe.

»Was machen Sie da, Huang?«, zischte Pei.

Er hatte Huangs Miene bereits entnommen, dass etwas nicht stimmte, aber mit solchem Verhalten doch nicht gerechnet. Der ehemalige Hauptmann ignorierte Pei und packte Ding Zhen beim Kragen.

»Wach auf!«, krächzte er. »Wach auf, du Hund!«

Pei sah den nächststehenden Kollegen an. »Schaffen Sie ihn von der Leiche weg!«

Zwei jüngere Beamte packten Huang an den Armen und zogen ihn davon. Huang wand sich und wollte sich losreißen. »Was zur Hölle erlauben Sie sich? Loslassen!«

»Reißen Sie sich zusammen!«, bellte Pei.

Die scharfe Zurechtweisung des Hauptmanns schien Huang aus seinem Wutanfall aufzuschrecken. Er wehrte sich nicht länger gegen die Kollegen, seine manische Fratze erschlaffte allmählich. Tränen liefen ihm die Wangen hinab.

»Ich habe zehn Jahre darauf gewartet, ihn zu finden«, sagte er endlich. »Warum konnte er nicht noch einen Tag warten? Warum konnte er nicht von Angesicht zu Angesicht mit mir reden?«

Pei seufzte leise und legte ihm eine Hand auf die Schulter. Worte fand er nicht.

Im Lauf der folgenden Stunden durchsuchte die Polizei sehr gründlich jedes Stockwerk der Fakultät für Umwelttechnik. Sie schauten außerdem das Material der Überwachungskameras durch, konnten aber auch nach mehrfacher Wiederholung keine Spur von Eumenides entdecken.

Erst Stunden später machte Zeng eine unerwartete Entdeckung, als er die Chatverläufe auf Dings Laptop durchging. Er hatte sich mit einem Benutzer namens ›Eumenides‹ unterhalten.

Eumenides' erste Nachricht war um genau elf Uhr fünfunddreißig und 32 Sekunden eingegangen. Dings Terminkalender zufolge hatte er da gerade seine Mittagspause begonnen.

Die Unterhaltung war mit einer digitalen Todesanzeige eröffnet worden. Sie war so gut wie identisch mit der, die die Polizei am Morgen erhalten hatte, allerdings mit einer wichtigen Abweichung.

TODESANZEIGE

DER ANGEKLAGTE: Ding Zhen
VERBRECHEN: Mord
DATUM DER URTEILSVOLLSTRECKUNG: 7. November
HENKER: Eumenides

Mit wachsendem Herzklopfen las Zeng den Rest der Unterhaltung.

*

11:36

Ding Zhen: Eumenides?! WER SIND SIE?

Eumenides: Wichtig ist nicht, wer ich bin. Wichtig ist, was Sie getan haben.

11:39

Ding Zhen: Wollen Sie mir drohen? Ich rufe die Polizei.

Eumenides: Nicht nötig. Die werden bald genug von selbst kommen.

Ding Zhen: Was soll das heißen?

11:40

Eumenides: Wenn ich Sie aufspüren kann, kann die Polizei das auch.

11:41

Ding Zhen: Keine Ahnung, wovon Sie reden.

11:43
Eumenides: Am 20. Januar vor zehn Jahren haben Sie eine Studentin ermordet. Sie haben ihre Leiche zerstückelt und das größte Stück in den Jin geworfen, direkt hinter Ihrer Wohnung. Dann haben Sie die restlichen Stücke in der Stadt verteilt.

11:44
Eumenides: Kommt Ihnen die Geschichte bekannt vor?

11:47
Ding Zhen: Werden Sie mich töten?
Eumenides: Ja. Aber vielleicht sind Sie schlau genug, mir zuvorzukommen.
Ding Zhen: Das ist doch absurd!

11:50
Eumenides: Die Polizei wird Sie sehr bald besuchen. Die haben den Tütenmann-Fall wieder aufgerollt und sicher ein besonderes Interesse an Ihnen. Lustiger Name, oder? Tütenmann?

11:53
Eumenides: Sobald die ersten Anschuldigungen laut werden, wird sich die Presse auf Sie stürzen wie Fliegen auf einen fauligen Kadaver. Ihr Verbrechen wird Ihnen viel mehr Ruhm verschaffen, als es Ihre akademischen Lorbeeren je vermocht hätten. Sie werden sich Fotos des Mädchens anschauen müssen, das Sie getötet haben. Ihr Schädel und die Knochen, welche die Polizei aus dem Fluss fischt, werden als Beweis für Ihre Schuld vor Ihnen liegen. Ich verspreche Ihnen – wenn der Zeitpunkt kommt, werden Sie alles bereuen. Mehr noch, Sie werden bereuen, nicht den leichteren Ausweg gewählt zu haben, als das noch möglich war.

11:56

Eumenides: Später am heutigen Tag wird die Polizei Ihre Wohnung von oben bis unten durchsuchen. Wenn sie auch nur den kleinsten Rückstand eines Tropfens vom Blut dieses Mädchens an Ihrer Wand oder zwischen Ihren Dielen finden, ist alles aus. Ach, und vergessen Sie nicht den Koffer und die Plastiktüten, in denen Sie die Teile des Mädchens bei Ihrem wilden Ritt durch Chengdu transportiert haben. Und ihre Kleidung. Die Polizei hat sie in den letzten zehn Jahren wie wertvolle Antiquitäten gehütet, immer in der Hoffnung, doch noch einen winzigen Hinweis zu finden, der ihnen zuvor entgangen ist.

11:58

Eumenides: Vielleicht ist es ein DNA-Test oder eine einzige Schuppe von Ihrer Kopfhaut oder eine Stofffaser, die mit irgendetwas in Ihrer Wohnung übereinstimmt. Was für einen Hinweis sie auch finden, die Polizei wird weder Kosten noch Mühen scheuen, ihn mit der modernsten Technik zu Ihnen zurückzuverfolgen. Und natürlich werden sie nicht davor zurückschrecken, auch Verhörmethoden anzuwenden, die Sie sich nicht einmal träumen lassen.

12:01

Eumenides: Sollten Sie mit einer unbeschreiblichen Portion Glück gesegnet sein und obendrein wesentlich willensstärker, als ich glaube, könnten Sie am Ende dieses Martyriums als freier Mann dastehen. Der Gerechtigkeit aber werden Sie nicht entrinnen. Sie wissen nicht, wer ich wirklich bin, aber Sie haben sicher von Eumenides gehört. Am Ende wird das Versprechen, das auf dieser Todesanzeige steht, eingelöst sein. Es ist nur eine Frage der Zeit.

12:03

Eumenides: Ich weiß durchaus, dass dies keine leichte Entscheidung ist, aber viel Zeit bleibt Ihnen nicht mehr. Sobald die Polizei Sie festgenommen hat, liegt die Entscheidung nicht länger in Ihrer Hand.

*

Auch auf Eumenides' letzte Nachricht hatte Ding Zhen nicht geantwortet. Überhaupt war die zweite Hälfte des Chats eher ein Monolog von Eumenides gewesen, wie Zeng feststellte. Ding hatte so gut wie nichts geschrieben.

Eilig zeigte Zeng Pei die Daten aus dem Laptop, und Pei las gründlich.

»Das war es also?«, sagte er dann. »Ich hätte auch nicht erwartet, dass Ding allzu redselig ist. Er muss sich viel zu viele Gedanken gemacht haben.«

Das Material der Überwachungskameras bestätigte das Timing von Dings endgültiger Entscheidung. Als das erste Polizeifahrzeug vor dem Gebäude zum Stehen kam, stand er bereits auf dem Fenstersims.

»Können wir die IP-Adresse zu einer analogen zurückverfolgen?«, fragte Pei und zeigte auf Eumenides' Benutzerkonto.

»Kein Problem.«

Zengs Finger klickten über die Tastatur. Ein paar Sekunden später tauchte ein Eingabefenster auf dem Bildschirm auf.

»Die IP-Adresse ist diesem Ort zugewiesen«, sagte Zeng und zuckte mit den Schultern. »Aber sie nachzuverfolgen, wird uns nicht weiterhelfen.«

»Mir egal. Tun Sie's trotzdem. Wir dürfen keine Gelegenheit ungenutzt lassen, wie unwahrscheinlich sie auch erscheinen mag.«

Zeng erhob sich. »Natürlich, Boss«, sagte er und verließ das Zimmer.

Zeng hatte den Laptop auf dem Tisch stehen lassen. Pei blieb allein zurück. Er widmete sich weiter dem Gerät, das noch immer am Netz hing, und rief das Chatfenster auf.

Er tippte eine kurze Nachricht und drückte auf Enter.

»*Sind Sie noch da?*«

Keine zehn Sekunden später blinkte eine Antwort auf dem Schirm.

»*Wer ist da?*«

Der Hauptmann atmete schneller. »*Pei Tao.*«

Diesmal folgte eine längere Pause, ehe er eine Antwort bekam.

*

Eumenides: Respekt. Ich habe drei Tage gebraucht, um herauszufinden, dass er es war.

Pei Tao: Ding Zhen ist tot. Die Sache passt irgendwie gar nicht zu Ihrem sonstigen Stil.

Eumenides: ???

Pei Tao: Er hat sich umgebracht. Er ist nicht durch Ihre Hand gestorben. Streng genommen hätte Ihr Name nicht als Henker auf der Todesanzeige stehen dürfen.

Eumenides: Welcher Name hat mehr Gewicht – die Person, die Dings Leben physisch beendet hat, oder die Person, die ihn zu der Tat getrieben hat? Mein Ziel ist, dafür zu sorgen, dass diese Verbrecher ihre gerechte Strafe erhalten. Nicht mehr und nicht weniger. Im Grunde ist es umso besser, dass ich keine Gewalt anwenden musste. Würde die Polizei anständige Arbeit leisten, müsste ich meine Todesanzeigen gar nicht verschicken.

Pei Tao: Wenn Sie keine Gewalt mögen, warum suchen Sie sich dann keinen anderen Weg, um Probleme zu lösen?

Eumenides: In vielen Fällen ist Gewalt das nötige Mittel.

Pei Tao: Gewalt ist ein zweischneidiges Schwert. Das können Sie sicher persönlich bestätigen.

*

Eine halbe Minute verstrich ohne Antwort. Langsam machte Pei sich Sorgen. Er wusste, er musste das Gespräch so lange wie möglich fortsetzen, um vielleicht doch irgendwelche Informationen zu gewinnen. Wie konnte er den Mörder weiter ködern? Er beugte sich vor und nahm die erste Idee, die ihm in den Kopf kam.

*

Pei Tao: Ich habe das Mädchen schon kennengelernt.

Eumenides: ...

Pei Tao: Sie wissen, von wem ich rede, oder? Ich an Ihrer Stelle würde aufgeben.

Eumenides: Die Dinge sind längst in Bewegung. Was würde Aufgeben noch ändern?

Pei Tao: Was geschehen ist, können Sie nicht mehr ändern, aber es ist nie zu spät für Läuterung.

Eumenides: Wieso erzählen Sie mir das?

Pei Tao: Weil ich sehen kann, dass Sie geläutert werden wollen.

Eumenides: Wovon genau reden Sie? Was ist mit dem Mädchen?
Pei Tao: Sie beobachten sie. Beschützen sie. Sie ist ein Fenster in Ihre Seele. Wenn Sie noch einmal ganz von vorn anfangen könnten, würden Sie Zheng Haoming nicht töten, oder?
Eumenides: Sie irren sich.
Pei Tao: Warum? Warum würden Sie jemanden töten, der nichts verbrochen hat?
Eumenides: Wir stehen auf gegenüberliegenden Seiten. Nur einer von uns kann überleben. Ich musste einen Feind töten, um meinen Glauben an mich selbst zu festigen. Nur so konnte ich sicherstellen, bei der nächsten Begegnung mit der Polizei nicht zu zögern. Es gibt ein Sprichwort, das Yuan oft zitiert hat. Ich bin überzeugt, dass Sie es ebenfalls kennen: »Gnade für den Feind ist Grausamkeit gegen sich selbst.«
Pei Tao: Es gibt noch eine Frage, die ich Ihnen stellen möchte, und ich will eine ehrliche Antwort.
Eumenides: Erst die Frage.
Pei Tao: Hat der Mord an Zheng Sie wirklich stärker gemacht, um den nächsten Polizisten, Ihren angeblich so bösen Feind, ebenfalls zu töten?
Pei Tao: Nun?
Pei Tao: Das waren jetzt zwei Minuten. Warum dauert das so lange?
Pei Tao: Yuans Theorie war falsch, oder? Zheng zu töten hat keineswegs Ihre Entschlossenheit gefestigt, sondern Sie nur tiefer in Schuldgefühle und Zweifel gestürzt. Warum sonst hätten Sie dieses Mädchen aufsuchen sollen? Geben Sie es zu. Sie werden von Schuld getrieben.

Eumenides: Wie amüsant. Sie projizieren Ihre eigenen Vorstellungen auf mich.

Pei Tao: Yuan ist es, der seine Vorstellungen auf Sie projiziert hat. Er hat Sie dazu gebracht, Zheng zu töten. Er hat Sie jahrelanger Gehirnwäsche unterzogen, bis Sie geglaubt haben, die Polizei sei der Feind. Er hat Ihnen sogar den berüchtigten Spitznamen gegeben, den Sie immer noch benutzen. Haben Sie sich nie gefragt, warum Yuan von Ihnen erwartet hat, all das kritiklos zu akzeptieren? Haben Sie sich nie gefragt, warum Sie zu Eumenides werden mussten? Tief im Inneren müssen Sie doch wissen, dass Sie lediglich die kranken Träume eines anderen ausleben.

Eumenides: Er hat mir ein neues Leben geschenkt. Wie hätte ich mich ihm verweigern können, nach allem, was er für mich getan hat?

Pei Tao: Glauben Sie im Ernst, dass Yuan einfach nur großzügig war? Dass er ohne Hintergedanken gehandelt hat?

Eumenides: Es reicht.

Pei Tao: Sie wissen, dass Yuan Ihren Vater getötet hat. Die Lage in der Wohnung war längst unter Kontrolle, aber er hat trotzdem geschossen. Warum? Haben Sie sich diese Frage nicht längst selbst gestellt?

Eumenides: Es reicht! Ich muss Ihre Lügen nicht über mich ergehen lassen. Ich werde die Wahrheit selbst herausfinden, ohne Ihre Hilfe.

Pei Tao: Na schön. Vielleicht wird die Wahrheit Sie stärker verändern, als Sie es für möglich halten.

Eumenides: Was sollte sie ändern? Ich bin längst ein Mörder.

Pei Tao: Es kommt nicht darauf an, was Sie längst sind. Jeder hat eine Zukunft.

Eumenides: Sie sind der Leiter der Einsatzgruppe 18/4. Ich bin ein gesuchter Mörder. Müssen wir uns wirklich über die Zukunft unterhalten?

Pei Tao: Meine Anstellung als Leiter der Sondereinheit ist nur befristet. Wenn genug Zeit ohne einen weiteren Mord vergeht, schickt man mich nach Longzhou zurück.

Eumenides: Sie würden Ihrer Pflicht den Rücken kehren?

Pei Tao: Es ist nicht meine Pflicht, Rache zu nehmen. Meine Pflicht besteht darin, dafür zu sorgen, dass keine Verbrechen geschehen. Ich habe also zwei Optionen: Wenn Sie weiter morden, finde ich Sie und nehme Sie fest. Wenn Sie verschwinden und man nie wieder etwas von Ihnen hört, ist die Sache erledigt. Ehrlich gesagt, würde ich mich ohne jegliches Zögern für Letzteres entscheiden. Sollten Sie wirklich für Ihre Verbrechen sühnen wollen, erweitern sich meine Möglichkeiten um ein paar interessante Aspekte.

Eumenides: Solange ich weiter töte, hören Sie nicht auf, nach mir zu suchen. Korrekt?

Pei Tao: Korrekt. Noch können Sie sich entscheiden, aber sobald Sie den nächsten Mord begehen, sind alle anderen Möglichkeiten vom Tisch. Ich gebe Ihnen bis Monatsende Zeit.

*

Natürlich hatte Pei Tao diese Deadline nicht willkürlich gesetzt. Es war das Ende des Zeitrahmens, auf den Eumenides seine Todesanzeige für Du Mingqiang eingegrenzt hatte.

*

DREI TAGE SPÄTER
10. NOVEMBER, 09:27 UHR

Es war noch früh am Tag und die Straße vor dem Bestattungsinstitut breit und eben. Trotzdem war das Verkehrsaufkommen gering. Die meisten Leute nahmen lieber den Umweg entlang der Rückseite des Gebäudes.

Rund ein Dutzend Händler hatten ihre Stände vor dem Bestattungsinstitut aufgestellt. Sie boten Blumen, Höllengeld und Kerzen feil – allesamt traditionelle Produkte des chinesischen Ahnenkults.

»Mein Herr, wollen Sie nicht ein paar Blumen kaufen, bevor Sie hineingehen?«

»Höllengeld! Günstig, sehr preiswert!«

Aus einer nahenden Gruppe Trauernder löste sich ein älterer Herr. Sein Gesicht war eingefallen, Haare und Bart grau gefleckt; er schien die Siebzig überschritten zu haben. Nachdem er die Händler einen Moment betrachtet hatte, trat er an einen Blumenstand heran.

Der Verkäufer war klein und noch recht jung. Weder seine billigen Kleider noch sein fettiges Haar schienen in der letzten Woche eine Wäsche genossen zu haben. Beim Anblick eines möglichen Kunden nahm er stramme Haltung an.

»Wie kann ich Ihnen dienen, mein Herr?«

Der alte Mann ignorierte die Waren des Händlers. »Wo ist Ihr Hauptmann?«

Der Händler blinzelte verdutzt. Er sah zu den anderen Händlern hinüber, dann wieder den älteren Herrn an. »Wovon reden Sie? Wir sind nur ein Haufen Straßenhändler. Wir haben keinen Hauptmann.«

»Schluss mit dem Theater«, sagte der Alte und schüttelte ungehalten den Kopf. »Sie sind bei der Kriminalpolizei. Genauso der junge Mann, der mit mir aus dem Bus gestiegen ist. Der mit der grünen Jacke.«

Der Blick des Händlers jagte nach links, nach rechts. Er setzte ein gezwungenes Lächeln auf. »Tut mir leid, der Herr. Sie müssen mich mit jemandem verwechseln.«

Mit einem langen, frustrierten Seufzer streckte der alte Herr die rechte Hand aus und packte den Händler am fettigen Haar oberhalb der Schläfe. Der Händler riss den Kopf zurück, aber der ergraute Herr ließ nicht los. Etwas blitzte vor den Augen des jungen Mannes auf, und er spürte einen Luftzug im Gesicht. Als er wieder klar sehen konnte, entdeckte er, dass der andere ein drahtloses Mikrofon zwischen den Fingern hielt.

Der Händler starrte sein Mikrofon an, dann das Gesicht des Mannes, der es festhielt. *Das war aber nicht Teil der Einsatzbesprechung,* dachte er.

»Rufen Sie Ihren Hauptmann her. Ich möchte mit ihm reden.«

Er legte das Mikrofon auf die Theke und ging. Der junge Mann ließ das Gerät hastig verschwinden. Er spürte die Blicke der anderen Händler.

Der ältere Herr betrat das Bestattungsinstitut und begab sich direkt in die Trauerhalle im Westflügel. Mehrere Angestellte des Bestattungsinstituts waren anwesend, alle anscheinend in ihre Arbeit vertieft. Der Herr blieb im Eingang stehen und suchte sich einen der Männer aus, die das Wappen des Instituts auf dem Hemd trugen. Dieser Mann Mitte zwanzig war durchaus unauffälliger als der »Händler« draußen, trotzdem fiel der steife Gang sofort auf. Es machte einen entscheidenden Unterschied, ob man sich in einer Umgebung wohlfühlte – oder das nur vorgab.

Nach einem zweiten Blick durch die Halle trat der ältere Herr ein. Im Zentrum des Raumes stand ein gläserner Sarg. Neben dem Sarg weinte lautlos eine alte Frau. Er ging hinüber, legte eine Hand auf den durchsichtigen Sargdeckel und beugte sich vor, um den Toten zu betrachten.

Die Frau sah auf. Beim Anblick des älteren Herrn verwandelte sich ihre Trauer augenblicklich in Hass.

»Du bist also endlich gekommen«, sagte sie heiser. »Und ich hatte so gehofft, dich nie wieder sehen zu müssen.«

Langsam glitt seine Hand den Sargdeckel entlang, als könnte er das Gesicht des Mannes spüren, der dort lag. »Er ist mein Sohn. Natürlich bin ich gekommen.«

»Deine gespielte Zuneigung kannst du dir sparen. Wann hättest du dich je für ihn interessiert? Wärst du ein echter Vater gewesen, müssten wir ihn jetzt nicht beerdigen.«

Der Mann erstarrte. »Glaubst du, unser Sohn hat uns erst jetzt verlassen? Sein Herz lag schon viele Jahre in diesem Sarg.«

»Machst du mir immer noch Vorwürfe? Glaubst du im Ernst, das war meine Schuld?«, fauchte sie.

Er seufzte und senkte den Kopf. Seine Augen schlossen sich.

Sie ignorierte ihn und betrachtete den Leichnam ihres Sohnes. Dann beugte sie sich vor und legte die Arme um den Sarg. Ihr Körper wurde von langen Schluchzern erschüttert.

Der Blick des älteren Herrn wurde glasig, aber keine Träne fiel. Plötzlich glaubte er etwas zu spüren. Mit einem Ruck fuhr er herum und starrte in Richtung Eingang.

Vor der Doppeltür standen ein Mann und eine Frau. Ihren

Mienen war zu entnehmen, dass sie es bereuten, die Halle betreten zu haben. Der Mann schwieg, aber sein Blick sagte mehr als genug. Die Frau, die eine gute Dekade jünger sein musste, stand dicht hinter ihm.

»Sind das Ihre Leute?«, fragte der ältere Herr, als sie sich genähert hatten.

»Sind sie. Ich bin der neue Hauptmann der Kriminalpolizei. Pei Tao. Die Postierung meiner Leute hier sollte keineswegs respektlos wirken. Es ging mir nur um Ihre Sicherheit.«

»Pei Tao?« Im Blick des älteren Herrn blitzte etwas auf. Er sah auf die Leiche im Sarg hinab. »Sie haben ihn gefunden, nicht wahr?«

»Ich bin zu spät gekommen. Jemand anders hatte ihn vor mir gefunden.«

»Wie meinen Sie das?«

»Eumenides. Der Serienmörder. Ich nehme an, Sie haben die Nachrichten über ihn verfolgt?«

Der ältere Herr rümpfte die Nase. »Yuan Zhibang? In den Nachrichten hieß es, er sei bei der Explosion ums Leben gekommen.«

»Yuan ist tot, aber Eumenides nicht. Er hatte sich vor langer Zeit einen Erben erwählt, der seinen Namen weitertragen sollte.« Während er sprach, betrachtete Pei aufmerksam das Gesicht des älteren Herrn, um Anzeichen von Überraschung oder Verblüffung zu registrieren.

»Einen Erben.« Der Mann blinzelte stumm. Dann schüttelte er dezent den Kopf. »Klingt einleuchtend, wenn man bedenkt, was Yuan für ein Mensch war.«

»Wissen Sie, wen Yuan sich ausgesucht hat?«, hakte Pei nach.

Der ältere Herr starrte ihm fest in die Augen. Ganz langsam brach ein Ausdruck des Begreifens über seine verwitterten Gesichtszüge herein.

»Jetzt ja«, sagte er leise. »Aber nur, weil Sie es mir gerade verraten haben.«

Pei verlagerte unbehaglich das Gewicht von einem Bein aufs andere. Hinter ihm stand Mu und beobachtete sie wortlos. Pei hatte Angst davor gehabt, diesen Mann zu treffen, und endlich verstand sie, warum. Der Hauptmann war für ihn wie ein offenes Buch.

»Er versucht, den wahren Grund für den Tod seines Vaters herauszufinden, richtig? Deswegen haben Sie nach meinem Sohn gesucht.« Er atmete fast zögernd aus. »Welcher Vater würde nicht von seinem kürzlich verstorbenen Sohn Abschied nehmen wollen?«

Pei nickte stumm. Er hatte für diesen Tag geplant, als er sämtliche großen Zeitungen der Stadt anwies, Dus neuen Artikel über Ding Zhens Tod abzudrucken. Er hatte aber nicht gewusst, was von einem Treffen mit diesem Mann tatsächlich zu erwarten war.

»Eumenides hat Ihren Sohn übers Internet kontaktiert und damit gedroht, sein Verbrechen öffentlich zu machen. Diese Drohung hat Ihren Sohn dazu bewegt, sich das Leben zu nehmen. Das ist der eigentliche Grund für seinen Sprung.«

»Sie brauchen mir das nicht zu erklären. Ich will niemanden für seinen Tod verantwortlich machen. Eigentlich bin ich selbst der Einzige, der zur Rechenschaft gezogen werden sollte.« Ding Ke schloss abermals die Augen und stützte sich mit beiden Händen auf dem gläsernen Sargdeckel ab.

Pei und Mu sahen einander betreten an, dann wandte Pei sich wieder an Ding Ke.

»Es war nicht meine Absicht, Sie heute zu belästigen, mein Herr. Ich musste meine Leute aufstellen, um Sie zu beschützen. Der Mörder sucht dringender als je zuvor nach Ihnen, und wir müssen dafür sorgen, dass Sie in Sicherheit sind.«

»Ich kann auf mich selbst aufpassen. Ein paar zusätzliche Beamte, die mich beobachten, werden nichts ändern. Heute ist der Tag, an dem ich mich von meinem Sohn verabschiede, und ich wünsche nicht weiter gestört zu werden.«

»Ich verstehe«, sagte Pei.

»Wie wäre es mit folgendem Vorschlag?«, sagte Mu einen Moment später. »Wir lassen eine einzige Wache hier im Saal, der Rest wird draußen postiert. Und diese eine Wache wird jemand sein, den Sie sehr gut kennen. Er sollte also keine Störung darstellen.«

»Ich gehe davon aus, dass Sie von Huang Jieyuan reden«, sagte Ding Ke trocken.

Mu nickte.

»Von mir aus«, sagte Ding Ke.

Wieder betrachtete er das bleiche, ausdruckslose Gesicht seines Sohnes. Die Maskenbildner des Bestattungsinstituts hatten ganze Arbeit geleistet, die Folgen seines Sturzes aus dem achten Stock zu kaschieren, dachte er. Dem ungeschulten Auge wäre nichts aufgefallen.

»Sobald ich von meinem Sohn Abschied genommen habe, sage ich Ihnen, was Sie wissen wollen.«

KAPITEL ZWANZIG

DING KE

11. NOVEMBER, 16:00 UHR
DING KES HAUS

Bis auf Liu Song, der noch immer über Du Mingqiang wachte, hatten sich die Mitglieder der Sondereinheit 18/4 um einen Tisch auf der Terrasse versammelt. Huang Jieyuan war als vorläufiges neues Mitglied ebenfalls zugegen. Das bescheidene Landhaus lag ein Stück außerhalb der Stadt.
Sie waren bei Ding Ke daheim.
»Hauptmann Ding, ist Ihnen heute irgendetwas außer der Reihe aufgefallen?«, fragte Mu.
»Sie reden von diesem Mörder? Der ist nicht hinter mir her. Warum sollte er, so lückenlos, wie Sie mich bewachen? Frau Mu, Huang hat mir von Ihrer Analyse des 12/1er-Falls erzählt. Ich muss sagen, ich bewundere Ihren psychologischen Ansatz. Ihr Profil meines Sohnes war bemerkenswert präzise.«
Mu nickte betreten. Innerlich platzte sie vor Stolz, von jemandem wie Ding Ke derart gelobt zu werden. In Anbetracht der Umstände beschloss sie aber, sich nichts anmerken zu lassen.

»Meine Frau hat mich vor über zwanzig Jahren verlassen. Ich kann es ihr nicht verübeln. Ich war immer bis über beide Ohren in irgendeinen Fall vertieft und habe mich so gut wie gar nicht um das Wohlergehen meiner Familie gekümmert. Welche Frau würde solch einen Mann nicht verlassen? Leider ist Ding Zhen in jungen Jahren ins Zimmer geplatzt, als meine Frau eine Affäre hatte. Sie hat ihn zu einer ganzen Reihe von Beratern und Psychologen geschickt, aber ihm war nicht zu helfen. Was er an jenem Tag gesehen hat, hat ihn tief traumatisiert. Als er älter war, hat er sich jeglicher Beziehung verweigert. Dieser Aspekt seines Lebens war ihm auf ewig genommen, dank dieses einen Tages.«

Mu quittierte die Enthüllung mit einem stummen Nicken. *Das also war der Ursprung seines versteckten Insuffizienzgefühls,* dachte sie.

»Bis gestern habe ich nichts von alldem gewusst«, sagte Ding Ke und seufzte. »Ich habe mich nur immer gewundert. Mein Sohn war klug, erfolgreich, sah gut aus. Warum findet er keine Freundin? Irgendwann bin ich sogar etwas nervös geworden; er war immerhin mein einziges Kind. Also habe ich ihn dazu gedrängt, eine Frau zu finden und eine Familie zu gründen. Aber vor zehn Jahren konnte er den Druck nicht länger ertragen. Er ...«

»Schon gut, Hauptmann«, unterbrach Mu ihn sanft. »Sie brauchen den Rest nicht auszusprechen.«

Ding Ke ließ den Kopf hängen. »Begreifen Sie nicht? Ich bin es, der eigentlich für diesen grausigen Mord verantwortlich war. Deswegen bin ich vor zehn Jahren verschwunden.«

Seine bodenlose Trauer war so deutlich, dass Mu den Blick abwenden musste. Selbst mit ihrem professionellen

Hintergrund konnte sie sich kaum ausmalen, welch erdrückende Schuldgefühle diesen Mann quälen mussten.

»Aber davon, mich über mein Versagen als Vater lamentieren zu hören, haben Sie auch nichts«, sagte Ding Ke endlich. »Hauptmann Pei, sagen Sie mir, warum Sie hier sind. Ist es wegen der Geiselnahme?«

Pei nickte ernst. »Da gibt es eine Sache, die ich wissen muss. Haben wir noch eine Chance, Wen Chengyu aufzuhalten?«

Ding Ke starrte in den wolkenlosen Himmel. »Als Sie mir gestern verraten haben, dass Yuan einen Erben für seine Rolle als Eumenides gefunden hatte, war er der Erste, an den ich dachte. Und um ehrlich zu sein, hätte ich alles, was jetzt passiert, vor langer Zeit verhindern können, aber ich habe ihn ignoriert. Ich habe beileibe nicht damit gerechnet, dass er achtzehn Jahre untertaucht und einen neuen Eumenides ausbildet.«

Pei zog eine Braue hoch. »Wollen Sie damit andeuten, Sie hätten vor achtzehn Jahren gewusst, dass Yuan Zhibang Eumenides war?«

Ding Ke nickte. »Ich bin vor der Explosion im Lagerhaus in den Ruhestand gewechselt, aber so einen Fall konnte ich schlecht ignorieren, oder? Ich war in Ihrer Wohnung im Studentenwohnheim und habe Ihre Zeugenaussage für die Polizei gelesen. Diese zweiminütige Diskrepanz, die Sie damals erwähnten – die ist bei mir hängen geblieben. Und hat mir schließlich geholfen zu begreifen, wie Yuan dieses Verbrechen durchziehen konnte. Sobald ich das verstanden hatte, wusste ich, wer Eumenides war. Aber Yuan war durch die Explosion zum Krüppel geworden, also bin ich davon ausgegangen, dass sich seine verrückten Pläne damit erledigt hatten. Und was seine plötzliche Verwandlung zum Mörder angeht – ich konnte es nicht ertragen, das genauer zu untersuchen. Sie müssen verstehen, wir beide hatten eine persönliche Verbindung.«

Pei sah ihn mit großen Augen an.

»Ursache und Wirkung«, sagte Ding. »Das eine Prinzip, das alles auf der Welt miteinander verbindet. Ich wollte in Ruhestand gehen, also habe ich angefangen, nach einem Nachfolger zu suchen. Können Sie sich denken, wer meine erste Wahl war?«

Pei hatte einen Namen im Kopf, zögerte aber, ihn auszusprechen.

»Einer der besten Studenten, die die Akademie je hervorgebracht hat. Pei Tao.«

»Was?«, sagte Pei verdattert.

Ding betrachtete ihn aufmerksam. »Ausgeglichen, aufgeweckt, ein großartiges Auge für Details. Genau die Sorte Student, die einen hervorragenden Kriminalbeamten abgeben würde.«

»Warum haben Sie ihn nicht genommen, wenn er Ihre erste Wahl war?«, fragte Zeng.

»Leider fielen mir bald einige Makel an Peis Akte auf. Allen voran der, dass er es war, der die Figur namens Eumenides erfand.«

Dings Blick nagelte ihn fest. Der Leiter der Einsatzgruppe schloss die Augen und atmete langsam aus.

»Aber das war nur ein Wettstreit zwischen ihm und seiner damaligen Freundin Meng Yun«, sagte Mu mit Nachdruck. »Schlimmstenfalls ein wohlmeinender Streich. Unter keinen Umständen würde ich das als ›Makel‹ in seiner Akte ansehen.«

»Die Person, die ich auswählen musste, würde über Jahre zum Rückgrat der Polizei von Chengdu werden. Ich konnte es mir nicht leisten, auch nur den kleinsten Verstoß zu übersehen.« Ding Ke klang wie ein Professor, der eine Studentin maßregelte. »Und zufälligerweise hatte ich auch noch jemand anderen im Kopf. Ebenfalls ein hervorragender Student. Es ist mir anfangs wirklich schwergefallen, mich für einen der beiden zu entscheiden. Erst durch Peis Streiche konnte ich meine endgültige Entscheidung ohne große Probleme treffen.«

»Yuan Zhibang«, sagte Mu. »Ich kann mir denken, wie sehr Sie die Entscheidung im Nachhinein bereuen müssen.«

Ding Ke schüttelte auf der Stelle den Kopf. »Ich betrachte das nicht als Fehler. Yuan und Pei waren mehr als qualifiziert für den Posten und beide auf ihre Art einzigartig. Pei war eher introvertiert, ein ruhiger und stetiger Geist. Hätte ich ihn genommen, hätte er sich gleichmäßig entwickelt und zu jedem Zeitpunkt verlässliche Leistungen abgeliefert. Bei Yuan wäre das ganz anders gewesen. Er war extrovertiert und mitunter geradezu erschreckend impulsiv. Bei ihm ging es mir eher um das kurzfristige Potenzial.« Ding Ke musterte erst Pei, dann Mu.

»Wenn ich Yuans Verwandlung auf einen konkreten Umstand zurückverfolgen müsste, könnte ich sie wahrscheinlich mit einem einzigen Wort erklären.«

»Das Sie uns bestimmt verraten werden?«, fragte Zeng sarkastisch.

Ding Ke legte die Stirn in Falten. »Schicksal.«

Pei starrte ihn wortlos an.

»Schicksal«, wiederholte Ding und starrte seinerseits Pei an. »Sie, ich, Wen Hongbing, sogar Wen Hongbings Sohn –

wir sind alle miteinander verbunden. Schwer zu sagen, wer welche Fehler begangen hat, aber diese Faktoren haben sich irgendwie miteinander verbunden und den Katalysator für Yuans Verwandlung gebildet. All das mag ganz einfach Yuans Schicksal gewesen sein, eine Reihe unausweichlicher Ereignisse außerhalb der Kontrolle irgendeiner Einzelperson.«

»Wie soll Wen Hongbings Sohn Yuan beeinflusst haben können?«, fragte Zeng. »Es war doch Yuan, der das ganze Leben dieses Kindes beeinflusst hat.«

Ding Ke stockte einen Moment und holte tief Luft. »Während der Geiselnahme hatten wir die Situation in der Wohnung unter Kontrolle gebracht. Aber dann hat der Junge etwas gesagt, und das – es hat Wen *getriggert*.«

»Was hat er gesagt?«, fragte Mu aufgeregt.

»Ich habe es über Funk gehört. Er hat gefragt: ›Papa, hast du mir schon eine Geburtstagstorte gekauft?‹«

Pei wartete darauf, dass Dig Ke fortfuhr, aber mehr sagte er nicht.

»Das war alles?«, fragte Pei erstaunt.

»Das war alles«, sagte Ding und nickte. »Vielleicht ist Ihnen das nicht klar, aber dieser dreißigste Januar war zufällig Wen Chengyus Geburtstag, und Wen Hongbing hatte hoch und heilig versprochen, seinem Sohn eine besonders dicke Torte zu schenken. Nur war er dank der schweren Krankheit seiner Frau längst bettelarm. Als der Geburtstag seines Sohnes vor der Tür stand, war Wen Hongbing im Prinzip am Ende. Er hatte nicht einmal mehr Kleingeld übrig. Genau wegen dieser Lage sah er sich dazu gezwungen, Chen Tianqiao zu entführen, in einem verzweifelten Versuch, dem Mann sein eigenes hart verdientes Geld wieder abzupressen.«

»Verstehe«, sagte Mu. »Yuan hat Wen Hongbings Liebe zu seinem Sohn genutzt, um ihn an dessen Zukunft denken zu lassen. Aber sobald der Sohn diese Worte gesagt hatte, wurde Wen Hongbing mit einem Schlag wieder die bittere Realität bewusst. Er konnte seinem Sohn nicht einmal die Torte bieten, die er ihm versprochen hatte. Diese jähe Erkenntnis muss ihn bis ins Mark getroffen haben.«
Ding seufzte lange und röchelnd. Auch Pei hatte es die Kehle zugeschnürt.

Der ehemalige Polizist sprach sanfter weiter. »Bei diesen Worten seines Sohnes hat Wen Hongbing die Beherrschung verloren. Er hat Chen Tianqiao angebrüllt, sein Geld verlangt, aber Chen hat darauf bestanden, kein Geld zu haben. Wen Hongbing war außer sich. Er fing an, auf den Mann einzuschlagen. Bedenken Sie, dass Chen eine Bombe am Körper trug. Dieses Verhalten hat uns also alle in Gefahr gebracht. Die Situation war lebensgefährlich, und Yuan sah sich gezwungen, sie zu entschärfen. Er hat Wen Hongbing mit einem Kopfschuss aufgehalten.«

»Unter diesen Umständen war Yuans Reaktion absolut vertretbar. Aber ...« Pei atmete scharf aus. Plötzlich hatte er Mühe, weiterzusprechen.

»Das Ergebnis ist trotzdem schwer zu akzeptieren, nicht wahr?«, sagte Ding Ke. Er stieß ein verbittertes Lachen aus. »Sie waren nicht dabei, können die emotionale Wucht dieser Worte aber trotzdem spüren. Yuan war es, der abdrücken musste, und er fühlte sich dem Jungen bereits verbunden. Können Sie sich ausmalen, wie er sich gefühlt haben muss?«

Pei schloss die Augen und dachte an das, was Huang ihm erzählt hatte.

»Der Verdächtige hatte ein Einschussloch in der Stirn. Er lag reglos auf dem Boden. Die Geisel hingegen war unversehrt und wohlauf. Yuan hielt den Jungen eng an sich geschmiegt und wiegte den kleinen Kopf an seiner Brust. Er hat ihm den grässlichen Anblick erspart.«

»Es war seine erste Beteiligung an einem richtigen Polizeieinsatz, und das war das Ergebnis. Ich hatte Angst, er würde mit der emotionalen Belastung nicht klarkommen, also habe ich dem zuständigen Scharfschützen befohlen, die Tat auf seine Kappe zu nehmen. Leider ist das nicht so gelaufen, wie ich beabsichtigt hatte.

Ich habe später an dem Abend noch mit Yuan gesprochen. Er saß einfach nur da, steif und totenstill. Ich wusste, dass hundert Gedanken gleichzeitig durch seinen Kopf jagten. Irgendwann hat er mich mit blutunterlaufenen Augen angeschaut und gesagt: ›Hauptmann. Das tut mir alles so leid. Warum habe ich nicht danebengeschossen? Wäre es nicht viel besser gewesen, die Kugel hätte stattdessen Chen erwischt?‹«

Mu legte Pei sanft eine Hand auf die Schulter. »Hätten wir in Yuans Schuhen gesteckt, wären uns wohl die gleichen Gedanken gekommen. Es ist allein unsere Pflicht dem Gesetz gegenüber, die uns am Ende wissen lässt, was richtig war und was nicht.«

»Das ist genau der Haken«, sagte Ding schwermütig. »Wir alle haben eine klare Vorstellung von richtig und falsch, aber sind gleichzeitig durch gesellschaftliche Regeln und Vorschriften beschränkt. Keiner von uns würde diese Grenze überschreiten. Yuan jedoch war ein Hitzkopf. Er hatte seine Gefühle nicht richtig im Griff. Als er zu mir gesagt hat, er hätte lieber Chen Tianqiao erschossen, hat er damit aus den Augen verloren, was es bedeutet, Polizist zu sein.«

»Ursprünglich hat er seine angeborene emotionale Intensität in den Wunsch kanalisiert, Polizeibeamter und Streiter für Gerechtigkeit zu werden«, fasste Mu ihre Gedanken zusammen. »Aber bei seinem ersten Außeneinsatz hat er hilflos mit ansehen müssen, wie seine eigene Dienstwaffe sein persönliches Gerechtigkeitsempfinden verdreht hat. Pei hätte in dieser Situation anders reagiert. Stellen Sie sich einen Sprinter vor, dessen Bahn von einem großen Felsen versperrt wird. Pei hätte abgebremst und wäre drumherum gelaufen. Aber Yuan war zu schnell. Seine angespannte, unbändige Persönlichkeit hat ihm kein Abbremsen ermöglicht. Er ist mit dem Felsen zusammengestoßen und in eine andere Richtung weitergelaufen, nachdem er wieder auf die Beine gekommen war.«

Ding nickte. »Zwei Monate später ist jemand in Chen Tianqiaos Wohnung eingebrochen und hat ihm das Geld aus dem Safe gestohlen.«

»Der 7/4er-Diebstahl«, sagte Pei. »Wir haben den Fall untersucht. Tatsächlich sind wir selbst schon auf den Trichter gekommen, dass Yuan der Einbrecher war.«

»Sie müssen das sehr schnell herausgefunden haben, Hauptmann Ding«, sagte Mu. »Aber dann haben Sie die Wahrheit verschleiert.«

»So ist es.«

»Wenn Sie ihn nicht derart gedeckt hätten, wäre nichts von alldem je passiert«, grummelte Zeng.

Mu schüttelte den Kopf. »Das ist nicht gesagt. Selbst wenn Yuan als Einbrecher verurteilt worden wäre, hätte das an seinen Eumenides-Plänen nicht unbedingt etwas ändern müssen. Bestenfalls hätte es seine Verwandlung zum Mörder ein wenig hinausgezögert.«

»Ursache und Wirkung«, murmelte Ding Ke. »Früher oder später musste es so kommen. Ich habe Yuan nur beschützt, weil ich keine andere Wahl hatte.«

»Sie hatten zu viel Mitleid mit ihm«, sagte Mu. »Sie konnten es nicht ertragen, ihn zu beschuldigen, Sie konnten es nicht ertragen, das Geld einzukassieren, das Wen Hongbings Witwe für ihre Operation brauchte. Also haben Sie beschlossen, Ihre Karriere als Polizist auf der Stelle zu beenden.«

Ding grinste bitter. »Fairerweise hatte ich schon länger überlegt, mich zurückzuziehen und es nur aufgeschoben, weil ich noch keinen Nachfolger gefunden hatte. Yuans Verwandlung hat mich entmutigt. Hat dafür gesorgt, dass mir die Welt der Verbrechensbekämpfung nichts mehr bedeutet. Kurz darauf habe ich offiziell gekündigt. Trotzdem hätte ich mir selbst in meinen schlimmsten Träumen nicht ausgemalt, dass Yuan etwas so Schreckliches planen könnte.«

»Selbstverständlich nicht«, sagte Pei und schaute ihm in die Augen. »Weil vor der Explosion im Lagerhaus noch etwas anderes passiert ist. Etwas, wovon Sie möglicherweise gar nichts wissen.«

»Und das wäre?«

»Sie müssen doch an der 16/3er-Razzia beteiligt gewesen sein, oder?«

»Nur am Rande. Vizechef Xue Dalin hat die Ermittlung persönlich geleitet«, sagte Ding Ke. Sein Blick glitt in weite Ferne. »Wenn ich das noch richtig im Kopf habe, war einer von Xue Dalins zuverlässigsten Informanten entscheidend dafür verantwortlich, dass die Razzia ein Erfolg war.«

»Deng Yulong«, sagte Pei. »Der später zum mächtigen Deng Hua geworden ist. Er hat damals die Hälfte von den Drogen und dem Geld gestohlen, das die Polizei bei der Razzia konfisziert hatte. Xue hat schließlich davon Wind bekommen, sich nach reiflicher Überlegung aber dazu entschlossen, Deng Yulongs Tat unter den Teppich zu kehren. Nur hatte Xues Sekretärin leider aus Versehen das entscheidende Gespräch zwischen Deng und dem stellvertretenden Polizeichef aufgezeichnet. Und diese Sekretärin namens Bai Feifei war zufälligerweise Yuans Exfreundin. Deng hat Bai Feifei umgebracht, um diese Tonbandaufnahme verschwinden zu lassen, und ihren Tod als Selbstmord inszeniert. Yuan ist zu Eumenides geworden, um Bai Feifei zu rächen. Erst da hat er wirklich den Punkt erreicht, von dem es kein Zurück mehr gibt.«

»Ah, das also ist damals passiert?« Sichtlich überrascht gab Ding Ke sich Mühe, diese neue Information zu verarbeiten. »Das macht Yuans Verwandlung endlich verständlicher.«

»Der 30/1er-Fall war für ihn der erste psychologische Wendepunkt«, schloss Mu. »Er konnte dem Stress, den Wen Hongbings Tod ihm bereitete, nicht entrinnen, und begann sich zu fragen, was es bedeutet, ein Polizist zu sein. Aber erst der Mord an Bai Feifei hat dafür gesorgt, dass er seiner Zukunft bei der Polizei endgültig den Rücken kehrte. Er hat sich selbst davon überzeugt, dass nur er allein in der Lage ist, wahre Gerechtigkeit walten zu lassen. Zu dem Zeitpunkt muss Peis Erfindung des Eumenides wie ein Leuchtfeuer auf ihn gewirkt haben. Und all diese Faktoren haben Yuan schließlich zu einem Mörder gemacht, der nicht mehr mit sich reden ließ.«

»Verstehen Sie jetzt, warum ich seine Verwandlung als ›Schicksal‹ zusammengefasst habe?«, fragte Ding Ke. Sein Seufzer klang halb verbittert und halb erleichtert. »So viele unerwartete Ereignisse sind über ihn hereingebrochen. Hätten Pei und Meng Eumenides nicht erfunden, hätte ich Yuan nicht ausgesucht. Hätte der Junge nicht seine Zuneigung zu Yuan bekundet, hätte ich ihn nicht zu dieser Geiselnahme befohlen. Hätte der Kleine nicht plötzlich nach seiner Geburtstagstorte gefragt, wäre die Situation vielleicht unblutig ausgegangen. Hätte der Scharfschütze sich etwas anders positioniert, hätte Yuan seine Waffe vielleicht gar nicht einsetzen müssen. Wäre Bai Feifei nicht gestorben, hätte Yuan vielleicht nicht zu derart drastischen Mitteln gegriffen, um sie zu rächen. Wie wollen Sie all das anders nennen als *Schicksal*?«

Pei ließ sich mit einer Antwort Zeit. »Selbst wenn es Schicksal war, gibt es eine Sache, die ich ihm niemals verzeihen kann«, flüsterte er schließlich und betrachtete den alten Herrn mit einem schmerzvollen Blick.

Ding Ke nickte. »Den Tod Ihrer damaligen Freundin Meng. Ich verstehe.«

Pei sah in den blauen Himmel. Er holte tief Luft und vergrub die Gefühle wieder so tief in seinem Inneren, wie es möglich war.

»Er hat Meng aus einem wichtigen Grund getötet. Auch wenn dieser Grund gar nicht Teil seines Plans war«, sagte Ding.

Pei starrte ihn mit blutunterlaufenen Augen an. »Was für ein Grund?«

»Sie waren sein bester Freund. Und der Gegner, vor dem er am meisten Respekt hatte.«

Pei sagte nichts.

»Yuans Gefühle waren so wild, dass nicht einmal er selbst sie kontrollieren konnte. Das war ihm vollkommen bewusst. In der Sekunde, in der er sich anschickte, den Weg in Richtung Eumenides einzuschlagen, wurden Sie zu dem Hindernis, das er am meisten fürchten musste. Er konnte die enge Freundschaft, die Sie beide verband, nicht einfach aufgeben, aber zwei Dinge waren ihm trotzdem klar. Erstens war es Ihnen beiden bestimmt, unversöhnliche Feinde zu werden. Und zweitens waren Ihre Fähigkeiten etwas, das er niemals unterschätzen durfte. Aus diesen zwei schlichten Gründen musste er die große Freundschaft zwischen Ihnen zerstören. Wenn Sie einander irgendwann gegenüberstünden, würde sie sonst zu einer tödlichen Schwäche für ihn werden.«

Pei ballte unwillkürlich die Fäuste, während er an Yuan und Meng und damals dachte.

»Nachdem Sie beide zu Feinden wurden, haben Ihre Gefühle da jemals dafür gesorgt, dass Sie Ihre Prinzipien verraten haben?«, fragte Ding Ke.

»Nein«, sagte Pei und schüttelte entschlossen den Kopf.

»Sie haben Ihre Emotionen im Griff. Yuan nicht. Wären Sie einander in einem Kampf auf Leben und Tod begegnet, hätte Yuan dadurch einen entschiedenen Nachteil gehabt.«

»Und deshalb hat er Meng getötet?«

»Das ist ein wichtiger Grund, ja. Seine Vorsicht und Detailversessenheit waren so fein ausgeprägt wie bei Ihnen. Er war sich seiner Schwächen bewusst. Deshalb musste er alle freundschaftlichen Bande kappen, die zwischen Ihnen bestanden. Gleichzeitig verlangte sein Plan ein unschuldiges Opfer, das er benutzen konnte, um seinen ›Tod‹ zu inszenieren. Er hat Meng ausgesucht. Mit ihrem Tod war sichergestellt, dass Sie ihn, sollten Sie je herausfinden, dass er die Explosion überlebt hatte, als Todfeind betrachten würden. Die einstige Freundschaft würde nie wieder zum Tragen kommen. Und damit würde auch seine Schwäche verschwinden.« Ding machte eine Pause, um Luft zu holen. »Man könnte sogar sagen, Mengs Anwesenheit hat seinen Plan erst perfekt gemacht.«

»Nein!«, fauchte Pei und starrte Ding herausfordernd an. »Meng hat die Schwachstelle in seinem Plan entdeckt. Sie hat sich geopfert! Nur wegen ihr ist Yuans sogenannter perfekter Plan in die Brüche gegangen und er für den Rest seines Lebens zum Krüppel geworden. Und wäre er nur ein klein wenig langsamer gewesen, hätte er sowieso als Häuflein Asche am Boden des Lagerhauses geendet!«

Ding war erstarrt. Er dachte über Peis Worte nach. Yuan, Pei und Meng waren drei der besten Studenten der Akademie gewesen. Irgendwie waren ausgerechnet diese drei in diesen Konflikt verstrickt worden. Alle hatten sie gelitten, wenn auch auf unterschiedlichem Niveau. Keiner von ihnen war unversehrt aus dieser Sache herausgekommen.

Es war Schicksal.

Die Sonne wanderte langsam gen Westen. Ding sah hinauf in den tiefblauen Himmel und beschloss, das Thema zu wechseln. »Nicht mehr lange bis zum Sonnenuntergang, wie? In Anbetracht der ungewöhnlichen Umstände würde ich Sie gerne zum Abendessen und zu weiteren Gesprächen einladen. Hinter dem Haus liegt ein Garten mit einer ansehnlichen Auswahl an Obst und Gemüse. Meine Ernte war nicht schlecht dieses Jahr. Suchen Sie sich aus, was Sie wollen, und ich mache uns im Handumdrehen etwas Schmackhaftes.«

»Tatsächlich?«, fragte Mu interessiert. »Eine Passion fürs Gärtnern hätte ich Ihnen nicht zugetraut.«

»Sie klingen wie meine Frau«, sagte Ding, lächelte aber fröhlich. »Gehen Sie ruhig vor, ich gebe Ihnen gleich noch eine Führung. Huang, warum begleiten Sie Frau Mu nicht in den Garten und unterstützen sie bei der Auswahl der Zutaten fürs Abendessen?«

Mu fuhr leicht zusammen, als der Stuhl hinter ihr quietschte und Huang schwerfällig vortrat. Der Mann war die letzten Stunden über so still gewesen, dass sie ihn fast vergessen hatte.

»Kommen Sie?«, fragte Huang und sah sie über die Schulter an.

Mu nickte, erhob sich und ging ihm hinterher. Zeng folgte ihr.

»Na los, Yin, helfen wir ihnen«, sagte Pei. Er wollte sich ebenfalls erheben, aber unter dem Tisch drückte ein fremder Fuß energisch gegen seinen. Yin ging hinter den anderen her und schien nicht zu bemerken, dass Pei zurückblieb.

Sobald alle um die Ecke verschwunden waren, sah Ding Ke Pei an. »Ich wollte Ihnen noch etwas geben, Hauptmann.«

Er griff in seine Jackentasche, zog einen kleinen Gegenstand hervor und stellte ihn auf den Tisch. Pei erkannte ihn sofort. Es war eine Mikrokassette. Ehe sich die Computertechnik rasant ausgebreitet hatte, waren Mikrokassetten das Standardmedium der polizeilichen Überwachungsarbeit gewesen.

»Yuan war während der Geiselnahme vor achtzehn Jahren verkabelt. Auf dieser Kassette finden Sie die Aufzeichnung dessen, was passiert ist. Ich habe der Polizei viele Geheimnisse vorenthalten, um Yuan zu decken, aber diese

Aufzeichnung habe ich behalten, weil ich nicht wollte, dass die Wahrheit gänzlich verschwindet. Nehmen Sie sie mit und hören Sie sie sich an. Alles, was unmittelbar vor und nach Wen Hongbings Tod passiert ist, ist da drauf.«

Pei griff nach der Kassette. »Warum haben Sie uns die nicht schon früher gezeigt?«

»Ich will nicht, dass das sonst jemand hört. Da sind ein paar Sachen drauf, die Wen Hongbings Sohn niemals erfahren darf«, sagte Ding und sah ihn ernst an.

Pei lief ein Schauer über den Rücken. »Haben Sie jemanden aus der Einsatzgruppe in Verdacht?«

»Soweit ich weiß, lagern die Akten zum 12/1er-Fall nur im Archiv des Büros für Öffentliche Sicherheit. Sie sind nie digitalisiert worden. Wie hätte er also sonst herausfinden sollen, wo sie aufbewahrt werden?«

Je länger Pei darüber nachdachte, desto mehr graute es ihm. Erschrocken stellte er fest, dass sich ein Schweißfilm auf seiner Stirn gebildet hatte.

»Regen Sie sich nicht zu sehr auf, Hauptmann«, sagte Ding beruhigend. »Ich wollte das nur in den Raum werfen. Aber wenn Sie wirklich vorhaben, den Jungen daran zu hindern, seine Gewalttorgie fortzusetzen, kann ich nur zu äußerster Vorsicht raten. Fürs Erste dürfen Sie niemandem vom Inhalt dieser Kassette erzählen.«

Pei verzog das Gesicht. »Was Sie gerade gesagt haben, war also doch nicht die Wahrheit?«

»Ich habe Ihnen Fakten genannt. Nur nicht alle«, sagte Ding Ke und grinste humorlos. »Um weitere Morde zu verhindern, müssen wir nicht unbedingt die Wurzel entfernen – sondern vor allem diese finstere Kausalkette durchtrennen. Ursache und Wirkung.«

Pei fragte sich, was der ehemalige Hauptmann meinen konnte, und umfasste die Kassette noch fester. Welche Geheimnisse mochten in diesem kleinen Haufen Plastik schlummern?

KAPITEL EINUNDZWANZIG

DIE LETZTE EHRE

12. NOVEMBER, 08:07 UHR
KONFERENZRAUM, HAUPTQUARTIER DER
KRIMINALPOLIZEI

Die Mitglieder der Sondereinheit saßen wie üblich um den Tisch verteilt, nur war diesmal außerdem Du Mingqiang zugegen.

Du gähnte laut, putzte sich die Nase und sagte: »Ich habe einen völlig anderen Schlafrhythmus als Sie. Bevor Sie mich das nächste Mal so früh wecken, erschießen Sie mich bitte gleich.«

»Der frühe Vogel fängt den Wurm«, zwitscherte Zeng.

Pei erhob sich, womit alle wussten, dass die Besprechung offiziell begonnen hatte. »Yin, bitte.«

Yin legte einen großen Umschlag vor Du auf dem Tisch ab.

»Aha? Was haben wir denn da?« Du öffnete den Umschlag und entnahm ihm eine dünne Mappe sowie einen kleinen MP3-Player.

»Die Exklusivinformationen, die Sie haben wollten. Werfen Sie zuerst einen Blick in die Mappe.«

Du war plötzlich hellwach. Konzentriert las er sich den Inhalt der Mappe durch, einen erstaunlich detaillierten Bericht über eine Geiselnahme vor achtzehn Jahren, inklusive Hintergrundinformationen zu den beteiligten Personen und Einzelheiten über die Umstände, die schließlich zu der Pattsituation zwischen Täter und Polizei geführt hatten.

»Der Fall bietet viel dramatisches Konfliktpotenzial. Außerdem wirft er ein paar interessante moralische Fragen auf«, sagte Du, nachdem er zu Ende gelesen hatte. »Aber leider sehr antik. Wenn ich die Nummer nicht mit irgendetwas Aktuellem in Verbindung bringen kann, wird das wohl kaum viele Klicks bringen, wie gut ich auch schreiben mag.«

»Der kleine Junge, um den es geht, ist der Mann, den wir heute als Eumenides kennen. Der Polizist, der seinen Vater erschossen hat, war Yuan Zhibang, Eumenides' Mentor«, sagte Pei ernst.

»Ach so?« Ein eifriges Lächeln erhellte Dus Miene. »Das ist natürlich was anderes! Dann kann ich diese Unterlagen benutzen, um den emotionalen Werdegang dieser Mörder aus zwei Generationen nachzuzeichnen. Die Leute werden sich darum reißen!«

Pei nickte bedächtig und wandte sich an Yin. »Spielen Sie ihm die Aufnahme vor.«

Yin schaltete den MP3-Player ein. Alle Anwesenden lauschten gebannt, als die achtzehn Jahre alte Aufzeichnung der Geiselnahme den Raum erfüllte.

Es begann mit Yuans Stimme, der nach Wen Hongbing rief, ihn überzeugen wollte, die Geisel freizulassen und sich zu ergeben. Je länger Yuan leidenschaftlich an Wens Gefühle appellierte, desto weniger sprach Wen über Chen Tianqiao und die Schulden. Die Feindseligkeit schien zu verebben.

»*Ich will einfach nur meinen Sohn in den Arm nehmen*«, sagte Wen Hongbing.

»*Ich lasse Ihren Sohn zu Ihnen, sobald Sie die Bombe ablegen und die Geisel freigeben*«, sagte Yuan mit ruhiger und verständnisvoller Stimme. »*Sie brauchen sich keine Sorgen zu machen. Das alles ist bald vorbei, alles ist bald wieder beim Alten.*«

»*Mein Sohn*«, wiederholte Wen Hongbing.

Yuans Tonfall wurde eine Spur dringlicher. »*Verstehen Sie denn nicht? Konzentrieren Sie sich auf das, was Ihnen wirklich wichtig ist. Was soll aus Ihrer Frau und Ihrem Sohn werden, wenn Sie diesen Weg weitergehen?*«

»*Mein Sohn, mein Sohn ...*«, murmelte Wen Hongbing wie ein Mystiker, der sein Mantra rezitierte. Sein Widerstand schien zu bröckeln.

»*Dreh dich um, Chengyu. Ruf nach deinem Papa*«, sagte Yuan zu dem Knaben, den er im Arm hielt.

»*Hast du mir eine Geburtstagstorte gekauft, Papa?*«, rief eine Kinderstimme.

Aus dem Lautsprecher drang ein gequälter Aufschrei. »*Mein Geld! Ich will mein Geld zurück!*«

»*Ich habe doch schon mehrmals gesagt – ich habe es nicht*«, protestierte eine neue Stimme. Es war Chen Tianqiao.

»*Beruhigen Sie sich!*«, schrie Yuan, der selbst die Fassung zu verlieren drohte.

»*Du Bastard! Mieser Lügner! Ich bringe dich um!*«, kreischte Wen Hongbing. Er klang fast wie ein wildes Tier. Plötzlich war sein schnelles Keuchen zu hören, darunter Geräusche wie von einem Handgemenge.

»*Lassen Sie ihn los!*«, brüllte Yuan.

Dann folgte der unverkennbare Knall einer Pistole.

Die Aufnahme war zu Ende. Niemand rührte sich. Erst nach fast einer halben Minute entschied Pei, die drückende Stille zu durchbrechen. »Was halten Sie davon?«, fragte er Du.

Der sonst so lässige Gesichtsausdruck des Journalisten war verschwunden. Stumm schüttelte er den Kopf. Er war sichtlich schockiert. »Dieser Junge ... alles nur wegen eines einzigen Satzes.«

»So ist es. Wegen eines einzigen Satzes, der alles verändert hat. Es bricht einem das Herz, aber ich weiß nicht, ob es anders hätte ausgehen können.« Etwas sanfter fügte er hinzu: »Ich hoffe sehr, dass Sie das Ihrem Artikel beifügen.«

»Hmm?« Du musterte ihn eindringlich, als erwartete er nähere Angaben.

»Ich will nicht bloß einen Bericht. Nehmen Sie den MP3-Player mit und laden Sie diese Audiodatei ebenfalls hoch.«

Zögerlich breitete sich ein verschlagenes Grinsen in Dus Gesicht aus. »Sie benutzen mich, oder?«

»Wenn Sie sich der Sache nicht gewachsen fühlen, können Sie jederzeit ablehnen«, meinte Mu kalt. »Sie sind nicht der einzige Journalist, mit dem wir in Verbindung stehen.«

Du sah sie an und hob ergeben die Hände. »Natürlich mache ich das. Was für ein Reporter wäre ich, mir solch eine Nummer entgehen zu lassen? Ich hoffe aber, dass Sie mir noch verraten, wie genau Sie den Artikel benutzen wollen. Damit ich mir entsprechend Gedanken machen kann, wie ich ihn zielgerichtet aufbaue.«

Klingt ganz vernünftig, dachte Mu und sah Pei an. Als dieser nickte, wandte sie sich wieder an Du. »Wen Chengyu, heute bekannt als Eumenides, kann sich an diesen Tag nicht erinnern. Er war damals noch zu klein. Wir hoffen, dass der Artikel, den Sie schreiben, auch von Eumenides gelesen wird. Die enthaltenen Details könnten ihn im besten Fall dazu veranlassen, das Morden dauerhaft einzustellen.«

»Sie wollen, dass ich einen persönlichen Brief schreibe, der Eumenides dazu zwingt, seinem Handwerk abzuschwören?«, fragte Du, der immer noch grinste.

»So könnte man es sagen«, meinte Mu mit einem Achselzucken. »Wen Hongbings Tod war der Auslöser, der Yuan zum Mörder hat werden lassen. In gewisser Hinsicht war der kleine Wen Chengyu der Katalysator für Yuans Verwandlung. Unser Ziel ist, Wen Chengyu genug über seine Rolle bei den damaligen Ereignissen zu erzählen, um ihn zum Nachdenken zu bringen. Damit er begreift, dass Eumenides nicht der einzige Weg ist, der ihm offensteht, dass die Dinge, die Yuan ihm beigebracht hat, längst nicht so unumstößlich gelten, wie er dachte. Es war eine Verkettung von Zufällen – das Ergebnis eines unbedachten Satzes als kleines Kind. Die Fakten zur Entstehung dieser blutigen Tragödie könnten genau der Schlüssel sein, um ihren Folgen ein Ende zu setzen.«

Du strich sich gedankenverloren übers Kinn. »Ich sehe genau vor mir, was Sie meinen.«

»Dann haben Sie schon eine Idee, wie Sie den Artikel anlegen wollen?«, fragte Mu mit erhobenen Brauen.

Ehe Du antworten konnte, beschloss Pei, den Einsatz zu erhöhen. »Ich will, dass Sie diesen Artikel so schreiben, als hinge Ihr Leben von seinem Erfolg ab. Weil es das in der Tat tut. Sie wissen, was ich meine?«

»Natürlich«, sagte Du und kicherte leise. »Sollte der Artikel tatsächlich den erhofften Erfolg haben, wäre ich der erste Mensch, der eine Todesanzeige von Eumenides erhält und überlebt.«

»Freut mich, dass Sie noch alle Sinne beisammenhaben«, sagte Pei. »Liu, bringen Sie ihn wieder nach Hause. Ich will diesen Artikel haben, sobald er fertig ist.«

»Jawohl, Sir!«, rief Liu, sprang auf und salutierte zackig.

Du erhob sich lässig von seinem Stuhl und las den Umschlag vom Tisch auf. »Was, wenn mein Schicksal schon besiegelt ist?«

»Bewegung«, drängte Liu, packte ihn am Arm und zog ihn aus dem Konferenzraum.

Sobald sich die Tür hinter ihnen geschlossen hatte, wandte Pei sich an Mu. »Wie schätzen Sie unsere Chancen ein?«

»Schwer zu sagen«, murmelte die Psychologin, die sich eindeutig nicht festlegen wollte. »Aber unabhängig vom Ausgang wird dieser Artikel Eumenides' Weltanschauung auf jeden Fall ins Wanken bringen. Er ist mit Sicherheit frustriert von seiner nimmermüden Suche nach der Antwort auf die Frage, wer er eigentlich ist. Dieser Frust mag vormals felsenfeste Ansichten angreifbar gemacht haben. Unabhängig davon, ob es um Liebe oder Hass geht – er hat schlicht keinen Grund mehr, an vielen bisher gehegten Gefühlen weiter festzuhalten. Wenn in dieser Situation ein externer Anreiz dazukommt, halte ich es zumindest für sehr wahrscheinlich, dass er massive Auswirkungen auf seine aktuelle Laufbahn haben kann.«

Pei spürte sein Herz schneller schlagen. *Wir kommen in die entscheidende Phase*, dachte er.

*

13. NOVEMBER, 10:16 UHR
PEI TAOS BÜRO

Pei saß schweigend an seinem Schreibtisch und betrachtete die Ausgabe der Morgenzeitung, die vor ihm lag.

Die Zeitung war auf den 1. November datiert. Pei las einen kurzen Artikel aus dem Lokalteil:

STADTTEIL JINJIANG
In den frühen Morgenstunden wurde die Leiche eines jungen Mannes im Fluss Jin entdeckt. Den gerichtsmedizinischen Untersuchungen zufolge ertrank er. Sein Blut wies einen Alkoholgehalt von 0,44 Promille auf, er war demnach zum Zeitpunkt seines Todes leicht berauscht. Die Polizei geht davon aus, dass der Mann sich dem Fluss näherte, um sich zu erleichtern, ins Wasser fiel und schließlich ertrank. Das Ganze muss sich etwa gegen Mitternacht zugetragen haben. Die Polizeistellen der Stadt fordern alle Bürger und Bürgerinnen dringend dazu auf, Alkohol verantwortungsvoll zu konsumieren.

Pei starrte den Artikel mehrere Minuten lang an, während er geistesabwesend mit dem rechten Zeigefinger auf die Tischplatte klopfte.

Ein dreifaches Klopfen an der Tür riss den Hauptmann schließlich aus seiner Trance.

»Herein.« Er faltete die Zeitung zusammen und ließ sie in einer Schreibtischschublade verschwinden.

Mit einem breiten Lächeln trat Yin ein. »Herr Hauptmann, Sie haben heute Geburtstag, richtig?«

»Geburtstag?« Pei warf einen Blick auf den Tischkalender. *13. November.* Yin hatte vollkommen recht. Der Hauptmann grinste verlegen. »Habe ich völlig vergessen. Woher wissen Sie das?«

»Hier ist jemand mit einem Geschenk für Sie«, sagte Yin.

»Wer?«

»Keine Ahnung. Warum fragen Sie ihn nicht selbst?« Yin drehte sich um. »Kommen Sie rein.«

Ein Mann in einer himmelblauen Uniform betrat das Büro. Er trug ein kleines Paket unterm Arm.

»Sind Sie Hauptmann Pei? Leiter der Einsatztruppe 18/4?«

»Der bin ich«, sagte Pei und sah, dass sich eine Dokumententasche oben am Paket befand. Er fragte sich, von wem es wohl sein konnte.

»Ein Freund von Ihnen hat eine Geburtstagstorte für Sie geordert. Er hat darauf bestanden, dass ich sie Ihnen persönlich überbringe.« Der Mann trat vor und stellte das Paket auf dem Schreibtisch ab. »Herzlichen Glückwunsch!«, schrie er in einer Lautstärke, die Peis Trommelfelle zusammenzucken ließ.

Der Hauptmann betrachtete das Adressfeld des Lieferscheins in der Dokumententasche, nur um festzustellen, dass es leer war.

»Wer hat die Torte bestellt?«, fragte er mit dem Anflug eines Lächelns. Trotz seines Misstrauens sah er sich kaum imstande, die beinahe kindliche Freude über diese Überraschung zu unterdrücken.

»Er hat keinen Namen genannt, aber ich bin mir sicher, wenn ich ihn beschreibe, wissen Sie sofort, um wen es geht«, sagte der Mann und verzog ungewollt das Gesicht. »Er sah ziemlich heruntergekommen aus, wenn Sie verstehen, was ich meine.«

Pei erstarrte, sein Lächeln verschwand. »Hatte er viele Brandnarben?«, fragte er zögernd.

»Ja. Überall. Sein Gesicht war total entstellt. Ehrlich gesagt, sah er aus wie eine Figur aus einem Horrorfilm.«

»Yuan?«, flüsterte Yin.

Pei brachte ihn mit einem Wink zum Schweigen. »Wann hat er diese Torte in Auftrag gegeben?«

»Vor ungefähr drei Wochen.«

Dem Hauptmann dämmerte, wie es sich zugetragen haben musste. Vor drei Wochen hatte Yuan Zhibang sich einen Sprengsatz umgeschnallt und das Restaurant *Jade-Garten* betreten. Jemand wie er, der alles akribisch und gründlich geplant hatte, würde entsprechende Vorbereitungen getroffen haben. Pei hätte allerdings nie damit gerechnet, dass diese Vorbereitungen auch das Geburtstagsgeschenk eingeschlossen hatten, das nun vor ihm stand. War es schlicht der letzte Abschiedsgruß eines einstigen Freundes, oder steckte eine unheilvollere Wahrheit dahinter?

»Hauptmann Pei – wenn mit der Torte alles in Ordnung ist, müssen Sie bitte noch hier unterschreiben.«

»Ah«, sagte Pei und kehrte mit einem Ruck in die Gegenwart zurück. Er nahm dem Mann das Klemmbrett ab und unterzeichnete. »Das wäre dann wohl alles.«

»Wunderbar!«, rief der junge Mann und machte auf dem Absatz kehrt.

Yin schloss die Tür hinter ihm und näherte sich Pei mit angespannter Miene. »Soll ich die Torte für einige Tests ins Labor bringen, Hauptmann?«

Pei wusste sehr gut, worauf Yin hinauswollte, aber er

wusste auch, dass Yuan sich nicht zu einer niederträchtigen Geste wie einer vergifteten Torte herabgelassen hätte. »Nicht nötig«, sagte er leise.

Er zog die Schleife des Geschenkbands auf und öffnete die Dokumententasche. Unter dem Lieferschein kamen eine Geburtstagskarte, ein Zettel und mehrere Fotos zutage. Auf jedem Foto war derselbe dürre Mann zu sehen. Pei kannte ihn nicht. Mit gerunzelter Stirn durchforstete er seine Erinnerung nach diesem Gesicht. Nach erfolgloser Suche beschloss er, zuerst die Karte zu lesen.

Für Pei Tao, meinen besten Freund und größten Gegenspieler.

Herzlichen Glückwunsch.
Ich schicke Dir diesen Mann als Geschenk – ich weiß, dass ihr fieberhaft nach ihm sucht.

Yuan bezog sich eindeutig auf den Mann auf den Bildern, aber wer war er? Tief verwirrt warf Pei endlich einen Blick auf den beiliegenden Zettel – und erbleichte.

Chen Tianqiao
Gemeinde Südlicher Küstenwald, Block 18, Wohnung 609
Haikou, Provinz Hainan

*

17. NOVEMBER, 21 : 41 UHR
KONFERENZRAUM, HAUPTQUARTIER DER
KRIMINALPOLIZEI

Pei und Yin sahen einander an, beide gleichermaßen erschöpft. Vor einer knappen Stunde war ihre Maschine aus Haikou auf dem internationalen Flughafen Chengdu-Shuangliu gelandet. Abgesehen von ihrem spärlichen Reisegepäck hatten sie noch etwas anderes mit zurückgebracht – Chen Tianqiao.

Der dreitägige Ausflug nach Haikou war zwar kein Kurzurlaub gewesen, dennoch hatte Pei sein Ziel ohne allzu große Mühe aufgespürt. Die Kollegen in Haikou waren überaus hilfsbereit gewesen, und mit ihrer Unterstützung hatten sie Chen in kürzester Zeit in seiner Wohnung umstellt und festgenommen. Chen hatte dort seit geraumer Zeit unter einem Decknamen gelebt, doch der gefälschte Ausweis hatte Pei keine Sekunde überzeugt.

Chen sah genauso aus wie auf den Fotos, dürr und braun gebrannt. Er redete äußerst eloquent daher, konnte aber das listige Funkeln in seinen Augen nicht verbergen. Obwohl der Mann bereits auf die siebzig zuging, ließ er jede Spur jener Ehrlichkeit vermissen, die Pei gemeinhin mit einem solchen Alter assoziierte. Pei hegte eine tief verwurzelte Abscheu gegenüber Menschen, die ihren Lebensunterhalt mit Betrügereien bestritten. Es war schwer genug, beim Gespräch mit diesem Mann auch nur Augenkontakt herzustellen.

Sobald sie wieder im Hauptquartier von Chengdu waren, steckte er Chen in eine Zelle und stellte einen Untergebenen als Wache ab. Dann rief er Mu und Zeng in den Konferenzraum und war mit Yin an seiner Seite nunmehr bereit, das weitere Vorgehen zu besprechen.

»Zuallererst müssen wir eine Sache begreifen: Warum hat Yuan das getan?«, fragte Zeng. Er massierte seine Schläfen. »Genau in dem Moment, da wir befürchten, dass wir Chen absolut nicht finden können, legt Yuan ihn uns quasi auf der Schwelle ab. Und als wäre das nicht genug, er hat es auch noch drei Wochen im Voraus arrangiert, bevor er starb. Sollen wir ernsthaft glauben, dass all das nur ein großzügiges Geburtstagsgeschenk für unseren lieben Hauptmann war?«

»Die gleiche Frage habe ich mir in den letzten paar Tagen auch gestellt«, sagte Pei. »Ich halte es für das Wahrscheinlichste, dass Yuan mit uns darum kämpfen wollte, wer die psychologische Kontrolle über Wen Chengyu behält. Vor drei Wochen wusste Yuan schon, dass seine wahre Identität kurz davor stand, ans Licht zu kommen, weshalb er sich im Restaurant in die Luft gesprengt hat. Der neue Eumenides war mit allem technischen Handwerkszeug gerüstet, das er brauchen würde, aber Yuan war unsicher, ob sein Zögling wirklich von seiner Mission überzeugt ist.«

»Vollkommen richtig«, sagte Mu. »Wen Chengyu hatte nie Gelegenheit, sich ein eigenes, unabhängiges Weltbild zu erarbeiten. Sobald sein Mentor ihn verließ, war sein Glaube angreifbar. Yuan muss verschlagen genug gewesen sein, um das vorherzusehen.«

Pei nickte der Psychologin aufmunternd zu. »Und das ist noch nicht alles. Yuan hat erraten, dass wir uns auf Wen Chengyus mentale Schwachstellen konzentrieren würden, um ihm, falls möglich, den Willen zu rauben, weiter Eumenides zu sein. Also hat Yuan vor seinem Tod ein letztes

Manöver eingeleitet. Er hat uns Chen gegeben, um den Konflikt zwischen uns und Wen Chengyu neu zu entfachen.«

Zeng schüttelte sichtlich beeindruckt den Kopf. »Yuan hat gewusst, dass seine wahre Identität spätestens nach der Restaurantexplosion ans Licht kommt. Und er hat gewusst, dass Wen Chengyu anfangen würde, sich mit der eigenen Vergangenheit zu befassen, sobald er herausfindet, wer sein Mentor eigentlich war. Sobald Wen sich mit der Geiselnahme beschäftigte, würde er Chen Tianqiao als die Person identifizieren, die die Hauptschuld am Tod seines Vaters trug. Ginge es ihm also wirklich um Rache, würde er eine Person töten müssen, die sich in Polizeigewahrsam befindet. Und so unweigerlich weiter den Weg des Eumenides beschreiten.«

»Er hat keine Möglichkeit außer Acht gelassen«, verlieh auch Yin zähneknirschend seinem Respekt Ausdruck. »Selbst nach dem Tod kontrolliert der Typ seinen Zögling immer noch wie eine verdammte Marionette. Ein Monster durch und durch.«

»Dann ist unser Plan, Eumenides zu bekehren, wohl offiziell gescheitert«, sagte Zeng.

Mu schüttelte den Kopf. »Nicht zwingend.«

Peis müde Miene erhellte sich ein wenig. Mit neu aufkeimender Zuversicht musterte er die Psychologin. Mu hatte ihn schon mehr als einmal verblüfft, und er konnte nur hoffen, dass sie es abermals vorhatte.

»Yuan hat gewusst, dass Wen Chengyu die Hintergründe aufarbeiten würde, aber möglicherweise hat er nicht damit gerechnet, dass die persönlichen Erkenntnisse von solcher Tragweite sind. Yuan hat Wen Hongbing getötet, und Wen Chengyu war als kleines Kind ungewollt dafür verantwortlich, Yuan überhaupt dazu zu zwingen. Ich glaube nicht, dass Yuan eingeplant hat, sein Zögling könne diese spezifischen Details herausfinden.«

Pei grunzte zustimmend. »Was für psychische Auswirkungen könnte dieses Wissen auf Wen Chengyu haben?«

»Große«, sagte Mu. »Hätte er diese Details nicht herausgefunden, würde Wen Chengyu immer noch davon ausgehen, dass in erster Linie Chen für den Tod seines Vaters verantwortlich war. Jetzt weiß er aber, dass das nicht der Fall ist – und wenn er sich die Audiodatei anhört, die Du hochladen soll, wird das alles sehr viel komplizierter für ihn. Er wird einsehen, dass Yuan Zhibang und sogar sein eigener Vater letztendlich schuld an dem waren, was an jenem Tag passierte. Und noch wichtiger: Wen Chengyu wird erfahren, dass die Situation vor seiner Frage eigentlich bereits deeskaliert war. Dieses Wissen wird ihm große Schuldgefühle aufbürden. Er wird sich fragen, wie alles hätte werden können, hätte er nur seinem Vater diese eine Frage nicht gestellt. Diese Schuld sollte seine Feindseligkeit Chen gegenüber gründlich überlagern.«

»Jawohl! Erstklassig«, rief Zeng und klatschte in die Hände. »Dann müssen wir nur Dus Artikel zusammen mit der Audiodatei veröffentlichen und können uns danach endlich von Yuan Zhibang verabschieden.«

Zengs Grinsen war ansteckend. Selbst der Hauptmann spürte, wie sich seine Mundwinkel in die Höhe reckten. Er hatte keine Zweifel am Erfolg des Artikels.

Kurz zuvor hatte er Dus Beschreibung der Geiselnahme mit klopfendem Herzen gelesen und zwischendurch fast vergessen, dass er den Ausgang längst kannte. Eine bessere Verschriftlichung hätte er sich von dem Journalisten nicht erträumen können. Wie sollten Wen Chengyus Wut und sein Glaube an Gewalt intakt bleiben können, nachdem er diesen Text gelesen hatte?

»Wir dürfen nur nicht zu optimistisch werden«, fügte Mu hinzu. »Nichts ist komplizierter zu durchschauen als menschliche Gehirnwindungen. Die psychologische Forschung ist extrem präzis, was das Sammeln und Auswerten von Daten angeht, aber vorherzusagen, wie ein Mensch in Zukunft denken und handeln wird, ist eine Wissenschaft für sich. Welchen Weg wird Wen Chengyu einschlagen? Ich fürchte, wir werden die Antwort darauf nicht finden, indem wir hier am Tisch sitzen und darüber reden.«

Der Hauptmann sah seine Teammitglieder nacheinander an. »Und das bedeutet: Wie er sich auch entscheiden mag, wir müssen uns trotzdem auf zwei mögliche Ausgänge vorbereiten.«

Yin hob den Kopf. »Dann würde ich vorschlagen, dass wir zumindest überlegen, Chen als Köder einzusetzen, um Eumenides zu fangen. Eigentlich bleibt uns auch gar nichts anderes übrig. Selbst wenn Eumenides ihn umbringt und uns dabei ins Netz geht, hätten wir zwei Fliegen mit einer Klappe geschlagen.«

Pei vollführte eine wegwerfende Handbewegung. »Nicht so hastig. Zunächst müssen wir Chen wegen des Verdachts auf Betrug ordentlich anzeigen. Dann wird er jedem unserer Vorschläge weitaus offener gegenüberstehen. Aber davor müssen wir uns ganz auf Du Mingqiang konzentrieren. Wenn wir zu viele Köder auswerfen, verheddern wir uns am Ende selbst.«

Yin nickte, wirkte aber nicht gänzlich überzeugt. »Es wird nicht einfach sein, belastbare Beweismittel für eine Klage gegen Chen zusammenzutragen. Und allzu lange können wir ihn nicht festhalten.«

»Wir müssen ihn nur bis zum Monatsende hierbehalten«, sagte Pei feierlich. »Falls Du bis dahin tatsächlich ermordet wurde und wir Eumenides immer noch nicht geschnappt haben, können wir uns dann darauf konzentrieren, Chen zu beschützen. Was auch geschehen mag, so oder so werden sich uns mehrere Gelegenheiten bieten, den Kerl zu ergreifen. Fürs Erste heißt es abwarten ...«

*

31. NOVEMBER, 23 : 59 UHR
DU MINGQIANGS WOHNUNG

Die Wanduhr im Wohnzimmer tickte träge dahin. Alle Zeiger strebten in unterschiedlicher Geschwindigkeit dem Zenit entgegen.

Auf dem Sofa saß ein junger Mann und starrte auf die Uhr. Sein Gesicht war gerötet und schweißnass. Zu seinen Füßen standen eine Reihe leerer Bierflaschen.

Nach so vielen Tagen im selbst gewählten Hausarrest war der Moment endlich gekommen.

Gebannt sah er zu, wie sich alle Zeiger auf der *12* vereinten.

Der Zeitpunkt war gekommen. Plötzlich fing er zu kichern an. Er sprang vom Sofa auf und reckte triumphierend die Fäuste in die Luft.

Das Klirren zerbrochenen Glases bereitete seinem Siegestanz ein jähes Ende. Er erstarrte, um kurz darauf festzustellen, dass er eine der Bierflaschen umgetreten und zerbrochen hatte. Sehr schnell begann er erneut zu lachen, noch wilder als zuvor.

Aber das Lachen allein schien irgendwie nicht auszureichen. Er hob eine Flasche auf und warf sie gegen die Wand. Dann noch eine. Und noch eine. Einer seltsamen Musik gleich erfüllte der Klang berstenden Glases das Zimmer.

Sobald sämtliche leeren Bierflaschen zerschellt im Raum verteilt lagen, schaute der Mann abermals auf die Uhr. Es war fünf nach zwölf. Die Erregung der letzten Minuten schien langsam abzuebben. Er hob die Hand in Richtung Kronleuchter und bildete mit Zeige- und Mittelfinger das Victory-Zeichen.

Im Kronleuchter war eine kleine Kamera versteckt. Baugleiche Kameras waren in den letzten Wochen in jeder Ecke der Wohnung installiert worden.

Endlich war es vorbei.

Der Mann öffnete die schwere Sicherheitstür der Wohnung und spähte hinaus auf den dunklen Flur. Er hustete zweimal, und die Lichter im Flur gingen an.

Ein Schatten huschte aus der Dunkelheit. Plötzlich stand jemand direkt vor seiner Tür.

»Melde Vollzug, Kommissar Liu!«, rief der Mann. »Die Zeit ist um!«

Liu Song betrachtete den Mann im Türrahmen. Noch nie hatte jemand das Datum auf einer Todesanzeige von Eumenides überlebt – Du Mingqiang war der Erste.

»Scheint wohl so«, sagte Liu und wies Du an, still stehen zu bleiben damit er ihn auf Schnitte und andere Verletzungen absuchen konnte. Nichts zu finden. Bis auf ein leichtes Lallen war der Mann in bester Verfassung.

Liu zückte sein Funkgerät und stellte es auf die richtige Frequenz ein. »Delta Eins, Deltas Eins, hier Delta Drei.«

»*Ich höre, Delta Drei*«, meldete sich Pei. »Wir haben die Deadline überschritten. Situation unverändert.«

Schweigen. Dann endlich hörte Liu die Worte, auf die er seit geraumer Zeit wartete.

»*Kommen Sie zurück ins Hauptquartier.*«

»Jawohl, Hauptmann!«

»Moment! Ich muss noch etwas loswerden«, rief Du und langte nach dem Funkgerät.

Liu zögerte, aber da Du nur seiner Dankbarkeit Ausdruck verleihen zu wollen schien, hielt er sich zurück und händigte dem Reporter das Funkgerät aus.

»Hey, ist da Hauptmann Pei?«, fragte Du und kicherte aufgeregt. »Ich lebe noch! Eumenides hat sich nicht einmal blicken lassen!«

»*So sieht es aus*«, sagte Pei fröhlich. »*Dann schlafen Sie sich erst mal richtig aus.*«

Aber Du wollte das Gespräch noch nicht beenden. »Und wissen Sie, warum er nicht aufgekreuzt ist?«

Pei tat ihm den Gefallen. »*Warum?*«

»Wegen meines Artikels! Ein Meisterwerk! Ich habe dafür gesorgt, dass einer der berüchtigtsten Serienkiller des Landes die Waffen streckt. Nennen Sie mir auch nur einen anderen Journalisten, der so viel Talent hat! Aber das können Sie nicht, oder?«

Du konnte Peis Antwort nicht hören, weil Liu ihm das Funkgerät aus der Hand gerissen hatte. Der Polizist starrte ihn derart finster an, dass die Nachtluft mit einem Schlag kälter wirkte.

»Ich würde ja auf Ihr Wohl anstoßen«, sagte Liu, »aber wie ich sehe, haben Sie das bereits erledigt.«

Du blinzelte verdutzt, und der Beamte war verschwunden. Kurz darauf erlosch das Licht im Treppenhaus, und der Flur lag wieder im Dunkeln.

Du kehrte allein in die Scherbenwelt seiner Wohnung zurück.

*

1. DEZEMBER, 08:07 UHR
HAUPTQUARTIER DER KRIMINALPOLIZEI

Mit auf dem Rücken verschränkten Händen sah Pei zu, wie der Wachmann die eiserne Tür zur Arrestzelle öffnete. Kurz darauf zerrte ebenjener Wachmann eine braun gebrannte, dürre Gestalt mit einem säuerlichen Gesichtsausdruck auf den Flur.

Zum ersten Mal nach zwei Wochen Arrestzelle setzte Chen Tianqiao wieder einen Fuß ins Freie. Blinzelnd wanderte sein Blick zum großen Fenster im Flur und voller Sehnsucht weiter hinauf in den morgendlichen Himmel.

»Es ist schon fast Winter, aber die Sonne tut diesen alten Knochen trotzdem gut«, sagte er.

»Chen Tianqiao«, sagte Pei und machte einen Schritt auf den Mann zu. »Nachdem wir Sie des Betrugs beschuldigt und die Umstände eingehend untersucht haben, müssen wir feststellen, dass die Beweislage unzureichend ist. Wir können Sie nicht länger festhalten.«

Chens krächzendes Kichern klang wie Nägel auf Schleifpapier. »Ich hab's ja gesagt – wie auch immer Sie mich hopsnehmen, früher oder später müssen Sie mich wieder laufen lassen.«

Pei winkte dem Wachmann. »Bringen Sie ihm seine Sachen.«

Chen kam näher und kicherte weiter leise vor sich hin. »Ich habe in meinem Leben noch nie einen Fuß in ein richtiges Gefängnis gesetzt, egal, was Sie bezüglich meiner Untaten glauben. Und wissen Sie auch, warum nicht?«

Pei starrte ihn schweigend an.

»Weil ich noch nie gegen das Gesetz verstoßen habe. Ich weiß genau, was ich tue, und kenne unser Justizsystem besser als ihr alle zusammen!«, verkündete er triumphierend.

Der Wachmann händigte Chen eine Plastiktüte aus, die seine Habseligkeiten enthielt. Chen stellte die Tüte auf einem Tisch ab und kramte darin herum. Dann hob er die Tüte wieder auf und stolzierte eilig auf den Ausgang zu.

»Sie lassen ihn wirklich einfach so laufen?«, fragte Yin mit sichtlichem Ekel.

»Was würde passieren, wenn wir ihn hierbehielten? Wollen Sie ihn an Eumenides' Stelle bestrafen?« Pei legte seinem Assistenten eine Hand auf die Schulter. »Nicht zu viel darüber nachdenken. Der Rest des Teams wartet auf uns.«

Zehn Minuten später gesellten sich Pei und Yin zu Mu, Zeng, Liu und Huang in den Konferenzraum. Nachdem sich alle gesetzt hatten, überraschte der Hauptmann das Team mit einer unerwarteten Ankündigung.

»Von heute an löse ich die Sondereinheit 18/4 bis auf Weiteres auf.«

»Was?« Liu hatte die Augen aufgerissen. »Aber wir haben Eumenides noch nicht gefangen!«

»Und wie genau sollen wir das Ihrer Meinung nach

anstellen?«, fragte der Hauptmann ruhig. »Die letzten zwei Wochen waren nicht gerade produktiv. Wir treten auf der Stelle.«

Liu ließ sich gegen die Lehne zurücksacken, Zeng zuckte mit den Schultern. Mu betrachtete den Hauptmann aufmerksam, zeigte aber ihrerseits keine Regung.

»Soweit wir das beurteilen können, hat er tatsächlich aufgegeben«, sagte Pei. »Wir haben keine weiteren Spuren, denen wir nachgehen könnten. Wir haben keine Ahnung, was für einen Namen er in der Öffentlichkeit benutzt, und abgesehen von seiner ungefähren Größe, seinem ungefähren Gewicht und ein paar verpixelten Aufnahmen haben wir nicht mal eine wirkliche Ahnung, wie er aussieht. Nachdem jetzt auch die Frist für Du Mingqiang verstrichen ist, müssen wir uns vorerst mit den Tatsachen abfinden, denke ich.«

»Aber was ist mit Chen Tianqiao?«, fragte Liu. »Warum haben wir niemanden abgestellt, der ihn im Auge behält?«

»Unnötig. Wen Chengyu hat schon Du leben lassen. Er wird Chen nichts tun. Er ist nicht mehr Eumenides.«

»Einfach so? Unsere ganze Ermittlung ist einfach so vorbei?«, fragte Yin fassungslos.

Pei zuckte mit den Achseln. »Fürs Erste bleibt uns nichts anderes übrig, als die Ermittlung auf unbestimmte Zeit auf Eis zu legen. Zumindest, solange keine weitere Todesanzeige auftaucht.«

»Ich glaube nicht, dass wir noch eine sehen werden«, sagte Mu. »Er wird den Weg des Eumenides bereits aufgegeben haben. Welchen Grund sollte er haben, ihn noch einmal zu beschreiten?«

»Dann lösen wir die Band wirklich auf?«, fragte Zeng und

räkelte sich auf seinem Stuhl. »Ganz ehrlich, ich kann mir Schlimmeres vorstellen. Die letzten paar Wochen waren extrem anstrengend. Ich glaube, wir haben alle ein bisschen Ruhe nötig.«

Alle tauschten stumme Blicke aus, während sie darüber nachdachten, welche Arbeit sie im Rahmen der Einsatzgruppe geleistet hatten. Wie es aussah, war Eumenides tatsächlich erledigt. Und obwohl man das Resultat ihrer kollektiven Anstrengung nicht gerade als Versagen bezeichnen konnte, kamen sie doch nicht umhin, nach sechs Wochen voller Schweiß und Blut eine schmerzhafte Leere zu spüren, jetzt, da alles so plötzlich und unbefriedigend zu Ende ging. Sollte es das wirklich gewesen sein?

KAPITEL ZWEIUNDZWANZIG

SCHICKSAL

1. DEZEMBER, 21:37 UHR
RESTAURANT GRÜNER FRÜHLING

Zheng Jia spielte die letzte Note des Violinkonzerts und ließ den Bogen sinken. Bedächtig erhob sie sich und verbeugte sich vor dem Publikum. Obwohl sie nicht sehen konnte, in welche Richtung sie sich verbeugte, hatte sie ihren Körper instinktiv in Richtung eines bestimmten Tischs positioniert.

Dort hatte ein bestimmter Mann gesessen, von dem sie nicht wusste, ob er je zurückkehren würde.

Der elegante Duft frischer Lilien stieg ihr in die Nase. Ihr Herz klopfte erregt, sie richtete sich auf, hörte Schritte nahen – das schwere Klackern feiner Arbeitsschuhe – und fühlte, wie ihr ein Kellner ein Bouquet in die Hand drückte.

»Wo ist der Gast, der sie mir geschickt hat?«, fragte sie und war außerstande, ihre Vorfreude zu zähmen.

»Er war heute nicht hier.«

»Ach«, sagte sie und ließ ein wenig die Schultern hängen.

»Er hat gesagt, Sie wüssten, wo Sie ihn finden können«, fügte der Kellner fröhlich hinzu.

*

EINE STUNDE SPÄTER

Zheng Jia drückte gegen die Glastür des Cafés, und sofort empfing sie der vertraute Geruch gemahlener Arabica-Bohnen und entfachter Räucherstäbchen aus Sandelholz. Sie setzte sich an denselben Tisch wie beim letzten Mal.

»Haben Sie alles erledigt?«, fragte sie und wählte unbewusst einen sanften, herzlichen Tonfall.

»Ich glaube ja«, antwortete der Mann einen Moment später, seine Stimme so sanft wie ihre.

Bei ihrem ersten Treffen hatte sie seine Annäherungsversuche mit einem höflichen, aber reservierten Lächeln abgeblockt. Im Lauf der Zeit hatte sich ihre Einstellung gewandelt. Heute verbarg sie nichts, sondern strahlte ihn offenherzig an.

»Ich habe außerdem mit einem Arzt in Amerika gesprochen. Ich bringe Sie dorthin, und Sie können sich dieser Operation unterziehen.«

»Wirklich?« Ihr versagte die Stimme. *Reiß dich zusammen*, dachte sie. »Warum tun Sie das alles für mich?«

Während sie auf seine Antwort wartete, lauschte sie den Geräuschen ringsum. Klimperndes Geschirr, das Zischen einer Espressomaschine.

»Vielleicht ist es Schicksal.«

Sie verzog das Gesicht. »Glauben Sie wirklich daran?«

»An das Schicksal?«

»Sie sind mir bis jetzt nicht wie ein abergläubischer Mensch vorgekommen. Aber wenn ich so drüber nachdenke – es ist schon seltsam.« Sie neigte den Kopf ein wenig zur Seite.

»Hmm?«

»Na ja, vor etwas über einem Monat, bevor wir uns kennengelernt haben, stand ich am Grab meines Vaters, während sein Sarg in die Erde gelassen wurde. An dem Tag habe ich auf dem Friedhof jemanden getroffen. Jemand ... *Seltsames*. Er hat mir etwas geschenkt.«

»Inwiefern ›seltsam‹?«, fragte er argwöhnisch.

»Er hatte eine sehr kratzige Stimme. Sie hat fast wehgetan beim Zuhören, trotzdem hatte er eine seltsame Ausstrahlung. Seine Worte haben – etwas in mir ausgelöst. Ich wollte nicht, dass er wieder geht. Und er muss auch sehr ungewöhnlich ausgesehen haben. Zu schade, dass ich ihn nicht beschreiben kann. Aber ich habe noch nie jemanden kennengelernt, der so viel Macht ausgestrahlt hat.«

Sie hörte ihn leise, aber scharf Luft holen.

»Was hat er Ihnen gegeben?« Seine Frage klang seltsam erstickt.

»Das weiß ich nicht«, sagte sie mit einem neckischen Lächeln. »Er hat es mich nicht aufmachen lassen. Er hat gesagt, ich soll es Ihnen geben.«

»Mir? Aber Sie wussten da doch noch gar nicht, wer ich bin.«

»Das ist ja das Seltsame an der Geschichte. Er hat mir erzählt, dass ich irgendwann in naher Zukunft einen bestimmten Mann kennenlernen würde. Dieser Mann würde mir nahekommen, aber gleichzeitig würde es mir schwerfallen, ihm nahezukommen. Das klingt doch sehr nach Ihnen, nicht wahr?«

Als er antwortete, war ihm die Beklemmung anzuhören.

»Was hat er sonst noch gesagt?«

»Er hat gesagt, sollte dieser Mann eines Tages wirklich mit mir zusammen sein wollen, sollte ich ihm dies hier geben.« Sie zog ein Kistchen aus ihrer Handtasche. »Ich hatte es die letzten Tage im Restaurant immer dabei, habe aber schon angefangen, mir Sorgen zu machen, dass ich vielleicht nie Gelegenheit haben würde, es Ihnen zu geben.«

Er nahm das Kistchen entgegen, und sie hörte, wie er es öffnete.

»Er hat auch gesagt, ich solle Ihnen dazu etwas mitteilen. Und jetzt, da ich daran denke, ist es ganz ähnlich wie das, was Sie eben gesagt haben!«, rief sie mit plötzlicher Begeisterung.

»Was hat er gesagt?«

»Er hat gesagt, es sei Ihr Schicksal.«

Er senkte den Blick. In dem Kistchen steckte eine kleine Audiokassette.

Während er noch nachdachte, was wohl auf der Kassette sein könnte, drang eine krächzende Erinnerung an sein Ohr.

»Das ist dein Schicksal. Es ist dir seit achtzehn Jahren vorherbestimmt.«

*

10. DEZEMBER, 19 : 21 UHR
HAIKOU, PROVINZ HAINAN

Die Stadt Haikou, an der Nordspitze der Insel Hainan gelegen, galt in ganz China als vorzüglicher Ort, um sich zur Ruhe zu setzen. Chen Tianqiao hatte die herrliche Landschaft und das milde Klima seit jeher geliebt und war über die Maßen froh, nach zwei Wochen in einer Zelle in Chengdu wieder zurückzukehren.

Er begab sich zu seiner liebsten Strandbar mit guter Speisekarte und genoss dort seine Freiheit mit jedem Bissen frischer Krabben und Jakobsmuscheln, während eine warme Brise vom Meer her wehte. Er ließ es sich gerne gut gehen. Chens Philosophie lautete, das Leben zu leben, indem er Essen, Trunk und Frauen frönte. Man sollte jeden Aspekt des Lebens in vollen Zügen genießen, dachte er sich. Das persönliche Vergnügen hatte über allem zu stehen, weit vor Moral oder Freundschaft.

Er hatte bereits den Großteil seines Lebens auf diese Weise verbracht, ohne Freunde oder Familie. Es störte ihn nicht. Einzig der Reichtum war relevant, niemals emotionale Bindung.

Sein Geld hatte es ihm erlaubt, den Lebensabend in diesem Urlaubsparadies zu verbringen, und er war glücklich.

Die Polizisten, die vor Kurzem plötzlich bei ihm zu Hause aufgetaucht waren, hatten ihn erschreckt. Einen Moment lang hatte er sogar befürchtet, sie könnten tatsächlich einen Fetzen belastbaren Materials aufgestöbert haben. Am Ende aber sah alles ganz danach aus, als wären sie außerstande, ihm irgendetwas nachzuweisen. Als er aus dem Polizeihauptquartier von Chengdu ins Freie getreten war, hatte es all seine Willenskraft gekostet, nicht den Kopf in den Nacken zu werfen und in den Himmel zu lachen. Er wusste, er hatte gewonnen; er hatte über jede einzelne Person triumphiert, mit der er je Geschäfte gemacht hatte, und am Ende sogar über das Gesetz.

Chen machte sich in diesem Leben keine Sorgen mehr.

Tief zufrieden schluckte er die letzte Krabbe seines abendlichen Menüs. Noch während er sich mit der Serviette die Mundwinkel abtupfte, hob er die Hand und rief: »Rechnung!«

Ein groß gewachsener Kellner trat an seinen Tisch. Chen blickte auf und sah einen Bart und eine lange schwarze Mähne. Das Alter des Mannes war kaum zu schätzen. »Neu hier?«, fragte Chen und rülpste laut. »Sie habe ich noch nie gesehen.«

Der Kellner lächelte zuvorkommend und reichte seinem Gast mit beiden Händen eine kleine Ledermappe. Chen setzte die Lesebrille auf und betrachtete den inliegenden Zettel. Seine Hände begannen zu zittern.

TODESANZEIGE

DER ANGEKLAGTE: Chen Tianqiao
VERBRECHEN: Mord
DATUM DER URTEILSVOLLSTRECKUNG: 10. Dezember
HENKER: Eumenides

»Soll das ein Witz sein?«, fragte Chen ungläubig. Er knüllte den Zettel zusammen und warf ihn dem Kellner ins Gesicht, der allerdings kaum davon Notiz zu nehmen schien.

»Sie müssen jetzt bezahlen«, sagte er nur kalt.

Seine rechte Hand sauste auf Chen zu und fuhr an seinem Gesicht vorbei. Plötzlich fühlte Chen etwas Kühles seinen Hals hinablaufen. Er wollte schreien, brachte aber keinen Ton heraus.

Der Kellner sah zu, wie das Blut aus Chens Kehle sprudelte. Röchelnd fingerte der Mann an seinem Hals herum, nahm die Hand weg und starrte das Blut an, das seine Finger bedeckte.

»Sie haben diese Schulden vor achtzehn Jahren angehäuft«, sagte der Kellner ausdruckslos.

Achtzehn Jahre? Chen versuchte sich zu erinnern, wo er vor achtzehn Jahren gewesen war.

Während das Blut weiter aus dem tiefen Schnitt in seiner Kehle quoll, schalteten sich seine Sinne nach und nach ab. Er sackte vornüber, und der letzte Gedanke, bevor sein Kopf die Tischplatte berührte und alles schwarz wurde, war:

Das war doch 1984, oder?

Die Gäste an den Nachbartischen entdeckten Chens blutüberströmte, reglose Leiche fast auf der Stelle. Binnen Sekunden versank das gesamte Restaurant im Chaos. Der Kellner begab sich mit schnellen, federnden Schritten zur Straße und streifte sich noch im Gehen die Mullhandschuhe ab. Der rege Feierabendverkehr würde ihm hervorragende Tarnung bieten.

Als der Kellner die Straße erreichte, schaute der Fahrer eines schwarzen Nissan gerade rechtzeitig von seinem Handy auf, um ihn kaum einen Meter vor sich zu sehen. Panisch stieg er auf die Bremse, aber es war bereits zu spät.

Der Kellner rettete sich mit einem Hechtsprung vor dem Wagen, aber der Mittelfinger seiner linken Hand streifte die Seite der Motorhaube, ehe er sich einrollte und über den Asphalt schlitterte. Er ignorierte die entsetzten Blicke mehrerer Passanten, sprang zurück auf den Bordstein und verschwand in der Menge.

Langsam versank die ganze Straße in lautem Kreischen, als immer mehr Menschen den Toten in der Strandbar bemerkten. Der Wind trug die spitzen Schreie auf einer kühlen Brise übers Meer davon.

*

22 : 40 UHR
SEEBAD HAIKOU, INNENBEREICH

Er ließ sich ins dampfende Wasser sinken, bis nur noch der Kopf über der Oberfläche blieb. Das Wasser war kochend heiß, aber er genoss es sehr.

Bis auf zwei andere Gäste war das große Becken leer und still. Er ließ die Gliedmaßen schweben, nur vom heißen Wasser getragen. Der Dampf, der wabernd von der Wasseroberfläche emporstieg, verwischte seine Sicht und zunehmend auch seine Gedanken.

Im Kopf hörte er Musik – eine süße Violine. Einst hatte solche Musik ihn fasziniert. Sie war ihm wie ein Stück Himmel auf Erden erschienen.

Aber diese Freude war nicht von langer Dauer gewesen. Schnell hatte ein anderer Klang die üppigen Töne der Saiten überwältigt.

Der Klang einer achtzehn Jahre alten Tonbandaufnahme. Dort war eine hässliche Geschichte aufgezeichnet, die ihn dazu gezwungen hatte, den Weg einzuschlagen, den er zeitlebens nicht mehr verlassen würde. Beim Gedanken an diese gezischten Worte, die ungekannte Qualen enthüllten, schmerzten ihm noch immer die Ohren.

Natürlich gab es Dinge, die er nur zu gern vergessen hätte. Aber so schmerzvoll der Weg auch sein mochte, es gab kein Zurück.

Dies war sein Schicksal.

Die brennende Hitze des Wassers war bereits zu einer betäubenden Berührung abgeklungen, die seinen Körper gänzlich umhüllte. Er zog sich auf einen der Sitze, die entlang des Beckenrands im Wasser standen. »Einmal Rücken abtrocknen!«, rief er und hob die Hand.

»Komme!«, rief der Angestellte, der draußen im Flur auf einer Bank saß. Allerdings war es nicht der Angestellte, der sich erhob. Stattdessen drehte er sich um und sah den älteren Mann an, der hinter ihm saß, nur mit einem großen Handtuch um die Hüften bekleidet. Der Mann lächelte, streckte einen Daumen in die Höhe und begab sich zum Beckenrand.

Der Angestellte wunderte sich über den älteren Mann, der zuvor mit einem Hundert-Yuan-Schein und einer interessanten Bitte an ihn herangetreten war: Sobald der junge Mann dort im Badebereich abgetrocknet zu werden wünschte, sollte der Angestellte antworten, aber der Fremde würde aufstehen und ihm den Rücken abtrocknen.

Der Angestellte war begeistert. Da kam jemand, der ihn nicht nur bezahlen, sondern ihm auch noch gleichzeitig die Arbeit abnehmen wollte – was hätte besser sein können? Obwohl ihn die Bitte überraschte, willigte er also sofort ein.

Er erlaubte sich kein Urteil, sah aber neugierig zu, wie der Fremde ein heißes Handtuch von der Ablage nahm und sich dem jungen Mann im Wasser näherte.

Der Dampf waberte in dicken Schwaden durch den Raum und ließ sie beide schemenhaft wie Geister wirken. Sobald der Fremde hinter dem Badegast stand, benutzte er die linke Hand, um dem jungen Mann den Rücken abzutrocknen; mit der anderen Hand hielt er den rechten Arm fest.

Der Angestellte auf seiner Bank schüttelte den Kopf. *Amateur.* Die korrekte Vorgehensweise war, den Rücken des Badegastes mit der rechten Hand abzutrocknen und den linken Arm mit der linken Hand festzuhalten. Der Kerl machte es genau verkehrt herum.

Der junge Badegast spürte, dass etwas nicht stimmte. Er drehte den Kopf ein wenig zur Seite, als er plötzliche Kälte am rechten Handgelenk spürte. Er wollte die Hand wegziehen, aber etwas Schweres hielt sie fest.

Klick.

Der Mann fuhr herum – und sah durch die Schwaden eine wohlbekannte Gestalt. In der feuchten Luft glitzerten Handschellen, die ihre Hände verbanden.

»Hauptmann Pei?«, stieß er entgeistert hervor.

Der Hauptmann legte ihnen ein Handtuch um, das die Handschellen verbarg.

»Sollten Sie irgendwas versuchen, ziehen Sie nur die Aufmerksamkeit der örtlichen Kollegen auf sich«, sagte Pei und warf einen Blick auf den Angestellten im Flur. Er ließ sein Handtuch fallen und stieg zu seinem Gefangenen ins Wasser. »Plaudern wir ein bisschen.«

Der junge Mann hatte sich von dem Schock erholt. Er grinste den Hauptmann an. »Dann machen Sie auch hier Urlaub, Pei? Die Welt ist ein Kuhdorf.«

Pei erwiderte sein Lächeln, setzte sich und ließ die linke Hand ins Wasser sinken. Die Handschellen verschwanden. »Also, wie soll ich Sie ansprechen? Wen Chengyu oder Du Mingqiang?«

»Wie meinen Sie das?«, fragte der junge Mann und starrte Pei verständnislos an.

Pei kniff die Augen zusammen und durchschaute die

gespielte Verwirrung, die das Gesicht des jungen Mannes wie eine Maske bedeckte. Er lächelte finster. »Für eine Sache muss ich Ihnen Respekt zollen. Sie haben Ihre Rolle höchst überzeugend gespielt. Selbst nachdem ich begriff, wer Sie wirklich sind, konnte ich immer noch nicht fassen, dass Sie tatsächlich derjenige sind, der uns die letzten zwei Monate terrorisiert hat.«

»Ich verstehe nicht«, sagte der junge Mann und neigte den Kopf.

»Ich habe Sie die letzten zehn Tage genau beobachtet, seit dem ersten Dezember, als ich die Sondereinheit auflöste. Wollen Sie dieses Theater wirklich weiterspielen?« Pei seufzte. »Wir genießen hier eine ehrliche, unverstellte Unterhaltung. Außer uns ist niemand in der Nähe. Sie können aufhören mit dem Mummenschanz.«

Die folgende Stille war zum Schneiden dick. Der Mann starrte hinaus in den wabernden Dunst. Als er Pei wieder anschaute, hatte der Hauptmann das Gefühl, neben einer anderen Person zu sitzen. Die Maske war gefallen.

Er war nicht länger Du Mingqiang. Der arrogante, narzisstische Reporter war verschwunden. An seiner Stelle saß dort ein kalter, berechnender Mörder. Er starrte Pei mit einem Blick an, der sich direkt in sein Hirn zu bohren schien.

Nie zuvor hatte Pei jemanden getroffen, der so gekonnt zwischen zwei grundverschiedenen Identitäten wechseln konnte. Nicht einmal Yuan.

»Wie habe ich mich verraten?«

»Unser Durchbruch beim 12/1er-Fall«, sagte Pei. »Dessen Akte hatten Sie nicht aus dem Archiv gestohlen, aber Sie haben ihn trotzdem sehr genau analysiert. Ich wusste also, dass Sie irgendeine Informationsquelle bei der Polizei hatten. Sobald mir das klar war, habe ich angefangen, Sie zu verdächtigen. Ich war mir sicher, dass keiner der Kollegen mit Eumenides gemeinsame Sache machen würde. Vielleicht wurde einer von ihnen unwissentlich benutzt, aber auch das kam mir unwahrscheinlich vor. Und zu dem Zeitpunkt gab es nur einen Menschen von außerhalb, der in regelmäßigem Kontakt mit der Einsatztruppe stand. Sie.«

»Ich war zu ungeduldig«, sagte der junge Mann mit einem Hauch von Reue. »Ich hätte die Sache entspannter anpacken sollen.«

»Da ich nicht herausfinden konnte, wie genau Sie an die Informationen kommen, ist mir nichts anderes übrig geblieben, als die Einsatzgruppe aufzulösen. Damit konnte ich Ihnen den Zugang abschneiden, ohne Verdacht zu wecken.«

Der Mann wirkte unbeeindruckt. »An dem Tag, als Sie mich festgenommen haben, habe ich Mus Handy benutzt. Als ich unsere SIM-Karten getauscht habe, habe ich gleichzeitig eine Wanze in ihr Telefon eingebaut.«

Pei konnte nicht anders, als über die Ironie des Schicksals zu lächeln. Mu war bei sämtlichen Treffen der Einsatzgruppe gewesen. Eumenides hatte all ihre Treffen belauscht. Er hätte ebenso gut dabei sein können.

»Mir blieb keine andere Wahl«, erklärte der junge Mann. »Ich musste unbedingt herausfinden, wie mein Vater wirklich gestorben ist, und Ihre Truppe hat sämtliche Hinweise argwöhnisch unter Verschluss gehalten. Deshalb habe ich beschlossen, mir Ihre Anstrengungen für meine eigene Ermittlung zunutze zu machen.«

»Als wir Huang in das Internetcafé gebracht haben, habe ich absichtlich diesen Reporter ›Zhen Rufeng‹ erwähnt. Aber da hatten Sie ihn schon getötet und seinen Platz eingenommen. Als wir Zhen Rufeng dann verhaften wollten, haben wir Ihnen so die Möglichkeit gegeben, unser Hauptquartier zu infiltrieren.«

»Aha?« Der Mann hob die Augenbrauen. »Sie wissen, dass ich den Reporter getötet habe?«

»Die Art und Weise, wie ›Zhen Rufeng‹ Wu Yinwu ausquetschte, passte überhaupt nicht zu Ihrem sonstigen Vorgehen. Dieses Interview kann nicht von Ihnen geführt worden sein. Außerdem hätte Eumenides niemals eine Todesanzeige rausgegeben, die er nicht hätte einlösen können. Nachdem mir das klar war, habe ich sehr viel Zeit damit zugebracht, über diesen Tintenklecks nachzudenken, der das Datum unleserlich gemacht hat.

Da stand ursprünglich erster November, oder? Und Sie haben Psychospielchen mit uns veranstaltet, um es zu verschleiern. Als wir die Todesanzeige gefunden haben, haben wir sofort unsere Wachsamkeit für den ganzen Monat hochgefahren. Und dabei völlig die Möglichkeit aus den Augen verloren, dass Sie die Anzeige bereits ein paar Stunden zuvor in die Tat umgesetzt hatten.«

Der Mann sah Pei beifällig an. »Mitten ins Schwarze.«

»Am ersten November wurde uns kein Mord gemeldet«, fuhr Pei fort, »also habe ich nach Unfällen gesucht, die an dem Tag passiert sind. Es hat nicht lange gedauert, bis ich auf einen Mann namens Tong Mulin stieß, der an jenem Morgen in den Jin gefallen war. Dem Bericht zufolge war er betrunken und ist aus Versehen ertrunken. Nachdem ich ein bisschen in seinen Finanzen herumgewühlt habe, war ich mir sicher, dass er dieser skrupellose Netzreporter war, der sich Zhen Rufeng nannte. Ich habe sorgfältig darauf geachtet, diese Untersuchung über eine andere Zweigstelle der Kriminalpolizei laufen zu lassen. Nicht einmal Ihre Wanze hätte Ihnen geholfen, davon etwas spitzzukriegen.«

»Sie sind ein wirklich umsichtiger Beamter, Hauptmann. Tong Mulin war schlampige Arbeit. Sie hatten alle Hebel in Bewegung gesetzt, um ihn zu finden, also musste ich seinen Platz so schnell wie möglich einnehmen. Ich hatte nicht die Zeit, mich in alle Details einzuarbeiten und musste mich dementsprechend mit einigen wenigen Kerninformationen begnügen, um meine Maskerade in die Wege zu leiten.«

»Und dann haben Sie sich direkt in die Höhle des Löwen begeben. Sie haben sogar einen Artikel über die Morde des falschen Eumenides im Longyu-Komplex geschrieben, obwohl Sie von Anfang an wussten, dass das alles ein Schwindel war! Sie haben Mumm – das bleibt Ihnen unbenommen. Haben Sie überhaupt einen Gedanken daran verschwendet, wir könnten Ihre List durchschauen? Hätten wir Tong gefunden, wäre die Nummer in der gleichen Sekunde vorbei gewesen.«

»Ja«, erwiderte der Mann gelassen, »aber ich wusste, dass Sie nicht versuchen würden, ihn zu finden. Hätte ich Ding Ke nicht so übereifrig aus seinem Versteck locken wollen, hätten Sie mich auch gar nicht erst verdächtigt, oder?«

Der Hauptmann gab sich keine Mühe, die Vermutung zu verneinen. »Ich war Ihnen ganz und gar auf den Leim gegangen. Ohne die Hilfe eines bestimmten Menschen hätte ich die wahre Sachlage nicht erkannt.«

»Wessen Hilfe?«, fragte der Mann, bevor sich seine Miene schlagartig erhellte. »Ah. Ding Ke, richtig?«

Pei nickte.

Der Mann kicherte leise. »Ihn zu provozieren war wirklich keine kluge Entscheidung. Aber was wäre mir sonst übrig geblieben? Es gab ein paar Dinge, die ich unbedingt aufklären musste.« Irgendwie brachte er es fertig, gleichzeitig resigniert und erleichtert zu klingen.

»Es gibt trotzdem noch zwei Sachen, die ich nicht ganz verstehe«, sagte Pei.

Der Mann sah ihn schweigend an.

»Erstens: Warum haben Sie Ihren eigenen Handlungsspielraum so sehr eingegrenzt? Sobald Sie sich bei uns eingeschleust hatten, wussten Sie, dass wir die Pflicht haben würden, Sie rund um die Uhr zu bewachen. Waren Sie wirklich darauf vorbereitet, den ganzen Monat in Ihrer Wohnung zu verbringen?«

»Meine Lage war nicht ganz so einseitig, wie Sie vielleicht glauben. Ich habe durchaus dafür gesorgt, mir einen Ausweg bereitzuhalten, falls nötig. Sie wüssten, was ich meine, hätten Sie das Schlafzimmer genauer untersucht.«

»Ein Geheimgang?«

Der Mann nickte. »Und ich hatte die Nachbarwohnung angemietet. Im Schlafzimmer gibt es einen Lüftungsschacht, der die beiden Wohnungen miteinander verbindet. Wenn ich etwas zu erledigen hatte, habe ich einfach gewartet, bis Liu fest schlief, mich verkleidet und bin eine Weile verschwunden.«

Pei nickte bedächtig. »An so etwas hätte ich wohl denken sollen. Aber da ist noch eine zweite Sache. Wie haben Sie Ihre Identität derart perfekt gefälscht? Wir wissen beide, dass Sie nicht Du Mingqiang heißen, aber sooft ich Ihre Meldedaten und so weiter auch untersucht habe, ich konnte nicht einen Fehler finden. Wie haben Sie das hinbekommen?«

Wen Chengyu schwieg einen Moment.

»Diese Daten habe ich nicht gefälscht. Sie sind echt.«

»Aber Sie heißen Wen Chengyu«, sagte Pei und beäugte ihn kritisch.

»Ich heiße Wen Chengyu, und ich heiße Du Mingqiang. Ich habe viele Namen«, sagte er mit unterschwelligem Stolz. »Rechtlich betrachtet ist jeder dieser Ausweise absolut legitim.«

Der Hauptmann war innerlich erstarrt.

»Es hat angefangen, als ich vierzehn war. Mein Mentor hat mich auf eine Reise durch alle Provinzen mitgenommen. Wir haben uns auf der Straße nach jungen Männern um die achtzehn umgehört, die von zu Hause weggelaufen waren. Wenn wir jemanden gefunden hatten, der unseren Kriterien entsprach, haben wir ihn diskret – entsorgt. Sobald ich deren Ausweis hatte, bin ich zu ihnen nach Hause und habe ihr Familienregister gestohlen. Dann habe ich mir mit meinem Foto einen neuen Ausweis ausstellen lassen. So habe ich angefangen, mir zusätzliche Identitäten zuzulegen, allesamt technisch gesehen legal. Ich besitze über ein Dutzend, aus allen Teilen des Landes, im Alter zwischen zwanzig und dreißig. Ich besitze Ausweise aus ländlichen Regionen und aus einigen Großstädten, alles in Reserve, sollte sich einmal die Notwendigkeit ergeben.«

Trotz des brühwarmen Wassers, in dem er saß, lief es Pei kalt den Rücken runter. Yuan Zhibang und Wen Chengyu hatten all diese jungen Männer getötet. Sie hatten über ein Dutzend Menschen ermordet, bloß um ihre kriminellen Machenschaften besser durchführen zu können.

»Was meinen Sie mit ›unseren Kriterien entsprochen‹?«, fragte Pei. Es war kaum mehr als ein Flüstern.

»Leute ohne kriminellen Hintergrund. Je entfremdeter

von ihrer Familie, desto tauglicher. Im idealen Fall Waisen. So wie Du Mingqiang zum Beispiel. Selbst wenn Sie gewusst hätten, dass ich das nicht bin, hätten Sie es mir niemals nachweisen können.« Wen Chengyu sah das Entsetzen in den Augen des Hauptmanns und wandte leicht den Kopf ab. »Sie mögen alle noch jung gewesen sein, hatten aber allesamt schon eine Menge unschöne Dinge getan. Hätten wir sie am Leben gelassen, hätten sie nur noch mehr Schaden an der Gesellschaft angerichtet.«

Pei holte tief Luft. Wen Chengyu war zu tief gefallen. Erst jetzt begriff er, wie unüberbrückbar die Kluft zwischen ihnen wirklich gähnte.

Ihm kam ein neuer Gedanke. »Das erklärt natürlich, warum wir nie eine Spur von Ihrem Training gefunden haben. Mit einer solchen Zahl unterschiedlicher Namen.«

»Stimmt. Ich habe unter verschiedenen Namen an verschiedenen Orten trainiert. Sie könnten niemals jemanden finden, der meinem eigentlichen Hintergrund entspricht. Ich bestehe gewissermaßen aus mehr als zwanzig verschiedenen Leuten. Keiner von denen ist für sich betrachtet außergewöhnlich.«

»Sie haben sich achtzehn Jahre darauf vorbereitet«, murmelte Pei.

»Yuan hat sichergestellt, dass wir für alles bereit waren – finanziell, logistisch, psychologisch.«

»Ich bin neugierig, wie Sie und Yuan es angestellt haben, die nötigen Geldmittel zusammenzutragen, um seinen Plan in die Tat umsetzen zu können.«

»Ist das nicht offensichtlich?«, fragte Wen Chengyu mit einem finsteren Grinsen. »Dann will ich Ihnen ein Beispiel geben. Würde ich jetzt hier nicht in Handschellen sitzen, hätte ich morgen mehrere Millionen Yuan von Chen Tianqiao auf meine diversen Konten umgeleitet.«

Natürlich, dachte Pei. Eumenides' kranker Logik zufolge stand der Besitz seiner Opfer zu seiner freien Verfügung.

»Ich habe mehr als genug Fragen beantwortet«, sagte Wen Chengyu und schaute Pei in die Augen. »Jetzt hätte ich gerne von Ihnen ein paar ehrliche Antworten.«

Pei erwiderte seinen Blick und nickte.

»Wenn Sie wussten, wer ich bin, nachdem Ding Zhen sich umbrachte, warum haben Sie mich nicht damals schon festgenommen?«

»Ich hatte nicht genug Beweise. Wie gesagt, ich war nicht in der Lage, Fehler in Ihren persönlichen Daten zu finden. Und ein Verhör hätte mich auch nicht weitergebracht.«

»Also war alles, was Sie seitdem getan haben, darauf ausgerichtet, die nötigen Beweise zusammenzutragen?«

Pei zögerte. »Auf was genau spielen Sie an?«

»Bei unserem letzten Treffen haben Sie mir die Kassette gegeben und dazu die Unterlagen über die Geiselnahme. Außerdem haben Sie der Einheit verkündet, Eumenides mittels Psychologie vom Töten abbringen zu wollen, selbst wenn dies darauf hinausliefe, sich die Chance entgehen zu lassen, ihn zu schnappen.«

»Da habe ich die Wahrheit gesagt. Ich habe wirklich gehofft, all das könnte Sie dazu bewegen, die Rolle des Eumenides abzulegen«, sagte Pei verbittert. Etwas sanfter schob er hinterher: »Aber natürlich war mir klar, dass die verstreichende Deadline auf Du Mingqiangs Todesanzeige kaum ein Indikator dafür sein würde, wie Sie sich entschieden haben. Ich musste abwarten, wie es Chen Tianqiao ergeht. Die lange Wartezeit Ende November war also in der

Tat eine Finte. Der echte Einsatz hat erst Anfang Dezember begonnen, als ich angefangen habe, Sie zu verfolgen.«

Der Mann kicherte trocken. »Sie würden einen hervorragenden Mörder abgeben. Ich habe zu keinem Zeitpunkt das Gefühl gehabt, dass mir jemand folgt.«

Pei grinste breit. »Was, wenn ich fragen darf, läuft denn nun zwischen Ihnen und diesem Mädchen?«

»Ich mag ihre Musik sehr gern, mehr nicht«, sagte er knapp und starrte an die Decke.

»Ach, das ist aber doch nicht alles. Ich habe Sie beide zusammen gesehen, nur ein paar Stunden nachdem ich angefangen hatte, Ihnen zu folgen. Das Mädchen war überaus angetan von Ihnen, und ich bin sicher, Sie mögen mehr als nur ihre Musik.«

Der Mörder schwieg. Pei wusste nicht, ob er sprachlos war oder sich einfach nicht dazu durchringen konnte, diese Bemerkung anzufechten.

»Ich hatte aufrichtig angefangen zu glauben, dass Sie Eumenides hinter sich gelassen haben«, sagte er. »Weil Sie jemanden gefunden haben, mit dem Sie zusammen sein wollen.«

Wen Chengyu schloss die Augen.

»Und am nächsten Tag muss ich feststellen, dass Sie sehr vorsichtig anfangen, Chen zu folgen. Als Sie ihn von Chengdu bis hierher nach Haikou verfolgt haben, bin ich Ihnen dicht auf den Fersen geblieben. Ich kann nur schwer in Worte fassen, wie ich mich dabei gefühlt habe. Ich wusste, dass ich kurz davor war, Eumenides endlich festzunehmen, aber irgendwie war das nicht das Ergebnis, das ich eigentlich haben wollte.« Pei seufzte gedehnt. »Warum? Warum entscheiden Sie sich nach alldem immer noch so?«

Wen Chengyu hielt die Augen geschlossen. »Warum haben Sie den letzten Teil der Aufnahme vom Band gelöscht?«

»Sie haben das Ende gehört?«, fragte Pei erstaunt.

»Mein Mentor hat alles von langer Hand geplant«, sagte Wen mit einem sarkastischen Grinsen. »Als ihm klar wurde, dass ich mich in dieses Mädchen verguckt hatte, wusste er, welchen Weg ich irgendwann einschlagen würde. Also vertraute er ihr ebenfalls eine Aufnahme an, ehe er starb. An dem Abend, als Sie uns zusammen gesehen haben, hat sie mir die Kassette überreicht.«

Pei hatte Mühe zu atmen. Wie hatte er bei all seiner Planung etwas derart Wichtiges übersehen können? Yuan hatte vor achtzehn Jahren eine Kopie von der Aufnahme gemacht. All die Jahre später hatte er Peis Spielzug vorhergesehen und ihn ausgestochen, indem er dem Jungen den ganzen Inhalt offenbarte.

Endlich schlug Wen Chengyu die Augen auf und sah ihn an. »Sie brauchen mich nicht zu fragen, wieso ich mich entschieden habe, wie ich mich entschieden habe«, sagte er leise. »Die Tatsache, dass Sie die Wahrheit vor sich hatten und trotzdem das Ende der Aufnahme löschten, sagt mir alles, was ich wissen muss.«

Pei kniff die Lippen zusammen. Vielleicht hatte Wen Chengyu sogar recht. Ganz wie Ding Ke ihm geraten hatte, hatte er das Ende der Aufnahme aus einem einfachen Grund gelöscht – er war der Ansicht gewesen, die ganze Wahrheit könnte zu viel für den Jungen sein.

*

»Papa, hast du mir schon eine Geburtstagstorte gekauft?«

Eine kurze Pause, ehe Wen Hongbing antwortet. »Ich ... ich kaufe sie dir ganz bald.«

»Dein Papa lügt, Kleiner! Er hat kein Geld! Er kann es sich nicht leisten, dir eine Torte zu kaufen«, fährt eine schrille Stimme dazwischen. »Du wirst niemals eine Geburtstagstorte bekommen.«

Das Kind fängt zu schluchzen an.

»Mein Geld! Ich will mein Geld zurück!«

»Ich habe doch schon mehrfach gesagt – ich habe es nicht.«

»Beruhigen Sie sich!«

»Du Bastard! Mieser Lügner! Ich bringe dich um!«

»Lassen Sie ihn los!«

Man hört ein plötzliches Handgemenge, die schrille Stimme schreit schmerzerfüllt auf. Es folgt der ohrenbetäubende Knall einer Pistole.

»Sind Sie wahnsinnig?«, schreit Yuan. »Wieso zur Hölle haben Sie ihn provoziert? Haben Sie vergessen, dass er einen Sprengsatz am Körper trägt?«

»Wovor sollte ich Angst haben?«, fragt die schrille Stimme verschlagen. »Ist ja nicht so, als hätte sie hochgehen können.«

»Was soll das heißen?«

Chen Tianqiaos grelle Stimme ist von unbändiger Schadenfreude erfüllt. »Die Bombe war bloß eine Attrappe!«

Nahende Stimmen sind zu hören, während die Polizei einrückt. Die Aufnahme endet.

*

»Da gibt es kein kompliziertes Geflecht aus Ursache und Wirkung«, sagte Wen Chengyu. »Keine Hilflosigkeit, keine

Verwirrung. Alles ist so klar, wie es nur sein kann. So eindeutig, dass mich der Gedanke an das, was damals passiert ist, immer noch erschaudern lässt. Nachdem ich mir die Aufnahme angehört habe, war da nur ein einziges Gefühl: *Hass*. Ein so reiner und vollkommener Hass, dass ich mich dazu gezwungen sah, gewisse Maßnahmen zu ergreifen.«

Pei seufzte leise. Er versuchte, sich einen Weg zu erdenken, wie er die Situation besser hätte lenken können, aber sein Kopf fühlte sich leer an. Wie konnte er dem Jungen ernsthaft sagen, dass er falsch lag? Vielleicht hatte die Wahrheit wirklich nichts mit Ding Kes Theorie von der Verzahnung zwischen Ursache und Wirkung zu tun. Yuan Zhibang, Wen Hongbing, selbst der kleine Wen Chengyu, der einfach nur eine Geburtstagstorte gewollt hatte – keiner von ihnen trug die Verantwortung für den tragischen Ausgang dieser Situation. Alle Fakten deuteten auf einen einzigen Katalysator hin: Chen Tianqiao.

Chen hatte an jenem Tag gesiegt. Sein Schuldner war vor seinen Augen erschossen worden, sodass er als freier Mann mit dessen Hab und Gut verschwinden konnte. Yuan hatte das von Anfang an gewusst, war aber außerstande gewesen, etwas zu unternehmen. Vor dem Gesetz war Chen unschuldig.

Die Dienstwaffe eines Polizisten hatte der verlängerte Arm des Gesetzes zu sein. Die Kugel aus Yuans Pistole war jedoch Teil einer finsteren Verstrickung geworden. Die Ereignisse dieses Tages hatten Yuans Glauben an die Institution der Polizei zertrümmert. Niemals wieder würde er sich auf Gesetze und Vorschriften verlassen können. Nur auf sich selbst. In diesem Moment hatte Pei vollkommen begriffen, wie sein alter Freund den Schwur hatte ablegen können, fortan die eigenen Fähigkeiten zu nutzen, um die Welt vom Bösen zu befreien.

»Nachdem ich die Aufnahme hörte, hatte ich fast eine Art Offenbarung«, sagte Wen Chengyu. Er klang ruhig und geduldig wie ein Lehrer, der seinem Schüler einen Sachverhalt auseinandersetzt. »All meine Zweifel waren verschwunden. Diese Aufnahme war wie ein Lichtstrahl, der mich zur Wahrheit geleitet hat. Ich muss meinem Mentor danken, denn am Ende hat er mir Chen geschenkt.«

Pei sah sich von hilflosem Entsetzen übermannt. Einst hatte er geglaubt, Wen Chengyu auf seine Seite ziehen zu können. Diese Möglichkeit bestand nicht mehr.

Der Hauptmann hatte gesagt, was er zu sagen hatte. Er starrte ins Wasser. »Vielleicht sollte ich jetzt die örtlichen Kollegen verständigen.«

»Sie haben Ihre Leute daheim zurückgelassen?«

Pei nickte. »Wie gesagt, die Sondereinheit ist aufgelöst. Ich bin allein hergekommen. Es war mir ohnehin lieber, mich persönlich um Sie zu kümmern.«

»Eine kluge Entscheidung. Hätten Sie sich mit jemandem abgesprochen, wären Sie mir aufgefallen. Trotzdem überrascht es mich, dass Sie ohne Verstärkung gekommen sind.«

»Die Polizei mag über eine Menge Ressourcen verfügen, aber Sie genossen immer einen entscheidenden Vorteil. Sie konnten im Verborgenen operieren, während wir offen vorgehen mussten. Aber sobald ich herausgefunden hatte, wer Sie sind, waren die Rollen vertauscht, und nur auf diese Weise konnte ich Sie überrumpeln.«

Wen Chengyu nickte knapp. »Aber Sie sind nur ein Mann. Kein Wunder, dass Sie mich nicht schon im Restaurant stellen wollten.«

»Ganz genau. Ich musste allein arbeiten, um Ihnen nicht aufzufallen, aber deswegen war es umso schwieriger, Sie zu erwischen. Ich musste auf den richtigen Moment warten. Diesen.« Pei gestikulierte mit der freien Hand durch die Badeanstalt. »Wir sind nackt und aneinander gekettet. Gar nicht so leicht für Sie, in solch einer Situation einen Fluchtversuch zu starten.«

Wen Chengyu grinste verlegen.

Aus einer Laune heraus beschloss Pei, noch etwas hinzuzufügen. »Es gibt übrigens noch einen weiteren Grund, warum ich allein gearbeitet habe.«

»Nämlich?«

»Nachdem ich mir die Aufnahme angehört hatte, kam mir ein Gedanke«, sagte er ernst. »Mir wurde klar, wie unwahrscheinlich es sein würde, dass der Mord, den Chen damals eingefädelt hat, vor Gericht Bestand hat.«

»Wollen Sie damit sagen, es war richtig, dass er gestorben ist? Sind Sie am Ende meiner Meinung?« In Wen Chengyus Augenwinkeln bildeten sich feine Lachfältchen.

»Vielleicht hat Yuan in einem Punkt richtig gelegen«, sagte Pei. »Wir befinden uns auf entgegengesetzten Seiten, können aber trotzdem ähnliche Ziele verfolgen.«

Wen Chengyu schenkte ihm ein plötzliches breites Lächeln. »Nun, da Sie mich nicht am Tatort verhaftet haben – welche Beweismittel wollen Sie gegen mich in Anschlag bringen? Mein Ausweis ist immerhin über jeden Zweifel erhaben. Das haben Sie selbst zugegeben.«

»Es war sehr schwer, Beweismittel zu sammeln. Ich wollte nicht im selben Flugzeug nach Haikou sitzen wie Sie, sonst hätten Sie mich wahrscheinlich entdeckt. Stattdessen habe ich mich nach der Landung an Chen Tianqiaos Fersen geheftet. Ich wusste, Sie würden ihn früher oder später finden, egal was passiert. Und als Chen heute Abend beim Restaurant ankam, habe ich Sie endlich entdeckt. Obwohl Sie als Kellner verkleidet waren und einen falschen Bart trugen, war ich mir allein aufgrund der Körpersprache sofort sicher. Ich habe zugesehen, wie Sie Chen getötet haben, in der Menge verschwunden sind und die Straße überquert haben. Sie waren so schnell, dass ich sie tatsächlich für eine halbe Minute verloren hatte. Als ich Sie wiedergefunden habe, hatten Sie gerade die Verkleidung abgelegt.«

Wen Chengyu sah ihn amüsiert an. »Meine Frage hat sich nicht geändert: Wo sind die Beweise?«

»Ohne Beweise hätte ich Ihnen keine Handschelle angelegt«, sagte Pei zuversichtlich. »Konkret geht es um ein Foto, das ich geschossen habe.«

»Von mir, wie ich Chen töte? Und wie wollen Sie beweisen, dass ich dieser Typ mit langen Haaren und Bart bin?«

»Erinnern Sie sich daran, wie Sie sich der Verkleidung entledigt haben? Als Sie die Straße überquert haben, hat Sie ein schwarzer Nissan beinahe erwischt. Sie sind ausgewichen, haben dabei aber die Motorhaube gestreift.«

»Stimmt«, sagte Wen Chengyu und seufzte. »Mein Mittelfinger hat im Sprung die Motorhaube berührt.«

»Und davon habe ich ein Foto. Ich war einige Stockwerke weiter oben. Hoch genug, um das Nummernschild des Wagens mit draufzukriegen.«

Wen Chengyu riss die Augen auf. »Sie haben meinen Fingerabdruck schon genommen, oder?« Trotz seines entspannten Tonfalls entging Pei nicht, dass sich sein Brustkorb im Wasser rascher hob und senkte.

»Mit diesem Fingerabdruck, dem Foto, wie Sie das Auto

berühren, sowie den Zeugenaussagen des Fahrers und der umstehenden Passanten habe ich eindeutig genug Beweise.«

Zu seiner Verblüffung lächelte Wen Chengyu wieder.

»Hauptmann, haben Sie noch vor Augen, mit welcher Hand ich den Wagen touchiert habe?«

Pei stutzte. Er war nicht sicher, worauf Wen Chengyu hinauswollte, und etwas an der Frage gefiel ihm nicht. »Ihre Linke. Ich sehe es genau vor mir.«

»Dann hätten Sie mir die Handschelle nicht rechts anlegen sollen.«

Wen Chengyu hob die linke Hand. Während Pei zusah, schob er sich den Mittelfinger in den Mund und biss zu.

»Was zum Teufel?«, schrie Pei. Mit hämmerndem Herzen überlegte er, wie er Wen davon abhalten konnte. Oder war es schon zu spät?

Blut wallte über die Lippen des jungen Mannes und tropfte auf sein Kinn. Als Wen den Finger aus dem Mund nahm, fehlte das dritte Glied.

Fassungslos sah Pei ihn an. Wie Regentropfen fiel Wens Blut ins Schwimmbecken. Rasch bildeten sich hellrote Schwaden im Wasser.

Wen hatte die ganze Zeit über keine Miene verzogen. Mit dem feierlichen Gesichtsausdruck eines Mönches schluckte er.

»Ich heiße Du Mingqiang. Ich bin Netzreporter. Tong Mulin und ich haben früher zusammengearbeitet; wir haben uns ein Pseudonym geteilt – Zhen Rufeng. Es stimmt, ich habe mich in Ihre Einsatzgruppe eingeschlichen und sogar eine Wanze im Telefon Ihrer Kollegin installiert. Aber dafür hatte ich gute Gründe. Sehen Sie, als Journalist

ist man dazu verpflichtet, die Wahrheit herauszufinden.« Das altbekannte, überhebliche Lächeln war zurück. »Es ist mein persönliches Ziel, der beste Journalist der Welt zu werden!«

EPILOG

11. FEBRUAR 2003, 16:07 UHR
MITTLERES VOLKSGERICHT DER
PROVINZHAUPTSTADT CHENGDU

Als sich der Richter anschickte, das Urteil zu verkünden, erhoben sich die Gerichtsmitglieder von ihren Sitzen.

»Die Volksstaatsanwaltschaft der Stadt Chengdu hat dem Angeklagten Du Mingqiang zur Last gelegt, Ausweispapiere gefälscht, sich auf illegalem Weg Zugang zu Verschlusssachen der nationalen Sicherheit verschafft, ein Tonaufnahmegerät illegal eingesetzt sowie mehrere Morde begangen zu haben. Nachdem wir den vorliegenden Fall zugelassen und in Übereinstimmung mit dem Gesetz eine voll besetzte Strafgerichtskammer einberufen haben, hat die Kammer ihre Arbeit aufgenommen und die Verhandlung geführt. Wir sind nunmehr zu einem Urteil gelangt.

Die gegenwärtige Verhandlung hat festgestellt, dass der Angeklagte im November 2002 den ihm gewährten Polizeipersonenschutz missbraucht und elektronisches Abhörgerät eingesetzt hat, um zu seinem persönlichen Vorteil eine laufende polizeiliche Ermittlung zu überwachen. Die dargestellte Handlungsweise genügt dem Anklagepunkt des Beschaffens illegaler Verschlusssachen der nationalen Sicherheit sowie des illegalen Einsatzes eines Tonaufnahmegerätes.

Da es der Kläger versäumt hat, dem Gericht die notwendigen Beweismittel für den Vorwurf der Fälschung von Ausweispapieren vorzulegen, sieht das Gericht keine Grundlage für diesen Anklagepunkt. Er ist hiermit abgewiesen.

Da auch für den Vorwurf des Mordes an den beiden Bürgern der Volksrepublik, Tong Mulin und Chen Tianqiao, keine hinreichenden Beweismittel eingebracht wurden, weist das Gericht diesen Anklagepunkt hiermit ebenfalls ab.

Anhand der Bestimmungen dargelegt in den Paragrafen 282 sowie 284 des Strafgesetzbuchs der Volksrepublik China fällt dieses Gericht folgendes Urteil:

Für das Beschaffen illegaler Verschlusssachen der nationalen Sicherheit wird der Angeklagte zu einer Haftstrafe von drei Jahren verurteilt.

Für den illegalen Einsatz eines Tonaufnahmegerätes wird der Angeklagte zu einer Haftstrafe von zwei Jahren verurteilt.

Die Gesamthöhe der Haftstrafe für den Angeklagten beträgt somit fünf Jahre.«

Die Mitglieder der Sondereinheit 18/4 schüttelten die Köpfe. Entsprechend ihrer Befürchtungen hatten die wichtigsten Anklagepunkte der genauen Überprüfung durch das Gericht nicht standhalten können.

Für Pei Tao war das Urteil am schwersten zu ertragen. Nur durch seine Nachlässigkeit hatte Wen Chengyu die Gelegenheit gehabt, sich das entscheidende Fingerglied abzubeißen, es zu verschlucken und so das einzige belastende Beweismittel verschwinden zu lassen, das ihn endlich mit einem Mord in Verbindung gebracht hätte. Und obwohl sein Verhalten dem Gericht in jeder Form verdächtig vorgekommen war, hatte es für einen Schuldspruch in diesem Bereich schlicht nicht ausgereicht.

So oder so wanderte Wen allerdings ins Gefängnis. Und der verkürzte Finger würde ihnen einen Vorteil verschaffen, sollten sie ihn nach seiner Freilassung ein weiteres Mal aufspüren müssen. Ein solch einprägsames Merkmal fiel schnell auf.

Pei dachte ausgiebig daran, dass er Eumenides auch in Zukunft noch würde fangen können, und seine Schuldgefühle verblassten ein klein wenig. Fast verspürte er einen Anflug von Erleichterung.

Irgendwo tief in seinem Herzen hatte der Hauptmann Wen Chengyu noch nicht endgültig abschreiben wollen.

*

Wen Chengyu verbarg sein inwendiges Lächeln hinter einer gefühllosen Maske. Er war noch am Leben, das war das Wichtigste.

Sein Überleben hatte er teilweise purem Glück zu verdanken, ganz bestimmt, aber durchaus auch zum Teil seinen eigenen ausgefeilten Plänen.

In dem Monat, den er im Dunstkreis der Sondereinsatztruppe verbracht hatte, war Vorsicht sein oberstes Gebot gewesen, und er hatte genauestens darauf geachtet, dass sie nicht auch nur einen Fingerabdruck von ihm bekommen konnten. Bevor er sich in die Badeanstalt begeben hatte, hatte er sämtliche Oberflächen in seiner Wohnung abgewischt. Tatsächlich hatte er sich zwischendurch gefragt, ob derart viel Aufwand wirklich nötig sei, aber sein Training hatte die Oberhand gewonnen. Einmal mehr hatte Yuan ihn gerettet.

Obwohl die verbleibenden Beweise ausgereicht hatten, um ihn zu einer mehrjährigen Gefängnisstrafe zu verurteilen, fürchtete er sich nicht davor.

Auf Yuans Anraten hin hatte er einmal ein ganzes Jahr im Gefängnis verbracht. Er wusste sehr gut, wie es in solchen Einrichtungen zuging und wie man die Insassen zu nehmen hatte.

»Du Mingqiang« war jetzt ein verurteilter Straftäter. Dennoch blieben ihm mehr als ein Dutzend Identitäten, die niemals mit einem Vergehen in Verbindung gebracht worden waren. Und er wusste, dass Pei sie niemals würde aufdecken können. Solange er nur das Gefängnis als freier Mann verließ, konnte er problemlos von der Bildfläche verschwinden.

Er hatte ein Stück seiner linken Hand eingebüßt, aber beileibe nicht alles verloren. Der Pfad des Eumenides erstreckte sich noch immer vor ihm, und er wusste, dass er ihn bis zum Ende beschreiten würde.